中國語言文字研究輯刊

二五編

許學仁 主編

第21冊

《大正藏》異文大典
（第十四冊）

王閏吉、康健、魏啟君 主編

花木蘭文化事業有限公司

國家圖書館出版品預行編目資料

《大正藏》異文大典（第十四冊）／王閏吉、康健、魏啟君
主編 -- 初版 -- 新北市：花木蘭文化事業有限公司，2023〔
民 112〕
目 2+296 面；21×29.7 公分
（中國語言文字研究輯刊　二五編；第 21 冊）
ISBN 978-626-344-442-3（精裝）
1.CST：大藏經 2.CST：漢語字典
802.08　　　　　　　　　　　　　　　112010453

ISBN-978-626-344-442-3

9 786263 444423

中國語言文字研究輯刊
二五編　第二一冊　　　　　　ISBN：978-626-344-442-3

《大正藏》異文大典（第十四冊）

編　　　者	王閏吉、康健、魏啟君
主　　　編	許學仁
總 編 輯	杜潔祥
副總編輯	楊嘉樂
編輯主任	許郁翎
編　　　輯	張雅淋、潘玟靜　美術編輯　陳逸婷
出　　　版	花木蘭文化事業有限公司
發 行 人	高小娟
聯絡地址	235 新北市中和區中安街七二號十三樓
	電話：02-2923-1455／傳真：02-2923-1452
網　　　址	http://www.huamulan.tw 信箱 service@huamulans.com
印　　　刷	普羅文化出版廣告事業
初　　　版	2023 年 9 月
定　　　價	二五編 22 冊（精裝）新台幣 70,000 元

版權所有・請勿翻印

《大正藏》異文大典
（第十四冊）

王閏吉、康健、魏啟君　主編

目

次

橧

曾：[三][宮]2122 巢之居。

熷

僧：[三][宮]2060 具列正。

甑

繪：[乙]1260 蓋頭即。

繒

鐳：[乙]1796 縆。

繪：[三]2060 並到房，[元]1442 輿送至。

綿：[宮]2122 帛，[甲]2266 繫於頂。

雜：[三]1331 旛蓋請。

增：[聖]983 輕衣頭。

憎：[宋]、[元]809 幡。

贈

償：[三][宮]2122 施主。

賜：[甲]2120 故金剛，[甲]2120 司空追。

賻：[甲]2073 甚厚公，[三]2145 甚厚。

曾：[三][宮]2102 寧非陋。

贖：[宋][元][宮]2122 遺於王。

扎

剳：[甲]2036 耳復。

机：[聖]2157 梵夾恭。

禮：[宋]、里[元][明][乙]1092 反囉迦。

吒

叉：[明]2122 領乾闥。

茶：[宋]1336 潭究吒。

妵：[甲][乙]931 二合三，[乙]2394 上字之。

詫：[原]2431 庭也而。

吃：[甲]2261 此云明。

叱：[甲]2035 玄聽制，[甲]2128 上嗔質，[明][甲]1227 迦華於，[明]244 枳印，[明]1217，[明]2154 呵娑印，[明]2154 迦國王，[三][宮]1451 曰，[宋][元][宮]2122 聲動左，[宋]2061 後執闥。

怛：[甲][乙]894 嚕得。

多：[甲]2244，[三][宮][聖][石]1509 羅，[宋][宮][聖][石]1509 字即知。

氏：[三]1336 兜。

迦：[三][宮][甲][乙][丙][丁]848 四，[原]、吃[甲][乙][丙]1098 囉二合，[原]1201 是作也。

嗟：[三]2122 稱揚洪。

囉：[乙][丙]1201 耶吽怛。

噣：[甲]997 上字。

拏：[乙]2393。

尼：[三][乙]1244 簡反。

破：[三][宮]2053。

咕：[三]1336 吒。

他：[甲][乙]850 引蘖帝，[乙]1250 二合。

咃：[甲]2087 山唐言，[三][宮]397 尼二十，[三][宮]2122 甚愁而，

[乙]2263 王殺九。

茶：[丙][丁]1146 利身印，[原]1212 利，[原]1212 利心呪。

吐：[三][宮]443 革反。

託：[原]2431 人示之。

陀：[三]、咤[宮]671 迦種種，[三]187 字時出。

砣：[原][甲]2250。

唾：[乙]1822 等欲。

咤：[丙]2163 薄，[宮]374，[宮]1509，[甲]2000 之，[甲][乙]2390 字應知，[甲]1199 字當用，[甲]1220 引吽吽，[甲]2087 釐國南，[甲]2400 守護莎，[明]279 羅樹四，[明]380 天此名，[明]1019 上字時，[三][宮]、吒嫁切音註[宋][元]、明本吒字下間空 374 羅㗌，[三][宮]397 六阿呋，[三][宮]402 娜婆婆，[三][宮]1462 毘林無，[三][宮]1462 者是，[三][宮]1509 字即知，[三][甲]1102 二合鉢，[三][甲]1102 二合五，[三][乙]1092 知，[三]1367 富多那，[三]2145 和羅經，[三]下同 1441 比丘當，[聖]1509 天光不，[宋][元]1019 二合上，[乙][丙]1211 二合，[乙]852 拏茶。

宅：[乙]2394。

置：[丙]982 二合睇。

抡

打：[宋]、[宮]2122 其身其。

撫：[宮]620 身四向。

施：[三][宮][聖]1425 蜜那羅。

柂：[三][宮]1579 南曰。

吒：[三][宮]1462 邪見者。

唽

折：[明]154 多所貪。

楂

櫨：[元][明]515 㪿食噉。

擄：[明]、植[宮]1558 㪿虛空。

箚

貶：[明]2076 上眉毛。

箚

札：[甲]1736 天衣每。

植

擄：[明]2016 㪿或以。

札

禮：[宮]299 亦如眾。

扎：[甲]2035 由余乎，[三][宮]2053 唯叙睽。

闉

闈：[元][明][宮]2102 愚其皆。

撲

標：[乙]2408 七佛經。

圻：[三]、拆[甲]1003 屈右膝。

襟：[三]1364 迦反悒。

㩅：[甲]1222 量鉢徵。

折：[宋][明]、析[乙]921 開。

磲：[丙]930 竪二大，[宮]1804 手廣四，[宮]1428，[宮]下同 1428 手，[甲]、傑[乙]1222 量隨力，[明]25，

[明]1421 手，[三]1440 手壞色，[三]
[宮]、[聖][另]下同 1435 手廣二，[三]
[宮]、卓[聖]1425 手應，[三][宮]1579
或復一，[三][宮][甲]、[乙]901 長短
正，[三][宮][甲]901 許埋其，[三][宮]
[甲]901 一肘惡，[三][宮]1421 手左
掩，[三][宮]1428 手半過，[三][宮]
1428 手內廣，[三][宮]1435，[三][宮]
1435 手是，[三][宮]1559 手或一，
[三][宮]1808 手者律，[三][宮]下同
1425 手爲壞，[三][甲][乙]950 量大
對，[三][甲][乙]950 量或，[三][乙]
950 量窘堵，[三][乙]1200 開竪大，
[三][乙]1261 手或長，[三]25 極受，
[三]1440 手，[三]1440 爲一步，[宋]
[元][宮]、[另]1428 手廣六，[宋][元]
[宮]1435 手廣二。

乍

土：[原]1764 讀迷人。

唯：[原][甲]1851 聞。

無：[明]1451。

筰：[三]、苲[宮]263 香而嗅。

作：[甲]1735 觀似少，[甲]2299
有乍，[明]1817 有依眞。

炸

炮：[甲]2128 也有聲。

咤：[三][宮]2122 之聲已。

柞

笮：[三][宮]2060 器漁者，[三]
150 亦漬橡，[宋]、[元][明]25 壓壓已。

祚：[乙]966。

咤

跥：[聖]222 呵之門。

姹：[明]948 二合三，[三][甲]989
二合甯，[三][甲]1124，[三][乙][丙]
873 二合娑，[三]1087 二合，[宋][元]
[甲][乙]、吒[明]954 二合悉，[乙]
1069 二合。

叱：[三][宮]1442 莫與開。

地：[三]、他[宮]671 現。

吒：[明]1102，[乙]2207 樹果
如。

佗：[三][宮][西]665 呬薄伽。

跢：[宋][明][宮][聖]222 之門燒。

哾：[三][宮]407 羅闍師。

吒：[宮]542 面如土，[宮]848 字
門一，[宮]1451 離邑無，[甲]2245，
[甲][丙]973，[甲]973 二合，[甲]2400
二合，[明]、姹[甲][丙]1209 二合娑，
[明][乙]1092 印大自，[明][乙]1199，
[三][丙][丁]865 野底丁，[三][宮]
1525，[三][宮]397 十三希，[三][宮]
402 死地三，[三][宮]1462，[三][宮]
2040 跋置迦，[三][乙]970，[聖]1509
字門入，[乙]850 字應知，[乙]1069，
[乙]1199 暗，[元][甲][乙][丁]848 拏
茶多。

宅：[宮]443，[甲]、姹[乙]1069，
[三][宮]1590 迦等空，[乙]1069 二。

詐

讒：[三][宮]2123。

諂：[別]397 者，[三][宮]754 僞
故是。

誕：[三][宮]2103 不。

許：[明]212 轉習世，[明]703 自端礶，[三]2060 故無所，[宋][元]、作[宮]1425。

計：[三][宮]606 淺薄無。

訐：[三][宮]2102 咸由祖。

誑：[三][宮]721 方便取，[三][宮]2121 生見埋，[三]100 爲是人。

誰：[聖][另]1442 云夫死。

謂：[三]、化[丙]2087 其父僧。

誣：[三][宮]397 謗又因，[三]2045 彼土。

雜：[三]100 親傷害。

作：[宮]1543，[甲]2801 現威儀，[明]1442 設種種，[三][宮]2104，[聖]1425 喚咩咩，[宋][宮]660 不貪利。

擄

齟：[聖][另]1721 掣者。

榨

迮：[三]1130 之。

笮：[三][宮]2122 其汁以。

霅

雲：[乙]2194。

晻

暗：[元][明]443 許床。

摘

適：[三]152 彼七王。

摘：[宮][另]1435，[宮]2060，[三][宮]1428 解取裁，[三][宮]1442 去舊

裹，[三][宮]2060 文揣義，[宋]、場[元][明]186 蟲隨土，[宋]、剔[元][明]26 除肉擲。

擲：[三]153。

齋

合：[乙]1821 觸身時。

齋：[宮]2122 食訖已，[宋][元][宮]、齊[明]2121 持刀割。

劑：[三]212 至幾許，[元]374 衆生修。

濟：[三]2110 亦大矣，[聖]190 戒我當。

嚌：[三][宮]397 吒戒反。

齊：[丙]917，[宮][聖]1552 日夜及，[宮]2103 出之隋，[宮]下同 1428 優婆私，[甲]1848 會等五，[甲]1906 如不定，[甲]2128 服有玄，[甲]2196 日又自，[甲][乙]2194 忌次更，[甲][乙]2194 前齋，[甲]1782 戒，[甲]1805 有兩舌，[甲]2035 供○三，[甲]2129 薤反毛，[甲]2261 會新衣，[甲]2266 等何況，[明]2102 必見所，[明]2104 潔故當，[明]2112 威儀整，[三]2088 鄴下大，[三][宮][聖][另]1442 七日來，[三][宮][聖]1425 同淨心，[三][宮][聖]1552 何時答，[三][宮][另]1442 七日，[三][宮]2060 鏡持犯，[三][宮]2060 失，[三][宮]2060 事拘纒，[三][宮]2102，[三][宮]2103 宮於玄，[三][宮]2103 經又云，[三][宮]2103 心力行，[三][宮]2108 心力行，[三][宮]2122，[三][宮]2122 上定林，[三]17

疾病息，[三]202 以是之，[三]2063 肅
徒眾，[三]2110 光奈苑，[三]2145 菩，
[聖]、一[乙]2157 亦大矣，[聖]26 故
殺，[聖][知]1579 法不受，[聖]225 日
月滿，[聖]279 戒出家，[聖]1440 日
食月，[聖]1451 掉戲不，[聖]1579 戒
乃至，[聖]2060 福民百，[聖]2157，
[聖]2157 不殺迫，[聖]2157 經一卷，
[聖]2157 慶，[聖]2157 慶經右，[聖]
2157 時告諸，[聖]2157 又命，[宋][宮]
2060 講道俗，[宋][宮]2122 不萎七，
[宋][元]24 法增上，[宋][元]25 亦云
增，[宋][元]2122 立坐數，[宋]1982 戒
處金，[宋]2103，[萬][聖]26 行施莫，
[元]2122。

臍：[甲]1007 食呪而，[三]212 生
毘奢。

肅：[三][甲][乙]2087 誠為勤。

同：[乙]1821 短。

憂：[三]184 思不食。

云：[三][聖]1 何名供。

宅

寶：[元]2154 神呪經。

姹：[三]1132 二合。

城：[三][宮]1451。

村：[三][宮]2122。

殿：[三]186 嚴好如，[聖]663 得
第一。

定：[三][宮]401 處於意，[另]
1721 不。

宮：[元][明]1451 中。

官：[明]1299 舍逃走。

害：[聖][另]1721 也子。

家：[甲]2339 光宅天，[三]192，
[三]643 男女大。

降：[明]2104 生已後。

舍：[三][宮]2121 兒違負，[三]
[宮]2121 之中無。

食：[三][聖]120 之肉即，[元][明]
2103 之肉即。

室：[三][乙]2087 王曰爾，[聖]
663 隨是經。

他：[宮][甲]1805 意正欲，[甲]
2035 設四部。

它：[甲]2128 祭皆聲。

堂：[三]1534 舍田業。

宇：[甲]2128 行反捉。

雲：[乙]1715 寺沙門。

擇：[明]1452 迦。

澤：[元][明]671 野中以。

窄

空：[甲]2270 具。

迮：[甲]1728 三慧意，[甲]1918
隘如獄，[三][宮][聖]1428 者自當，
[三][宮]2104 狹若爲，[宋]2122 苦故
得，[宋][宮]2122 苦是故。

砦

訾：[三][宮]657 輕賤自。

債

財：[乙]1821 者若還。

償：[三][宮]2121 三反作，[三]
202 時。

貴：[宋]193 皆滋倍。

匱：[三][宮]1656 出息不。

犁：[元]1487 主泥犁。

賃：[聖]200 索不肯。

貧：[三]26。

俏：[甲]2000 窺脫得，[宋]、[元]
[明]2154 天嘉六，[元][明][宮]531 佛
即為，[元][明]188 寧可。

情：[三]、倩[宮]309。

請：[明]1421 長者常，[三][宮]
2122 為營，[三][聖]125，[聖]125 必
當。

任：[三][宮][聖][知]1581 為他
所。

責：[宮][聖]1462 出家或，[宮]
809 息無有，[宮]1462 主得與，[宮]
1647，[宮]2122 主，[甲][乙]2194 主
反更，[甲]1718 六千還，[甲]善[甲]、
－[甲]1255 其財物，[明]1428 耶汝
非，[三][宮]285 而在解，[三][聖]190
求難，[三]2154 為牛出，[三]下同 1435
死後負，[聖]1579 主之所，[聖]26 如
涌泉，[聖]125 我由汝，[聖]225 債人
與，[聖]361 主所，[聖]383 為業所，
[聖]1421，[聖]1421 不非他，[聖]1421
人與，[聖]1425 當償願，[聖]1428 久
病在，[聖]1509 主反更，[聖]1552 寬
期，[聖]1670 作沙門，[聖]下同 1421
女人波，[另]765 主怖畏，[石]1509 得
脫重，[石]1509 人依王，[宋][宮]816
者其國，[宋][明][聖]170 望求財，[宋]
[元][宮]1425 人共行，[元][明]202 我
舉錢，[知]741 主三曰。

漬：[明]587。

寨

凋：[三][宮]2112 木之下，[三]
2112 木。

塞：[三][宮]1442 怖八無。

療

疒：[甲]2128 病也説。

枬

檀：[甲]2130 摩掘多。

沾

持：[三][宮]2060。

點：[三][宮]381 汚得於，[三]
[宮]337 汚女白，[三][宮]398，[三]
[宮]588 汚何謂，[三][宮]588 汚寧
復，[三][宮]1548 汚人，[三]129 筆須
彌，[三]588 汚是名，[三]1340 汚，
[宋][宮]、玷[元][明]337 汚精進，
[元]、玷[明][聖][另]342 汚乎文，[元]
[明]624，[元][明]221 汚觀欲，[元]
[明]221 汚世尊，[元][明]309 汚所興，
[元][明]309 汚亦不，[元][明]309 汚
在諸，[元][明]350，[元][明]381 汚世
尊，[元][明]624 汚十五，[元][明]810
汚二曰，[元][明]2123 汚親族，[元]
[明]下同 425 汚如是，[原]1936 正觀
旁。

玷：[明]、治沾[宮]460 汚門七，
[明]152 汚，[明]292 汚處於，[明]318
汚七曰，[三][宮]588 汚學者，[三][宮]
724 汚親族，[三][宮]309 汚是不，[三]
198 汚淨哀，[三]397 汚故名，[三]下
同 282 汚持，[元][明]、治[聖]125 汚

如似，[元][明]292 污菩薩，[元][明]125，[元][明]292，[元][明]397 污，[元][明]397 污復有，[元][明]626 污，[元][明]下同 656 污心。

沾：[宮][丁][戊]、治[甲]1958 遠益也，[甲]2128 淬崔碎，[明]2102 其惠，[宋][明]375 洽當，[宋]2102 其惠而，[元][明]1545 酒渧亦。

露：[三]193 胸衣裳，[宋][宮]、霑[元][明]2060 僧數大。

霑：[宮]1998 利益若，[甲]1969 利樂湖，[甲]2036 身人以，[明]460 污譬如，[明]1425 手摩，[明]1425 污如，[明]1452，[明]2060 巾歟歟，[明]2103 法座光，[明]2122 民賴斯，[明]2122 一滴水，[三]、露[宮]2053 於東國，[三][宮][甲]2053 像化叩，[三][宮]2060 巾餘之，[三]375 污佛言，[三]2122 動植。

瞻：[明]2110 法座。

沼：[宮][甲]1805 表魔外。

治：[宮]1808 其分故。

栴

丹：[三]984 反後皆。

梅：[宋]2121 檀樹甚，[元][明][乙]1092 窒。

沈：[三][宮]1451 檀香水。

施：[明][宮]280 陀墮還。

檀：[三]、海[宮]2103 香俾穀。

旋：[聖]613 延白言。

栴：[明]下同 372 檀香末。

斾：[東]643 檀生末，[宮]2103 陀

羅及，[宮]673 檀此等，[宮]2040 陀羅若，[宮]2059 檀波斯，[和]293 檀香世，[和]下同 293 檀香水，[和]下同 293 檀足金，[甲]1918 延是非，[甲]1918 延五義，[甲][宮]1799 檀木破，[甲]952 檀，[甲]1969 檀而爲，[甲]1969 檀之香，[甲]2087 檀大鼓，[甲]2087 檀刻作，[明][聖]200 檀杖與，[明][乙]1092 檀香泥，[明][乙]1092 檀香沈，[明][乙]1092 檀香水，[明][乙]下同 1092 檀木作，[明][乙]下同 1092 檀香商，[明]5，[明]26 檀蘇合，[明]34 檀之林，[明]70 檀是彼，[明]154，[明]156 檀，[明]156 檀汁塗，[明]159 檀香菩，[明]187 檀天，[明]190 檀散彼，[明]197 沙謗佛，[明]212 陀羅家，[明]229 檀塗菩，[明]992 檀及安，[明]1092，[明]1428 檀爲差，[明]1494 檀種種，[明]1545 檀香水，[明]1646 檀刀斧，[明]2016 延即起，[明]2058，[明]2121 陀越，[明]2131 檀，[明]2131 檀柴等，[明]下同 1092 檀香泥，[三]2153 比丘經，[三][宮]1462 陀，[三][宮]1462 陀鉢，[三][宮]1462 陀跋闍，[三][宮]1462 陀跋受，[三][宮]1521 陀羅邊，[三][宮]1545 酌迦婆，[三][宮][聖]1547 延所而，[三][宮]616 陀，[三][宮]624 陀惟摩，[三][宮]1428 延訕，[三][宮]1451 茶豬蔗，[三][宮]1509 檀爲第，[三][宮]1509 延弟子，[三][宮]1509 延之所，[三][宮]1546 陀羅，[三][宮]1647 延論言，[三][宮]2103 孟奢侈，

[三][宮]2103 檀之炭，[三][宮]2122 延尼箕，[三][甲]2087 檀爲，[三][聖]125 延今唯，[三][聖]125 言正使，[三][聖]158 陀羅，[三]26 檀馨冬，[三]99 延尼捷，[三]158 檀彌樓，[三]177 陀生一，[三]194 延子阿，[三]197 沙者是，[三]202 陀羅王，[三]203 陀羅往，[三]203 延爲惡，[三]212 陀婦腹，[三]220 茶羅惡，[三]225 檀珍琦，[三]397 陀羅樹，[三]984 陀梁言，[三]1015 提解脱，[三]1335 陀隷，[三]1335 陀羅娑，[三]1356，[三]2122 檀作於，[三]2145 陀羅羅，[三]2145 延子撮，[三]2149 延説法，[三]下同 1341 陀羅阿，[聖]190 檀及，[聖][甲]953 檀，[聖]1，[聖]26，[聖]125 檀，[聖]125 檀林中，[聖]190 檀冷水，[聖]190 檀立於，[聖]190 檀沈水，[聖]190 檀細末，[聖]190 檀香不，[聖]190 檀香等，[聖]1547 檀香華，[倉]1522 檀勝藏，[宋]、[元][明]混用 157 檀及黑，[宋]158 檀之香，[宋][博]262 檀之香，[宋][宮][敦][燉]262 檀起僧，[宋][宮][聖]1421 檀賣與，[宋][宮]225 檀名香，[宋][宮]568 檀香末，[宋][宮]901 檀香水，[宋][宮]2121 檀根莖，[宋][宮]2122，[宋][宮]2122 檀波斯，[宋][宮]2122 檀香還，[宋][宮]2122 檀像緣，[宋][宮]下同 2121 檀林中，[宋][明][宮]374 檀亦不，[宋][明]374，[宋][明]993 檀末香，[宋][聖]158，[宋][聖]158 檀香令，[宋][聖]158 檀之，[宋][元]262 檀香沈，[宋][元]1 檀縱廣，[宋][元][博]262 檀香如，[宋][元][宮]1566 檀札如，[宋][元][宮]1509 檀色味，[宋][元][宮]2121 檀樹經，[宋][元][宮]2122 檀林，[宋][元][宮]2122 檀貿易，[宋][元][宮]2122 檀塔盛，[宋][元][宮]2122 檀香口，[宋][元][宮]2122 檀像師，[宋][元]1 檀香口，[宋][元]25 檀香口，[宋][元]125 檀香恒，[宋][元]158 檀根剎，[宋][元]185 檀蘇合，[宋][元]203 檀亦燒，[宋][元]212 陀羅女，[宋][元]375 檀林純，[宋][元]1191 檀，[宋][元]1370 檀華，[宋]157 檀及以，[宋]157 檀沈水，[宋]157 檀香，[宋]157 檀種種，[宋]158 檀善安，[宋]172，[宋]187 檀之鉢，[宋]192 檀樹，[宋]901 檀德佛，[宋]1007 檀以如，[宋]1058 檀觀世，[宋]1095 檀，[宋]1161 檀摩尼，[宋]1341，[宋]2122 檀第，[宋]2122 檀像者，[宋]2149 檀樹經，[宋]2151 陀羅兒，[宋]下同 375 檀香炙，[乙]2394 檀及青，[元][明]1341 陀羅輩，[元][明]1582 延比丘，[元][明][宮]1582 陀羅與，[元][明][聖]1582 陀羅是，[元][明][西]665 茶，[元][明]1 栴大蘇，[元][明]1582 陀羅不，[元][明]下同 423 檀藏天，[元][另]1443 檀圍繞。

裀：[宋]1336 陀羅波。

旃：[三][宮][乙]2087 檀塗飾，[三][宮]397 陀羅提，[三]468 遮摩尼，[聖]1441 檀末香，[宋][元][流]366 延摩訶。

眞：[甲]2879 檀香七，[三][宮]

1522 檀王爲。

樿：[明]1336 檀沈水。

旃

從：[甲]1718 陀羅尼。

抗：[宮]2121 陀梁言。

坑：[宋][元][宮]、甋[明]1425。

斾：[三]2154 問。

旗：[三][宮][聖][另]1459 旃遍縈，[三]985 藥叉住。

施：[聖]1458 茶羅意。

檀：[宮]2078 特者初，[三]2122 遮那摩，[宋][元]、栴[明][宮][西]665 茶。

斿：[明]2149 延阿羅。

遊：[三]2149 途。

栴：[博]262 陀利，[宮]2040 陀羅及，[宮]2040 延比丘，[宮]2121 陀羅母，[宮]2121 陀婆羅，[宮]2121 陀越奉，[宮]2121 延常出，[甲]1239 茶藥叉，[甲]1700 延，[甲]1718 陀羅五，[甲]1718 延觸入，[甲]2196 稚女三，[甲]下同 1718 提羅，[明]165 檀香水，[明]2122 陀羅伺，[明]2122 陀羅驅，[明][和]293 檀復以，[明]156 陀羅其，[明]165，[明]165 檀香水，[明]166 檀之香，[明]620 延坐白，[明]705 檀之香，[明]1005 檀香水，[明]1217 陀，[明]1450，[明]1459 檀等隨，[明]2121 檀斗盛，[明]2122 陀羅等，[明]2122 陀羅王，[明]2122 陀生一，[明]2122 延，[明]2122 延化其，[明]2122 延所以，[明]2122 延在阿，[明]2122 延子

所，[明]2131 檀或云，[明]下同 1564 陀羅後，[三]190 檀諸妙，[三][宮]1463 檀持用，[三][宮]425 陀氏其，[三][宮]1451 檀香水，[三][宮]1458 檀葉謂，[三][宮]1473 檀欝金，[三][宮]1490 檀婆師，[三][宮]1559 檀香等，[三][宮]1648 門而鬪，[三][宮]1648 陀羅無，[三][宮]2040 延尼，[三][宮]2042 檀曼陀，[三][宮]2043 檀種種，[三][宮]2121 陀羅共，[三][宮]2122 檀即前，[三][宮]2122 檀樹斷，[三][宮]2123 檀德佛，[三][宮]2123 檀種種，[三][甲]1332 檀沈水，[三][明]1644 檀，[三]81 檀座下，[三]153 檀樹根，[三]173 檀香樹，[三]173 檀香水，[三]186 檀天大，[三]203 檀如來，[三]210 檀多香，[三]882 檀香塗，[三]985 憚那栴，[三]1116 檀塗其，[三]1336 茶旃，[三]1336 陀梨女，[三]1340 檀，[三]2122，[三]2122 檀，[三]2145 檀眷屬，[三]2145 檀木畫，[三]2153 陀越經，[三]2154 陀跋闍，[聖]26 延尊者，[聖][另]1509 陀，[聖]125 延復化，[聖]375 陀羅等，[聖]375 陀羅而，[聖]375 陀羅名，[聖]375 陀羅所，[另]1509 陀羅若，[宋]、甋[元][明]152 闠雜繒，[宋]1579 茶羅子，[宋]1583 陀羅也，[宋][宮]1509 遮婆羅，[宋][宮]1546 延子，[宋][宮]1546 延子欲，[宋][宮]1546 延子欲，[宋][宮]1547 延，[宋][明][宮]1443 檀林，[宋][明][宮]2122 檀香，[宋][明]156 陀羅即，[宋][明]1428 檀輸那，[宋][元]、栴延[明]、旃

延[聖]125 近在不，[宋][元]26 延，[宋]
[元][宮]1547 延世間，[宋][元][宮]
1646 陀，[宋][元][宮]1491 檀吉西，
[宋][元][宮]1546，[宋][元][宮]1546
延答，[宋][元][宮]1547 延此沙，[宋]
[元][宮]2043 陀利龍，[宋][元][宮]
2103，[宋][元][宮]2121 陀生一，[宋]
[元][宮]2121 陀越國，[宋][元][宮]
2122 陀羅家，[宋][元][宮]下同 2043
陀羅舍，[宋][元]26 尼淨與，[宋][元]
117 檀欝金，[宋][元]199 遮摩尼，
[宋][元]991，[宋][元]992 遮隸盧，
[宋][元]993 茶坻祇，[宋][元]1092 檀
香蓮，[宋][元]1336 地利涅，[宋][元]
下同 1092 檀香，[宋]157 陀羅家，
[宋]425 陀，[宋]992 陀低致，[宋]1582
陀羅名，[宋]2122 陀羅家，[宋]2145
啓偏競，[乙]1239 陀，[乙]2390 檀辟
支，[元]400 檀香及，[元][明]190 檀
末，[元][明]190 檀香，[元][明]225，
[元][明]993 檀樹，[元][明]1070 檀作
觀，[元][明]2121 檀樹神，[元][明]
2122，[元][明]2122 檀鉢著，[元][明]
2122 檀持戒，[元]190 檀散香。

裖：[宋][宮]1579。

氊：[三]1441 衣麻衣，[元][明]
1425 竪四角。

遮：[聖]425 延迦葉。

眞：[三]656 陀羅，[三]656 陀羅
摩，[聖]1435 陀羅亦。

旃

栴：[宮]1509 陀羅故，[明]2122

延所説，[明]2121 檀之香，[三]2122，
[宋][元][宮]2121 陀羅姓。

粘

精：[甲]2128 俗字也。

拈：[聖]190 其手皆。

黏：[三][聖]375 手欲脱，[三]
210，[三]945 湛發，[聖]1602 勇或緣。

黐：[三]375 不能。

沾：[明]2060 衣澗旁。

𥿭：[宮]1483 不答不。

詀

呫：[三][宮]1459 婆及紵。

沾：[原]2039 解王昔。

詹

薝：[明]100 婆羅樹，[三][宮]
1464 蔔。

薝

苫：[宋]、[宮]瞻[元][明]657。

詹：[三]187 波花婆。

瞻：[宮]279 蔔華色，[甲]2400 匐
花等，[明][聖]279 蔔，[明]201 蔔油
香，[明]278 蔔華清，[三][宮]310 供
養由，[三][宮]657 蔔華婆，[三][宮]
[聖]1462 蔔華，[三][宮][聖]310 蔔華
宮，[三][宮][聖]310 蔔迦華，[三][宮]
278 蔔華曼，[三][宮]2058 蔔花答，
[三][聖]643 蔔華林，[三]1341 波迦
華，[聖]278 蔔華色，[宋][宮][聖]下
同 279 蔔華色，[宋]440。

占：[宮][聖]1425 蔔樹閣，[三]

[宮]、瞻[聖]231 蔔，[宋][元][宮]2041 蔔花林。

霑

點：[宮]401 染觀於，[三][宮]401 污所可。

沾：[三][宮][甲]2053 厚德加。

空：[宮]1451 污菩薩。

露：[宮]2108 浹天經，[三][宮]2034，[聖][另]1459 得惡作，[宋][宮]2060 員而已，[宋]397 浮，[宋]2122 便。

其：[甲]2053 心。

沾：[宮]1911 洽一切，[甲]1929 故名為，[甲]1932 於瓦石，[三][宮][石]、活[聖]1509 洽，[三][宮]278 洽閻浮，[三][宮]616 洽欲界，[三][宮]657 洽舍利，[三][宮]2060 會響又，[三][宮]2102 其惠與，[三]99 洽施主，[三]220 彼海，[三]414 洽於大，[宋][宮]310 灑散布，[宋][元]、沾[明]414 洽。

治：[甲]1718。

囌

譖：[甲]1999 語袮僧。

氈

旃：[宮]1421。

氈

被：[三]26 褥。

稱：[聖]1426。

床：[三][宮]1435 褥被枕。

亶：[聖]99 延尼捷。

疊：[甲][丙]973 或好細。

潔：[聖]425 布。

具：[三][宮][聖]1428 若比丘。

槃：[聖]1440 令中間。

褥：[三][宮]1428 若寒時。

授：[聖]1428 褥枕。

毯：[宋][明]、襜[元]、擔[宮]833 傴身曲。

栴：[宮]2103，[三][宮]1425 枕迦尸。

旃：[宮]1428 手捫摸，[宮]1463，[聖]1421 及未成，[聖]1428 被，[聖]1428 彼比丘，[聖]1428 與被若，[另]1428 故患零，[宋][元][宮]2102 裘之。

褥：[宋][元]、栴[明]、杭[宮]1425 一切乃。

枕：[三]1440 敷者若。

瞻

待：[宋]、瞻[元][明][宮]374 賓客至。

擔：[甲]1227 摩樹華，[宋]1428 視病比。

膽：[甲]2128 也，[明]190 養未曾，[三][宮]394 勇猛健，[三]13 有力盡，[三]483 其形色，[乙]1179 仰文殊，[元][明]13 精進方，[元][明]13 者堅行，[原]920 脈與佛，[原]2362。

瞪：[宮]670 視顯法。

見：[三][宮]2122 誠未證。

臨：[三]212 視女隨。

薩：[明][乙]1092 菩薩如。

瞻：[宮]2108 對疏謬，[甲]2073 宏富振，[甲][乙]2393 堪能廣，[甲]1735 敬證入，[甲]2035 氣剛與，[甲]2250 部，[明]、顛[乙]1092 當出種，[明]2016 養是，[明]2131 之富理，[明]191 覩佛既，[明]191 禮畢已，[明]200 待不如，[明]665 仰天上，[明]1435 力還復，[明]1442，[明]1458 相時宜，[明]1459 養，[明]1562 察，[明]1583 養作給，[明]1595 觸途必，[明]2076 禮即，[明]2102 丈六之，[明]2103 敬遐邇，[明]2122 波國西，[明]2131 部洲舊，[明]2131 部洲之，[明]2131 養若令，[三][宮]1462 波國中，[三][宮]、澹[聖]1462 若有所，[三][宮]397 婆華鬘，[三][宮]1458 病者以，[三][宮]1458 部光像，[三][宮]1545 商旅咸，[三][宮]2060，[三][宮]2102 何暇示，[三]1139 伽上，[三]2063 雖曰暮，[三]2125 部光像，[宋]、[明]1139 伽上，[宋][元]2061 多行異，[宋][元]2154 詞理通，[宋][元]2155 部洲經，[宋]984 波國，[宋]2060 言鄉縣，[元][明]1503 養者犯，[元][明][宮]2122 養日月，[元][明]2103 恤之士，[元]1451 侍我我，[元]2060 經論名。

視：[三]1507 見其神。

痰：[三]26 小便猶。

聽：[宋][明]1128 仰而住。

聞：[另]1721 如來請。

檐：[宋]153 戴是王。

簷：[明]26 蔔華鬘。

瞻：[明]187 仰。

詹：[宋]、蒼[元][明]1157 蔔花一。

蒼：[甲]1929 蔔之教，[明]264 蔔，[明]264 蔔華香，[明]866，[三]、[聖]125 蔔，[三][宮]、占[聖]2042 蔔樹高，[三][宮]310 蔔花，[三][宮]1435 婆果，[三][宮]1463 蔔迦花，[三][宮]2122 蔔華常，[三][宮]2122 蔔以類，[元][明]262。

噡：[明]1069。

瞻：[明]1582 養病苦。

占：[宮][石]1509 蔔花諸，[宮]2111 病可用，[甲]1761 察經云，[明]193 相吉凶，[明]1425 者夫人，[明]2121 相吉凶，[三][宮]322 視調均，[三][宮]374 相手腳，[三][宮]538 視同學，[三][宮]1442 之云此，[三][宮]1509 皆異兄，[三][宮]1545 相智覩，[三]6 視人客，[三]186，[三]375 相手足，[聖]223 一心屈，[宋][宮]1509 一心屈，[宋][元][宮]730 視者當，[宋][元][宮]2040，[宋]186 對，[元][明]1，[元][明]1 候吉凶，[元][明]1 相男女，[元][明]2103 鈴映掌。

召：[三]212 眾生欲。

照：[聖]703 明了如。

矚：[三][宮][甲][乙]2087 其，[三][宮]2034 古。

展

辰：[原]2250 轉之所。

厝：[甲]2202 其辨。

度：[甲]2400 當額記。

廣：[三][宮]1433 從上次。

及：[元]606 轉相率。

麗：[乙]1287 開。

劣：[甲]2196 果隋云。

流：[甲]1821 轉。

鹿：[三][宮]1462 轉如無。

舒：[宋][元]1057 置於左。

屬：[甲]1007 右手仰，[聖]1733 轉無差。

畏：[三][宮][石]1509 故梵音。

輾：[聖]1462 轉乃至，[聖]1462 轉聲至，[聖]1462 轉心，[聖]1462 轉至今。

轉：[明]2123 哀情。

斬

慚：[甲]1805 愧如王。

斷：[和]293 一切煩，[甲][乙]1822 薪等分，[三][宮]2121，[三]99 汝命云，[三]375 王首坐，[原]1841 邪之智。

檢：[宋]271。

漸：[宮][甲]1805 頓乃，[三]2154 備經。

槧：[三][宮]2103 定。

是：[三][宮]721 報。

罔：[三][宮]2085 有罪者。

軒：[甲]2128 也説文。

輒：[宮][聖][另]1442 伐其樹。

軫：[甲]2128 非。

斫：[宮]1525 斷娑羅，[三][宮]724 射賢聖，[三]197 其頭諸，[元][明]、斤[宮]721 之乃至。

盞

處：[甲]2250。

盖：[甲]893 瓦。

盛：[宮][聖]1425 是名瓦。

輾

踐：[三]410 皆悉消。

轉：[乙]2207 本作展。

蹍

輾：[三][宮]2121 熱鐵地。

占

白：[甲]2395 云千餘。

竝：[三][聖]189 知太子。

膽：[明]721 蔔，[聖]、－[另]790 星宿然。

古：[甲]1735 人云以，[甲]2128 聲，[甲]2035 寺院子，[甲]2128 反古今，[甲]2128 後有效，[甲]2128 聲闋音，[甲]2128 聲下師，[甲]2129 反切韻，[明]2059 雲館中，[明]2154 察經遺，[元]226 之覺知。

枯：[甲]2128 反韋昭。

名：[三]、口[聖]1428 者不敢。

苫：[三]1325 泥莎訶，[宋][明]、苦[元]1325。

台：[聖]2157 多有徵。

瞻：[宮]1571，[明]、占處[宮]1425 如坐禪，[明]1450 相，[明][乙]1092 蔔迦華，[明]190 看菩薩，[明]1425，[明]1425 顧坐處，[明]1450 相師來，[明]1450 相師善，[明]2121 謝呪願，[明]

2122 之教當，[三][宮]624，[三][宮]810，[三][宮]1435 波，[三][宮]2121 則時悉，[三][宮]下同 1435 波國中，[聖]514 視老病，[聖]754 相吉，[聖]790 星宿外，[宋][宮]2121 謝答對，[宋]187 聖后夢，[元][明]22 對却住，[元][明]418，[元][明]626。

佔：[三]1421 護以是。

止：[聖]225 不行色。

棧

牋：[宋][宮]、[元][明]2103 香各十。

柱：[三]、[宮]2122 上拭不。

湛

寂：[乙]2397 然界之。

堪：[甲]1512 然不空，[甲]1735 淨，[聖][甲]、湛[甲]1851 非隱非，[原]1205。

甚：[甲]1926 深如來，[三][宮]650 清淨其。

圓：[甲]1799 寂眾生。

戰

顫：[元][明]721 動難忍。

鄲：[聖]1670 寺中有。

虓

虎：[甲]2207。

戰

顫：[宮]2121 二，[明][宮]377 慄從定，[明][宮]1509 怖如初，[明]997

掉十一，[三]212 慄顏，[三]1374 掉，[三][宮]379 慄手足，[三][宮]411，[三][宮]639，[三][宮]656 慄懼，[三][宮]1428 不，[三][宮]1442 其鉢，[三][宮]1509 慄如，[三][宮]1545 掉復生，[三][宮]1647 掉如臨，[三][宮]2034 慄，[三][宮]2060 自驚返，[三][宮]2121，[三][宮]2123 掉故，[三][乙]1092 怖馳散，[三][乙]1092 懼不安，[三]25 慄其諸，[三]153 掉目視，[三]179 不安諸，[三]188 慄解，[三]189，[三]189 掉不能，[三]190 怖身毛，[三]190 掉不能，[三]190 惶身毛，[三]190 慄，[三]190 慄不祥，[三]190 慄忽然，[三]190 慄驚悸，[三]190 慄身毛，[三]190 慄臥於，[三]190 身動，[三]201 動而作，[三]201 懼，[三]201 懼不自，[三]374 慄涕泣，[三]374 慄五體，[三]1313 慄而白，[三]1314 慄而白，[三]2053，[三]2110 慄而氣，[宋][明]969 慄不安，[元][明]374 動專心，[元][明]184，[元][明]377 大震驚，[元][明]479 掉不能，[元][明]512 惶怖衣。

單：[聖]2157 于吐火。

敵：[甲]1736 其王憂。

鬪：[三]192。

戟：[三]193 備。

賤：[甲]2130 也勝鬘。

黔：[明]261 慄自在。

獸：[三][宮]720，[三]1357 題攞那，[宋][宮]299 聲。

我：[甲][乙]2261 法等事。

枒：[宋]、㭰[元][明]1343 陀羅。

諍：[三]201 時。

蘸

濯：[甲]952 浴。

章

礙：[乙]2317 依地門。

輩：[三][宮]630 可。

草：[宮]1912 安序竟，[甲]1765 凡成聖，[甲]1268 將去，[宋]、會[宮]2103 章分上，[乙]2408 長等，[元]2110 陵爲。

禪：[元]2016 門及修。

車：[宮]2103 律輕三。

乘：[甲]2183 昉撰，[原]2339 三句所。

當：[三][宮]741 句。

悼：[聖]1723。

等：[三]190 又彼地。

帝：[甲]2339 但深淺。

諦：[原]1744 即爲四。

反：[三][宮][甲]2053 之。

華：[三][宮]2104 服利在。

甲：[宮]2102 言即是。

經：[宮]1435 説章章，[三]152 第三，[宋]、－[元][明]152 第五。

論：[元][明]1442 諸苾芻。

事：[甲]2266 法故事，[原]、[甲]1744 中第一。

首：[三][宮]2060 五。

疏：[甲]2348 昌行世，[原]1834 問此中。

童：[宮]2034 經一卷，[另]1721

義耳，[宋]2154 九眞度。

韋：[甲]1781 陀又。

文：[乙]2263 如次配。

意：[甲]1789 生身此，[甲]2261 中會，[甲]2269 竟此一，[甲]2305 云，[甲]2371 也故不，[三]2059 隱質諸，[乙]2261 云七歸，[元][明]1340 本然後，[元]2060 疏六馱。

音：[甲]2128 弱反下。

原：[宮]2122 百姓寔。

彰：[甲][乙]1709 修行是，[甲]1805，[甲]2073 行符隣，[甲]2300 服異常，[甲]2748 初二偈，[明]2103，[三][宮]1631 以聞令，[三][宮]2103 舉統，[三]76 天中之，[三]2102 博約載，[乙]1736 地位者。

漳：[明]2076 濱。

慞：[三][宮][博]262 悶走其，[三][宮]262 惶怖不，[三]1644 馳走無，[三]2122 不知所，[三]2122 窮覓乃，[三]2122 求食了，[聖]1723 此應爲，[宋][元][宮]2122 甫之。

樟：[三]2122 多在門。

障：[甲]2261 云其六，[甲]2266 者謂執，[原]2196 此中梁。

中：[甲]2196 釋後道。

諸：[三][宮]278 文字悉。

裝：[元][明]2016 雖改變。

張

長：[宮]2034 玄伯孫，[甲]2128 戩云小。

帳：[甲]1785 五胞攬，[甲]2176

行。

持：[三][宮]2122 大圓蓋。

居：[乙][丙]2092 大帳方。

卷：[甲]2167。

離：[原]1851 名。

裂：[原]2339 或説法。

彌：[元][明]1336 舍彌。

懸：[元][明]278 其上無。

眼：[甲]2266 根舌。

姚：[三][宮]2104 責。

陰：[原]853 罸越聖。

引：[三]186 弓弓即。

漲：[明]2102 於後邪，[三][宮]2103 天晦及。

帳：[宮]2103 玉机福，[甲][乙][丙]973 青傘蓋，[明]2122 令人得，[三]1096 乘及坐。

紙：[甲]2174，[乙]2174。

縱：[三][宮]2123 狀似狂。

鄣

影：[甲][乙]1822。

彰：[甲][乙]1822 故若遇。

獐

麞：[甲]2881 鹿若得，[三]212，[元][明]658 鹿不害，[元][明]658 鹿虎豹。

彰

教：[聖]2157 雜別。

旀：[三]2110 羅漢之。

剖：[三]章[聖]211 告未聞。

傷：[甲]2304 無極之。

勝：[乙]2261 故論。

是：[三][宮]1458 説戒緣。

熟：[甲]1830 自體義。

顯：[甲]1840 同品，[乙]1736 勝言百，[乙]1736 一時頓。

形：[甲]1723 於言悔。

依：[甲]1744 未即佛。

影：[甲]1875 理不殊，[甲]1851 其行相，[甲]2217 橫攝之，[三][宮]1442 惡聲故，[三]2122 法身乃，[聖]1579 顯所以，[元][明]2016 事不契，[原]1744 於五時。

章：[甲]2087 佩日祕，[明]2076 爲古鏡，[三][宮]1546 故，[三][宮]2102，[三]2145 勝緣條，[宋][宮]1523 説行諸。

鄣：[原]1781 必不須。

障：[甲][乙]1822 不言不，[甲]1700 一乘勝，[甲]1781 內爲肉，[甲]1781 智故，[甲]1816 前，[甲]1851 道及盡，[甲]1851 之心名，[甲]1851 種種也，[甲]2266 止者止，[甲]2748 其惠目，[三]、章[宮]2102，[三]2122 善惡隨，[三][宮]263 現露如，[三][宮]1513 煩惱盡，[三][宮]1591 顯，[三][宮]1622 其過復，[三][宮]2121 別災禍，[三][明]1513 福利於，[聖]397 已名及，[聖]1425 我，[聖]1788 法身勝，[宋][宮]2034 遠年，[宋][元][宮]、陣[明]1591 顯相領，[乙]1724 令取大，[乙]1744 恒，[原]1780 礙，[原]2001 隔，[原]1744 故究竟，[原]1744

諸德不，[原]1776，[原]1776 多世積，[原]1776 離衆魔，[原]1776 説之爲，[原]1776 外細遠，[原]1776 無明眠，[原]1776 於平等。

箸：[明]、章[甲]2087 自茲厥。

糧

粮：[甲]2129 糧也郭。
糉：[甲]914 餭又作。

漳

章：[明]2076 州羅漢。

憧

憧：[宮]2122 苦，[聖]26。
章：[甲]2255 遑，[聖][另]613 馳走遍，[聖]310 惶緣路。
障：[東]643 求，[三]1563 故此業，[宋][宮]1509。
周：[三][宮]、章[聖]411 惶有能。

嫜

童：[三][宮]2122 嫗性狂。
章：[聖]1425 財或伯，[宋][宮]566 夫。

璋

章：[甲]2053 等給侍。

麞

麞：[三]174 鹿爲皮，[三][宮]323 鹿飛鳥，[三][宮]723 鹿諸野，[三][宮]1435 鹿獼猴。

漲

長：[三][宮]1428 若爲強，[三][宮]1435 漲去爾，[三][宮]1442 渡水之，[三][宮]1650 多所損，[三]193 盈溢譬，[三]194 必成大，[三]212 駛流盡，[三]375 多諸音，[宋]、漲[元][明][宮]374 選擇高，[宋][元]、漲[明]1114 毒藥重。

漲：[宮]374 悉隨，[三][宮]、長[聖][另]1463 漂，[三][宮]、長[聖]1428 不，[三][宮]376 流漫携。

帳：[三][宮]2059 下督富。

掌

寶：[三]125 護如來。
常：[丙]1184 至心想，[甲][乙]2390 斷一切，[甲][乙]2390 右，[甲]955 中復出，[甲]1248 心中胸，[甲]1302 安自心，[明][宮]278 安住一，[明]969 而乘機，[三][宮]2121，[聖]1509 菩薩等，[宋][元]2060 而嗟曰，[乙]2092 中臨。

甞：[甲][乙]2390 須彌山。
嘗：[甲]2266 不於後。
償：[宮]2123 此物而。
當：[甲][乙]2390 心相到，[甲]900 背安左，[甲]1238 背後二，[乙]2385 中地水，[原]1112 想妙香。

光：[乙]、掌[乙]852 於寶上。
花：[丙]1184 二火絞。
華：[三][甲]1102 智入進。
面：[乙]2391 向外是。
目：[明][聖]、月[甲][乙][丙][丁]

1199。

拿：[明]658 頂禮曼。

擎：[明]2076 鉢。

拳：[丙]2392 舉頂上，[甲][乙]973 置於頂，[甲][乙]2391 母指不，[明]1119 近乳如，[乙]1032 豎二大，[乙]2391 或作，[乙]2393 向外一。

賞：[明]2060 有則依，[三][宮][聖]1425 衣典知，[聖]1428，[聖]1428 之，[聖]1428 之若得，[另]1428 護佛言。

裳：[宮]2121。

聲：[甲]2274 有無常。

勝：[原]2409 佛平等。

事：[聖]1437 供養釋。

手：[宮][石]1509 言我某，[甲]2230 仰而，[明][甲]1119，[三][宮]509 自就功，[三][宮][甲]901 即以右，[三][宮][聖][石]1509，[三][宮]1428 問訊迎，[三][宮]1428 作禮作，[三][宮]1509，[三][宮]1509 恭敬一，[三][聖]211 中而說，[三]945 中所持，[聖][石]1509 白佛，[另]1428 白，[宋][元][宮][聖]1509，[乙]2390 之上心，[原]855 菩薩次。

守：[原]2722 晝夜十。

堂：[宮]2103，[甲][乙]2254 中告後，[明]901 中屈二，[明]2060 禮瓊一，[三]、當[宮][聖][另]1442 告。

宰：[甲][乙][原]2190 別異是，[甲]1728 人間者，[甲]1813 持大眾，[甲]2223，[甲]2223 印主群。

指：[三][宮]2122 開良由。

著：[甲]1238 中無名。

漲

長：[宮][聖][另][石]1509 眾穢渾，[宮]2121 五百幼，[三]375 暴急荷，[三][宮][聖]1421 或遭八，[三][宮][聖]1435，[三][宮]616 岸上諸，[三][宮]1421 漂沒食，[三][宮]1428 或被強，[三][宮]2121 五百獮，[聖]1421 不得還，[聖]1421 於是覆，[聖]1428 時諸比，[聖]1428 王者所。

獮：[宮]1435 不能得。

張：[三][宮]2059 天而房。

浪：[聖]1428 界內道，[聖]1428 漂失衣。

丈

八：[原]1239 尺四面。

步：[三][宮]2102 所昧還。

尺：[丁]2089，[甲][乙]2207 彌，[明]2076 竿頭五，[明]2122 許叢草，[三][宮]2102 矣何多，[三][宮]2121 餘從我，[三]5 皆有四，[三]2060，[宋][宮][甲][乙]2087 而後成，[元]397 正東。

大：[宮]2121 火坑化，[甲]、之[甲]1816 夫力，[甲]1816 夫力果，[甲]1816 夫相福，[甲]1863 之質上，[甲]2207 夫士也，[甲]2339 夫食少，[明]384 夫天人，[明][宮]1509，[明]2060，[三][宮][聖]223 光明三，[三][宮]425 夫，[三][宮]1509 光足不，[三][宮]2122 夫所，[聖]613 夫天人，[聖]2157

夫應權，[聖]2157 問端斯，[另]1442 夫若，[乙]1199 夫得如，[乙]2215 夫時方，[乙]2215 故如，[乙]2297 質，[原]2409 亦彌精，[知]2082 理丞李。

士：[甲]、大[甲]1816 夫力得，[三][宮]263 夫覿面。

疋：[三]、尺[宮]2122 許直上，[三][宮]2122。

天：[三][宮]1545 髻外道。

文：[宮]1912 六三十，[宮][甲]1912 同又神，[宮]1912 六佛，[宮]2025 陪于右，[甲]1778 臥疾託，[甲]2181 軌疏記，[甲]1735 六爲，[甲]1786 二，[甲]2008 室請問，[甲]2035 上刹高，[甲]2128 孟反脛，[甲]2266 夫與贏，[明]2122 帛殘弊，[三][宮]2122 交映託，[聖][甲]1723 甲反字，[元][明]2154 夫宮也。

用：[元][明]212 勸我還。

又：[乙]1744 六遠求。

杖：[宮][聖]1595 終朝靡，[宮]1593，[三][宮][聖]613 許下入，[宋]2110 論之於。

支：[宮]2121 八者，[甲][乙]1831 傳流於，[甲]2266 熏，[甲]2299 之義也，[三][宮]2122 氍作百。

仗

拔：[三]187 劍前趨。

被：[三][宮]820 荷給贍。

大：[三][乙][丙][丁]865 器。

伏：[宮]801 以歸依，[宮]1425 止息舍，[宮]1546 鬥戰所，[宮]2122 那

國舊，[甲]1269，[甲]1733 之良詮，[甲]1736 無不剋，[甲]2261 互相斫，[甲]2366 權謀之，[明]1097 赤瘡黑，[三]、一[宮]2122 麂人致，[三][宮]1562 補特伽，[三][宮]2122 甲而召，[三][宮][甲]2053 以，[三][宮]1458，[三][宮]2103 威須見，[三][宮]2122 兵收，[三]2145 經書然，[聖][甲]1763 物爲況，[聖]1459 鼓等皆，[聖]2157 內及兩，[另]279 一切業，[宋][宮]1674 掃衆怨，[宋][元]2059 信乃與，[宋]1536 六一火。

付：[甲]2128 謂兵器。

好：[三]2145 大乘志。

伎：[三][宮]2122 刀稍槍，[宋]、技[元][明]190 智不是，[宋]190。

節：[三]、杖[宮]2102。

披：[三]、拔[宮]2060 辯之徒。

器：[三]156 帶持弓。

稍：[三][宮]、鎖[聖][另]1435 好不兵。

文：[三][宮]2103 衞濟濟。

依：[甲]1733 之以顯，[明]1116 若有供，[三][宮]1562 經勿令。

扠：[宮][聖]1585 他變質，[聖]278 本形相，[聖]278 不用自，[聖]1585，[聖]1585 之，[聖]1585 質同不，[聖]下同 278 何等爲，[另]1585 託皆說，[宋]、杖[元]374。

杖：[丙]908 投彼，[丙]2134，[宮]、扠[聖]278，[宮][聖]272 自然隨，[宮][聖][知]1579 亦令滅，[宮][另]1435，[宮]606 持刀及，[宮]649

熾盛時，[宮]737，[宮]2053 鈸麾戈，[宮]2102 理忘言，[宮]2121 不令得，[甲]1806 遮開若，[甲]2402 或手，[甲][乙][丙]1184 左，[甲]1080 種種衣，[甲]1239 弓箭之，[甲]1733 二象，[甲]2266 義即依，[甲]2879 各發慈，[久]397，[明]1442 而能鬪，[明]2066 藜於桂，[明]2076 親蹤跡，[三]、伏[甲]2087 謂菩薩，[三]220 來見加，[三][宮]2122，[三][宮][聖]272 依於，[三][宮][聖]1425 也說法，[三][宮][聖]1579 鬪訟違，[三][宮]310 諍訟譏，[三][宮]480 所不害，[三][宮]579 若出家，[三][宮]606 來摣罪，[三][宮]664 毒，[三][宮]1421 列陣乃，[三][宮]1421 儒護，[三][宮]1425 若見能，[三][宮]1425 止息樹，[三][宮]1466 梵本音，[三][宮]1546 鬪戰之，[三][宮]1562，[三][宮]1581 布施諍，[三][宮]2060 不敢獨，[三][宮]2102 戈虎嘯，[三][宮]2122 不，[三][宮]2122 當起慈，[三][宮]2122 囚執，[三][宮]2122 人極眾，[三][宮]2122 如是南，[三][宮]2122 以法教，[三][宮]2122 亦入鬼，[三][宮]2122 云將此，[三][宮]2122 者二十，[三][乙]1092 印印印，[三]20 彈丸擲，[三]186 於，[三]193 上城戰，[三]193 狀如地，[三]211 品第十，[三]220 等互相，[三]220 隣國怨，[三]374，[三]643 如林甚，[三]984 不傷悟，[三]984 住毘，[三]988，[三]1092 印廣博，[三]1257 刀劍之，[三]1301 刀刃不，[三]1559 與一下，[三]1562 同故一，[三]2154 那唐翻，[聖]278 囚執將，[聖]278 一切眾，[聖]375 牢自莊，[聖]639 順惡人，[聖]120 來，[聖]125 貪著財，[聖]278，[聖]278 何等爲，[聖]278 名伏，[聖]278 無瞋恨，[聖]278 一切怨，[聖]291 名，[聖]1437 不應，[聖]1440 自在取，[聖]1585，[石]1509 具足不，[石]1509 是菩薩，[石]1509 則能破，[宋][宮][久]397 刀箭，[宋][宮][知]266 嚴整眾，[宋][宮]403 毒藥施，[宋][宮]403 捨之一，[宋][宮]721 打其身，[宋][宮]721 縛地獄，[宋][宮]2122 弓箭販，[宋][明]下同 220 之所，[宋][聖]125 共相攻，[宋][聖]125 入軍戰，[宋][元]1257 令，[宋][元][宮]、伏[宮]294 自然太，[宋][元][宮]1579 等惡行，[宋][元][宮][聖]310 復次自，[宋][元][宮]376 人共俱，[宋][元][宮]1466 也更有，[宋][元][宮]1571 防衆蠱，[宋][元][宮]2059 者安，[宋][元][宮]2060 云，[宋][元]201 圍遶持，[宋][元]1057 世，[宋][元]1092 印一切，[宋]374 戒是滅，[乙]2231 被戴甲，[元]2110 守護六，[元][明][宮]221 支解意，[元][明]1 戰鬪之，[元][明]190 殺怨無，[元][明]310 得於八，[元][明]323 如怨家，[元][明]2122，[元]125 入軍戰，[元]190 譬如大，[元]882 復如擊。

枝：[三][宮]1558 彼住故，[聖]、杖[石]1509 般若波。

狀：[宮]2102 理無違。

壯：[三][宮]2059 氣。

扙

杖：[三][宮]341 處所有，[宋][宮]、仗[元][明]443 捨如來，[宋][元][宮]、仗[知]266 戰，[宋][元][聖]1429 頭著肩。

杖

拔：[元][明]2145 山說法。

跋：[元][明]、支[聖]224 那佛佛。

材：[宮]1425 木瓦石，[甲]1870 蘊依止，[三][宮]1562 雖斷其，[宋][元][宮]、林[明]1648 竹或施。

持：[元][明]1552 方便是。

杵：[宋][宮]2122 打我三。

箠：[三][宮]2059 捶之曰。

打：[三][宮]754 使役不，[三]100，[聖]、－[另]1463 打他復，[元][明][宮]374 閉繫飢。

伏：[宮]1911 向之，[宮]2060 鉢一床，[宮]2103 吳景等，[明]885，[三][宮][聖]341 菩薩妙，[三]187 圖爲惡，[聖]1509 毀害所，[聖]1563，[宋]、仗[元][明][宮]1605 憤發所。

斧：[三]24 鞭打楚。

根：[明]1559 勝。

伎：[三][宮]1509 種種諸。

禁：[元][明]155 閉之於。

救：[三][宮]398 令成。

林：[宮]602 痛極是，[三]、材[宮]1470 木上，[三][宮]1442 梵志沙，[三][宮]2122 拔掘出，[三]643 當上而，[聖]2157 節，[元]99 持水瓶。

枚：[甲]2035 錫宮門，[聖]1509

鞭之不，[原]1695 殘叢而。

祕：[宋]99 爲最勝。

殺：[三]197 釋種是。

託：[甲][乙]2263 第六所。

文：[甲]2266 質有無，[宋]、丈[元][明][宮]2060 則究。

俠：[元][明]397。

挾：[明]2121 釋種女。

狀：[聖]1459 絡及皮。

又：[聖]1421 絡囊若。

杅：[甲]2266。

丈：[宮][聖]1425 外道制，[三][宮]1499 見所未，[聖][另]285 如四方，[宋][元][宮]、大[明]1428 瓶盛水，[元][明]190 其二十，[原]974 於壇中。

仗：[博]262 不加，[德]26 有慚有，[宮]310 加害於，[宮]374，[宮]310 之難要，[宮]310 罪人隨，[宮]579 加害於，[宮]657 東西推，[宮]837 若惡行，[宮]1501 埵打傷，[宮]1548，[宮]2043 火毒不，[甲][乙]1822 之用，[甲][乙]2087 變爲蓮，[甲]1828 彼爲依，[甲]2266 明詮道，[明]220 瓦石競，[明]722 治罰其，[明]2122 無有瞋，[明][聖]1579 傷害其，[明][元]397 莊嚴，[明]201，[明]220 競來加，[明]343 擊人用，[明]344 恐怖人，[明]1033 花，[明]1217 印作大，[明]1450 不殺害，[明]1521 無有瞋，[明]1525 能到能，[明]1602 鬥罵詳，[明]2122 拔好利，[明]2122 至於夜，[明]2145 茲論，[明]下同 1450 悉皆屏，[明]下同 1538 不傷毒，[明]下同 1538 器械諸，[三]、

伏[宮]1559 網等由，[三]、扠[聖]278
捶擊摧，[三]220 之，[三]220 之所，
[三]1340 種種莊，[三][宮]、扠[聖]278
自莊嚴，[三][宮]653 衞護是，[三][宮]
1521 常無瞋，[三][宮]1559 所害故，
[三][宮]1605 發起一，[三][宮]1647 等
自作，[三][宮]1648 或以弓，[三][宮]
[另]1442 劍輪箭，[三][宮]263，[三]
[宮]286 無瞋恨，[三][宮]310，[三][宮]
310 無，[三][宮]376 俱爲非，[三][宮]
383 而來攻，[三][宮]397 如善化，[三]
[宮]416 毒害所，[三][宮]420 瓦石有，
[三][宮]451，[三][宮]592，[三][宮]673
并諸幢，[三][宮]721 弓刀矛，[三][宮]
721 互相殺，[三][宮]765 違害，[三]
[宮]1421 自然，[三][宮]1428 及餘物，
[三][宮]1428 在寺外，[三][宮]1442
者，[三][宮]1443 者得惡，[三][宮]
1451 臨悉，[三][宮]1451 人並皆，[三]
[宮]1451 左右觀，[三][宮]1462，[三]
[宮]1464 我及汝，[三][宮]1484，[三]
[宮]1509 毒蛇之，[三][宮]1509 而入
敵，[三][宮]1521 施無奪，[三][宮]
1521 繫縛，[三][宮]1521 行尸，[三]
[宮]1536 不爲損，[三][宮]1536 非隔
鎧，[三][宮]1536 樂，[三][宮]1545 等
驅逐，[三][宮]1545 在生死，[三][宮]
1546 從阿修，[三][宮]1558 同故一，
[三][宮]1559 治罰事，[三][宮]1570 防
衆蠱，[三][宮]1604 酒等施，[三][宮]
1605 興諸戰，[三][宮]1644 互，[三]
[宮]1646 等苦喪，[三][宮]1646 等是
名，[三][宮]1646 止如平，[三][宮]

1650 猶如犀，[三][宮]1656 是行慈，
[三][宮]2042 時，[三][宮]2121 逼是，
[三][宮]2121 會遇狹，[三][宮]2121 事
應當，[三][宮]2121 威力故，[三][宮]
2121 爲雜花，[三][宮]2123 亦入鬼，
[三][宮]2123 雜，[三][宮]下同 1484
一切苦，[三][宮]下同 1509 等不能，
[三][甲]950 黑鹿皮，[三][聖]125 備
諸戰，[三][聖]125 兵刃禿，[三][聖]
190 兵戈如，[三][聖]190 可斫射，[三]
[聖]190 身著，[三][聖]190 悉棄，[三]
[聖]1509 莊嚴不，[三]1 不用天，[三]
1 弓矢之，[三]1 懷慙愧，[三]1 之事
或，[三]14 從有刀，[三]20 不用其，
[三]23 騎，[三]25 中劫二，[三]53 於，
[三]55 於中或，[三]125 往至父，[三]
125 者復畏，[三]153 人無侵，[三]156
以此爲，[三]187 前路而，[三]187 人
復有，[三]190 鬪輪及，[三]200 安置
左，[三]203，[三]209 尋即遣，[三]220
隣國怨，[三]411 不舉咸，[三]985 之
所侵，[三]1023 水火焚，[三]1137 怨
家橫，[三]1139，[三]1333 怖畏一，
[三]1336 兵凶毒，[三]1341 捶打比，
[三]1354 不，[三]1393 起時皆，[三]
1441，[三]1534 共魔王，[三]1644 互
相怖，[三]1662 斷肉百，[三]2103，
[三]2123 尋即，[聖]1537 而行，[聖]
190 人邊受，[聖]278 加，[聖]1354 不
傷蠱，[聖]1462 沙門念，[聖]1509，
[聖]1509 共相加，[聖]1509 傷害，[宋]
[宮]、伏[聖]1579 者謂能，[宋][宮]
1588 毒藥如，[宋][宮]310 不應，[宋]

[宮]310 及於瓦，[宋][宮]310 降伏諸，[宋][宮]322 蠕動之，[宋][宮]421 若刀不，[宋][宮]2123 當起慈，[宋][明][宮]310 勇猛，[宋][明][宮]1451 觀見彼，[宋][明][宮]2122 鬼由前，[宋][元]、枚[明]2137 來相救，[宋][元][宮]2122 不能爲，[宋][元][宮][聖][知]1579 不加，[宋][元][宮]639 莫能傷，[宋][元][宮]1488 枷鎖等，[宋][元][宮]2121 瓦石打，[宋][元][宮]2121 爲雜花，[宋][元]375 者共爲，[宋][元]1227 又於北，[宋][元]2061 錫而來，[宋]1 捶使愚，[宋]310，[宋]375 常以正，[宋]1081 兵，[宋]2061 錫離燕，[乙]1069 所不能，[乙]1821 所緣及，[元]375 擁護如，[元][明][宮]374 侍從當，[元][明]220 亦能除，[元][明]220 中恒隨，[元][明]374 傷身，[元][明]375 侍從，[元][明]410 而入戰，[元][明]476 爲欲荷，[元][明]2053 受戒而，[元]221 具足悉，[元]421 手不執，[知]2082 入寺遙。

扙：[甲]2266 本質現，[聖]125 梵志遙，[宋][宮]、仗[元][明]443 捨如來，[宋][元][宮]317 搒笞閉，[宋]99 觸其毛。

枝：[宮]2122 撾地良，[甲]1912 懸在空，[明][宮]1462 鉢支，[明]978 令降惡，[三][宮]1549，[三]193，[三]198 得腹者，[三]201 用打比，[三]2154 聊撾井，[聖]2157 鉢經一，[石]2125 張開尺，[宋][元][宮]1546 作髀骨，[宋][元]2122 後有五，[元]1546 捶牛

能。

箒：[三][宮]768 皆共諍。

狀：[甲][乙]2387 恐刀字，[三][宮]2122 化爲鄧，[三]99 如毒瓶。

壯：[甲]、仗[丙]、狀[丙]1823 同故一。

子：[三][宮]2122 手自縅。

作：[三][宮]323 大慈受。

帳

長：[甲]2035 桑尾左，[聖]2157 助運莊。

悵：[三][宮]2122 遂即，[聖]99 即，[宋][宮]2060 留餘，[宋][宋][宮][甲]2087 遷徙往。

棖：[宮]2060 累日連。

幢：[明]下同 989 雲海以。

蓋：[三][宮][聖][另]281。

墓：[三][宮]2053 所者三。

張：[原]2410。

杖：[明]2076 子平生。

脹

悵：[甲]2266 快獎勉。

厨：[原]2270 從大生。

胖：[三][宮]602 見白當。

腹：[三][宮]1435 壞女人。

膿：[聖]613 爛潰難。

障

礙：[甲][乙]2219 正以無，[三][宮]1562，[三]99，[聖][知]1579 最極清，[聖]1488 礙無有，[原]1818 俱盡名。

臂：[原]2408 除者。

病：[原]、病[聖]1818 成四因。

部：[甲]893 大印西，[甲]1512 此，[甲]1512 體非有，[甲]1816 等義，[甲]2266 故偏厭，[三]2154 經，[聖][另]1453 法，[聖]1452 礙我宜，[乙]2795。

緪：[甲]1924。

除：[甲]、障[甲]1782 二乘作，[甲]2313 歟併有。

幢：[丁]2089 子一具。

敵：[甲]1863 受變易。

諦：[甲]1828 解脫等。

動：[甲]1700 礙住處。

對：[三][宮]675 於佛地，[三][宮][聖][另]675 觀世自，[三]1602 治應知。

二：[甲][乙]1822 種有斷。

蓋：[甲][乙]2390 佛頂廣。

隔：[甲]1821 時相續。

罣：[甲][乙]2211 礙義又。

過：[三]1532。

即：[甲]1709 勝定及。

際：[甲][乙]2254 事。

結：[三][宮]1599 者障除。

解：[甲][乙]2219 三是治。

淨：[甲]1828 等了知，[甲]2266 於無學。

境：[甲][乙]1822 實義，[甲][乙]2219 者謂有，[甲]1823 五明三，[元][明]953 毘那夜。

軍：[原]904 退散馳。

苦：[明]1636 淨盡無。

所：[甲][乙]2219 非心此。

習：[三]1598 氣所依。

性：[甲][乙]2263 等十一，[甲][乙]2263 何現行，[甲]1816 所治金，[乙]2263 緣二作。

耶：[三][宮]721。

業：[乙]2263 種子，[原]1966 由念阿。

意：[元][明]1025 悉得解。

翳：[三][宮][聖]1428 消滅善。

陰：[甲]2299 脫三界。

章：[甲]1080 礙第十，[甲]1816 廣説一，[宋][宮]、彰[元][明]627 莊嚴平。

彰：[丁]2187 故云清，[宮]310，[宮]1425 法和合，[甲][乙]1822 礙等無，[甲][乙]1822 未成就，[甲][乙]2309 無事不，[甲]1080 印第二，[甲]1512 分盡於，[甲]1710 無生法，[甲]1763 薄于時，[甲]1763 令不見，[甲]1763 重，[甲]1795 圓四校，[甲]1816 根本，[甲]1816 相應之，[甲]1828 功能於，[甲]1828 故六名，[甲]1828 果增後，[甲]2290 建立第，[三][宮]708 顯是説，[三][宮]767 愚人道，[三][宮]790 故國，[三][宮]1562 稟賢聖，[三][乙]1092 觀見至，[三]1424，[聖]99 罪故即，[聖]1549 諸報實，[宋][明][宮]2122 水山上，[乙]、障[乙]1744 顯釋方，[乙]1744 弊不同，[乙]1821 見修，[元][明]2122 聖道故，[原]、[乙]1744 一切佛，[原]2196 果隋云。

漳：[甲]1728 或以口，[三][宮]

2060 洪山釋。

憧：[宮]744 不識，[聖]1723 惶
觸緒。

嶂：[三][宮]2122 重疊巖。

幢：[明]672 之所覆。

瘴：[三]2145 氣惡鬼，[元][明]
2122。

遮：[三][宮]1509 礙不得，[三]
1426 道法是。

諍：[乙]2263 之故三。

證：[甲]1863 明有學。

滯：[甲]2301 義顯道。

種：[甲]2263 者爲助。

諸：[三][宮]613 礙想見。

滓：[甲]2130 譯曰毘。

罪：[甲]952 垢乃得。

嶂

障：[甲]2053 危峯，[宋][元][宮]
[乙]、瘴[明]2087 氣氛。

瘴

障：[甲]2128 也前經。

招

保：[甲][乙]2309 二深信。

抱：[聖]425 致道乘。

報：[原]2290 故無報。

怊：[甲]2087 集五。

臣：[三]、耳[宮]2122 因呼恪。

成：[三][石]2125 譏議故。

承：[三][宮]2122 其死。

感：[原]1861 種子能。

根：[宮]1457 罪，[乙]1821 若眼
等。

拈：[三][宮]2122 盤而雨。

起：[甲]2313 後生雜。

舌：[宋][元][宮]2122 致捶杖。

攝：[甲]1830。

拓：[宮]2103。

握：[甲]1030 之呪曰。

相：[原]、相招[甲]1744。

貽：[聖]1509 欺。

昭：[明]2076 慶囑汝，[宋]2063
明寺釋。

召：[明][丙][丁]、指[宮][甲][乙]
866 集以金，[明][乙]994 即前滿。

詔：[明]1636 威儀遠，[明]1636
爲説聲，[三][宮]2122 便即經，[元]
[明][宮]2123 便即，[元][明]1341 令
尊重。

照：[甲]2263 引滿異，[聖][另]
790 患快心，[聖]125 提僧唯。

指：[三]1227。

致：[三][宮]1581 本作罪，[乙]
1736。

總：[乙]1821。

昭

肥：[甲]2036 懷慎聲。

堅：[三]2149 作。

叟：[三]2145 然心明。

然：[甲]1512 物之。

詔：[宮]2104 穆，[明]2076 州慈
光，[宋][宮]2060 穆，[宋][宮]2104 穆
失序，[宋][元][宮]2060 穆安。

紹：[三][宮]2059 玄寺復，[三][宮]2060 隆之事。

俗：[三]2063 義道莫。

胎：[甲]2290 釋云菩，[聖]2157 玄統沙。

招：[甲][乙][丙]2092 提櫛比，[明]2076 慶省僜，[三][宮]2059 常夜中，[三][宮]2122 比，[三][宮]2122 玄游賢，[三]1435 梨漿牟，[三]2125 遠意斯，[乙]2092 德里里。

沼：[元]2122 德寺於。

照：[宮]2104 而文教，[宮]2122 動寶意，[宮]2123 乎耳目，[甲]1736 著解十，[甲]1928 著法華，[甲]2006 大師可，[甲]2035 宣，[甲]2036 覺勝，[甲]2053 蘇之惠，[甲]2087，[甲]2087 景，[甲]2087 勝業寡，[甲]2087 宣何以，[甲]2087 著執長，[甲]2119 冥昧伏，[甲]2120 鑒不空，[甲]2184 述，[甲]2261 瞻仰，[甲]2266 察所知，[甲]2837，[明]896 然無，[明]2103 路於道，[三]、胎[宮]2059 德，[三]1435 梨漿莫，[三][宮]2053 仁寺沙，[三][宮]2053 象萬品，[三][宮]2059，[三][宮]2059 而，[三][宮]2060 達之涉，[三][宮]2060 融三制，[三][宮]2102 鏡塵蒙，[三][宮]2102 列於千，[三][宮]2102 洗敬覽，[三][宮]2103 光赤書，[三][宮]2108 乎，[三][宮]2108 華，[三][宮]2122 乎，[三][宮]2122 乎耳目，[三][宮]2122 明四主，[三][宮]2122 然清論，[三][宮]2122 玄，[三][聖]639 暢，[三]1337 反鑠上，[三]1808 練，

[三]2145，[三]2145 進後學，[三]2145 其實也，[三]2152 盧藏用，[聖]2034 玄沙門，[聖]2157 名録詮，[宋][元][宮]2122 然顯，[宋][元][宮]2122 玄大統，[宋][元]2060 覺並官，[宋][元]2102，[乙]2309 察，[元]2154 然可見，[原]2126 靖康建。

釗

創：[甲]2120 如晏郭。

劉：[甲]1719 師有弟。

唨

呪：[三]下同 1336 詛方道。

爪

釆：[宋]、毛[元][明]158 眼耳鼻。

叉：[甲]1723 又作抓。

辰：[甲]2128 説文云。

齒：[三][宮]374 鋒，[三][聖]375 鋒。

爾：[三]201 指欲盡。

分：[宮]606 骨肉及，[三][宮]607 生，[三]202 裂面目，[聖]613 爪上金，[聖]1579。

瓜：[宮]1461，[宮]1546 掌於大，[宮]2121 先脱肉，[甲]2035 牙是也，[甲]2128 反也，[甲]2266 如初月，[明]2016 皮謂殺，[明][宮]1462 四者齒，[明]613 齒皆悉，[明]614 長齒衣，[明]643，[明]643 利，[明]721 甲如，[明]730 下垢，[明]1462 掌叉手，[明]2154 梵志請，[三][宮]1459 苗果

謂，[三][宮]2103 繫而，[三]1336 子二七，[東]721 嘴火燃，[宋]、又[宮]397 甲悉能，[宋][元]、抓[宮]1435 起塔佛，[宋][元][宮]1442 牙勇力，[宋][元]25 取彼地，[宋][元]1462，[宋][元]2149 顏延年，[宋]125 齒形體，[元]1484 鏡。

莏：[三][宮]1545 長者來。

孤：[甲]1733 者亦求。

圿：[聖]125 齒爲從。

扴：[宮]721 既抱得，[聖][另]1428 傷內血，[聖]1460 掌敬心，[聖]1509 㨉，[另]1428 長佛言，[石]、抓[宮]1509 其足安，[石]1509 如淨赤。

界：[明]2034 甲取土。

皮：[三][宮]1425 淨應受。

脾：[宋][元]26 齒麤細。

四：[三][宮]2040 牙長利。

勿：[乙]2128 反爪曰。

牙：[宮]2058 齒狼藉。

折：[石]1509 齒薄皮。

指：[三][宮]462 端許所，[聖]639 掌面向。

衆：[另]1721 論義得。

抓：[燉]262 掌白，[宮][聖]1435 刀針刀，[宮]374，[宮]374 齒不淨，[宮]374 四如意，[宮]721，[宮]721 處處遍，[宮]721 火焰熾，[宮]721 新爪，[宮]1435 掐掐時，[宮]1509 解此諸，[宮]1546 齒各各，[宮]1548 髮因母，[宮]1646 等諸分，[宮]2034 甲土礜，[宮]2121 自，[甲]1733 五十從，[三]、扴[聖]26 擿，[三][宮]671 身體，[三]

[宮]397 夜叉波，[三][宮]1421 掴傷其，[三][宮]1428 取使斷，[三][宮]1478 是十八，[三][宮]1505 彼報，[聖]125 長三，[聖]125 齒骨髓，[聖]190 皆紅赤，[聖]190 攫裂四，[聖]223 如赤銅，[聖]278 爲求正，[聖]278 牙頭髮，[聖]375，[聖]375 上告迦，[聖]1440 佛説犯，[聖]1462 根皮，[聖]1462 筋肉膿，[聖]1546 齒等乃，[聖]下同278，[另]1428，[另]下同1428 長如是，[石]1509 梵志經，[宋]190 以用作，[宋]2145 塔緣記，[宋][宮]、瓜[明]、扴[石]1509 爲羅刹，[宋][宮]1509 中欲因，[宋][宮][石]1509 薩遮祇，[宋][宮]309 而不能，[宋][宮]721 鋒利焰，[宋][宮]1509 讀十八，[宋][明]397 天女黑，[宋][元][宮]1425，[宋][元][宮]2040 或頭在，[宋]190 甲等隨，[宋]190 傷我婦，[宋]2145 塔記第。

叉

又：[聖]125 手。

沼

超：[甲]2183 撰出。

池：[聖]1579 其水盈。

湟：[聖]201 及河泉。

林：[三][宮]2059 極。

濼：[三][宮]895 或得飲。

洺：[宋][宮]、洛[明]2122 州僧先。

泊：[宋][宮][甲][乙]、濼[元][明]895 有名。

源：[三][宮]2121 一切盈。

治：[甲]2087，[聖]2157 等證義，[宋][元]2103 及草内。

注：[三]、住[宮]456 自然。

召

多：[宮]2121 長者子。

告：[宋][元]155 八萬四。

故：[宋]991 集此會。

果：[三]2059 如來慈。

即：[甲]1268 須發願。

盡：[乙]2228 法界。

令：[三][宮]2041 爲。

呂：[乙]2408 草一説。

名：[宮]895 發遣皆，[宮]1566 伴，[宮]2103 僧而受，[甲]952 一切佛，[甲]1718 文殊即，[甲][乙]1724，[甲][乙]1821 義謂隨，[甲]866 依教請，[甲]952，[甲]1735 有縁衆，[甲]2035，[甲]2036 入宿儞，[甲]2053 宗人語，[甲]2207 義謂隨，[明]1 喚鬼神，[明]2131 三德，[三][宮]587 諸天龍，[三][宮][聖]1451 之事或，[三][宮]481 色色不，[三][宮]901 印，[三][宮]1544 此於五，[三][宮]1579 而受用，[三][宮]1606 往，[三][宮]2121 獄鬼無，[三][宮]2122，[三][宮]2122 僧弘講，[三]152 妾爲某，[三]186，[三]202 之聽汝，[三]985 始可，[三]2060 爲文士，[三]2125 聲便成，[聖]953 帝釋及，[聖]1458 聲如喚，[聖]1462，[聖]1579 假名二，[聖]2157 門人有，[聖]2157 入大，[聖]2157 爲文士，[聖]2157 宗人語，[另]1451 父子二，[乙]1239 天龍阿，[元][明]231 菩薩作，[原]904 一切如，[原]2196 彼云彌。

命：[三][宮]2122 夏坐。

遣：[宮]2121 畫師圖。

色：[甲]908。

善：[甲]2412 七曜爲，[西]665 我時應，[乙]2232 入即是。

石：[宮]2102 非所，[甲]974 及療病，[三]2122 綱佐及。

首：[三][甲]951 結請佛。

台：[乙]2394 此四准。

現：[三]189 諸臣。

印：[甲]、即[乙]1239 之爲元，[甲][乙]894 此是蓮。

招：[甲][丙]1184，[甲][乙]2390 之三，[甲]994 請三遍，[甲]2255，[乙]852，[乙]2390 之別記，[原]1840 火但取。

詔：[丙]2092 諸音樂，[甲]1736 而至令，[明]2060。

兆

地：[甲]1921 經云刀。

非：[宮]2111 之於皇，[甲]1512 狀可，[元]1451 乎既至。

師：[甲]2073 長安人，[宋]2061 禪定寺。

逃：[甲][乙]2426 役者衆。

肇：[三][宮]2059 自陳思。

焰

曜：[三][宮][聖]285 巍巍無。

照：[宮]263 寶光天，[宮]425 心莫不，[宮]425 燿所觀，[宮]618 無量莊，[宮]2121 四天下，[宮]2121 王身與，[三][宮][石]1509 微闇不，[三][宮]263 耀彌廣，[三][宮]671 曜如，[三][宮]2103 下寧濟，[三][宮]2103 遺形不，[三]152，[三]210 世間，[三]2103 動群心，[石]1509 二法和。

棹

掉：[明]1538 舉多舌，[三][宮]1545 舉亦非，[宋][元][聖]1544。

權：[甲]1786 可喻施，[明]2076 別波瀾。

攉：[三][宮]2103 方舟以。

詔

筆：[乙]2092 來朕自。

勅：[三][宮]1515 譯。

訪：[元][明]163 召經歷。

告：[三][乙]1092 諸真言。

誥：[宮]310 譯，[聖][宮]310 譯，[聖]310 譯，[宋][宮]310 譯，[宋][宮]310 譯，[宋][元][宮]310 譯，[元]310 譯。

記：[甲]2035 云，[明]1128 譯。

教：[三][宮]263 若。

練：[甲]1802 油故曰。

律：[聖]1562 譯。

名：[原][甲]1781 於人佛。

諸：[明][甲]997 他人以，[聖]1859 實際爲，[原]、詔[甲]1781 波旬爲。

韶：[甲][丁]、乙本詔字斷缺 2092

祕書，[甲]2035 徑山欽，[三]2045 之次兄。

紹：[甲]2035 趙郡法，[三][宮]2059 諮，[元]2103。

事：[明]2103 并表請。

授：[三][宮]1425 若畜衆。

誦：[甲]1724 詐果如。

謟：[甲][乙]1816 害心悉，[甲]1852 於佛此，[明]1540 九憍十，[明]1542 云何。

語：[宮]263 諸族姓，[明]2145，[三][宮][聖]639 兒言汝，[三][宮]263 諸，[三]291 猶如菩，[聖]291，[宋][宮]2121 曰更增。

招：[博]262 無數衆，[三][宮]2123 九善能，[另]1451 言不同。

昭：[三]、照[聖]2034 玄統。

召：[宋][宮]1484 天竺法。

照：[三][宮]2053 霈臨不，[三][聖]190 顯示不，[三]190 示導，[聖][石]1509 則失般，[聖]223，[聖]223 分。

制：[宮][聖]310 譯，[明]1450 譯，[三][宮]568，[三][宮]599 譯，[三][宮]680 譯，[三][宮]1513 譯，[三][宮]1570 譯，[三][宮]1598 譯，[三][宮]1609 譯，[三][宮]1655 譯，[三][宮]1657 譯，[三][宮]下同 2034 曰門下，[三]968 譯，[三]2149 譯，[聖][德]1563 譯，[聖][另]765 譯，[聖]310 譯，[聖]691 譯，[聖]765 譯，[聖]1562 譯，[聖]1563 譯，[聖]2157 訖又崩，[另]765 譯，[另]1563 譯，[宋][元][宮]310 譯，[宋]

[元][宮]1562 譯，[宋]1006 譯。

諮：[三]2060 葬郊。

照

必：[乙]2263 然。

遍：[宮][聖]425 佛土處。

超：[甲]1733 世間是，[乙]1978 曜超千，[元][明]624 於日月。

觸：[宮]2042 於衆生。

從：[乙]2397 之慧但。

發：[明][甲]1177 性入寂。

共：[甲]1828。

建：[宮]2123 八萬四。

鏡：[三][宮]276 上下昫。

叟：[宋、炅[元][明]152 然冥退。

朗：[三]360 世間消，[原]1858 於外結。

滿：[宮]278，[三][宮]233 三千大。

滅：[甲]1775 澄若靜。

明：[甲]1705 眞幻化，[甲]1841 解宗故，[三]1545 於十二，[三][宮]1537 了除闇，[三]1644 遍滿所，[聖]279 法界器，[聖]613 如此四，[聖]1522 威德王，[宋][明][宮]2122 見覆塔，[乙]2396 常住三。

能：[三][宮]2122 除昏。

破：[甲]1929 此。

普：[三]2122 身人人。

然：[乙]2391 即入三，[元][明]285 高遠堅，[原]2227 悲無量。

燒：[乙]2192 故先隨。

劭：[宮]2060 華梵並。

紹：[原]2431 堅慧眞。

時：[明]870 一切衆，[三]158 彼無垢。

説：[甲]1705。

俗：[原]2264 世間苦。

天：[宮]545 雨。

謂：[甲]1851 四。

無：[聖]2157 明三昧。

煦：[明]2103 琉璃之，[三][宮]588 育諸人。

嚴：[明]411 察會今，[聖]1509 恒河沙。

耀：[三][宮]403 積德奉。

陰：[三][宮]1484 非。

映：[甲]2006 膽寒。

與：[甲]2266 本質更。

月：[甲]1735 出現故。

昭：[丁]1958 山，[宮][戊]1958 長夜，[甲]2207 云以其，[甲]2035 聰禪師，[甲]2087 慈慧鏡，[甲]2120 再入金，[甲]2128 注漢書，[甲]2173，[甲]2255 王瑕二，[甲]2425 了之德，[明][宮]2060 隨妄普，[明]2103 心不自，[明]2145 其本也，[三][宮][聖]1595 晦相雜，[三][宮]1593 晦相雜，[三][宮]2053 昕迷塗，[三][宮]2059，[三][宮]2059 示後昆，[三][宮]2060 融然後，[三][宮]2060 無勞，[三][宮]2060 冑出守，[三][宮]2060 助及至，[三][宮]2102 隔於道，[三][宮]2102 如發，[三][宮]2103 仁濟物，[三][宮]2103 四果十，[三][宮]2103 往疑斯，[三][宮]2108 仁濟物，[三][宮]2122 德

佛圖，[三][宮]2122 帝後在，[三]210
然明，[三]2063 胄出守，[三]2087 怙，
[三]2087 著二人，[三]2110 俗以書，
[三]2154 僧律等，[聖]643 地，[宋]
[宮]683 達三界，[元][宮]1521 明此
正，[元][明][宮]664 然，[元][明]
2060 揚經典，[元][明]2087 怙鼇而，
[元][明]2087 明冠帶，[元][明]2103，
[元][明]2103 被象譯，[元][明]2145
列矣是。

沼：[三][宮]2122 萬影現。

召：[甲]2195 乃至方，[宋][元]
[宮]1509 之亦應。

炤：[三][宮]、燈[聖]222，[三][宮]
222，[三][宮]222 有三昧，[三][宮]
2121，[三][聖]158 牟尼智，[聖]222 已
以此，[聖]381，[聖]425，[聖]425 門，
[宋][宮]222。

詔：[明]99 喜示，[三][宮][聖]223
開示分，[三][宮]394 愚冥何，[三][宮]
1509 令，[三]100 禪定之，[宋][宮]、
利[元][明]2121 喜出佛，[元][明]99 喜
已從，[元][明]310 眾生以，[元][明]
624 各令得，[元][明]624 人，[元][明]
624 吾等令，[元][明]624 一切三，[元]
[明]626 令各得。

知：[甲]2397 了是悲，[甲]2778
而未常，[聖][另]1733 真諦如。

至：[三][甲]1085。

趙

削：[甲]2035 膠西三。

越：[聖]2157 錄及始。

肇

掌：[宮]2060 運便業。

曌

詔：[三][宮][甲]2053 不許諸，
[三][宮][甲]2053 賜使翻，[三][宮]
2053 令。

蜇

蛆：[聖]172 螫。

螫：[元][明]1442 害於我，[元]
[明]1442 疾入宮。

蠍：[三][宮]1591。

遮

避：[宮]1591 遮於此，[甲]1922
內非亦，[甲][乙]2263 過取之，[甲]
2196 煩是則。

遍：[宮]1558 位應知，[和]293 那
而為，[甲]2217，[三][宮][聖]626 阿
難陀，[三][宮]1562 遮故，[三][甲]
1335 迦香與，[三]1562 此責不，[聖]
[另]1459 外，[元][明]1562 故如。

塵：[三][宮]1571 遍。

麁：[宮]721 防既到。

道：[甲]2262 劣非。

闍：[甲][乙]2219 利言宜，[三]
[宮]397 處於如，[三][宮]397 夜叉羅。

度：[元][明][宮]310 迹解度。

遏：[甲]1733。

癈：[聖]1509 眾生十。

廣：[甲]2787 過調達。

過：[宮]397 止便罵。

呵：[元][明]1335。

迦：[三][乙]1092。

建：[乙]2397 立誹謗。

禁：[三]375 即便還。

救：[甲]1736 其引難。

離：[乙]2263 生滅等。

遼：[明]2154 大會四。

鹿：[聖]1462 前後以。

滅：[元][明]1579 斷撥無。

摩：[元][明]984。

那：[原]2175 經疾大。

逆：[明]1484 即。

其：[明]2076 僧却會。

起：[聖]1425 二事應。

遣：[乙]2263 實有執，[原]2426
羊車三。

若：[三][宮]、－[甲]895 難分品。

沙：[甲]2195 之演說。

舍：[甲]2217，[甲]2291 那金翅，
[甲]2397 那有四，[甲][丙]2381 那自
性，[甲][乙]2328 那體清，[甲][乙]
[丙][丁]2089 那殿前，[甲][乙]2397
那之異，[甲]1273 遮那佛，[甲]1287
那以降，[甲]2245 那如來，[甲]2291
那始，[甲]2396 那如來，[甲]2396 那
心出，[甲]2396 那行妙，[甲]2397 那，
[甲]2397 那身，[甲]2401 那若作，[甲]
2401 那世尊，[甲]2402 那初從，[甲]
2427 那則智，[甲]2434，[甲]2434 那，
[甲]2434 那佛，[甲]2434 那佛用，[乙]
2192，[乙]2396 那佛爲，[乙]2397 那
佛是，[乙]2397 那經云。

捨：[甲]2217 取義兩。

舍：[甲]1733 那品云，[甲]1733
那盧舍，[甲]2167 那五字。

手：[明]2076 裏曰恰。

庶：[甲][乙]1822，[甲]1735，[甲]
1789，[三]23 留遮，[原]1311，[原]
1872 却蒙雲。

通：[乙]2296 趣寂今。

違：[甲][乙]1822 罪謂不，[甲]
1961 菩提門。

選：[宋][宮][知]598 諸妨礙。

遜：[宋][明][乙]1092。

夜：[甲]2401 羅及訶。

有：[明]261 罪有漏。

障：[三][宮][聖]223 道法。

者：[明]2076 便是否，[明]2076
裏來還，[明]2076 裏作麼，[明]2076
頭得恁，[明]2154 師子吼。

這：[明]2076 竭斗，[明]2076，
[明]2076 鈍漢禮，[明]2076 箇便是，
[明]2076 箇更別，[明]2076 裏無水，
[明]2076 野狐精，[明]下同 2076，[明]
下同 2076 箇便是，[明]下同 2076 箇
作什，[明]下同 2076 阿師也，[明]下
同 2076 邊僧曰，[明]下同 2076 便是
麼，[明]下同 2076 箇阿師，[明]下同
2076 箇便是，[明]下同 2076 箇煩惱，
[明]下同 2076 箇人曰，[明]下同 2076
箇語顯，[明]下同 2076 箇作拳，[明]
下同 2076 裏徹底，[明]下同 2076 裏
有桶，[明]下同 2076 裏有一，[明]下
同 2076 裏作麼，[明]下同 2076 皮袋。

蔗：[甲]1828 變味者，[三][宮]
[博][敦][燉]262 若富單，[三]264 若

富。

　知：[宮]1425 時尊者。

　脂：[明]1341 大地獄。

　左：[明][丙]931 二十六。

折

　柏：[三][甲]1080 一云象。

　別：[乙]2261 故義説。

　拆：[宮]1998 東籬補，[甲]2317，[甲]1763 五陰無，[甲]2266，[甲]2296 常住，[明]、折[宮]1579 葉者，[明][甲]1988 了也忽，[三][宮]2122 婉章，[元][明]639 求其堅。

　坼：[明]2076 曲爲今，[三][宮]2060 無滯貞。

　持：[甲]2434 義理。

　杵：[甲]923 碎身如。

　打：[明]2076 破某甲，[三][宮]1425 犢子脚，[三][宮]1646 著勢，[乙]2408 物，[原]、打[甲]2006 北。

　斷：[三]203 翅不能，[聖]1509 薄，[石]1509，[元][明][石]1509 能淨菩。

　伐：[三][宮]1425 好薪。

　股：[甲]901。

　柯：[甲]2257 條。

　柳：[原]1758。

　圻：[甲]2130 上城也。

　祈：[丁]1831 解脱上，[元]、祈一作折[明]2103。

　曰：[丙]877，[三][丙]1202 囉二合。

　攝：[乙]2376 僧籍。

　逝：[甲][乙]1796 窣都醫，[三][宮]2103 夫日御。

　損：[三]1546 減問曰。

　所：[明]2122 損後，[宋][元][宮]、析[明]372 爲百分。

　柝：[三]2154 權大悦，[乙]2218。

　梢：[三]6 所疑阿，[宋][元]211。

　析：[宮]443 時列，[宮]443 之列，[宮]2060 動神，[宮]2060 剖磐隱，[宮]2060 重關更，[甲][乙]1929 戒大乘，[甲][乙]1929 體拙巧，[甲]1723 指由造，[甲]1778 若體爲，[甲]1828 實觀，[甲]1828 者方説，[甲]1828 眞言遂，[甲]1929，[甲]1929 色至隣，[甲]1929 體見眞，[甲]2128 聲，[甲]2254，[甲]2296 法空大，[甲]2296 之方，[甲]2296 中乎答，[明][宮]671 爲微塵，[明]155 骨爲筆，[明]400，[明]1119，[明]1424 石斷首，[明]2016 骨爲筆，[明]2122 骨寫經，[明]2122 其名數，[三][宮]1545 應説，[三][宮]1563 則有無，[三][宮]1545 除自體，[三][宮]1545 作九品，[三][宮]1546 木多用，[三][宮]1563 名辯緣，[三][宮]1563 制伏令，[三][宮]1579 諸色極，[三][宮]1584 色究竟，[三][宮]1808 大石分，[三][宮]2034 疑略二，[三][宮]2059 句綺麗，[三][宮]2059 宣暢，[三][宮]2060，[三][宮]2102，[三][宮]2103 滯，[三][宮]2122 骨，[三]6 疑將幾，[三]212 體之惱，[三]220 爲百分，[三]293 骨爲，[三]375，[三]1341 底攝取，[三]2063 名實其，

[三]2087 一墮南，[三]2106 疑甄解，[三]2122，[三]2123 煩呈妙，[三]2125 毫芒明，[三]2145 護所集，[三]2145 乃見前，[三]2145 槃暢礙，[三]2145 顯元寫，[三]2149 以漢義，[三]2149 疑甄解，[三]2154 中解一，[三]2154 刀經一，[三]2154 妙得本，[宋][元]1441 伏羯磨，[宋][元]2103，[宋]2145 中道場，[宋]2149 流轉之，[宋]2149 十演論，[乙]1796 推求十，[乙]2192 一句入，[乙]2261 除麁至。[元][明]210 自然惱，[元][明]2103 解，[元][明]2145 疑略序，[元][明]2149 中解，[元][明]2123 骨爲筆，[元][明][宮]2122 骨爲筆。

忻：[宮]2074 洲東北。

欣：[甲]1778 折圓頓。

抑：[甲]2270 難至稱。

游：[三]2103 體盡於。

曰：[乙]973 囉二合，[乙]973 囉二合。

拶：[甲]十五 1120，[甲]1120。

指：[甲]1805 歸。

制：[三]1435 伏得擯，[三]1435 伏得擯。

斫：[三][宮]768 不入用，[知]2082。

砳

妭：[甲]2392 砳者捧。

哲

羼：[三]2125 之徒近。

德：[三]291。

誓：[宮]2122 人忽來，[三]152，[聖]210 守戒內，[宋][宮]2060 交侵至。

晰：[宋][元]、晰[明]2103 遺筌標，[宋][元]、晰[明]2103 遺筌標。

折：[宮]2053，[宮]2053。

惹：[甲]2266 解云若。

喆：[聖]481 聰明諸。

悊

哲：[三]2151 善梵書。

輒

便：[宮]1437 坐者波。

輆：[宮]2102 仰刊碑，[宮]2102 仰刊碑。

共：[三][聖]425 詣賢者，[三][聖]425 詣賢者。

徑：[宮]635 度何則。

能：[甲][乙]1822 説相別。

輕：[宮]292 受奉持，[宮]2042 入禪坊，[三][宮]401 慢無言，[三][宮]2059 樹十科，[三][宮][另]1442 爲陳説，[聖]1442 現微笑，[聖]1421 坐其床，[宋]1331 毀辱，[宋][元][宮]2059 談講道。

取：[三]2103 悦世情，[三][宮]2122 與官軍，[聖]1428 著入聚。

趣：[丙]2231 爾故其，[宮]309 使其人，[三]1242 除滅，[三][宮]1425 爾，[三][宮]1808 爾持故，[三][宮]2122 悲哀六，[三][宮]2040 出告諸，

[三][宮]2121 死此滅，[三][宮]1425 向人説，[宋][元]2061 入毘奈。

宛：[三][宮][聖]285 轉亦無。

轍：[甲]1763 改，[甲]2036 共尋詳，[乙]2296 何有三。

轉：[原]1819 還復調。

轉：[宮]309 成亦不，[宮]585 到永安，[宮]2121 顧一斛，[宮]263 如其言，[宮]318 成嚴，[宮]565 奉行無，[甲]2415 クト云，[甲]2270 言何所，[明]819，[三]2145 分食飛，[三]221 却一劫，[三]398 獲安報，[三]1521，[三]199 如意具，[三][宮]285 堅，[三][宮]481 得，[三][宮]635 微輕當，[三][宮]656 得有所，[三][宮]708，[三][宮]2046 不以理，[三][宮]285 得超越，[三][宮]811 見十，[三][宮]544 卑賤，[三][宮]2121 復罵辱，[聖]481 奉受如，[宋]211 共雙生，[宋]291 如所願，[宋][宮]403 成以成，[宋][元]225 歡，[宋][元][宮]318 當欺諸，[元][明]425 勝如來，[元][明]425 勝，[元][明]2059 聞闇中。

楠

摘：[三][甲]1100。

軶

軌：[甲]2129 反合作，[甲]2129 反合作。

輕：[明]191 起毀辱。

趣：[元][明][聖]512 出告。

轉：[三]154 遣鳥師，[三][宮]

2121 更續。

礫

坼：[三][甲]1227 量佛手。

桀：[甲]2128 罪也，[甲]2128 罪也。

櫊：[甲]、樑[乙]1250 手上層。

礫：[乙]2394 之令至。

扡：[三][宮]1548 裂以繩。

扡：[三]42 開因取。

搩：[三][宮]2122 手短者，[三][宮]1421，[三][宮]1428 手廣，[三][宮]1430 手內廣，[三][宮]1431 手廣二，[三][宮]1463 短者四，[三][宮][聖]1423，[三][宮][聖][另]1463 手長短，[三]下同 1426 手爲壞，[聖]1425 手洗已，[宋][元][宮]1462 手廣一，[宋][元][宮][聖]下同 1437 手廣六，[宋][元][宮]下同 1436 手內廣。

張：[聖][另]1442 手，[聖][另]1442 手。

樑：[甲]、搩[乙]966 豎於空。

蟄

熱：[甲]2092 攢育蟲。

執：[甲][乙]1929 未。

縶：[三][宮]2103 土櫟示。

謫

常：[明]2076 爲舒州。

讁：[宮]2122 阿難一。

譴：[三][宮]2122 有教推。

摘：[甲]1335 罰自此，[甲]1335

罰夜叉，[聖]125 罰時諸。

　　謫：[宮]407 罰之收。

轍

　　徹：[甲]2281 豈嫌違，[甲]1924 入修滿，[甲]2281 只是大，[甲]2296 謂顯，[三]2103 玄蹤惜，[三][宮]2060 緝纘亡，[宋]213 迹沙門。

　　微：[甲]2261 解心不。

　　輒：[甲]2036 縷指忘，[甲]2270 改論文。

　　輙：[宮]1451 中倒地，[明]2060 藏親臨。

謫

　　謫：[三]411，[三][宮]411 罰善男。

　　賞：[宋]203 罰貧長。

　　適：[宋][明][聖]361 壽命終，[宋][明][聖]361 五百歲。

　　摘：[聖]410 罰身受。

　　謫：[三][宮]411 罰被赤，[三][宮]411 罰。

謦

　　憴：[三]2060 蔡晃等，[三]2103 謹啓。

褔

　　縵：[乙]1900 也從有。

　　攝：[甲]1717 牒但是，[甲]1735，[三][宮]1425 杭氈，[三][宮]1425 左邊，[三][聖]99 褥枕各，[聖]1421 著下衣，[聖]1427 著內衣，[聖]1421，

[聖]1421 居士見，[另]1428 諸居士，[宋][元]1443 如多羅。

　　葉：[聖]、褔＋（衣）[三][宮]1425 者多作。

者

　　八：[明]2103 老子序，[明]2103 老子序。

　　百：[三]2154 非也天。

　　背：[甲][乙]2250 言四不，[甲][乙]2250 言四不。

　　本：[乙]1736 師。

　　彼：[三][宮]2122 重與財。

　　便：[原]2339。

　　表：[聖]1721 學無學。

　　幷：[原]2303 無問自。

　　並：[甲]2035。

　　病：[甲][乙]1822 佛如。

　　不：[原]1856 以有殊。

　　不：[宮]2122 答曰若，[甲]1736 行，[三][宮]1546 言是衆，[宋][明]1272 先擇作。

　　部：[三][宮]1435 捨得名。

　　藏：[三]2060 仍取之。

　　差：[甲]、著[乙]1816 定故不。

　　常：[原]1879 說以爲，[原]1879 說以爲。

　　車：[甲]2304 四。

　　臣：[三][宮]2108 竊尋付，[元][明][聖]754 齎。

　　乘：[三][宮]263 比丘比。

　　赤：[甲]2193 如頻婆，[宋][元][宮]488 斯人眼。

出：[甲]、出者－[甲]2195 名衣祴。

初：[甲]2218 第三劫。

處：[三][宮]653 以爲喜，[聖][另]1541 謂見所，[乙]2249。

此：[三][宮]309 彼求此，[聖][另]1435 比。

答：[甲]2250 纔解人。

大：[三][宮]532 菩薩樹，[宋][元]、〔者〕－[聖]1462 財富者。

當：[三][宮]263 分別當，[三][宮]313 自餓寫。

道：[甲]1813 之根本，[三][宮]2109 初名鬼，[乙]2249 支中正，[元]1604 此是果。

得：[宮]2122 定無，[甲]1813 僧用，[三][宮]1425，[三][宮]1425 波羅夷。

等：[宮]659 爲十一，[甲]2262 即等取，[甲]2266 非也義，[甲]2323 爲除有，[甲]1823，[甲]1863，[甲]2219 金剛者，[甲]2266 爲四一，[甲]2270 名假想，[甲]2274 驚覺心，[甲]2434 亦則不，[明]1565 法無自，[三][宮][聖]411，[三][宮]461 爲二，[三][宮]657 常用是，[三][宮]1428 三人婦，[三][宮]1443 犯捨墮，[三][宮]1509 爲勝，[三][宮]1520 爲四一，[三]99，[三]945 即我眷，[三]1331 是耶願，[三]1509 是方便，[三]1532 是耶如，[三]1566 不然取，[乙]2261 非，[原]1818。

第：[甲]1705 三，[甲]1705 三正

住。

諦：[明]1647 亦爾，[元][明]、諦者[宮]374 當知魔。

定：[甲]1828 有涅槃，[三][宮][聖]586，[聖]272。

斷：[三]99 斯有是。

而：[甲]1786 陵有弱，[甲]1816 即是次。

兒：[三][宮]1425 殘殺衆，[三][宮]1552 後生爲。

二：[甲]1736 此，[甲]1805，[明]2103 道德經，[原]2339。

法：[高]1668 爲欲度，[宮]221 見現在，[宮]421 彼即示，[甲]1741 大衆獲，[甲]2263 同懈怠，[甲]2263 以，[甲]2274 由法爲，[甲]2376 皆無常，[三]、法者[聖]125 便有所，[三]397，[三]1485 是下品，[聖]663 心不顧，[乙]2263 何云法，[乙]2391 以一切，[元][明][宮]632，[元][明][聖][石]1509 極數不，[元][明]278 無佛無。

犯：[三][宮]1425 越比。

方：[甲]2305 開，[甲]1735 古有五，[甲]2250 由此名。

夫：[三][宮]374 求食。

佛：[元][明]310。

婦：[元][明][宮]374 是義不。

復：[宮]279 見於地，[明]1520 有七種，[三][宮]638 變爲人。

縛：[三][聖][另]310 佛子離。

各：[宮]2122 自相追，[乙]1709 以三脫。

共：[乙]2254 十五識。

故：[宮]653 汝等應，[宮]1425 於
此生，[宮]1467 於此生，[宮]1552 名
家家，[甲]1361 應知，[甲][乙]1822 不
立爲，[甲][乙]1822 謂於佛，[甲]2129
通名爲，[甲]2339 然自受，[明][甲]
1216 應晝忿，[明]1522 是十二，[三]、
一[宮][聖][石]1509 乃至不，[三]、[宮]
1579 已入正，[三][宮][聖]1428 默然
誰，[三][宮]638 名曰博，[三][宮]657
當爲轉，[三][宮]1431 知，[三][宮]
1545 佛，[三][宮]2123 勤求不，[三]
1532 其，[三]1532 以世間，[三]1602
淨持戒，[宋]374 是故示，[乙]2263 無
有說，[乙]2317。

官：[三]196 似已無。

觀：[明]1581 謂菩。

光：[聖]643 三匝一。

果：[三][宮]341 更無少，[三][宮]
749 私自食。

好：[聖]341 世尊我。

號：[三][宮]443 不曾生。

乎：[甲]1775 但念惡。

化：[三][宮]325 無增損。

惠：[甲][乙]2434 身不由。

慧：[甲][乙]1821 能於所，[甲]
1709 能自開，[三][宮]278 諸業悉，
[三]203 分別如，[聖]397，[元][明][宮]
632 壞生死。

即：[甲]1778 無十地，[甲]1828
此後文，[乙]1723 攝。

疾：[甲]2299 速者何。

跡：[三]193 具滿五。

家：[宮]1425 失。

間：[明]、明註曰北藏作間 310，
[三]184。

見：[宮]1451 非見非，[甲]2249，
[三]125 女者是，[三]186 一切衆，[原]
1829 以與想。

教：[甲]1821 論望聖，[原]、教
[甲]1821 能生。

皆：[宮]1435 姦我宮，[甲]、者
皆[乙]867 歡喜能，[甲]1918 一法異，
[甲]2274 是無常，[甲]2337 云三乘，
[甲]2434 從能入，[明][乙]994 令，
[三][宮]286 殊勝，[三][宮]1644 衆寶
所，[三]2110 歡喜譬，[宋][元]451 常
應如，[元][明]1552 是上斯。

結：[三][宮]1557 爲何等。

戒：[明]2122 願樂於，[三]116 所
行無。

界：[三]2122 災害可。

今：[三]125 當勸令，[三][宮]
2042 補處生，[乙]2263 指何乎。

近：[甲][乙][宮]1799。

經：[明]1216 若忿闍，[三][宮]
664 菩提已，[聖]2157。

淨：[三]99 執與不。

九：[甲][乙]1871 皆各具。

居：[甲]1828 後爲利。

具：[乙]2261 故彼定。

看：[宮]1462 得，[宮]1808 不出
過，[甲][丁]2244 地，[甲]1733，[甲]
1828 意無別，[三][宮]1425 不得前，
[聖]1425 越，[宋]155 得視，[乙][丙]
973 臨時改，[乙]2376 皆各至。

考：[宮]1547 彼衆生。

空：[三]212 究其源，[元][明]212 究其源。

苦：[宮]397 是故無，[甲]1912 佛告長，[甲]1782 本，[甲]1816 乃至攝，[甲]1828 謂三界，[甲]1839 樂事，[甲]2266 生彼事，[三][宮]1488 應，[三]375 譬未。

老：[宮]278，[甲]1733 等未來，[甲]1805 所説文，[甲]1828 死收，[三]、一[宮]2121 宿年共，[三][宮][聖]1451 誦習，[三][宮]478 及與死，[三][宮]1435 是何等，[三][聖]26，[三]1 常言當，[三]196 病苦劇，[三]1464 得婆羅，[聖][另]1463 年十七，[聖]210 有死衆，[聖]211 居士，[聖]1451 同座復，[宋][元]1545 勿怖勿，[宋][元]99 西毛，[宋][元]2061 僧笑令，[元][明]212 甚難制，[元][明]2016 陵弱天，[元]631 學貴無。

離：[原]1776 見惑。

禮：[三][丙]1076 字復以。

力：[明]278 安住此。

劣：[甲]2266 如婆沙，[甲]2274 若對根。

令：[宮]1502 念。

六：[明]2103 五練經，[宋][元]1617 即界入。

路：[三][宮]638。

輪：[三]271 佛説障。

論：[甲]2299 天説四。

馬：[乙][丙]2092 十餘匹。

名：[甲]2255 爲色，[甲]2337 利暹受，[甲][乙]2397 覺謂四，[甲]1512 此，[甲]1731 鑿是三，[甲]1733 遍修行，[甲]1828 無記解，[甲]1912 相似見，[甲]2230 現法樂，[甲]2266 意，[甲]2269 可解○，[明]721 常，[明]1646 則不名，[三][宮][聖]376 鹽二，[三][宮]1506 向彼或，[三][宮]1509 善有漏，[三]1 堅固持，[三]125，[三]125 難陀浴，[三]193，[三]1331 印人宅，[三]1549 一切行，[聖]2157 多以父，[宋]、除者[元][明]212 盡，[乙]1822 不善惡，[乙]850 爲眼，[乙]2227，[元][明][宮]、秦言[聖][石]1509 大薩埵，[元][明]720 金剛主，[元]1552 出作入，[原]2288 開會之，[原]2339。

明：[原]1855 三論立。

命：[明]2016 相謂諸。

嚩：[乙]1022 者。

那：[甲]1735 梵云禪。

乃：[三][宮]2109 紹。

能：[明]212。

念：[甲]2313 是故一。

女：[三]682 不能動。

普：[明]1549 德至。

其：[甲]2250 大乘金，[另]1442 與汝重，[乙]2263 隨一也，[乙]2263 所棄捨。

祇：[三]1440 迴向餘。

耆：[甲]2261 年雖，[三][宮]1470 傴七者，[三][甲]1332 蜜，[三]984 利苟多，[三]1335 利斯毘，[三]1336 比律吒，[三]1336 比輸陀，[三]1336 羅悉波，[三]1336 摩帝烏，[三]1336 其力呵，[聖]1670，[元][明]626 陀令嚴，

[元][明][宮]637 而華燧，[元][明]1331 梨恕，[元][明]1336 婆但尼，[元][明]2121 二人共。

起：[甲][乙]1821。

器：[三][宮]1458 貝。

前：[甲]1828 六品亦。

且：[三][宮]2059 篤性仁。

青：[甲]2274 黃赤白。

取：[三][宮]1610 爲貪此。

去：[甲]1304 都地波，[甲]1717 若權教，[甲]1839 處犢子，[明]1450 我欲出，[三][宮]1421 聽作糞，[三][宮]1462 不犯，[三][宮]1476 若以官，[聖]225 無能壞，[宋]1564 不去者，[乙]2261 西明疏，[乙]2390 風本是，[原]2271 斥不正。

然：[三][宮]1428 彼怨自。

染：[三]211。

人：[甲]1969 名，[甲][乙]2259 強者見，[甲][乙]2263 不，[甲]997 不生愛，[甲]1736 名爲見，[甲]1920 失真道，[明][異]400 雖入大，[明]201 彼生胁，[明]2087 問曰首，[三][流]365 白言大，[三]212 不得觀，[三][宮]1509 無陀羅，[三][宮][聖]1421，[三][宮][石]1509 見受，[三][宮]656 彼浴池，[三][宮]671 不成聖，[三][宮]1425 使利已，[三][宮]1425 外道出，[三][宮]1428 如上作，[三][宮]1431 說法除，[三][宮]1442 時蘇，[三][宮]1442 以言出，[三][宮]1458 及無戒，[三][宮]1459 任充常，[三][宮]1646 法中者，[三]100，[三]100 放逸不，[三]196

愛戀貪，[三]203 況能信，[三]1096 所欲之，[三]2063 密加覘，[聖]99，[聖]223 不可得，[聖]1428，[聖]1428 偷蘭遮，[另]1509 心，[宋][宮]403 後得佛，[宋][元]2112，[乙]1723 無坐，[乙]2263 如理，[乙]2263 暫斷善，[原]1251 又壽命。

日：[宮]461 文殊師，[明]2122 遭值於，[明]67 知想，[明]190，[明]481，[明]1428 先至坐，[三][宮]268 欲得，[三][宮]1452 獲，[三][宮]2043 悲泣而，[三][聖]200 改先制，[三]185 父王，[三]189，[三]201 宜應加，[聖]200 超出三。

如：[明]994。

若：[宮]1547 是止觀，[甲]1828 依新論，[甲]2250 或，[甲][乙]1822 雖執有，[甲]1512 解意上，[甲]1709 後地必，[甲]1782 善男子，[甲]1806 皆不犯，[甲]1826，[甲]2193 舉能聞，[甲]2255 有罪福，[甲]2274 佛法，[甲]2297 一切，[明]220 於諸學，[明]99 於色生，[明]220 何若能，[明]1472 作衆事，[三]1646 應生，[三][宮][聖]1462 禪房爲，[三][宮]607 觀已，[三][宮]1545 彼所起，[三][宮]1547 有百千，[三][宮]2122 好，[三][聖]311 無地大，[三]150 人亦有，[三]196 遊止有，[三]1464 我亦不，[聖]200 貧窮當，[聖]1509 譬如盲，[聖]1602，[宋][元]228 善男子，[宋][元]721 近善知，[宋][元]1428 突吉羅，[乙]1796 一歲十，[元][明][宮]283，[元][明][宮]310

見如來，[元][明]1465 非時復，[元][明]2016 會歸平，[元][明]2016 無事行，[元]1435 所應，[元]1579 此顯無，[原]899 誦心地，[原]2339 如來出。

三：[明]2103 太上三。

色：[甲][乙]2263 豈非定。

善：[甲]2362 字又智，[乙]1796 爲攝伏，[元][明]375 及六大。

奢：[甲]2434 此翻爲。

身：[三][宮]1509 之中今，[三][宮]294 顯現無，[三]397 我還得。

生：[宮]1522 未至報，[甲][乙]2263 相分歟，[明]125 正謂此，[明]316 壽者，[三][宮]1421，[原]1201 恒。

省：[甲]2128 作毫算，[甲]2366 繁文粗，[三][宮]263 衆庶苦。

剩：[甲]1782 此。

聖：[三]、聖者[另]310 行於一。

失：[三][宮]1521 若有人。

師：[明]1558 釋此文，[明]2076，[三]203 捕得五，[三][宮]2123 迷失津，[三][宮][石]1509 入林見，[三][宮]1484 一切，[三][宮]2121 雖爲沙。

十：[明]2103 文始傳。

食：[明]1199 以置於，[三]1440 吉凶相。

時：[宮][聖][另]310 一切衆，[明]1690 著花鬘，[明]2122 便生渴，[三][宮]1458 當共言，[三][宮]1471 當背向，[三][宮]1562 應許，[三]23 相殺七，[三]125，[聖]475 有二比。

實：[甲]、眞[乙]2261 唯一地，[三][宮]2058 可得涅。

識：[乙]1736 請詳斯。

使：[聖]1541 一切。

士：[丙]2081，[宮]2122 風清概。

示：[丙][丁]866 天女。

世：[三][聖]643 有。

事：[三][宮]1472 不得有，[三]152 和焉識，[三]397 必當稱。

是：[宮][聖]1579 五法於，[宮]271，[宮]816 拘利佛，[宮]1509，[宮]1509 先，[甲]2290 茲例，[甲]1733 集衆所，[甲]2193 故云始，[甲]2219 是三角，[甲]2261 既說極，[甲]2299 以小乘，[三]、一[宮]1435 索，[三]1440 客人三，[三][宮]、一[另]1435 善若比，[三][宮][聖]1509 無有姪，[三][宮]221 當學般，[三][宮]1521 當精進，[三][宮]1592 他性二，[聖]26 彼即滅，[聖]292 何若有，[宋][元][宮]771 三事雖，[乙]2263 大乘法，[元]1509 則不堪，[原]1851 故能到。

視：[三]193 悅之水。

勢：[甲]2409。

首：[甲]2039 第沙泮，[宋][宮]1442 我是知。

受：[宮]397。

書：[三][宮]397 到於。

疏：[甲][乙]2254 且約七。

署：[三]1011 得爲法。

數：[甲]2263 說云云。

誰：[宋][元]1434 默然誰。

水：[宮]374。

說：[宮]270，[三][宮]、哉[聖]272 善哉若，[元]156 譬甘露。

死：[甲]2266 而死名，[三][宮]720 二字三。

四：[明]2103 三天正。

寺：[三][宮]1458 苾芻若，[三]2125 斯乃。

宿：[明]2076 盡扶背，[三][宮]1464 見自相。

所：[明]1516 無餘義。

天：[甲][乙]2254 文四王。

田：[三]100。

土：[三]2063 願於七。

托：[明]1464 貝逸提。

王：[宋][元]2061 出家及。

爲：[甲]1202 於，[甲]1736，[甲]2337 諸劫相，[明]1470 不，[三][宮]222 當學般，[三][宮]753 甚苦，[三]221 欲得虛，[聖]1763 躓，[乙]2376 一向。

未：[宮]346，[原]853 有阿聲。

位：[甲][乙]1822 至謂彼。

謂：[甲][乙]1821 中有，[甲]1736 取像者，[三][宮]639 身證慢，[三][宮]1520 文殊師，[三][宮]1579 顯示攝，[宋][元]、者謂[明][甲]1173 諸法無。

文：[甲][乙]2263 唯説決，[甲]1929 華嚴，[甲]2259 未至定，[甲]2266 對法略，[甲]2300 四論玄。

問：[三]203 何。

我：[明]671 修行是，[三]1515 非有分，[三]212 常護已。

無：[宮]1503 我食時，[甲][乙][丁]1199，[甲][乙]2261 三亦同，[甲]2262 生無，[甲]2434 非密印，[甲]2434 所動作，[乙]2261 二定已。

物：[甲]、財[乙]2381，[甲]2434，[三]100。

希：[甲]2214 有諸佛。

昔：[宮]1592 爲滿毘，[甲]1763 所未明，[甲]1782 者至宴，[甲]1912 故今爲，[三][宮]1545 有佛名，[三][宮]2122 舍衞城，[三][聖]190 行精進，[原]2339 犢子外。

悉：[三]1082 皆無障，[乙]1736 明徹不。

習：[三][乙]1092 則得一。

喜：[聖]26 得大果。

下：[甲]1698 人既不，[甲]1705 二徵，[甲]1705 四明，[甲]1736 然合文，[甲]2193 結經力，[聖]、－[另]1721 總結菩，[原]、[甲]1744 第三廣。

先：[甲]、室[乙]2385 儞奉教，[甲]1980 具三心，[甲]2195 授二，[甲]2262 説邪見，[甲]2263 變云云，[甲]2299 南北兩。

咸：[三]192 速馳。

相：[宮]430，[甲]1736，[原]2270 缺也有。

香：[宮]2123 量者等，[甲]1786 十八，[甲]2401 皆具置，[明]999 速疾往，[三]1257 灰用前，[三][宮]1648 若人入，[三][聖]310 扇清涼，[聖]170 變成爲，[宋][元]210 所生轉，[元][明]2122 面。

心：[宮]263 是爲四，[宮]721 此是智，[明][乙]1092 不空心，[三]192。

行：[三]950 各持童，[聖]99。

形：[明]2121 即沒乃。

性：[明]374 何因緣，[原]2271。

虛：[三][宮]1435 偸。

荀：[甲]1921 執心有。

言：[宮]761 以說空，[宮]2060 銜泣故，[和]293，[甲]、既言[乙]2277 我所說，[甲]1708，[甲]1924 以事約，[甲]2193 俱皆稽，[甲]2217 唯此報，[甲]2271 非所聞，[甲]2277，[甲]2300 上座部，[三][宮]1484 皆順一，[三][宮]1546 諸，[三]1339 何人來，[聖]26 作如是，[聖]99 便可從，[聖]1462 得偸蘭，[宋]374 我爲憐，[宋]1509 亦無受，[宋]2122 夙興惡，[乙]2254 謂信先，[乙]2261 有二一，[元]99，[元][明]1453 過此若，[原]1855，[原]2271 並。

仰：[三][宮]2060 仍爲幽。

肴：[甲]1728 得攝一。

要：[甲]2261 有二二。

耶：[三][宮]1425 我爲諸。

也：[甲]2271 如立聲，[甲][乙]1822 智德不，[甲]1763 佛上無，[甲]1763 既備前，[甲]1775，[甲]1775 必，[甲]2075 無相識，[甲]2128，[甲]2219 方所方，[甲]2255 雖妙非，[甲]2263 付樞要，[甲]2339 不得是，[甲]2748，[三][宮]606 口言剛，[三][宮]2066 春中也，[宋][元][宮]1462，[乙]2385 謂右手，[元][明]212，[元][明]212 斯墮，[元][明]361 諸泥，[原]1796 謂即此。

夜：[三][宮]2122 反夜戈。

業：[原]1828 況在餘。

一：[三][宮]2102 冥默歷。

亦：[甲][乙]2263 可云愛，[甲]1736 老也長，[甲]2266 此中意，[甲]2395 開九流，[三][宮][聖]1428 波逸提，[乙]2263 不然。

意：[宮]1458 苾芻不，[三]101 亦諍能，[三]186 歡悅皆，[原]2271 一令相。

義：[甲]2219 大莊嚴，[三][宮]1545 謂。

議：[明][宮]380 必獲不。

因：[甲][乙]1709 五現未。

音：[丙]2396 皆是阿，[宮]310 成清淨，[甲]、音[乙]1796，[甲][乙][丙]1866 或二三，[甲][乙]1866 或二三，[甲]1731 釋迦說，[甲]1781 聲語言，[甲]1821 唯生得，[甲]1983，[甲]2128 也，[甲]2261 聲，[甲]2299 兼見本，[甲]2400 讚之，[三]186 三，[三][宮]、一[知]741，[三][宮][甲][乙]866，[三][宮]285 普，[三][宮]637 無名處，[三][宮]721 以無量，[三][宮]1463 心緣不，[三][宮]1641 最勝無，[三]145 震國詣，[三]186 宿億載，[三]291 則演隨，[三]1532 示現彼，[聖]222 皆得安，[聖]291 皆爲，[聖]1721 總，[宋][元][甲]1031 中含迦，[宋]1546，[乙]1775 發響猶，[乙]1822 此，[元][明]403。

印：[原]1223 右慧押。

用：[甲]1821。

有：[丙]2231 實相智，[宮]328 四法爲，[宮]1542 一非心，[宮]1566 非

一切，[宮]638 施誨以，[宮]1536 謂不離，[宮]1551，[宮]1562 所釋有，[甲]1736，[甲]1736 如云示，[甲]2274 舉因已，[甲]2305 別若辨，[甲]2324 學及九，[甲][乙]1751 自在，[甲][乙]2404 多義，[甲]1708 此者兩，[甲]1775 示應聞，[甲]1781，[甲]1781 境智及，[甲]1781 兩句初，[甲]1782 念食，[甲]1782 情堪忍，[甲]1782 色死後，[甲]1782 爲福受，[甲]1813 謂假有，[甲]1816 起也執，[甲]1816 三不住，[甲]1821 名，[甲]1828 對者與，[甲]1828 法受現，[甲]1828 妨此生，[甲]1828 異住處，[甲]1830 學，[甲]1851 爲義分，[甲]1863 唯有本，[甲]2129 十數圍，[甲]2174，[甲]2195 出所持，[甲]2250 等取色，[甲]2250 一四天，[甲]2261 卽是十，[甲]2261 婆羅門，[甲]2261 無色，[甲]2266 阿賴耶，[甲]2266 此義不，[甲]2266 而目端，[甲]2266 苦無常，[甲]2266 情義利，[甲]2266 三解者，[甲]2266 生起法，[甲]2266 施，[甲]2266 十一種，[甲]2266 是也，[甲]2266 思想，[甲]2266 學不共，[甲]2266 學應知，[甲]2266 養未來，[甲]2266 亦微得，[甲]2266 有生死，[甲]2266 於見，[甲]2266 罪等者，[甲]2270 法及極，[甲]2274 瓶電爲，[甲]2274 微盛等，[甲]2299 方爲眞，[甲]2299 何所以，[甲]2299 破群那，[甲]2299 普賢品，[甲]2299 其所破，[甲]2299 前明終，[甲]2299 是一諦，[甲]2299 所不通，[甲]2299

外道大，[甲]2299 要須得，[甲]2300 道吐氣，[甲]2305 今，[甲]2337 世界海，[甲]2400 皆悉一，[甲]2434 敢不謂，[甲]2434 何一地，[明]823 所謂欲，[明]1522 五神通，[明]1581 智慧梵，[三][宮][聖]586 聽者不，[三][宮][聖]816 拘翼東，[三][宮][聖]1602 三相色，[三][宮]458，[三][宮]721 則近無，[三][宮]732，[三][宮]1435 如上，[三][宮]1463 四指弟，[三][宮]1505，[三][宮]1509 悲心或，[三][宮]1520 十六句，[三][宮]1545 十九劫，[三][宮]1546 體亦爾，[三][宮]1566，[三][宮]1581 二種，[三][宮]2060 弟子僧，[三][宮]2121 衆商人，[三][宮]2121 諸五通，[三][宮]2122 方便重，[三]83 應此四，[三]99 罪無罪，[三]152 梵志年，[三]152 國王號，[三]152 菩薩爲，[三]159 空性亦，[三]204 兄弟二，[三]1427 病時衣，[三]1428，[三]1562 是慢類，[三]2109 名治，[三]2110 學，[三]2123 恩二觀，[聖][甲]1763 百，[聖][甲]1763 故屬聞，[聖]99 以正法，[聖]1435 應受是，[聖]1471，[聖]1509，[聖]1546 攝緣現，[聖]1552 聖人極，[聖]1733 四無礙，[聖]1763 必三世，[聖]2157 日月彌，[另]1509 滅者，[宋]、一[宮]468 非六入，[宋]99 離欲心，[宋][宮]322 又遊於，[宋][元]1603 如來無，[宋]21 便嗟歎，[宋]1545 無上界，[宋]2123 爲說慈，[乙]2249 此位容，[乙]2249 遍行隨，[乙]2249 而不起，[乙]2393 授之第，[乙]2795

異僧來，[元]、子[明]212 吾今目，[元]2016 所以經，[元][明]1530 此難不，[元][明]346，[元]125 死者善，[元]1579 根是果，[元]2059 必斃，[原]2248 立九種，[原]1856 所共信，[原]2196 實自在。

於：[甲]2035 如來即，[三]2122，[原]、[甲]1744 未來也。

餘：[甲]2400 肩。

歟：[乙]2263 指四食。

與：[甲]2195 多寶佛，[聖]1440 墮若。

語：[三][流]360 貫心思，[三]1427 波夜提。

浴：[三][宮]1435 不犯。

曰：[甲][乙]1709，[甲]2266 方怡我，[三]200 飢困一，[三][宮]606 言美而，[三][宮]1509 日光不，[三]200 遭值，[三]820 心，[宋][元]、因[明]212 三義故，[宋]374 亦復如，[元][明][宮]374 純受上。

云：[甲]、－[乙]2263 是七種，[甲]1805 言無寄，[甲][乙]2263 佛果五，[甲]1512 此是斷，[甲]1705 具足應，[甲]1705 若云是，[甲]1736 先拂上，[甲]1782 能分別，[甲]1828 有釋知，[甲]2195 二乘，[甲]2195 明，[甲]2195 前爲，[甲]2195 無，[甲]2195 主若，[甲]2204 爾時須，[甲]2263 不放逸，[甲]2263 開導依，[甲]2273 雖德業，[甲]2274 如非有，[甲]2274 往，[甲]2274 我自先，[甲]2274 小乘對，[甲]2281 敵者若，[甲]2290 何得去，

[甲]2409 凡獻中，[甲]2412 是也不，[甲]2434 佛種從，[三][宮]2034 出家宜，[乙]2263 安立智，[乙]2263 何云，[乙]2408 疏問，[原]2271 其有一，[原]2408 劍首。

哉：[明]1341 快哉今。

在：[甲]2195 卽七法，[元]1546 在辟支。

則：[甲]2289 大光妙，[甲]1969 通連妙，[甲]2289 前重，[三][宮]721 捨離云，[三]375 執鐮是。

賊：[宋][元][宮]1425 不應與。

遮：[甲]2270 空喻不，[聖]1428 善若不。

這：[甲]2012，[甲]2012 簡見解，[明]1988 簡田地，[明]2076 保社師。

着：[宮]221 所以者。

正：[宮]2040 次第正，[甲]1822 正釋頌。

之：[甲]2362 語愍喻，[甲][乙]2219 與地喻，[甲]2207 百姓釋，[三]125 欲滅其，[三]202 宜，[聖]26 我必取，[聖]1421 以還施，[元][明]2122 得一者。

知：[甲]1705 答略爲，[甲]2012 上起見。

旨：[甲]1775 謂現迹，[甲]1782 應理義，[甲]2217 擇地義，[甲]2269 同隋〇。

至：[三][宮]602 凡六事，[三][聖]178 三。

志：[宮]598 示現大，[甲]2415 仁，[甲]2195 聽，[甲]2290 而住山，

[甲]2415 也，[聖]1425 應賣取，[原]1774 因立名。

智：[甲]1708 慧是故，[甲]2230 成就即，[甲]2299 智障障，[甲]2300 名爲，[甲]2339 如來知，[三][宮]1525 慧道方，[三][宮]1548 非住，[三]1545 此中餘，[宋][元]、明註曰者北藏作智 1666 有四種，[元][明]227 勝一切，[原]2261。

中：[甲][乙]2194 三藏三，[甲][乙][丙]1866 問，[甲][乙]1822 上二界，[甲]1717 爲三初，[甲]2195 外利，[三][宮]231 日日，[三][宮]1435 僧伽婆，[三][宮]1520 無功用，[三][宮]1646 不待餘，[三][宮]1646 無，[三][聖]211 一人有，[三]201 爲有爲，[乙]1736 疏文有，[乙]2194 問大乘。

種：[甲]2296 二諦八。

衆：[甲]、衆[乙]1709 梵云僧，[明][乙]1225，[乙]2227 釋曰四。

珠：[三]、－[宮][聖]278 成滿菩。

諸：[宮]226 佛言是，[宮]1421 從，[甲]874 縛，[甲]1700 令得，[甲]1735 一橫竪，[甲]1805 戒先須，[明]293 釋種如，[明]1545 之所讚，[三][宮]299 愛樂生，[三][宮]2102 檀越疑，[三][宮]2122，[三]154 天，[三]231 世間國，[乙][丙]873 縛，[元][明][甲]893 弟子云，[元][明]1435，[元]1 樂，[元]1581 菩薩先。

主：[聖]375 施。

著：[宮]221 何以故，[宮]1462 取完全，[宮]2060，[甲]895 是名正，[甲]

2255 之心故，[甲]893 病，[甲]953 濕衣忿，[甲]1268 寺死居，[甲]1709 無明謂，[甲]1763 衆生説，[甲]1786 散亂，[甲]1816 此便解，[甲]1816 各據一，[甲]1816 謂説實，[甲]1958 相噉不，[甲]2036 意怎麼，[甲]2130 水大智，[甲]2196 自利利，[甲]2255 求欲取，[甲]2255 我，[甲]2270 之，[甲]2400 左拳頭，[明][聖]190 居處被，[明]204 文殊師，[明]316 於欲樂，[明]672，[明]1440 上衣欝，[明]1462 是不故，[明]1563 有法能，[三]310 我當教，[三]606，[三][宮]721 得報如，[三][宮]818 汝先欲，[三][宮]1647，[三][宮]1664 共相，[三][宮][甲]895 中，[三][宮][聖][另]1459 不應便，[三][宮]309，[三][宮]309 復爲衆，[三][宮]313 得生彼，[三][宮]397 脱復有，[三][宮]423 香湯自，[三][宮]443 無有總，[三][宮]585 世俗所，[三][宮]653 邪者於，[三][宮]670 外性非，[三][宮]825 於，[三][宮]1462 偸蘭遮，[三][宮]1507 皆歸滅，[三][宮]1662，[三][宮]2102，[三][宮]2121 婢，[三][宮]2122 查浮，[三][聖]210，[三]1，[三]194 佛覺不，[三]212，[三]682 如磁石，[三]682 無明愛，[三]1341 義不觀，[三]1344 虛空亦，[三]1441 發心已，[三]1549 是人問，[三]1604 分別有，[三]2122 隨業受，[聖]1763 至佛果，[聖][甲]1763 當依智，[聖]225 爲生死，[聖]291 而無吾，[聖]291 一切悉，[聖]376 又向下，

[聖]1435，[聖]1435 善是事，[聖]1440 波逸提，[聖]1509 我所住，[宋][宮]、善[元][明]330，[宋]234 都不言，[乙]、者[乙]1744 三，[乙]1861 此説，[乙]1816 即我，[元][明]1509 心若供，[元][明]1522 縛五障，[元][明]2123 食訖還，[元]81 出，[元]1579，[原]1764，[原]2196 是治心，[知]1579 而不捨。

子：[宮]263 賜，[甲][乙]2263 既因緣，[明]663，[明]1451 童子，[三][甲]1332 聰明勇。

自：[甲]2207 聲若無，[甲]2255 行功德，[甲]2274 語相違。

字：[甲]2299 別字也，[三][宮]2121 此。

足：[明]310。

罪：[宋][宮]、者罪[元]、罪者[明]443 誹謗正。

左：[甲]994 那引，[甲]1120，[甲]2399 娜麼攞，[三][乙][丙]1076 字者一，[乙]1211 攞吽。

作：[三][宮]1579 謂能和，[三]1426 波夜提，[三]2060 五百餘，[宋]、是[宮]1509 見者皆。

者

惠：[原]2263 有智得。

請：[甲]2386。

也：[乙]2263 強不可。

義：[乙]2263 即上。

云：[甲][乙]2263 大乘因。

種：[原][乙]2263 既有力。

諸：[甲]2386 縛便。

褚

楮：[明]2110 叔度風。

褚：[宮]2103 球年六。

赭

頳：[宋][宮]、[元]1435。

都：[甲]2087 時國自。

堵：[宮]1435 土白灰。

柘

妬：[三]397 若女我。

榎：[甲]1238。

荊：[元][明]125。

枯：[宮]397 陛蒱履，[甲][乙]1072 羅上耶。

拓：[三]2053 制爱始，[聖]397 那渠竭。

相：[宮]1596 者若顯。

祐：[甲]1007 囉白芥。

遮：[元][明]125 比丘尼。

枳：[甲]1092 囉柘囉，[宋][明][乙]1092 攞枳攞。

這

道：[聖]1763 生曰若。

蓮：[原]2001 開夢覺。

適：[宮]263 度終始，[明][宮]810 興起乎，[三][宮]、過[聖][另]790 出，[三][宮][聖]292 聞法已，[三][宮][聖][另]285 坐已，[三][宮][聖][另]790 便立精，[三][宮][聖]222，[三][宮][聖]285 初發意，[三][宮][聖]285

消化諸，[三][宮][聖]292 生墮，[三][宮][聖]292 照應時，[三][宮][聖]627 說此已，[三][宮]222 獲，[三][宮]263 得佛成，[三][宮]263 發無上，[三][宮]263 開七寶，[三][宮]263 說斯諸，[三][宮]263 聞名稱，[三][宮]263 現天下，[三][宮]285 得近已，[三][宮]288 得之者，[三][宮]288 有念金，[三][宮]292 三昧已，[三][宮]292 著其中，[三][宮]309，[三][宮]313 等耳天，[三][宮]317 生墮地，[三][宮]338 見之以，[三][宮]378，[三][宮]381 覩斯已，[三][宮]381 立此願，[三][宮]403 得其中，[三][宮]403 見，[三][宮]425 被麁言，[三][宮]425 起尋滅，[三][宮]425 生尋滅，[三][宮]458 有是念，[三][宮]565 可照掌，[三][宮]566，[三][宮]585 出藏日，[三][宮]624 等，[三][宮]809，[三][宮]810 得聞之，[三][宮]810 燕坐三，[三][宮]1487 行菩，[三][宮]2121 念，[三][宮]2121 入穴爲，[三][宮]2121 欲出城，[三][宮]2121 至宮中，[三][宮]下同 810 發，[三][宮]下同 817 發起已，[三][聖]291 逮法已，[三][聖]627，[三][聖]627 設斯念，[三]125 得稱南，[三]186 定意教，[三]186 異則爲，[三]291 生天上，[三]425 等無異，[三]425 見安救，[三]425 選，[三]1093 囉這，[三]1341 伽呵拏，[宋]、滴[元][明]186 滅尋。

　　數：[原]1774 等。

　　遙：[三][宮]338。

遮：[宮]1998 裏翻身，[宮]1998 裏各隨，[宮]1998 一步便，[宮][甲]下同 1998 箇話，[宮][甲]下同 1998 劉寶學，[宮][甲]下同 1998 一絡索，[宮][甲]下同 1998 箇從甚，[宮][甲]下同 1998 箇能與，[宮][甲]下同 1998 箇田地，[宮][甲]下同 1998 幾句兒，[宮][甲]下同 1998 老居士，[宮][甲]下同 1998 裏如何，[宮][甲]下同 1998 裏只如，[宮][甲]下同 1998 一杓惡，[宮][甲]下同 1998 著忙底，[宮]1998 老漢在，[宮]1998 一箇也，[宮]1998 一字則，[宮]下同 1998 裏直得，[宮]下同 1998 僧問，[宮]下同 1998 裏，[宮]下同 1998 裏不可，[宮]下同 1998 裏是甚，[宮]下同 1998 閑家具。

者：[甲]2006 邊那邊，[甲]2006 邊行履，[甲]2006 裏敢言，[甲]2036 是。

浙

遊：[甲]2035 江東西。

折：[宋][宮]2059 東。

淛：[甲]2035 水，[明]2076 江北大，[明]2076 中清水，[明]2076 中謁錢。

淛

浙：[宮]670，[明]2076 師。

蔗

庶：[宮]659 魔魙陀。

着

看：[丙]2003 眼把定。

是：[三][宮]435 經卷者。

脫：[三]6 衣入水。

羞：[三][宮]1442 慚潛居。

者：[明]186 安得復，[三]192 是說名。

置：[元][明]374 他方異。

珍

寶：[丙]2092 木連陰，[甲]1722 世界純，[甲]1918 寶以爲，[明]2122 具足庫，[三]156 輦輿車，[三]374，[聖]278 校飾淨。

倍：[三]192 護兼常。

婢：[元]411 財頭目。

財：[三]68 寶豫著。

琛：[甲]2035 師清源。

稱：[乙]2092 心托空。

船：[宮]606 寶。

貴：[三][宮]2059。

金：[三]153 寶。

彌：[宮]332 連，[宮]2122，[甲]、珍[甲]1742 那城住，[甲]894 木鉢落，[甲]1782 寶之手，[三]2060 重常於，[聖]278 玩具而，[聖]1428 寶多有，[宋][元]2103 鹿苑理，[元][明][甲][乙]901 精好和。

琦：[三][宮]2122 瓔珞莊。

仁：[甲]2176。

殊：[宮]461 寶名曰。

珍：[三][宮]1674 無餘，[三][宮]2103 軀既暫，[元]159 寶供養。

王：[甲][乙]2194 案大具，[甲][乙]2194 案爾雅。

現：[聖]225 寶智慧。

瑜：[甲]1921 奇雜寶。

玉：[甲]、王[乙]2194 案謂准，[甲][乙]2194 案湊轂。

眞：[明]2122，[聖]26 寶瓔珞。

鎭：[三]1440 重故兼。

珠：[甲]1246，[甲]1736 寶倉庫，[甲]2087 玉便於，[甲]2183 撰，[甲]2196 寶施故，[三][宮][聖][另]1428 寶非不，[三][宮]636 寶所向，[三][宮]2122 名寶無，[三]200 寶其婦，[三]1097 寶而嚴，[另]1428 寶不著。

枯

枯：[明][宮]1458，[明]1451 令坐，[三]、拈[宮]1545 筏羅閣，[聖][另]1459，[元]1442 方座，[元][明]、拈[宮]1456 瀉藥，[元]1459 及草蓐。

柏：[另]1442。

砧：[三][宮]397 而自礬。

振：[元][明]24 觸相揩。

貞

呈：[三][甲]989 反娑囀，[三]1056 反。

負：[三][宮]2060 松仍撝，[三][宮]2102 志執，[宋][明][宮]674 大我積。

其：[甲]2068 固偏重。

實：[明]2040 實凡夫。

頁：[甲]2128 反木名。

盈：[三][甲]989 反引數。

員：[甲]2039 慈也每。

圓：[原]1760 實當第。

眞：[宮]2025 慈俯垂，[甲]2300 實，[甲]1728 良不飲，[甲]1736 今用，[甲]2012 實所以，[甲]2068 苦，[甲]2087 固求福，[甲]2167，[甲]2167 惠法師，[甲]2271 松房，[明]1450 謹人多，[明]1563 實種無，[明]2016 實法性，[明]212，[明]262 實舍利，[明]413 實果食，[明]721 謹不，[明]1545 實，[明]1562 實種無，[明]1579 實猶如，[明]1647 實上人，[明]2016 金混礫，[明]2016 實心即，[明]2076 是實師，[明]2103 正不犯，[三]310 實善權，[三]374 實在如，[三]2123 實善權，[三][宮][另]1428 實若是，[三][宮]581，[三][聖]211 正是爲，[三]2063，[聖]2157 法師莊，[宋][宮]1464 念婬婬，[宋][宮]2059 少善，[宋][聖]125 潔陰馬，[宋][元]76 潔不婬，[宋][元]125 潔不婬，[宋]125，[宋]2154 觀二十，[乙]2309 實螺，[元][明]1559 實無，[元][明]623 明不樂，[元][明]985 里，[元][明]1451 實具大，[元][明]1647 實唯羅。

楨：[三][宮]2102 材以求。

禎：[明]210 祥，[三][宮]2103 祥遇禍。

卓：[三][宮]2060 明自。

胗

緊：[博]262。

疹：[三][宮]2103 因爾成。

砧

破：[甲]1112 二度。

礎：[明][甲]1175，[三][宮]2109 槌不，[三][乙]1133 譎簪。

針

鉢：[宮]866 上次當，[甲]2135 蘇指，[三][宮]1462 大得作，[聖]1433 筒盛衣，[元]1451 羂。

釘：[明]2076 去線不，[三][乙]1092 結界若。

對：[聖]190 於彼妹。

計：[甲]2261 竟不能，[明]1435，[三]1123 檀慧合，[宋][元]721 口虫濕。

鋪：[宮][乙]866 以諸白。

鐵：[宮]1425，[宮]1428。

吾：[聖]125 孔中是。

眞：[明]704。

鍼：[明]2016 鋒上立，[明]155 孔骨節，[明]213 貫芥子，[明]262，[明]704 傘蓋如，[明]2016 不見天，[明]2016 鋒之上，[明]2016 喉之體，[明]2016 迎之中，[三][聖]125 是時世，[三]125 復以融，[乙][丙]2092，[知]1441 世尊聽，[知]1441 鐵針。

錐：[三][聖]1425 刺火燒。

眞

安：[乙]1736 心故說。

奧：[甲]2266 理者。

長：[甲][乙]1705 壽時樂。

瞋：[甲]1912 掣爲奪，[三]1644
能修道，[乙]2393 金剛拳，[原]1248
心誦念。

晨：[乙]2381 旦國。

塵：[甲]1828 分別是。

稱：[甲]2075 如來無。

道：[三]196 一曰正，[三]1331
化，[元][明]1547 無能過。

得：[三][宮]481 之力隨。

德：[甲]1067 身，[宋][宮]2121
所過莫。

諦：[原]、[甲]1744 之解返。

奠：[明]1656 俗諦。

法：[三]2146 華經記。

佛：[原]1981 弟子願。

負：[甲]2039 三市。

貢：[聖]1763 正明。

好：[三][宮]1626 金洗除。

惠：[原]2263 擇力斷。

慧：[三][宮]2060 早厭身，[原]
2196 是眞解。

箕：[三][宮][甲]2053 蘊素況。

集：[甲]952。

見：[三]375 是不平。

教：[甲]2195 理其體。

盡：[三][宮]445 如來上。

具：[宮][甲]1911 眞俗正，[宮]
310 實佛子，[宮]1579 證，[宮]1579
子，[甲]2035，[甲]2290 如隨緣，[甲]
1736 有如涅，[甲]1813 緣者有，[甲]
1828 作法於，[甲]2039，[甲]2266 釋
五法，[聖]1582 實智淨，[聖]1617，
[聖]1763 此四德，[宋][元]1522 如法

故，[宋]302 珠摩尼，[宋]374 今當爲，
[宋]1563 實作意，[乙]1821 實理故，
[乙]2259 而影像，[元]2016 義，[元]
[明]2016 以引出，[元]1085 言七遍，
[元]1598 見聖者，[原][甲]1851 分非
無，[原]2196 釋莊云。

空：[宮]1509 空人先，[甲][乙]
2219，[甲]2217 諦也何。

來：[另]1721 朱食。

六：[乙]2297 無漏也。

密：[甲][乙]、眞言密語[內]1211
言曰，[乙]1069 言。

冥：[三][宮]2102 既迷而，[三]
[宮]2102 宗難曉，[三][宮]2103 風餐
慧，[三][宮]2122 士以試，[聖][甲]
1763 諦，[乙]2408 熏一，[原]、冥[甲]
2006 符。

莫：[甲]2339 罪儞，[三][宮]2102
非華風。

男：[三][宮]221 地勸彼。

其：[宮]278 性得一，[宮]425 反
向異，[宮]598 之道，[甲]2290 用以，
[甲]1030 身我之，[甲]1709 顯，[甲]
1717 實故能，[甲]1736 菩提故，[甲]
1782 蓮諸蓮，[甲]1782 遠離，[甲]1816
明相現，[甲]1816 如合名，[甲]1816
身，[甲]2068，[甲]2192，[甲]2192 如
理性，[甲]2274 實理，[甲]2299 淺深
淺，[甲]2299 如體薰，[甲]2425 立故
二，[明]156 因緣者，[明]2110 避座，
[明]2121 人惡意，[三][宮]271 器故
文，[三][宮]1509 味無比，[三]193 正
若有，[三]201 諦，[三]2122 實不虛，

[三]2145 懷簡到，[聖]210 有要，[聖]310 實故如，[聖]481 諦慧緣，[聖]1859 居山在，[石]1668 理，[宋][元][宮]376 解脱者，[乙]2396 六大，[乙]1822 後，[乙]2259 文云又，[乙]2261 智見二，[元]2016 實義而，[原]1776 能益法。

豈：[甲]1839 不至有。

且：[三]205 得報。

秦：[原]2362 鏡在彭。

親：[甲]2290 契法，[三][宮]1451 正。

人：[宮]2122 金色照。

如：[甲][乙]1736 體，[甲]2261 如圓成，[甲]2263 後得了。

㝡：[甲]2266，[甲]2266 火而非。

𡦹：[乙]2408 密者。

伸：[甲]2084 供。

身：[宮]618 實，[甲]、身[原]1722 方便故，[甲]1174 言，[甲]1731 法身猶，[甲]1736 法身猶，[乙]2186 子既爲，[原]1744 如法身。

甚：[甲]2167 述。

愼：[三][宮]2122 建安中，[三][宮]2122 晋。

聖：[三]2103 具有經。

實：[甲]1789，[甲]1733 無我不，[甲]1881 空常存，[甲]2366 故作四，[三][宮]672 際，[三][宮]468 語雖說，[三][宮]1571 覺時所，[三][宮]1646 苦中生，[三]1341 言説所，[乙]1830 阿羅漢。

是：[宮]425 正衆生，[三][宮]397，[聖]375 我弟子。

順：[三][宮]398 跡最勝。

無：[乙]1736 實假設。

五：[甲]2337 義門故。

賢：[三]2123。

心：[甲]2218 佛顯現，[甲][乙]2219 性者，[甲]1863 勝彼岸，[甲]1969 具故，[甲]2339 如中性。

行：[明]261 施也起。

性：[甲]1735 不順性。

興：[甲][乙]2219 也或得。

䝱：[聖][知]1579 子決。

宣：[甲][乙]1929，[三][宮]2122。

義：[甲]2262 理時非。

由：[元][明]1598 內所作。

有：[甲]1710 觀唯非，[甲]2296 性如是，[甲]2339 化差別，[三][宮]2060 契威容，[原]2199 寓。

與：[丁]2244 諸佛皆。

員：[甲]2130 王譯曰。

圓：[聖]1851 果故名。

則：[三][宮]2122。

責：[甲]2274 也應。

栴：[三][宮][聖][另]310 檀聚，[三][宮][聖][另]310 檀末以，[元][明]310 檀末香。

旃：[三][宮]397 陀羅家。

者：[甲]2305 即是眞，[明]1516 如中有，[乙]2261 無明也。

珍：[明]1000 珠瑟瑟，[明]1459 珠等珊，[明]1462 寶作堂，[明]2131 珠無量，[乙]2092 珠爲羅。

貞：[甲]、眞[甲]1782 實邊際，

[明][宮]2040 觀道樹，[明]152，[明]2053 境其銘，[明]2060 素同侶，[明]2103 之重禁，[明]2121 梵志信，[三][宮]1610 實先來，[三][宮][聖][另]、眞祇[三][宮]410 四十六，[三][宮]270 實，[三][宮]1559 實骨身，[三][宮]1579 實故迷，[三][宮]2034 定王，[三][宮]2122 實善權，[三][甲]2125 疎則龍，[三]2060，[聖]1595 實義在，[聖]1788 實名心，[聖]2157 諦出者，[聖]2157 那唐云，[宋][元]2061 實離散，[宋][元][宮][聖]1579 實唯，[宋][元][宮]1579 實非於，[宋]2034 徼外夜，[乙]2390 曉十禪，[乙]2390 延大德，[元][明][聖][另]410 祇，[原]2126 紹先募，[原]2250 實種已。

甄：[聖][另]342 陀羅摩。

縝：[三]2102 著神滅。

震：[乙]2381 旦日本。

正：[原]2897 右ㄟ爲。

直：[宮]847 善知識，[宮]1562，[宮]810 諦者實，[宮]1521 正心諛，[宮]1648 持，[宮]2121 諦非不，[宮]2122，[甲]1999 書大篆，[甲][丙]2231 顯能化，[甲][乙]2185 高出亦，[甲][乙]2250 進菩薩，[甲][乙]2261 生解證，[甲]1709 實故無，[甲]1719 諦譯也，[甲]1778 心，[甲]1828 是六七，[甲]1960 心直行，[甲]1999 耶是僞，[甲]2001 饒大慈，[甲]2128 義能令，[甲]2196，[甲]2196 歡二釋，[甲]2196 爲説不，[甲]2204 應説此，[甲]2239 釋義後，[甲]2266，[甲]2266 取種，

[甲]2266 往人修，[甲]2266 相例云，[甲]2299 結盡而，[甲]2299 就巧成，[甲]2313，[甲]2391，[甲]2434 道爲正，[甲]2434 見於中，[甲]2837 須任運，[別]397 正道行，[明]2076 對境不，[明][甲]1177 空無一，[明]2076 心眞實，[三]、道[聖]120 故，[三][宮]1435 利他樹，[三][宮][聖]1451 言實語，[三][宮][聖]1509 行深菩，[三][宮]221 禪三昧，[三][宮]301 之道不，[三][宮]374，[三][宮]403 路，[三][宮]411 希求，[三][宮]434 卷自擧，[三][宮]616 爲是人，[三][宮]624 知之一，[三][宮]656 行，[三][宮]657 見，[三][宮]1435 有十無，[三][宮]1478 今世滅，[三][宮]1503 超生死，[三][宮]1521 聖道亦，[三][宮]1641 無流心，[三][宮]2042，[三][宮]2060 前將軍，[三][宮]2102 無爲，[三][宮]2103 已過，[三][宮]2105 是仁者，[三][宮]2122 是髡，[三][宮]2122 言七所，[三]1 趣如來，[三]100 實行事，[三]105 智説皆，[三]156 説或時，[三]192 心不亂，[三]198 行寧，[三]375 實無曲，[三]2122 實爲，[三]2154 經，[聖]1 正義味，[聖]425 住正安，[聖]1763 言取悟，[另]765 斷無明，[石][高]1668 是異熟，[宋]、其[宋][明]99 乘樂住，[宋][宮]2108 不自疑，[宋][宮]2122 是我伴，[宋][元]1604，[宋][元]201 是無上，[宋]1173 身菩薩，[宋]2122 實金剛，[宋]2125 迹未覩，[乙]1832 云菩薩，[乙][丙]2777 明出家，[乙]2296 明空

有，[元][明][宮]285 安住所，[元][明]
[宮]2059 有高行，[元]895 不，[原]
2416 路不歷，[原][甲]1851 說語言，
[原]2001 到劫空，[原]2001 得祖家，
[原]2196 以三密，[原]2339。

智：[丁]1831 觀相似。

置：[甲]2400 金剛拳。

中：[原]1975 諦性。

種：[三][宮]1597 種所見。

呪：[原]1249 言亦名。

諸：[乙]2812 佛教十。

字：[乙]1796 言曰藥。

尊：[三]26 子，[聖]425 等正覺，
[乙]2385 之像先。

者：[乙]2263 如之。

酙

勘：[元][明]403 酌。

偵

俱：[甲]1839。

斠

計：[三][宮]282 量者所。

勘：[宮]671 量因。

堪：[宮]671 量相應。

料：[三][宮]2053。

斠：[三]205 羹客作。

槓

損：[丙]、槓[丙]2120 像諸功。

禎：[甲]1736 無非吉。

搤：[三][宮][聖][另]1458 布衣
於。

甄

緊：[三][宮]1509，[聖]224 陀羅
阿。

覿：[三]2063 法崇聞。

飄：[宮]2103 藻罔遺，[三]2110
度四海。

眞：[明]378 陀羅王，[聖]224 陀。

禎

禛：[三][宮]2045 質。

貞：[明]2122 然則天，[三][宮]
[甲]2053 申，[三]2060 明元年。

楨：[元]2041 瑞氲氳。

禎：[元]2122。

徵：[甲]1736 祥以表。

榛

棒：[聖]1537 藤渴。

樹：[宋]375 木風。

搸：[三][宮]1462 得突吉。

臻：[宋][元]1007 子餅又。

槙

槙：[甲]2176 子苗一。

碪

鉆：[三][宮]2122 以甲置。

砧：[三][宮]646 繫之令，[宋]
[元]、佔[明]643 即作願。

箴

藏：[宮]2060 規庸，[宋]2063 其
闕焉。

箴：[三]984。

鍼：[明]2103 艾而，[元][明]2059
艾而。

潧

僧：[三]2103 曡暢入。

增：[宮][甲]1805 也次科。

鍼

緘：[原]2271 口亂立。

鐵：[三][宮]721。

針：[甲]下同 1792 咽鬼謂，[三]
[宮]638 墮深大，[原]1819 爾時如。

鍼：[宋][元]、鐵[明][宮]1521 嘴
虫不。

枕

忱：[另]1435 波逸提。

頂：[三][宮]613 骨入爾。

杭：[宮]607 聚土中，[醍]26 加
陵伽。

笂：[三][宮]1466 他作得。

虎：[三]2125 清澗於。

机：[甲]1828，[三][宮]1428 上或
在，[三][宮]1428 上若，[三]422 燈明
等，[三]1457 香土用，[宋][元][宮]、
几[明]1521 金薄。

抗：[三][宮]292 之首常，[三][宮]
2103 飛峯峭，[宋]、炕[明]1579 及方
座，[元][明]220 策上乘，[元]190 稱
意無。

褥：[三]2122 猶滯乃。

抌：[甲]2128 亦作耽。

漱：[元][明]322 石。

脫：[宮]613 右肘右。

析：[甲]1706 體於別。

揆：[宮]1470 手。

增：[明]2053 惶懼。

姉：[三][宮]507 伏臨汝。

畛

畛：[宋][元][宮]2122 有一。

疹

病：[三][甲][乙][丙]1056 無有
苦，[三]956 不祥亦。

疾：[甲]2053 增動幾，[甲]2087
飯已方，[三]125 病致此，[三][宮]
2060 再加卒，[三][宮][甲]2053 療仍，
[三][宮]374 病集身，[三][宮]1509 二
者外，[三][宮]2060 療疝爲，[三][宮]
2103 患坑殘，[三]100 態是亦，[三]
374 病宿食，[聖]222 病憂惱，[聖]
1451 大德比，[元][明]5 病，[元][明]
125 病梵志，[元][明]1451 大王訶。

疥：[甲][乙]2393 無信婬。

痊：[元]201 疾今此。

軫：[宋][宮][石]、畛[元][明]1509
起者則。

軫

輕：[明]1299 井亢女。

診：[明]2076 救師即，[元][明]
2016 候更待。

積

慎：[丁]2092 聞里內。

繢

繪：[宮]2102 答神滅。
鬚：[三]682 髮。

鬢

鬟：[明]488 而紺青。
鬚：[三]1025。

顛

點：[甲]853 猶劫火。

拒

拒：[甲]1836 賢善不。

陣

陳：[甲]1110 鬪，[甲]1238 印勝入，[甲]2129 那是也，[明]1545 那苾芻，[明]1545 那，[明]1545 那相續，[聖][甲]1721 領悟，[聖]790 者不足，[聖]1509 相對時，[聖]1509 中終不，[聖]2157 相望鉦，[另]1451 淹滯多，[知]1785 汝勸王。

障：[丙]1184 時當以，[甲]1201，[聖]1458。

中：[明]1423 合戰波。

振

把：[甲][乙]2387 鈴答法。
根：[乙]2391 誦前轉。
荷：[甲]2087 錫而往。
進：[甲]2879 旦國中。
警：[三][宮]2103。
救：[三]2060 退而流。
拒：[甲]2270 輪愚情。

掘：[甲]1833 碎迸在。
橛：[宮]2122 却又善，[乙]2408 引糸。
滿：[元][明][宮]2059 天下清。
撝：[甲]2400 如鈴記，[三][宮]2122 將絕之，[乙]2227 也。
捨：[甲]2196 熾流示。
攝：[宮]1452 令墮自。
身：[三]1 若生男。
授：[元][明]2060 爲隋國。
網：[宮]2102 明達四。
撝：[三][宮]2060 玉義室。
搖：[甲][乙]2387 鈴外供。
賑：[元][明]345 于生死。
震：[宮]618 掉，[宮]2040 俗應體，[宮]2078 華夏，[宮]2103 響寺沙，[甲][乙]2427 旦人師，[甲][乙]867 動電掣，[甲]1705 吼等爲，[甲]2879 旦不識，[明]220 動大地，[明]310 動俱胝，[明]1217 動起立，[明][宮][聖][石]1509 動東，[明][甲]1215 動，[明][聖]1509 動者，[明]99 耀，[明]190 十方四，[明]220 旦實亦，[明]220 動，[明]220 動爾時，[明]220 動復現，[明]309 動動魔，[明]310，[明]316 動，[明]383 旦界，[明]1005 極振，[明]1450 動所，[明]1450 動天地，[明]1509 地聾者，[明]1538 動答龍，[明]1538 舉答謂，[明]1552 旦地，[明]1582 動，[明]2016 旦亦有，[明]2060 旦者，[明]2076 動大海，[明]2076 法雷擊，[明]2088 旦返師，[明]2088 旦國五，[明]2103 旦之所，[明]2122 旦不同，[明]2122 旦

開濟，[明]2122 旦僧尼，[明]2122 動此塔，[明]2122 裂響發，[明]2122 三千音，[明]2131 十方呪，[明]下同 1070 動其，[三]、遍[宮]657 十方，[三][流]360 動舉聲，[三]152 國與妻，[三]166 動於虛，[三]191 動次，[三]220 動大地，[三]264 動於一，[三]1126 已即次，[三]2088 地投山，[三][宮]310 動，[三][宮]397 動無一，[三][宮]720 動譬如，[三][宮]1562 動非無，[三][宮]2060 錫祖南，[三][宮]2121 莫不摧，[三][宮]2122 擊煙張，[三][宮][聖]310 動有自，[三][宮][聖]586 動佛即，[三][宮]267 動諸，[三][宮]272 動，[三][宮]288 動諸土，[三][宮]299 三千界，[三][宮]310 動時彼，[三][宮]310 動時文，[三][宮]321 動大地，[三][宮]402 動彼魔，[三][宮]402 擊驚動，[三][宮]472 動於虛，[三][宮]477 動是三，[三][宮]618 掉或，[三][宮]649 動大，[三][宮]649 動大光，[三][宮]651 動於彼，[三][宮]699 祥飇之，[三][宮]704 動爾時，[三][宮]749 動號吼，[三][宮]1442 動時諸，[三][宮]1507 遠邇能，[三][宮]1509 動，[三][宮]1509 動東，[三][宮]1579 動衆星，[三][宮]2040 動人民，[三][宮]2040 金鼓一，[三][宮]2040 迅清暢，[三][宮]2041 吼勑諸，[三][宮]2053，[三][宮]2053 彼，[三][宮]2053 葱山之，[三][宮]2053 於三千，[三][宮]2053 玉鼓紹，[三][宮]2059 山谷，[三][宮]2059 天下遠，[三][宮]2059 幽谷莫，[三][宮]2060，[三]

[宮]2060 彼雄圖，[三][宮]2060 動備盡，[三][宮]2060 擊，[三][宮]2060 裂群雉，[三][宮]2060 隣國斯，[三][宮]2060 沒遂齎，[三][宮]2060 如雷時，[三][宮]2060 上古昔，[三][宮]2060 行高物，[三][宮]2060 一，[三][宮]2060 于邦國，[三][宮]2060 遠近雲，[三][宮]2060 自靈骨，[三][宮]2102 金聲於，[三][宮]2102 體，[三][宮]2103，[三][宮]2103 塵飛丘，[三][宮]2103 旦教化，[三][宮]2103 道綱於，[三][宮]2103 動波旬，[三][宮]2103 高臥六，[三][宮]2103 虐而坑，[三][宮]2103 錫糊口，[三][宮]2103 行高物，[三][宮]2103 音衆香，[三][宮]2103 於閻浮，[三][宮]2121，[三][宮]2121 怖共議，[三][宮]2121 旦國人，[三][宮]2121 掉不，[三][宮]2121 動迦葉，[三][宮]2121 動時重，[三][宮]2121 動一切，[三][宮]2121 動至于，[三][宮]2121 動諸天，[三][宮]2121 吼犇騰，[三][宮]2121 金鼓一，[三][宮]2121 鈴遍告，[三][宮]2121 聳出到，[三][宮]2122 動有五，[三][宮]2123 掉行止，[三][宮]2123 金反折，[三][宮]2123 黎元仙，[三][宮]下同 669，[三][宮]下同 1579 動二者，[三][宮]下同 2102 道，[三][宮]下同 2103 一，[三][宮]下同 2121 動太子，[三][聖]397 動，[三]1 動尚，[三]1 動是爲，[三]125，[三]152 瓦崩王，[三]172 動，[三]187 動三千，[三]188，[三]191 大法，[三]191 動放大，[三]191 動樹影，[三]194，[三]202 動

次復，[三]205，[三]264 動爾時，[三]
397 動時諸，[三]397 動一切，[三]643，
[三]945 動微塵，[三]1191 動百千，
[三]1191 動大自，[三]1191 動天宮，
[三]1284 動作幢，[三]1336 三千極，
[三]1340 出聲一，[三]1408 吼王如，
[三]1413 動驚怖，[三]2063 山谷即，
[三]2063 實惟，[三]2088 地動即，
[三]2088 人仆城，[三]2103 區宇之，
[三]2103 斯，[三]2110 九圍澤，[三]
2110 天下之，[三]2110 於萬宇，[三]
2125 五天德，[三]2125 足，[三]2145，
[三]2145 慧，[三]2145 龍威於，[三]
2145 於雷吼，[三]2154 上古昔，[三]
下同 2103 玄音於，[聖]1421 佛知其，
[宋][宮]2121 尾出聲，[宋][元][宮]890
金剛鈴，[宋][元][宮]890 鈴而開，[宋]
[元][宮]2053 即悟群，[宋][元][宮]
2103，[宋][元][宮]2103 釋網之，[宋]
[元]2063 佛法甚，[宋]375 尾出聲，
[宋]2145 錫，[乙]1909 響之聲，[元]
[明]1187 於三界，[元][明][丙]1132 動
十方，[元][明][宮]614 一切，[元][明]
[聖]1509，[元][明][乙]953 動一切，
[元][明]188 動乃下，[元][明]882，[元]
[明]1187 動。

　　拯：[三][宮]2102 拔。

　　直：[三][宮]2059 丹之。

朕

　　脫：[三][宮]2102。

　　昭：[聖]2157 歡喜無。

　　朕：[三]2145 則毫末。

　　治：[甲]2119 素無才。

朕

　　朕：[元]2016 迹分別。

賑

　　供：[元][宮]374 給宗親。

　　振：[三][宮][聖][另]281 救天下，
[三][聖]1579 恤者或，[聖]361 給不
畏，[聖]410 給於一，[聖]411 恤於自，
[另]790 救貧窮，[宋]360 給耽酒。

　　拯：[三]156 濟一切，[三]202 給
唯願，[三]202 救貧乏。

震

　　雹：[三][聖]613 雨内外。

　　辰：[三][宮]294 那舍利。

　　宸：[甲]2426 見機逆。

　　晨：[甲]、原本乙本傍註曰義翼
2263 旦人師，[甲]2263 旦人。

　　抽：[三][宮]383 慟不能。

　　電：[三]192 群象亂。

　　動：[甲][乙]2879 六種聲，[甲]
2006 雲雷禹。

　　奮：[宮]276 梵音轉。

　　覆：[聖]279 龍王難。

　　雷：[三][宮]1451 聲我報，[三]
1336 音師子，[三]2110，[三]2145 霆
破山。

　　靈：[原]2099 迹化相。

　　霄：[明]1537 雷麁細。

　　讚：[甲]1782 動空聲。

　　振：[宮]279 動無量，[宮]1912 旦

有二，[宮]2078 夜星皆，[宮][聖]279 動一切，[宮][聖]278 十方諸，[宮][聖]278 音聲調，[宮]278 動除滅，[宮]278 動一切，[宮]279 動無數，[宮]279 動諸世，[宮]279 響使我，[甲][丙]973 動十方，[甲][乙]2286 旦國名，[甲]2008 乃有臨，[明][乙]994 擊覺悟，[明]2076 動乾坤，[三]155 四遠四，[三][敦]367 大妙音，[三][宮]397 動諸天，[三][宮]2122 動諸佛，[三][宮][聖]1539 雷掣電，[三][宮][聖]379 動天地，[三][宮][聖]481 揚無極，[三][宮]288 而普遍，[三][宮]425 光明積，[三][宮]479 鳴聲，[三][宮]630 諸天散，[三][宮]674 肅法樂，[三][宮]1660 師子吼，[三][宮]2104，[三][甲]1097 動或現，[三][聖]291 無量慧，[三][乙]1092 聲相甚，[三]26 動，[三]26 復震，[三]187 動遍十，[三]187 動諸天，[三]187 吼聲，[三]196 動見者，[三]201 蕩諸天，[三]262 裂而於，[三]2110 旦國土，[聖]278 動所謂，[聖]278 動一切，[聖]279 動，[聖]279 動一切，[聖]310 動無邊，[聖]125 動，[聖]125 動是時，[聖]223 一切二，[聖]224 越衣被，[聖]279 動，[聖]279 動百世，[聖]279 動一切，[聖]310 動諸山，[宋][宮][久]397，[宋][宮][聖]397 旦等國，[宋][宮]1451 大雷音，[宋][元]202 動諸，[宋][元]264 動爾，[宋][元][宮]233 動爾，[宋][元][宮]397 動一切，[宋][元][宮]674 動，[宋][元][宮]1421 動，[宋][元][宮]1425 動三千，[宋][元][宮]1442 驚往，[宋][元][宮]1509 動海水，[宋][元][宮]1521 如大海，[宋][元][宮]2122 旦國付，[宋][元][宮]2122 旦在白，[宋][元]187 動大地，[宋][元]187 動諸天，[宋][元]187 聲遇斯，[宋][元]200 動次，[宋][元]1058 動天雨，[宋][元]1509，[宋][元]2060 旦，[乙]1069 動念誦，[乙]1214 動恐怖，[元][明][宮]674 動搖蕩，[元][明]294 尾哮吼。

鴆

醞：[三][宮]2122 之頻傾，[三]152 毒以救。

沈：[宮]332 毒藥以。

鎮

填：[宮]2034 悉立道，[甲]2035 鎮錢唐。

鎮

瞋：[宋]387 頭迦果。

鎌：[甲]2128 爲鎌鎌。

叩：[三][宮]2122。

慎：[甲][乙]2207 諸此。

守：[三][宮]1435。

瑱：[宋][宮]、琐[聖]310 骨。

鎭：[甲]2001 六宮規。

談：[甲]2348。

填：[聖]125。

樂：[甲]1203 普同設。

震：[甲]、振[乙][丙]2092 戒竪二。

黮

黯：[宮]1647 若入毛。
黖：[三]387 不現大。

争

靜：[三][宮]737 放火國。
色：[聖]1443 擊鵶棄。
事：[甲]2366 牽但令。
諍：[三][宮]721 出勝光，[三][宮]2103 之德上。

征

從：[宮]2122 大將亦。
攻：[三][宮]、政[知]384。
化：[三]192。
燃：[宋]、然[明][宮]2122 隨機變。
往：[丁]1958 遠，[明]2102 席卷六。
鎮：[明]565 公卿君。
鉦：[甲]2036 鎮將軍。
正：[甲]2879 一人下，[三][宮]606，[三][宮]2103 以定亂，[三]2110 授律。
諍：[三]2123 訟憂解。
證：[甲]2266 欲界發。
作：[聖]200。

爭

等：[甲]2266 不過此。
多：[甲][乙]1822 共食噉。
急：[宮]2121 以稍相。
盡：[甲]1969 頭成隊。

淨：[元][明]1559 能燒所。
舉：[甲]2217 成衆生。
那：[甲]2006 得寅昏。
年：[甲]1287。
事：[甲][乙]1736 也是，[甲]2035 周厲王。
諍：[宮]671 噉死屍，[甲][乙]2263 不斷，[甲][乙]2263 非云通，[甲][乙]2263 感五識，[甲][乙]2263 若依南，[甲]2035 言訟兩，[甲]2271 述立破，[甲]2879 力爾時，[明]191 王怒不，[明]221 者菩薩，[三][宮]402 惱害如，[三][宮]744 門競出，[三][宮]2123 捨十二，[三][宮]377 舍利樓，[三][宮]403 莫如自，[三][宮]606 所惠廣，[三][宮]1451 論好惡，[三][宮]1559 釋曰諸，[三][宮]1647 五十八，[三][宮]2041 以髭與，[三][宮]2059 懇切乃，[三][宮]2060 趨奔于，[三][宮]2104 不貴難，[三][宮]2121 無寧兆，[三][宮]2122 惡名遠，[三]20 當殺，[三]20 使百惡，[三]125 去惡，[三]192，[三]210 自安，[三]212 亦莫嗜，[三]264 之聲甚，[三]2122 決最後，[三]2153 訟經一，[聖]125 勝，[聖]125 時大天，[聖]190 鬪而於，[聖]211 是爲最，[聖]221 不墮二，[聖]221 意如故，[乙]2207 章曰昔，[元][明]下同 221 魔時念。

怔

征：[三][宮]2122 省過但，[宋]361 忪愁苦。

烝

蒸：[三][甲]951，[三]2103 之恩死。

烝

承：[宮]694 穢二者，[三][宮]1462 句者次，[三][宮]1579 義筆受。

脯：[三][宮]729 煮斫刺。

蒸：[三][宮]613 熱不能，[三][宮]1451 煮之時，[三][宮]1462 是故水，[三]201 熱此諸，[宋][明][宮]374 擣壓然，[宋][元][宮]2122 民，[元][明][宮]374 壽熱但。

拯：[宋]、蒸[明][宮]354。

挣

抽：[甲][乙]867 擲金剛。

揁

揁：[聖]1456 絣線正。

筝

爭：[甲]2129 下徒歷。

蒸

並：[甲]1828 不言緣。

丞：[宮]263 庶欣載。

刀：[甲]2039 移天敻。

乵：[丁]、丞[丙]2089 宅搜得。

黎：[三]291 庶。

烝：[宋]烝[元][明][宮]、承[聖]627 黎。

烝：[甲]2207 多，[明]945 故有水，[三][宮]263，[三][宮]263 庶無

所，[三][宮]1428，[宋][宮]381 民後悉，[元][明]627 民各齎，[元][明]658 之熱皆，[元]2016 氣如水。

鉦

鐙：[甲]2129 是古今。

筝

琴：[三][宮]、竿[聖]397 瑟箜篌。

徵

徹：[甲]1782 空壁彩，[甲]2193 分也言，[甲]2193 問之辭，[原]1744 信無昧。

懲：[三][宮]2122 也，[三]374 治。

段：[甲]1736 問。

候：[三][宮]2122。

徹：[明]2131 長安翻，[三][宮]2103 蘊器有，[三]2153 於建初。

明：[甲]2775 發之言。

神：[三][宮]2122。

微：[敦]1957 佛莫問，[宮]890 知以反，[宮]2043 柯絺徵，[宮]2059 不能忘，[宮]2060 屢感故，[宮]2103 竺法開，[甲]、囉吠徵[原]1112 引底喻，[甲]、徵執[乙]1816 義可知，[甲]1805 薄不可，[甲]1821，[甲]1830 云能動，[甲][乙]1822 難論，[甲][乙]2194 羽雜者，[甲]1139 張履反，[甲]1701 二都蹋，[甲]1802 瑞爲，[甲]1816 釋問中，[甲]1816 云何故，[甲]1816 障時不，[甲]1816 證覺非，[甲]1830 可有擬，[甲]1830 滅，[甲]1830 釋出生，[甲]2082 署也璞，[甲]2167 義一卷，

[甲]2261，[甲]2261 當何會，[甲]2266 遂文具，[甲]2266 至故今，[甲]2290 釋二，[明]2102 引老氏，[三][宮]1563 善，[三][宮]2060 並相，[三][宮]2060 遂居小，[三][宮]2060 玄觀斯，[三][宮]2060 欲傳燈，[三][宮]2060 祖習有，[三][宮]2103，[三][宮]2103 事義，[三][宮]2103 之毒，[三][宮]2104 滿月圓，[三]159 復速於，[三]2063，[三]2103 其近令，[三]2110 探鬼神，[三]2145，[三]2145 號龍上，[聖]1562，[聖]1763 也寶亮，[聖]2157 古窮索，[另]1442 斥思惟，[宋][宮]2034 元三，[宋][宮]2043 柯其當，[宋][元]、徽[明][宮]2060 發詞致，[宋][元][宮]2053 慶繁縟，[宋]2041 之此土，[宋]2145 然頹綱，[宋]2145 兆皆此，[乙]1201 迦，[乙]1822 也若預，[乙]2173 一，[元][明][宮]2060 別館，[元][明]2060 意隨境，[元][明]2087，[元][明]2102，[元]1579 難起第，[原]1696 發既，[原]2196 筌四王。

應：[甲]1735 前中此。

正：[甲]1795 釋。

證：[甲]1735 合在頌。

胝：[宋]1057 摩訶曼。

拯

承：[宮]1470 護衆生。

亟：[三]、極[宮]2060 及振名。

極：[宮]374 及無量，[宮]674 已及他，[宮]2059 衆，[宮]2102 雨淚，[宮]2103，[宮]2122 率土之，[甲]1792

其塗炭，[甲]1728 濟，[甲]2125 物，[三]2149 明化論，[三][宮]1577 貧窮者，[三][宮]2034 黎元重，[三][宮]2060 以慈救，[三][宮]2102 厥沈泥，[三]26 念親友，[三]201 故布散，[三]984，[聖]2157 護生靈，[另]1442 濟貧乏，[乙]2173 兆民竪，[元]2145 濟雖各，[原]、極[甲][乙]1796 衆生界。

殛：[三]、掩[宮]2103 撲勿使。

救：[三][宮]384 濟苦惱，[三][宮]2121 我身命。

樣：[乙]2087 濟含。

援：[三]2145 溺去蓋。

振：[宋][宮]、賑[元][明]414 救一切，[宋][宮]310 濟貧乏。

賑：[三]204 濟一切，[三][宮]1459 濟由悲，[三][宮]2040 濟貧乏，[三][宮]2058 恤貧乏，[三][宮]2121 濟群生，[三][宮]2121 濟塗，[宋][明][宮]1451 以衣食。

撜

橙：[三][宮]2122 或言佛。

隥：[明]2154 經亦云。

整

勑：[甲]2068 惟經臺，[聖]189 治園觀。

愁：[元]、愍[宮]2060 唯增不。

履：[明]1056 反引。

密：[元][明]664 猶如珂。

愍：[聖]26 降伏。

正：[宮]221 衣服先，[三]、政[宮]

743 服稽首，[三][宮]、政[聖]419 衣服右，[三][宮]、政[知]384 衣服偏，[三][宮]323 衣服，[三][宮]435 衣服長，[三][宮]477 衣服長，[三][宮]632 衣服以，[三][宮]636 服前白，[三][宮]669 無有斜，[三][宮]769 衣服叉，[三][宮]1492 衣服叉，[三]125 由兩舌，[三]152 服稽首，[三]174 衣服長，[三]201 行如大，[三]202 衣服長，[宋][宮]、政[聖]626 衣服持，[宋][宮][聖]224 衣服爲，[宋][明][宮]223 衣服合，[宋][元][宮]461 衣服從，[宋]99 衣服偏，[乙]1796 有聖教，[元][明]125，[元][明]125 之所致。

政：[聖][知]1441 威儀，[聖]99，[聖]222 衣，[元][明]2053 執筆姚。

正

報：[甲]1705 也六。

彼：[三][宮]403 定而立。

必：[甲]1512 可是佛。

遍：[三]1664。

不：[甲]2006 是汝如，[甲]2261 常名莊，[三][宮][聖]1539 現在前。

禪：[三][宮]374。

臣：[元][明]1605 事王令。

成：[甲]1736。

充：[宮]272 足心性。

出：[乙]2215 法。

垂：[三][宮]585 分別說。

此：[三][宮]1572 道，[乙]2397 文。

次：[聖]1579 除遣非。

道：[甲][乙]2087，[甲]2053 理一遍。

地：[甲][乙]2263 位若遇。

登：[甲]1912 同初住。

等：[三][宮]309 不以，[三][聖]125 見法與，[三][聖]125 見相，[三][聖]125 見與，[三][聖]125 見造，[三]125 見無有，[宋]99 路非愚。

定：[甲]951 業福命，[三][宮]343，[三]196 水滿其。

妒：[三][宮][聖]1579 願若諸。

惡：[聖]663 法姦詐。

而：[甲]2214 說此阿，[明]1579 現在前，[三][宮]380 作歸趣，[原]、[甲]1744 爲大聖。

二：[三][宮]2034 月改光。

法：[聖]272 法難聞。

方：[甲]2311。

風：[宮]2109 開正覺。

弗：[三][宮]224 使天中。

佛：[甲]2266 法從本，[三][宮]1646 法論，[三][宮]2121 法中出。

改：[甲]952 當樹下，[三][宮]812 令平正，[三][宮]2102 節干。

更：[三]684 使便利。

工：[甲]2128 體從雨。

攻：[聖]1462 斫。

故：[三]、政[宮]313 令歡喜，[乙]2092 以糠秕。

果：[乙]2391 正報圓。

何：[宋][元]、聖[明]1548 身進。

互：[原]1778 通意耳。

即：[原]1842 違此量。

假：[三][宮][聖]425 使十方。

將：[甲]1708 答此。

今：[甲]2192 依眞言。

近：[三][宮]1421 作徒用。

經：[三][宮]544 法，[原]2266 量。

精：[三][聖]1579 勤方便。

淨：[三][宮][聖]278 法不可，[三][宮]1606 行所緣，[三]99 信心及。

敬：[三][宮]403 安所以。

靜：[三]99 思惟所。

立：[甲]2128 言挌稚。

兩：[甲]2218 覺圓滿，[甲]2218 正覺圓。

卯：[三][宮]2102 刑二叔。

明：[甲]1736 是前文。

難：[三][宮]397 邪嶮徑。

能：[甲]1821 解名解。

匹：[三]190 時我聞。

平：[甲]2035 吳會利，[明]220 等菩提，[三][宮][聖]334 等度意，[乙]2393 正猶如。

其：[宮]397 法眼得。

起：[三][宮]1548 受。

且：[乙]1821 明本。

肉：[三][宮]2109 而撤饗，[宋][宮]2103 而。

如：[宮]1546 能到正。

三：[宮]2041 誕七仙，[甲]1784 詮如來，[甲]1965 種者一，[三][宮]2034 月翻，[宋][元]1542 滅，[元]2016 覺根本，[元]99 威儀。

喪：[宮]2104 自非入。

山：[三][宮]425 得佛是。

善：[元][明][宮]374 學大乘。

上：[宮]1545 捨正念，[甲]1718 受命佛，[甲]1781 路令捨，[甲]2339 舉，[甲]2792 法二善，[明]、止[甲]997 智入寂，[三]193 流泣，[三]2059 時有天，[乙]2393 與身分，[元]1604 法及正。

尚：[原]2248 尊者傳。

生：[甲][乙]2393 猶，[甲][乙]2219 報異依，[甲]1816 起時謂，[甲]1821，[甲]1851 因餘二，[甲]2266，[甲]2266 分別謂，[甲]2290 斷勤斷，[明]269 意第七，[三][宮]581 道，[聖][甲]1763 因，[乙]2249 業者唯，[乙]1866 覺轉正，[元][明]421 思惟攝，[原]1851 因譬如，[原]2299 觀作。

聖：[甲][乙][丙]2249 教理故，[甲][乙]2254 道支文，[甲]2255 道諸如，[甲]2266 道八趣，[明]1538 道者能，[明]2060 教非智，[三][宮][聖][另]1552 行，[三][聖]375 諦設頭，[三]152 眞之大，[乙]1822 道，[乙]2263，[乙]2263 道爲體。

失：[三]201 有何因。

實：[三][宮]398 此不可，[三][宮]1581 方便具。

士：[甲]1782 是爲菩，[甲]2035 劉若謙。

示：[甲]1736 云然則。

是：[甲]1736，[明]1441 法，[明]1581 思法相。

四：[甲][乙]2259 月五日，[明]120 法欲滅，[宋][元]1581 無上如。

所：[甲][乙][丙]2249 引正，[甲]2266 被，[三][宮]1545 斷他命，[三][宮]425 以仁和。

天：[甲]1851 路教修。

同：[宮]657 等高。

土：[聖]292 覺眼悉。

亡：[甲]2881 者，[三][宮][聖]425 行正士，[三]322 信。

王：[宮]721 法而不，[宮]2034 試目連，[宮]848 住三昧，[宮]1548，[宮]2102 朝矣凡，[宮]2121 眞弟子，[宮]2122 教，[甲]2036 大觀知，[甲][乙]1709，[甲]1736，[甲]1736 之味善，[甲]2006 宮初降，[甲]2037 伯當，[明]220 斷神足，[明]120 法演說，[明]524 化法恩，[明]639 以癡故，[明]665 法而化，[明]1450 乃至一，[明]1545 斷，[明]2110 法，[明]2122 法治世，[明]2154 恭敬經，[三][宮][甲]901 位王四，[三][宮][聖]1562 言非應，[三][宮]628 如來言，[三][宮]754 位已，[三][宮]1462 爲阿蘭，[三][宮]1562 理皆不，[三][聖]26 欲見者，[三]196 聞正言，[聖]663 論品第，[聖]1509 問知作，[聖]1579 修行，[宋]228 命堅固，[宋]310 法中令，[乙]1736 者人靈，[元]1500 法，[元][明]2149 法經，[元][明]153 法治化，[元][明]627 法律未，[元][明]674 中紺寶，[元][明]1332 法攝，[元][明]2041 眞可爲，[元][明]2110 國若漢，[元][明]2149 法爲衆，[元]26 法律已，[元]125 是時爾，[元]901 位蓮花，[元]1341 無正名，[元]1355 法爾時，[元]1532 問等示，[元]1605 行爲，[元]2149 理門論，[原]2425 化。

忘：[乙]2227 念之時。

無：[宮]1547 受一切。

五：[甲]1765 如筏運，[明]1563 在定中，[明]2016 綠五塵，[三][宮]222 根五力，[宋]2122 食四相，[乙]2259 識身答，[乙]2263，[原]1778 不即脫。

武：[甲]2039 謁爲輔。

下：[甲]1816 是中，[甲]2266 生。

邪：[宮]1646 定，[甲]1781 道者見。

心：[宮]278 法輪，[宮]282 莫，[宮]425 覺度脫，[宮]1548 住獨處，[甲]、心[原]1832，[甲][乙]1822 疑之時，[甲][乙]2328 性故如，[甲]1700 願斷一，[甲]1736 理既顯，[甲]1736 意結前，[甲]1775 能堪受，[三]、止[宮]2102 水，[三][宮]1595 行得成，[三][宮]414 正念，[三][宮]1579，[三][甲][乙]2087 明言以，[三]192 爲枝幹，[聖]272 法云何，[聖]125 行實非，[聖]1509 憶念生，[聖]1509 憶念我，[另]1509 憶念，[乙]2309□□，[元][明]192 止諍訟，[原]1776 觀力見，[原]2339 性虛融。

信：[三]159 解趣。

行：[宋][元]2042 法必當，[元][明]26 以此爲。

性：[甲]2218 實因，[甲]2266 符順之，[甲]2270。

修：[三][宮][聖]278 行十。

學：[三]1332 道。

言：[甲]2301 此則與。

耶：[聖]1818 法種種。

也：[三][宮]237 世尊不。

一：[甲]1736 義則傍。

已：[三][聖]99 論於異，[另]1721。

以：[宮]2103 則敵者。

亦：[甲]2266 斷故如。

應：[乙]1909 當慚。

永：[元][明]310 盡衆苦。

又：[三]、－[宮]2122。

於：[明]382 殿堂樓。

欲：[明]1507 當字爲。

云：[原]2248 釋名云。

在：[甲]1813 纒名正，[甲]1969 定位也。

障：[甲][乙]1796 道因緣，[原]1829 慧身及，[原]2264 中。

者：[三][宮]2102 則。

眞：[甲]2271 因攝，[甲]2410 哉吾勝，[三]187，[原]2897 常行正。

震：[宮]2080 旦至曹。

征：[知]384 爾令辦。

整：[甲][乙]1214 是時汝，[明]100 衣服右，[明]501，[明]517 衣服爲，[明]561 衣服前，[明]613，[明]643 衣服爲，[三]100 衣服從，[三][宮]310 出入，[三][宮]1478 衣服叉，[三][宮][甲][乙][丙][丁]848 善好具，[三][宮][聖]268，[三][宮]263 領爾時，[三][宮]414 衣服合，[三][宮]414 衣服右，[三]

[宮]414 至直無，[三][宮]425 三曰諷，[三][宮]425 衣，[三][宮]428 衣服畫，[三][宮]532 衣服右，[三][宮]544 衣服儼，[三][宮]623 齊俱發，[三][宮]624 衣服，[三][宮]814 於衣服，[三][宮]1435 不若不，[三][宮]1521 頭相皆，[三][宮]2042 甚大寬，[三][宮]2121 服稽，[三][宮]2121 衣服往，[三][宮]2122 言音風，[三]33 衣服前，[三]76 服五體，[三]99 衣服爲，[三]125 衣服便，[三]418 衣服叉，[三]506 衣，[三]1013 衣，[三]1331 衣服頭，[三]1336 衣服偏，[三]2123 理而去，[聖]1428 衣服，[乙]2376 理衣服，[元][明]、政[宮]225 衣服，[元][明][宮]225 衣服爲，[元][明]310 衣服偏，[元][明]382 於，[元][明]462 於衣，[元][明]2145 衣服遶，[知]418 衣服叉。

政：[德][聖]26 如掌觀，[東]643 挺特天，[宮]459 行自懷，[宮][甲]1912 拜爲東，[宮][聖][石]1509 淨潔人，[宮]225 使如來，[宮]263，[宮]403 住不搖，[宮]520，[宮]606 教即捐，[宮]743 譬如，[宮]1425 法久住，[宮]1435 隨愛隨，[宮]1545 不，[甲]1775 教既弘，[甲]1775 可使情，[甲]1821，[甲]2879 身下若，[久]1486 見出家，[明][宮]1597 任持能，[明]68 使有財，[明]2149 殄之遺，[三][宮][甲]2053 以摛章，[三][宮][聖][另]281 行學法，[三][宮]263 太子行，[三][宮]403，[三][宮]514 法無失，[三][宮]742

不樂沙，[三][宮]795 教後教，[三][宮]1425 共諍，[三][宮]1425 毀德靡，[三][宮]1442 映蔽諸，[三][宮]1571 爲破定，[三][宮]2102，[三][宮]2102 在，[三][宮]2103 受誑於，[三][宮]2103 之酷暴，[三][宮]2121 化不平，[三][宮]2121 以此衣，[三][宮]2122，[三][宮]2122 德所禳，[三][宮]2122 生草細，[三][宮]2122 一，[三][宮]2122 欲入籠，[三][聖]99 使迦葉，[三]6 四當同，[三]14 本佛自，[三]68 使有財，[三]98 已，[三]152 力如師，[三]152 使天帝，[三]154 能似人，[三]184 戒德十，[三]202 法治國，[三]2110 而成罪，[聖]、攻[石]1509 嚴好是，[聖]664 如何一，[聖][另]281 二身色，[聖][另]790，[聖][另]1428，[聖][知]1441 若説法，[聖]1 四者持，[聖]1 無能及，[聖]26，[聖]26 覩者，[聖]26 法聞者，[聖]26 可愛衆，[聖]26 形，[聖]26 一切嚴，[聖]26 有端，[聖]99 法離垢，[聖]99 法律，[聖]99 復以百，[聖]99 使過上，[聖]99 使愚癡，[聖]125 不長不，[聖]125 二者好，[聖]125 復以死，[聖]125 面如桃，[聖]125 身作黃，[聖]125 世之希，[聖]125 受樂無，[聖]125 無比語，[聖]125 無雙，[聖]125 無雙如，[聖]125 顏貌奇，[聖]125 顏貌殊，[聖]125 與世殊，[聖]189 聰明智，[聖]189 相好，[聖]200，[聖]222 不自咎，[聖]224，[聖]224 當爾怛，[聖]224 當號如，[聖]224 女人與，[聖]224 使生已，[聖]224 使餘，[聖]225 如是何，[聖]278 十方，[聖]361 不，[聖]627 無倫諸，[聖]663，[聖]664 微妙形，[聖]1425，[聖]1425 法幢建，[聖]1428 必不與，[聖]1428 路始於，[聖]1428 偷蘭難，[聖]1509 貴族大，[聖]1509 色，[聖]1582 有德勝，[聖]1670 所，[聖]1723 而，[另]1428 比丘見，[另]1428 資財無，[另]1721 下上標，[石]1509 醜陋若，[石]1509 淨潔女，[石]1509 能利益，[石]1509 所化衆，[宋]146 赤王夢，[宋][宮]、整[元][明]1425，[宋][宮]224 使不，[宋][宮]263，[宋][宮]263 可欽敬，[宋][宮]403 姝好棄，[宋][宮]403 衆緣是，[宋][宮]403 諸法故，[宋][宮]483 意入於，[宋][宮]721 行相，[宋][宮]778 道亦不，[宋][宮]807 使數千，[宋][宮]820 行用惠，[宋][宮]2043 當阿育，[宋][宮]2102 應，[宋][明][宮][聖]222，[宋][明][宮]2122，[宋][明]151 譬如國，[宋][元]、止[明]603 四倒故，[宋][元][宮][聖]446 明，[宋][元][宮]1545 非，[宋]42 汝行，[宋]99 復不，[宋]99 應有二，[宋]99 者伴者，[宋]152 法治國，[宋]156 爾，[宋]171 法治國，[宋]263，[宋]263 相好如，[宋]264，[宋]384 所行慚，[元][明][宮]272 善法堂，[元][明]152 紛亂鬼，[元][明]2059 請，[元][明]2122 我等當，[知]384，[知]384 法服齊，[知]384 身披，[知]384 殊妙世，[知]418 使久。

證：[甲]1735 落出家，[甲]1736

道三祇，[甲]1795 今初，[甲]1795 覺性問，[甲][乙]1736 名及所，[甲]1717 教門次，[甲]1735 明得法，[甲]1736 成常恒，[甲]1736 冥境時，[甲]1736 念也疏，[甲]1751 信序即，[甲]1786 示教利，[甲]1912 聖行品，[甲]1918 咄哉丈，[甲]2274 了因也，[明]220 當證無，[明]220 等覺云，[明][甲]1177 等覺乃，[明]220 當得阿，[明]220 當證應，[明]220 等菩，[明]220 等菩提，[明]293 修行悉，[明]1537，[明]1546 決定彼，[明]1600 斷，[三]、一[宮]1548 寂靜滅，[三][宮]263 住一處，[三][宮]1543 門眼根，[三][宮]2122 說三災，[三]190 得諸通，[三]2137 論外，[宋][元]1092 獲不空，[元][明]310 法舍利。

之：[明][聖]663 法，[三][宮]2109，[宋]、至[元][明]174。

脂：[甲]2266 根下文。

直：[三][宮]、正直[聖]271 是沙門。

止：[丙]2777 覺無相，[高]1668 濁亂一，[宮]1546 性罪遮，[宮]1598，[宮]345 立於時，[宮]397 法輪無，[宮]481 意在一，[宮]482 定者不，[宮]602 意八行，[宮]796 以，[宮]1421 值五百，[宮]1509 憶念如，[宮]1522 覺依轉，[宮]1546 觀不雜，[宮]1547 受，[宮]1548 止，[宮]1562，[宮]2059 復玄高，[宮]2060 論爱與，[宮]2121 射我腹，[宮]2122 典，[甲]2223 有此一，[甲]2255 以等，[甲]2299 約起

作，[甲][丙]2397 若密嚴，[甲][乙]1929 可仰信，[甲]1512 見者亦，[甲]1709 觀，[甲]1709 觀福智，[甲]1718，[甲]1731 性是五，[甲]1733 他過失，[甲]1763 住修於，[甲]1811 犯性罪，[甲]1909 可自利，[甲]1921，[甲]1958 得壽命，[甲]2006 者，[甲]2035 此義也，[甲]2128 道進勸，[甲]2128 梵音云，[甲]2192 由，[甲]2250 說者故，[甲]2266 下者顯，[甲]2266 也依之，[甲]2266 座滅謂，[甲]2313 觀妙行，[甲]2366 發心之，[甲]2401 正定假，[甲]2434 法則緣，[甲]2434 緣因佛，[甲]2434 證說成，[甲]2434 之，[甲]2792 念念，[明]1440 一月遊，[明][宮]1425 觀除增，[明]196 有一子，[明]197 千歲力，[明]211 有此法，[明]212 爾滅盡，[明]423 法，[明]721 念觀察，[明]1425 一人何，[明]1425 有是衣，[明]1428 有一，[明]1435 有，[明]1435 有馬，[明]1435 有是苦，[明]2059 可至九，[明]2063 得二升，[明]2076 慧大師，[明]2085 有鬼神，[明]2121 生八子，[明]2122 五三年，[明]2123 有一，[明]2154 可才明，[明]2154 有一，[三]、上[宮]1646，[三]210 觀無忘，[三][宮][聖]419 定意從，[三][宮][聖]1579 性又於，[三][宮][聖]1602 惡不善，[三][宮][聖]2034 萬餘偈，[三][宮]374 觀爾時，[三][宮]397 住如來，[三][宮]598 佛教無，[三][宮]611 讀，[三][宮]618 觀暢散，[三][宮]618 觀爲現，[三][宮]

618 觀相行，[三][宮]618 住已，[三][宮]721 不能思，[三][宮]730 取阿羅，[三][宮]1425 得此更，[三][宮]1425 得一房，[三][宮]1425 得一日，[三][宮]1425 觀除增，[三][宮]1425 有一張，[三][宮]1435 有馬麥，[三][宮]1470 上蓋十，[三][宮]1500 住自成，[三][宮]1505 受，[三][宮]1507 可覩我，[三][宮]1509 八種時，[三][宮]1525，[三][宮]1537 等持心，[三][宮]1550 次第生，[三][宮]1559 有成實，[三][宮]1579 法或省，[三][宮]1648 受何差，[三][宮]2060 觀察微，[三][宮]2102，[三][宮]2102 其分虛，[三][宮]2102 欲繁育，[三][宮]2102 緣報故，[三][宮]2121 可，[三][宮]2121 沒其踝，[三][宮]2121 作五百，[三][宮]2122 爾當到，[三][宮]2122 可有十，[三][宮]2122 乃屈請，[三][宮]2122 燒紙頭，[三][聖]99 於空閑，[三][聖]125 觀相應，[三][聖]190 高四指，[三][聖]1579 行於內，[三]6 於此編，[三]20 無宣人，[三]26 有一瓶，[三]26 住舊，[三]47 當觀是，[三]99 觀，[三]152 共聽經，[三]190 爲諸，[三]194 觀於，[三]198 著持，[三]203 害一身，[三]205 有一子，[三]209 食一雉，[三]588 住於中，[三]639 住如實，[三]656 度無極，[三]1331 住安，[三]1332 得，[三]1440 制著泥，[三]1485，[三]1527，[三]1559 得先業，[三]2059 可才明，[三]2087 足論，[三]2103，[三]2104 可以道，[三]2122，[三]2145 靡不由，

[三]2149 獲題目，[聖][另]1458 諫隨教，[聖]26 念正智，[聖]354 作如是，[聖]375 有四緣，[聖]1440 齊三學，[聖]1464 是時各，[聖]1579 法爲所，[聖]1579 將御或，[聖]1818 力者十，[宋][宮]2103 之心等，[宋][元]、上[明]2110 食一粒，[宋][元]26 定是名，[宋][元]603 止七爲，[宋][元]603 止攝止，[宋][元]1647 因，[宋][元]2061 將，[宋]449 法壞時，[宋]1509 因，[宋]1694 止七爲，[乙]2157 可才明，[乙]2795 一問僧，[乙]1736 等方便，[乙]1909 可自利，[元]、明註曰正南藏作止 2122 見塢壁，[元][明]99 慢無間，[元][明][宮]398 歸是爲，[元][明][宮]588 生死處，[元][明][宮]1547 受非想，[元][明]186 有二，[元][明]210，[元][明]211 有一子，[元][明]212，[元][明]309 觀乃得，[元][明]384 觀定意，[元][明]1425 有一，[元][明]1428 有，[元][明]1428 與羹飯，[元][明]1470 戒二，[元][明]1509 以蓮華，[元][明]2016 終日炳，[元][明]2121 見我一，[元][明]2122 此亦如，[元][明]2123 佛行地，[元]1479，[元]1579 教誡如，[原]、[甲]1744 觀一滅，[原]、[乙]1744 爲一味，[原]、止[甲]1722 有此三，[原]1898，[原]1936。

只：[三][宮]1428 有一，[三][宮]2121 爾當般。

至：[宮]345 眞之道，[宮]425 誠道行，[宮]598，[宮]1912 路雜阿，[甲][乙]2309 丙丁，[明][宮]732 三定者，

[明]1 覺十號，[明]310 眞道意，[明]1636 成於自，[明]2103 化潛通，[三][宮]381 眞等正，[三][宮]398 眞無有，[三]100 眞等正，[三]205，[三]311 法不久。

致：[宋]1694 業三爲。

主：[甲]2128 以一點，[三]、至[宮]2060 玄機獨，[三]192 人喪道。

注：[甲]2128 云諸侯。

自：[甲]1705 勸修。

宗：[原]2261 義此說。

坐：[明]186 姝好在。

政

改：[宮]2103，[宮]2103 續布露，[甲]1115 令若成，[甲]1828 繫村燒，[元]2154 所刪難。

故：[甲]2367 行妙中，[三]125 意在兵。

教：[原]1251 即牛頭。

岐：[宮]2103 襲昏明。

生：[宮]2058 容貌甚。

王：[明]293 法。

嚴：[原]2425 於四天。

整：[三]、正[知]418 衣服長，[三][宮]585 理攝顚，[三]26 頓可，[三]129 服。

正：[宮]672 法曉名，[宮]459 律以爲，[宮]2045，[宮]2058，[宮]2058 即字名，[宮]2058 智慧希，[甲]2792 女人見，[甲][乙]1822，[甲]1775 法也教，[甲]1821 欲往僧，[甲]2006 威無比，[甲]2787 好顏色，[甲]2792 可割分，[明]524 不閑憲，[三][流]360 專精行，[三]170 好平等，[三]190 可憙名，[三]361 令轉，[三]2145 后之太，[三][東]643 住經二，[三][宮]627 無有塵，[三][宮]2102 以容養，[三][宮][博]262 太子擊，[三][宮][聖]790 放縱劫，[三][宮][聖]1509 加以嚴，[三][宮]263 其身臭，[三][宮]263 無，[三][宮]263 勇猛有，[三][宮]292 鼓百千，[三][宮]309 增上智，[三][宮]323 使是三，[三][宮]349 姝好從，[三][宮]385 炷佛初，[三][宮]425，[三][宮]425 好醜長，[三][宮]425 好令，[三][宮]425 絶好有，[三][宮]425 殊妙見，[三][宮]425 行，[三][宮]425 行禪思，[三][宮]434 未曾受，[三][宮]483，[三][宮]512 治國不，[三][宮]544 衣服從，[三][宮]564 甚可愛，[三][宮]611 坐叉手，[三][宮]624 道非，[三][宮]624 三十諸，[三][宮]626 故則無，[三][宮]630 心多煩，[三][宮]636 意是樂，[三][宮]692 身體手，[三][宮]693 身體手，[三][宮]741 辯，[三][宮]743 心爲本，[三][宮]754 堪適意，[三][宮]761 精進，[三][宮]790 行步有，[三][宮]820 頗有漏，[三][宮]1421 當以其，[三][宮]1425 向智向，[三][宮]1435 女身在，[三][宮]1462 食請比，[三][宮]1462 使往到，[三][宮]1462 聽諸大，[三][宮]1462 爲我故，[三][宮]1487 蹈地足，[三][宮]1506 千如是，[三][宮]1507 無雙天，[三][宮]1509 醜陋惡，[三][宮]1509 得樂及，[三][宮]1509 而所行，

[三][宮]1509 廣學多，[三][宮]1509 名聞智，[三][宮]1509 殊妙便，[三][宮]1557 盡政，[三][宮]1593 民譽早，[三][宮]1595 民譽早，[三][宮]1644 應雨時，[三][宮]1647 悅他心，[三][宮]1648 當資昔，[三][宮]1650 殊特如，[三][宮]2034 之功處，[三][宮]2042 法王號，[三][宮]2058 法王家，[三][宮]2085 可五十，[三][宮]2102 應謹守，[三][宮]2103，[三][宮]2103 教陵替，[三][宮]2103 之，[三][宮]2104 必求性，[三][宮]2108 之道亦，[三][宮]2121，[三][宮]2121 而生憍，[三][宮]2121 法，[三][宮]2121 法治國，[三][宮]2122 大弘佛，[三][宮]2122 是我耳，[三][宮]2122 著膝耳，[三][宮]下同 292 勢力第，[三][甲]951 具大精，[三][聖][知]1441 入衆時，[三][聖]120 五者遠，[三][聖]125 面如桃，[三][聖]125 世之希，[三][聖]125 所以然，[三][聖]125 無雙世，[三][聖]170 行學無，[三][聖]211 不枉人，[三][聖]211 無比父，[三][聖]643 等執持，[三][知]418 無有能，[三]1 我等當，[三]5 心六者，[三]20 欲平亦，[三]26 可愛沐，[三]26 姝好猶，[三]26 勇猛無，[三]99 欲縛沙，[三]99 者其唯，[三]99 之色作，[三]125 面，[三]125 面如桃，[三]125 年壯可，[三]125 世之希，[三]125 音，[三]125 衆中獨，[三]125 自喜沐，[三]129 黑恐墮，[三]152 不枉人，[三]153 於諸人，[三]186，[三]190 放天光，[三]190 可，[三]190 種種相，[三]192 素輕躁，[三]194 頭生，[三]194 無，[三]194 諸天塞，[三]196 即令宗，[三]196 清，[三]200，[三]200 殊妙世，[三]202，[三]203 不答言，[三]203 到王門，[三]203 光照一，[三]203 解，[三]203 殊妙於，[三]203 殊特佛，[三]203 威儀庠，[三]203 心中惑，[三]205 矣遍，[三]210，[三]220 醜陋，[三]585 使億國，[三]606，[三]606 齊，[三]643 四角時，[三]1336 殊妙光，[三]1339 之事付，[三]1509 淨潔妙，[三]1644 坐集時，[三]2059 法令苛，[三]2103，[三]2145 使水濁，[三]2145 意經一，[三]2149 焚書人，[三]2154 斷經一，[三]下同 1352 有氣力，[聖]200 天下王，[聖]211 三者恃，[聖]1670 使一，[宋][宮]790，[宋][元][宮]、整[明]559 衣服長，[宋][元]坐[明]26 姝好猶，[宋]2109 三十七，[乙]2157 斷經一，[元][明][宮]624 法持於，[元][明][聖]278 治國，[元][明][聖]475 法救護，[元][明]42 心政，[元][明]225，[元][明]263，[元][明]328，[元][明]664 使國飢，[元][明]742 法毀民，[元][明]2060 恩露六，[元][明]2060 以天，[元][明]2103 論御世，[元][明]2103 之路，[元][明]2145 斷經一，[原]1112 坐身，[原]1781。

止：[三][宮]2122 故當隨。

致：[元][明]2122 復出。

幀

幞：[明]894 或制多，[三]、計[元][明]2053 又造。

証

　　説：[甲]2266 知諸法。
　　謂：[乙]1821 得滅由。

諍

　　謗：[三][宮][聖]397。
　　彈：[甲]2270 成問若。
　　諦：[甲]1828 遍知者，[三][宮]403 而墮，[聖]1509 乃至一。
　　煩：[三][宮]、順[聖]425。
　　忿：[三][宮][另]1458 競而住。
　　誥：[三][宮]2103 辭不獲。
　　許：[甲][乙]1822 應息不，[甲]2261，[甲]2263 潤一小，[甲]2266 法處有，[甲]2270 故言極。
　　鉀：[三]1548 事闘戰。
　　諫：[三]2103 古來出，[三][宮]1810 事後遂。
　　淨：[宮]1542 法云何，[宮]1545 根過餘，[宮]221 當學般，[宮]397 調諸根，[宮]443 如來南，[宮]461 亂不脫，[宮]761 以無分，[宮]1542，[宮]1542 法無，[宮]1550 故，[宮]1566 論者故，[宮]1596 願智四，[甲]、諍[甲]1782 入里乞，[甲]2339 法出緣，[甲][乙]1816 謂，[甲]1709 名阿囉，[甲]1709 願智諸，[甲]1780 智但以，[甲]1782 訟是不，[甲]1816 行所以，[甲]2261，[甲]2261 即異，[甲]2299 觀去至，[甲]2425 行者我，[明]1454 事已除，[明][宮]397 語所言，[明][宮]1605 有爾所，[明]228 三昧行，[明]293 法生隨，[三][宮]632 亦非不，[三][宮]

1459 折草爲，[三][宮]1563，[三][宮]1605 有爾所，[三][宮]1644 風業所，[三][宮]2060 根業，[聖]1421 法若有，[聖]225 又與闘，[聖]1426 法今問，[聖]1464 不使我，[聖]1509 三昧第，[另]1721，[宋][宮]2121 念金輪，[乙][丙]2777 今既詣，[元][明]220 波羅蜜，[元]2122，[原]2248 罪體，[知]266 不起不。
　　静：[甲]1934 攝遷神。
　　靜：[宮]279 滅怖死，[宮]1632 論者是，[甲]1795 力靜斷，[甲]1742 三昧讃，[三][聖]99 其心善，[宋]1602 名勝義，[元][明]2016 本來平。
　　競：[三][宮][聖]271 論大人。
　　亂：[三][宮]425 者令和。
　　論：[甲]2271 者是能，[甲]2195 不如三，[甲]2250，[甲]2271 所故初，[甲]2271 一有法，[甲]2273 量相違，[甲]2299 出支提，[三][宮]1545 二我執，[原]2208 偏執有。
　　滅：[三][宮]1425 事者四。
　　請：[內]1184 家不和，[三][宮]399 定三昧。
　　事：[明]、[聖]1435 以何爲，[三]192 嫌恨競，[宋]、爭[元][明]21 亦説各。
　　説：[德][聖]26 事順時，[三][宮]1562 憂根當。
　　訟：[三]212 之德是。
　　誦：[甲]1333 爲縣官，[聖]26。
　　體：[乙]1822 出家，[乙]2263 也法師。

詳：[甲]2870 共譏嫌。

想：[乙]1821 定滅盡。

有：[元][明]675 論處爾。

語：[三][宮]1428 以此遂。

争：[宮]732 一者，[三][宮]729，[三][宮]1650 國復。

爭：[博]262 競，[宮][聖]1579，[宮][聖]1595 三摩提，[宮]1559 釋曰有，[宮]下同 1549 世與我，[甲]2017 論如今，[甲]2281 宗在二，[甲][乙]1821 得體故，[甲]1727 競意在，[甲]2075 不定來，[甲]2274 同即名，[甲]2281 故云云，[明]125 競或以，[明]2058 拚道力，[明]2121，[明]2121 遂徹大，[三]375 斷諍，[三]1341，[三]1341 競墮愚，[三][宮][聖]294 第二無，[三][宮][聖]1595 等故名，[三][宮]345 訟無想，[三][宮]384 競此衆，[三][宮]626，[三][宮]1451 勝上作，[三][宮]1505 詐言諂，[三][宮]1509 如鳥競，[三][宮]1549 復次當，[三][宮]1579，[三][宮]2041 訟乃立，[三][宮]2053 論凡數，[三][宮]2060 競，[三][宮]2085 阿育王，[三][宮]2121 鬥夢日，[三][宮]2121 功足神，[三][宮]2121 計子現，[三][宮]2121 學道日，[三][宮]2122，[三][宮]2123 奪何，[三][宮]2123 如鳥競，[三][宮]2123 之諸邪，[三][聖]361 欲無，[三]1 佛舍利，[三]154 功分衛，[三]198 生結不，[三]210，[三]360 是以，[三]362 財鬥訟，[三]375 訟得壽，[三]375 訟爲欲，[三]375 於諸大，[三]646 競，[三]1015，[三]1301 多少時，[三]1331 財寶已，[三]1341 鬥，[三]1341 論何以，[三]1440 故又曰，[三]2060，[三]2122 門競出，[三]2154 訟經一，[三]二十四字 375 善男子，[聖]125 競之心，[聖]324 訟自貪，[聖]475 離諸，[聖]639 世間最，[聖]1763 也，[聖]2157 説經一，[聖]下同 1441 波夜提，[聖]下同 1441 居士鞭，[聖]下同 1441 默然屏，[另]1721 出火宅，[另]1721 走，[宋][元]375 三昧知，[宋]374 訟如拘，[宋]375 訟各自，[宋]1559 等諸德，[宋]1559 論宿舊，[元][明]2108 競相害，[元][明]2123 以法化，[知]1441 相言鬥，[知]1441 訟不能，[知]1441 相言不。

正：[甲][乙]1822 理中橫。

證：[明]310 論句即。

濁：[宋][宮]、染[元][明]2123 開導天。

成：[甲]2274 瓶處爾，[甲]2273。

鄭

鄂：[三]2060。

郭：[甲]2128 注禮記。

恃：[三][宮]2122 重傍視。

下：[甲]2128 注云之。

猷：[三][宮]2060 重奉爲。

證

謗：[甲]1851 涅槃者。

畢：[三][宮]1509。

稱：[丁]1263。

成：[甲]2195 無上果，[乙]2263
也，[乙]2317 俱生惑。

誠：[甲]2366 文何耶。

澄：[丁]2089 修等四，[甲][乙]
2254 明器宇，[甲][乙]2263 湛境，[甲]
[乙]2309 義真法，[甲]1709 淨名加，
[甲]1733 淨爲體，[甲]1782 淨故餘，
[甲]1795 諸念之，[甲]2181 撰，[甲]
2183 集，[甲]2183 錄，[甲]2266 淄州
撲，[甲]2299 記出二，[甲]2299 記也
已，[三]2060 公，[三][宮][聖]1537 心
淨是，[三][宮]1579 淨不能，[三][宮]
2059 口誦經，[三][宮]2102，[三][宮]
2103 明所由，[三][聖]1537 心淨，[乙]
2218 然而靜，[乙][丙]2397 淨名法，
[乙]2391 心諦想，[乙]2397 五若以，
[元][明]384 靜，[原]923 寂悦意，[原]
1744 靜義邊，[原]2339 淨故上。

橙：[甲]1922 第六行。

處：[乙]2263 據可成。

從：[甲][乙]1822 此生無，[甲]
2217 此遍一。

達：[乙]2397 悟已無。

道：[甲][乙]1823 者亦思，[聖]
1425 果分是。

得：[甲]1911 不可思，[明]220 無
上正，[三][宮]1579 所有，[三][乙][丙]
1076 法雲地，[乙]1736 菩提，[元][明]
[甲]、登[宮]901。

德：[三][甲]951。

登：[丙]1141，[宮]1672 道場果，
[明]415 寂靜三，[明]1450 菩提道，
[三][宮][甲][乙][丙][丁]848 悉地果，

[三][宮]1609 清淨覺，[三][宮]2060 聖
引入，[三]187 無上佛，[三]951 地大
菩，[元]1675 亦知非，[元][明]2016 真
之路。

燈：[丙]2381 明生生，[宮]1526，
[甲]2266 此等師，[甲]2907 盡證等，
[三][宮][聖]1548 是依是，[三][宮]222
而閑復，[三][宮]671 離言語，[三][宮]
720 證寂滅，[三]1340 明而，[三]2122
持是功，[宋][元][宮]446，[宋][元][宮]
801 於其壇。

鐙：[三][宮][聖]425 侍者曰，[三]
[宮]425 明，[三]585 明便能，[聖]626
方便而。

諦：[宮]309 究暢其，[甲]1821，
[聖][另]1543 時得須，[聖]1509 是，
[知]1579 淨即以。

牒：[甲]2214 也謂。

豆：[甲]2266 也文又。

斷：[三][宮]1545。

發：[三][宮]2104 明釋部，[聖]
1859 智慧故。

法：[甲]1733 起同體。

觀：[甲][乙]2362 生空真。

果：[三][宮]2040。

護：[甲]2246 喜頂十，[聖]1788
故第六，[西]665 此法爲。

疾：[甲][乙]1072 瑜伽願。

髻：[三]2153 品第四。

鑒：[三]2153 自誓三。

謹：[宮]2102 也曩者。

經：[甲]1736，[甲]1821 言不通，
[聖]、證[聖]1818 三者釋，[乙]2250

三祇外。

覺：[明][宮]841 私入涅。

隆：[原][甲]2199 欲飾內。

論：[甲][乙]1821 可知，[甲][乙]1821 知如是，[甲][乙]2223 不，[甲][乙]2328 成佛時，[甲][乙]2328 文也而，[甲]1717，[甲]1782 佛覺慧，[甲]1821 小三災，[甲]2270 者生一，[甲]2397 四智即，[三][宮]639 解脫觀，[三][宮]1579 得諸行，[聖]1579 得衰損，[乙]、證[乙]1736 不成論，[乙]2261 眞，[乙]2263 也何關，[知]1581 證。

能：[明]1536 入空遍。

啟：[甲]2778 教他故。

訖：[甲]、談[甲]2274 故是宗，[甲]2262。

清：[甲]1735 淨即離。

丘：[明]2112 經亦。

取：[宮]355 無可滅，[甲]1781 涉。

詮：[甲]2270 無常宗，[甲][乙]2263，[甲]1512 法非不，[甲]1512 言教然，[甲]1735，[甲]1828 所證，[甲]1831 旨性初，[甲]2196 下明不，[甲]2274 解生由，[甲]2274 同，[甲]2285 教也，[甲]2305 所顯名，[甲]2378 無上正，[甲]2434 阿字等，[三]1019 持，[三][宮]1571 若言是，[乙]1736 三所被，[乙]2263 理四涅，[原]1776 前所依，[原]1898 量深會，[原]2270 義爲顯，[原]2270 宗故此。

入：[甲]1851，[三]1331 泥洹道，[三]1982 涅槃永。

捨：[甲]1816 大功德。

攝：[甲]2266 廣大無。

生：[聖]425 正法存，[乙]2250。

勝：[甲][乙]1816，[甲][乙]2328 涅槃者，[甲]1816 名不可，[甲]1816 行也自，[甲]2250 是上婆。

聖：[甲]2366 位者從，[三][宮]672 智見凡。

識：[甲]1924 即不起，[甲]2223 乃自知，[甲]2266 得平等，[聖]223 知入是，[聖]1562 結生時，[宋][宮]403 所謂，[宋][宮]1509 實際故，[乙]2328 菩提。

諡：[甲]2128 法云知。

說：[乙]2263 耶。

説：[宮]761 者名爲，[甲]2271 無決定，[甲]2290，[甲][乙]1821 刹那無，[甲][乙]1821 以無漏，[甲][乙]1822，[甲][乙]1822 此之二，[甲][乙]1822 第三解，[甲][乙]1822 第五解，[甲][乙]1822 甘露界，[甲][乙]1822 無常，[甲][乙]1832 有身證，[甲]1512 之人此，[甲]1724 以此十，[甲]1924 故即是，[甲]2250，[甲]2254 文論云，[甲]2254 五，[甲]2266 擇滅無，[甲]2273 異喻之，[甲]2299 也，[甲]2339 解脫不，[明]828 善男子，[三][宮]310 一切法，[三][宮]672 境依此，[三][宮]1509 諸人不，[三][宮]1562 闇，[三][宮]1595 得類故，[三]159 眞如佛，[三]682 解脫性，[三]1579 不説四，[聖]、證[聖]1733 就緣是，[聖][另]1543 十門竟，[聖]1428 成須陀，[宋]

18 得行住，[乙]1736 法菩薩，[乙]2254
何不入。

　　隨：[原]2262 地五根。

　　談：[甲]1863，[甲]2068 妻子親，
[宋][宮]2060。

　　體：[乙]2261 建。

　　謂：[宮]765 常樂涅，[宮]329 我
貧仁，[甲]1736 入要須，[明]1602 得
者，[宋]1545 如，[知]1734 理玄故。

　　悟：[甲]2266 入俱名，[乙]2396
佛。

　　習：[原]2416 前後實。

　　顯：[甲][乙]1822 成現無，[甲]
2371 三德是。

　　心：[乙]2261 假説又。

　　信：[甲]2036 於本。

　　性：[甲][乙]1822 知第三，[甲]
2266 文七十，[甲]2412 之位法，[甲]
2412 中自，[乙]1736 益。

　　修：[甲]2290 三昧得，[甲]1821
果是，[甲]2801，[乙]2397 普賢行，
[乙]2263 獨覺，[乙]2408，[原]、[甲]
1744 之未圓。

　　汎：[甲][乙]2254 可含有。

　　訊：[久]485 入諸佛。

　　也：[甲]1929 一無文。

　　亦：[甲]2371 有之智。

　　應：[乙]2261 智。

　　於：[甲]1733 眞性故。

　　語：[甲][乙]1823，[甲][乙]2254
取無明，[甲]1512 也見法，[甲]2262
言因故，[甲]2271 多分無，[甲]2434
遍法界，[三][宮]310 故，[三][宮]1425

乃至漏，[三][宮]1579 面門眼，[聖]
1441 知居士，[元][明][宮]310 答賢
王，[元]1566 知得成。

　　緣：[甲]2322 爲能所，[乙]2221
而已復，[乙]2263 眞理於，[乙]2263
正智也。

　　擇：[甲][乙]1822 滅得及。

　　征：[甲]2250 思食義。

　　正：[宮]1912 明言果，[宮]1912
同不名，[甲]1735 淨法界，[甲][乙]
1736 辯通所，[甲][乙]1736 釋後良，
[甲][乙]1736 體等此，[甲]1729 難以
古，[甲]1736 契合二，[甲]1795 信解
不，[甲]2250 異品殊，[明]100 法已
尊，[明]229 皆超一，[明]316 無上菩，
[明]1450 見不得，[明]1530 平等，[三]
[宮]426 是時衆，[元][明]1341。

　　之：[甲]2196 理所說。

　　執：[甲]2305 究竟爲。

　　至：[三]1004 菩。

　　智：[宮]1522 而不可。

　　種：[甲]2266 答第七，[甲]2305
一者始，[三][宮]1594 自界故。

　　諸：[宮]416 此三昧，[甲]874 法
眞實，[甲]1833 名言安，[甲]1842 人
但爲，[甲]2015 法一心，[三][宮][聖]
1549 見十二，[三][宮]310 功德，[三]
[宮]310 獲如斯，[三][宮]481 入諸分，
[三][宮]1546 解脱得，[乙][丙]873 法
眞實，[乙]2397 觀法若，[元][明]1571
法有體，[原]、[甲][乙]1744 法自有。

　　住：[乙]2296 大。

　　綴：[三][宮]1579 文三摩。

尊：[甲]1735 實際於。

幱

損：[甲]950 是像依，[甲]950 應畫先，[甲]950 於壁行。

幀：[明]2076 曰如何。

之

安：[三]193 長壽。

闇：[甲]1828 時無明。

抱：[三][宮]687 十月身。

本：[明]285，[乙]1909 行我等。

比：[甲]2195 可會就。

彼：[甲]2195 實又種，[乙]2263 報今所。

必：[三]1462 次第今。

畢：[甲]2263 二釋諍，[乙]2254 以上。

邊：[明]2087 境然山。

便：[三][宮]500 爲福身。

別：[甲][乙][丙]1866 事以，[乙]2263。

並：[甲]1828 如前又。

不：[甲]2274 共故至。

常：[甲]2255 則天人，[三][宮]224。

塵：[甲]1799。

成：[三][宮]2103 業非神。

持：[三][宮]2121 號慟絶。

勅：[三][宮]2121。

出：[甲]2082 僧令人，[乙]2207 以敬讓，[元]200 家即生。

初：[三][宮]2053 生也母，[宋]

[元][宮]1541 二。

處：[明]24 處亦二。

船：[三][宮]2060 若有愧。

此：[甲]1782，[甲]1805 點之或，[甲]1829 謬也此，[甲]2274 五失，[甲][乙]2259 云，[甲][乙][丙]1073 珠已即，[甲][乙]1751 水不，[甲][乙]2263 可會，[甲][乙]2263 可作能，[甲]1782 妙智名，[甲]1816 故言生，[甲]2195 豈此中，[甲]2196 也就初，[甲]2214 身五佛，[甲]2263 若論能，[甲]2263 造福不，[甲]2270 即，[甲]2270 中宗至，[甲]2274 敵証者，[甲]2274 也言同，[甲]2274 有因，[甲]2274 知云云，[甲]2299 知之，[三][宮]263，[三]202，[聖][另]1733 故名之，[聖][乙][丙][丁]1199，[乙]、此[甲]、－[甲]1796 如鏡之，[乙]1866，[乙]2263 此義，[乙]2408，[原]904 經是故。

大：[甲]2299 用故，[明]414 衆空中，[三][宮]500 所賤，[三]125，[三]425 哀以化，[聖]、之[聖]1733 之智離，[原][甲]1825 也問中，[原]1858 道。

但：[乙]2263 至餘處。

道：[三][宮]401 意，[乙]2263 理因在。

德：[三]1339 力能致，[三]2145 聲被於。

地：[聖]663，[乙]2408 印明是。

等：[甲]1924 相攝既，[三][宮]397 身經無，[三][甲]1181 事若發。

第：[宮]670 三，[宮]670 四，[明]

1421，[明]1421 二，[明]1421 二羯磨，[明]1421 三尼律，[明]1421 四尼律，[明]1421 五，[三][宮]1522，[三][宮]1522 二，[三][宮]1522 四，[宋][元][宮]1584 三。

定：[丁]1830 寂靜此，[宮]397 性其性，[宮]606 要義如，[宮]1505 前五第，[宮]1558 不調由，[宮]2103 寄四衆，[甲][乙]1822 次，[甲]1709 言是佛，[甲]1717，[甲]1816 言，[甲]1816 中大分，[甲]2249 可爲相，[甲]2253 根本必，[甲]2262 中奢摩，[甲]2299 保延六，[甲]2305 有自性，[甲]2408 印，[明]1646 斷，[明]1299 事並吉，[三][宮]309 室意之，[三][宮]397 心無退，[三][宮]459 然澹，[三][宮]477 慧乃曰，[三][宮][聖]606 因，[三][宮]225 師云菩，[三][宮]309，[三][宮]385 三十七，[三][宮]403 意根專，[三][宮]414 刹土一，[三][宮]630 後，[三][宮]2040 無有即，[三][宮]2042 法百八，[三][宮]2053，[三][宮]2060 互相敦，[三][甲]1332 節食少，[三][聖]291 事如來，[三][聖]310 法極善，[三]6 思惟通，[三]76 焉以空，[三]194 香香聞，[三]212 時尊者，[三]1537，[三]1579 自性當，[三]2153 行品，[聖]225 言却後，[聖]397 處如來，[聖]190 眞義我，[聖]211 謂爲命，[聖]288 慧何謂，[聖]1421 所牽無，[聖]1509，[聖]1585 門及所，[聖]2157 今並無，[宋]、乏[元][明]2125，[宋][宮]397 性實不，[宋][宮]2121 其

室即，[宋]839 業無所，[乙]2157，[乙]1832 類，[乙]2370 不定故，[元][明]6 滅淨具。

東：[原]、甲本冠註曰遼東之部漢書本傳作遼東東部 2039 部都尉。

毒：[聖]26 雜煩熱。

讀：[原]2410 也即身。

多：[元][明]329 德願令。

惡：[甲]2290 香梵檀。

而：[甲][乙]1736 本之者，[甲]2006 起無差，[甲]2255 住半不，[明]2102 長役拱，[三]、－[宮]2123 所知，[三][宮]1421 問於行，[三][宮]2103 被繫臣，[三][宮]2104 非潤專，[三]2103 雙照，[原]2395 所造也。

耳：[甲][乙]1866 三明三，[宋][元]1057 不得向。

二：[宮]2108 教雖曰，[宮]2122 塚相望，[甲]1924 食悉，[甲]2434 身成所。

乏：[宮]263，[宮]408 無福相，[宮]721 所逼切，[宮]738 不貪身，[宮]2025 叙話而，[宮]2059 加信光，[甲]1333，[甲]1781 苦故從，[甲]1969 慧識託，[甲]2037 太后稱，[甲]2039 其人也，[明]266 華衆寶，[明]2121 糧莫有，[三][宮]281，[三][宮]398 而爲說，[三][宮]1425 流汗乃，[三][宮]2122 疲冥如，[三][宮]2122 至死不，[三][宮]2123 人誰當，[三][宮]2123 也，[三][甲]1039 苦皆消，[三]158 十，[三]193 渴迷惑，[三]618 短，[三]721 患，[三]2102 皆不，[三]2145 聖，[三]

2145 文重無，[聖]1763 六道差，[宋]
[宮]2040 凡諸，[宋][宮]2123 時乃
可，[宋]125 家衣食，[宋]374，[宋]
606 苦非爲，[元][明]754，[元][明]
2060 錢不復，[元][明]2102 研折且，
[元]1503 二者苦，[原]1771 耳此三。

法：[宮]279 母爾時，[甲]893 先
以紙，[三][宮]839 位成就，[聖]816
行，[原]、[甲]1744 所依名。

反：[甲]2128 也。

方：[甲]2006 印可也。

分：[甲]1816 爲二初。

佛：[甲]1722 與淨土。

父：[宋][宮]、父堅[元][明]2034。

簡：[乙]2261 字無。

給：[甲][乙]2263 耶答祕，[乙]
2263 耶答。

更：[甲]2339。

功：[三]2123 德與瞿。

故：[甲]952 於時世，[甲]2266
無色諸，[元][明][宮]1545 所摧伏，
[原]1780 生死名。

冠：[明]2122 服光相，[原]1098
瓔珞。

光：[甲]1736 十相即，[三][宮]
632 明還繞。

歸：[甲]1782 者所執。

後：[甲]1736 四段，[乙]2391 徐
徐前。

候：[甲]2281 故也病。

乎：[甲]2035。

呼：[三][宮][聖]376 爲。

許：[三]202 共議已。

互：[甲]2266 上有更。

華：[乙]2391 上有伏。

火：[三]154 於是天，[三]185 又
不可，[三]2060 一澤之。

擊：[明][甲]1177 揵椎椎。

及：[甲]1821 與起，[三]100，
[三]193 諸佛，[原]1239 眷屬必。

即：[丁]1831 不繫七，[甲]1733
名終教，[甲]1733 實是故，[甲][乙]
2390 以右手，[甲]1708 初也於，[甲]
1733，[甲]1733 迹亦不，[甲]2266 果
名三，[原]1781 妙食，[原]2271 合二
百。

已：[甲][乙]1822 中三是。

既：[甲][乙]1821，[明]2087 知也
增。

假：[甲]1929 中即有。

兼：[甲]1828 有善護。

間：[三][宮]657 智慧。

見：[甲]2299 者意顯，[三][宮]
638 而爲講，[三][宮]1421 過患有，
[乙]1822 取義。

皆：[甲]1736。

劫：[甲]1828 滿已前。

戒：[三]、足[宮]2060 後聽餘。

界：[三]1485 外獨在。

今：[甲]2195 伽，[甲][乙]2261 爲
八通，[三][宮]1424，[三]1339 所説
陀，[乙]2261 教亦有。

金：[三][宮]2121 金化作。

淨：[甲]1238 衣。

久：[丙]2120 貧破伏，[甲]1763
者名發，[甲]2087 言猶爲，[三]2103

則有，[三]212 乃剠蛇，[聖]953 即成
發，[乙]2396。

　　酒：[三][宮]581 酒之亂。

　　就：[明]2087 次東二。

　　舉：[甲][乙]2390 印頂側。

　　懼：[三]2063 祀神求。

　　卷：[甲]2250 八紙右，[甲]2250
十右倒，[甲]2266 九紙云。

　　可：[宮]2121 馬四脚。

　　空：[甲]、之空[乙]1929 聖行次，
[甲]2204 義説爲，[甲][乙]1821 外應
執，[甲]1709 所以，[乙]2394 也等位。

　　孔：[三][宮][另]1451 中共諸。

　　苦：[乙]1822 者容得。

　　快：[明]1577。

　　了：[甲][丙]2227 時復應，[原]
2349 即迴立。

　　類：[甲][乙]1821 言。

　　禮：[三]2063 觀覽經。

　　立：[甲]2801 而不欲，[甲][乙]
1822 無間生，[甲][乙]2397 誓云對，
[甲]1780 名耳若，[甲]1782，[甲]2231
位故名，[甲]2271 法作故，[甲]2273
我，[甲]2434 甚深名，[聖]2157 中即
言，[乙]2309 加行名，[乙]2391 中今
決。

　　靈：[甲][乙]2087。

　　令：[甲]2261 種族經。

　　亂：[甲]2128 見也。

　　沒：[宋]10 想以是。

　　沒：[三][宮]2103 流沙途。

　　妙：[丙]1823 樂名離，[明][甲]
[乙]1000 舌相，[三]2145 明易啓。

　　滅：[甲]2792 憶念不。

　　名：[明]1549 具足者，[乙]1821
增上果。

　　魔：[聖]227。

　　母：[三][甲]1033 眞言一。

　　乃：[甲]2266 至涅槃。

　　惱：[乙]1909 觸不覺。

　　能：[三]、－[宮]2103。

　　念：[宮]2122 如掌所，[甲]2075
時無，[甲]2434 遷轉皆。

　　七：[甲]1512 意也是。

　　其：[宮]2112 祭，[甲]2195，[甲]
2195 尤可説，[甲]2263 義可爾，[甲]
2428 事何答，[三][宮]2060 愚非魯，
[三][聖]178 言即，[三]2063 不可量，
[乙]2254 命連持，[元][明]637 惡是
爲。

　　起：[聖]476 因緣。

　　前：[甲]2266 心所至。

　　乾：[聖][另]1458 數數翻。

　　欠：[甲]2036。

　　求：[三]2103 法於此。

　　去：[甲]1828 根塵約，[三][宮]
1435 乏少時，[三]2063 從外國，[乙]
[丙]2777 體超越。

　　趣：[三][宮]1458 寺，[三][宮]
1521，[聖]99，[石]1509 不增。

　　人：[甲]1709 來問難，[甲]1780，
[明][甲]1177 身皆，[明]620 法或有，
[三][宮]263，[三][宮]263 使入佛，
[三][宮]586 演説如，[三][宮]606 喜
求他，[三][宮]1421，[三][宮]1488 所
壞處，[三][宮]2040 安止使，[三][宮]

2121 便不肯，[三][宮]2122，[三][宮]2123 所不尚，[三][聖]211，[三]94 欲令安，[三]190 所覆，[三]263 察所講，[三]374 父母大，[三]2060，[聖]285 國土，[宋][元][宮]2103 儔命駕，[宋]152 畜不，[宋]197 王聞是，[元][明]119 然此沙，[元][明]1509 義遍閻，[原]1819 大體，[原]1849 厥號馬。

仁：[三][宮][聖]425 人眞審。

肉：[三][宮]493 者雖處。

如：[甲]2299 智故就，[元][明]410。

汝：[三][宮]2040 時迦毘。

入：[三][宮]401 所感動，[三]6 水，[三]309 門達於，[三]2112 流沙至。

若：[三]193 大海心。

三：[甲][丙]2397 身從無，[甲][乙]1816 靜慮下，[甲][乙]950 時燒佉，[甲][乙]1821 種故故，[甲][乙]1822 隨相，[甲][乙]1830 第六，[甲][乙]1833 支無過，[甲][乙]2390 衣次入，[甲]893 簸多者，[甲]1239 指一切，[甲]1816 事理不，[甲]1821 行相極，[甲]2211 區我等，[甲]2215 賢位菩，[甲]2259 行非凡，[甲]2266 解第二，[甲]2266 無失，[甲]2273 上能非，[甲]2281 宗比，[甲]2339 說破責，[三][宮]534 明大慈，[三][宮]2102 典獨以，[聖]375 業是人，[乙][丙]2397 義二義，[乙]1723，[乙]1821 極促謂，[原]、[甲]1744 歡諦甚，[原]1700 文次兩，[原]2369 兒也其，[原]2428 句。

六大。

色：[宮]288 面七寶，[甲]2217 中我如。

善：[乙]1238 人若不。

上：[甲]2339 七句約，[甲]2266 讀之意，[甲]2339 處，[三][宮][甲][乙][丙][丁]869，[三][宮][聖]272 菩提，[三]985 或白羯，[乙]2215 問無故，[乙]2254。

捨：[三][宮][另]、－[聖]1442 與善芯，[元]2122 而不顧。

攝：[甲][乙]1866 是則諸。

身：[丙]2810 所起者，[宮]1911 意障難，[三][宮]2043 以肉泥，[三]2123 影。

生：[甲]2782 蘊名之，[三][宮]1442 嫌恥作，[原]2196。

聲：[甲]1512 性便謂。

聖：[甲]974 者是以，[三]360 衆彼菩。

失：[甲][乙]2286 故發宿。

師：[乙]2296 義今言。

食：[三][宮]2121 若謂不，[三]125 表當共。

時：[和]261 不應卒，[三]1 爾時世，[元][明][宮]614 既。

示：[甲]、亦[乙]、－[丙]2381 有三種。

世：[明]291 界或如，[三][宮]403 所，[三][宮]2034 最下劫，[乙]2263 間是假。

事：[甲]1921 彼不來，[三]125 故不赴。

是：[丙]2231 不當佛，[甲][乙]1822 答問何，[甲][乙]2309 第七末，[甲][乙]2778 果說諸，[甲]900，[甲]1851 慧說爲，[甲]2204 現，[甲]2266 因緣不，[甲]2300 眞實義，[甲]2323 甚不是，[明][甲][乙]1225 若敷蓮，[明][甲]1177 人得遇，[三][宮]263 於其衆，[三][宮]266，[三][宮]285，[三][宮]397，[三][宮]399 以等上，[三][宮]650 者當有，[三]190 善男子，[三]399，[三]2149 時復致，[聖]586 爲得菩，[乙]1821 異熟者，[乙]2227 爲聖位。

誓：[甲]2397 願令。

釋：[甲][乙]2261 等者，[甲]2195 大王求。

手：[乙]2390 胸。

受：[宮]2123 福其三，[甲]2269 境界雖。

述：[三]2125 自久不。

水：[三]2122 手淨尚。

說：[三]375 善男子。

思：[甲]1829 遂便發。

巳：[原]2208 外乎然。

四：[甲]2035 天爲男，[甲]2274 如立我。

所：[甲]2396 依之土，[明]1563 生等相，[三][宮]345 欲幸勿，[三]2145 之居鐵，[乙]2263 說經論，[元][明]263 難則於。

題：[聖]1788 中解別。

體：[甲][乙]2288 言下可，[甲]2337。

天：[甲][乙]1822 言論。

土：[甲]1782 亦現空。

退：[元][明]649 者策進。

王：[宮]2053 言尚訛，[甲][乙]2228 后加，[甲]1728 何況其，[原]、王[甲]1781 淨飯王，[原]2211 宮是也。

威：[甲]893 德。

微：[甲]2414 塵數之。

為：[三][宮]724 癩病何。

爲：[甲]1736 復顯即，[三][聖]375，[三]375 檀波羅，[三]2063 何后寺，[元][明][宮]374 實諦。

文：[宮]2034 到國十，[宮]2060 爲義，[甲]、－[乙]2249，[甲]、－[甲]2261 出故，[甲]、但作細註 2266，[甲]1828 廣辨諸，[甲]2218，[甲]2249 思之第，[甲]2266 細也學，[甲][乙]1866 則同時，[甲][乙]2263 也言彼，[甲]1805 詞爲即，[甲]1805 若村若，[甲]1816 云此顯，[甲]1828 自下解，[甲]1929 理也問，[甲]2128 務准古，[甲]2128 心動也，[甲]2129 忍反，[甲]2183 名，[甲]2250 中許第，[甲]2262 言唯欲，[甲]2266，[甲]2266 處尚不，[甲]2299 今明皆，[甲]2299 又新婆，[甲]2339 不許昔，[甲]2339 義含衆，[甲]2434 意何答，[明]1605 詞問答，[三][宮]2122 故如來，[三]1058 者以石，[三]2112 妙宗自，[三]2122 控引經，[三]2122 唯，[宋]、－[宮]2103 文脚蹈，[乙]2385，[元][明]2123 理乃爾，[原]2248 先須簡，[原]2196 爲十七，[原]2248 上由似。

聞：[三]2088 勅送像。

問：[元][明][宮]374 言此是。

我：[三]125 曰從羅，[元][明]292 而慈愍。

臥：[元][明]407 具娑婆。

無：[元][明]125 底斷諸，[原]1721 也例如，[原]1776 明是妄。

五：[甲][乙]2194 種有四，[甲]1782 地雖皆，[三][宮]2121，[聖][甲]1733 行積集。

西：[明]994 來莫。

細：[原]1849 故無王。

顯：[甲]1805 不開下，[甲]2266 理不就。

想：[甲]1700 心更長，[原]2339 受等及。

心：[甲][乙]2219 本性，[甲]1799 分不留，[甲]1922 相以爲，[明]310 所集起，[三][宮]1525 願答曰，[三]125 所，[三]2058 起輒，[宋]26 功德謂，[宋][元][宮]2111 用權道，[乙]1202 口加念，[乙]2261 相緣所，[元][明]626 其福出。

行：[甲][乙]2207 阿難所，[甲]2299 勝身子，[三][宮]721 人既呵，[元][明]227 樹諸池。

性：[甲][乙]2309，[宋][宮][聖]376 眞實迦。

兄：[三][宮]2121 辭喻悽。

修：[甲]1873 儀則故。

須：[三]189 凡諸。

熏：[乙]2263 勝種耶。

焉：[甲]2289 彼，[甲]2289 已上十，[三][宮]2060。

言：[甲][乙]1736 於一其，[甲][乙]1822 若准，[甲][乙]1822 所言不，[甲]1736 五對然，[甲]1781 嫌又欲，[甲]1782 我，[甲]1828 由勝處，[甲]2195 略，[甲]2254 故也已，[甲]2362 能緣智，[甲]2748，[三][宮]425 不肯信，[三][宮]1442 六衆白，[三][宮]1442 三衆皆，[三]202 衆臣咸，[三]203 曰二俱，[乙]2215 證道門，[原]、[甲]1744 一乘德，[原]1899 置之言。

養：[知]2082 女年七。

爻：[三]2088 蒼。

堯：[原]1308 失夏至。

耶：[甲][乙]2277 答俱無，[甲]2254 答修練，[原]2271 答因親。

也：[宮]2112 別名禮，[宮]2122 秤也汝，[甲]、－[乙]1929，[甲]、之也[乙]2263，[甲]1815 且上品，[甲]2128，[甲]2255 餘部，[甲]2263 由之見，[甲]2271 故彼疏，[甲]2277 第六問，[甲]2305 謂阿陀，[甲]2402 傲字，[甲][乙][丙]2778 旨意也，[甲][乙]1866 第四修，[甲][乙]2249 泰法師，[甲][乙]2263，[甲][乙]2263 不論故，[甲][乙]2288 大綱尤，[甲][乙]2390 意大德，[甲]871 大，[甲]1775，[甲]1775 也然無，[甲]1781，[甲]1781 正行善，[甲]1802 若有衆，[甲]1823 不在見，[甲]1828 復有乃，[甲]2068，[甲]2128 應言韓，[甲]2195 後五十，[甲]2195 自利爲，[甲]2196 生死長，[甲]2217，[甲]2217 次逐月，[甲]2217 時地中，[甲]2217 之，[甲]2227 中皆具，[甲]

2231 疏云我，[甲]2254 正文，[甲]
2263，[甲]2263 汎爾不，[甲]2263 論
下文，[甲]2263 若爾不，[甲]2263 意
者彼，[甲]2266 五識相，[甲]2270 果
實便，[甲]2271，[甲]2273 比量難，
[甲]2273 離實大，[甲]2274 明知所，
[甲]2274 云云，[甲]2277，[甲]2290 其
旨又，[甲]2290 外中具，[甲]2299，
[甲]2299 故唯説，[甲]2299 今此品，
[甲]2299 爲佛故，[甲]2299 爲六重，
[甲]2299 性名爲，[甲]2299 言菩薩，
[甲]2299 又大師，[甲]2408 故，[甲]
2414，[甲]2414 明朝，[甲]2415，[甲]
2415 答不爾，[甲]2415 意四，[三][宮]
1433，[三][宮]1464 若過三，[三][宮]
1488 終不以，[三][宮]2103 無求蠹，
[三][宮]2104 廣，[三][宮]2123 我阿
闍，[三]7 彼諸力，[三]2154，[聖]625
所歸，[聖]1763，[乙]2393，[乙]2394
施功不，[乙]2215 行偏所，[乙]2223
所歸向，[乙]2263，[乙]2263 大概記，
[乙]2263 但法義，[乙]2263 但瑜伽，
[乙]2263 二各，[乙]2263 故付十，[乙]
2263 其緣若，[乙]2263 若定，[乙]2263
時代相，[乙]2263 所以由，[乙]2263
又有定，[乙]2309，[乙]2309 謂本識，
[乙]2390 別記云，[乙]2408，[乙]2408
即表壽，[乙]2408 云云但，[乙]、之
□[原]2196 祥即取，[原]、之相[原]、
身[原]2196 隋云種，[原]、之初初也
[原]2196 初又二，[原]2196，[原]1721
非人之，[原]1771 今上下，[原]1780
自餘衆，[原]2196，[原]2196 初中有，

[原]2196 二主寶，[原]2196 有二上，
[原]2196 有二一，[原]2196 語言與，
[原]2231 然今明，[原]2339 大集所，
[原]2409 云云。

業：[甲]1828 果報於。

一：[甲]952，[甲]1736 處，[明]
889 心念懺，[三][宮]397 心一色，[三]
[宮]2121 摩尼珠，[聖]125 時彼商，
[乙]1736 德及遍。

衣：[甲]1804 方法三，[甲]1805
方法求，[三][宮]563 當得五，[三]171
欲得金，[宋][宮]598 義如來，[宋][元]
44 婦藏臣。

依：[甲]2195 義不依。

已：[丙]2185 訖猶有，[甲][乙]
[丙]2778 前兼涅，[甲]1816 上便無，
[甲]1821，[三][宮]374，[三][宮]1425
競驚而，[三][宮]1428 然後，[三][宮]
1428 疑佛問，[三][宮]1428 自念言，
[三]125 後更不，[三]196 又不可，[聖]
200 既盡猶，[元][明][聖]643 於幢幡，
[元][明]209。

以：[甲]、之言以之[乙]2192 言
爲門，[甲]1723 沐浴必，[甲]1735 分
爲六，[甲]1821 所映奪，[三]、已[宮]
2026 法，[三][宮]638 滅盡，[三][宮]
2112 玉藏，[乙]2263 後。

矣：[三]2088 城已頹。

亦：[甲]、名[甲]、必[乙]2174 多
時綵，[甲]2390 意大德，[甲][乙]2391
能持摩，[甲]1828 不具十，[甲]2400，
[三][宮]462 如幻不，[三]2110 爲此
形，[聖]625 所，[乙]2396 有如來，

[原]1771 云貨牛。

異：[三][宮]322 同想以，[三]2059 有羅漢，[元][明]2122 有羅漢。

意：[甲]2300 淺深亦，[甲][乙]1822 時恒成，[甲][乙]1822 義。

義：[乙]2263。

因：[甲]2337 行既成，[三][宮]420 緣而行。

飲：[三][甲]1313 食供養。

印：[明]894。

應：[甲]1744 故名爲。

用：[甲]2837 而常空。

有：[甲]2281 名，[甲]2299 者則不，[明]1591 異爾者，[乙]1724，[原]1840 三相亦。

又：[甲]2128 訓狐論，[甲]1828 言詮所，[宋][宮]396 後數千，[乙]1736 不得更，[乙]1821 生本者，[乙]2362 名濫涉，[原]895 行者喫，[原]1782 此徵。

于：[乙]1736 有仁鬼。

污：[三][宮][另]1428。

於：[甲][乙]1796 名趣，[甲][乙]2391 中，[甲]1828 中第一，[甲]1969 安健之，[甲]2017 化城示，[三][宮]2122 皮所戲，[三]375 淨水中，[三]2103，[聖]627 起塔寺。

餘：[甲][乙]1736 波一波，[原]920 不。

歟：[甲]2249 他相。

與：[甲]2195 何時乎，[甲]1736 妄競性，[甲]2255 舊義，[三][宮]425，[三][宮]1428 我當與，[三]1082 爲其

給，[原]2271 聲自性。

語：[三]202 者斯。

欲：[甲]1828 貪二於。

喻：[聖]1512 以星外。

元：[甲]2281，[甲]2395 小分。

緣：[元][明][宮]374 故我説。

曰：[甲]1030 通三，[三]156 惡友太。

約：[甲]1805 縱不同。

月：[乙]2408 也女人。

樂：[宋][宮]387 王所入。

云：[甲]、－[乙]2254 假地水，[甲]、言[乙]2261 色聲二，[甲]、也[乙]2263 意依，[甲]、云云[乙]2434 審慮之，[甲]、之一[甲]2195 權門經，[甲]1708 一句讚，[甲]1736 義相類，[甲]2255 以漚和，[甲][乙]1821，[甲][乙]1822 非得已，[甲][乙]1822 即身前，[甲][乙]1822 相理合，[甲][乙]1822 一行相，[甲][乙]2228，[甲][乙]2254 淨無記，[甲][乙]2254 路行施，[甲][乙]2254 下釋第，[甲][乙]2254 義內又，[甲][乙]2261 論師也，[甲][乙]2263，[甲][乙]2263 間有二，[甲][乙]2263 生住成，[甲][乙]2263 師，[甲][乙]2263 釋不正，[甲][乙]2263 釋宗家，[甲][乙]2263 文此是，[甲][乙]2263 文爲證，[甲][乙]2263 義引，[甲][乙]2263 義與前，[甲][乙]2263 因，[甲][乙]2296 能説是，[甲][乙]2390 次阿闍，[甲]1512 解，[甲]1512 心所得，[甲]1708 二句就，[甲]1708 一偈對，[甲]1717，[甲]1717 亦如明，[甲]1724 不

謗故，[甲]1733 爲力今，[甲]1736 則順今，[甲]1778 不受汝，[甲]1802 我，[甲]1813 張大教，[甲]1816，[甲]1816 以功德，[甲]1828 從彼天，[甲]1828 謂於其，[甲]1828 亦爾眞，[甲]1829 解釋此，[甲]1887，[甲]1921 是也然，[甲]2068 先王治，[甲]2195 文爾，[甲]2214 大印正，[甲]2239，[甲]2239 自性寂，[甲]2261 無著上，[甲]2263 處，[甲]2263 難又要，[甲]2263 釋判，[甲]2263 釋凡因，[甲]2263 釋也，[甲]2263 依想，[甲]2263 義安如，[甲]2263 義不舉，[甲]2263 義也若，[甲]2263 義也應，[甲]2263 義引，[甲]2263 義由此，[甲]2263 義自性，[甲]2263 餘惑不，[甲]2263 諸，[甲]2266，[甲]2266 或，[甲]2270 由以所，[甲]2274 前是遮，[甲]2274 天生能，[甲]2274 緣瓶之，[甲]2274 自相之，[甲]2281 時第一，[甲]2299，[甲]2299 今推以，[甲]2299 無生無，[甲]2299 心深愛，[甲]2300，[甲]2336 爾耶，[甲]2339 人功窮，[甲]2397 性是三，[甲]2408 意，[甲]2409 六字神，[甲]2434 何，[甲]2434 也次第，[甲]2837 楞，[甲]2837 異，[三]、六[宮]2122 於大河，[三][宮]2059 見，[聖]1733 用是心，[乙]、云[丙]1833 因果受，[乙]2249 若云下，[乙]2263 文依菩，[乙]1822 傳說正，[乙]1822 等，[乙]2249 第二釋，[乙]2261 名不同，[乙]2261 能證故，[乙]2261 人未舉，[乙]2263，[乙]2263 等無間，[乙]2263 時以，[乙]2263 釋，

[乙]2263 釋疏要，[乙]2263 義不爾，[乙]2263 義也豈，[乙]2263 義諸佛，[乙]2263 種子，[乙]2296 若法，[乙]2296 醉於寂，[乙]2391 定普，[乙]2396 現，[乙]2408 印八，[元][明]2040 有畏，[原]、[甲][乙]1744 波羅蜜，[原]2339 無有餘，[原]1744 靜說爲，[原]1780 智爲境，[原]2196 即圓滿，[原]2271 宗無因，[原]2339 到阿耨，[原]2339 云何修，[原]2395 眞言教，[原]2408 聖位也，[原]2409，[知]1785 長行舉，[知]2082 止因至。

哉：[甲]2313。

則：[三][宮]683 歡悦即。

章：[明]2060 體勢非。

召：[三][丙]982 始可隨。

者：[宮]1545，[甲]1735 言無僧，[甲]2269 或在色，[甲]1969 佛爲醫，[甲]2195 是第一，[三][宮]1488 是優婆，[三]211 爲賢，[乙]2263 別無依，[原]1862 謂如有，[原]2263。

眞：[甲]2837 理既融。

正：[甲]1705 義試爲，[三][宮]534 水底有。

支：[宮]848 猶如鈴，[甲]1821 不可正，[三][宮]1451 天女手。

芝：[三][宮]2122 寺門外。

枝：[三]185 迦葉復，[元][明]189 於是迦。

知：[宮][甲]1912 答中先，[宮][甲]1912 出法我，[甲]1795 身心亦，[甲]1789 性離故，[甲]1924 義從業，[明]206 此龍蓋，[明]2029 故正法，

[明]2076 即解如，[明]2102 慮，[三]、
一[宮]1579 相所謂，[三][宮]309 者如
吾，[三][宮][聖][另]1451 王見是，[三]
[宮]2122 心念而，[聖]790 苦樂有，
[元][明]、之患患之[聖]125 患誰作。

止：[聖]1763 謂之從。

旨：[三]2154 者。

至：[甲]1698 難示化，[甲]1735
深攝眾，[甲]1929 真性理，[甲]2036
魏隱于，[甲]2748 佛果故，[明]1646
畏處不，[三][宮]665 山下安，[三][宮]
2059 曛浩不，[三][宮]2121，[三]1，
[三]161 婆羅門，[三]2121 佛所側，
[乙]1709 峯跨壑，[乙]1744，[原]1764
此先明。

志：[元][明]276。

治：[三]209 醫以酥。

中：[宋][元]1646 為上行。

終：[三]100 時即是。

種：[甲]950 光，[乙]2192 機緣
以，[原]1818 義一者。

眾：[三][宮]403 心二曰，[三]125
中亦復。

呪：[三]1331 術以化。

諸：[宮][甲]2008 法乃至，[甲]
1718，[三][宮]1428 人等晝，[三][宮]
2104 經非此，[三]152 獵士分，[三]
201 繫縛，[三]477 法乃曰，[三]682
愚夫執，[原]1858 道皆因。

主：[甲]1873 分唯，[甲]2036，
[三][宮]2122 不疑，[乙]2249 四種善。

住：[明]398 於信樂。

箸：[三][宮][另]1451 火生既。

准：[甲]、准之[甲]2195 於菩。

茲：[三]2103 齊貫染。

子：[宮][甲]1911 胎，[宮]869，
[甲]2036 師缺則，[三][宮]816 有園
名，[三][宮]2042 即名此，[三][宮]
2104 孫豈有，[三][宮]2121 遣信報，
[聖]224 是時弊，[元][明]329。

自：[乙]2263 性。

字：[甲]1783 為身如，[三][宮]
2060 經紛碎。

恣：[元][明]362 意憍慢。

足：[宮]895 教宜速，[宮]2040 我
自憶，[甲]2255 分等，[甲][乙]1822 前
毛孔，[甲][乙]1822 與妙無，[甲]1709
非不住，[甲]1709 為定量，[甲]2039
矣何願，[甲]2087，[甲]2196 三顯現，
[甲]2391，[明][聖][丁]1199，[明]293，
[三][宮]425 乃勸化，[三][宮][另]1442
淤泥歡，[三][宮]222 在賢劫，[三][宮]
288 興造廣，[三][宮]397 彼得如，[三]
[宮]553 盡其壽，[三][宮]565 德少欲，
[三][宮]848，[三][宮]1546 時彼比，
[三][宮]2060 諦，[三][宮]2060 後仍
住，[三][宮]2121 今，[三][宮]2122 將
還山，[三][宮]2122 色如雲，[三]212
清淨非，[三]291 變化，[三]310 異口
同，[三]682 可窺鑑，[三]896 後如法，
[三]1440 比丘在，[三]2104 過，[聖]
271 前百千，[宋][元]263 所以者，[宋]
2103 而獲後，[乙]1709，[乙]2408 即
是天，[元][明]158 以法味，[原]2196
沼。

最：[乙]2408 後必。

作：[甲]2195 何答。

支

艾：[三][宮]2122 料既足。

拔：[三][宮]、枝[聖][另]1548 欲。

跋：[三][宮]2085 提可有。

被：[聖]1421 往白衣。

表：[聖]1563 數等無。

叉：[明][甲][乙][丙]1277 二中指。

處：[丙]1141 即成清，[甲]973 其五輪，[乙]1141 便成，[乙]1141 即成金，[原]973。

發：[甲][乙]2317 身語思，[甲]1828 今依後，[甲]1828 趣果又，[甲]1828 悟者景，[甲]1828 心義意，[甲]1828 正願者，[甲]1839 性因於，[甲]1839 語之端，[原]1782 心修行。

反：[甲]2244 毘沙門，[甲]2269 出方，[三]、[甲]1227 麼囉，[三][宮]2102 飛靈餤，[原]2196。

分：[宮][聖]341 退轉因，[明]1653，[聖]99 牟尼之，[石]1558 離已成，[乙]2261 聖道中。

故：[宋][宮]、枝[元]、文[明]278 得一切。

光：[甲]2339 得光增，[甲]1782 顯相類。

核：[宮]1596 緣生是。

及：[甲]2266 五業種。

伎：[宋][元][宮]、技[明][知]1579 屬或弊。

技：[宮]397 解其，[三][宮][聖]

[石]1509 共一切，[三][宮]310 道也彼，[三][宮]397 所謂無，[三][宮]1435 朽則軟，[三][宮]2060 將逾喜，[聖]305 故四，[聖]410 節，[宋]、肢[元][明]、枝[宮]263 節和懌，[宋][元][宮]、肢[明]405 節。

交：[三][宮]1613 杖僧佉，[三][宮]2102 伯，[三]606 拄相連，[聖]1440 一富羅，[乙]2795 頭。

夸：[三][宮]2102 父。

枚：[聖][另]1548 道説故。

閂：[甲]1912。

萌：[甲]2231。

破：[宮]、鈹[聖]1421。

岐：[聖]1723 大熱鐵，[乙]2379 美能彌。

取：[原]2339 二種。

尸：[甲]1781 佛心無。

師：[甲]2434 利白佛，[聖]627 利普超。

史：[甲]2425 多天者。

氏：[甲]2250 非不相，[明]631，[三]362，[三]2149 國遇沙，[乙]2263 譽美。

天：[宋][明][宮]2122 竺所出。

文：[宮]1912 但至四，[甲]1782 多少界，[甲]2250 名種末，[甲]2261 分三，[甲]2266 等無染，[明]2034 識世高，[元]1464 舍支鬼。

央：[甲]、史[乙][丁]2244。

鈸：[三][宮]1425 上若葉。

義：[甲][乙]2263 亦功能。

友：[宮]310 能成六，[宮]659 留，

[宮]1521 經除罪，[宮]2059 法防共，[宮]2060，[宮]2122 六情完，[甲][乙]1816，[甲]850，[甲]1772 故盧，[甲]1813 次三於，[甲]1828 八，[甲]1828 第四解，[甲]1851 成是故，[甲]2087 隣陀龍，[三][宮]、反[聖]627 則是其，[三][宮]1545 乃至爲，[三][宮][甲][乙][丙]876 不厭捨，[三][宮]1579 故入微，[三][宮]1625，[三][宮]2121 四人一，[三]2088 清論勝，[三]2154 集或十，[聖]446 味，[宋][宮]2122 淨三業，[宋][元]、肢[明][宮]2112 以去形，[宋][元][宮]1443，[宋][元][宮]1604 成熟由，[宋][元][宮]2102 道，[乙]867，[乙]1822 因十一，[乙]2157，[乙]2157 西域人，[乙]2397 力謂善，[原]1819 反乃稱。

有：[甲]1736 唯修所。

又：[甲]2266 云至勝。

與：[甲]2266 攝故此。

丈：[聖]1562 一尋。

杖：[宮]402 寶無垢。

者：[三][宮]2121 國王與。

之：[丙]2778 謙於武，[甲]853 分也，[甲]1268 譯。

枝：[德][聖]26 於聖正，[德][聖]26 正見乃，[宮]462，[宮]1546 未來一，[宮]1546 緣雖是，[宮]2123 葉耳聖，[宮][聖]278 有味著，[宮][聖]1541 品一界，[宮][聖]1552 非一切，[宮][聖]1552 五支，[宮][聖]下同 1541 謂念覺，[宮]397 故若持，[宮]397 解具足，[宮]1425 及餘衣，[宮]1548 聖道正，[宮]2058 禪，[宮]下同 1546 體者學，[宮]下同 1546 耶答，[宮]下同 1546 緣幾在，[甲]1847 末無明，[甲][乙]2194 無漏七，[甲]908 皆安右，[甲]1718 林如盆，[甲]1733 者依菩，[甲]1828 葉者景，[甲]2128 者此乃，[甲]2879 燈一，[明][宮]374 拄地頂，[明][宮]1548 網能生，[明]1450 圓滿衆，[三][宮]1548 欲，[三][宮][聖]223，[三][宮][聖]223 不取相，[三][宮][聖]223 共一切，[三][宮][聖]2042 禪，[三][宮][聖]混用 1552 戒，[三][宮][聖]混用 1552 者五支，[三][宮][石]1509，[三][宮][石]下同 1509，[三][宮]397 發起慈，[三][宮]397 故持智，[三][宮]397 無智慧，[三][宮]606 解各散，[三][宮]785 法四，[三][宮]1425 尼耶螺，[三][宮]1425 提，[三][宮]1435 法者佛，[三][宮]1435 澡罐，[三][宮]1488 不具足，[三][宮]1525 故四十，[三][宮]1546 力外，[三][宮]1581 生是名，[三][宮]1647 節，[三][宮]2060 比曜時，[三][宮]2060 花，[三][宮]2060 江禪慧，[三][宮]2060 三，[三][宮]2060 葉窮討，[三][宮]2103 廣惟祺，[三][宮]2103 育蟲妙，[三][宮]下同 397 名，[三][宮]下同 1546，[三][宮]下同 1552 轉至於，[三][聖]26 節悉御，[三][聖]643 示胸，[三]1 成就梵，[三]1 一者信，[三]125 著我耳，[三]1301，[三]2145 尋不全，[三]2154 派編末，[聖]26 依捨離，[聖][另]285 體衣，[聖]26 八支，[聖]26 漏盡，[聖]26 聖

道，[聖]26 聖道正，[聖]99 緣起如，[聖]223 皆不可，[聖]278 緣起，[聖]375 也有從，[聖]627 體頭眼，[聖]1421 或如，[聖]1425 八正道，[聖]1440 二禪四，[聖]1441，[聖]1462 一者念，[聖]1552 當知是，[聖]1763 之起雖，[石]1509，[石]1509 節內外，[宋]、肢[元][明]190 節時諸，[宋][宮]、枝不[聖]1509 取相不，[宋][宮]、肢[元][明]263 體，[宋][宮]、肢[元][明]724 節斷壞，[宋][宮][聖][石]1509 皆不可，[宋][宮][聖][石]1509 取相生，[宋][宮]270 無盡意，[宋][宮]374，[宋][宮]397，[宋][宮]397 復次心，[宋][宮]397 一切寂，[宋][宮]648 分能隨，[宋][宮]下同 397 觀，[宋][明]156 持名八，[宋][聖]、肢[元][明]26，[宋][聖]26 攝正見，[宋][聖]26 必得，[宋][聖]26 聖道耶，[宋][聖]26 已復，[宋][聖]26 云何欲，[宋][聖]26 正道正，[宋][元][宮]1546 雖體性，[宋][元][宮]1546 在未來，[宋][元][宮][石]1509 三昧，[宋][元][宮]278 普令，[宋][元][宮]1425 提諸，[宋][元][宮]1428 白佛，[宋][元][宮]1546 道支，[宋][元][宮]1548 道中廣，[宋][元][宮]1548 定五智，[宋][元][宮]1550 思惟道，[宋][元][宮]下同 1546 以於法，[宋][元][宮]下同 1546 與喜覺，[宋][元]1441 相應偷，[宋]24 拄地悉，[宋]25 拄地有，[宋]26 禪定常，[宋]26 斷俗，[宋]26 汝，[宋]26 齋居士，[宋]375 拄地頂，[宋]397 觀諸禪，[原][甲]1851 作，[原]

2408，[知]26 道大龍。

知：[明]1336 反五，[明]1602 於真諦。

肢：[甲]1736 節與形，[甲]1735 節毛孔，[明]261 節菩薩，[明]1545，[明][丁]1199 體苦痛，[明]190，[明]220 節與，[明]261 節，[明]261 節故云，[明]261 節心肺，[明]376 節血，[明]722 節枯乾，[明]856 分結護，[明]1450 節將散，[明]1536 體散髮，[明]1545 體天帝，[明]2122 損弱，[三]、技[聖]201 節皆火，[三]、枝[宮]263 體解懌，[三]、脂[宮]402 婆呵六，[三]190 節而將，[三][宮]411 體廢缺，[三][宮]411 體無缺，[三][宮]1547 節若眼，[三][宮]1647 節如解，[三][宮]2045 節煩痛，[三][宮]2103 屈於君，[三][宮]294 體捶，[三][宮]310 節等及，[三][宮]310 節於茲，[三][宮]310 體於千，[三][宮]374 節手足，[三][宮]387 節手足，[三][宮]513 體身，[三][宮]618 節，[三][宮]619 節悉已，[三][宮]639 亦復割，[三][宮]664 節，[三][宮]720 節如赤，[三][宮]720 節行言，[三][宮]801 節悉分，[三][宮]840 體不具，[三][宮]847 節百段，[三][宮]1421，[三][宮]1522 節手足，[三][宮]1536 體或時，[三][宮]1543 節完具，[三][宮]1545 節如，[三][宮]1545 節痛痛，[三][宮]1547 節，[三][宮]1547 節一時，[三][宮]1552 節聖說，[三][宮]1558 節應立，[三][宮]1562 雖未離，[三][宮]1577 體者心，[三][宮]

1579 節不動，[三][宮]1579 節疑命，[三][宮]1672 節，[三][宮]2053 體救，[三][宮]2058 節，[三][宮]2059 節都，[三][宮]2059 解投之，[三][宮]2060，[三][宮]2060 不勝至，[三][宮]2060 節分遣，[三][宮]2103 百體之，[三][宮]2103 神爲八，[三][宮]2104 那大國，[三][宮]2121，[三][宮]2121 復滿十，[三][宮]2121 節，[三][宮]2121 節放，[三][宮]2121 節解王，[三][宮]2121 解，[三][宮]2122 分皆悉，[三][宮]2122 手足骨，[三][宮]2123，[三][宮]2123 分皆悉，[三][宮]2123 節，[三][宮]2123 節等，[三][宮]2123 節身分，[三][宮]2123 節委臥，[三][宮]2123 解種種，[三][宮]2123 流注諸，[三][宮]下同 411 體具足，[三][宮]下同 2123 解其形，[三][宮]下同 411 節或斷，[三][宮]下同 411 節令無，[三][宮]下同 1547 節異足，[三][宮]下同 2123，[三][宮]下同 2123 節煩痛，[三][宮]下同 2123 尫，[三][甲]1227 節少，[三][聖]26 節彼人，[三][乙]895 沈重無，[三][乙]953 分斷及，[三][乙]1076 節痛加，[三]99 體端正，[三]125 節壞形，[三]153 解默受，[三]154 體骨肉，[三]190 節放箭，[三]194 節筋骨，[三]198 體以故，[三]200 節間皆，[三]201 節緩，[三]202 節極患，[三]212 節各在，[三]220 節相連，[三]220 體於彼，[三]374 節，[三]375 體隨其，[三]411 體廢缺，[三]865 分三昧，[三]873 節不，[三]987 節痛一，[三]1582

節同，[三]2087 體糜散，[三]2106 不安自，[三]2122 五藏壹，[三]2149 不安自，[宋][宮]2121 拄地莊，[宋][元][宮]223 節，[宋][元][宮]1548 節諸入，[宋][元][宮]1558 節觸便，[宋]2088 解，[乙]953 取血於，[乙]1796 體垂欲，[元][明]384 節煩惱，[元][明]1558 節遂致，[元][明]1562 是髮毛，[元][明][宮]310 體髓腦，[元][明]24 節轉復，[元][明]25，[元][明]25 燒節燒，[元][明]26 體，[元][明]86 生，[元][明]184 節萎曲，[元][明]189 節及以，[元][明]194 節與首，[元][明]201 節佛爲，[元][明]201 節皆有，[元][明]201 節悉解，[元][明]203 若爲正，[元][明]204 六情，[元][明]263 體妻子，[元][明]310 脈生，[元][明]375 節當於，[元][明]507 解寸斬，[元][明]511，[元][明]619 節有刀，[元][明]639 節，[元][明]738 解身體，[元][明]768 六情完，[元][明]1443 體彼便，[元][明]1451 節痛苦，[元][明]1451 節悉皆，[元][明]1451 謂頭及，[元][明]1458 及卵若，[元][明]1490 節耶天，[元][明]1508 百四骨，[元][明]1509 不完或，[元][明]1544 節苦受，[元][明]1545 節有說，[元][明]1545 乃，[元][明]1545 肉或賣，[元][明]1558 節一一，[元][明]1562 節觸便，[元][明]1562 節一一，[元][明]1563 體然，[元][明]1581 節不，[元][明]1581 節殘毀，[元][明]2041 節相好，[元][明]2122 至毛髮，[元][明]下同 1581 節具足，[元][明]

下同 1581 節血肉，[元]556 解消為，[元]1451 節。

肵：[三]、肢[宮]481 體妻子，[三][宮]1464 不啻七，[宋][宮]、肢[元][明]639 節夢寤，[宋][宮]、肢[元][明]639 節時菩。

脂：[三][宮]374 夫，[元][明][甲]901 好墨。

揞：[明]1450 頰思惟。

楮：[三][宮]721，[宋][元][宮]、揞[明]、伎[聖]1462 置堋擬。

止：[宋][元]2061 那也乃。

至：[三][宮]1545 那國雖。

志：[甲]2202 此云覺，[宋][元]2154 譯，[宋][元]2155，[原]2362 三藏金。

諸：[宋][元][宮]310。

子：[宋][元][宮][聖]、干[明]1451 傘蓋佛。

足：[三][宮]1552。

汁

非：[宮]1546 想乃至。

付：[宮]1425 如上三。

汗：[甲]2067 不破但，[明]1547 彼病比，[宋][元]2155 施經西。

計：[宮]1483 都不用，[聖]1441 作非時。

什：[三][甲]1228 吻。

十：[宋]2145 聞其至。

行：[宮]721 與水相。

污：[三][宮]378 勒栴檀，[三][宮]1425 園民聞，[聖]2157 灌。

珠：[宋]643 時阿修。

芝

芬：[三][宮]2122 蘭峻旨。

薈：[三]375 草楊枝。

兔：[三]2122 遂即殺。

脂：[明]1546 阿修羅。

吱

吷：[宮]721 羅陀邊。

厄

支：[三][宮]1428 與。

枝

拔：[宮]649 得十力，[甲]2067 塵。

被：[三][宮]2042 杋，[聖]1509 殺人若。

遍：[甲][丙]1202 燒。

扠：[三][宮]2121 猶如羅。

抄：[元][明]993 皆悉示。

成：[三][宮][聖]1421 術而反。

段：[甲][乙][丙]973。

根：[宋][宮]1545 欲界為，[元][明]263 黨群從。

故：[宮]1509 葉華實。

花：[宮]397 爾時諸。

華：[三]185 葉潤漬。

伎：[宮]1911 能四學，[甲]1921 能，[三][宮]263 神異類，[三]220 瓦石杖，[宋]25 能工巧，[宋]100 能次集，[宋]190 能，[元][明][另]310 梵聲悉。

技：[甲][乙]2309 而，[甲][乙]

2390 君論定，[甲]2130 提山譯，[明]2123 節呪剎。

妓：[元]721 赤蓮華。

林：[宮]2121 可以自，[三][宮]1451 間歡，[三]643，[宋]192。

枚：[宮]310 優鉢羅，[甲]1733 諸，[明]1035 二，[三]193 一萌五，[元][明][宮]425 新華。

披：[乙]2408 越斧。

奇：[三]2122 逐水。

曲：[三]196 令吾牽。

數：[原]2220 之修行。

樹：[宮]613 折擣此，[甲]2082 遇見一，[三][宮]2122 天因此。

扠：[聖]278 或名壞。

雅：[明]2104 絕訪時。

葉：[宋][元][宮][別]397 葉生當。

友：[三]1301 黨呫且，[宋]、支[元][明]291。

仗：[三][宮]1545 同故一，[宋][元][聖]190 殺應不，[元][甲]1092 印三界。

杖：[宮]901 呪，[甲]、救[乙]2261 條亦盡，[甲][丙]1210 一呪一，[甲]1832 質非自，[甲]2322 質，[甲]2400 菩薩三，[三][宮]1509 上灰上，[三][宮][甲][乙]901 於天像，[三][宮]2122 拒之汝，[三][乙]1092 同上娜，[三]2154 鉢經一，[宋][元][宮]606 著連樹，[乙]1075 念誦一，[乙]2394 稍側頭，[乙]2408 也常，[元][明]2016 段段俱，[元][明]991 光輪海，[原]、於[甲]2270 立宗言，[原]1065 手是爲。

支：[煌]262，[宮]618 皆如是，[宮]397 葉悉共，[宮]1558 及縷生，[甲]2266 末論，[甲]下同 2255 非不在，[明]1546 八道，[明]26 財物主，[明]1425 提者佛，[明]1546 力外，[明]1547 非道品，[明]1550 正方，[明]1602 屬言不，[明]2076 荷如生，[明]2076 江人也，[明]2110 維翰列，[明]下同 1546 猗隨順，[明]下同 1547 五枝定，[明]下同 1550 今覺觀，[三]、伎[宮]425 身行道，[三][宮]1546 猗覺，[三][宮]1648 離喜成，[三][宮][聖]混用 1552，[三][宮]606 散，[三][宮]618 轉生死，[三][宮]1425 得臥，[三][宮]1425 定，[三][宮]1425 雨浴衣，[三][宮]1428 節呪剎，[三][宮]1435 覆，[三][宮]1506 不逼，[三][宮]1546 彼依佛，[三][宮]1546 能得離，[三][宮]1546 緣端正，[三][宮]1546 正定應，[三][宮]1547，[三][宮]1548 道乃至，[三][宮]1550 有覺觀，[三][宮]1550 緣起此，[三][宮]1552 乘一剎，[三][宮]1648 故成心，[三][宮]1648 爲禪不，[三][宮]1648 義彼，[三][宮]2121 節皆火，[三][宮]2122 謂之瘕，[三][宮]下同 1547 五枝五，[三][宮]下同 1547 答曰信，[三][宮]下同 1547 餘者無，[三][聖]1435 用覆胸，[三]1 一者比，[三]1546 五枝，[三]1546 耶答曰，[三]1552 者不殺，[三]1646 初禪亦，[三]下同 1441 提，[聖]224 披般若，[聖]1425 承令，[聖]643 葉其華，[聖]1537 香葉香，[另]1721 末法輪，[宋][宮]

384 葉故名，[宋][元][宮]1425，[宋]2061 相，[乙]1736 分本即，[乙]2249 轉至，[元][明]1 法戒淨，[元][明]25，[元][明]99 成六，[元][明]1509 因，[元][明]2121，[原]909 皆安右。

肢：[明]310 節皆相，[明]721 骨一切，[三][宮]2123 節斷壞，[三]99 節筋骨，[三]2103 節如何，[三]2110 柱地或，[三]2145 者也發，[元][明]99 節筋骨，[元][明]2122 體便持。

忮：[元][明][宮]1509 羅非翅。

致：[三][宮]2103 之易息。

子：[原]2410 云是。

知

彼：[三][宮][聖]421 見衆生。

別：[三][宮][聖]278。

不：[三][宮]1543 非斷知。

長：[甲]2219。

癡：[甲]2266 凡夫無。

持：[甲]951 呪者亦。

跏：[元][明]585 遮。

籌：[宮]1435 量乃使。

出：[甲]1828 聲如庸，[乙]2263 此故耶。

此：[明]337 法所生。

達：[三][宮]1598 菩提近，[三]2122。

答：[三][宮]1544 見現在。

得：[甲]1736 如是，[甲]2266，[三][宮]1549 其力勢，[三]1610 故名自，[聖]210 不善愚，[石]1509 諸，[知]384 痛佛告。

典：[三][宮]1435 僧臥具。

定：[明]886 如是八，[三][宮]1507 吉凶沙。

覩：[宮]263 之見能。

短：[甲][乙]1822 即，[明]1562 彼後入。

斷：[聖]278 一切衆。

而：[三]2154 俊朗體，[聖]272 漏盡。

法：[明]2123 可度化，[三][宮]1428。

犯：[宮]1808 數者隨。

分：[宋][元]1646 受。

各：[乙]2393 可反字。

根：[明]1525 迴向方。

垢：[甲]2266 有漏種。

故：[宮]1545 所依故，[甲]1709 若屬此，[甲]1828 雖非執，[甲]2400 是異，[明]220 大乘亦，[明]1596 釋曰二，[石]1509 之須菩，[宋][宮]2122 行人發，[元][明][宮]1646 不應言。

觀：[三]375 者則，[聖]1579 無常性，[宋][宮]270 苦樂是。

和：[宮][聖]421 集亦知，[宮]1458 醋及醋，[宮]1808，[甲]2300 其，[甲][乙][丙]2163 有勅不，[甲][乙]912 爐起入，[甲][乙]1072 者向馬，[甲]1782 故諦法，[甲]1805 飯提亦，[甲]2035 佛七日，[甲]2135 上，[金]1666 宿命過，[明][甲][乙]1276 蜜燒，[明]2076 智者只，[三][宮]、利[聖]285 同，[三][宮]1579 仁會昌，[三][宮]2103 之號用，[三]154 沙門梵，[三]1331 敬

上，[聖][甲]1763，[聖]425 見度無，[聖]1509 口説不，[聖]1509 十，[乙]877 出句及，[元]2016 萬法施，[原]2126 平矣魏。

弘：[宮]2060 道有歸，[甲][乙]1709 有教次，[甲]2348，[三]1582 一切界，[三]2103 道勝而，[乙][丙]2777 道者要。

會：[乙]2263。

慧：[三][宮]1563 名故此。

或：[宮]1547 時已知。

及：[宋]374 爾時世，[知]384 諸。

加：[甲]2036 解所謂，[甲][乙]1225 之，[甲][乙]2391 私云羯，[甲][乙]2394 之次以，[甲]1782 行智不，[甲]2274 簡別言，[明]997 護念，[三][宮]2108 僧等詣，[三]2110，[宋]279，[宋][宮]、嘉[元][明]509 其，[宋][宮]617 麻米豆，[宋][知]418 見過去。

見：[宮]374 苦樂無，[甲]2299 之間，[明]1451 已各還，[三][宮]1545 易了非，[三][宮][聖]1425 四眞諦，[三][宮]222 之足跡，[三][宮]223 法法不，[三][宮]397 次第心，[聖]211 之應當，[元][明][宮]374 月六月，[元][明][宮]374 云何肉。

皆：[三][宮][聖]1646 念念滅，[三]384 成爾時。

結：[甲]1782 集者聲。

解：[甲]1929 不須，[三]1，[聖][甲]1733 第三佛，[乙]1822 論愛。

戒：[甲][乙]1822 道支等。

今：[乙]1723 有大乘。

九：[甲][乙]2259 得邊二。

覺：[宮][聖][石]1509 無識如，[甲]1799 何待合，[甲]2036 歲之將，[聖][石]1509 無識摩，[元][明]375 愛不如。

口：[元]1 自念言。

苦：[三][聖][另]、若[宮]1548 無常。

來：[三][宮]1657 出世彼。

了：[宮]1799 四嘗報，[甲]1735 第二大，[乙]1821 如香。

禮：[甲][乙]2390 四禮金。

滅：[甲]1920 無餘。

名：[甲][乙]2194 若准三。

明：[甲]1851 障佛種，[甲]2801 等所覆。

那：[明]1336 那知四。

能：[甲]2266 起知相，[明]1450 有是力，[三][宮]397 平等悉，[三][宮]2123 休息如，[三]397 酬報，[三]2121 識遠但，[聖]375 出。

念：[三][宮]1808 食同別。

奴：[甲]2128 里。

破：[三]156 一切法。

其：[三][宮]1488 心調已。

奇：[三][宮]1425 之云何。

起：[甲][乙]1822 恚慢，[甲][乙]1822 亦無有，[原]2317 非也。

前：[乙]2261 自心。

切：[三][宮]1809 法白衣。

丘：[明]721 思惟天。

取：[和]261 足支身。

去：[甲][乙]1822，[甲]1723 爲諸

衆，[甲]1839 因喻簡，[甲]2006 同一國，[甲]2814 來內外。

却：[甲]2001 深乞與，[宋][元]、明註曰知南藏作却 1547 於是捕。

如：[丙]1141 是發母，[丙]2396 毘盧遮，[宮]、明註曰知南藏作如 1522 世間，[宮]224 是菩薩，[宮]1505 是因緣，[宮]1562，[宮][甲]1912 未見融，[宮][石]1509 似有後，[宮][知]1581 種種分，[宮]222 世俗慧，[宮]223 是三昧，[宮]263 所生處，[宮]272 是衆生，[宮]273 之大力，[宮]310 此四大，[宮]310 諸衆生，[宮]325 諸衆生，[宮]356 所趣向，[宮]374 是苦行，[宮]382 是菩薩，[宮]397 句假不，[宮]397 色眞相，[宮]397 時隨時，[宮]397 是等，[宮]468 此世，[宮]483 悉覺令，[宮]617 親里老，[宮]627 如來甚，[宮]650 法無有，[宮]671 寂靜法，[宮]694 是故若，[宮]732 微意故，[宮]810 五陰起，[宮]817 一切衆，[宮]848 本尊已，[宮]1458 是合食，[宮]1505，[宮]1509 一切語，[宮]1526 無垢稱，[宮]1545 食未銷，[宮]1558 名斷非，[宮]1558 色，[宮]1563，[宮]1566 虛空定，[宮]1647 是有，[宮]2031 亦有猶，[宮]2074 聞是經，[宮]2122 苦之本，[宮]2122 捨癡者，[和]293 彼佛所，[甲]、以[乙]2261 障體即，[甲]、知[甲]1718 道非道，[甲]997 一切法，[甲]1828 是名爲，[甲]1828 於其眼，[甲]1912 調達誦，[甲]1919 是心光，[甲]2249 法亦爾，[甲][乙]1822 長行中，[甲][乙]

2397 言佛陀，[甲][乙][丙]2396，[甲][乙]1705 大經中，[甲][乙]1709 餘文今，[甲][乙]1821 我生盡，[甲][乙]1822 離，[甲][乙]2250 光記詳，[甲][乙]2250 訖栗枳，[甲][乙]2263 佛境也，[甲]893 是祈請，[甲]895 是惡相，[甲]950，[甲]1232 諸，[甲]1700 故五吉，[甲]1709，[甲]1709 佛地論，[甲]1744 一苦中，[甲]1782 分別所，[甲]1782 心本空，[甲]1795 五蘊之，[甲]1804 僧次一，[甲]1816 不見有，[甲]1816 見二是，[甲]1816 是人能，[甲]1816 應如是，[甲]1823 上所言，[甲]1828 草覆地，[甲]1828 來中亦，[甲]1828 梁攝論，[甲]1830 本來至，[甲]1830 夢後釋，[甲]1830 緣心所，[甲]1870 自他平，[甲]1921 二經半，[甲]1922 世鬼神，[甲]1922 虛妄意，[甲]1926 是，[甲]2036 此見聞，[甲]2128 臘之，[甲]2214 先佛宣，[甲]2250 此起以，[甲]2255 法句中，[甲]2261 如佛名，[甲]2262 下第七，[甲]2266，[甲]2266 德業總，[甲]2266 釋曰不，[甲]2266 義燈分，[甲]2266 者正智，[甲]2300 是正憶，[甲]2309 是世界，[甲]2339，[甲]2396 維摩經，[甲]2434 彼果分，[明]293 其普遍，[明]1603 法處天，[明][宮]636，[明]49 彼，[明]189 未來世，[明]221 是人久，[明]221 痛如泡，[明]223 不見如，[明]261 是已願，[明]278 刹知衆，[明]293 諸衆生，[明]310 寂滅，[明]310 諸法同，[明]403 諸情樂，[明]588 此不計，[明]

654 是義者，[明]1470 上事者，[明]1546 根知已，[明]1549 此姦穢，[明]1550，[明]1552 無色界，[明]2131 是因緣，[三]、智如[聖]278 無所，[三]1 所禁忌，[三]65 是禍變，[三]267 彼平等，[三]1441 法舉是，[三]1552 名，[三]1598 斷煩惱，[三][宮]721 餓鬼道，[三][宮]1461 法自性，[三][宮]1545 然如契，[三][宮]1547，[三][宮]1558 何由教，[三][宮]1562 心願與，[三][宮]2122 從多聞，[三][宮][甲]895，[三][宮][聖][另][石]1509 相不知，[三][宮][聖]225 是非不，[三][宮][聖]481 幻若，[三][宮][聖]1509 而從，[三][宮][聖]1595 此義何，[三][宮][石]1509 是等一，[三][宮]292 眾人，[三][宮]313 於阿閦，[三][宮]318 是塵數，[三][宮]318 諸法一，[三][宮]341 真諦速，[三][宮]342 為恍，[三][宮]381 其大海，[三][宮]397 法性諸，[三][宮]420 佛能拒，[三][宮]462 怨賊相，[三][宮]468 後邊身，[三][宮]606 審諦本，[三][宮]618 上所說，[三][宮]629 文殊師，[三][宮]630 法等於，[三][宮]637 歌氣笛，[三][宮]656 本度無，[三][宮]656 此身識，[三][宮]657，[三][宮]671 世間分，[三][宮]681 其了悟，[三][宮]721 法律依，[三][宮]731 佛道者，[三][宮]732 身非身，[三][宮]848 地相即，[三][宮]1425 是利雖，[三][宮]1425 是物若，[三][宮]1428 犯，[三][宮]1435 佛說法，[三][宮]1451 前安欄，[三][宮]1462 是非法，[三][宮]

1464 法者教，[三][宮]1466 如來衣，[三][宮]1509，[三][宮]1509 比，[三][宮]1509 法，[三][宮]1509 是眾生，[三][宮]1522 經書意，[三][宮]1545 已說靜，[三][宮]1546 其燒盡，[三][宮]1547 是故說，[三][宮]1548 實人若，[三][宮]1548 因門物，[三][宮]1549 是時無，[三][宮]1557 是名為，[三][宮]1562 此別有，[三][宮]1562 契經意，[三][宮]1562 前說業，[三][宮]1581 一切諸，[三][宮]1595 法界常，[三][宮]1595 外內境，[三][宮]1608 色界是，[三][宮]1646，[三][宮]1646 從禪定，[三][宮]1646 能知假，[三][宮]1646 色中貪，[三][宮]1646 無因緣，[三][宮]1646 因形有，[三][宮]1647 有何，[三][宮]1662 女人不，[三][宮]2032 一切法，[三][宮]2060 歸侍，[三][宮]2060 實，[三][宮]2103 蛇穴求，[三][宮]2121 是四世，[三][宮]2122，[三][宮]2122 華戒之，[三][宮]2122 母壽命，[三][聖]125 是諸比，[三][聖]1579 其量受，[三][聖]1 此深妙，[三][聖]100 節量不，[三][聖]190，[三][聖]211，[三][聖]1509 淨行者，[三]1 此，[三]13 有持慧，[三]16 汝父，[三]21 是所知，[三]99 食處內，[三]153 日月及，[三]153 是王，[三]157 實法故，[三]186 時在佛，[三]193 時限節，[三]193 是者，[三]201 之右肩，[三]209 半餅能，[三]418 有是三，[三]588 此不計，[三]682 識分別，[三]1012 行天子，[三]1341 是六處，[三]1532 初說得，

[三]1559 此此心，[三]1579 親附已，[三]1582 諸法義，[三]1644 六十，[三]2060 何所治，[三]2137 此以樂，[三]2145 眞際也，[聖]1463 是比丘，[聖]1579 來乘相，[聖][另][甲]1733 正智以，[聖][另]285 衆會者，[聖][另]310 受無我，[聖][另]1428 是學家，[聖][另]1543 過去他，[聖][另]1543 他人心，[聖][另]1548 想是名，[聖][石]1509 一切衆，[聖]1 我所見，[聖]222 人心念，[聖]223 是法住，[聖]223 行生滅，[聖]225 來已當，[聖]268 道無始，[聖]268 如是諸，[聖]292 義觀察，[聖]318，[聖]354 因陀羅，[聖]627 六趣慧，[聖]1427，[聖]1428，[聖]1428 彼人，[聖]1440 是物是，[聖]1458 佛之弟，[聖]1470 常若小，[聖]1509 何以故，[聖]1509 見，[聖]1509 苦，[聖]1509 已説般，[聖]1509 衆生深，[聖]1536 法得大，[聖]1548 根，[聖]1548 無瞋恚，[聖]1562 然如本，[聖]1562 然餘經，[另]1552 牟尼説，[另]1509 是亦，[另]1548 滅解滅，[另]1563 此彼差，[石]1509 佛爲祐，[石]1509 是菩薩，[宋]、智[宮]425 不發道，[宋][宮][聖]268 如如，[宋][宮][石]1509，[宋][宮]310 我不得，[宋][宮]397 見，[宋][宮]468 風痰，[宋][宮]837 彼所行，[宋][宮]1509 憍，[宋][宮]1509 諸，[宋][宮]1571 其次第，[宋][宮]2122 僧德，[宋][聖]210 慚行身，[宋][元][宮]310 大德舍，[宋][元][宮]765 此心，[宋][元][宮][聖]446 見佛南，[宋][元]

[宮]308 第六心，[宋][元][宮]1425，[宋][元][宮]1459，[宋][元][宮]1548 過去語，[宋][元][宮]1670 那先言，[宋][元]31，[宋][元]99 是名不，[宋][元]397 是名菩，[宋][元]2145，[宋]23 是如是，[宋]220，[宋]224 人，[宋]375 何法見，[宋]421 彼界法，[宋]730 阿羅漢，[宋]1509 惡人多，[乙]1709 諸法無，[乙]1816 我，[乙]2092 癭之爲，[乙]2218 此事生，[乙]2249 今料簡，[乙]2261 是四大，[乙]2296 十方土，[乙]2391 此一印，[乙]2795 外，[元]2016 識若見，[元]2016 應如是，[元][明]415 前際後，[元][明]628 是法不，[元][明][宮]325 法實相，[元][明]26 出入善，[元][明]99 悉放捨，[元][明]100 愚癡猶，[元][明]278 空如夢，[元][明]278 身中悉，[元][明]606 是者，[元][明]810 空無棄，[元][明]1530 自相由，[元][明]1598 異門説，[元]223 身所，[元]397 未來，[元]671 境界世，[元]1541 除滅智，[元]1582 不，[原]、[甲]1744 苦智知，[原]1744 迷南爲，[原]1818 是二種，[原]1818 是增上，[原]1819 多，[原]1851 前二品，[原]2339 今所説，[原]2339 實相好，[知]353 世尊有。

甚：[甲][乙]1822 爲。

生：[甲]1786 後三例，[甲]1816 佛在可，[元][明]387 一念惡。

省：[三]202 三世如。

失：[甲][乙]1822 論諸，[甲]2219 異也至。

時：[三][宮]2121 超術作。

識：[甲]1722 兼爲惡，[甲]2217 其外道，[三][宮][聖]1428 不見者，[乙]1736 師資傳，[元][明]375 況復遠。

始：[三][宮]2042 憍慢心。

似：[甲][乙]2263 此義故。

是：[三][宮]1425 心，[三][宮]1646 慧，[宋]1545 起惡事。

恕：[三]2145 其鄙。

説：[甲]1961，[甲]2305 已上所，[三][宮]657 者跋陀。

思：[甲]1782 第二出。

死：[宮]2122 非饒益。

雖：[甲]1775 優波離。

隨：[甲]1851 心得自，[宋][宮]286 是生時。

所：[宮]1581 言説是。

他：[聖]99 衆。

爲：[甲][乙]2254 故不云，[宋][元]99 我心，[原]2317 彼。

委：[三][宮][甲]2053 從足。

畏：[乙]1909 餓鬼道。

聞：[宮][聖][另]1435 若彼比，[聖][另]1435。

無：[明]660，[三][宮]292 斷絕亦，[三]331 故貪愛，[元]228 此人是，[原]2126 復奈何，[原]1780 問般若。

悟：[甲]1742 乃至佛，[甲]2314 程。

悉：[乙]1816。

喜：[宋][元][宮][聖]、善[明]1544 足具杜。

下：[甲]2328 退有三。

先：[甲]893 作承事。

相：[宮]279 異相悉，[甲][乙]1822 何能作，[三][宮]2121 惡雨見。

詳：[甲]2250 誰是問。

効：[原]864 應發願。

心：[甲]2015 知，[明]316，[聖]765 心雜染，[乙]2263 非量所。

信：[甲]2006 吾擇法，[甲]2337 大乘故，[原]920 佛常住。

性：[明]382 實性常。

婿：[明][宮]1462 已。

焉：[三][流]360 不但我。

言：[宮]1421 比丘尼，[甲]2266 幾眼用。

依：[三][宮]681 心妄計，[乙]2263 言可通。

疑：[三][宮]1458。

遺：[三]202 今藏垂。

以：[甲]2290 鑒物又，[甲]2339 見，[三][宮]、－[宮]1509。

於：[三][宮]310 一切事，[乙]2362 界內界。

與：[聖]1427 賊。

欲：[三]26 忍樂是，[聖]99 見賢聖，[聖]1509 即是知。

樂：[宮]1451 足。

云：[甲]1795，[甲][乙]2219 觀嗔實，[甲][乙]2328 不動性，[甲]2083 叩頭叩。

在：[三][宮][聖][另]1431 有比丘。

障：[甲]2262 覆所知。

照：[原]2208。

者：[甲]1708。

眞：[聖]1763 善耶。

正：[甲]2006 覺想生，[三][宮]410 見應聽。

之：[甲]、以[乙]2263 無，[甲]1729 問上，[甲][乙][丙]1866 又問有，[甲][乙]1866，[甲]1735 所以第，[甲]1736 非言能，[甲]1886 由隱覆，[甲]2017，[甲]2035○南海，[甲]2782 所要文，[明]2016 法亦如，[明]152，[明]626 諸法一，[明]631 弟子，[明]1450 彼報師，[宋][元][宮]1483 便發遣，[宋][元]59，[乙]2782 地及果，[元][明]2122，[元][明]2125 決死當。

胝：[甲]2125 二嗢呾，[明]1005 魔軍及，[三]945 四天王，[三]1005 那庚，[三]1005 那庾多，[元][明][甲][乙]950 遍照。

値：[三][宮]2122 有佛如。

至：[明]197 意爲大，[明]278 十地無。

治：[甲]1816 法執，[甲]2217 等文故。

致：[三][宮]2122 敬得道。

智：[丁]2089 子檳榔，[宮]294 一切智，[宮]1509 非，[宮][宮]656 所歸趣，[宮][聖]272 力見，[宮]271 世讚世，[宮]374 不壞正，[宮]397 方便不，[宮]656 身本無，[宮]671 不取，[宮]1425 如是見，[宮]1425 者是等，[宮]1509 者，[宮]1543 未知智，[宮]1545 法決定，[宮]1546，[宮]下同 1509 後

深入，[和]293 法界無，[和]293 衆生，[甲]、去[乙]1822 境雖，[甲]1736 凡，[甲]1828 基云若，[甲]1828 離言法，[甲]1828 於十方，[甲]1842 見共同，[甲]1848 見力，[甲]1851 不少問，[甲]1857 大覺無，[甲]1884 無用不，[甲]1999 音一笑，[甲]2217 自心故，[甲]2266 緣如云，[甲]2297 疑悔即，[甲]2311，[甲][丁]2187 見以下，[甲][乙]2250 不緣色，[甲][乙][丙][丁][戊]2187 佛所得，[甲][乙]850 印，[甲][乙]1098 南謨，[甲][乙]1821 見轉謂，[甲][乙]1821 者問，[甲][乙]1821 者總指，[甲][乙]1822 等言或，[甲][乙]1822 故在見，[甲][乙]1822 經現，[甲][乙]1832 不無可，[甲][乙]1909 次佛南，[甲][乙]1929 似解得，[甲][乙]2219 障者以，[甲][乙]2250 見已，[甲][乙]2254 與四法，[甲][乙]2261，[甲][乙]2296 延，[甲][乙]2390 空眼七，[甲]1268 耶那智，[甲]1512 見之義，[甲]1709 從三昧，[甲]1709 說法音，[甲]1709 無見不，[甲]1710 實名爲，[甲]1718，[甲]1729 冥應拔，[甲]1733 初三攝，[甲]1733 由聞法，[甲]1735 無不盡，[甲]1744 痛痒，[甲]1763 不應染，[甲]1775 法無異，[甲]1795 殊皆佛，[甲]1816，[甲]1816 矣，[甲]1816 願智力，[甲]1816 則知如，[甲]1816 障種子，[甲]1816 者此教，[甲]1816 眞諦理，[甲]1821 人覆是，[甲]1821 增上忍，[甲]1823 一切苦，[甲]1828，[甲]1828 事等先，[甲]1828 修名爲，

[甲]1828 依處有，[甲]1828 有差，[甲]
1828 緣應發，[甲]1830 如前還，[甲]
1833 周撰，[甲]1848 證佛一，[甲]
1851，[甲]1863，[甲]1911 解溢胸，
[甲]1912 有礙若，[甲]1925 起一切，
[甲]1960 俗士並，[甲]2006 總持門，
[甲]2035 環瑰爲，[甲]2036 見晦迹，
[甲]2211 之義如，[甲]2219 見者即，
[甲]2219 者阿字，[甲]2249 故是共，
[甲]2250 能知，[甲]2254 不斷定，[甲]
2255 第一義，[甲]2261 差別一，[甲]
2261 有二一，[甲]2261 障爲集，[甲]
2266，[甲]2266 此中四，[甲]2266 佛
無五，[甲]2266 故然依，[甲]2266 假
合生，[甲]2266 善巧六，[甲]2266 他
心若，[甲]2266 影像，[甲]2266 應知，
[甲]2266 之所得，[甲]2269 釋曰此，
[甲]2269 無顛倒，[甲]2270 也宗既，
[甲]2273 果於宗，[甲]2274 也有火，
[甲]2290 不二一，[甲]2290 何異乎，
[甲]2290 唯二門，[甲]2290 相，[甲]
2290 義於此，[甲]2290 之後重，[甲]
2290 諸法皆，[甲]2300 般若名，[甲]
2304 習氣故，[甲]2305，[甲]2337 一
切衆，[甲]2339，[甲]2366 見出現，
[甲]2371 者可知，[甲]2397 耶答沒，
[甲]2415 院般，[甲]2425 者一切，[甲]
2748 義同衣，[甲]2837 惠，[甲]2870
出過三，[明]165 者答曰，[明]316 若
斷若，[明]1536 若法若，[明]1562 彼
非決，[明]2016 非知也，[明][宮]1522
平等攝，[明]220 一切佛，[明]261 結，
[明]278 分別說，[明]278 無量諸，[明]

1430 男子，[明]1442 賊至便，[明]
1451，[明]1522 故，[明]1536 者云何，
[明]1544 集智諸，[明]1552 是未至，
[明]1562 此同依，[明]1563，[明]1597
若名若，[明]1602 者彼眞，[明]1648
之於是，[三]220 見蘊，[三]220 見蘊
亦，[三]301 者悉知，[三]1340 故，
[三][宮]聖 1606 遍知果，[三][宮]278
身佛國，[三][宮]310 求菩提，[三][宮]
357 文殊師，[三][宮]723 見，[三][宮]
1425 於正法，[三][宮]1451 我生已，
[三][宮]1509 見，[三][宮]1521 三昧
若，[三][宮]1523，[三][宮]1536 者，
[三][宮]1546 不復名，[三][宮]1549 三
界時，[三][宮]1549 問若一，[三][宮]
1552 差別三，[三][宮]1563 不知見，
[三][宮]1566 及所知，[三][宮]1571 二
者希，[三][宮]1579 於一切，[三][宮]
[聖]1548 衆生如，[三][宮][聖]1617 四
四種，[三][宮][聖][另]1552 及諸使，
[三][宮][聖]397 淨故知，[三][宮][聖]
397 有障礙，[三][宮][聖]476 見所生，
[三][宮][聖]625 行，[三][宮][聖]627
於彼而，[三][宮][聖]649，[三][宮][聖]
1425 見者所，[三][宮][聖]1437 寂一
心，[三][宮][聖]1552 者亦無，[三][宮]
[知]1579 見蘊名，[三][宮][知]1579 若
見不，[三][宮][知]598 成衆事，[三]
[宮]226 成其力，[三][宮]263 不令墮，
[三][宮]263 度無極，[三][宮]263 思
惟解，[三][宮]271 勝法以，[三][宮]
271 樹如刀，[三][宮]272 不自，[三]
[宮]274 已無所，[三][宮]285 以入此，

[三][宮]286 故而令，[三][宮]286 神，[三][宮]288 無想念，[三][宮]302 諸假名，[三][宮]309 不相違，[三][宮]309 往降觀，[三][宮]310 於諸靜，[三][宮]310 真實性，[三][宮]322 者所現，[三][宮]329 爲現事，[三][宮]329 一切，[三][宮]339 大寂，[三][宮]378 但作強，[三][宮]397，[三][宮]397 之境界，[三][宮]397 之人其，[三][宮]398 見於衆，[三][宮]402 心善解，[三][宮]403 了，[三][宮]410 不見有，[三][宮]414 性諸佛，[三][宮]415 辯才具，[三][宮]587 見如是，[三][宮]588 是爲四，[三][宮]589 慧而憍，[三][宮]618 度法愚，[三][宮]618 境界，[三][宮]618 境界究，[三][宮]618 決定義，[三][宮]618 退，[三][宮]619 者自見，[三][宮]627 者，[三][宮]635 心等慈，[三][宮]638 文殊師，[三][宮]639 者不迷，[三][宮]639 者同名，[三][宮]649 者令其，[三][宮]651 者爲導，[三][宮]656 見，[三][宮]657 見無生，[三][宮]657 舍利，[三][宮]671 觀名捨，[三][宮]721 見爲諸，[三][宮]721 明無明，[三][宮]730 分爲十，[三][宮]765 者應尋，[三][宮]814 爾時舍，[三][宮]821 現此無，[三][宮]1425 見殊勝，[三][宮]1425 無羞淨，[三][宮]1428 必能作，[三][宮]1436 寂一心，[三][宮]1505 也如惡，[三][宮]1509 得阿耨，[三][宮]1509 見者諸，[三][宮]1509 者必有，[三][宮]1511 知則知，[三][宮]1519 境以鼻，[三][宮]1522 故自證，[三][宮]1523 名

爲真，[三][宮]1525 有過去，[三][宮]1530 於餘無，[三][宮]1531 證聲聞，[三][宮]1541 知及不，[三][宮]1542，[三][宮]1542 六識識，[三][宮]1543 隨前法，[三][宮]1545，[三][宮]1545 見蘊問，[三][宮]1545 能知他，[三][宮]1546 法次問，[三][宮]1546 見能斷，[三][宮]1546 聚，[三][宮]1546 未知欲，[三][宮]1546 性除滅，[三][宮]1548 身，[三][宮]1548 我及世，[三][宮]1548 云何念，[三][宮]1549 三界然，[三][宮]1552 及意識，[三][宮]1552 見，[三][宮]1552 三分別，[三][宮]1552 善分別，[三][宮]1552 亦如是，[三][宮]1562 慧非相，[三][宮]1563 都無罣，[三][宮]1571 境不由，[三][宮]1572 合故我，[三][宮]1579，[三][宮]1579 故不待，[三][宮]1579 故復有，[三][宮]1579 見現觀，[三][宮]1579 如，[三][宮]1579 謂欲繫，[三][宮]1581 礙是名，[三][宮]1581 入胎住，[三][宮]1592 覺已故，[三][宮]1592 意故，[三][宮]1594 無相，[三][宮]1596 實有，[三][宮]1596 隨順三，[三][宮]1598 若見無，[三][宮]1601 但由相，[三][宮]1605 爲體於，[三][宮]1620 境，[三][宮]1646 慧能斷，[三][宮]1646 見應當，[三][宮]1646 生先於，[三][宮]2048 而敬我，[三][宮]2058 見高遠，[三][宮]2060 命傳七，[三][宮]2060 士安其，[三][宮]2103 遂爲愚，[三][宮]2121 才智相，[三][宮]2123 者小壞，[三][宮]2123 證，[三]

[聖]1 云何十，[三][聖]99，[三][聖]190 福，[三][聖]190 見者我，[三][聖]224 中曉了，[三][聖]397 應當堅，[三][乙] 1092 賈反，[三]5 有善者，[三]26 事 沙門，[三]75，[三]99 而行捨，[三]99 明慧辯，[三]99 善，[三]99 宿命見，[三]100 者自知，[三]125 見成就，[三] 125 具，[三]125 無聞亦，[三]154 諸 佛超，[三]158 炬妙世，[三]184 見坐 自，[三]194，[三]194 迴轉是，[三]194 無有，[三]199 明正覺，[三]203 了説 告，[三]211 德向五，[三]212 定意快，[三]212 颭識，[三]220 見蘊及，[三] 286 故名爲，[三]375 人求無，[三]382 方，[三]425 如來本，[三]671 婆羅門，[三]675 證果法，[三]761，[三]1301 者 不犁，[三]1340 不，[三]1340 無有光，[三]1341 者讚歎，[三]1435 人言此，[三]1485 住不可，[三]1509 雖無量，[三]1522 大知我，[三]1545，[三]1549 捷度第，[三]1582 方便故，[三]1582 如，[三]1646 佛於衆，[三]1648 之以 業，[三]2087 樂，[三]2102 得異夫，[三]2102 返愚歸，[三]2103 之率任，[三]2122 業報，[三]2122 者小作，[三] 2145 之業焉，[聖]、知[聖]1733，[聖]、知[另]1733 斷證修，[聖]99 道不復，[聖]99 識，[聖]272 時卒隨，[聖]278 法了衆，[聖]397，[聖]1509 名字，[聖] 1509 諸法相，[聖]1549 及餘自，[聖] 1733 其業用，[聖]1763 不具足，[聖][另][甲]1733 故云上，[聖]26 者亦當，[聖]99 而學是，[聖]99 亦，[聖]125 阿

難便，[聖]189，[聖]200 今者云，[聖] 210 解一心，[聖]224 習之爲，[聖]225 言是經，[聖]231，[聖]272 漏盡智，[聖]285 衆聖慧，[聖]291 一切界，[聖] 397 對治捨，[聖]425 菩薩本，[聖]425 其身，[聖]425 其至尊，[聖]425 三世 瘡，[聖]626 盡而不，[聖]675 能取義，[聖]1428，[聖]1509，[聖]1509 般若，[聖]1509 皆是空，[聖]1509 是如夢，[聖]1509 是爲魔，[聖]1509 無染心，[聖]1509 一切衆，[聖]1509 一切諸，[聖]1509 者但，[聖]1509 諸法各，[聖] 1522 百千億，[聖]1536 諸身惡，[聖] 1537 見是界，[聖]1541 他心智，[聖] 1542 我已，[聖]1546 後際增，[聖]1547 根如是，[聖]1548 諸衆生，[聖]1582 善，[聖]1582 因果故，[聖]1595 得諸 地，[聖]1602 爲有無，[聖]1721 我心，[聖]1788 清淨法，[聖]1851 之義闇，[聖]2157 便曳之，[另]、知[另]1733 諸 佛深，[石]1509 無比遍，[石]1509 者 見者，[石]1509 者言何，[宋][宮]382 法如水，[宋][宮]421 陰陽智，[宋][宮] 656 菩薩行，[宋][宮]1646 所知法，[宋][明][宮][聖]278 不捨方，[宋][聖] 210 動搖譬，[宋][元][宮]1505 覺一 義，[宋][元][宮]1562 能於所，[宋][元][宮]1653 與業識，[宋][元]202 慧巧 便，[宋][元]1546 時爲知，[宋]2137 自 性有，[宋]2145 之不，[宋]下同 1509 是慧非，[乙]1816 是此，[乙]1821 一 切非，[乙]2215 解皆是，[乙]2221 實 相者，[乙]850 印，[乙]1709 除世貪，

[乙]1709 心非所，[乙]1816 後於聲，[乙]1816 如闍俱，[乙]1816 亦無得，[乙]1816 諸法之，[乙]1822 比丘，[乙]1822 也并頌，[乙]2173 見故能，[乙]2211 空等虛，[乙]2223，[乙]2223 舊經云，[乙]2254，[乙]2254 處非處，[乙]2254 位方立，[乙]2261 其得道，[乙]2261 是敬，[乙]2296 盍，[乙]2296 也須真，[乙]2309 引無分，[元][明]、一[宋]397 聲力如，[元][明]、知智智知[宮]440 智佛南，[元][明]212 行以盡，[元][明]310 迴施眾，[元][明]310 為他有，[元][明]670 清淨是，[元][明]2016 慧用是，[元][明][宮][聖]1585 故有漏，[元][明][宮]374 相非諸，[元][明][聖][石]1509 者二乘，[元][明]99 調，[元][明]99 而住，[元][明]212 學人聞，[元][明]221 可作亦，[元][明]278 菩提心，[元][明]310 記九地，[元][明]310 行捨所，[元][明]387 微妙，[元][明]425 如來所，[元][明]468 者得解，[元][明]545 一切見，[元][明]598 立於眾，[元][明]630，[元][明]814 何以故，[元]222 慧脫現，[原]、[甲]1744 聖諦佛，[原]、[甲]1744 也佛為，[原]、[甲]1744 照於此，[原]、智[甲][乙]1796 障也由，[原]1840 所有煙，[原]2211 法王乘，[原]920 等與我，[原]1065 也，[原]1251 了即印，[原]1744 諦無餘，[原]1744 者知苦，[原]1819 深廣不，[原]1840 此無體，[原]1957 非，[原]2248，[原]2362，[知]1785，[知]384。

中：[三][宮][聖][另]1459。

種：[甲]2255 功德具。

眾：[三]212 病之所，[乙]1723 生心。

諸：[明]191 王眷屬，[明]638 本淨世。

准：[甲][乙]2223 此義即。

作：[甲]874，[三]158 福德不。

肢

般：[三]125 平跱口。

眵：[三]2123 淚此。

詞：[三][宮]279 成就。

股：[三][宮][聖]416 體供奉，[宋][明][宮]、服[元]415，[宋]184 平跱力。

技：[宋]、枝[宮]374 時六者。

點：[乙]2254 江南謂。

校：[聖]663 節。

支：[宮]279 分均調，[宮]618 節妄想，[宮][聖]278 節香則，[宮][聖]279 體時汝，[宮][聖][另]279 分悉皆，[宮][聖]279 節長於，[宮][聖]279 節一一，[宮][聖]下同 278，[宮][聖]下同 278 節屬提，[宮][聖]下同 278 體具足，[宮]278，[宮]399 體具足，[宮]1537 體斑黑，[和]293 節痛一，[和]293 體圓滿，[和]下同 293 節毛孔，[明][和]293 分具，[明][和]293 體心無，[明]293 節長於，[明]293 節一一，[明]705 體十如，[明]896 節疼痛，[明]1450 節將來，[三]、枝[宮]1521 節脊腹，[三]220 節病如，[三]279 體屬提，

[三][膚]、枝[聖][福]375 節戰動，[三][宮]279 節一切，[三][宮]1579 節除天，[三][宮][聖]278 節種種，[三][宮][聖]279 分皆得，[三][宮][聖]279 體其心，[三][宮][聖]279 體所有，[三][宮][聖]278 節端嚴，[三][宮]279 分端正，[三][宮]279 體雖具，[三][宮]309 節盡爲，[三][宮]397 節皆悉，[三][宮]397 體處處，[三][宮]397 種種割，[三][宮]618 節五種，[三][宮]1543 節彼得，[三][宮]1546 體，[三][宮]2042 體，[三][宮]2060 節軟暖，[三][宮]2121 節斷壞，[三][宮]2122 斷戚夫，[三][宮]2122 節，[三][宮]2122 節皆火，[三][宮]2122 節無有，[三][宮]2122 節蠅，[三][宮]2122 節正等，[三][宮]2122 體具足，[三][聖]1354 節呪皆，[三]1，[三]156 節骨，[三]156 節筋，[三]156 節痛如，[三]187 體食雜，[三]220 節病帶，[三]220 節筋骨，[三]220 節受諸，[三]220 其心，[三]220 體不具，[三]220 體於彼，[三]1529 解當自，[聖]278 節寶如，[聖]278 節皆悉，[聖]279 節悉具，[聖]411 節手足，[聖]411 體廢缺，[聖]663，[聖]663 節手足，[聖]下同 278 節手足，[聖]下同 278 節一切，[宋][宮]618 體苦痛，[宋][宮]1558 體骨肉，[宋][明][宮]2122 節擧動，[宋][元]、枝[宮][另]、伎[聖]1428 節殺，[宋][元][宮]、枝[聖][另]1428 節具足，[宋][元][宮]1558 體圓滿，[宋]196 節斷壞。

枝：[三][宮]397 四日四，[聖]190 節，[宋]、支[元][明][宮]374 節戰動，[宋][宮]、支[元][明]、枝柱[聖]310 拄地白，[宋][宮]、支[元][明]2122 節斷壞，[宋][聖]99 節及諸，[宋][元][宮]、支[明]1525 節及以，[宋][元][宮][甲]895。

泜

坻：[三]1336。

秖

稱：[甲]1715 爲序難。

柢：[甲]2036 可。

祇：[宮][甲]1805 初明四，[宮][甲]1805 初明知，[甲]1805 由律闕，[甲]1969 如稱念，[甲]1717 四階成，[甲]1969，[甲]1969 是非此，[甲]1969 心傳，[甲]1969 應悲願，[甲]1969 與彌陀，[甲]2012 劫修亦，[甲]2012 精進修，[甲]2132 耶當是，[甲]2132 音日里，[明]2016 功德一，[明]2131 是歸，[三]1341 邏舊名，[三]2145 難支謙。

柢：[甲]1795 緣計我。

祇：[宮]2078 此一義，[宮][甲]1912 是前漸，[宮]1911 是一念，[甲]1969 增惑亂，[甲]2017 爲不異，[甲]2017 爲是故，[甲]2017 讚如説，[乙]1715 諸大乘。

秖：[甲]1765 先陀婆，[甲]2017 如見佛。

只：[甲]1718，[甲][乙][丙]1866 秖由無，[甲]1718，[甲]1718 此法華，

[甲]1718 是一，[甲]1718 是一譬，[甲]1718 爲五濁，[甲]1718 以，[甲]1718 在小乘，[甲]1811 可準望，[甲]1811 有一佛，[甲]1884 在空界，[甲]1912 緣實惡，[甲]下同 1717 是福中，[甲]下同 1717 是下中，[甲]下同 1717 是一而，[甲]下同 1717 是一實，[甲]下同 1717 是眞，[甲]下同 1717 隱下明，[甲]下同 1717 於貪瞋，[甲]下同 1718 是相耳，[甲]下同 1719 應如今，[甲]下同 1785，[乙]1736 爾欲窮，[知]1785 弘經聽。

椎：[三]2154 法一卷。

朓

支：[三][宮]456 體受，[三][宮]456 拄地嚴，[三][別][宮]397 節身分。

肢：[三]173 斷截手，[三]173 自然柔。

胝

般：[宋]、波[元][明]125 休迦胝。

低：[甲]950 印以爲，[三]1332 三握瘦，[宋][聖]99 子阿，[原]1212 心莫作。

底：[甲]2266 丁里反。

股：[宮]1461 提。

矩：[宋][乙]2087 者唐言。

梨：[甲][乙]1866 名第一。

璃：[甲][乙]2309 縱，[乙]2309 所成月。

眠：[甲]2266 蜜眠，[原]1230 即見境。

昵：[三][宮]383 舍。

祇：[宋]310 諸。

勝：[甲]1709 菩薩皆。

眂：[宮]397 張夷反，[聖]1788 準華嚴，[元]594 日月團。

陀：[聖]2157 陀羅尼。

胘：[明]1442 衣將一。

知：[丙]1076 佛母與，[宮][聖]823 迦赤色，[甲][丙]1076 佛母所，[甲]950 劫世尊，[甲]1038 菩，[甲]1038 菩薩同，[明]1153，[聖][甲]953 銀色照，[宋][宮][明]449 那由他，[宋][元]1005 那庾多，[宋][元][宮]901 諸佛皆，[宋][元][宮]1596 那由他。

胝：[宋][元][宮]2123 剡浮洲。

致：[三][宮]2122 諸佛所，[聖]379 諸衆生。

衹

支：[三][宮]2121 帶著目。

祇

氏：[三]2102 敬將無。

坻：[三][宮]1462 迦他跋。

抵：[明]2103 淨宮羽，[三]2122 速死耳。

柢：[宮]2102 行於今。

祇：[宮]2122，[甲]2036 三月即，[甲]2250 所謂相，[明]2131 夜此云，[明]2131 時大茅，[明]2131 此云大，[明]2131 須知三，[明]2131 云此林，[宋][宮]2034 洹寺譯，[宋][元][宮][聖]225 陀頗羅，[乙][丁]2244 利此

云，[元]2087 懼隣。

秖：[甲]1912 供無德，[甲]1911 發有漏，[宋]、秖[明]1191。

祇：[明]2131 陀或云。

秖：[甲]1911，[甲]2036 對和上。

秖

祇：[甲]2018 爲虧眞，[三][宮]1451 由此。

祇：[甲]2035 是中道。

只：[甲][乙]、亦[丙]1866 由不，[甲][乙][丙]1866 由不失，[甲][乙]1866 如思禪，[甲][乙]1866 在，[甲]1742 是行故，[知]1785 圓一事。

佉

伽：[宋]1336 朱地蛇。

隻

侯：[宮]1543 竟若成，[三]1656 身入未，[原]1772 譯下。

候：[宋][宮]2060 卷飄返。

集：[元]212 樂山。

雙：[宮]2103 輪於鹿，[甲]1728 火水無。

準：[明][乙]1254。

脂

暗：[宋]2122 鏤氷費。

胎：[宮]2122 消鼎肉，[甲]、支[乙]1724 者此是，[三]159 血，[三]984 彌里，[三]987 鬼食，[三]987 遮所爲，[另]1428 魚脂。

詣：[乙]1239 迦。

油：[明]1191 麻合和。

之：[聖][另]1435 請夏四。

支：[甲]1071 一，[甲]1239 大將摩，[三][宮]2122 那國書，[三]2034 那或云。

芝：[三][宮]1425 味如石。

指：[甲]1007 血及毒，[三]987 膩阿婁。

疕

疤：[丁]2244 女點反。

梔

支：[三]956 子花香，[聖][另]790，[宋][宮]696 子權代。

椇

矩：[宋]1336 畔茶。

揩

支：[三]、枝[聖]170 拪如幻，[三]1440 床脚不，[三][宮][聖]379 頭涕淚，[三][宮][另]1428 肩物作。

枝：[宋]揩柱枝扗[宮]310 柱皮肉。

褆

提：[三]2154 婆蓋是。

楮

支：[三][宮][聖]1428 床脚持，[三][宮][聖]1428 大若脱，[三][宮]1425 床脚爾，[三][宮]1428 若地敷，[三][宮]1443 䫌，[三][聖]200 䫌甚用，

[宋][元][宮]、枝[明][聖]1435 除上。

枝：[三][宮]1428 上若鉢，[三][宮][聖]1435 禪鎮除，[三][宮][聖]1435 禪鎮如，[三][宮]1435 云何床，[三][宮]1471 著人案，[三][宮]1472 六者當，[三][宮]1552 持瓶安，[三][宮]2122 著水以，[三]2154 鉢經一。

揩：[明]2076 令侍者，[元][明]191 頤再三，[元][明]191 頤再三，[元][明]549 頤不悅。

織

熾：[明][宮]2103 徒愍衣，[三][宮]2102 況下斯。

錦：[原]2006 地滿林。

縷：[三][宮]1442 師。

色：[三][宮]1435 著如是。

生：[三][宮]1462 謂。

銛：[元][明]24 利雜色。

緣：[另]1442 我酬汝。

直

哀：[三]639 定故。

並：[原]904 真言曰。

不：[甲]2075 旨心地。

嗔：[元][明]2103 有時或。

持：[三][宮]、值[聖]425 百千價。

但：[三]895 真言不，[三][宮]1509 去莫還，[三][宮]2122 夫人得，[石]1509 以無畏。

道：[三]198 身意著。

而：[三]375 取水精。

耳：[三][宮]397 得聞無。

服：[三][宮]2042 湯藥之。

負：[三]2121 妄。

亘：[甲]1512 以證智，[乙]2408 各一。

貢：[甲]2036 獨高麗。

互：[乙]2263 轉理。

價：[三][宮]1435，[三][宮]1451 凡所須。

今：[三][宮]2103 就道書。

近：[乙]2263。

具：[三][宮]1602 正見第，[三][甲]2125 衣，[聖]、直[聖]1733 陳可得，[元][明]1509 行十善。

立：[甲][乙]1822 言諸境，[甲]1830 言惡，[甲]1842 有法爲，[甲]2337 一重即。

緓：[原]1238 頭相，[原]1239 頭相。

其：[三][宮]720 前以其，[知]1785 言護。

豈：[甲]1719 守一隅。

前：[三]125 前便捨。

且：[宮]276 纖皮膚，[甲]1709，[甲]1717 示十二，[甲]2261 約第七，[乙]1909 戲，[乙]2263 說色。

實：[元][明]99 已然後。

所：[丙]2286。

惟：[三][宮]443 有。

五：[甲]952 入宮殿。

享：[石]1509 好樂實。

信：[宋]374。

宜：[乙]1822 說色處。

亘：[聖]99 見悉入。

宜：[宮]616 令斷疑，[宮]1805 應更立，[宮]1808，[甲]、立[乙]2174 筆校八，[甲]1830 往者唯，[甲][乙][丙]1866，[甲]1134 舒進力，[甲]1775 推其體，[甲]1816 深實作，[甲]1851，[甲]2036 指人心，[甲]2201 翻無惡，[三][宮]1478 低頭而，[三][宮]2121 自往改，[三]155 斫，[三]212 可時還，[聖]99 搏於是，[聖]158 淨除諸，[聖]211 如，[聖]1462 一分得，[宋]624 住，[宋]901 豎頭相，[乙]1715 分六段，[原]2270 云同品，[原][甲]1851 須共住。

已：[另]1721 明四智。

應：[甲]1851 以道理。

有：[宋]2061 時歌舞，[元]2122 還向兵。

圓：[三][宮]2121 主受牛。

樂：[三][宮]1509 幡蓋金。

云：[宋][元]2155 阿毘曇。

在：[甲]2281 作能違，[原]、在[甲][乙]、直[甲]1796 大日之。

貞：[三][宮]600 順母及，[元][明]2145 觀道樹。

眞：[丁]2244 之，[宮]721 一切善，[宮]1452 索價返，[宮]1595，[宮]2112 以，[甲]、直[甲]1799 果招紆，[甲]893 但是諸，[甲]2339 妙此段，[甲][丙]2397 云意第，[甲][乙]1929 正得佛，[甲]897 慈，[甲]952 有，[甲]1007 上獨生，[甲]1512，[甲]1512 云菩薩，[甲]1718 善能成，[甲]1816 于時不，[甲]1830 往菩薩，[甲]1884 以

精義，[甲]1913 教兩謂，[甲]1929 但以五，[甲]1929 言沙門，[甲]2036 心無散，[甲]2087 性婆羅，[甲]2130 旦應云，[甲]2157 言安，[甲]2181 云東抄，[甲]2217 心正念，[甲]2227 下明一，[甲]2261 說爲空，[甲]2261 云等者，[甲]2266 依論作，[甲]2290 明法體，[甲]2290 也定建，[甲]2299 理無違，[甲]2299 明實入，[甲]2299 云世諦，[甲]2396 以四陀，[甲]2779 實，[別]397 隨順眞，[明]2123 心正見，[明][宮]445 世界正，[明]293 心，[明]1442 詮爲是，[明]2016 見性人，[明]2102 聖神入，[三]201 進得解，[三]1097，[三][宮]1507 亡國，[三][宮]1545 正願念，[三][宮][知]598 見不，[三][宮]278 希望集，[三][宮]339 見彼得，[三][宮]403 而無有，[三][宮]477 無邪，[三][宮]1507 雖復五，[三][宮]1537 性心無，[三][宮]1646 聖田戒，[三][宮]1647 離爲相，[三][宮]1662 至於四，[三][宮]1692 如捨命，[三][宮]2066 勢於門，[三][宮]2102 布之空，[三][宮]2102 空說而，[三][宮]2103 納九條，[三][宮]2122 乘樂住，[三][宮]2122 是幽居，[三][聖]100 未曾虛，[三]99 住，[三]198 覺行知，[三]246 心，[三]478 精進不，[三]531 金千萬，[三]649 得，[三]1618 思擇義，[三]1641 正趣不，[三]1646 是凡夫，[三]2103 忘彼我，[三]2151 理，[三]2152 本未遑，[聖]953 修梵行，[聖]1536 可欣悅，[聖][另]1442 道去

處，[聖][另]1509 信著善，[聖]231 遠離諂，[聖]613 下身中，[聖]703 設復讚，[聖]1425 九鉢直，[聖]1425 罪應至，[聖]1463 入坑者，[聖]1509，[聖]1602 說攝諸，[聖]1721 滅則，[聖]1733 因力歸，[聖]1763 之見案，[聖]2157 共玄暢，[聖]2157 云孩童，[宋][宮]414 端嚴心，[宋][宮]2034，[宋][明]945 果招紆，[宋][元][宮]446 諦日，[宋][元]1096 百俱胝，[宋]1017 以書持，[乙]1816 釋，[乙]1866 進等是，[乙]1866 往菩薩，[乙]2261 生解名，[乙]2263 論，[乙]2394 護弟子，[乙]2394 晝而已，[乙]2394 以金剛，[乙]2394 云諸仙，[乙]2404 遍於如，[元][明]2016 說不煩，[元][明][宮]1662 至如是，[元][明]99 心敬禮，[元][明]190 是父母，[元][明]190 是真天，[元][明]2016 悟道者，[元][明]2034 經，[元][明]2145 割而去，[元][明]2145 者，[元]1 上無有，[元]2122 龍，[原]2271 比必取，[知]384 信不疑，[知]1579 二十二。

正：[甲]1736 引起信，[明]24 不曲大，[三][宮]1435 爾便首。

值：[宮]1703 佛獲聞，[甲]1912 佛聞教，[甲]2036 或萬錢，[明]212 一萬即，[聖]99 向誠向，[聖]663 我無情，[乙][丙]2092 萬金我。

只：[宮]1998 是據歎。

置：[甲]1851 略觀心，[宋][元]1471 還三者，[乙]1816 答言不，[元][明]100 多聞者，[原]1251 心合掌。

重：[宮]2103 犯復是，[甲]1512 依此經。

宗：[甲]2035 史館編。

真：[丙]2396 是自受。

侄

經：[甲][丁][戊]2187。

姪：[三]1018 茶思儻。

姪

怛：[原]1091 那阿阿。

地：[三][宮]402 也他。

恀：[宋][元][宮]665 他嘔篅。

経：[明]1094 他闍折，[三][宮]397 他一捨，[三][宮]2123 哋此言，[三]918 他黍睇，[三]992 他摩訶，[三]993 他摩訶，[三]1093 他一唵，[三]1336 夜他咩，[三]1340 他阿迦，[宋]、[元][明]1339 哋。

經：[三]468 哋此言，[三]1015 提離甚，[元][明]1071 他闍一。

哇：[元][明]1256 他。

嫌：[聖]1537 虛誑耽。

姓：[甲]1782 離咕，[甲]2036 異見王。

泆：[三]361 瞋怒愚。

婬：[甲]、婬字龐注並恐誤[原]2135 梅土囊。

姊：[甲][知]2082 視之璟。

值

但：[甲]1512 如來從。

道：[元][明]2121 遇世尊。

得：[宮]839 能大利。

逢：[三][聖]375 一人。

復：[聖][另]1435 惡獸得，[宋][宮]397 遇五百。

挂：[原]、擲[甲]2006 不相饒。

俱：[三][宮]618 佛興于，[三]193 遇俱現，[三]1102 句嚧六，[元]481 供億姟。

事：[乙]1909 無量無。

通：[甲]2250 故。

位：[甲]2339 七萬七。

信：[宮]810 若復有。

遇：[三]125 聞法亦。

直：[丙]2092 母亡，[甲][乙][丙][丁][戊]2187 者彼謂，[明]316 閻浮檀，[明]1371 遇者作，[明]1462 國土荒，[三]202，[元][明][宮]664 我無情。

植：[宮]1509 佛，[三]200 何福乃，[元][明]624 本今欲。

殖：[宋][元]、植[明]200。

至：[明][甲]1177 佛土劫。

治：[明][甲]1177 若。

致：[三]、置[聖]200 貧窮困。

住：[三][宮]398 其頂上。

埴

埴：[甲]2128 土也孔，[甲]2217 等者陶。

執

拔：[明]212 草者。

把：[三][乙]1092 寶杖一，[三]1058 寶。

抱：[三][宮]2122 孔雀拂。

報：[宮]329 事須賴，[宮]565 持何法，[宮]656 不見無，[宮]720 汝非枉，[宮]1451，[宮]1566 破故復，[甲][乙]2296 佛無常，[甲][乙]2309 利益受，[甲]853 蓮華杵，[甲]1512 一難異，[甲]1700 生慢，[甲]1705 言如來，[甲]1709 菩提有，[甲]1765 故是出，[甲]1778 者如菩，[甲]1804 鉢盂即，[甲]1816 倒學，[甲]1816 體性，[甲]1816 由執種，[甲]1828 基云此，[甲]1960 作功能，[甲]2087 觸每有，[甲]2337 攝，[明]220 乃至見，[明]1675 真空生，[三]、勢[宮]1545 增益故，[三][宮]1596 果不成，[三][宮][聖]292 聖之義，[三][宮][聖]292 意無二，[三][宮]1428 持刀杖，[三][宮]1443 事人來，[三][宮]1542 受等者，[三][宮]1552 正，[三][宮]1602 麁重二，[三][宮]1675 有世間，[三][宮]2033 少有阿，[三][宮]2122 口誦男，[三]152 善靡，[三]154 將歸謂，[三]1559 初至故，[三]1616 以無，[三]2103 罷之河，[三]2149，[聖]371 箜篌琴，[聖]272 燈去處，[聖]376 犯法者，[聖]425，[聖]425 持諷誦，[聖]481 若干種，[聖]515 神劍三，[聖]1428 事亦復，[聖]1442 持衣鉢，[聖]1442 耕犁今，[聖]1442 作，[聖]1451 籌欲，[另]、執師執法[宮]1442 師衣角，[另]281 受經道，[另]1442 持利刀，[另]1442 無鏃箭，[宋][元]415 諸事業，[宋]2103 焉廄有，[乙]2087 峯崎，[元]2016 時但名，

[元][明][宮]310 金色之，[元][明]156 功勳菩，[元][明]204，[元][明]721 何故心，[原]1159，[原]1700 見過去，[原]1851 我心故，[原]1851 心是知，[原][甲]2250 仇故。

部：[甲][乙]1822。

藏：[甲]2434 識所爲。

乘：[三][宮][聖]1602 空者亦。

持：[甲]950 白拂此，[甲]2228 五千劍，[甲]2229 寶金剛，[明]594 三股叉，[明]1191 三戟叉，[明]1257 鈴誦鈴，[三]、攝[聖]99 扇扇，[三][宮]263 此經卷，[三][宮]1464 利刀斷，[三][聖]190 於槊我，[三][乙]、－[宮][甲]895 金剛杵，[三][乙]1092 白拂瞻，[另]1428，[元]1092 澡罐一，[原]1141 蓮華於。

達：[聖]1585 無不俱。

耽：[三][宮][聖]1579 著廣大。

得：[甲]1912 法不同。

法：[甲]、報[乙]2296 佛如來，[甲]1816 故不見，[甲]1816 皆所對。

犯：[甲]1828 現行障。

封：[甲][乙]2397 著然以，[三][宮]1562 著彼謂。

諷：[三][宮]638。

服：[甲][乙]1822 藥人故。

告：[宮]1436 事人。

故：[甲]1816 名。

軌：[甲]1782 後正陳，[甲]1782 二居家，[甲]1782 後正陳，[甲]2073 等筆受，[三][乙]2087 是悔即，[聖]125 在心懷，[乙]2391 金剛薩。

集：[三][宮][聖]676 言辭所。

記：[聖]1494 故諸法。

見：[乙]2263 相應猶。

教：[三][宮][聖]1435 作應更。

接：[三]1341 師足禮。

解：[甲]2223 又彼經，[甲]2263 故已斷。

競：[甲]1973 權而謗。

九：[甲]1828 者如文。

就：[乙]1821 斯傳字，[元][明]2122。

厥：[三]2059 志貞確。

慢：[乙]2263 自性起。

迷：[甲]2263 體名法。

能：[甲][乙]2263 藏種能。

瓶：[甲]1815 有情等，[三][宮]1570 爲現見。

破：[甲]2299 小乘執。

起：[甲]2266 相分爲，[三]212 行不自，[乙]1816 我度慢，[乙]2261 色者謂。

擒：[三]2034 送向平。

取：[甲][乙]2219 由迷，[甲]2217 著爾時，[甲]2305 著造種，[乙]2263 亦名唯。

趣：[甲]1828 纏對治，[甲]2266 其體是。

熱：[宮]1552 自具愚，[甲][乙][丙]1833，[甲]1709 惱光能，[甲]1723 杖索及，[甲]1830 取緣取，[甲]2266 觸，[三][宮]461 教爲佛，[三][宮]606 扇除，[三][宮]606 鐵鋸火，[三][宮]1548，[三][宮]1647 相爲煩，[三]220

電光三，[聖][另]765 受等究，[聖]1462 作此比。

善：[宮]522 蓋小兒。

燒：[宋]1558 定非應，[原][甲]1829 能燒之。

攝：[三][宮][知]598 降，[三][宮]263，[三][宮]590 欲六齋，[三][宮]1425 褥兩頭，[三][宮]1425 臥具未，[三][宮]1435 雜色諸，[三]158 神通其，[宋][聖]99 長毛在。

失：[甲]1736 有生者。

識：[乙]2261 妄情所。

勢：[甲]1816 爲常我，[甲]1828，[三][宮]1571 力強故，[聖]1509 可難可。

釋：[甲][乙]1822 邊見。

收：[三]2137 時其亦，[元][明]397 無放無。

孰：[元]1579 著遍計。

熟：[甲][乙]1822 也彼相，[甲]2250 無中有，[明]2121 行，[聖]1579 膏炷外，[乙][丙]2777。

說：[甲]2261 空有答。

說：[宮]1656，[甲]2301 異釋類，[甲]2312 我也而，[三][宮]1451 已見或，[乙]2223 金剛出，[元]2016 有豈成，[原]2362 一。

所：[元][明]1602 受又由。

我：[甲]2305 者緣。

杬：[甲]2217 爲人非。

繫：[另]1428 持刀劍，[原]2897 盜賊率。

相：[乙]2261 獨頭貪。

想：[甲]2219 分別故，[聖]1595 一期生，[原]1695。

携：[三][宮]534 持應器。

訊：[聖]、言執曰訊[甲]1723 問通問。

疑：[甲]1733 既，[乙]1724 法執。

於：[三]1616 以動轉。

緣：[甲]2218，[甲]2250 勢用猛，[乙]2263 我三世。

約：[甲]2266 色觸破。

運：[甲]2339 晴心王。

着：[明]197 衣持鉢。

證：[甲]2339 文七地，[乙]2263 實理故。

帙：[明]2087 茲興而。

摯：[另]1428 比丘足。

種：[甲]2195 總是於，[乙]2263 是執，[乙]2263 異論云，[原]2339 性聲聞。

衆：[宮]263。

住：[乙]981 而失如。

轉：[甲]1828。

准：[甲]2263 想蘊體。

捉：[三][宮]1451 有，[三][宮]2122 鐵椎互，[三]125 汝脚擲，[聖]200 彼長者。

穀：[乙]2408 灌頂之。

植

持：[宋]1585 習。

杜：[甲]1828 多者或。

根：[明]220 善根久。

恒：[明]、桓[宮]2034 詳定見。

橫：[乙]2261 引發勝。

桓：[甲]2266 者仍要。

牧：[三][宮]2121。

食：[三]152 福巍巍，[宋][元]220 衆善根。

隨：[甲]2274 等事。

想：[明]2110 辨道。

搖：[元][明]681 之物譬。

椬：[甲]2128 種也考。

禔：[宮]2108 福莫先。

直：[甲]1973 淨緣，[明]1086 髮裸黑。

值：[和]293 下至，[甲][乙]2250 宿與光，[三][宮]1525 施二者，[元]2122 並。

殖：[宮][聖]278 衆德本，[宮]292 衆德本，[宮]2103 脩竹檀，[和]293 一切智，[甲]1718 習因隱，[甲]1718 根於地，[甲]1718 善，[甲]1718 衆德本，[甲]1728 德本，[甲]1733 善根除，[甲]1775 栽絲髮，[甲]1781 衆德本，[甲]1786 種也愧，[甲]1851 因者如，[甲]2320 順決擇，[甲]2362，[明]1450 汝可檢，[三]220 無量殊，[三]220 衆德本，[三]220 諸善根，[三][宮]1425 園果施，[三][宮]397 修習無，[三][宮]598 大林樹，[三][宮]770 老病死，[三][宮]1552 者有二，[三][宮]2085 種，[三][宮]2103 嘉，[三][宮]2103 善因何，[三][宮]2122 何業生，[三][聖]下同 475 善本得，[三][聖]下同 475 衆德本，[三]567 衆德本，[三]1300 樹造蓋，[聖]278 十行寶，[聖][石]1509，

[聖]1 必獲，[聖]99 果無窮，[聖]278 寶，[聖]278 蓮華，[聖]278 善根能，[聖]278 善根所，[聖]278 善根則，[聖]278 種必滋，[聖]310 其中心，[聖]376 五穀除，[聖]397 園林果，[聖]1733，[另]717 衆苦種，[另]1721 福奉持，[宋][宮]2122 何福與，[宋][宮]479 善根厚，[宋][元]、種[明]1300 禾稼當，[宋][元]220 福者即，[宋][元]2061 此地而，[宋][元]2061 五株柏，[宋][元]2061 在於神，[宋][元]2061 之力也，[宋][元][宮]294 衆德本，[宋][元][宮]310，[宋][元][宮]665 諸善根，[宋][元][宮]1546，[宋][元][宮]2040 焚燒山，[宋][元][宮]2040 衆德本，[宋][元][宮]2053，[宋][元][宮]2103 根栽，[宋][元][宮]2121 焚燒山，[宋][元][宮]2122 園果施，[宋][元]220 善根多，[宋][元]220 善根久，[宋][元]1057 列切，[宋][元]2060 德本業，[宋][元]2061 根深出，[宋][元]2061 利根翛，[宋][元]2061 蔬任山，[宋][元]2061 悟解天，[宋][元]2061 一松可，[宋][元]2102 栴檀於，[宋][元]下同 1300 雜穀立，[原][丁]2190 良因。

種：[甲]1008 善根文，[甲]1909 福相與。

殖

補：[三]、植[宮]2123 何業。

墮：[原]1700 生死恒。

施：[宋][宮]、植[元][明]598 衆德本。

在：[原]1782 生死化。

值：[甲]1782 無，[明]212 根勿如。

植：[宮]263，[宮]263 治以，[宮]263 衆，[宮]292 德本欲，[宮]310 衆德本，[宮]374 販賣市，[宮]633 諸，[宮]638 諸本用，[宮]720 造作窟，[宮]2112 德本功，[宮]下同 300 諸種子，[甲][丁]2187 善微神，[甲][乙][丙]2394 善根供，[甲]1733 多善，[甲]1781 外道便，[甲]1821 解脱分，[甲]2370 三乘因，[明][流]360 德本布，[明][流]360 德本積，[明][流]360 菩薩無，[明]220，[明]220 善根乘，[明]311 初業云，[明]402 善根故，[明]658 德本不，[明]1579 數習力，[明]1579 種功用，[明]1582，[明]2016 善，[明]2154 衆德本，[明][宮]310 衆德本，[明][聖]627 德本不，[明]100 而樂此，[明]135 暐曄繁，[明]153 壽林，[明]156 衆德本，[明]190 善根，[明]193 樹木亦，[明]200 何福乃，[明]220 良田隨，[明]220 善根多，[明]220 善根久，[明]220 衆善本，[明]223，[明]223 諸善根，[明]225 志守淨，[明]263 衆德本，[明]281 福德不，[明]291 不可議，[明]291 衆德本，[明]310 滿足根，[明]310 其地自，[明]310 然彼種，[明]310 善根今，[明]310 無上正，[明]310 衆德，[明]310 諸善根，[明]345 諸德本，[明]354 樹行人，[明]399 德本諸，[明]401 衆德本，[明]402，[明]489 一切吉，[明]585 不，[明]623 德本具，[明]627 斯德本，[明]627 衆，[明]657 諸善本，[明]665 諸善本，[明]1425 德本雖，[明]1425 有功，[明]1440 若僧和，[明]1464 善根各，[明]1562，[明]1562 佛乘順，[明]1646 善根住，[明]2053 德，[明]2063，[明]2103，[明]2103 德玄津，[明]2122，[明]2122 阿福受，[明]2122 德有情，[明]2122 光，[明]2122 何福生，[明]2122 何業爲，[明]2122 其地自，[明]2122 若僧和，[明]2122 善不懈，[明]2122 善根久，[明]2122 王種今，[明]2122 衆德，[明]2131 道，[明]下同 1581 因四者，[三][流]360 衆德本，[三]、造[聖]200 何，[三]、值[宮]742 念道根，[三]1 五穀不，[三]99 諸梵行，[三]100，[三]220 善根久，[三]264 德本於，[三]291 衆德之，[三][宮]、殖諸[三][宮]666 德本供，[三][宮]221 衆善本，[三][宮]262 德本衆，[三][宮]307 德，[三][宮]310 因力生，[三][宮]310 諸善本，[三][宮]397 諸善根，[三][宮]456 來緣，[三][宮]585 洗一切，[三][宮]1425 汝客來，[三][宮]1545 稼穡，[三][宮]1546 秋大，[三][宮]1562 少分善，[三][宮]1579 福田，[三][宮]1659 善不懈，[三][宮]2123 衆果必，[三][宮][煌]262 衆德本，[三][宮][甲][乙][丙][丁]848 無智諸，[三][宮][聖]310 衆善本，[三][宮][知]414 衆善本，[三][宮]221 福寧爲，[三][宮]221 衆善本，[三][宮]221 諸德本，[三][宮]222 德本皆，[三][宮]222 金寶蓮，[三][宮]222 衆，[三]

[宮]223 諸善根，[三][宮]232 善根淨，[三][宮]262 德本於，[三][宮]262 眾德本，[三][宮]262 諸善本，[三][宮]262 諸善根，[三][宮]263，[三][宮]263 德本，[三][宮]263 德本淨，[三][宮]263 積神足，[三][宮]263 稼劫名，[三][宮]263 莖幹華，[三][宮]263 之香栴，[三][宮]263 眾，[三][宮]263 眾德本，[三][宮]292 德本將，[三][宮]292 眾德本，[三][宮]294 十行，[三][宮]309 而致奇，[三][宮]310 德本心，[三][宮]310 眾善本，[三][宮]310 諸善本，[三][宮]324 八千寶，[三][宮]371 諸善根，[三][宮]374 果樹林，[三][宮]376 五穀草，[三][宮]376 眾德本，[三][宮]380，[三][宮]383 眾善根，[三][宮]384 眾功德，[三][宮]389 及諸財，[三][宮]397 眾德本，[三][宮]397 諸善，[三][宮]397 諸善根，[三][宮]398 德本已，[三][宮]398 德本志，[三][宮]403 而得，[三][宮]403 所種各，[三][宮]410 好，[三][宮]410 善根未，[三][宮]411 善根，[三][宮]411 於荒田，[三][宮]414 德，[三][宮]416 善種子，[三][宮]425 德本皆，[三][宮]435 眾德本，[三][宮]485 善根復，[三][宮]497 福必，[三][宮]545 諸德本，[三][宮]565 眾德本，[三][宮]569 適無所，[三][宮]586 善根，[三][宮]588 泥洹本，[三][宮]598，[三][宮]598 眾德本，[三][宮]606 善根昔，[三][宮]636 德行爲，[三][宮]639 及耕田，[三][宮]639 善本聞，[三][宮]639 善根之，[三][宮]639 於

善根，[三][宮]639 眾善根，[三][宮]639 諸善根，[三][宮]656，[三][宮]656 功德，[三][宮]657，[三][宮]657 無量果，[三][宮]664 園林果，[三][宮]680 無量功，[三][宮]702 諸善業，[三][宮]721 福德，[三][宮]721 及餘一，[三][宮]721 商賈販，[三][宮]721 種沙鹵，[三][宮]738 以爲常，[三][宮]810 德本修，[三][宮]813 眾祐之，[三][宮]816 者，[三][宮]817 德本志，[三][宮]821 諸善根，[三][宮]825 眾德本，[三][宮]1425 德故見，[三][宮]1428 樹木鬼，[三][宮]1428 園果樹，[三][宮]1471 五穀船，[三][宮]1474，[三][宮]1507 根見地，[三][宮]1509，[三][宮]1509 德本種，[三][宮]1509 福於佛，[三][宮]1509 果樹，[三][宮]1509 善根以，[三][宮]1509 是爲甚，[三][宮]1521 如意若，[三][宮]1530 無量功，[三][宮]1530 諸善，[三][宮]1536 淨信，[三][宮]1545 三乘種，[三][宮]1545 順解脫，[三][宮]1545 展轉增，[三][宮]1558 少分善，[三][宮]1558 順解脫，[三][宮]1562 施，[三][宮]1562 樹根修，[三][宮]1562 種愛非，[三][宮]1562 眾苦種，[三][宮]1563 少分善，[三][宮]1563 深善本，[三][宮]1579 彼，[三][宮]1579 增長義，[三][宮]1581 奉事王，[三][宮]1598 彼種子，[三][宮]1602 彼種子，[三][宮]1646 而穢草，[三][宮]1646 福獲報，[三][宮]1646 善，[三][宮]1648 泥洹者，[三][宮]2040 於，[三][宮]2060，

甚，[元][明]474 浴此無，[元][明]622
德本具，[元][明]658 德本於，[元][明]
1442 端正業，[元][明]1509 七寶行，
[元][明]1602 種子，[元][明]2085 福
者各。

壚

披：[三][宮][聖]1462 都圍度。

摭

撫：[宋][元][宮]2112 實足爲。

檕

諸：[三][宮]2122。

臙

膩：[甲]2128 也。

繫

潔：[宋][宮]、[元][明]281 已各
稽。

勢：[三][宮][甲][丙]2087 羅國
西。

繫：[丙]2087 而此怨，[三][宮]
2104 之縲紲。

蟄：[宋][元]657 民伽羅。

執：[甲][乙]1909 繫其身，[三]
[宮]2121，[宋][元][宮]2121 二。

職

盛：[三]212 寧。

識：[甲]2194 位，[三][宮]671 及
三昧，[三][宮]2123，[三]360，[乙]
2087 望隆重，[乙]2396 入諸佛，[元]

[明]361 當不可，[原]2208 而由此。

位：[宮]1435 亦名爲。

蹠

蹀：[三][宮]2121 跣不得。

履：[三]152 翁緣處。

跖：[三][宮]2103 凶暴而，[元]
[明]2103 耳聽詩。

壚：[元][明]2059 達翹心。

蹴

橛：[甲]2128 釋名云。

躑

踔：[丙]2218 難可禁。

擲：[明]2121 置我上，[三]187 奔
走皆，[三][宮]1509 以有餘，[三][宮]
[另]1442 而墮便，[宋]190 作是語，
[宋][明][宮]1435 絕返行，[乙]1796 騰
躍是。

夂

久：[甲]2128 也説文。

止

北：[元]1566 有起故。

比：[宋]273 不，[元]400 有上。

便：[三]125 休息。

不：[三][宮]1487 復念貪，[另]
1458 威儀者。

齒：[三]1336。

出：[甲]2087 蓋，[甲]2250 葉糞
虫，[三]192 覺觀，[聖]158 以是知。

處：[甲]1775 於魔宮，[三]152 斯山吾。

此：[甲][乙]2087 周給不，[甲]2305 我想取，[明]1506 是法智，[三][宮]263，[三][宮]1425 舍衛城，[三]192 如雪山，[元]1545 此等種，[原]、[甲]1744 名字。

大：[宋][元]194 觀成就。

地：[甲]2250 獄一日。

等：[甲]1333 若有善。

二：[明][乙]1146 羽當心，[明]1458 所得利，[明]1593 處此中。

夫：[三][聖]1 阿難吾。

觀：[原]1201 羽掌禪。

河：[三]985。

火：[三]1092 食灰白。

唧：[丙]982。

結：[甲]2408 止一字。

近：[三][宮]2103 未若參。

盡：[三][宮]1546 彼亦。

決：[甲]2367 六云信。

可：[原]2248 攝何不。

力：[宮]411 名眞實。

立：[乙][丙]2089 者當使，[元]2122 處。

忙：[甲]2128 搆反。

滅：[三][宮]1435 諍法。

內：[三][宮]611。

乞：[三]1092。

且：[三]196 止瞿曇。

請：[宋]2145 莫之能。

丘：[甲][乙]901 欲不行，[元]2149 得。

山：[宮]419 是定爲，[宮]749 林間仙，[宮]790 必先行，[宮]1549 處所，[宮]1549 淨行者，[三][宮][聖][石]1509 置九十，[三][宮]425 師子有，[三][宮]2059 歲許復，[三][宮]2060 寺權停，[三][知]418，[三]153 悉不持，[三]1485 迦秦言，[聖]225 善業，[聖]225 生死念，[宋][元]351 山澤二，[宋]984，[宋]2122 住，[元][明][宮][知]384 皆同一，[元][明]400 等智常，[元]26。

上：[丙]1141 無人敢，[宮]1458 少，[宮]1522 者復從，[宮][甲]1911 正是入，[宮]234 亦無侶，[宮]278 菩薩摩，[宮]282 足菩薩，[宮]323，[宮]338 不須，[宮]347 一座天，[宮]374 處，[宮]1421，[宮]1454 足受用，[宮]1462 六者得，[宮]1471 陰樹下，[宮]1478 處所爲，[宮]1505 信增軟，[宮]1541，[宮]1541 一云何，[宮]1543 覺意具，[宮]1546 緣諦增，[宮]1546 中愚忍，[宮]1548 燈明是，[宮]1598 久已過，[宮]1604 觀二道，[宮]1613 無貪乃，[宮]1809 還解，[宮]1810 不須諫，[宮]1911 具一切，[宮]2034，[宮]2034 是第四，[宮]2060，[宮]2103 座衆龍，[宮]2108 於仁義，[宮]2121 長者愍，[宮]2122 者亦爲，[甲]、正[甲]1782 心惛睡，[甲]1203 宿亦各，[甲]2128 牙故也，[甲]2290 觀行，[甲][乙]2250 觀望也，[甲]1763 取抄前，[甲]1782 根，[甲]1805 持後三，[甲]1805 四五釋，[甲]1813 所，[甲]1887 本，[甲]1918 觀成，[甲]1921 觀心有，[甲]1969

有願等，[甲]2035 故在本，[甲]2035 世釋迦，[甲]2128 聲也，[甲]2192 觀，[甲]2207 於帝上，[甲]2266 處名土，[甲]2270 景行行，[甲]2290 觀中，[甲]2299 門見一，[甲]2312 息惡行，[甲]2362 捨及於，[甲]2362 行，[甲]2400 觀三十，[明]1636 願諸衆，[明][甲]1175 觀師子，[明][聖]1602 出，[明]99 慢無間，[明]109 往者吾，[明]1119 至磬令，[明]1209 鈴悦喜，[明]1439 以空靜，[明]1442，[明]1453 安樂乞，[明]1810 羯磨遮，[明]2122 婁至山，[三]186 一己，[三]2110 是訓導，[三][宮]1602 捨，[三][宮][聖]1462 風四者，[三][宮][聖]1602 品樂斷，[三][宮]351 三十者，[三][宮]353，[三][宮]603 要至竟，[三][宮]1421，[三][宮]1505 最好利，[三][宮]1530 因緣生，[三][宮]1536 福田世，[三][宮]1547 妙離道，[三][宮]1646 色貪色，[三][宮]1689 宿若普，[三][宮]2060 臨川晋，[三][宮]2060 正見方，[三][宮]2123 涼臺冬，[三][甲]951 演説大，[三][乙]1008 藍，[三]101 中柏樹，[三]152，[三]154 樹間，[三]198，[三]362 壽無央，[三]831 尊住一，[三]866，[三]1227 之亦摧，[三]1341 滅六心，[三]1530 意樂事，[三]1547 聖道，[三]1595 身或下，[三]1644 安，[三]2149 列兼正，[三]2149 蜀齊王，[聖]26 息處云，[聖]26 息摩納，[聖]397 流鳩槃，[聖]953 殺害令，[聖]1199 地水火，[聖]1509 受罪受，[聖]1579 故執有，[聖]1579 順流而，[聖]1670 留，[聖]2157，[聖]2157 保壽，[聖]2157 經一卷，[另]1451 事不共，[宋]、子[元][明]984 龍王母，[宋]313，[宋][宮]273 無有起，[宋][宮]292 本，[宋][宮]639 山林中，[宋][宮]2060 圓禪師，[宋][宮]2103 繫中國，[宋][明]1579 品所攝，[宋][聖]26 息世，[宋][元][宮]269 無，[宋][元][宮]1462 我有母，[宋][元][宮]1478 床立不，[宋][元][宮]2060 泊嘉，[宋][元][宮]2103 沙汰表，[宋][元][宮]2104 老教亦，[宋][元]1092 除風雹，[宋][元]1442 客舍或，[宋][元]1487 是故，[宋]99 處云何，[宋]286 生，[宋]606 住除，[宋]982，[宋]1441 當爲作，[宋]1598 説，[宋]1694 要至竟，[乙]1816 即四念，[乙]2391 羽，[元]99 三，[元]1425 我依，[元]1579 故證得，[元]2016 猶谷神，[元][明][宮]1464 時有獵，[元][明]99 慢無間，[元][明]361 壽無央，[元][明]381 舍宅譬，[元][明]1522，[元][明]1546，[元][明]2059 鍾山定，[元]109 於是佛，[元]189 於樹下，[元]222 意斷神，[元]224 亦入，[元]400 有下四，[元]481 處無所，[元]614 心一處，[元]620 水盡復，[元]732 內三事，[元]984 龍王母，[元]1536 不捨嗉，[元]2103 夢金人，[元]2122 見平地，[元]2122 哭而還，[原]1960 止見神，[知]1579 觀略，[知]1579 損益增。

尚：[三]2149 萬餘偈，[聖]2157 乾陀裁。

生：[宮]419 亦書受，[宮]1546 諸法生，[甲][乙][丙]1199 大風雨，[甲]1846 門無生，[宋]212 衆。

盛：[元][明]26 煩熱如。

屬：[宮]1509 誰能讚。

死：[三][宮]1557 非常名。

殄：[另]1458 息者無。

停：[三]192 足隨後。

土：[宮]419 地，[宮]1548 獨，[宋][元]882 息如本，[元]98 得解脱。

退：[宮]810 之所開，[三]156 即前抱。

亡：[宮][三][聖]221 遠離墮，[甲]2128 甫反廣，[甲]1783 宜應兩，[甲]2128 失則行，[三][宮]731 天神惡，[三][宮]2102 而非滅，[三][宮]2102 者乎不，[三][宮]2121，[三][宮]下同2102，[元][明][聖]225 還是明。

忘：[三][宮]1458 而事成。

五：[甲][乙]1822。

息：[和]293 行善知，[甲][乙]2263 若立現，[三][宮]617 眼流眵，[三][宮]2053 皆裘，[三][宮]2123 類斯。

仙：[宮]603。

現：[三]26 如意足。

相：[甲]2371 在行者。

小：[宮]606 在閑居。

心：[德]26 生樂生，[宮]483 人不得，[宮]616 若心迷，[宮]657 爲衆説，[宮]671 風而去，[宮]1464 還揚舉，[宮]1548 獨處得，[宮]1552，[宮]2040 頓一時，[宮]2121 得，[宮]2121

矣又有，[宮]2123 遏，[甲]、上[乙]2087 其妻令，[甲]1735 觀明此，[甲]1512 汝莫作，[甲]1709 斷故偈，[甲]1736 觀並起，[甲]1736 名爲他，[甲]1736 能障事，[甲]1736 如經法，[甲]1736 疏又上，[甲]1736 相緣，[甲]1851 照境説，[甲]1922，[甲]1924 此即由，[甲]1924 觀，[甲]1924 觀門者，[甲]1924 問曰何，[甲]1924 中以何，[甲]2036 之唯身，[甲]2087 七日斷，[甲]2212 位觀於，[甲]2255 貞信之，[甲]2313 分別都，[甲]2362 觀隨機，[甲]2362 行故而，[明][甲]1174 二羽金，[明]2076 爲，[三]607 不遠離，[三][宮]284 八者謂，[三][宮]602 者謂覺，[三][宮]1537 等持，[三][宮]1550 生無，[三][宮]1579 色聚種，[三][聖]190 如法行，[三]22 除欲樂，[三]193 宿地獄，[三]1341 行處若，[聖]99 何等人，[聖]210，[聖]376 護，[聖]1452 息准式，[聖]1509 問訊等，[聖]1546 惡，[聖]1546 時尊者，[聖]1579 後因緣，[另]613 遂，[宋][元]682 悉非眞，[宋]100 不數數，[宋]202 其中上，[乙]1822 觀等，[乙]2397 凡夫觀，[元][明]1341 知處伊，[原]1764 不進，[原]1776 前正修，[原]1851 安住即。

一：[甲][乙]2261 爲。

依：[甲]1924 中何。

疑：[甲]2084 有異術。

已：[甲][乙]2250 得必在。

於：[乙]1821 師等説。

約：[三]、一[宮]2103 之旨事。

悦：[甲]2053 至其月。

云：[甲]2274 有眼識。

正：[宮]1537，[宮]1545 如是他，[宮]1545 於此多，[宮]1648，[宮][聖]425 有是，[宮]225 法當云，[宮]397 處所或，[宮]604，[宮]1421，[宮]1425 得一，[宮]1425 俱舍彌，[宮]1462，[宮]1552 記論者，[宮]1552 妙出道，[宮]1674 息無由，[宮]1808 可義准，[宮]2034 經一卷，[宮]2040 於空空，[宮]2040 住於此，[宮]2060，[宮]2122 豈得互，[宮]2122 薩薄主，[甲]1852 恐多雜，[甲]1912 謂防濫，[甲]1928 觀安，[甲]2128 渴聲類，[甲][乙]897 音反部，[甲][乙]1822 觀如何，[甲][乙]1929 明界內，[甲][乙]2296 者哉云，[甲]952，[甲]1333 不得出，[甲]1709，[甲]1735 業八，[甲]1736 病若未，[甲]1782 法贊曰，[甲]1783 四卷七，[甲]1786 斷見思，[甲]1805 量戒本，[甲]1828 見，[甲]1828 是此，[甲]1911 觀破法，[甲]1925 列大集，[甲]1928 觀安故，[甲]2036 如死灰，[甲]2227，[甲]2266 悼悔障，[甲]2270 故云合，[甲]2299 不依，[甲]2299 能破即，[甲]2366 向西方，[甲]2792 善爲體，[甲]2792 師捨教，[甲]2837 心則沈，[明]、上[宮]1598 離種種，[明]1470 五，[明][宮]2103 善身口，[明][和]293 諸善伴，[明][聖][另]1451 無奈之，[明]400 行修一，[明]502 聚落乃，[明]1471 住持師，[明]1545 處小魚，[明]1558 故有餘，[明]2108 等議狀，[明]2121 頓彼樹，[明]2154 法上錄，[三]150 爲生癡，[三][宮]309 觀法亦，[三][宮]1463 説，[三][宮]1602 觀俱品，[三][宮]2033 所了，[三][宮]2034 取六年，[三][宮]2122 噉彼一，[三][宮][聖]1579，[三][宮][聖][另]1509 答三事，[三][宮][聖][石]1509 可得，[三][宮][聖][石]1509 齊無，[三][宮][聖][知]1581 住係念，[三][宮][聖]278 裸者得，[三][宮][石]1509 住是時，[三][宮]309 法，[三][宮]385 觀除愛，[三][宮]414 捨，[三][宮]425 度無極，[三][宮]425 門向泥，[三][宮]483 展轉相，[三][宮]503 住天，[三][宮]602 便歡喜，[三][宮]602 意也行，[三][宮]637 度之以，[三][宮]820，[三][宮]1442 進，[三][宮]1471 住避之，[三][宮]1559 非同分，[三][宮]1562 觀勝故，[三][宮]1571 傍言推，[三][宮]1571 邪，[三][宮]1580 觀衆行，[三][宮]1592 事勇健，[三][宮]2059 四倒反，[三][宮]2059 宜可時，[三][宮]2103 可爲帝，[三][宮]2104 是此處，[三][宮]2121 從止，[三][宮]2122 管子曰，[三][宮]2122 黑義，[三][宮]2123 心即得，[三][聖]190 如是耳，[三][聖]278 道世相，[三][聖]278 觀如來，[三]60 阿，[三]99 聖柔和，[三]185 説經即，[三]190 爲怖畏，[三]192 素妖冶，[三]197 於樹園，[三]210，[三]210 身止，[三]361 臣事其，[三]664 法自性，[三]985 那嚕，[三]985 輸止，[三]1013 心莫念，[三]1340 及

六入，[三]1560 邪不定，[三]1579 行三根，[三]1600 等相中，[三]1644 住其中，[三]2060 觀掩關，[三]2110 之心等，[三]2122 觀二寺，[三]2145 觀寺重，[三]2153 觀寺譯，[三]2154 觀寺重，[聖]、止[聖]1733 故即是，[聖]211 觀四諦，[聖][另]1453，[聖][另]342 足亦無，[聖][另]1442 不爲開，[聖]1 觀具足，[聖]26 絶斷者，[聖]99 愛，[聖]99 觀不修，[聖]99 思惟未，[聖]120 不犯是，[聖]125 觀相應，[聖]190 欲休罷，[聖]278 觀力具，[聖]397 行第三，[聖]475 觀生從，[聖]566 一耶何，[聖]1549 觀，[聖]1579 於有爲，[聖]1723 能行行，[聖]2060 可登機，[另]1442 此樹今，[另]1721 住無常，[宋][宮][聖][石]1509 有比丘，[宋][宮][石]1509 說此四，[宋][宮]309 處現無，[宋][宮]309 止撿惡，[宋][宮]810 門，[宋][宮]2060 方稜敷，[宋][明][宮]278 觀功德，[宋][元][宮]2122 有一狸，[宋][元]1581 衆具而，[宋][元]1597 住食謂，[宋][元]2122 略家，[宋][知]26 俱定坐，[宋]721 於惡法，[宋]1579 行彼由，[乙]2296 三中而，[乙]2397 故譬，[乙]2782 觀雙行，[元]1579 眼根了，[元][明]2122 處是故，[元][明][宮]1571 歸邪故，[元][明][宮]327 觀皆遠，[元][明][另]717 觀諸瑜，[元][明]100 住出入，[元][明]212 觀係意，[元][明]403 是故戒，[元][明]607 相若在，[元][明]730 佛，[元][明]842 智慧，[元][明]1579 觀性巧，[元][明]2103 鄙人，[元]26 不廢坐，[元]263 阿逸欲，[元]1428 與婬女，[元]1579 故意識，[元]2154 于中興，[原]2248 勘善，[原]2271 也問爾，[原]1764，[知]1579 息故於，[知]598 意斷根，[知]1579 無，[知]1579 相或思。

證：[明]220 無上菩。

之：[宮]790 念避危，[三]125 不受死。

知：[明]397。

只：[三][宮]397 有一星，[三][宮]397 有一星，[三][宮]2085 供養佛，[三][宮]2103 有三十，[三][宮]2104 著五千，[三]正[聖]125 有神足，[宋][宮]2034 利一。

趾：[甲]2087。

至：[内]2777 貪法二，[明]196 舍邊大，[明]1005 若有惡，[明]1435 覆，[三][宮]569 人心喜，[三][宮]2122 天竺進，[三][甲][乙]1022 一園名，[三]125 此泉邊。

志：[三][宮]754 大無利。

智：[甲]1816 品也言。

中：[三]1562 行中得，[宋]1421 或不恭。

住：[三][宮]1425 不和云，[三]1340 如彼衆。

足：[甲]1965 天宮同。

只

但：[甲]1960 如此經，[聖]1818 導大乘，[乙]2263。

即：[甲]2194 六，[明]2076 是，

[明]2076 今事作，[明]2076 今在什。

俱：[原]1744 六世。

口：[甲]2075 言慵作。

六：[甲]2195 七百人。

品：[甲]2196 第二諸，[甲]2214 是阿，[甲]2290 由持戒，[甲]2391 開手末，[甲]2395，[聖]2157 如第一，[乙]2394 是大日。

祇：[甲]1792。

且：[甲][乙]2263 云六依，[甲]2217 在一眼，[乙]2396 斷界內，[原]、但[甲]1851 據一門。

却：[明]2076 具一隻。

釋：[甲]2195 如舍利。

唯：[甲][乙][丙][丁][戊]2187 就當時，[甲][乙]2390 是前本，[甲][乙]2390 用堅實，[甲][乙]2390 有重際，[甲]2298 就有中，[甲]2299 依一世，[甲]2299 應，[甲]2370 云真如，[乙]2391，[乙][丙][丁][戊]2187 由我等，[乙][丙][戊]2187 譬在因，[乙][丙][戊]2187 是鬼神，[乙]2263 可，[乙]2263 可屬業，[乙]2390 表第一。

位：[乙]2249 五。

五：[甲]2195 供。

心：[甲]2410 是一切。

已：[三]45 可共還。

亦：[甲]2277 案唯是，[甲]2293 名發菩，[甲]2299 爲偏，[甲][丙]2286 絕不流，[甲][丙]2396 以他受，[甲][乙][丙]2397 名金剛，[甲][乙]1822 可，[甲][乙]2261 名隨斷，[甲][乙]

2261 是依非，[甲][乙]2263，[甲]895 可時時，[甲]1715，[甲]1715 是聖人，[甲]1733 應暫現，[甲]1932 是一一，[甲]1960 如凡夫，[甲]2195 滿慈領，[甲]2195 是前佛，[甲]2223 就一經，[甲]2223 是此經，[甲]2263 同見戒，[甲]2286 依，[甲]2392，[甲]2396 取相不，[甲]2396 隨彼教，[甲]2400 云次示，[甲]2401 須集彼，[甲]2425 一刹那，[乙]1821 可識隨，[乙]2261 說爲障，[乙]2261 以此，[乙]2263 以定地，[乙]2263 緣境界，[乙]2390 佛眼亦，[乙]2404 是長途，[原]1840 是宗攝，[原]1851 如是，[原]2404 修供養。

正：[原]1724 似亂辭。

祇：[宮]2080 滅在天，[甲]1929 自聖人，[明]2016 益自勞，[明]2076 是遮，[宋]945 見伽藍。

祇：[甲]1733 在門外，[甲]1751 就不空，[甲]1751 是一三，[甲]1799 目東，[甲]1751 淨由，[甲]1799，[甲]1929 是空見，[甲]1929 是一摩。

止：[甲]1960 作兩持，[三]、正宮]1428 有此一，[三]2149 云高出，[聖]1465 有百數。

択：[高]1668 娑阿。

指：[三][宮]2102 五千其。

枳：[甲]2193 城言者，[三]984 訶離，[三]987 阿。

質：[甲]2779 領盛只，[乙][丙]873 多鉢囉。

旨

百：[宮]2122 成暉僑，[宋][宮]2060 在斯法。

稟：[宋]、志[元][明]125 乘虛而。

並：[甲]1736 可。

方：[甲]2204 大綱在。

告：[三][宮]2060 於南山。

誨：[三][宮]2102 無以。

極：[三][宮]1593 正法之。

間：[甲][乙]2263 不成此。

句：[甲]2068。

可：[甲]2195 如餘抄。

肯：[甲]1828，[甲]2274 除之因。

首：[甲]2195 故，[甲]2217 更不得，[宋][宮]2121 即日。

四：[甲]2266 諦。

台：[原]2261 一音頓。

習：[三]2060 望通理。

言：[甲]859 二合，[明]2076 觀何得，[三][宮]2102 爾來，[三]192，[乙]2393 在於字。

詣：[三]2110 姿才秀。

意：[甲][乙]2263 所以或，[甲][乙]2263 也圓鏡，[甲][乙]2263 歟或七，[甲][乙]2263 在，[甲]1846 故云總，[甲]2195 之故也。

義：[甲][乙]2263 護，[甲][乙]2263 例五見。

音：[三][宮]292 亦是黎，[聖]1859 之妙唱，[宋][元][宮]2102 但郂克，[元][明]、明註曰音南藏作旨1509。

有：[甲]1816 難，[甲]2261 如空，[甲]2434 無別意，[三]2112 不俟僕，[乙]2297 相符兼。

召：[甲]2073。

者：[甲]2299 等文具，[宋][宮]292，[宋]263 化諸愚，[乙][丙]2777 善吉群，[原]1819 而願。

真：[明]62 威神之。

正：[三][宮][另]1443 即便默。

脂：[明]11191 明王如。

止：[甲]2017 但隨入，[甲]1007 慈悲護，[三]2151 寺請譯，[聖]2157 宣慰譯。

指：[宮][聖]2060 不存文，[宮]2103 蓋虛無，[甲]1736 訓彷彿，[三][宮]2102 歸疑笑，[三][宮]2102 天曰天，[三][宮]2102 直語，[三][宮]2103 通局第，[三][宮]2103 也未見，[三][宮]2103 專擬帝，[三][宮]2104 也則老，[三][宮]2108 趣深謂，[三]2110，[三]2110 者世雄，[宋][元][宮]2109 論者對，[元][明]125 授彼，[元][明]2053 歸。

恉：[宋]、指[元][明]2150 詣不加，[宋][宮]、指[元]2103。

智：[明][甲]1177 與諸大，[乙]2263 也。

呇：[明]2103 冉在四。

自：[甲]2036 趣能無，[甲]2036 住持昭，[聖]376 趣如是。

宗：[甲]1792 備斯四，[原]1744 也二。

阯

趾：[三]2060 人早出。

址

墌：[元][明]、掖[宮]2121 都圍度。

止：[宋]1341 於上空。

趾：[宋][宮]2060 而處所。

坻

隄：[三][宮]397 天天寶。

祇：[三]1336 利利帝。

泜

坻：[三]1343。

江：[三][宮]2040 比丘。

泯：[明][乙]、泜二合夾註[甲]1225 散儞呬，[三][宮]397 二十七，[三][宮]397 十三，[三][甲]1101 提夜須，[元]1343 迦羅竭，[元]1343 泜闍伐。

泜：[三]1357 泜殊。

治：[三]1336 反呵阿。

抧

枳：[丙]1076 帝皤悉，[宮]1545 尼池中，[宮]397 薩羅國，[甲]2130 由譯曰，[明][甲]1277 孃二合，[三]187，[三]1130 羅繫縛，[三][宮]、抧上丑兒反下同音註[元]374，[三][宮]1443 羅鳥命，[三][宮][聖]397，[三][宮][聖]397 羅聲次，[三][宮][西]665 捨伐，[三][宮]387 羅鳥白，[三][宮]387 羅娑山，[三][宮]402 弭，[三][宮]1545 尼池邊，[三][甲]1080 諦濕，[三][乙]下同 1100 吽弱娑，[三]99 跋渧文，[三]930，[三]991 利抧，[三]1132 吽，[三]1341 者奴盧，[三]1644 羅其樹，[乙]1244。

祉

杫：[宋]1336。

恥：[乙]2393 帝三以。

社：[甲]2036 及其後。

祐：[甲]2053 日繁摽。

指

伯：[元]2108 南爲北。

持：[甲]1805 詣油家，[甲]1698 經，[原]1819 法藏菩。

斥：[甲]1833 似共。

抽：[甲]866 於其中。

搯：[甲]2250 上座光。

此：[甲]2270 彼文何。

措：[甲]1782 意無非，[甲]1886 此空教，[元]2122 廟女像，[元]2122 座謂山。

抵：[三][宮]2060 掌解頤。

端：[乙]2408 向外。

二：[甲]1238 大指各。

反：[甲][乙]1929 掌是以。

根：[甲]2193 岐有合。

故：[三]1569 是能若。

揮：[原]1112 心開兩。

教：[甲]1973 念佛遂。

節：[甲]1200 入掌中。

拘：[元]2060 竃旁去。

舉：[宮]1998 前。

捐：[宮]2060 法依爲，[甲]2039 骸焉機，[甲]2087 誨然我，[甲]2128 麾衆因，[聖]292，[聖]1563 等光闇。

揩：[宮]721 磨滅壞。

楷：[甲]2339 定故問。

榴：[甲]1238 枝一。

明：[甲]2266，[原]1842 法中云。

木：[三]1341 還有若。

拍：[甲]、其地[甲]894 其成結，[甲][乙]894 左手掌，[甲][乙]2391 印第四，[甲]2392 左印三，[甲]2400 成聲口，[三][宮][甲][乙][丙]876 印加持，[三][宮]2123 掌等名，[三][乙][丙]873 平掌而，[三]125 胸說曰，[聖]190 此地作，[乙][丙]873 印儀如，[乙]2391 了頂散，[元]2106 之初不。

岐：[宮]901 岐間向。

奇：[乙]2394 向上。

屈：[甲]1268 從外。

攝：[甲][乙]2263 餘四種，[明]1450 授爾時，[乙]2263 薩波多，[原]1829 在種種。

尸：[甲]936 陀四囉。

示：[甲]1805 中屏露。

釋：[乙]2249。

手：[甲]2255 以指著，[元][明]1058 側相拄。

宿：[聖]1462 示果於。

損：[甲]1816 經文配，[甲]2036，[甲]2270 繁，[甲]2299 障風力，[聖]953 或六，[乙]2249 伏所依，[乙]2309 大乘。

投：[三]2145 音殊俗。

頭：[甲][乙]957 像佛身，[乙]901 後側上。

推：[宮]2060 二萬餘，[甲]2339 餘用言。

爲：[甲]1781 此瑞，[甲]2401 捻花餘。

謂：[甲]2195。

相：[內][丁]866 去二三，[宮]657 以衆好，[宮]1509 動十方，[甲]2035 實爲權，[甲]2261 佛地二，[明]99 所閣，[聖]1441 淨聚落，[宋]619 洗除心，[宋]1032 虛其掌，[乙]2227 也，[乙]2391 柱掌轉，[乙]2404 方位但。

廂：[三][甲]901。

押：[甲][乙]957 左掌內。

掩：[甲]2035 於實名。

抑：[甲]2195 付。

詣：[明][宮]374，[明]24 阿，[三][宮]2040 拘尸城，[三][宮]2059 洛，[三][宮]2122 餘血塗，[乙]、至[原]2190 寶處淺，[乙]2157 中，[元][明]945 唯願世。

猶：[乙]、依[乙]1822 經釋後。

有：[甲]1727。

於：[甲]1921 衆生是，[甲]2299 無始。

緣：[三][宮]2122。

曰：[三][宮]2122 庭前槐。

占：[三][宮]544 曰。

掌：[三][宮]2122 合而。

招：[乙]2263 正位善。

爪：[三][宮]2040 甲白佛。

之：[三][宮]397 反夜闍。

祗：[明]2110 如韓子。

脂：[明]643 端文相，[明]1458 取其下，[三][宮]606 油塗火，[聖]639 水中像。

止：[宮]2108 終會儒，[三][宮]2122 常聞鍾。

旨：[宮]309 示道門，[甲]1775 舉此，[甲]1799，[甲][乙]1736 歸但次，[甲]1698 歸翻云，[甲]1736 歸云常，[甲]1775 萬物一，[甲]2017 歸聖賢，[甲]2255 故言行，[甲]2296 問子未，[明]2102 可知豈，[三][宮]627 趣則應，[三][宮]2060 誦文搯，[三][宮]2102 其在老，[三][宮]2102 已明俗，[三][宮]2102 云爾夫，[三][宮]2103 及養生，[三][宮]2103 且道之，[三][宮]2103 要採彼，[三][宮]2104 說二事，[三]2103 趣則亹，[三]2108 可知豈，[三]2110 弘，[三]2146 明，[元][明]2102。

至：[甲]2075 無所指，[甲]2787 授處所。

諸：[甲]2263 法之時，[元]873 端安時。

拄：[三][甲][乙]1200 以此印。

總：[甲]1816 答三問。

枳

吉：[乙]1132 羅金剛。

計：[乙]1069 曳二。

扣：[甲]1813 機宣唱。

訖：[乙]1069 穰二合。

梗：[三]1301 棗栗杏。

只：[甲]2392，[三][宮]721。

択：[高]1668 鄔帝，[甲]997，[甲]1037 帝濕嚩，[甲]1122 隸呋，[三]158 由邏三，[聖]1788 羅此云，[宋][宮]665 般宅，[乙]1069 北置金，[乙]1069 帝濕。

咫

尺：[甲]2119 步匪乘。

紙

筆：[甲][乙]1822 墨自云。

城：[三]1。

澄：[三]2149。

底：[宋][元]2155 此云正。

經：[甲]2174 策子。

卷：[聖]2157，[宋][元]2154 同帙。

絹：[三][宮]2122。

泯：[甲]2217 絕無寄，[三][甲][乙][丙]908。

神：[甲]2129 禱祝祭。

十：[甲]2266 左云謂。

四：[甲]2266 左如是。

帖：[乙]2174。

維：[宮]2122。

張：[乙]2174，[乙]2174 策子說。

止：[明]984 反後皆，[三]984。

左：[甲]2266 瑜伽。

趾

迹：[甲]2223 猶不臻，[乙]2244 尚存傳。

跡：[三]2059 則結，[聖]170 其，[宋]2087 昔經部，[乙]2087 是具史。

題：[宮]2122 交趾獨。

正：[三]184。

止：[元][明]2125 故五天。

阯：[三][宮]2059 會年十，[三][宮]2059 之仙，[三][宮]2103 風雲之。

址：[明]1545 故，[三][宮]2060，[三]2087 是如來，[三]2145 也何，[乙][丙]2092 丞相一，[乙][丙]2092 雖頹猶，[元][明]2060，[元][明]2060 講十誦，[元][明]2060 咸由勸，[元][明]2060 壙，[元][明]2087 對郊皋，[元][明]2087 所峙周，[元][明]2103 況於己，[元][明]2104 尚存中。

峙：[元][明]656 立不傾。

跱：[元][明]656 立四海。

阤

坥：[三][宮]2102 曾莫之。

杝：[聖]1723 或有爲。

至

半：[宋][元]、今日[明][宮]1435 半由。

報：[三][宮]2043 無得脫。

貝：[明][聖]125 得甘露。

備：[三]192 稽首接。

遍：[甲][乙][丙]1141。

并：[甲][乙]2261 第二第。

並：[甲][乙]1816 皆刪略，[甲]1828 起然名，[甲]2068 非閻浮，[甲]2250 云何我，[甲]2266 取佛地。

不：[甲][乙]1822 共功德，[甲]2337 能自知，[三]1546 及陀那，[宋][宮][聖][另]1451 死大藥。

常：[甲]1828 離慧明。

成：[三]125 至滅盡。

誠：[三][宮]、誠[甲]2053 謹遣弟。

持：[甲]1816 爲後攝，[甲][乙]1822 亦等，[甲]1828 戒者定。

出：[甲]2217 毘盧遮，[三][宮]1545 數習所，[三][宮]2059 寺側以。

處：[甲][乙]1821 壽隨色。

慈：[三]、怨[宮]2122 親長爲。

此：[明]1562 身觸應，[乙]2397 七地猶。

次：[乙]2397 第。

大：[甲]1736。

待：[甲]2218 處○而。

到：[宮][聖]586 故，[甲][乙]1832 此是隨，[甲][乙]2328 十信第，[甲]2219 正等覺，[甲]2870 爲汝略，[明]1435 山林中，[三]101 命爲如，[三]2122 五年方，[三][宮]1435 某家坐，[三][宮][甲]2053 彼安置，[三][宮][聖][另]1435 寺，[三][宮][聖]222 梵天不，[三][宮][聖]223 東方過，[三][宮][聖]223 官，[三][宮][聖]278 於彼岸，[三][宮][聖]1421 迦葉適，[三][宮][石]1509 菩薩所，[三][宮]588 大乘，[三][宮]671 彼岸出，[三][宮]808 婆，[三][宮]1425，[三][宮]1425 彼住處，[三][宮]1425 獼猴邊，[三][宮]1428 世尊清，[三][宮]1435 阿耨，[三][宮]

1435 此住處，[三][宮]1435 著衣持，[三][宮]1442，[三][宮]1442 僧許可，[三][宮]1463 舍，[三][宮]1521 聲聞地，[三][宮]1650 不得有，[三][宮]2034，[三][宮]2040 佛所出，[三][宮]2059，[三][宮]2059 罽賓國，[三][宮]2059 義熙十，[三][宮]2060 房欲屈，[三][宮]2121 歡豫家，[三][宮]2121 天女所，[三][聖]99 此欲，[三]1 之處無，[三]125 世尊所，[三]129 三摩竭，[三]156 優波離，[三]192 此園林，[三]192 其舍供，[三]202，[三]202 大國佛，[三]202 當説次，[三]203 百年復，[三]203 彼塔寺，[三]1344 彼，[三]2110 天監三，[聖]99，[聖]211 其所使，[聖]211 一國入，[聖]1470 明者，[石]1509 大海復，[宋]374 我所頭，[元][明]229 緣覺及。

得：[三][宮]721 樂處後。

豆：[聖]1462。

多：[三][宮]2059 及勝亡。

墮：[聖]1428 三宿明。

而：[甲]1736 安帝義，[三][宮]1421 第三日。

法：[宮][知]598 莊挍何，[明][甲]1216 於深井。

互：[三][宮]332 求方便。

更：[三]24 退下無。

觀：[明]99 鹿林梵。

歸：[三][宮]1435 時有七。

果：[甲]1763 緣覺以。

合：[原]1828 能取謂。

乎：[甲]1921 如薩。

互：[元][明]790 相殺傷。

及：[敦]1957 信心預，[甲][乙]1866 佛，[甲]1733 其得果，[甲]2895 彌悉皆。

即：[知]2082 屈前兩。

堅：[甲]1806 一人不。

賤：[聖]157 餓鬼。

暨：[元][明]2103 而聞。

盡：[甲]2195 此經既，[明]376 心恭敬。

經：[甲]1925 論深廣，[甲]2173，[甲]2195 請既有，[甲]2250 千歲正，[甲]2250 五念心，[甲]2261 無著等，[甲]2266 教，[甲]2299 論無淺，[三][宮][聖][石]1509 七歲答，[三][別]、於[宮]397 常有爲，[三]125 七死七，[三]203 一日一。

居：[甲]2035 洛陽大。

巨：[三][宮]2121 富隣。

具：[明]125 得甘，[明]125 得甘露。

可：[聖]125 不滅。

空：[元]1425 七月十。

箜：[乙]2391。

苦：[乙]1909 到用。

來：[宮]1559 定爲地，[三][宮]2040 當復付，[三][宮]1428 時迦葉，[三][宮]1547 中間根，[三][宮]2121 罽賓國，[三]206 唯大王，[三]1559 地中間。

力：[三]1562 窮盡時，[乙]1978 一心稽。

立：[宮]721 胸中爲，[甲]2266 其

名即，[甲]2266 一來果，[甲]2339 一乘名。

勵：[三]2063 住洛陽。

六：[甲]1709 偈。

名：[甲]2266 為得菩，[三][宮]2122 為五輪。

明：[乙]、並[丙]917 於究竟。

命：[三]1。

牟：[聖]1462。

乃：[甲]2339 過去世。

能：[明]1636 斷，[明]1530 虛空亦，[三]158 不著樂。

年：[三]185 七歲而，[三]2063。

平：[三]2122 正。

其：[高]1668 像量須，[甲][乙]、乙本冠註曰其原作至依釋經改 2190 毘，[甲]1839，[甲]1839 事云何，[甲]1839 因何以，[甲]2299 後釋文，[甲]2823 釋文一，[明]1442 門前憧，[三][宮]397 心不濁，[三][宮]1808 上座所，[乙]2249 梵世故，[原]957 綱要略，[原]1744 後釋然，[原]2271 實我若。

迄：[甲]2339 二百。

訖：[三][宮]1476 到菴。

丘：[聖]2157 且行數。

去：[甲]1733 以夢無，[甲]2255 即，[三]100 強親，[三][宮]721 而人不，[三][宮]1421 餘處時，[三][宮]1425 比舍，[三][宮]1509 無量千，[三][乙]1092 處常為，[三]154 未久更，[三]2106 關可十，[聖]211 一國國，[聖]1509 遠國彼，[元][明]1509

時與。

趣：[三][宮]1458 高或從。

全：[甲]2337 攝。

人：[三][宮]1435。

如：[明]375 惡趣常，[三][宮]1559 海增減。

入：[三]、－[聖]100 得眼林，[三][宮]1442 究竟處，[三][宮]1428 比丘後，[三][宮]1435 所住處，[三][宮]2034 如來影，[三][宮]2085 葱嶺山，[三][宮]2109 獄不離，[三]23 其，[另]1442 其舍告。

若：[明]220 般若波。

三：[原]1788 大眾願。

睒：[元]175 年過十。

涉：[三][宮]2059 流沙北。

身：[聖]953 死此是。

深：[三][宮]669 心渴仰。

生：[宮]、至生[聖]224 中復學，[宮]262 道場，[宮]459 於佛，[宮]606 到百歲，[宮]1552 離欲地，[宮]1571 近，[宮]2103 自法師，[和]293 淨寶洲，[甲]、主[乙]2261 繁不細，[甲][乙]2261 合有六，[甲][乙]1822 非，[甲]1039 之處，[甲]1782 處贊曰，[甲]1816 細展轉，[甲]1863 果又八，[甲]2300 何以故，[甲]2339 空法空，[甲]2735 修惠第，[明]220 乃至滅，[明]672 於非處，[明]2040 眞坐鉢，[三][宮]1545 無量愛，[三][宮][甲]901 染著遠，[三][宮]285 諸著眾，[三][宮]351 死不，[三][宮]425 惡趣勤，[三][宮]425 梵，[三][宮]615 行，

[三][宮]721 於天中，[三][宮]801 非想處，[三][宮]1543，[三][宮]1546 斷三界，[三][宮]1563 轉初故，[三][聖]26 善處所，[三]25 彼處命，[三]26，[三]26 善處生，[三]79 善處天，[三]100 三惡，[三]190 諸根損，[三]278 湛然不，[三]682 諸佛剎，[三]1582 心能施，[三]2122 于太康，[聖]221，[聖]291 又其法，[聖]1509 大惡如，[聖]1646 耶，[聖]1763 無常之，[另]1548，[石]1509 後世而，[石]1509 後世復，[宋]220 耳觸，[宋][宮][石]1509 佛，[宋][宮]2122 無數阿，[宋][元]1509，[宋]190 於帝釋，[宋]839 圓滿十，[宋]2122 死不休，[乙]2192，[元][明]、王[聖]120 此世界，[元][明][聖]425 將護諸，[元][明]125 此世，[元][明]210，[元][明]318，[元][明]385，[元][明]721 天中，[元]1435 十日過，[知]598 所住無。

昇：[三][宮]656 道場全。

聖：[三][宮]2122 人善取，[乙]、乙本冠註曰聖如前後恐有脫字 2190 如念風，[乙]2081 教親承，[乙]2263 教量通，[原]、[甲]1744 人所依。

失：[三][宮]、出[聖]1428 黃赤白。

示：[甲]1932 爾許。

世：[聖]663 尊。

是：[宮]1509 佛道復，[甲]1828 種種擾，[甲]2250，[甲]2299 中道第，[明]278 上方亦，[明]721 涅槃是，[明]1334 七遍即，[三][宮]397 清淨，[三]

[宮]1421 意法亦，[三]1566 邪慢外，[聖]663 父，[聖]1548 即得阿，[另]613 遍滿一，[宋][明]1128 一切衆，[元]2016 説是諸。

室：[明]509 中佛便，[三][宮]1547 冥餘燈，[乙]1796 護摩方。

受：[宮]1421 至十七。

疏：[甲]2266 十處所。

死：[宋][元][宮]、寧[明]2121 死不爲。

所：[三][宮]222 到亦。

天：[宮]798 無爲。

同：[甲]2214 也云云。

亡：[甲]1848 失月藏。

王：[丙]2120 化於東，[宮]2102 冥，[甲]1728 三禪宮，[甲]2035 那揭，[甲]2068 彼，[明]1450 大門亦，[三][宮]443 如來，[三][宮]644，[三][宮]820 太子聞，[三][宮]1421 殺人處，[三][宮]1465 心伏蟲，[三]2122 毘舍離，[聖]279 於地上，[宋][明]1170 魑魅，[元][明]2034 道論一，[元][明]2043 不復得。

往：[三][宮]1442 軍中過，[三]100 刪闍耶，[三]202 毘紐乾，[三]202 推，[三]203 中間有，[三]278 彼刑戮，[三]278 難海，[聖]125 世尊所。

望：[甲]1717 牛傍自，[原]2306 重斷見，[原]2339 佛果故。

唯：[甲][乙]2261 爲所説。

爲：[甲]1733。

文：[甲]2266 第一七，[原]2369。

屋：[宮][甲]1804 送食置。

吾：[三][宮]2104 王悉。

無：[甲]1782 我外處，[三]2034
所，[乙][丙]2777 一念。

五：[宮]1559 定中間，[甲]2207
行之端，[三][宮]1521 十百千。

哇：[三]1336 室耽薩。

下：[甲]2395 官符今，[明]2076
法堂。

賢：[原]2395 賢。

現：[三][宮]263 於此衆。

香：[宋]220 鼻。

行：[宮]2053。

言：[三]193 而答其。

一：[甲]2286 心勸乃，[三]189
十九心，[三]440。

以：[甲]1828 下又依，[三]196
誠此人。

詣：[三][宮]512 稽首佛，[三][宮]
1425 佛所，[三]100 佛所頂，[三]125
彼城是，[三]125 彼山中，[三]125 婦
所而，[三]190 彼苑與，[三]1339 此
娑婆，[三]1339 我所執，[聖]211 佛
所爲，[聖]375。

意：[甲][乙]1821 後文中。

有：[甲][乙]1822 羯栗底，[三]
[宮]1462 九，[三][宮]2121 彌勒佛，
[三][宮]2122 臭氣。

于：[宋]、於[元][明]2154 澠池
卒。

於：[甲][乙]2263 本，[甲][乙]
2263 今論文，[甲][乙]2263 演，[甲]
2263 瑜伽論，[三][宮]、笀[聖]1425 石
蜜家，[乙]2263 燈，[乙]2263 唯識觀，

[乙]1736 一康家，[乙]2263 燈，[乙]
2263 論文者。

元：[三]2103。

約：[甲]2006。

絇：[甲]2250 解此文。

云：[甲]1828 何有相，[甲]1828
名色者，[三][宮]381 曩昔久。

再：[三][宮]376。

在：[宮]356 羅閱祇，[宮]397 造
作五，[甲][乙]1822 現在未，[甲][乙]
2263 八地已，[甲]2266，[明]220 他
化自，[明]1428 小食大，[明]2016 之
法不，[明]2122 此洲人，[明]2122 谷
口木，[三]212 於，[聖][石]、聖本有
傍註在或本三字 1509 後心，[宋]481
德不可。

造：[原]2264 謗滅業。

照：[知]1785 十法界。

眞：[三]152 誠之，[乙]1709。

正：[宮]2060 二十年，[甲]1848
解不謬，[甲]1786 釋經三，[明]1005
傍生鹿，[明]2085 無畏山，[明]2123
覺，[三][宮]398 眞所入，[三][宮]1599
得眞實，[聖][另]342 眞等正，[宋][元]
[聖]210 本我所，[元][明]656 眞等正，
[元][明]2122 道，[元]2145 受決經。

證：[三][甲][乙]1125 七。

之：[甲]1268，[甲]1775 實，[甲]
2399 次第也，[明]212，[三]192 彼園，
[三]2063 著更受。

知：[宮]674 煩惱本，[宮]802 成
等正，[明]220 識故隨，[明]1442 我
觀十，[明]1513 當知是，[明]2103 涅

槃夜，[三][宮]656 爲大。

止：[宮]446 佛南無，[甲]1799 十方衆，[甲]2266 彼品類，[明][聖]663 宮殿講，[明]225 處百千，[明]1421 諸羯磨，[三][宮]497 達嚫願，[三][宮]2041 龍窟當，[三][宮]2122 空中經，[聖]613 從我。

指：[甲]1717 偏門名，[久]1486 佛爲授。

志：[宮]397 心稱我，[宮]416 心求此，[宮]435，[宮]2042 心諦聽，[宮]2123 所生如，[甲]、至[乙]1822 遠入，[甲]951 學一切，[甲]1909 心五體，[甲][乙]1909 心等，[甲]1101 求圓滿，[甲]1103 求作此，[甲]1728 心存，[明][甲]1177 誠親受，[明]381 誠建立，[明]638 大乘躊，[明]682 心禮自，[明]994 誠頭面，[明]994 心供養，[明]1052 誠慇重，[明]1331，[明]1443 心善聽，[三]、王[宮]349，[三][宮]1493 心發露，[三][宮][聖]1552 等方便，[三][宮]397 心稱我，[三][宮]397 樂發深，[三][宮]444 心聽十，[三][宮]585 不計有，[三][宮]585 於堅強，[三][宮]606 息入如，[三][宮]627 無亂三，[三][宮]1425 心看不，[三][宮]2034 心發露，[三][宮]2040 心念阿，[三][宮]2053 誠禮讚，[三][宮]2053 誠所感，[三][宮]2053 誠通神，[三][宮]2059 好學明，[三][宮]2122 生情難，[三][宮]2122 心故今，[三][宮]2122 心自手，[三][宮]2123 心遙禮，[三]172 心，[三]172 意堅固，[三]201 心歸命，[三]202

意欲，[三]203 從地踊，[三]212 群徒魚，[三]665 盡形日，[三]982 心，[三]995 心誦念，[三]1012 心隨喜，[三]1082 心，[三]1339 心諦聽，[三]1396 心受持，[三]2059 父不能，[宋]、一[元]1982 心歸命，[宋]190 心諦聽，[宋]1288 意持念，[宋][宮]329 心故我，[宋][宮]397 心一聽，[宋][明][宮]2122 心，[宋][元]2061 學，[宋][元]360 無上道，[宋][元]1982 心歸命，[宋]100 心修，[宋]190 心諦聽，[宋]985 心，[宋]1103 心，[宋]1145 心禮拜，[宋]1181 心誦，[宋]1182 心依呪，[宋]1348 心七日，[宋]1982 恭敬合，[宋]1982 心懺悔，[乙]1909，[乙]1909 日月推，[乙]1909 心五體，[元][明]2122，[原]、至無上智[原]904 求圓滿，[原]1309 心拜宿，[原]1311 心帶佩。

治：[宮]2059 罽賓寺。

致：[甲]2006 焉高祖，[甲]2035 謝曰弟，[甲]2263 理觀者，[明]1129 七日內，[明]585 誠講説，[明]1538 謝滅已，[明]2060 也大業，[明]2108 闕重參，[三][宮]606 清淨是，[三][宮][聖]1421 反俗乃，[三][宮]285 無限一，[三][宮]630 無有不，[三][宮]768，[三][宮]1545 那人來，[三][聖]99 此尊者，[三][聖]125，[三]2145 庶可以。

智：[明]220 心聽聞，[明]220 一切相，[明]278 於道智，[明]425 慧皆令，[明]721 未解脱，[明]1570 境色遠。

置：[甲]2035 補陀山，[甲]2035

七寶床，[明]1459 宜應用，[三][宮]
[聖]224 處壽皆。

中：[明]882 遍自身。

終：[三]125 竟無解，[三]2151。

重：[甲]2277 因，[三][宮]2053 又
同。

主：[宮]397 嘍羅，[宮]532 度脫
海，[宮]1421 明相，[宮]2060 患者，
[宮]2108 於，[甲]2299 三果，[甲]2339
佛所非，[甲][乙][丁]2092 都久閭，
[甲][乙][丁]2244 而道不，[甲][乙]
1821 非一剎，[甲][乙]2263 以心爲，
[甲]1512 無取，[甲]1512 以無物，[甲]
1709 今巨唐，[甲]1816 不可，[甲]1816
得身報，[甲]1816 菩，[甲]2195 也海
會，[甲]2262 教故説，[甲]2266 此有
二，[甲]2266 無明了，[甲]2269 圓淨，
[甲]2273 難淨眼，[甲]2274，[甲]2274
釋者彼，[甲]2281 外道執，[甲]2299
得遂法，[甲]2299 得通三，[甲]2299
果起故，[甲]2299 金剛心，[甲]2300
人以天，[甲]2300 者也無，[甲]2305
諸境故，[甲]2317 開彼爲，[甲]2434
如來祕，[三][宮]2122 者案名，[三]
[宮][聖][另]1548 是緣是，[三][宮]
[另]1435 城中買，[三][宮]1548 後法，
[三][宮]2059，[三][宮]2060 東都造，
[三][宮]2122 主百怪，[三]193 水神
名，[三]2041 矣便至，[三]2102，[三]
2103 難明大，[三]2108 以權居，[三]
2149 摩伽陀，[聖]425 要是曰，[聖]
1509 阿耨多，[聖]1537 成就，[聖]
2157 處謂天，[聖]2157 止王即，[另]

1543，[宋][宮]1670 爲師持，[宋][元]
1809 僧中具，[宋]1331，[乙]、至經
[原]2408 聚也，[乙]1200，[原]1981 願
往生，[原]1311，[原]2196，[原]2339。

住：[甲]1782 道中舊，[明]1584
劫，[三][宮]2053 其間乃。

捉：[三]1441 長老難。

子：[甲][丁]2092。

自：[原]1201 等覺。

作：[三][宮]1435 起欲恚，[三]
[宮]631 癡不可。

坐：[三][宮]1471 屏處，[聖]1428
住處以。

志

表：[原]2339。

誠：[甲]893 心懺悔。

出：[宮]2122 曰藿香。

慈：[宋][元]2103 請不爲。

存：[三][宮][聖]481 在。

大：[元][明]2016 智心如。

惡：[甲][乙]1822 性不定。

急：[聖][另]790 欲不同。

記：[甲][丙]2087 曰六十。

了：[三][宮]2122 不知豈。

立：[明][宮]585 聲聞緣，[三][宮]
309 精進一，[三][宮]656 勤苦行，[宋]
[宮]585 菩薩供。

戀：[三][宮]401 慕此典。

令：[明]278 意常安。

迷：[三][宮]606 惑忽忽。

念：[三]109 八曰正。

乞：[元][明][宮]403 求修道。

氣：[明]2076。

勤：[明][甲]1177 求不退。

去：[甲]1111 路迦麼，[明]213 其邪僻，[三]212 離放逸，[三]401 超絶無。

趣：[三]184。

忍：[三][宮]1421 非吾謂。

上：[三][宮][聖][另]281 是爲次。

士：[三][宮][聖]425 勉出五，[三][宮]635 忽至此。

事：[三]184 就神智，[三]201 求。

思：[三]1 邪，[三]1 邪語邪，[三]1 正語正，[三]26 正語正，[乙]2370 求亦復，[元][明]425 雜碎勤，[元][明]425 至。

天：[三]193 立王唯。

土：[宋][明]2122 人別不。

亡：[元][明]225 還云何。

妄：[甲]1828 心者無，[三][宮]602 念是爲。

忘：[宮]425 存聽法，[宮]585 不馳騁，[宮]817 色欲女，[甲]1721 斯意故，[甲]1805 或明是，[明]2123 念女色，[三][宮][聖]1462 都無供，[三][宮]2103 之所之，[三]213 樂亦然，[三]221 失須，[聖]1723 念無智，[聖]2157 榮辱潔，[另]1543 等方便，[宋][宮]222，[宋][明]212 十力四，[宋][聖]425 邪本是，[元]2016 氣眇然，[元]2103 三女邪。

望：[三][宮]310 饒財珍，[元][明]425。

悉：[甲]1718 二乘常，[甲]1782

陀此名，[甲]1823 如是菩，[甲]1925 令，[甲]2249 兩本是，[三]6 諷當從，[三][宮]381 平等何，[三][宮][聖]627 懷恐，[三][宮]263 存法要，[三][宮]263 能忍彼，[三][宮]263 無上正，[三][宮]415 令群生，[三][宮]425 無所著，[三][宮]604 不忘，[三][宮]637 意大歡，[三]20 善，[三]198 不畏或，[三]291 發，[聖]318 佛道解，[聖]2060 尋籌致，[元][明]266 無著，[知]266 無爲其。

仙：[三]192 王仙及。

想：[明]598 得智慧。

心：[明]310，[三][宮][知]598 同等當，[三][宮][知]598 則爲度，[三][宮]266 諸法無，[三][宮]310 清淨無，[三][宮]496 富梵志，[三][宮]496 即念言，[三][宮]606 不復隨，[三][宮]627，[三][宮]2042 於諸樂，[三]118 所奉王，[三]493 所願或，[元][明]125 二。

行：[三]26 捨離諂。

性：[明]2060 淳直。

恙：[三]2149 沿波討，[元][明]2145 沿波討。

已：[三][宮]、以[知]598 願無上。

逸：[宋]、忘[明]2145 妙極躡。

意：[明]2076 參尋屬，[三][宮]384 要堅固，[三][宮]2053 過護浮，[三]184 有一臣，[原]905 甘味多。

應：[原]1297 有增減。

在：[甲]2035 在安養。

者：[乙]2393 當坐少。

眞：[甲]、志純眞淳[乙]1736 純源莫。

之：[三][宮]590。

支：[甲]2035 結壇祈，[甲]2173。

止：[明]185 三四出，[三][宮]323 居家多。

至：[宮]310 清淨無，[宮]425，[宮]2122 言世有，[甲][乙]1909，[甲][乙]1909 心五體，[甲]850 心聽，[甲]974 意修行，[甲]1103 心誦呪，[甲]1728 即願未，[甲]1922 誠心，[甲]2053 誠願力，[明]321，[明]1217 誠心日，[明]321 心恭敬，[明]565 求道所，[明]978 心於舍，[明]1168 心持誦，[明]1217 心作法，[明]1376 心憶念，[明]1409 誠，[明]2034，[明]2153 長者經，[三][流]360 願願已，[三]546 心不退，[三]956 誠專心，[三][宮]635 故與，[三][宮]2122 長者經，[三][宮]2122 心即從，[三][宮]273 念堅固，[三][宮]281 典籍得，[三][宮]342 云何豈，[三][宮]401 執禪定，[三][宮]425 大，[三][宮]589 泥洹修，[三][宮]627 堅，[三][宮]627 志王阿，[三][宮]635 乘順，[三][宮]2122 心三自，[三][宮]2122 心受不，[三][宮]2122 於善二，[宋][宮]、行[明]2034 就莫不，[乙]1909 佛南無，[元][明]438 誠信禮，[元][明]889 心，[元][明]890 誠持誦，[元][明]890 心持誦，[元][明]999 心受持，[元][明]1392 心誦持，[元][明]1398 心懺悔，[元][明]1400 心受持，[元][明]－[宋]46 在貪欲，[元][明][聖]211 心供設，[元][明]244 心持誦，[元][明]244 心專注，[元][明]259 心作佛，[元][明]491 巍十方，[元][明]594，[元][明]843 誠歸命，[元][明]845 誠心能，[元][明]882 誠彼人，[元][明]882 心，[元][明]882 心持誦，[元][明]934 心持，[元][明]940 心誦，[元][明]1105 心諦聽，[元][明]1165 心專注，[元][明]1191，[元][明]1191 念，[元][明]1191 心持誦，[元][明]1191 心供養，[元][明]1191 心於彼，[元][明]1191 心專注，[元][明]1235 誠讀誦，[元][明]1257 心持，[元][明]1283 心清淨，[元][明]1283 心依法，[元][明]1284 誠齋，[元][明]1301 則無殊，[元][明]1347，[元][明]1359 心故獲，[元][明]1370 心持誦，[元][明]1371 心受持，[元][明]1383 心受持，[元][明]1404 心以乳，[元][明]1407 心持誦，[元][明]1408 心於一，[元][明]1411 心持誦，[元][明]1473 心恒觀，[元][明]2122 求出世，[元]937 心稱念，[元]1257 心歸命，[元]1257 心虔誠，[元]1257 心齋童，[元]1418 心供養，[元]2122 心敬禮。

治：[乙]2092 輒以山。

致：[明]433 大道無。

智：[甲]2017 切冥加，[明]2154 樂經，[明]293 求不能，[明]293 求究竟，[明]1543 非等智，[明]1547，[明]2154 求一妙。

誌：[宮]1912 等腥等，[甲][乙][丙]2092，[甲]2012 公云本，[甲]2012

公云佛，[甲]2183 記十五，[明]2145 深，[三]2088 卷下，[三][宮]2034 典墳僧，[三][宮]2060 何耶最，[三]2088，[三]2149，[宋][元]2088 封疆篇，[宋][元]2088 卷上，[元][明]2060 上分身。

忠：[聖]2157 筆受。

主：[元]、至[明]1392 心念誦。

子：[甲]1771 父名修。

恣：[甲]1805 受。

豸

螺：[宮]2121 唯取崩。

象：[宮]2060 得存性。

郅

邸：[宋][宮]2103 諦之囚。

帙

怢：[宮]1545 略聰，[宋][元][宮]1562 略所造。

卷：[三]2060。

袟：[宋][宮]2060 横經。

七：[宮]2060。

袠：[三][宮]2103 斯。

秩：[宮]310，[甲]1737 改名分，[三]、袟[宮]2122 莊飾。

袂：[甲]1913 不與他。

紩：[甲]1717 故。

軸：[甲]2202 六百五。

撰：[乙]2173 未到南。

制

別：[甲]2128 事之辞。

掣：[甲][乙]852 諾，[甲]874 於自心，[三][宮]2121 衣，[原]2408 開。

持：[宋][宮]1428 戒癡狂。

刺：[三]1162 喃頞奴。

剬：[宮]598 者所以，[三][宮]2122，[聖]26 阿難若，[石]1509 止若違，[元][明][聖]158 眼如來。

斷：[甲][乙]1822 自地，[三][宮]332 心意從。

對：[甲][乙]1822 伏嗔等。

翻：[聖][甲]1733 作故名。

副：[甲][乙]2390 風指私，[甲]2290，[甲]2293 記之道，[原]、添[甲]2410 無。

或：[甲][乙]1822 不畜金。

教：[三][宮]1491 戒或。

結：[三][宮][聖]1428 戒癡狂，[三][宮]1428 戒癡狂，[聖]1428 戒癡狂，[另]1428 戒癡狂。

利：[宋][元]、判[明][宮]784 命不死。

例：[三]2154 即是毘。

判：[三]、則[石]2125 不窺看，[三]2125 不許爲，[三][宮]2060 儀共遵，[三][宮]2102 因，[三][宮]2122 命不死，[三][甲]2125 在亡愆，[三]2110 入儒流，[三]2123 命不死，[聖]1721 名則以，[原]1819 無生於，[原]1829 有無學。

齊：[原]2248 未捨執。

剎：[三][宮]2034 諸菩薩。

時：[甲]2255 屬煩惱。

説：[三][宮]1435。

問：[原]2408 比丘。

五：[三][宮]2109 禮。

削：[宮][甲]1805 去或可。

則：[宋]468 戒。

詔：[明]310 譯，[明]1591 譯，[三][宮]681 譯，[三][宮]1455 譯，[三]110 譯，[三]310 譯，[宋][明]1081 譯，[宋][元]1452 譯，[元][明]985 譯。

折：[宮]403 等如虛。

止：[明]210。

至：[明]2102 無期哀。

製：[丙]2163 爲傍以，[宮]411 摧伏諸，[甲][丁]2092，[甲]1723 朝談講，[甲]1786，[甲]1816 多，[甲]1846 述，[甲]2087 無，[甲]2087 也聞諸，[甲]2092 甚精佛，[三]2125 造詩篇，[三]2154 作衆經，[三][宮]1548，[三][宮]2103 案二教，[三][宮]1562 造安置，[三][宮]1593 禮作訓，[三][宮]2034 序，[三][宮]2053 法泣麟，[三][宮]2060，[三][宮]2060 銘兩叙，[三][宮]2060 銘宗正，[三][宮]2060 請戒文，[三][宮]2060 疏乃行，[三][宮]2060 序具見，[三][宮]2060 制新序，[三][宮]2102 明佛論，[三][宮]2102 去食則，[三][宮]2103，[三][宮]2103 聖人不，[三][宮]2122 六師而，[三][甲][乙]2087 奇諸處，[三]2103 文圄之，[三]2110 治丈六，[三]2145 唄記第，[三]2149 遠鴈門，[宋][宮]2121 七女言，[元][明]2149 序，[原]1700 般若之，[原]1818 論之大。

剷：[宮]1547 飲食使，[三][宮]1547 亂故若。

炙

便：[聖]1428 身若比。

吹：[三]194 盡捨離。

灰：[宮]2121 之或焚，[三]125 地，[聖]157。

灸：[明]2016 病得穴，[明]2076 瘡瘢上，[三][宮]2121 不得，[三]1 藥石療，[三]2125 頂無假，[宋]2122 合和湯。

疚：[宮]614 苦藥入。

然：[三]2123 千燈一。

燒：[三][宮]2123 燈而婆。

炭：[明]、灰[宮]720 還冷水。

天：[乙][丁]2244 身苦。

心：[三]201 如。

亦：[聖]1462 瘡隨一。

煮：[聖]211 之。

治

白：[三][宮]1428 彼比丘。

懲：[三]374 之王雖。

池：[三]2103 其花大，[元][明]2122 因搆堂。

持：[宮]1425 故塔得，[甲]、法[乙]2879 守，[甲]1003 彼等難，[甲]897 已次應，[甲]2263 門十一，[別]397 戒衆，[明]1579 故若有，[明][甲]964 壇場受，[三]190 光澤之，[三]2043 若衆僧，[三][宮]828 地菩，[三][宮]279，[三][宮]657 無價寶，[三][宮]812 床臥具，[三][宮]1523 此文顯，[三]

[宮]2122 犯憲章，[三][甲]955 地等作，[三][甲]1333 房舍香，[三]125 阿練行，[三]374 於戒菩，[三]682 八支聖，[三]988 一切衆，[三]1564 舍汝所，[三]1593 四，[聖]231 正行報，[聖]1426 若波羅，[宋][甲]901 病之時，[宋]374 行路以。

除：[甲]1829 釋中有，[甲][乙]1821 中際餘，[甲]1744 彼，[甲]1924 其病而，[聖]1721 衆生心。

楚：[三][宮]1442 於我今。

地：[甲]2217 心地時，[甲]2219 波羅蜜，[乙]2396 建立大。

斷：[甲][乙]1822 顯色等，[甲][乙]1822 緣供奉。

塠：[明]232 打無能。

對：[宮][聖][另]675 心增長，[原]1851 往。

法：[甲][乙]1822 不同也，[甲]1828 相對者，[甲]2261 以立，[甲]2266 文對法，[明]1562 遠分對，[三][宮]1810 同前作，[三][宮]285 事現在，[三][宮]1595，[三][宮]1610 四惡道，[三][宮]1809 應至僧，[三][宮]2060 舟，[三]99 城壁門，[三]161 國民貧，[三]1563 故非非，[三]2122 三被殘，[聖]、去[宮]425 衆瘡心，[聖][另]1458，[聖]272 國理民，[另]1443，[宋][宮]620 噎法，[宋][元]2154 無經字，[原]1763 也更就。

伏：[乙]2263 迷理之。

浯：[三][宮]2060 水而集。

復：[元][明]658 嚴飾如。

蠱：[聖]224 道。

害：[三][宮]2103 于家。

誨：[明][聖]663。

活：[宮][知]741 法分別，[宮]397 畢竟不，[宮]607 病痛病，[宮]2121 病罪人，[宮]2123 生致財，[甲]1816 體故對，[甲]2250 命名仰，[甲]2266 道尚有，[甲]2266 畏惡，[三][宮]376 身體作，[三][宮]607 設，[三][宮]624 不恐不，[三][宮]1425 法比丘，[三][宮]1474 沙彌尼，[三][宮]2059 若不啓，[三][宮]2122，[三]212 百秋見，[聖]225 法與道，[另]1442 道，[宋]2146 經一卷，[宋][元][宮]、汚[明]1442 汝不以，[宋]908，[乙]2390 路次，[元][明][宮]349 五者直。

及：[三][宮]374 心王。

將：[三][宮]1425 令淨然。

苦：[三][宮]639 療。

理：[和]293 咸令除，[三]153 務終，[三]187 之。

立：[三][宮]2109 一年。

療：[石]1509 治將。

論：[甲][乙]1822 故依第。

名：[聖]2157 禪病祕。

洺：[三][宮]2122 州。

洽：[甲]1735 者對治，[甲]2035 漢武帝，[明]1425 若有戾，[明]1545。

清：[三][宮]1604 淨。

去：[三][宮]812 之。

若：[甲]1805 賊下明。

沙：[元]1562 門立法。

苦：[三][宮]1466 者犯二。

奢：[三]1441。

沈：[甲]2217 有異也，[明]2076，[原]2416 有異也。

識：[甲]1828 身遍。

始：[三][宮]2060 巡行處，[三][宮]2121 王主治，[三]1441 病差比，[三]1579 故，[三]2146 年沙門，[聖]2157 意經上，[宋][宮]2102，[元][明][宮]2103 朕意如。

恃：[三]100。

授：[三][宮]585。

俗：[三][宮]481 不失精。

隨：[聖]663 其罪不。

所：[三][宮]1435 衆官問。

胎：[甲]2266 得爲因。

塗：[三][宮]1463 眼。

為：[宮][聖]790 國不正。

限：[三][宮]1809 者是。

相：[宮]2121 罪王。

行：[甲][乙]1098 法決定，[甲]1709 行動念。

沿：[三][宮]2102 不隔五。

冶：[福]279 眞金作，[宮]2059，[甲]1736，[甲]2128 也從金，[甲]2128 也謂姿，[甲]2290 方，[明]1646 金先除，[明]2103 城，[明]2103 斥田粟，[三][宮][甲]2087 取正典，[三][宮]681 容而進，[三][甲][乙]901 二合三，[三][甲]901 那去，[三]2059 丈六金，[三]2145 即收拾，[聖][知]1581 轉增明，[宋][明][宮][甲][乙]901 二合下，[宋][元][宮]2123 家，[乙]1796 平地畫，

[乙]2157 理教圓，[元][明]、洛[宮]2059 城寺釋，[元][明][宮]2102 城慧琳，[元][明]2059 城，[元][明]2059 城寺今，[元][明]2059 城寺焉，[元][明]2060 城，[元][明]2060 城寺二，[元][明]2060 城寺釋，[元][明]2102 籍之心，[元][明]下同 2059 城寺春，[原]、冶[甲][乙]1796 亦無所。

詣：[甲]2410 山。

意：[宮]1593 種。

於：[甲]1003 四種妄。

欲：[宮]1545 法。

緣：[乙]1821 細故苦。

造：[甲]1795 業曠劫。

沾：[宮][甲]1805 舌故二，[甲]1733 及無際，[三][宮][聖]425 波其佛，[三][宮]2102 受萬有。

沼：[甲]2196 云病有，[原]2244 反或作。

詔：[三][宮]2104 書侍御，[元][明]2060 曰。

知：[乙]1822 下等正。

智：[甲]2250 欲見修。

諸：[甲]1733，[甲]1828 餘受數。

住：[明]624 於功德。

峙

崎：[宮]2087 刻雕奇。

相：[明][宮]657 當取如。

有：[三][宮]2122 同王者。

跱：[三]、時[聖]190 立猶如，[宋]152 刹于茲。

祑

祑：[宮]2102 望之義，[明]1545
略有姓。

陟

德：[宋]152 重自。

涉：[明]261 諸山谷，[三]、師
[宮]2103 幽神季，[三][宮]397 捨山
能，[三][宮][甲][乙][丙][丁]848 他方
所，[三][宮]2053 履山川，[三][宮]
2060，[三][宮]2060 清信之，[三][宮]
2103 講肆以，[三][宮]2122，[三]212
王位，[元][明]224 者彌，[原]、[甲]
1744 路而行。

他：[宮]272。

桎

至：[甲]2128 地也楛。

挃：[聖]1464 鎖王日，[元][明]
[聖]545 邏莎亦，[原]2001 僧退後。

致

阿：[明]1336 蜜致致。

拔：[甲]1792 苦大哉。

被：[甲][乙]2254 麁垢染，[甲]
2263 會文有，[甲]2281 加言。

別：[三][宮]1563 問諸識。

常：[明]291 逮得諸。

絺：[三][宮]1464 平旦著。

豉：[三]984 反伊。

達：[三]2145 奇。

到：[宮]425，[宮]481，[宮]486 具
表上，[甲][乙]1866 三十二，[甲][乙]

2426 本源何，[甲][乙]2426 極底，[甲]
1700，[甲]1775 解脫，[甲]2186 之前
為，[甲]2204 心源但，[甲]2792 過初
乞，[明]2042 此命已，[三][宮]285 慧
所歸，[三][宮]429 正覺今，[三][宮]
816 他方國，[三][宮]1646 阿耨多，
[三][宮]2123 但當食，[三]101 求如
是，[三]206，[聖]200，[聖]200 成佛
故，[聖]210 諍，[聖]225，[宋][元][宮]
269，[宋][元][宮]1442 敬問曰，[宋]
193 得道，[乙]2391 口從小，[乙]2391
口二風，[乙]2391 口三誦，[乙]2391
左拳，[元][明]190 此時彼，[元][明]
125 無為，[元]2122 毀大行，[知]418，
[知]598 平等諸。

倒：[三][宮][聖][知]1579 教授
所，[三][宮]585 行有，[三][宮]720 掣，
[原]2339 薩婆若。

得：[三][宮]425 相好諸，[聖]210
滅度從。

改：[原]2397 也文。

故：[甲]2271 惑而已，[三][宮]
481 眾行來，[三][宮]607 無為從，[三]
[宮]2123 序，[聖]1763 問以遣，[宋]
[明]403 究竟根，[乙]1709 言品者。

還：[宮]1421 報偸羅。

獲：[三]125 斯報若。

假：[宮]817。

教：[甲]2068 殊不足，[甲]2250
誤錯光，[明]2076 師上堂，[明]2076
師上堂，[明]2076 有僧問，[宋]2110
也裂見。

敬：[甲][乙]1832 禮由敬。

救：[聖][甲]1763 苦衆生。

然：[宮]425 成佛度，[宋]186 得佛今。

殺：[甲][乙]2309 生罪得。

設：[乙]2263 會釋也。

世：[甲]1736 即其義。

受：[聖]211 重殃。

數：[甲]2128 此云覽，[甲]2269 可知〇。

說：[聖]1421 初敬。

思：[明]2154 患經一，[乙]2157 經一卷。

戲：[宋][宮]817 之世尊。

形：[聖]2157 此妄談。

與：[三][宮]2060 此嘗講。

欲：[三]、故[宮]607 無爲是。

政：[元][明]2109 但欲，[元][明]2122 使始末。

之：[三]76 虔直自。

知：[甲]、智[乙]931 二合，[三][甲][乙]1125 二合娑，[三]291 如。

胝：[久]485 天，[明]379 彼國土，[明]480 劫當得，[明]1341 百千等，[明]1341 百千算，[明]1341 等數又，[明]1341 劫而可，[明]1341 劫中所，[明]下同 1341 百千事，[三][宮]、胝[甲]901 那由他，[三][宮][聖]485 諸比丘，[三][宮]379 數，[三][宮]379 有佛刹，[三][宮]664 那由，[聖]485 百千菩，[聖]下同 485 那由他，[宋][元]1341 阿字與，[元][明][聖]664 菩薩及。

止：[宋]1694 利也。

至：[宮]2025 敗德誤，[甲]1775 令報應，[甲]1969，[甲]1973 遠者獲，[甲]2036 亡國二，[明]213 憂樂，[明]553 夭亡父，[明]220 命終或，[明]263 轉輪聖，[明]433 寂滅遵，[明]460 彼土應，[明]541 於，[明]606 所，[明]624 菩薩二，[明]638 識從識，[明]651 比丘第，[明]1331 死末世，[明]1341 等數將，[明]2053 殷，[明]2123 此，[明]2123 大怨各，[明]2154 此歌詠，[明]2154 致涼州，[三][宮]309 此，[三][宮]589，[三][宮]754 如是復，[三]375 大般涅，[三]1331 重能消，[三]2121 貴莫得，[宋][宮]2123 涅槃不，[元][明]152 短恍惚，[元][明]152 短身安，[元][明]212 身證得，[元][明]1451 疑惑，[元][明]2103 尊居萬，[原]、至[甲]2006 諸家多。

智：[甲]1698 不乖也，[明]425 慧力乃，[三][宮]317 慧得報。

置：[甲]893，[甲]1092 禮拜當，[甲]2778 使命故，[三][宮]2121 井，[三][宮]2122，[三][甲]1332 太平我，[三]212 眞珠車，[三]1191 敬足下，[三]2112 惑案三，[宋][元][甲]1080，[宋]1092 令章異，[乙]1821 甘蔗園。

秩

衰：[三][宮]2103 法河依。

帙：[宮]2102 豈徒然。

脛

脛：[甲]2128 也經作，[三]、[宮]657 爲梯。

狝

狨：[三]793 狗蚖蛇。

袟

帙：[宮]2122 除新翻，[三][宮]2034 一閲，[宋][宮]2049 底也譯。
秩：[元][明]2060 永徽二。

俟

待：[宋][元][宮]541 水火糗。

猁

犂：[三][宮]2122 狗。
獺：[三][宮]1462 亦如前。

袠

帙：[三]201。

窒

空：[原]947 底十三。
窟：[甲]1098嚇枳耶。
室：[三][宮]2122 利隋言，[三][乙]1092 隸拽，[宋][元]985 里迷邏。
咥：[三][宮]1458 里迦僧。
室：[宋]1095 巨窒。
喹：[宮]1459。
質：[明]2076。

絑

絑：[甲]2128 也郭注。

喹

帝：[三]1343 律沙。
唧：[宮]263 其地處。
室：[明][乙]1110 邏二合。

智

寶：[宮]443 焰海如，[原]2409 冠背圓。
報：[甲]、智[甲]1782 三化身。
悲：[甲]2214 證心大。
彼：[甲]1733 門以能。
不：[乙]1736 斷。
部：[原]2431 灌頂學。
禪：[丙]1056，[甲][丙]1056 度相捻。
乘：[三][宮][聖]376 者是則，[三][宮]673 同。
癡：[甲]951 勘福有，[甲]2266 如是六，[甲]2266 增方説。
持：[甲]923 功德海。
慈：[甲][乙]1929 力弘深。
大：[元][明]545 慧大導。
得：[甲]2214 故二手，[三][宮]1545 於彼身。
德：[原]2196。
地：[甲]1733 雲及，[甲][乙][丙][丁][戊]2187 者合第，[甲]1724 業初地，[甲]1816 初發勝，[甲]1851 境界聞，[甲]2428 薩埵摩，[三][聖]1579 論卷第，[聖]、智[聖]1733 等法光，[聖][甲]1733 論摩尼，[乙]901 八娑地，[乙]1736 諸佛法。
燈：[甲]1736 體釋曰。

諦：[甲]1786 皆觀十，[三][宮]2104 不觀空。

短：[三][宮]2123 者。

斷：[聖]1548 若智生。

法：[三][宮]278 觀察無，[宋][元]1545 者謂無，[原]2397，[知]1522 求佛大。

夫：[三]1485 所能思。

佛：[甲][乙][丙]2397 餘四維，[原]2412 五佛功，[原]2362 慧力應。

福：[元][明][宮]614 故有。

根：[三][宮]1521 易可開。

故：[甲][乙]1822 果三，[甲]1736 而起化，[甲]1828，[甲]2337 五分法。

果：[甲]2035 成身與。

海：[明][和]293 勇猛。

和：[三][宮]616 柔軟猶，[三]2060 慈二禪。

弘：[聖]2157 仁筆受。

後：[甲]2266 得智故。

化：[丙]2396。

壞：[宮]278 願。

惠：[甲]2219 而作，[甲][乙]2263 也文，[甲]2219 佛説。

會：[聖]278 一切佛。

慧：[甲]1912 燈圓照，[甲]2410 一智也，[甲]2812 是無學，[甲][乙]1822 及論故，[甲]1782 資糧賛，[甲]1821 或名劣，[甲]1929 破果報，[明]261 我亦當，[三][宮]425 消衆塵，[三][宮]671 問，[三][宮]801，[三][宮]1546 境界地，[元][明]1043 解脱知，[元][明]2060 達遠公。

即：[甲][乙]1822。

濟：[宮]310 者來教。

見：[聖][另]1543 現在，[另]1543。

教：[甲]2362 者分文。

皆：[甲]1778 即法性，[甲]2193，[甲]997 清淨，[甲]1728 菩提涅，[甲]1733 契眞於，[甲]1778 名爲，[甲]1782 斷煩惱，[甲]1816 資，[甲]1973 是故一，[甲]2274 具三相，[甲]2274 無礙故，[聖][甲]1733 大益物，[乙]2296 是用耳，[原]、[甲]1744 不見得，[原]2339 彼文故。

解：[甲]1709 解云如，[甲]1841 正取，[宋][元]1545。

界：[甲]1709 普照。

矩：[甲]2068 者。

牢：[甲]2400 法薩埵。

理：[甲]2214 明之位，[甲]2274 證所觀。

力：[明]、－[元]2122 挑頭而。

利：[原]2897 慧福德。

良：[甲]2130 亦云好。

兩：[宮][聖]2060 雲。

妙：[宮]761 慧無戲。

滅：[甲]1920 定。

難：[甲]952 無二無。

能：[三][宮]1521 有三相。

品：[乙]1736 總攝佛。

齊：[甲]1851 知世俗，[甲][丙]938 前於白。

起：[甲][乙]1822，[甲][乙]1822 依身定，[甲]1728 圓明，[甲]1733 念

常行，[甲]1733 善根五，[甲]1733 無寄名，[甲]2337 依果海，[甲]2778 萬行故，[聖][甲]1733，[乙]1821 果雖作，[乙]2309 二種身，[原]1744 心，[原]1818 也爲何。

切：[三][宮]266 無有二。

取：[乙]2782 實有非。

忍：[三][宮]1546，[聖][另]1458 如次配。

如：[宮]403 勤心受，[甲]1709 有無，[甲]1733 難測故，[甲]1828 彼虛妄，[甲]1924 幻之門，[乙]1225。

三：[聖]99 寶成就。

僧：[宋][元][宮]630 之士入。

刹：[宮]279 境界清。

善：[宋][元]397 慧皆悉。

神：[宮]1530 通多分。

聖：[明]1656 人識佛。

施：[甲]850 無畏大。

時：[甲]1735 差別有。

實：[丙]2397 業中云。

世：[甲]2255 所言種，[三]186 寶得無。

事：[甲]2263。

是：[甲]2266 至非凡。

四：[乙]1141 波羅蜜。

訟：[三][宮]721 見他田。

所：[甲][乙]1822 成德，[甲]1733 起。

體：[聖]305 一切法。

替：[甲]1782 贊曰雖。

通：[乙]2263 所變。

脫：[三][宮]1646 義中説。

未：[明]1547 未。

謂：[甲]2287 雖顯一，[原]、[甲]1744 求。

聞：[三][聖]375 弟。

無：[三][宮]、－[聖][另]1543 力。

智：[宮]310 慧菩薩，[宮]1543 未知智，[甲][乙]1816 讚法，[甲]1828 氣我慢，[三][宮]278 慧聖行，[三][宮]278 金剛輪，[三][宮]1543 結不悉，[三][宮]1550 他心智，[三][聖]158 樂調伏，[三]2125 禪師也，[聖]190 諸諦及，[聖]1509 是人得，[宋][宮]721 斷除於，[乙]1816 因已下。

點：[三]125 慧面目。

相：[甲]2219 自然智，[甲]2410 也以此，[甲][乙]1822 二智何，[甲][乙]2397 四，[甲]1733 寶幢海，[甲]1733 四大願，[甲]2274 智智，[宋][元][宮]268 此智無。

香：[甲]1709 謂遠巔，[元]3 觀現前。

行：[聖]397 故永斷。

形：[明]921 形。

性：[宮]1513 及定彼，[三][宮]2059 聰。

婿：[三][宮]2121 還國禍。

也：[三][宮]1546 聖人離，[原]、[甲]1744 問今明。

益：[乙]2397 慧令，[知]414 勤苦行。

義：[甲]1736 即是妙，[甲]2195 備。

因：[甲]2273，[甲]2273 與無常。

音：[三][宮]278 問答無，[元][明]278 令一切。

有：[宮]1552 依於諸，[三]1667 之所證，[三][宮]421 能知一，[三]397 相貌無。

於：[甲]1828 悲擬利。

欲：[聖]1763 是識之。

緣：[甲]1828 智緣過，[原]1840 謂見杌。

哉：[三][宮]887 出現大。

贊：[甲][乙]914 智。

增：[三][宮][聖]397 句即平。

者：[宮]342 慧是眞，[宮]1547 攝一切，[宮]1610 以通達，[宮]618 明見此，[宮]1530 爲所緣，[甲]2219 菩提心，[甲]2230 具足是，[甲][乙]2211，[甲]1709 斷此故，[甲]1778 爲二今，[甲]2219 謂佛樹，[甲]2219 謂能求，[甲]2219 也文又，[甲]2271 不孤起，[甲]2274 能照顯，[甲]2312 境離言，[甲]2339 不令得，[明]99 心解脫，[三]201 極爲淺，[聖]1548 云何思，[乙]2263 斷，[元][明]2016 普賢大，[元][明]639 速證解，[原]、者[甲]、智[甲]1781 所，[原]1744，[原]2317 爲。

諍：[宮]397 説是法。

之：[原]2231 別名能。

知：[丙]2381 藏海中，[丙]2778 無知體，[丁]1830 如第二，[宮]、一別397 法性平，[宮]461 昔，[宮]649 能，[宮]721 去涅槃，[宮]882，[宮]1522 故以，[宮]1571 人妄分，[宮]1633

相違故，[宮]1646 謂如實，[宮][聖]425 心見勝，[宮][聖]1547 云何立，[宮][石]1509 四無所，[宮]223 者知法，[宮]278 信三昧，[宮]314 然彼智，[宮]357 名爲淨，[宮]376 説而言，[宮]402 覺智，[宮]421 心堅固，[宮]598 順所度，[宮]632 無礙智，[宮]656 行度無，[宮]671 不見，[宮]741，[宮]821 不以憍，[宮]1435，[宮]1451 作如是，[宮]1509 而，[宮]1522，[宮]1546 是念前，[宮]1552 未來修，[宮]1592 法界一，[宮]1598 於所詮，[宮]1604 説有衆，[宮]1648 至此時，[宮]2121，[宮]2121 天，[宮]2123 人守，[和]293 能明了，[甲]1718 寶，[甲]1733 無妄能，[甲]1735 與理冥，[甲]1736 海難思，[甲]1736 相爲方，[甲]1821 見卯，[甲]1821 令邪念，[甲]1821 取下分，[甲]1828，[甲]1832，[甲]1839 然既頌，[甲]2128 反王逸，[甲]2130，[甲]2266 及後得，[甲]2290 身也又，[甲]2337 故如經，[甲]2366 論成約，[甲][乙]2250 夜減文，[甲][乙][丙][丁][戊]2187 見，[甲][乙][丙]1074 二合婆，[甲][乙]1796 者一切，[甲][乙]1821 故故，[甲][乙]1821 類至加，[甲][乙]1822 暗故或，[甲][乙]1822 得永不，[甲][乙]1822 慧住要，[甲][乙]1822 見卯，[甲][乙]1822 見勝餘，[甲][乙]1822 見蘊，[甲][乙]1822 亦得名，[甲][乙]1929 動無明，[甲][乙]2194 圓明是，[甲][乙]2207 友三十，[甲][乙]2211 不生不，[甲][乙]

2219 不生名，[甲][乙]2219 見義具，[甲][乙]2250 應不名，[甲][乙]2259 諦現觀，[甲][乙]2261 障淨智，[甲][乙]2390 金剛，[甲][乙]2393，[甲]951 見狹劣，[甲]952 者見，[甲]1512 力現見，[甲]1512 則知如，[甲]1708 眞如第，[甲]1709，[甲]1709 見故，[甲]1709 識起相，[甲]1709 所求果，[甲]1710 簡名正，[甲]1728 成就能，[甲]1733，[甲]1733 不思議，[甲]1733 之德八，[甲]1735 由此佛，[甲]1735 有棲止，[甲]1736，[甲]1736 境，[甲]1742，[甲]1744 者明此，[甲]1775 之因亦，[甲]1781 見功德，[甲]1781 諸佛祕，[甲]1782 眾生畢，[甲]1783 之光能，[甲]1792 證，[甲]1806 命根不，[甲]1816 彼岸故，[甲]1816 即五分，[甲]1816 淨中經，[甲]1816 同一住，[甲]1821 或名邪，[甲]1821 境界唯，[甲]1828 遍計無，[甲]1828 斷諦名，[甲]1828 見無學，[甲]1828 三昧方，[甲]1828 則是，[甲]1828 障故法，[甲]1828 者知分，[甲]1830 境遍故，[甲]1833 問若爾，[甲]1839 宗，[甲]1841 生故故，[甲]1848 者世人，[甲]1918 人開，[甲]1918 外道也，[甲]1925，[甲]1929 見見佛，[甲]1929 若斷同，[甲]1969 識隨方，[甲]2008 心無病，[甲]2128 也尚書，[甲]2186 眾生根，[甲]2196 境言我，[甲]2214 見，[甲]2217 院又云，[甲]2219 見等者，[甲]2219 者理無，[甲]2254 根亦知，[甲]2254 名，[甲]2261 此論主，[甲]2261

境界問，[甲]2261 之人既，[甲]2262 依所變，[甲]2263 遙知依，[甲]2266，[甲]2266 導悲而，[甲]2266 諦現觀，[甲]2266 而，[甲]2266 根乎，[甲]2266 即緣彼，[甲]2266 離虛妄，[甲]2266 乃至有，[甲]2266 品三假，[甲]2266 若自性，[甲]2266 識善巧，[甲]2266 識無聞，[甲]2266 所取非，[甲]2266 無分，[甲]2266 相，[甲]2266 一切境，[甲]2266 依殊勝，[甲]2266 云何得，[甲]2266 云何知，[甲]2266 障淨智，[甲]2266 自性本，[甲]2269 故是明，[甲]2269 證眞如，[甲]2274 答佛恒，[甲]2274 是，[甲]2284 義，[甲]2285 眞如一，[甲]2290 廣字記，[甲]2297 障未來，[甲]2299 顛倒性，[甲]2299 能知常，[甲]2299 意矣云，[甲]2324 斷證修，[甲]2378 作大導，[甲]2415 院第一，[甲]2748 願，[甲]2814 名識相，[別]397 無，[明]、明註曰智北藏作知 1551 根，[明]220 見應學，[明]220 見蘊若，[明]220 見蘊中，[明]1536 如是智，[明]1545 遍知二，[明]1545 學見學，[明][宮]1428，[明][宮]1552 心法但，[明][甲]997 見不著，[明][聖][另]1541 知及不，[明][聖]199，[明]100 者應當，[明]156 名於一，[明]220 見名無，[明]220 見蘊亦，[明]294 雜業力，[明]330 當省察，[明]380 觀此利，[明]670 生我，[明]721 者，[明]1433，[明]1450 我生已，[明]1544 者應遍，[明]1597 已入唯，[明]1636 邪，[明]1648 知此謂，

[明]2016 有無不，[明]2076，[明]2121 或謂智，[三]、[宮]618 翳心目，[三]153 未解人，[三]192 爲迅流，[三]220 解脫至，[三]220 一切相，[三]264 而說是，[三]1537 見具足，[三]1545 無色諸，[三]1582，[三]1582 知是名，[三]2122 此心即，[三][宮]、－[聖][另]1543 見無因，[三][宮]、智見知智[聖][另]1543 見，[三][宮]310 與慧而，[三][宮]379 者速詣，[三][宮]478 者不分，[三][宮]624 欲悉具，[三][宮]635 因緣起，[三][宮]649 諸因緣，[三][宮]1435 無學解，[三][宮]1443，[三][宮]1542 欲色界，[三][宮]1545 見現觀，[三][宮]1546 遍所知，[三][宮]1549 已知便，[三][宮]1551 者亦無，[三][宮]1562 欲習易，[三][宮]1563，[三][宮]1563 果故得，[三][宮]1579 相捨所，[三][宮]1585 所觀境，[三][宮][聖]1552 耶答喜，[三][宮][聖][另]285 止足樂，[三][宮][聖][另]1541 知及斷，[三][宮][聖]225 至凡人，[三][宮][聖]397 二者化，[三][宮][聖]425 自在他，[三][宮][聖]1536 解脫心，[三][宮][聖]1541 知及斷，[三][宮][另]1543 所更持，[三][宮]266 法自然，[三][宮]266 空法，[三][宮]271 示現種，[三][宮]272 見一切，[三][宮]278 具足智，[三][宮]278 覺不捨，[三][宮]283 十難處，[三][宮]286 離疑悔，[三][宮]292 如海無，[三][宮]292 十力，[三][宮]292 所趣達，[三][宮]309 淺者用，[三][宮]309

者化令，[三][宮]341 何者利，[三][宮]374 求於正，[三][宮]379 見無邊，[三][宮]397 故我禮，[三][宮]397 無，[三][宮]398 無損耗，[三][宮]411 見諸道，[三][宮]425 愛佛在，[三][宮]425 根侍者，[三][宮]465 如實修，[三][宮]481 習之迷，[三][宮]485 世尊我，[三][宮]493 者當尋，[三][宮]523 但深著，[三][宮]523 耳聾目，[三][宮]613 由前出，[三][宮]618 方便已，[三][宮]624 無極其，[三][宮]638 用憎人，[三][宮]648 若見樂，[三][宮]650 者樂於，[三][宮]656 甚深法，[三][宮]656 所修習，[三][宮]657 非智，[三][宮]666 寶藏大，[三][宮]670 而事不，[三][宮]671 成就，[三][宮]671 而無一，[三][宮]671 如實善，[三][宮]671 以爲因，[三][宮]746 何罪所，[三][宮]761 於彼境，[三][宮]785 無礙智，[三][宮]814 滿於不，[三][宮]815 諸通之，[三][宮]818，[三][宮]848 加持，[三][宮]1425 者宜時，[三][宮]1435 皆從和，[三][宮]1435 男子者，[三][宮]1453 見得圓，[三][宮]1459 男子過，[三][宮]1462 爲嘴無，[三][宮]1489 故，[三][宮]1506 是行，[三][宮]1509 能知如，[三][宮]1509 算師於，[三][宮]1509 者如上，[三][宮]1509 之人輕，[三][宮]1521，[三][宮]1521 從，[三][宮]1521 得阿耨，[三][宮]1521 之人而，[三][宮]1522，[三][宮]1522 力非成，[三][宮]1522 十方諸，[三][宮]

1541 知及斷，[三][宮]1543，[三][宮]1545 故名法，[三][宮]1545 見義復，[三][宮]1545 諸法性，[三][宮]1546 何所，[三][宮]1546 見他心，[三][宮]1546 所知故，[三][宮]1546 相是不，[三][宮]1546 耶答曰，[三][宮]1546 愚闇者，[三][宮]1547 更得智，[三][宮]1548 揣食不，[三][宮]1548 見解，[三][宮]1548 見解射，[三][宮]1548 見解脫，[三][宮]1548 如實，[三][宮]1549 現在前，[三][宮]1549 餘行，[三][宮]1550 男女長，[三][宮]1551 攝持義，[三][宮]1552 故說比，[三][宮]1552 忍，[三][宮]1558 廣說乃，[三][宮]1558 見皆不，[三][宮]1562 廣說乃，[三][宮]1563，[三][宮]1571 者觀諸，[三][宮]1572 始生若，[三][宮]1579 一由不，[三][宮]1581 故，[三][宮]1592 故亦如，[三][宮]1595 釋曰前，[三][宮]1599 是無倒，[三][宮]1602，[三][宮]1610 不，[三][宮]1610 見由自，[三][宮]1610 境如來，[三][宮]1646 隨性生，[三][宮]1646 以不除，[三][宮]1646 者則有，[三][宮]1648 此諦智，[三][宮]1648 是故名，[三][宮]1649 不從彼，[三][宮]2060 多事不，[三][宮]2102 如神既，[三][宮]2104 覺若非，[三][宮]2121 動搖譬，[三][宮]2122 者即語，[三][宮]2123 即說偈，[三][宮]2123 識愚鈍，[三][宮]下同 1537 見故我，[三][甲][乙]2087 之悟部，[三][聖][石]、－[宮]1509，[三][聖]99 諸比丘，[三][聖]1441 法人神，[三]1 明解經，

[三]99 實義實，[三]99 所知了，[三]99 足能令，[三]100 及渡，[三]100 眾生邊，[三]118 想吾定，[三]119 者自修，[三]125 者當作，[三]187 故求法，[三]192 識想忍，[三]203 見以其，[三]203 如燈滅，[三]212，[三]212 受正教，[三]220 見蘊而，[三]220 見蘊及，[三]220 見蘊若，[三]220 解脫到，[三]311 增益聞，[三]311 增益已，[三]374 弟子是，[三]374 若如是，[三]375 汝意若，[三]422 若來若，[三]639 故云何，[三]682 非所知，[三]682 及如如，[三]848 者，[三]984，[三]1011 亦不知，[三]1096 甚難得，[三]1341 解脫之，[三]1364 為諸天，[三]1426 男，[三]1533，[三]1562 起唯緣，[三]2059 新安道，[三]2112 不悟立，[三]2122 者所噇，[聖]26 已若得，[聖]99 富蘭那，[聖]99 慧力增，[聖][宮]1552 宿命者，[聖][甲]1733 第九許，[聖][甲]1763 有常非，[聖][另]285 奉一切，[聖][另]1543 非未，[聖][另]1543 竟未知，[聖][另]1543 現在前，[聖]1 如實觀，[聖]26，[聖]26 梵行者，[聖]26 慧勝逮，[聖]99 力所知，[聖]99 能贏智，[聖]99 繫正念，[聖]99 應，[聖]125 但未犯，[聖]125 人不問，[聖]158 無上正，[聖]189 慧勇健，[聖]210 壽壽中，[聖]210 者能斷，[聖]211 委悉問，[聖]211 者是為，[聖]221 遠，[聖]222 不，[聖]223，[聖]224 者甚，[聖]225，[聖]272 波羅，[聖]279 光一切，[聖]397 力名之，[聖]425 積菩薩，[聖]

627 者不當，[聖]1425 慧於正，[聖]1425 見成就，[聖]1509，[聖]1509 其力甚，[聖]1509 如佛利，[聖]1509 是，[聖]1509 以是故，[聖]1509 緣盡無，[聖]1522 諦以信，[聖]1541 謂道智，[聖]1542 六識識，[聖]1542 自遍知，[聖]1546 色，[聖]1582 性是故，[聖]1585 攝說正，[聖]1617 者菩薩，[聖]1721 錯亂等，[聖]1721 見諸法，[聖]1733，[聖]1763 煩惱斷，[聖]1788 名真對，[聖]1859 也謂之，[聖]1859 之章下，[聖]2157 仁筆受，[聖]下同 225 不起想，[倉]1522 見道時，[另]675 可知法，[另]1543，[另]1543 所更持，[另]1721，[另]1721 也無師，[石]1509 見知故，[宋][宮]310 見，[宋][宮]630 之士，[宋][宮]1509 有何等，[宋][聖]157 相三昧，[宋][元][宮]、如[明]338 者而捨，[宋][元][宮]1541 及滅智，[宋][元][宮]1571 者樂著，[宋][元]99，[宋]5 無螢燭，[宋]99 所知了，[宋]99 正念調，[宋]212，[宋]671 非智虛，[宋]671 者之問，[乙]2223 也心要，[乙]2232，[乙]2254 當，[乙]2254 等言或，[乙]2254 苦斷，[乙]2362 斷證修，[乙]1092 見無退，[乙]1816 他有貪，[乙]1821，[乙]1821 見等八，[乙]1821 今望八，[乙]1821 論云頗，[乙]1821 云何無，[乙]1822 無障住，[乙]2207 出百人，[乙]2218 也舌身，[乙]2223 印故云，[乙]2227 者知何，[乙]2254 已斷已，[乙]2254 之文私，[乙]2261 故，[乙]2263 所緣攝，[乙]2263

現行唯，[乙]2296 名爲有，[乙]2309 定性無，[乙]2385 之宮一，[乙]2408 心也汗，[元]99 尊重梵，[元][宮]1548，[元][明]310 是法相，[元][明]618 故修退，[元][明]649 者，[元][明]1537 見具足，[元][明]1602 若見明，[元][明][宮]720 因緣最，[元][明][聖]224 是輩菩，[元][明]26 見阿那，[元][明]26 見極大，[元][明]212 牢善説，[元][明]212 受正教，[元][明]225 行此道，[元][明]285 眾會寂，[元][明]423 身，[元][明]585 無信而，[元][明]658 見又心，[元][明]761 滅彼處，[元][明]1579 見又有，[元][明]1579 見云何，[元][明]1579 若見增，[元][明]2060 慮何如，[元]2122 到菩提，[原]、[甲]、智[甲]1744 故名聲，[原]、[甲]1744，[原]、[甲]1744 藏名爲，[原]863 彼最眞，[原]904 尾儞耶，[原]1744 者四住，[原]2196 無色界，[原][乙]917 密要禪，[原]1695 圓利他，[原]1744 名之爲，[原]1776，[原]1778 法眼，[原]1780 十二入，[原]1780 未來一，[原]1816 障，[原]1819 法性無，[原]1851 名爲依，[原]2362 義且刹，[知]1579 見二由，[知]1579 力若信，[知]1579 清淨故。

執：[三][宮][聖]1579 如。

止：[三]、志[聖]99 正語正。

旨：[甲]1816 後福智，[原]、[甲]1744 今具兩。

至：[甲]1735 輪圍上，[三][宮]471 者得智，[元][明]2110 毛又。

志：[甲]2035 禪師玉，[甲]1735
名之爲，[甲]1795 別求名，[明]635 光
明演，[明]814 得自在，[明]821 心堅，
[明]2076 滿禪師，[三]186 故獨步。

致：[宮]681 舍陵波，[明][乙]
1092 地耶應，[三][乙]1092 上品，[三]
[乙]1092 授菩提，[乙]1736 謂十甚。

置：[甲]1122 身以三。

種：[甲]2312 雖皆遍，[三][宮]
664 智如昔，[三][宮]831 智之門，[聖]
278 智遠離，[乙]957 之本，[元][明]
387 大雲衆，[原]1744 功德中。

諸：[甲]1828 相及意，[三][宮]
585 法亦無，[三][宮]618 相相，[三]
[宮]627 慧超越。

著：[三][宮]268 亦無諸。

子：[乙]867 字。

滯

帶：[甲]1733，[甲]1733 眞隨俗。

滴：[三][宮]459 之水可。

融：[甲]1733 同一際。

泄：[原]2362 定無性。

毚

豕：[三][宮]263 鷄鶩豩，[宋][宮]
2122 後呂后。

揿

致：[宋][元]2125 呵利所。

跱

時：[聖]383。

崻：[三][宮]2103 立西土，[三]
192，[三]2063 金聲玉，[元][明][宮]
[知]384 山中我，[元][明]638 立上至，
[元][明]2121 立不墮。

徛：[三]17 厄時可。

置

安：[三][宮][另]1428。

案：[甲]2263 如實義。

並：[甲]2249 唯，[乙]2263 也謂。

攝：[宮]720 于右手。

方：[甲][乙]2390 金剛。

亘：[甲][乙]1866 生死海。

堅：[三][石]2125 甄上或。

京：[原]1311 午生人。

景：[宮]2074 波崙惠。

具：[乙]2394 如是五。

禮：[乙]901。

立：[宮]2034 道壇十。

量：[甲]1709 中，[甲]2068 辦，
[甲]2231 之處也，[甲]2261 成言後，
[甲]2281 此旨哉，[甲]2290 歸命事，
[甲]2299 象，[明]1450 寺具壽，[聖]
2157 之於，[乙]2261 等言所，[乙]2394
十二字，[乙]2777 於上也。

列：[三]2122 人衆而。

羅：[三][宮][聖]639 於塔所，[三]
1332 胡兜羅。

罵：[原]1098 我。

買：[三][宮]1488 壽作，[三]202
一新瓶，[聖]1428 餘，[另]1435 寶物
城，[宋][元]264，[宋][元]264 切二
十。

冑：[三][宮]332 荆棘可，[三]192
風露寒，[元][明]720 死戰。

盛：[元][明]2122 之。

世：[宮][另]1428 尊在毘。

違：[甲][乙]2385 若不聞。

謂：[乙]2385 一切執。

宜：[聖]676 於，[另]1442，[另]
1451 於露地，[原]1829 困。

印：[三][宮][甲]901 於頂上。

於：[三][宮]1458 多汁。

欲：[三][宮]2122 毒害佛。

遠：[元][明]153 猶如形。

徵：[元][明]893 迦置酪。

知：[聖]1602 造作了。

直：[三][宮]272 前而，[三][宮]
2040 至，[宋]2060 佛，[元]901 壇中
心。

止：[甲]1999 作麼，[宋]657 凡
夫一。

至：[明]158 無畏，[明]1428 比
丘前，[明]312 大悲幢，[明]2121 九
十九，[三][宮]1462 更始，[宋]、〔置
茂頓〕二十二字－[宮]2034 茂陵邑，
[元]2122 本處欲。

致：[甲]893 害之復，[明]310 遠
去以，[明]843 問今遍，[三]187 空中
其，[三]187 空中時，[三]187 苦行即，
[三][宮]630 者是十，[宋][宮]2123 地
解放，[元][明][乙]1092 禮召請，[元]
[明][乙]1092。

著：[宮]1425 不淨，[三]1339 於
右掌，[三][宮]512 於師子，[三][宮]

1425 無憂園，[三][宮]1435 項上亦，
[三][宮]1428 日中欲，[宋]161 邊而
告。

最：[宮]278 深寶藏，[甲]893，
[甲]893 爲祕密，[甲]893 無過運，[三]
[宮]1506，[三][宮]310 爲，[三][乙]
1092 勝。

雉

鷄：[三][乙]1028。

矩：[三]984 多柯龍，[三][宮]665
畔稚囉，[三][甲][乙]901 嚕四十，[宋]
901 嚕蹄去。

羽：[三][宮]593 扇嚴儀。

稚：[甲]1912 等四，[甲]2036，
[甲]1912 重朝。

稚

搥：[三][宮]、推[聖]1435 無人
掃，[三][宮]、推[聖]1435 無人掃。

槌：[宋][元][宮]、稚[明]2123 音
即便。

雖：[原]1744 劣因此。

推：[甲]2087 扣擊召，[甲]2087
唱如是，[甲]2087 聲初此，[三][宮]
2122 問婢云。

惟：[元][明]1442 聲便報。

維：[明]1650 本誓願。

小：[三]196 比丘僧。

雅：[甲][乙]2194 蒙教授，[明]
[宮]2059 恭鎮裏，[三]2154 古之野，
[宋][元]2145 珪疑惑。

擇：[三][宮]1458 迦，[三][宮]

1458 迦女若。

　　雉：[和]293 一切，[宋]190 及到盛。

　　释：[明]下同 2087 求。

　　穉：[明]下同 2087 女候王。

　　椎：[宮]1421，[宮]1421，[宮]2087 因即誠，[明]1435 集僧僧，[明]1442 集衆僧，[明]1442 集衆已，[明]1451 言白既，[明]1458 集大衆，[明]1509 鈴貝，[明]2053 唱法師，[明]1442，[明]1442 敷座具，[明]1442 如常集，[明]1442，[明]1442 應先言，[明]1443 便，[明]1443 便，[明]1452 言白，[明]2076 集僧囑，[明]1443，[明]1443 集衆先，[明]1443，[明]1451 言白復，[明]1453 乃至教，[明]1453 作，[明]1443，[明]1050 聲未曾，[明][宮]1435 集僧僧，[明][聖][另]1453 作前方，[明]下同 0749 集，[明]下同 0749 聲尋聲，[明]下同 1442 今欲作，[三]、搥[聖]125 集諸，[三][宮]1442 棒等如，[三][宮]1442 木打，[三][宮]1442 聲方始，[三][宮]1456 鼓告時，[三][宮]2122 聲絕當，[三][宮]1442 欲爲捨，[三][宮]2121 竟即白，[三][宮]2122 音即便，[三][宮]1428 若告語，[三][宮]1459 隨力悉，[三][宮]1471 聲即當，[三][宮]2122 聲尋，[三][宮][聖]1421 集僧來，[三][宮][聖][另]1459 有五種，[三][宮][另]1459 齊心急，[三][宮]下同，搥[聖]下同 1421 若唱令，[三][聖]、推[知]1441 時上座，[聖][另]1453 言白既，[宋][明][宮]1442 集衆與，[元][明]1442 衆既集，[元][明]1442 四顧而，[元][明]2122 應知入，[元][明]1442 來并及，[元][明]1442 聲時乞，[元][明]1443 若彼聞，[元][明]1453 令其俗，[元][明][聖]1435 時。

　　准：[甲][乙]1822 小論雛，[甲][乙]1822 小論雛。

笡

　　覓：[原]1764 其果名。

廗

　　薦：[宮]2103 毀愛惡，[三]2087 肴藏牛，[三][宮]1464 席拘柘，[元][明]2145 而誓焉。

寘

　　寡：[三][宮]322 斯家之。

　　冥：[三][宮]2103 此法既。

　　填：[三]157。

　　置：[三][宮]2104 嚴科以，[三][宮]2104 嚴科以。

製

　　別：[宮]2034 序同。

　　挈：[宋][元]2154 序屬，[乙]1709 東闕其，[元]2154 序見。

　　制：[甲]2119 序文，[甲]2261 爲八伽，[甲]1964 佛名勝，[甲]2274 立千名，[甲]2261 八伽蘭，[甲]2270 也，[甲][乙]2261 此，[明]2060 碑立于，[明]1595 禮作訓，[明]1595 立十地，[三]2088 極華博，[三]2122 毘尼，[三]

2125 也四足，[三]2145 三科第，[三]
2063 普賢，[三]2154 録討論，[三]2149
序皆是，[三][宮]2034 年，[三][宮]
2060，[三][宮]2103 陵，[三][宮]2103
置宏壯，[三][宮]1595 立諸地，[三]
[宮]2123 轉讀七，[三][甲]2125 非是
人，[三][乙]2087 諸論令，[宋]2145 讚
菩薩，[宋]2149 序，[宋][宮]2066 山
池希，[乙]1821 絹白等，[乙]2376 一。

注：[甲]2035 圓覺經。

著：[明][宮]2060 述具如。

撰：[三][宮]1522。

誌

記：[宮]2034 一名維。

志：[宮]2059 十六，[宮]2112 之
殊目，[宮]1912 云東九，[三]2088 西
域傳，[宋][元]2106。

滯

常：[宮]656，[宮]656。

帶：[宋][宮]、[元][明]310 下。

滴：[三][宮]285 樂滅衆。

諦：[甲]2186 只在文。

券：[三][宮]2060。

凝：[甲]2227。

殢：[三][宮]2122 不可出。

住：[三]、染[宮]656 於生死。

幟

熾：[宮]674，[甲]1719 炬明法，
[甲]2397 咸，[甲]853 普通眞，[甲]
2396 非謂眞，[甲]853，[甲]867 皆以

微，[三]152 火以煙，[三][宮]885 盛
光明，[宋]171 火者以，[宋]220 無，
[乙]2394 第法中，[乙]2394。

幢：[三][宮]1644 象馬四。

識：[三][宮]2122 令，[三][聖]
1435 作幟故，[聖]1425 伸手相，[宋]
[元][宮][聖]、織[明]1423 若青若，[乙]
2394 所爲事。

式：[宮]1435 有外道，[宋][明]
156 我今若。

誌：[三][宮]1421 有比丘，[三]
[宮]1421，[三][聖]、識[宮]1421 若青
若。

質

貿：[原]1788 成大小。

白：[三][宮]274 如來無。

寶：[甲]1763 神慮之，[另]1442
書其券。

變：[甲]1709。

此：[甲]2132 里。

答：[明]220 言非心。

定：[丙]2397 天台法，[丙]2397
天台法。

唧：[甲]1120。

見：[乙]2263。

決：[元][明][宮]614 所疑是。

絶：[甲]2323 有。

賃：[甲]2299 字正可。

貿：[甲]1782 易而觀，[三]212 天
福故，[三][宮]2103 禽委，[三][宮]
2108 殃咎推。

毘：[甲]1335 多，[甲]1335 多。

貧：[宋][元][宮]2121 家兒俱。

其：[元][明]1 色清徹。

躯：[甲]1736 則展轉。

失：[甲]2299。

實：[甲]2263 故。

識：[原]2262 有他變。

雙：[甲]1731 異見四。

説：[甲]2261 同別者。

所：[宮]2102。

簀：[石]1558 彼言。

制：[明]2125 底是積。

智：[明]2016 境真如。

躓：[三][宮]585 閡於，[元][明]984 多耶瞿。

鑽：[宋][明]615 寸斬鋒。

姿：[三][宮]2053 狀端嚴，[三][宮]2053 狀端嚴。

資：[三]2063 野言不，[三][宮]2104 自然不。

緻

經：[三][宮]837 他一阿，[三][宮]837 他一阿。

稚：[知]384 不踈漏。

樨：[宮]1521 相離諸，[宮]下同1521 不疏漏，[宋][元][宮]、明註曰緻南藏作樨 1521 而不亂。

稑：[宮]、樨[石]1509 種類又。

擲

捶：[乙]2263 等難忍。

掉：[三]99 著空中。

都：[明]261 虛空中。

撅：[三]746 坌沙門。

娜：[甲]1227 挐黑月。

儞：[原]864。

攝：[聖][另]1442 木上因。

桃：[三][宮][聖]1425 團食應。

填：[三]125 著他方。

挑：[三][宮]517 置空中，[三][宮]1425 團食。

下：[三][宮]1425 第二籌。

執：[明]1257 金剛杵，[明]890 金剛杵，[明]1450 輪刀樹。

躑：[明]1450 忽被枯，[明][宮]1425 時作，[三][宮]1442 或爲象，[三][宮]1647 散動難，[聖]1462 置我上，[元][明][乙]1092 躑花薑。

稦

靡：[元][明][聖][石]1509 十。

稚：[甲]1718 者舊云，[宋]2061 齒好朴，[乙]1736 子因。

緻：[原]2425 長而不。

椎：[三][宮]1545 少晚彼。

僓

躓：[三]186 礙歌舞，[三]186 礙歌舞。

鷙

摯：[三][乙]2087 鳥棲伏。

躓

蹟：[宋][元][宮]、續[明]2102 乃止，[宋][元][宮]、續[明]2102 乃止。

中

哀：[三]201 所以者。

半：[三][宮]2122 夜聞誦，[聖]99。

寶：[宮]374 一切諸。

本：[原]2339 故。

本：[三]2154，[三]2154。

鼻：[三]2103 根得。

比：[元][明]99。

必：[甲][乙]2254 無退文。

邊：[聖]1509 少許分，[聖]1509少許分。

并：[原]920 及菩薩。

不：[明]1272 思惟所，[元]221 知，[元][明]401 造所著。

才：[宮]2123 說我施，[宮]2123說我施。

藏：[聖]1544 若生欲，[聖]1544若生欲。

長：[三]2154 阿含，[三]2154 阿含。

勅：[三][宮]2122 使王長。

沖：[三][宮]2102 挹之。

出：[乙]2249。

出：[宮]1470 二十，[甲]1736 作，[三]192 生。

初：[三][宮]397 護法品。

處：[三]125 恒得善，[三][宮]1546 猶不能。

辭：[三][宮]338 常讚叙。

此：[甲]1736，[三][宮]587 過往聽。

次：[三]212 者入畜。

大：[宋]2154 無盡意。

道：[甲][乙]1822 隨麁。

等：[乙]2249 不修當，[原][甲]1851 緣事而。

等：[甲]1736 二義一，[甲]1877開，[甲][乙]1821 前四種，[甲][乙]1822 發生苦，[甲][乙]1822 加信等，[甲][乙]1822 應言超，[明]310 者必不，[乙]1723 正證解，[乙]1736 何藏教。

諦：[明]261 真智菩。

定：[原]1851 解脫。

定：[宮]1509 無此事。

東：[三][宮]374 天竺地。

惡：[宋][元][宮]397 色生死，[宋][元][宮]397 色生死。

而：[三][宮]675 坐即依。

法：[三][宮]1582 不說顛，[知]741 事事懈。

佛：[甲]2410 四處威。

佛：[甲]1811 義第二。

復：[三][福]375 生熱彼，[三][宮]374 生熱彼。

伽：[三][宮]382 貧苦惱。

各：[甲]1733 先明土。

公：[甲]2173。

共：[三][聖]211 有一長。

谷：[三][宮]2121 呼聲。

故：[宮]1592 說偈，[甲][乙]1866於煩惱，[元][明]1602 顯示界。

觀：[三]125 親觀比。

過：[三]523 未知禮。

害：[三][宮]721。

河：[宮]224 沙佛受，[聖]224 沙劫布。

咔：[丙]1132，[乙]2408。

後：[甲]2249 造品類，[三][宮][聖]、1602 眞實智。

呼：[宮]1425 自恣若。

及：[聖]1429 寶莊飾。

即：[元][明]374 起塔廟。

甲：[甲][乙]2391 且約通。

間：[甲][乙]1929 生是時，[甲][乙]2219 大悲萬，[三]203 見王起，[三]211 便有三，[三][宮]720 放逸死。

見：[三]221 二百踰，[三]1341 或墮地，[三][宮]1546 道中修，[乙]2263。

解：[甲]1828 有三初，[甲]1828 有四初。

界：[明]1550 者欲界，[明]279 所有莊，[三]220 眞如可，[三]649 林人姓，[聖]790 觀民，[乙]2408 ニ非不，[元][明][宮]1558 依無漏。

巾：[甲]1736 即圓成，[甲]1736 有生滅，[甲]2128 戠蒸食。

井：[元][明]2123 水。

句：[甲]1805 標位次。

可：[原]2339 因果同。

可：[甲]2261，[甲]2263 破小乘，[甲][乙]1822 故然於，[甲][乙]1822 理。

孔：[三][宮][聖]625。

口：[三]2121，[三]2122 順入腹，[聖]272 善解是，[宋][元][宮]2122 常食人，[元][明]200 逢一婆。

苦：[甲]1964 望救今。

裏：[甲]1089 又取濕，[三]1341 不得以，[三][宮]2122 舊有猛，[三][宮]2122 汝自。

力：[三]125 最爲第，[三]125 最爲第。

歷：[明]277 汝今應。

兩：[甲][乙]897 間非近，[聖]210 斯勝。

流：[三][宮]532 人。

路：[宮][聖]1435 檐油行。

律：[知]26 若有好。

門：[丙][丁]866 間月輪，[甲]1828 想即是。

名：[三][宮]1435 安居得。

明：[三][聖]643 有百億，[宋]643 無量化。

木：[元][明]1227 立前壇，[元][明]1227 立前壇。

南：[甲]2837 天竺國。

内：[原][甲][乙]2219 答曰此。

内：[宮]1545 上上下，[和]293 普現，[甲]1722 肇公百，[甲]2068 從，[甲]2204 千，[甲]1733 初偈中，[甲]2339 若，[甲][乙]1929 即有，[甲][乙][丙]1866 準此知，[明]2076 遊塵遣，[明]1094 供養賢，[明]1636 水衆寶，[三]202 沙門婆，[三]2103 析輕軒，[三]2110 生於空，[三]202 遍行推，[三]202 遍行推，[三]1582 受男子，[三]、〔中〕－[宮]2053，[三][宮]223 男女大，[三][宮]317，[三][宮]1435 洗

浴時，[三][宮]1464 鑿坑盛，[三][宮]1644 毘沙門，[三][宮]2060 凝血不，[三][宮]397 若處靜，[三][宮]479 無受化，[三][宮]1428 作屢著，[三][宮]1509 繫心一，[三][宮]2060 外陵轢，[三][宮]1452 煙熏損，[三][宮][甲]901 相開即，[三][宮][聖]310 亦不在，[三][宮][聖]1451 蚰螫其，[三][宮][聖]1546，[三][聖]157 有六十，[聖]1425 不得看，[聖]1723 呼佛是，[乙]1736 一一各。

年：[甲]2299 中譯非，[三]2153 曇摩伽，[三]2153 竺佛念，[三]2154 衆經録。

牛：[甲]1851 行求水。

品：[三][宮]657 博聞正，[三][宮]657 親近善，[三][宮]1581 説，[三][宮]1611 言。

平：[明][甲]2131。

普：[明]2076 蓋責其。

其：[宮]664 珍寶奉，[甲]1736 智持不，[甲]2901 間是爲。

前：[甲][乙]1816 煖頂，[明]2122 還如夢。

趣：[宋][元]1057。

人：[宮]1435 有喜者，[宮]1611 一人行，[甲]2068 乃是待，[三][宮]2059 有劫，[原]2870 一切俗。

日：[宮]721 持戒，[三][宮]2042 復還。

肉：[三][宮]1546 其形。

如：[宮]887 應當依，[元][明]1562 決定亦，[元]656 像如夢。

入：[三]203 供養此。

若：[元]、所[明]1442，[知]418 有前得。

色：[原]1744 心生死。

殺：[三][宮]1488 他人不。

山：[三][宮]2059 道罔臨，[元][明]195 爲陀崛。

上：[宮]1912，[甲]1825 之本，[甲]2214 周匝寶，[甲][乙]1823 地生順，[甲]871 清淨法，[甲]1735，[甲]2167 下，[甲]2274 非定有，[甲]2400 節上名，[三][宮]1425 有諸獺，[三][宮]1443 如來大，[三]44 聞説法，[三]203 而獲聖，[三]375 復有無，[三]397 虛空中，[聖]1463 見上座，[宋][元]220 天帝座，[乙]850，[乙]1736 即有十。

少：[宋]1425 年中年。

申：[宮]1451 還或晡，[甲]2129 反論語，[甲][乙]2391 二，[甲][乙]1709 報効故，[甲][乙]1709 問答問，[甲]1816 正述之，[甲]2128 反，[甲]2299 但是前，[甲]2392 五輪攪，[三]2102 所至道，[聖]1509 此中應，[石]1509 以五大，[乙]2392 師師説，[元][明][宮]2060 情纒事，[原]1776 卑闕文，[原]1834 難已下。

身：[甲]2263 此依實，[明]657 各有，[三]203 既到火，[元]1451 身無燒。

生：[明]1187，[明]402 有一大，[明]1548 衰耗戰，[三]1652 佛説無，[三][宮]721 聖衆最，[三]212 衆草

極，[三]375 有，[三]1562 有即中，[三]1582 若有一，[三]1604 善説法，[聖]1509 説法勝，[元][明][宮]1550 生者必。

聲：[甲]1782 告答。

剩：[原]851 觀枳二。

師：[甲][乙]2263 且雖引。

十：[宮]606 年精神，[宮]661，[宮]1434 戒師應，[甲]2269 釋曰爲，[甲]1709 其如一，[甲]1733 初十辨，[甲]1736 言有通，[甲]1786，[甲]1851 三品衆，[甲]1873，[甲]2250 俗智經，[甲]2250 也答論，[甲]2266 云有名，[明]1544 不善納，[宋][元]2122 即愁不，[宋]1559 若有受。

石：[甲]923 指背入。

使：[三]2123。

土：[甲]1828 下各有。

世：[聖]200 舍衞城。

事：[甲][乙][丙]2397 非自受，[甲][乙]2249 云問此，[甲]2409 記，[甲]1999 奇特畢，[甲]2263 少分化，[甲]2266 莊子天，[甲]2305 識處不。

是：[甲]2249 色法攝。

釋：[甲][乙]2249 後解爲。

手：[宋][元][宮]、乎[明]2122 宿世弟。

守：[宮][甲]1805 護不令，[明]2146 論序一。

樹：[甲]2128 名也此。

水：[明]1451 飲飲他，[明]2154 大聚沫，[三][宮]477 不與其，[三][宮]2122 有，[三]185 暫乾。

説：[甲]1735 上二。

四：[宮]2122 劫合名，[聖]271 劫善逝。

歲：[三][宮]721 於一切。

所：[宮]454 恭敬信，[三]375 與增上，[原]1248 起不善。

壇：[乙]2394。

頭：[宮]1435 住，[甲]2391 指膝。

土：[三][宮]337 諸菩薩，[三][宮]493 其時人。

外：[乙]2317 問若爾。

王：[聖]190 是故彼，[元][明]2103 之極寧。

妄：[三][宮]403 無所侵。

爲：[甲]2261 依世間，[宋]、一[宮]224 爲證心。

文：[甲][乙]2263 釋說佛，[甲]1709 復分二，[甲]1735 三初讀，[甲]2195 說三草，[乙]1822。

聞：[甲][乙]1822 思色。

問：[甲]1733 此十平。

無：[元][明]478 靜其心。

五：[甲]2366 陰有四，[三]1058 指。

午：[三][甲]1038 時二十。

物：[聖]1670 皆由地。

夕：[三]201 轉到日。

下：[宮][聖]1428 埋死屍，[甲]1732 初身業，[甲]1912 作隨宜，[甲]1736 第二重，[甲]1775 者以隱，[甲]1782 此第，[甲]1782 有平滿，[甲]1826，[甲]1963 品下生，[甲]2128，[甲]2214 有字，[甲]2217 旬之比，

[甲]2250 文論主，[甲]2274，[甲]2299 論獨，[甲]2339，[明]461 亦善其，[明]671 不生信，[三][宮]1435 王出，[三][宮]285 此經如，[三][甲][乙][丙]954 節真言，[三]201，[聖]200 見佛世，[另]1451 多根樹，[乙]1075，[元][明]2122 探得小，[原]904 又想利，[原]1141 觀金剛。

相：[甲]1736 言約真，[明]482 而不戲，[三]400 如理伺。

小：[甲]、十[乙]2387 雄聲黃，[三][宮]2104 賢並以，[原]2247 兩本文。

邪：[宮]1435 見婦與。

心：[明]901 所願成，[三][宮]272，[乙]1736 今借用。

虛：[三][宮]721 爾乃得。

也：[甲]2239 又初後。

一：[甲][乙]1822 斷五部，[乙]2157 阿含第。

衣：[三]1435 有棄弊。

以：[甲]1741 震為木。

義：[甲]2299 實知過。

因：[甲]1733 結，[聖]376。

印：[甲]1067 揚之安，[三][乙]、－[甲][丙][丁]869 一印曼。

用：[三][宮]2122 愴然。

由：[宮]1559 安立在，[甲]1736 無住涅，[甲]2262 生無自，[甲]2266 是品類，[明]220 盡等，[明]1442 清淨不，[三][宮]2122 度女人，[宋][元]1595 藤顯現，[元][明]1579 密護一。

有：[丙]2397 上捨染，[甲][乙]1822 六句應，[甲]2207 作阿毘，[甲]2259 論文云，[甲]2263 起有勝，[三]1646 見眾生。

右：[三][宮]2059 有浮馱，[元]2122 有。

汙：[甲]2266 含。

於：[三]2154 間又翻。

曰：[明]1669 總有十。

云：[甲][乙]2263 法華分，[甲][乙]2263 問頗有，[甲]1734 破微塵，[甲]2263，[甲]2400 有四大，[原]2231。

雲：[元][明]、界雲[甲]1080 明一百。

雜：[宮]1547 阿含。

者：[宮]224 弊魔一，[甲]1719 光宅等，[甲]1728 假，[甲]2434 心行言，[明]224 有嬈者，[三][宮]1425 應時取，[乙]2782 菩薩乘。

真：[原]1975 諦性具。

證：[甲]2266 一。

之：[甲]2300 一姓也，[明]1539 第二嘔，[三][宮]2121 中有一，[三]202 第，[聖]211，[聖]1428 間更不，[元][明]156 罪我以，[原]1818 意明如。

至：[三][宮]1611 勝眾生。

志：[宋][元][宮]、至[明]2122 堅者置。

忠：[甲]2266 心疑則，[明][宮]、忠下明本有疑是意字、但作夾註1593 當相應，[三]1 順唯願，[三][宮]403 正故，[三][宮]2060 恕少，[三][宮]2103 君子惡，[三][宮]2122 順唯願，[三]212 直之人，[三]2154 心經亦，[三]2154 心正行，[宋][聖][另]310 心念之。

衷：[明]2102 君子范，[三]2103 事形於。

終：[明]199 噉麥，[明]205 財物盡，[明]362 世世累，[明]1669 焉且依，[宋]、中不離不相雜[宮]671 不。

種：[乙]1736 初二。

仲：[甲][乙]1821 及藕，[甲]1249 華天寶，[甲]1934 詵還逮。

重：[明]1451 興王處，[三]26 猶如食，[三]125 受隨時。

衆：[宮]2048 佛僧爲，[甲]1717 明，[聖]397 生亦不，[元][明]1582 難勝地。

諸：[甲]2274 他隨一，[明]278 出生諸，[聖]2157 國王。

住：[甲]1851 差別非，[三][宮][另]1459 及有情。

宗：[宮]1628 由不共，[甲]2214 祕密謂，[甲]2387 反那能。

足：[三][宮]278 一一各。

卒：[宋]1336 惡陀羅。

成：[乙]2408 尊耳四。

妐

公：[明]153 即向其，[明]571 爲安隱，[三]、但本文記號畧 202 殺下人，[元][明]141 之。

來：[聖]200 求索。

翁：[宋]、公[元][明]143 姑夫婿。

忠

臣：[乙]1724 事。

惡：[三][宮]1458 或不對，[三]198 言世惡。

良：[三][宮]2108 胡寧此。

融：[原]2408 書之畢。

思：[甲]2299 惟文也，[甲]2336 菩薩世。

信：[三][宮]2104 誠。

中：[甲]1775 良者長，[甲]2157 心經一，[甲]2263 安記引，[明][甲]1177 誨是時，[三]186 正守眞，[三][宮][聖]224 阿，[三][宮]544 信念，[三][宮]701 賢良出，[三][宮]743 心經，[三][宮]754 臣嚴駕，[三]22，[三]190 正心，[三]196 直，[聖][另]790 告可知，[聖]790 敬長愛，[宋][宮]754 良。

衷

哀：[三]2103 故不復，[宋]2103 遂有。

裏：[甲]2119 遠超繫，[宋][宮]2122 南方記。

衰：[元]2061 聽受者。

畏：[三][宮]616。

中：[三][宮]2060 意以所，[三][宮]2060 者數過，[三][宮]2103 諒爲侮。

忠：[原]1831 其兄處。

終

崩：[三][宮]2060 於開善。

不：[明]、－[宋][元][宮]2102 弊衡石。

曾：[宮]810 不興移。

純：[三][宮]310 以金。

次：[聖]1851 相同成。

從：[原]1829 老死逆。

從：[宮]1912 至九地，[甲]2266 初發大，[明]1450 殞歿聞，[三]1340 事我應。

存：[明]1450 更不殺。

得：[甲]2339。

德：[甲]1802 以無上。

法：[三]196 終齋法。

給：[甲]2290 教故在。

過：[聖]1428 汝可居，[另]1428 今次應。

後：[三][宮]1552 乃至綺。

及：[三]159 不捨離。

繼：[三][宮]2122 至。

教：[甲]2339。

結：[宮]1549 也如是。

今：[宮]2103 朝善敬。

盡：[甲][乙]2250 故，[三][宮]2060 小僧，[三]2110 救愍兵。

經：[宮]2029 日笑歌，[甲]2897 之，[三][宮]、終心[聖]224 心不有，[三][宮]1562 無理趣，[三][宮]813 無恐懼，[三][宮]2060 始合，[三]159 於十月，[三]2110 不徒然，[原]2248 生三四。

究：[乙]2215 竟不淨。

絕：[甲]1718 後見金，[三][宮]765 不毀犯，[三][宮]1442 此二苾，

[三][宮]2122 既得抱，[三]26 不復生，[三]100 馬師即，[三]2060 矣，[三]2063 年七十，[三]2106 口如吞，[知]2082 須共他。

令：[甲][乙]2254 不續故，[三][宮]721 得涅槃。

隆：[聖]1859 孔安國。

絡：[甲][乙]1821 若爲羊，[三][宮]2060，[聖]2157 隱，[另]285 不能逮，[宋]26。

沒：[宮]1545 畏五惡，[三][宮]1442 其子憂，[元][明]1579 沒已後。

沒：[明]816 生。

鳴：[元]154 日無來。

命：[明]1648 終心。

歿：[宮]310 之後當，[明]1441 者如餘，[三][宮]1545 生梵世，[三]2149。

納：[宮]1545 不。

乃：[甲]1736 至歡喜。

年：[甲]2036。

迄：[甲]、原本註曰終至迄經玄贊作迄至經終 2299 至迄經。

訖：[三]2145 而泉流。

強：[甲]2263 難有輕。

頃：[原]2208 日之談。

全：[聖]1435 形體不。

然：[甲]2261 不。

汝：[三]192 是不正。

尚：[三]159 不能得，[聖]200 無恨心。

燒：[三]、時[宮]2122 謂同學。

始：[甲]2299 非謂有，[原]2339

初。

壽：[三]211 百歲奉。

疹：[甲]1122。

亡：[三][宮]2059。

尾：[甲]2266。

無：[宋]621 不復更。

下：[甲]1750。

修：[己]1958，[甲][乙]2385 此，[甲]1512 不虛説，[甲]1887 行得聖，[甲]2068 不愈祈，[甲]2217 同小宄，[甲]2219 事例最，[甲]2249 成之位，[甲]2249 有不攝，[甲]2255 苦行受，[甲]2299 不壞也，[甲]2299 而不知，[甲]2299 離四句，[甲]2299 無中，[三][宮]1507 四等時，[乙]2263 故次第，[乙]2408 行故，[原]、修[甲]2006 有，[原]1744 因，[原]1851 方，[原]1851 起名之。

於：[甲]2335 一一法，[乙]2795 處三部，[原]2006 是也難。

欲：[甲]2195 滅度但，[元][明]1486 不説婬。

緣：[宮]221 不墮羅，[宮]1548 不發起，[甲][乙]2394 壇，[甲]1799 之，[明]1552 及受生，[三][聖]125 比丘當，[三]193 愛則有，[三]2110 莫，[聖]1562 還生欲。

約：[甲][乙][宮]1799 塵辨無，[甲][乙]1866 頓教説，[元][明]2053 不可成。

在：[聖]200 生此唯。

證：[甲]1828 大菩提，[甲]2217 教，[元][明]1616 體既覩。

知：[元][明]1509 不遠離。

中：[甲]1736 不斷善，[甲]1736 無有合，[明]1 天福成，[明]223 不見不，[明]613 來生人，[明]2121 生六趣，[元]671。

忠：[乙][丙]2092 爲莊帝。

種：[三][宮]2059 始是眞。

衆：[宮]263 始患，[宮]585 不能堪，[宮]624 不爲邪，[甲]2879 盡日出，[三][宮][聖][石]1509，[三][宮]310 流，[三][宮]500，[三]2060 異致，[聖]99 獲大果。

縱：[甲]1813 非同願。

鍾

杵：[明]、舂[宮]2122 擣鐵臼。

鏡：[宋]2108 明。

中：[宮]2025 特爲後。

終：[三]2103 尵無大。

鐘：[甲]2039，[甲]1973 恰如賊，[甲]2035 集衆虜，[甲]2039 鼓寺中，[甲]2039 莫逆恩，[甲]2128 反考聲，[甲]2128 聲鏗鏗，[明]、法[聖]410，[明]81 鈴布施，[明][宮]2122 聲説經，[明][宮]2122 聲慷慨，[明]80 鈴得十，[明]125 鳴鼓懸，[明]155 鳴鼓作，[明]156 鳴鼓遠，[明]158，[明]158 鈴，[明]187 鼓琴瑟，[明]189 擊鼓作，[明]201 鼓等衆，[明]309 鼓音樂，[明]414 鼓雷吼，[明]414 音絃歌，[明]415，[明]415 鈴彼王，[明]416 鼓鏗鏘，[明]639 鼓美妙，[明]656 鼓樂器，[明]1435 振鈴令，[明]1451 鳴鼓人，[明]1509

鼓欲吹，[明]1582 鈴之屬，[明]2045 鳴鼓作，[明]2060 大小七，[明]2060 鼓雷動，[明]2060 鼓之音，[明]2060 靜言澄，[明]2060 鈴捷均，[明]2060 任扣子，[明]2060 聲，[明]2060 聲忽見，[明]2060 聲乃命，[明]2060 夕梵交，[明]2060 響發，[明]2060 造像所，[明]2060 自響良，[明]2102 啓發俟，[明]2103 之應響，[明]2121 伐鼓聲，[明]2122 不發聲，[明]2122 鼓之聲，[明]2122 聲答，[明]2122 聲飛響，[明]2122 聲振發，[明]2122 響山於，[明]2122 依時僧，[明]2122 召十方，[明]2122 召四方，[明]2122 自響山，[明]2153 磬貧乏，[明]下同 2106 聲相顯，[三][宮]2121 鳴鼓乘，[三][宮]262 聲鈴聲，[三][宮]479，[三][宮]1559 作聲若，[三][宮]2121 鼓伎樂，[三]186 擊鼓却，[三]186 及鳴鼓，[三]196 鳴鼓觀，[三]2122 始於此，[宋]2061 中俄遭，[乙]2092 聲罕聞，[元]220 欲吹諸，[元][明]80 鈴得十，[元]657 摩訶迦。

種：[丙]2190 善果氏，[宮]2040 此等當，[宮]2059，[三]154 其壽薄，[三]682 律聲。

踵：[甲][乙][丁]2092 其人巨。

螽

蟲：[三][宮]2122 蝗暴亂。

鼹

螽：[三][宮][久]397 鼠惡象。

鐘

鏡：[甲]2266 亦入耳。

漏：[原][丙]2190 散枝下。

鍾：[丁]2092，[甲]2006，[明]2060，[三][聖]278 香水灌，[三]2154 山定林，[宋][元][宮]299 鈴施，[宋][元][宮][聖]278 磬供養，[宋][元][宮]703 鼓，[宋][元][宮]2053 鼓嘈囋，[宋][元][宮]2103 山解講，[宋][元][宮]2122，[宋][元]220 欲，[宋][元]2061 陵求訣。

種：[元]523 鳴鼓出。

重：[三][宮]2123 況持大。

眾：[三][聖]210 磬。

冢

冢：[元]2061，[元]2112 書並無。

塚：[宋][宮]、塚[元][明]2060 二十餘。

塚：[宋]2153 宰晉。

塚

塚：[宋]201 則還家。

冢：[宮]606 人見恐，[宮]1421 間是我，[宮]1506 間地觀，[宮]1506 間里巷，[元]1579 間常期，[宮]2059 也俄而，[宮]2060，[宮]2103 獨存流，[宮]2122，[宮]2122 非故然，[宮]2123 間膿血，[宮]2123 間請大，[甲]2792 間樹下，[明]1428 不遠而，[明]2103 相，[明]2122 墓鬼所，[三][宮]606 而無有，[三]2123 非，[石]1509 間若火，[宋][宮]2034 上數有，[宋][元]26 間

諸賢，[宋][元]2122 人所不，[宋]2121，[宋]2122 愚人當，[元][明]458 間見枯，[元]376 間自在，[元]2122 間三在。

界：[宮]2121。

冢：[明][宮]790 群鼠糞，[明]2131 間，[明]2149 宰晉。

蒙：[三]26 間村邑。

塚：[明]1421 間糞掃，[明]1428 間時有，[明]1428 間坐露。

穴：[三][宮]1507 間有新。

冢：[三][宮]1549 間五納，[三]152 墓，[聖]26 間彼已，[聖]26 間汝已，[宋][宮]2060 内棺枕。

塚：[明]1464 間種種。

衆：[甲]2792 間。

塚：[宋][元]1096 間取。

腫

創：[聖]201 衣食及。

動：[宮][聖]1425 者得叉，[三][宮]721 或令咽。

疱：[三][宮]1425 起得塗。

種：[宮]1548 五受陰。

瘇：[三][宮]1548 上生疿，[三]190 寒熱眼。

種

八：[聖]1421 種漿於。

百：[甲][乙]、自[甲]2261 相。

寶：[甲]1728 似寶一。

彼：[甲]2261 後生現。

變：[甲][乙]1072 震動一，[甲]

2195 震動簡，[三]1339 震動諸。

別：[甲]1705。

播：[三][宮]2102 殖無。

禪：[甲]2262。

纒：[三][宮]1563 純是圓。

稱：[宮]1552 退分住，[甲]2270 因中先，[甲]1733 根，[甲]1828 爲種故，[甲]2261 老子說，[甲]2269 類差別，[三][宮]1458 極增至，[三]159，[聖]1602 謂鄔波，[聖]1602 所依四，[另]1453 事不應，[宋][元][宮]1552。

乘：[乙]2263 姓不，[原]1862 所行境。

憧：[聖]1421 種遙責。

處：[三][宮]223，[三][宮]618 穢惡悉，[另]1721 合是一，[乙]2390 者。

幢：[宮][聖]379 身，[宮]1425 羽儀扇，[別]397 及，[三][宮]625 陀羅尼，[聖]223 相三昧。

大：[三][宮]403 地水火。

道：[甲]2018 或作無。

稻：[三][宮]2121 梵。

得：[甲]2266 又於他。

地：[宮]1552 及大，[甲]2266 雖不喜。

等：[明]672 義差別，[三][宮]671 食肉生。

諦：[甲]1921 道諦中，[乙]、教[乙]2396 教四，[乙]2263。

動：[甲][乙][丙][丁]869 心舉，[甲]1700 修行生，[甲]1709 言或准，[三][宮]681 而見，[三][宮]1428 震動時，[三][宮]1461 一或舉，[三][宮]

1545 自性今，[三][宮]1584 法是可，[聖]663 散滅壞，[聖]1547 風吹不，[宋][宮]385 非汝不，[知]1785 散滅壞。

端：[宮]263。

斷：[原]2339 前後相。

法：[甲]2266，[三][宮]765，[三][宮]1421 羯磨不。

反：[三][宮]232 震動佛，[三][宮]657 震，[三][宮]657 震動有。

佛：[甲][乙]2219 知見。

福：[甲]1960 散善爲，[甲]2870 田悲，[三][宮]1549 德業施，[三]158 地立衆，[聖]1509 人若凡。

復：[甲]1782 八魔涅。

果：[甲][乙]2263。

和：[乙]2249 集方有。

華：[三][宮]847 善男子。

慧：[宮]223。

穢：[甲]1731 四，[三][宮][聖]1549 濁身口，[宋][宮]2123 蟲行於。

積：[甲]2266，[三][宮]403 德衆，[三][宮]606 者功不，[三][宮]606 罪無休，[三][宮]2103 殖多納，[三][宮]2122 不成便，[聖]376 有爲藏，[聖]1522 離怖首，[元][明][宮]310 畜業是，[原]1776 小室廣。

偈：[博]262 次第至。

稷：[宮]、襖[知]384 滅不滅。

迦：[甲]2401，[三][宮]2034 子而異，[三]196 王子出。

家：[三][宮]1425 子故不。

稼：[甲]2317 穡若成。

界：[乙]1832 成雜亂。

經：[甲][乙]1098 殖無量。

淨：[三][宮]672 種子爲。

就：[和]293 種清淨。

聚：[甲][乙]2393 淨戒，[甲]2266 戒中律。

鎧：[元]2122 罽賓王。

科：[明]1563 如前分。

類：[甲]2322 境義也，[甲]2195 無漏根，[甲]2195 言入八，[甲]2263 計，[甲]2266 類雖是，[甲]2305 別一者，[三][宮]1545 法，[三][宮]2121 衆生若，[三]193 展轉必。

類：[甲]2266 相似。

離：[元][明]310。

理：[宮]1566 空，[甲]2266，[甲]2434 因海門。

利：[三][宮]721 時有天。

六：[乙]2309 心其相。

論：[原]2271 問若。

秘：[甲][乙]867 密金剛，[乙]2228 密云云。

妙：[三][乙]1092 好清淨。

明：[甲]1828 一界無。

難：[甲]2266 行忍四，[甲][乙]2259 如綠色。

襻：[三][宮]1451 不應齊。

品：[原]2262 種子轉，[原]1870 類種子。

平：[聖]99 種之物。

七：[明][甲][乙]1254 種。

起：[宮]606。

強：[三][宮]754 復是親。

輕：[元][明]310 法迦葉。

取：[明]1299。

趣：[甲]2204 亦不變。

權：[甲]1718 能實二，[甲]1782
巧方便，[甲]2299。

壞：[三][宮]671 風止不。

三：[原]1201 種香花。

色：[三][宮]637 色。

稍：[甲][乙]2219 增即牙。

攝：[甲]1920 行化四，[乙]2408
鉤。

神：[聖]1451 神通之。

聲：[原]、穀[甲]1863 子等是。

聖：[原]、－[甲]1828 聲聞種。

施：[乙]2309 好讚。

十：[甲]2366 世。

識：[甲]2263 中再説，[甲]2814
令不失。

使：[丙]1246 使者。

事：[三][宮]1435 無有兒，[三]
156。

釋：[甲][乙]1822 一鏡，[甲]1830
望現法。

受：[甲][乙]2259 想有六。

殊：[甲]1863 若有餘。

數：[甲]2217 法，[甲]2263 或時
起，[甲]2266 無。

樹：[乙]1736 諸穀楮。

雖：[甲][乙]2328 二習所，[甲]
2259 色而有。

隨：[宋][元][宮]1681 好復莊。

檀：[乙]2397 故千手。

體：[甲]、種種[甲]1782 一因縁，

[三][宮]1546 別能生。

童：[三]1341 子一子。

種：[元][明]671。

推：[甲]1828 求以解。

爲：[甲][乙]1821 順解脱。

位：[甲][乙]2396 三，[甲]2266
者，[原]2339 一或有。

謂：[甲]2266 子時果。

我：[元][明]2016。

吾：[三][宮]2040 欲取釋。

無：[乙]2263 姓中雖。

習：[甲]1863 性妄者，[甲]2263
性位方。

狹：[甲]1828 唯。

瑕：[宮]606 髮毛爪。

相：[甲]1826 無如是，[甲]1828
法，[甲]2305 狀一者，[元][明]413 種
垢。

心：[乙]2263 皆不隨。

信：[原]、[甲]1744 有於三。

性：[甲]1841 許所知，[甲]2263，
[甲]2266 顯了言，[甲]2266 一境義，
[甲]2336 世界，[三][宮]1546 答曰名，
[乙]2263 望自現。

姓：[甲]2312 法爾，[聖]1579 住
種性。

修：[甲]1823 等持一，[甲]1851
如是，[甲]2219 好以自，[甲]2266 習，
[甲]2371 開會，[三][宮]1550 增。

脩：[三]202 何功德。

熏：[甲]2263 也若現，[乙]2263。

耶：[甲][乙]2309 答一口，[甲]
[乙]2309 答一諸。

業：[甲][乙]1822 相。

億：[三]156 諸天伎。

憶：[三][宮]425。

陰：[三][宮]1506 戒上止，[三][宮]1547 障結障。

猶：[乙]1822 如我之，[原]1851 如黃石。

有：[甲]1744 二種者。

於：[三][宮]656 是菩薩。

餘：[原]2339 故然彼。

語：[甲]2006 須。

喻：[甲]1735。

緣：[甲][乙]2263〇既以，[三]212 病彼者。

曰：[三]2122 種樂說。

樂：[宮]1545 樂故名，[三][宮]721 不知厭。

雜：[宮]263 種若干，[甲]2266 染而證。

災：[元][明]2110 難一切。

造：[甲][乙]2263 第六獨。

責：[元][明]99 二詰何。

章：[宮]309 身黃金。

障：[甲]2266。

者：[明]1566 和合別，[三]1579 種亦因，[三][宮][另]1435 知坐知，[三][宮]1581 精進堪，[三][宮]1646 功德增，[宋][元][宮]1581 智。

震：[明]264 動。

之：[乙]2394 皆知方。

支：[三][宮]1546 緣起。

執：[甲]2266，[乙]1821 因聲此，[乙]2263。

植：[三][宮]1462 華果，[三]2087 根今爲，[宋][明][宮]397 然性愚，[宋][元]、世[明]200 何福乃，[乙]1092 難行苦，[乙]1092 善根等。

智：[三]264 智，[聖][知]1581 成熟修。

鍾：[甲]2266 即，[三]203 故享斯。

踵：[三]2103 賓頭之。

重：[宮][甲]1912 釋之旨，[宮][聖]1552 可稱得，[宮]1435 名一處，[宮]1912 七寶莊，[甲][乙]2263 變故者，[甲]1789 行門成，[甲]1851 隨分皆，[甲]2217 故豎亦，[甲]2792 亦云八，[明]642 是故皆，[明]2122 因緣一，[三]374 一者殺，[三][宮][聖]278 寶，[三][宮]263 交道七，[三][宮]1509 數甚多，[三][宮]1547 意六識，[三][宮]2122 不煩廣，[三]272 名爲，[聖][甲]1763 制除十，[聖]125 色金銀，[乙]1736 從二至，[乙]1736 且就深，[乙]1816 障攝彼，[乙]2263 不同之，[元][明]1810，[原]1796 法界圓。

衆：[宮]1425 婆羅門，[宮]1552，[甲][乙]2394 共圍，[甲]1816 諸善根，[甲]2314 生佛，[甲]2782 同分處，[明]220 苦皆得，[明]489 等比，[明]186 靡不歸，[明]278 善根隨，[明]310 等戒聞，[明]310 軍及王，[明]310 人聲，[明]376 人爲，[明]1082 類夜叉，[明]1450 生，[明]1523 相故諸，[三][宮]1562 類此同，[聖]1582 戒比丘，[宋][元]1509 善根品，[乙]2782 多

雖有。

　諸：[三][宮]414 花。

　主：[三]125 躬自來，[原]853 素
蘗哆。

　住：[甲]1816，[甲]2262 煩惱三，
[甲]2434 智力各。

　柱：[甲]2273 等此名。

　子：[甲][乙]2390 繁故，[甲]2219
是又有，[甲]2266 速得成，[乙]2393
即是如，[原]851 同依處。

　宗：[原]1697 此二之。

　總：[甲]1802 牒來眾，[原]1889
不，[原]1861 別智，[原]1889 人也餘。

　族：[明]1450 家。

　罪：[三][宮]456 淨除業。

　作：[宮]397 子何以。

瘇

　腫：[三][宮]2121 惡。

仲

　冲：[原]1695 邃但被，[原]2416
微闡提。

　沖：[三][宮]2059 在南夏，[三]
[宮]2103，[宋][元]、冲[明]193 隱光
含。

　件：[乙]2408 麥。

　任：[宮]2060 呂爰。

　申：[三][宮]2087。

　神：[宋][元][宮]2102 尼項籍。

　仰：[甲]2036 云作麼。

　中：[三]2145 秋方訖。

　种：[三]2063 名令儀。

重

　愛：[甲][乙]1822 明等無，[乙]
1724 但尋其。

　寶：[甲]2250 實爲無，[元][明]
1509。

　本：[元][明]2154 合譯。

　並：[三]2122 足而立。

　部：[三][宮]2122。

　層：[原]1966 鐵網有。

　車：[甲]973 急，[明]2121，[三]
2154 譬喻經，[元][明]221 薩陀波。

　乘：[宮]2085 三寶常。

　持：[三][宮]1459 禁時永。

　虫：[宮]2060 取煮而。

　蟲：[三][宮]2122 舉所聞。

　觸：[甲]2400 令念誦，[三]1548
證身定。

　幢：[三][宮]263。

　垂：[甲][乙]2134，[三][宮]2121
開示佛，[聖]1462 起盜心，[元]2016
傳授。

　從：[明]2016 心發戒。

　龕：[甲]1828 前中十，[甲]2317，
[三][宮]1437 罪覆藏。

　大：[三][宮]2122 器更復。

　董：[明]1585。

　渾：[明]398 而重洗，[三]212 自
然流。

　毒：[丁]2190 妄執能。

　惡：[宮]1428 於此者，[三][宮]
268 世尊佛，[三][宮]1488 之業如。

　而：[宮]310 說偈言，[三][宮]487
說，[三][宮]310 說偈言，[三][宮]671

説偈言，[三]159 説偈，[三]1339 問汝。

發：[聖]1421 欲附近。

法：[甲]2285 前重一。

方：[甲]2195 報，[甲]2263 二釋，[三][宮]2053 翠於祇。

復：[甲]1960 申此解。

高：[三][宮]1442 豈能專，[原]2194 出也已。

更：[三][聖]157 得。

故：[三]1339 語汝莫。

貴：[宮][聖]278 如佛天，[三][宮]1509 目揵連。

裏：[宋][宮]2121 衣其上。

過：[三][宮]1435 於彼。

還：[宋][元]1443 房棚上。

好：[宮]2059 爵什並。

黑：[甲]952 雲雜色，[甲]1094 癩及諸，[三]193 齒時欲。

既：[乙]1821 釋前文。

陛：[甲]1811 第一不。

戒：[宋][宮]1484。

界：[甲]2231 也如文。

金：[甲]2036 寇謙之。

進：[丙]2249 云論云，[甲]2195 解果，[乙]2249 云論云。

竟：[甲]1846 竟初釋。

淨：[三][宮]2122 心。

敬：[原][甲]1781 心辨於。

看：[宋]1435。

空：[聖]1763 門也僧。

里：[甲]2244 圍遶復，[甲]2266 幽谷險，[另]281 法入里。

理：[甲]1512 解我之。

連：[三]203 被打。

量：[宮]1455 房棚上，[宮]2060 焉因爾，[甲]、－[乙]1822 將彼離，[甲]2266 疏合言，[甲][乙]1822 微，[甲]1828 假立名，[明][宮]310 問不斷，[明]310 覺是爲，[三][宮]1459 名入吐，[三][宮]1545 説，[三][乙]1092，[聖]1723 漸減乃，[宋]2103 以華園，[乙]1072 百千兩，[乙]1816 踏然有，[乙]1816 顯前言，[乙]1821 根一重，[原]1760 若。

靈：[元][明]2103 推前天。

愍：[三]202 遣人往。

品：[甲]2195 故彼四。

豈：[甲]2274 不立者。

虔：[甲]2244 形如女。

切：[三]25 嚴極苦。

輕：[宮]1810 偷蘭遮，[甲]1813 方便四，[元][明]1546 擔故是。

勸：[原]、言[原]1700 汝無作。

如：[甲]1986 離六爻。

申：[宋][元][宮]、更[明]、－[聖][另]1463 説也。

深：[三][宮]544。

盛：[原]、盛[甲]2006 三更紅。

聖：[宮]1451 往問醫，[甲]1828 經第七。

食：[三][宮]721 食已肉。

世：[三][甲][乙]1202 業使者。

事：[甲][乙]2394 舉世相，[甲]2299 也釋只，[乙]2261 是爲法。

雙：[三][宮]377 餘者灰。

誰：[甲]2195 案之。

頌：[甲][乙]1822 答論。

童：[宮]901 百，[甲][乙]2393 祕密曼，[甲]2270 者蓋謂，[甲]2394 竟布白，[三][宮]2122，[三]125 辟支佛，[聖]2157 翻，[宋][元]2103 宮復在。

妄：[乙]1822 難耶。

望：[原]、熏[原]2362 種是即。

文：[乙]2263 也可。

我：[三]1442 物離。

襲：[三][宮]2060 念名與。

咸：[三]2060 仰高。

顯：[乙]2263 不安穩。

相：[明][宮]1462 者身口，[三][宮]385 識別想。

香：[三]1982 布水覆。

星：[甲]2244 耳字伯。

興：[三][宮]2122。

熏：[宮]1587，[宮]1610 生故先，[宮]1805 修上資，[甲][乙]1833 本有，[甲][乙][丙]1833 非集若，[甲][乙]1822 習說名，[甲]1721 法，[甲]1735 起信前，[甲]1828，[甲]1828 修差別，[甲]1828 有漏感，[甲]1924 故性淨，[甲]1969 修於景，[甲]2266，[甲]2370，[明][宮]1579 修行支，[明][甲][乙][丙]1277，[三][宮][聖]1452 籠并隨，[三][宮]1545 修，[三][宮]1559 習所曾，[聖]1442 無越侵，[乙]2370 成種子，[元][明][宮]1579 修行支，[元][明]1530 當勤修，[原]2264 發，[原]2264 增，[原]1887 修盡衆。

勳：[宮]1464 增田業。

言：[甲]1816 令輕非，[甲]2299 輕受故，[原]2196 佛戒者。

誼：[甲]952 說。

應：[三][宮]1810 答云清。

愚：[元][明]468 癡出家。

遠：[甲]2195 顯彼所。

願：[三]、一[宮]2121 請發遣。

匝：[乙]1092 界位涌，[原]1239 次畫散。

召：[明]1450 募即。

之：[甲]2787 若乞食。

旨：[甲][乙]2254 爲有諸。

至：[甲]2053 何以。

鍾：[宋][元]、鐘[明]2122 況持大。

種：[丙]2396 圓壇此，[宮]1453 罪根本，[宮]2059 凡四十，[甲]1736，[甲]1736 下三別，[甲]1816 體理眞，[甲]2266 世，[甲]2271 文，[甲]2305 訓云重，[甲]2339 一此十，[甲]2366 二諦後，[甲]2434 曼荼，[明]187 稽首言，[明]1669 轉，[三][宮]310 輩興宮，[三][宮]309 清，[三][宮]341，[三][宮]351 縛云何，[三][宮]1428 生故，[三][宮]1462 一重，[三][宮]1477 戒一曰，[三]201 津膩以，[三]1341 法比丘，[聖][另]342，[乙]2263 相對思，[元][明]352 纏縛，[元][明]2122，[原]2339 若利根。

衆：[甲]1735 舉妙物，[明]2121 寶并，[明]311 擔想求，[明]1428 罪波羅。

住：[甲]2195 求菩薩，[甲]2266

斷義解。

　字：[甲]2244 聖族遂。

　縱：[元][明]2110 爲横爲。

　罪：[三]1488 以是福。

衆

　白：[三][宮]263 毛微妙。

　般：[宮]606 要。

　寶：[聖]1733 華敷五。

　報：[宮]2123 恐怖謂。

　本：[原]1818 文云必。

　畢：[三][宮]630 惱捨諸。

　別：[甲]2195 名舉十。

　兵：[三]125 前見。

　不：[宮]1425 多若僧，[甲]2266 生因凡，[元]1595 生作世。

　部：[宮]268 比。

　乘：[甲]1830 衆正。

　乘：[宮]2122 平量安，[甲][乙][丙][丁]848 無上眞，[甲]1782 示苦勸，[甲]2397 相，[甲]2400 修多羅，[明]2087 部法天，[三][宮]821，[三][宮]585，[另][聖][甲]1721 但出分，[乙]2394 雲而住，[原]1744 不。

　充：[三]291 滿於衆。

　蟲：[三]152 物。

　畜：[三][宮]268 生皆種，[三]1343 生慈心，[宋]374 生亦生。

　處：[宮]425 瑕穢無，[甲]1512 生死，[甲]1828 衆者泰，[明]1443，[三][宮]657 受戒誰，[元][明]2016 轉相者。

　垂：[宋]186 珠雜寶。

　慈：[甲]1816 心無染。

　此：[甲]2207，[三][宮]276 法藥。

　從：[宋]100 破壞汝。

　答：[三][宮]1458 許已應。

　大：[三][宮]839 會悉皆。

　當：[甲][乙]1822 四人已。

　黨：[三][聖]375 不生。

　德：[明]1435 僧及，[三][宮]1453 中生輕。

　等：[三][宮]263 緣何來，[三][宮]657，[三][宮]657 咸，[三]187，[三]1332 各各説。

　多：[三]192。

　法：[三]125 中我不。

　妃：[丁]2244。

　伏：[宮]649 不久如。

　佛：[甲]2396 共不共，[三][宮]639 自在無。

　福：[三]309 德之本。

　輔：[三][宮]2122。

　更：[宮]269 欲問心。

　故：[明]220，[聖]423 集會爲。

　果：[宋][明]921。

　海：[明]212 檀越明。

　後：[原]1799 生開悟。

　護：[三][宮]2122 共入温。

　會：[甲]1718 下第四，[明][甲]1177 亦當依，[明]187 中有一，[三][宮]465 中立佛，[三]397 彼諸菩。

　棘：[甲]1736 穢。

　集：[甲]1763 之爲力，[三][宮]2029 會至夜。

　既：[甲]2035 假使有。

濟：[三]100 於貧窮。

家：[三][宮]1428 亦如是，[三][宮]1521 中能飛，[聖][知]1581 事方便，[聖]190 出共諸。

間：[三][宮]414 無不興。

見：[三]1 皆。

教：[宮]635 勤心樹，[宮]2030 復皆滅。

劫：[聖]663 令住十。

界：[甲]1742 生界種，[甲]2305 平等門，[明]588 以是故，[明]278 成就無，[聖]1425 現前非，[聖]1602 生現前，[宋]、－[宮]1509 者内外，[元][明]278 生如，[元]1442 乃至問。

今：[明]310 見最勝。

盡：[聖]383 盈。

經：[三][宮]285 典之。

俱：[明]、集[聖]425 二會九。

聚：[宮][甲]1912 生爲縁，[宮]451 毀犯如，[三][宮][聖]1537 中而心，[三][宮][知]1579 同分中，[三][宮]397 常勤求，[三][宮]397 六十七，[三][宮]411 皆除滅，[三][宮]810 會出外，[三][宮]1563 謂迦，[三][宮]2122 來在前，[三][宮]下同 397 清淨二，[三]397 拔諸慢，[三]682 離心無，[宋][宮]385 琦珍隨，[宋][明][宮]310 亦不能，[原]1776 住正定，[原]2339 所居則，[原]2359 諸律之。

憒：[三][宮]653 鬧散亂。

來：[宮]1428 中應，[甲]1775 生所習，[甲]1909 佛南無，[三]1362 與汝鎭，[聖]1456 物還價，[宋]212 人

渴仰。

禮：[甲]2400，[甲]2400 了云然，[乙]2391 生作大。

命：[聖]425 度無極。

母：[戊]2221 於金剛。

尼：[三][宮][另]1443 問實訶。

鳥：[三][宮][聖]310 鳥堪歡。

品：[甲]2195 中以普，[宋][宮]223 定衆，[宋][宮]223 念佛，[宋][明][宮]223 成就。

普：[原]、普[甲]1781 會無有，[原]2339 門足圓。

竅：[甲]1782 清淨圓。

求：[宋]682 像生。

取：[原]2263 教同説。

趣：[三][宮][聖]279 生三有。

泉：[宮]263，[三][宮]384 源陂池，[三]125 上沙彌。

群：[甲]1775，[甲]2006 生説法，[三]152 生，[三][宮]278 生一切，[三][宮]2122 僧方知，[三]1 生共相，[三]203。

然：[甲]2037。

如：[聖]292 生欲興，[原]1778 生既是。

奰：[甲]1782 中上名。

潤：[宋][元][宮]、德[明]2121。

僧：[三][宮]1425 度人出，[三][宮]1425 中應出，[三][宮]1428 告，[三][宮]1435 故得波，[三][宮]2060 並集堂，[三]125 者，[三]202 賢，[聖]383 并受眞，[聖]1435 作人現。

上：[甲]1828。

身：[三][宮]541 死入地。

深：[三][聖]643 妙法不。

沈：[三][宮]401 沒苦痛。

甚：[知]741 多以虛。

生：[三][宮]1458 苾芻上，[宋][元][聖]99 生各自。

聖：[甲][乙]2390 聖現在。

師：[甲]2778。

十：[三][宮]534 千人俱。

事：[三][宮]2123。

是：[明]2121 生三世，[三][宮]1435 中一比，[乙]2228 攝，[元][明]277 寶色生。

受：[甲]2266 俱門依，[原]、[甲]1744 苦答馥。

殊：[聖][甲]1763 類不可。

數：[甲]1821 多故言，[甲]2434 金剛皆。

四：[甲]1722 生一切。

雖：[明]1563 多無貪。

所：[明]657 疑此事。

徒：[明]2076 曰，[三][宮]2059 雲聚盛，[三]2087 三，[乙]2087 千餘人。

万：[另]1721 德即。

王：[宮]263 鬼神真。

爲：[三][宮]544 人所，[三][宮]544 人所敬。

僞：[三]2153 經目錄。

畏：[聖]292 魔。

問：[原]1775 五欲二。

烏：[三][宮]1451 鳥皆鳴。

無：[宮]318 漏無受，[甲]2255

菩薩觀。

悉：[聖]100 爲邪見。

瑕：[三][宮]285 穢。

現：[三][宮]1521 五欲樂。

象：[宮]671 沒深泥，[甲]1782 故得教，[明]2121 獨來樹，[三]2145 通於寢，[元][明]2145 趣不可。

像：[三][聖]481 害以用。

興：[甲]2214 德中善。

修：[宮]397 禪定行，[甲]2409 六口承。

縱：[三][宮]1690 蜂喻惡。

業：[宮]397 能勝一，[宮]397 世間衆，[三][宮]278。

衣：[原]2339 衆昔作。

亦：[乙]2309 不可輕。

議：[聖]310 皆於我。

陰：[甲]2217 界，[三][宮][石]1509 無常空，[三][宮]1509 相十二，[聖]1509 熟，[石]1509 斷五，[石]1509 和，[石]1509 乃至十，[石]1509 頗有因，[石]1509 入界不，[石]1509 十八界，[石]1509 十二入，[石]1509 四根相，[石]1509 無，[石]1509 者憍慢，[石]1509 衆五。

蔭：[宋]、陰[元][明][宮]1484 生滅神，[宋]、陰[元][明]1509 一人口。

迎：[聖]1462 往至阿。

永：[三]1467 遠三惡。

欲：[三][宮]397 衆生爲。

緣：[甲]1826，[明]374 生父母。

樂：[甲]853，[甲]1763 也。

蘊：[明]1653 續不移。

在：[三][宮]1522 如經又。

者：[甲][乙]2263 計我狹，[甲]950 皆喜悅。

珍：[三][宮]1562 財以法。

蒸：[宋]、烝[元][明][宮]、蒸[聖]627 庶代負。

之：[三][宮]1421 具塗身，[聖]125 等。

中：[甲]1705 共生，[明]310 降神母，[明]722 生雖曉，[明]1425 不知戒，[三]1549 生群雁，[宋][宮]2045 及尊師。

終：[宮]2053 生成十，[三][宮]292 苦患令，[三][宮]618 不復樂，[三]201 苦願莫，[宋]186 難時四，[原][甲]1980 是無益。

種：[甲][丙]2381 並，[甲]1736 緣爲他，[甲]2196 八部聞，[甲]2792 多人若，[明]220 德本今，[明]224，[明]415 種上味，[明]1080 圍繞西，[明]1421 多少聞，[明]1435 犯應求，[明]1509 世間國，[三]1534 律儀所，[宋][元][宮]328 德本行，[乙]1909 德天王，[乙]2249 不可，[元][明]2122 出家人。

重：[明]24 苦諸比。

眾：[三][宮]2042 與迦。

諸：[燉]262，[宮]286 生入六，[宮]263 惱，[和]293 希有，[甲][乙]2328 善奉行，[甲]1092 災障若，[別]397 塵勞而，[明][乙]1086 聖已，[明]278 虛妄，[明]312 生而爲，[明]635 弟子衣，[三]、－[宮]2122 苦斷時，

[三]、眾縛諸樂[宮]657 縛壞裂，[三][宮]、－[聖]310 毒難譬，[三][宮]657 獸若大，[三][宮][知]1579 善謂善，[三][宮]232 善根譬，[三][宮]263，[三][宮]263 趣唯安，[三][宮]266 顛倒立，[三][宮]278 寶華作，[三][宮]425 惡在閣，[三][宮]588，[三][宮]638 惡，[三][宮]657 苦惱彼，[三][宮]1646 苦之本，[三][聖]200 瓔珞莊，[三]186，[三]186 闇冥識，[三]186 逆賊，[三]192 鳥翻飛，[三]202 人所愛，[三]203 功德發，[三]209 惡業不，[三]264 根利鈍，[三]361 善不爲，[三]374 人言且，[三]374 商人戒，[三]375 商人戒，[三]1011 魔，[三]1425 多比丘，[三]2149 經翻譯，[森]286 熱惱，[聖]397 心非心，[聖]227 因緣無，[聖]663 罪，[聖]1458 學處言，[宋]374 善本善，[元][明]228 色華所，[原]1322 住持稍。

燭：[明]2103 邪而不。

主：[甲]2371 尤，[三][乙][丙][丁]865 從彼一，[三]194 學無學。

資：[原]2722 具悉皆。

自：[三]2060 生。

最：[三][宮]278 勝行寂。

罪：[甲]2266 生，[三]2087 辱如意，[乙][丙]1201 過然後。

舟

般：[聖]476。

舡：[宋]1 筏又無。

船：[甲]2036 之難辨。

丹：[宮]2074 雲母粉，[甲]2183
丘疏，[甲]1717，[甲]2039 禁論戢，
[宋][宮]2060 壑潛移。

冉：[甲]2128 反謂伏。

若：[宮]1911 法華皆，[甲]1783
三昧經，[三]2149 抄外國，[聖]2060
苦。

身：[宮]500 可。

司：[甲]2128 爲船釋。

再：[元][明]2103 七日七。

棹：[三]187 橄信作。

周：[宋][宮]1509 三昧爲。

州

城：[宋][元]2061。

川：[甲]2128 戀反釧，[甲]2129
是說文。

府：[明]2076 臨濟義，[宋][元]
2061 㹃育。

井：[明]2076 路出。

炯：[宋]2066 僧乘悟。

郡：[原]1898 長干塔。

明：[明]2122 告。

師：[明]2076 曰香煙。

天：[甲]2412 今水天。

陽：[明]2122。

翊：[原]910 深山有。

陰：[三][宮]2060 人也遠。

右：[甲]2075 法緣師。

之：[三][宮]2060 父老奏，[宋]
2061。

中：[三]2122。

州：[三][宮]2066 擬寫三。

周：[三]2122 陀年五，[三]2122
陀者今。

洲：[甲]、原本甲本乙本俱混用
2250 俱時作，[甲]1733 五臺山，[甲]
[乙]1822 有商人，[甲][乙]2194 開元
寺，[甲][乙]下同 2185 比能生，[甲]
2128 名樹在，[甲]2129 即，[甲]2173
唐興縣，[甲]2271 大雲寺，[明]2088
記云崑，[明]2122，[三][宮]1443 內尼
拘，[三][宮]1579 咸爲疆，[三][宮]
2041 緣居，[三][宮]2103 葆吹，[三]
[宮]2122 步，[三][宮]2122 中央從，
[三]1 品第一，[聖]2157 公府寺，[聖]
2157 摩賀延，[聖]2157 有一僧，[宋]
[元]2061 之地也，[宋][元]2059 江北
廣。

俌

輔：[明]、讀[宮]2103 張。

讀：[宮]、俌[聖]318 張難。

周

閣：[甲][乙]2263 此云徵。

遍：[三][宮]1428 行求肉。

惆：[聖]200 憚，[宋]196 憚遍
求。

川：[乙]2087 心願諧。

此：[明]1097 言我所。

調：[宋]1027 旋攪水。

闍：[原][甲]1851 陀。

固：[甲]1724，[宋]2087 迹石既。

關：[元][明]2060 塞關邏。

廣：[甲]2128 易其文。

國：[宮]2060 滅法逃，[甲]2053 王之，[甲]2261 七千餘。

害：[三][宮]1549 有。

閟：[甲]1816 備故。

即：[三][宮][聖]224 行索水。

開：[甲]2339 等言義。

了：[聖]1788 故下説。

廟：[三][宮]2104 義不。

目：[乙]2309 甚細猶，[元]2154。

毘：[明]1644 圍二百。

首：[戊][己]2089。

同：[丙]866 雲海來，[宮]848 界威猛，[宮]1888 遍故及，[宮]2034 元二無，[宮]2060 群部乃，[宮]2123 濟故謂，[甲][乙][丙]2381 遍持十，[甲][乙]2087 斂香木，[甲][乙]2296 無，[甲]912 遍法界，[甲]1003 遊六趣，[甲]1199 遍焚燒，[甲]1512 知法不，[甲]1700 遍一，[甲]1700 須菩提，[甲]1709 遍十方，[甲]1733 遍十方，[甲]1733 法，[甲]1736 遍等皆，[甲]1742 遍法界，[甲]2081 法界爲，[甲]2128 帝名也，[甲]2339，[甲]2434，[明][甲]1177 法界如，[明]1558 道則不，[三][宮]1571 遍而自，[三][宮]721 遊衆婇，[三][宮]1610，[三][宮]1610 於妙理，[三][宮]1622 遍故彼，[三][宮]2060 睇於，[三][宮]2060 何王而，[三][宮]2121 懷答言，[三][宮]2123 等衆相，[三]154 於虛空，[三]216 行乞食，[三]291 於三世，[三]1123 稱此祕，[三]1563 無更立，[三]2088 堵層軒，[三]2088 流下乃，[三]2145 建元

二，[三]2154 降至，[聖]291，[聖]291 不捨於，[聖]292 菩薩，[聖]425，[聖]1421 事以器，[聖]2157，[聖]2157 録永隆，[聖]2157 設，[聖]2157 世崛多，[聖]2157 世智度，[聖]2157 遊來達，[另]1442 遍觀看，[宋]1605 審觀察，[宋]2154 入藏録，[乙]2215 遍，[元][明]309 一切隨，[元][明]682 乎，[元][明]2016，[元][明]2154 録不言，[原]1744 普放淨。

團：[三][聖]643 圓無。

圍：[三][宮]2060，[乙]1709 以爲外。

問：[宮]2102 重問，[甲]2255，[元]2103 朝史册，[知]598 不及所。

易：[三]2110 林太玄。

因：[甲]1733 故也七，[甲]2120 栖他處，[甲]2266 聞誦華，[甲]2274，[三][宮]2122 聞天下，[原][甲]2339 問云。

用：[丁]866 流盡虛，[宮]697 遍訖已，[宮]2060 果，[甲][乙]1796 散施此，[明]211 行天下，[明]1442 遍晃耀，[三][宮]619 教令至，[三][宮]1562，[三][宮]2060 備今便，[三][宮]2102 此道也，[三][宮]2122 糝雜魚，[三]869 而復，[聖]、周[聖]1733 舒，[聖]425 旋三界，[聖]2157 禪梵牒，[另]1721 巧説之，[宋]2145 其説根，[原]1203 一萬由。

圓：[甲][乙]1822 無更立，[原]2339 通重重。

匝：[明]415 而啓白，[明]415 恭

敬合，[明]415 入世尊。

則：[三][宮]2102 賢覇凡。

終：[三]185 而復始。

州：[三]2149 曡辯。

週：[博]262 匝倶時，[明]948 匝圍遶，[明]1579 遍思惟。

賙：[三][宮]1442，[元][明]20 窮乏常。

咒：[石][宮]1509 利般陀。

珠：[三]152 陀，[三]152 陀久處。

住：[甲]1733。

宗：[甲]2261 計道爲，[原]2270 訖因喻。

足：[三][宮]1421 當以足。

洲

禪：[三][宮]2053 魂昇紫。

國：[原]2431 鐵塔傳。

開：[甲]2219 處文一。

例：[甲][乙]1822，[甲]2250 應思擇。

明：[甲]1863 遠離而。

樹：[元][明]187 之中菩。

灘：[甲][乙][丙][丁]、洲[丙]848。

提：[三]25 有一大。

有：[宋][元][宮]2122 四惡趣。

舟：[元][明]2121 得。

州：[宮]721 生樹次，[宮]2122 彼國佛，[甲][乙]1822 異生有，[甲][乙]1823 刺史賈，[甲]1821 等者別，[甲]1963 永安縣，[甲]2250 晝夜長，[甲]2426 百會誕，[明]、明註曰州也疑州地 2087，[三][宮]2041 理，[三][宮]2059 小嶺立，[三][宮]2060 渚其心，[三][宮]2122 記曰天，[三]721 彼餘業，[三]2088 即高昌，[三]2154 沙門釋，[聖]2157 紇往造，[宋][宮]2122 人定壽，[宋][明][宮]2122 人面如，[宋]2041 中何義。

週

周：[內]、週迴周圍[戊][己]2092 迴有圍，[戊][己]2092 通僮僕。

粥

白：[原][甲]2409 飯。

粖：[三]984 翅木翅。

輈

譸：[三]2104 張。

賙

周：[明][和]293 給，[三][宮]2059 貧濟乏，[三][聖]172 給貧，[三]152 窮濟乏。

譸

疇：[三]2103 得寫析。

議：[宋][元]1625 議若爾。

輈：[宋][聖]、俯[元][明]643 張奮武。

軸

抽：[三][宮]671 泥團輪。

輪：[宮]2122，[宮]2123 烏肉散，[甲]2266 時失彼，[三][宮][聖]278，[三][宮]2121 是時此。

岫：[甲][乙]2309，[原]2001 之雲其。

轉：[三]1335。

緇：[三]、油[宮]2112 素難誣。

肘

臂：[宮]901 眞言。

膊：[甲][乙]894 還以右。

尺：[宮]2121 應取其。

寸：[甲][乙]973 緣以爲，[三]2125 闊纏一。

股：[甲]893。

切：[聖]1440 作漉水。

拳：[乙]2391 令。

射：[宮]329 以。

時：[丙]1184 四肘圓，[甲][乙]2223 壇法先，[甲]1202 未落地，[甲]2192 間合名，[三][宮]895 次第乞，[聖]953 量地然，[聖]1458 來是其，[聖]1509 俱墮，[宋][宮]2123 即，[乙]2391 還入身，[乙]2394 去惡雖。

頭：[明]1092 裏外出。

用：[甲]893 以。

朋：[宋]187 膝而行。

脂：[宮]1421。

帚

菷：[宋][宮]、箒[元][明]402 迦囉。

箒：[宮]1428 佛言聽，[宮]2060 戲爲談，[三][宮]1428 盛裏棄，[三]1428，[宋][元][宮]2060 并以佛。

菷

帚：[元][明]、掃[宮]1425 得名作。

箒

篲：[三]26 淨與不。

帚：[宮]1451 令掃僧，[甲]1799 孛孛然，[明][甲]1988 云這箇，[明]190 身體莊，[明]190 往掃彼。

怞

恈：[甲]2207 切韻云。

呪

遍：[三]1096 一結二。

差：[甲]、忍[甲]1103 赤石脂。

次：[甲]、況[甲]2174 餘者。

地：[甲]1179 一遍置。

法：[宮]374 術若。

罐：[三][宮][甲]901 罐如是。

光：[宋]1045 曰，[原]920 脫苦縛。

呼：[宋]1096 藏中説。

禁：[宮]397 術故。

經：[明]2154 及般若。

九：[聖]2157 部二十。

況：[甲]1335 汝等便，[甲]1763 經也此，[甲]1799 汝破佛，[三][甲]951 如世間，[三][甲]951 眞實智，[三]2154 相似未，[石]1509 術問曰，[宋][宮]387 意，[宋]901 而行所，[宋]2059 不加靈，[乙]2408 安然和，[元]1488 調是調。

祕：[宋]951 三摩地。

明：[三][甲]1080 神力所，[乙]2396 者畏一。

呢：[明]1558 成四藥。

取：[丙]1246 胡麻一。

如：[三]152 之國人。

是：[宋][元]1161 願心大。

手：[原]、－[甲]1315 印以右。

術：[石]1509 令王白。

咒：[三]2145 不措角。

祀：[宮]741 術治病。

誦：[宋][元]1057 一遍。

衛：[三]1 或誦善。

文：[甲]1267 其淨油。

洗：[宮]901 之一遍。

先：[甲]1072 仙隨其，[原]1251 洗浴天。

以：[甲]952 水灰等。

印：[宋]901 梵本云。

吒：[三][宮]901 乃至日。

祝：[宮][聖]1646 然後，[宮]310 術爲官，[宮]384 術能移，[宮]433 不行，[宮]606 心自念，[宮]606 續髮如，[宮]2122 見弟子，[宮]2122 以香塗，[宮]2122 諸沙門，[甲]1733 藥者謂，[甲]2044，[甲]2053 術厥趣，[三][宮]1509 師來但，[三][宮][聖]278 藥彼有，[三][宮]263 曰，[三][宮]420 術，[三][宮]1437 泥梨，[三][宮]2104 禁親戚，[三][宮]2121 願求兒，[三][宮]2122，[三][宮]2122 病者便，[三][宮]2122 鬼者瞻，[三][宮]2122 及餘蠱，[三][宮]2122 龍下鉢，[三][宮]2122 滅王，[三][宮]2122 盆水令，

[三][宮]2122 若不祀，[三][宮]2122 上，[三][宮]2122 師呪，[三][宮]2122 願忽然，[三][宮]2122 願曰汝，[三][宮]2122 曰若眞，[三][宮]2122 者皆愈，[三][宮]2122 諸梁木，[三][聖]125 術要作，[三]152 服之疾，[三]529 願我令，[三]624 是，[三]2103 師及諸，[三]下同 1301 女名曰，[聖][另]1431 詛墮三，[聖]291 則，[聖]1437 術波夜，[聖]1549 者此義，[聖]下同 225 呪中，[宋][宮]381 願所修，[宋][明][宮]2122 婆羅，[宋][元]2149 經異前，[宋][元][宮]2122 明日忽，[宋]291 食。

咒

況：[乙]1822 也普莎。

宙

雲：[甲]1839 山處此。

胄

曹：[宮][甲]1805 不得廣，[宮]1566 羅，[甲][乙]2087，[甲]2087 王之，[甲]2128 人兇懼，[三]、曾[宮]2060 任爲理，[三][宮]1453 乎彼便，[三]2088 即無憂，[乙]2087 號拘。

曾：[元]1442 裝束軍。

申：[宋][元]2108 等議狀。

胃：[明]220 我當度。

紂：[宮][甲]1998 州云我。

胃

曹：[宋][宮]2053 善究三。

緒：[三]192。

智：[宮]310 者爲如。

紆

紺：[甲]2035 王之臣。

晝

初：[三][宮]414 夜樓。

旦：[三][宮]1428 不看牆。

蓋：[三][宮]440，[三]157 是中有。

晝：[宮]292 夜演光，[宮]323 夜，[宮]721 此夜如，[宮]1464 夜患痛，[宮]2040 度果神，[甲]、書[乙]2261 爲，[甲]1805 地謂作，[甲]2128 文也正，[甲]2128 夜鳴也，[明]1 二名善，[明]721 亦不，[明]1596 夜六時，[三]1341 地搖弄，[三][宮]1509 燈但有，[三][甲]1227 娜拏印，[三]2108，[聖]1763 然可證，[聖]1763 四難也，[聖]125 度園快，[宋]、盡[宮]、明註曰晝北藏作盡 2122 日放暴，[宋][宮]、盡[元][明]2122 則窮年，[宋][宮]2122 地作獄，[宋][明]2122 計殺爾，[宋][元]2061 大悲千，[宋]2060 讀藏經，[宋]2122，[元]、晝夜六時發願文明本作夾註 1982 夜六時，[元][明]721 燈無，[元][明]2154 經同本，[知]418。

獲：[甲]1921 多。

盡：[宮]416 念明了，[宮]563 日出常，[宮]761 在空普，[宮]1566 夜半月，[宮]2053 朕逖覽，[甲]1717 夜

以龍，[甲]2266 見，[甲][乙]1822 即漸增，[甲][乙]1821 者識見，[甲]1512 不，[甲]1782 地熟蘇，[甲]1830 形況已，[三][宮][甲]901，[三][宮][甲]2053 日，[三][宮]731 爲惡如，[三][宮]1462 夜，[三][宮]1559 夜釋曰，[三][宮]2043 日行，[三][宮]2121，[三][宮]2121 開門後，[三][宮]2121 夜二百，[三][甲]1227 夜家，[三]186 書四十，[三]212 夜不息，[三]1560 後後倍，[三]2087 爲大衆，[聖]99 正受時，[聖]1562 夜然後，[宋]、宋南藏亦同 2122 度園七，[元][明][宮]1579 初分若，[元][明][聖]99 正受爾，[元][明][聖]99 正受是，[元][明][聖]99 正受以，[元][明][聖]99 正受作，[元][明]2034 昏星現，[知]384 度樹端。

爉：[元][明]、盡[宮]721 燈往趣。

日：[三][甲][乙]982 夜自身，[宋][元]982 夜自身。

書：[宮]2122 緣青黃，[甲]2087 石請問，[三]1336 那提檀，[聖][另]675 地置，[聖]190 婆等及，[石]1509 是行法，[宋][元]1458 日與芯，[元]173 日棲止，[元]2122 寢夢像。

曙：[甲]1736 合目成。

又：[甲]2135 儞噂娑。

畫：[和]293 夜年劫。

皺：[三]192 牟尼及。

毲

梵：[聖]2157 散排。

皺

彼：[元]190 額生於。

皼：[宮]721 黑淚流，[宮]694 澀齒不。

劫：[甲]1965 勝侶相。

破：[宮]721 面唱喚，[宮]721 面呻喚，[宮]1428 若比丘，[宋][宮]721 面喎口。

籍

藉：[宋][宮]、籍[明]2103 拱敢告。

驟

步：[三][宮]2102 書園吐。

聚：[明]2103 淹信宿，[三][聖]210 貪欲無。

衆：[甲]2075 如稻麻。

驟：[三][宮]2122 卒來召。

朱

采：[三]、未[宮]2103 褁四色。

彩：[三][宮]2059 旗素。

赤：[三]2060 光赫奕。

婁：[甲][乙]2254 索之不。

末：[甲][丁]2244 欑迦，[三]、[元]、未[明]2087 嗢祇邏，[三][宮]2121 利母是，[三][宮]2122 利母是，[三]1336 伽羅兜，[三]1336 伽毘盧，[元][明]1336 坭娑羅，[元][明]下同1336 羅婆婬。

殊：[元][明]2122。

宋：[元]2034 世隆立。

未：[宮]2034 士行身，[甲][乙][丙]2089 和，[甲][乙][宮]1799 亡一般，[三]1 弟婆尼，[宋][元]、婁[明]2102，[宋][元][宮]2102 張數四，[元]2088 序，[元]2102 張連世。

味：[原]、未[乙]1828 定餘二。

珠：[和]293 衣首戴，[甲]1289 天，[明]2103 闕，[三][聖][知]1441 砂，[三][聖]125 色行不，[三]152 遲母是。

株：[明]1509 利。

侏

偶：[三]、蜀[宮]721 儒身目。

儔：[三][宮]403 張或口。

囑：[聖]1425 儒人出。

抹

秼：[甲]、抹[乙]1796。

咮

喙：[三][宮]2104 銜或道。

味：[甲][乙]2393 跢唎二，[三]1335 羅彌致。

洙

末：[元][明]1336 坻洙。

沫：[甲]2128 泗之，[宋][元]99 肪脂髓，[元]190 鼻涕涎。

珠

寶：[三][宮][聖]272 智慧幢，[三][宮]398 瓔珞周。

持：[甲]2400 若迦嚕，[乙]2390

法也其。

辭：[三][宮][聖]481 王如來。

二：[原]1311 寶並日。

光：[明]2076 明已久，[聖]200 比丘尼。

璣：[宮]1912 十枚照。

就：[甲][乙]2390 眞言是。

考：[甲]2082 滿當起。

來：[三]440 摩尼火。

林：[宮]721 婆花池。

琳：[宋][元]2103 隋高。

珞：[甲]1268 造像成。

末：[聖]397 寶幢幡，[宋]、朱[甲]971 地帝。

釋：[甲]2362 種子未。

殊：[博]262 繫其衣，[宮]310 勝生眼，[和]293 珍或生，[甲][乙]1796 勝若於，[甲][乙]2259 觀音，[甲]850 虛合風，[甲]1719 四十餘，[甲]1736，[甲]1771 有，[甲]1782 不解慰，[甲]1805 二，[甲]1805 諸部輕，[甲]1909，[甲]2087 璣間錯，[甲]2087 利，[甲]2214 廣略異，[甲]2266 隨求雨，[明]228 寶網間，[明][甲]2131 師利十，[明]997，[明]1571 燈中色，[三][宮][甲][乙]2087 底色，[三][宮]1521 蓋佛師，[三]157 二十三，[三]187 鉢底四，[三]2123 器而飲，[聖]278 散佛及，[聖]1509 爲喻人，[聖]1509 著身，[宋][宮]721 勝光明，[宋]220 過無量，[乙]1816，[乙]1830 說名變，[乙]2425 具八德，[元][明]626 好繡，[元]2122 數多圓，[原]904 師利菩，[原]2425 法

不如，[知]384 火明。

樹：[甲]2401 羅列。

誦：[甲]904，[甲]2229 法，[甲]2400 時時不，[乙]2173 經一卷，[乙]2408 集。

蘇：[甲]、酥[乙]1225。

搯：[宮]901 掐之一。

味：[甲]1786 瓔珞非，[三][宮]386 寶清水。

喻：[甲]1782 舊言心。

緣：[甲]、珠緣[原]2270 闕未。

珍：[宮]606 墮之于，[宮]627，[甲]1816 寶，[三][宮][甲]2087 寶招募，[三][宮]271 寶金，[三][宮]2066 荊玉雖，[聖]125，[元][明]1562 寶若處，[元][明]190 寶及赤。

朱：[宮]721 羅樹青，[明]2053 囊三乘，[三][宮]2060 柱交映，[三][宮]2122 紫相映，[三]201 向，[聖]371 栴檀。

株：[三]、殊[宮]1457 勝物，[宋][元]2122。

硃：[明]363 爲根碑。

諸：[明]278 瓔珞中，[明]354 寶間錯，[明]657 功德便，[三]945，[三][宮]618 瓔珞種。

株

林：[甲]2401 机過患。

抹：[宮]2122 到女房，[三][宮]397 十三摩。

樹：[明]、林[乙]2087 朽。

猪

猫：[甲]974 兒狗六。

諸：[宋][元][宮]2122 狗，[宋]1331，[乙]1269 頭一象。

蛛

蜩：[宋]1080 師子虎，[宋]1081 諸惡毒，[元][明][宮]2103 屋落蜱。

絑

綵：[甲]2401 畫作皆。

誅

陳：[三]、疎[宮]2103 而爵先。

諫：[甲]2087。

斫：[三]309 伐其樹。

銖

鉢：[明]1336 末和蜜。

錄：[甲]2068 即把筆。

珠：[甲]2036 吞而有。

諸

闇：[聖]1435 有比丘。

謗：[宮][聖]1544 阿羅漢。

本：[明]2033 陰不滅。

彼：[明]158，[明]2087 婆，[三]1467 慚愧者，[三][宮]276 菩薩聲，[三][宮]451 佛土蓮，[三][宮]660 有，[三]125 天對曰，[元][明]1435 比丘見。

表：[原]2264。

別：[三][宮]476 別世界。

病：[三]1331 苦者壽。

部：[三]244 幖幟是。

長：[三][宮]566 善根滅。

偖：[甲]2266 異生離。

讖：[明]293 惑善男。

誠：[三][宮]1571 依彼法。

持：[甲]955 法，[三][宮]381 頌爾乃。

熾：[三]25 鐵釜鐵。

出：[明]220 世間，[宋]100 塵。

初：[甲]2214 發心乃，[甲][乙]1822，[甲][乙]2218 法明道，[甲]2195 禪三昧，[甲]2262 靜慮中，[甲]2339 出三部，[甲]2396 地菩薩，[聖]1733 地此二，[乙]2249 念無表，[乙]1822 無。

除：[明]1542 餘心不，[三][宮][聖][另]410 煩惱，[三][宮]765 煩惱焰。

楮：[宮]1454 窓牖并，[宮]2074 樹樹大。

處：[三][宮]272 一，[宋][元][宮]、者[明]1435。

詞：[甲]1841。

此：[乙]1909 大眾，[元][明][聖]223 法中無，[元][明]664 功德。

大：[三][聖]375 香象故，[元][明][宮]374 苦惱。

當：[三][宮]639 世間不。

道：[甲]1909 觸願身。

得：[宮]263 法，[明]、諸比丘等[聖]627 法眼淨，[明]627，[三]201 有得此，[三][宮]223，[三][宮]461 眼。

地：[三][宮]1596 地中修。

等：[燉]262 菩薩隨，[宮]397 三昧門，[三][宮]657 功德及，[三][宮]657 經令不，[三][宮]657 過，[三][宮]657 經違逆，[三][宮]657 經於將，[三][宮]657 論，[三][宮]657 深，[三][宮]657 四法，[三][宮]657 音無量，[三][宮]657 莊嚴具，[三][宮]1443 苾芻由，[三]157 世界中，[三]245 星各各，[乙]1909 衆生以。

弟：[宋]1339 子使得。

諦：[宮][聖]1544 阿羅漢，[甲]1709 空。

顛：[三][宮]657 倒法非。

調：[宮]397 衆生勤，[甲]1724 山據本，[三][宮]2122 部毘尼，[三][宮]2123 衆生十，[原]2339 子競馳。

諫：[聖]1425。

都：[甲][乙]1796 也薩婆。

度：[三]、－[宮]374 人故爲，[三]2110 官五。

端：[甲]1782。

斷：[宋][明]421 陰中生。

多：[明]994 毛孔流，[明]1451 受，[乙]1736 師解。

厄：[乙]1909 難令諸。

而：[甲]1828 有四有，[甲]2300 天，[三][宮]222 無所生。

二：[甲][乙]2263 種俱非，[聖]613 骨人皆，[宋][明][宮]、一[元]397 人即得。

法：[丙]2396，[宮]399 入皆如，[和]293 佛如是，[甲]1842 宗皆云，[甲][乙]913 衆左右，[甲][乙]1822 斷無漏，[甲][乙]1822 可共用，[甲]1305 魔，[甲]1733 身諸度，[甲]1821，[甲]1828 戒應知，[甲]2266 實自性，[甲]2270 相違決，[丙]2777 行終得，[甲]2778 性習氣，[乙]2297 白法故，[甲]2814，[明]2103 王惟，[三][宮]2049 人不得，[三][宮]2049 師，[三][甲][乙][丙][丁]848 佛自然，[三][聖]643 女，[三]2088 千，[三]2137，[聖][甲]1733 身相作，[聖]1462 幢幡，[宋][宮]342 法悉如，[宋][宮]598 法建立，[乙]957 同薩埵，[乙]1723 果，[乙]1797 佛三，[乙]1816 誑況乎，[乙]1816 菩薩由，[乙]1821 無漏不，[乙]2227 品等所，[乙]2227 尊水陸，[乙]2263 門顯理，[乙]2396 身說也，[元][明]1509 樂之怨，[原]1818 障者依，[原]2436 佛法爾，[知]1785 事也偈。

梵：[三][宮]403 天儼然，[三]191 天而來。

非：[三][宮]1570 法若都。

伏：[聖]475 外道超。

佛：[甲][乙]1201 慧門是，[甲]2219 事文第，[明]201 仙聖中，[三][宮]299 如來照，[三]375 弟子常，[三]440 丹本有。

福：[聖]1509 福德因。

敢：[三][宮][聖]223。

功：[三][宮]657 德本。

故：[明]220 菩薩於，[乙]1736 如華嚴。

觀：[三]201 了得閑。

國：[三][宮]1428 比丘共。

海：[三][宮][聖]376 水亦。

害：[三][宮]2042 道人北。

訶：[甲]970 根，[聖]1463 根不具，[元]221 善法便。

何：[宮]1552 使使。

許：[三][宮]279 微塵數，[三][宮]1453 具壽聽，[另]1453 大德止，[元][明]1562 惑斷是。

護：[宮]323 人若令，[宮]310 世尊爲，[宮]410 處未曾，[宮]2044，[甲][乙]2309 法有爲，[甲][乙]2397 方諸世，[甲]1708 身前中，[三][宮]2123 禁戒故，[三][宮][聖]639 根調柔，[三][宮]278 持，[三][宮]1543 法念覺。

壞：[三][聖]375 善根墮。

繪：[明][流]360 蓋幢幡，[明][流]360 蓋幢幡。

獲：[三][宮]222 總持門。

及：[三][宮]376 童。

集：[甲]1973 者王敏。

計：[甲]1911 有禪定，[聖][另]342 念戀慕，[元][明]292 菩薩所。

記：[宮][聖]1562 所解若，[三][甲]、起[甲]951 難皆上，[三]212 四部衆。

跡：[甲]2313 無盡法。

見：[甲]1822 煩惱通。

諫：[聖]1579 法中多。

將：[聖]200 群臣奉。

講：[三]2060 席備見。

皆：[甲]1828 是學中，[甲]2017 法實相，[明]220，[原]2339 言犢子。

結：[甲]1239 持呪王，[甲]1828

其五，[三][宮]397 惡業邪，[三][宮]2042 使暫不，[乙]2263 宗大意，[乙]2232 如來加，[元][明][宮]325 纒淨其。

戒：[三][宮]1428 根食知。

誠：[聖]1585 有智者。

謹：[宮]317 曼現處。

經：[甲]2015 論多同，[三]1546 論。

敬：[聖]310 菩薩於。

就：[聖]1441 比丘犯，[乙]2227。

舊：[明]2154 舊録參。

居：[宋]374 家親屬。

厥：[甲]2087 典籍莫。

課：[宮]314 業果報。

老：[三][宮][聖]272 病壞施。

離：[甲][乙]1744 惡趣也，[甲][乙]2261 至不除。

令：[三]375 衆生純，[宋]374 衆生純。

六：[三][宮]、十二[聖]586 入皆。

龍：[明]201 壽龍衆，[明]992 龍圍遶。

漏：[甲][乙]1709 別有三。

論：[甲]2249 言所表，[甲]2339 勝，[甲][乙]2249 中有位，[甲]1512 菩，[甲]1717 教興意，[甲]1816 相爲因，[甲]2255 法心爲，[甲]2261 主作比，[乙]2263 師既不，[甲]2266 識亦體，[甲]2269 德咸，[甲]2270 四句皆，[甲]2285 教異一，[甲]2290 師異解，[明][宮]1596 師説即，[三]1546 言緣苦，[聖]1509 三昧不，[聖][甲]1733

釋，[宋][元][宮]1647 界中愛，[宋]951 談論壇，[元][明]1451 苾芻老，[原]、論[乙]、諸[乙]1744 師，[原]2208 師雖舉。

妙：[三]202 法。

明：[三][宮]271 世，[原]2339 法融攝。

諂：[原]、[乙]1744 佛果解。

能：[甲]2217 執。

念：[三][宮]286 佛無量。

諸：[甲]1782 瞿陀是。

譬：[三][宮]657 喻以明。

其：[宮]743 心普有，[甲]1728 邪惑安，[明]310 金粟以，[明]1331 萬姓休，[三]、－[宮]2122 苦痛今，[三][宮]434 佛當五，[三][宮]534 鬼兵，[三]156 人言汝，[三]184 意思有，[三]191 眷屬來。

耆：[三]1。

千：[三]2121 仞在彼，[聖]480 佛剎十。

勤：[宮]657 苦然後，[三][宮]657 苦成佛。

清：[甲]2266 威儀起，[乙]2263 淨道清。

請：[宮]414 世尊發，[宮]669 戲遊於，[宮]263 佛讚曰，[宮]279 眾生住，[宮]425 如來，[宮]681 分別境，[宮]681 自在解，[宮]1421 大德雖，[宮]1425 比丘聞，[宮]2060，[宮]2122，[甲]1721，[甲]1732 偈文，[甲][丙]2394 法，[甲][乙]1709 觀，[甲][乙]2250 寺傳，[甲]893 部主，[甲]923

聖眾各，[甲]1718 遂願故，[甲]1728 受佛勸，[甲]1755 主此經，[甲]1763 淨行之，[甲]1781 法還土，[甲]1781 佛屈，[甲]1782，[甲]1782 供勸趣，[甲]2035 民犯重，[甲]2128 聖人所，[甲]2196 佛，[甲]2207 應反，[甲]2262 金剛藏，[甲]2266 之中第，[甲]2339 初請偈，[甲]2386 有見者，[明][宮]721 飲食，[明][甲]1177 問從是，[明]220，[明]1225 清淨事，[明]2076 觀，[三][宮]742 佛沙門，[三][宮]754 婆羅門，[三][宮]1421 比丘作，[三][宮]1425 尊者明，[三][宮]1442 將帥可，[三][宮]2040 骨分欲，[三][宮]2045 聖眾兩，[三][宮]2060 名學事，[三][宮]2060 耆德通，[三][宮]2060 僧像前，[三][宮]2060 未悟，[三]192 冷治藥，[三]205 比，[三]402 所問我，[三]1092 菩薩摩，[三]1097 呪神眾，[三]1227 天依次，[三]1331 四輩禮，[聖][甲]1763，[聖][另]1442 有苾芻，[聖]310 眾生本，[聖]1421 家有，[聖]1425，[聖]1426 大德是，[聖]1451 學處聞，[聖]2157 關旁道，[另]1435 居士見，[宋][元][宮]1421 比丘，[宋][元]1191 菩，[宋][元]1227 天阿闍，[宋]157 法同一，[乙]1723 為授記，[元]1545 世俗道，[元][明][乙]1092 眾僧設，[元][明]190 佛及比，[元][明]397 十方佛，[元][明]1982 眾生諸，[原]、請[甲]1782 疑佛，[原]923 轉法輪，[原]1223 法廣如，[原]1776 法，[原]1776 法還，[原]1776 佛佛隨，[原]2196 佛為證。

去：[三][宮]606 婬怒癡，[元][明]658 憍慢自。

然：[甲]2261 所望不。

人：[三][宮]2053 人悲泣。

如：[別]397 來大菩，[三][宮]585 大，[三][宮]671 如來住，[聖]410 惡行律。

汝：[三][宮]765 天仙當。

若：[宮]310 眾生，[甲]1828 以色見。

三：[明]220 惡趣受，[聖]1721 外道計，[乙]2263 惡趣，[知]1785 有云云。

散：[三][宮]2104 善不。

色：[明]1336 眾中。

僧：[三]、信[甲]1033 天龍藥。

善：[宮]1531 法智者，[明][甲]997 莊嚴復，[三][宮][知]384 惡受報，[三][宮]374 惡根本，[元][明]407 根必定。

上：[甲][乙]1821。

設：[宮]1543 根非學，[甲][乙]2254 緣多境，[明][宮]351 有比丘，[明]1544 我，[三][宮]1543 色過去，[三][宮][聖]1549 有怨家，[三][宮]451 有持，[三][宮]1543，[三][宮]1549，[三]125 有賢聖，[三]202 使人執。

攝：[明]1651 事今為。

身：[三][聖]375 根不具，[宋]374 根不。

神：[三][宮]403 通悉達，[三][宮]2122 仙諸，[元][明][宮]310 呪護一。

生：[甲]1736 有既已，[甲]2204，

[明]222 想不起，[三]192 天樂別。

施：[三]157，[聖]225 過去當。

詩：[三][宮]2103 部蓋由，[三][宮]2103 經既顯，[聖]1442 苾芻為。

十：[明]1450 方能以。

食：[三][宮]1464 比丘自，[宋][明][甲][乙]921 天女各。

時：[明]220 菩薩捨，[三][宮]1428 比丘往，[三][宮]1464 比丘，[三]202 有他方，[聖]1421 比，[聖]1442 苾芻聞，[元][明]157 菩薩以。

識：[宮]222 法無合，[宮]310 法皆悉，[宮]1542 餘見滅，[宮]224 天子心，[宮]272 沙門淨，[宮]285 根境界，[宮]310 鬼或陰，[宮]481 界集會，[宮]671 境界而，[宮]675 法生，[宮]810 六入不，[宮]1509 如如實，[宮]1542 貪等貪，[宮]1563 法為緣，[宮]1592 六識隨，[宮]1594 熏習及，[宮]1604 地中無，[宮]2123 法不癡，[和]293 眾生調，[甲]1830 法述曰，[甲][乙]2259，[甲]2397 法故亦，[明]658 道云，[明]1450 所有色，[三][宮]671 境界一，[三][宮]1540 思等思，[三][宮][聖]221 三界為，[三][宮]384 神汝自，[三][宮]817 法無著，[三][宮]1537 觸生起，[三][宮]1545 餘愛緣，[三][宮]1546 取道者，[三][宮]1558 念為體，[三][宮]1579 界自相，[三][宮]1588 境界若，[三][宮]1646 根上中，[三][聖]26 辯如，[三]606 所想亦，[三]682 識亦復，[三]682 轉識與，[三]1560 念為體，[三]1597 義顯

現，[聖]1542 已正當，[聖][另]285 菩薩等，[聖]222 可不可，[聖]222 意止修，[聖]1509 法名善，[聖]1539 青色可，[另]1543 餘意識，[石]1668 識遷動，[宋]220 意識平，[宋][宮]397 法無有，[宋][宮]1509，[宋][元][宮]1543法，[元][宮]588 起滅不，[元][明][知]598 入本淨，[元][明]672 相故說，[中]223 天子如。

世：[三]1080 四部信。

是：[宮][聖]1435 比丘不，[宮]268 智慧，[宮]659 菩薩爲，[明]1450有結心，[三][宮]1546 佛世尊，[三][宮]637，[三][宮]1425 比丘親，[三][宮]1494 衆，[三][乙]2087 赭，[三]374 聲聞緣，[聖]223 菩薩摩，[聖]225佛悉得，[宋][宮][聖]1509 法，[原]1862 比丘。

受：[元][明]276 苦毒。

殊：[甲]1795 途邪正，[乙]1736勝三昧。

樹：[明]190 釋種作。

誰：[宮]221 法無盡，[甲]2195 機可顯，[甲]2266 有智者，[明]、－[甲]894 却著法，[三][宮]1438 長老，[三]193 梵志，[聖]1537 受爲緣，[宋]480天在虛。

說：[宮]221 法不可，[宮]374 人天乾，[宮][聖][另]675 法無自，[宮]325 法常應，[宮]653 佛菩提，[宮]671境如風，[宮]1435 學家僧，[宮]1509天得道，[宮]1509 字無讚，[宮]1546見於緣，[宮]1548 沙門婆，[宮]1566

法得解，[宮]1593 法如如，[宮]1646比丘樂，[甲][乙]1821 菩薩學，[甲][乙]1822 草藥，[甲][乙]1822 誑所引，[甲][乙]2218 相可一，[甲][乙]2263佛所現，[甲]1782，[甲]1830 根得故，[甲]2250 入右脇，[甲]2313 依他皆，[甲]2901 諸布施，[久]761 佛如來，[別]397 法滿足，[明]1545 有情行，[明][宮]1545 結但依，[明][宮]1604 菩薩以，[明]212 瘡孔中，[明]721 有怖畏，[明]1458 戒能善，[明]1544，[明]1610 見外一，[三][宮]1562 了義經，[三][宮]1563 多聞聖，[三][宮][丙][丁]869 天，[三][宮]244 龍而說，[三][宮]278 法中三，[三][宮]310，[三][宮]310 無量勝，[三][宮]633 衆生智，[三][宮]895，[三][宮]1442 義故名，[三][宮]1509 法中得，[三][宮]1519 佛實相，[三][宮]1545 成就過，[三][宮]1545 大河水，[三][宮]1545 法無常，[三][宮]1545 男子展，[三][宮]1545 善法首，[三][宮]1545 有，[三][宮]1546邊及無，[三][宮]1558 蘊處界，[三][宮]1562，[三][宮]1562 異生怖，[三][宮]1563 有爲相，[三][宮]1597 煩惱雜，[三][宮]2045 有男女，[三][聖]200外道六，[三][聖]291 如來無，[三]189瑞相已，[三]192 數復說，[三]193 世尊邊，[三]194 彼，[三]268 法無言，[三]651 名諸著，[三]1424 比丘結，[三]1435 比丘不，[三]1545 倡伎婬，[三]1562，[聖]272，[聖]99 無上淨，[聖]231，[聖]279 衆生各，[聖]383 法，

[聖]626 法根本，[聖]675 凡夫顛，[聖]1421，[聖]1421 比丘過，[聖]1421 比丘今，[聖]1427 阿梨耶，[聖]1428 比丘制，[聖]1458 俗人見，[聖]1509 師尊如，[聖]1552 大罪有，[聖]1579，[宋]220 菩薩摩，[宋][宮]384 衆生，[宋][宮]225 法本空，[宋][宮]401 人義無，[宋][宮]671 和合法，[宋][元][宮]1571 無，[宋][元]1546 煩惱除，[宋]671 見離分，[乙]1822 有，[乙]2215 小乘師，[乙]2263 師宗宗，[乙]2296 眞，[乙]2396 法開合，[乙]2397 轉識得，[元][明]421 法皆如，[元][明]1545 有情久，[元][明][知]384，[元][明]1435 比丘尼，[元][明]1509 法當須，[元][明]1562 師議論，[元]125 女當知，[元]228 餘沙門，[元]1428 作惡行，[原]2262 法種於，[甲]2263 二乘不，[乙]2263 無爲自。

斯：[三][宮]770 根本欲。

誦：[甲]952 山頂住，[宋][元]1288 病即除，[宋]1421 沙門，[原]974 千遍并。

隨：[乙]1978 通慧。

所：[宮][聖]278 說大乘，[甲]2219 行道生，[甲][乙]2250 說意同，[甲][乙]2254 歸敬文，[甲]1782 有諸毛，[甲]1828 說諸相，[甲]2196 願三持，[甲]2230 有塵垢，[甲]2266 說諸法，[甲]2270 立等者，[甲]2339 有聲聞，[甲]2801 欲自性，[三][宮]310 說眞實，[三][宮]374 守王人，[三][宮]399 諦根羅，[三][宮]425 不逮，[三]

[宮]653 想念深，[三][乙]1092 希求法，[三]1532 有衆生，[聖]278 說，[原]920 有大。

他：[明]1435 家。

談：[甲][乙]2263 定通所，[甲]2312 愚夫妄。

討：[宮]1451 左右急。

天：[三][宮]379 眼第一，[三]1343 伎樂雨。

童：[宋][宮]639 子滿足。

王：[明]784 侯之位。

往：[三][宮]2041 佛以鉢。

妄：[甲]1775 見而遠。

謂：[丙]2218，[丁]2244 青緑赤，[宮]1565 法皆亦，[宮]263，[宮]283 所有刹，[宮]345 受佛，[宮]657 有能，[宮]672 愚夫分，[宮]681 業習，[宮]684 比丘當，[宮]1509 法實，[宮]1544 根因有，[宮]1545 住律儀，[宮]1546，[宮]1558 所有色，[宮]1596 佛法界，[和]293 熱惱故，[甲]1736 佛五蘊，[甲]1789 我與諸，[甲]1823 法異名，[甲][乙]894 金剛數，[甲]2266 梵稱一，[甲][乙]1822 已離第，[甲]1361 所有波，[甲]1512 法斷滅，[甲]1512 佛雖，[甲]1708 欲是集，[甲]1722 佛菩薩，[甲]1733，[甲]1733 入是境，[甲]1735，[甲]1736 於諸境，[甲]1742 蘊，[甲]1782 如，[甲]1821 同分識，[甲]1821 有情，[甲]1828 一切衆，[甲]1830 能引生，[甲]1884 惑者，[甲]2192 如來作，[甲]2254 我未得，[甲]2266 有，[甲]2270 舉總取，[甲]2434

人天令，[明]220 苾芻等，[明]310 天，
[明]2145 魔堅固，[明][宮]1488 解脫
分，[明][乙]994 佛菩薩，[明]99 佛世
尊，[明]220，[明]220 菩薩摩，[明]220
菩薩衆，[明]225 天世凶，[明]524 群
臣等，[明]717 分，[明]1515 菩薩住，
[明]1538 天子衆，[明]1543 此種成，
[明]1545 器世間，[明]1552 有漏識，
[明]1558 愛行者，[明]2087 僧伽藍，
[三]99 不信者，[三]125，[三]220，[三]
220 有惡魔，[三]1545 瑜伽，[三]1613
心心法，[三][宮]1442 具壽我，[三]
[宮]1531 如來智，[三][宮]1536 意，
[三][宮]1544，[三][宮]1545 色皆有，
[三][宮]1545 異熟果，[三][宮]1545
餘無漏，[三][宮]1545 智雖可，[三]
[宮]1571 法性相，[三][宮][聖]376 持，
[三][宮][聖]606，[三][宮][聖]1428，
[三][宮][聖]1617 菩薩於，[三][宮]221
法如無，[三][宮]222，[三][宮]222 以
過去，[三][宮]263 聲聞黨，[三][宮]
266 菩薩成，[三][宮]288 法以光，[三]
[宮]309 菩薩摩，[三][宮]309 天及人，
[三][宮]313 弟子但，[三][宮]380 善
知識，[三][宮]398 四方域，[三][宮]
721 衆生如，[三][宮]765，[三][宮]765
離憍慢，[三][宮]765 有一類，[三][宮]
1435 比丘以，[三][宮]1442 世間勝，
[三][宮]1443 羂索等，[三][宮]1462 煩
惱漏，[三][宮]1509 法先有，[三][宮]
1509 佛法一，[三][宮]1530 衆生自，
[三][宮]1544 阿羅漢，[三][宮]1545 過
去者，[三][宮]1545 有爲法，[三][宮]

1545 餘遍行，[三][宮]1545 餘現在，
[三][宮]1546 外，[三][宮]1546 中間，
[三][宮]1547 本有不，[三][宮]1547 所
色覆，[三][宮]1558，[三][宮]1558 得
後後，[三][宮]1562 業，[三][宮]1563
有情闕，[三][宮]1570 眞常，[三][宮]
1579 修靜慮，[三][宮]1584 行自生，
[三][宮]1585 感後有，[三][宮]1592 不
著不，[三][宮]1596，[三][宮]1596 法
皆隨，[三][宮]1596 佛作，[三][宮]
1604 佛知一，[三][宮]1604 菩薩由，
[三][宮]1604 菩薩欲，[三][宮]1604 識
依，[三][宮]1646 世間萬，[三][宮]
1660 學無學，[三][聖]1579 佛所許，
[三]1 沙門婆，[三]26，[三]125，[三]
220，[三]374，[三]468 陰界入，[三]
1301 梵志亦，[三]1340 菩薩捨，[三]
1537 聖弟子，[三]1545 地中皆，[三]
1562 我能，[三]1563 是世俗，[三]1564
論師種，[三]1579 王可愛，[三]1646
識不念，[三]2145 爲密今，[聖]1602，
[聖][甲]1733 佛菩，[聖][另]310 境界
無，[聖][另]1543 法因無，[聖]291 有
世，[聖]476 求法者，[聖]626 天及人，
[聖]1451 苾芻當，[聖]1537，[聖]1539
不還者，[聖]1544 結盡何，[聖]1562
非業及，[聖]1562 聖法極，[聖]1563
行必藉，[聖]1579 行共相，[聖]1579
行如前，[聖]1579 行是無，[另]1543
苦智不，[宋][宮]288，[宋][宮]668 衆
生依，[宋][元]、－[宮]1545 巧便智，
[宋][元][宮]310 衆生中，[宋][元][宮]
1545 染，[宋]26 結不善，[宋]99 種子

不，[宋]375 佛，[宋]1462 法初滅，[宋]1558 惑下下，[乙]2249 欲界遍，[乙]2376 菩薩旛，[乙]2394 尊方位，[乙]859 有所作，[乙]1816 見亦應，[乙]1821，[乙]1821 心所所，[乙]1822 從靜慮，[乙]1822 我能感，[乙]2254 大地，[乙]2317 重罪，[乙]2408 半月黑，[乙]2408 此三種，[乙]2425 外道等，[元][明]1579 所有，[元][明]671 外道凡，[元][明]1542 緣身慧，[元][明]1562 識所依，[原]1851 何宜輒，[原]1863，[知]1579 色境界，[知]1579 界及盡，[知]1579 利養體。

無：[宮]626 所想已，[明]212 漏更不，[明]1562 色想皆，[三][宮][聖][另]342 華果樹，[三]157 佛世界，[宋]286 佛。

五：[三][宮]1553 蓋是謂，[聖]227 神通，[乙]2263 天竺簡。

習：[宮]374 正勤何。

喜：[明]312 信樂。

下：[明][甲]1227 准此頗，[三]1056 同賀娑。

賢：[三][宮]657 聖便於。

現：[宮]813 佛國如。

相：[宮]586 緣得無，[和]293 雜有五。

象：[三][宮]588 勇辯得。

邪：[三]2053 見之稱，[聖]1721 見具足。

諧：[甲]2266 四空有。

謝：[三]156 群臣國。

心：[三][宮]1521 智。

新：[三][宮]2122。

行：[三]125 功德奉。

修：[甲]2801 沙門想。

脩：[聖][另]410 苦所因。

須：[明][甲]1988 勿兩般。

緒：[甲]2036 及，[宋][元]2149 既崩其，[原]899。

學：[三]99 弟子身。

訊：[宋]99 論廣問。

言：[三][宮]760 若，[三]1428 比丘白，[宋][元][宮]1520。

揚：[三][宮]810 大。

養：[三][宮]657 佛，[聖]476 大眾其。

耶：[聖]99 見。

一：[三][宮][聖]1421。

益：[三][宮]310 眾生乃，[三][宮]310 眾生以，[三]291 眾生。

異：[明]997 想永皆。

詣：[宮]1912 文定故，[宮]263 佛境界，[宮]626 菩薩在，[宮]1421 比丘尼，[宮]1428 比丘此，[宮]2060 巧麗龕，[甲]1782 佛贊曰，[甲]2035 佛懺悔，[甲]2196 佛等事，[甲]2261 僧，[明]1435 居士語，[明]1562 無表業，[明]2087 印度，[三][宮]498 王舍城，[三][宮][聖]278 佛刹，[三][宮]272 佛國種，[三][宮]278 道場，[三][宮]309 佛樹是，[三][宮]461 解脫審，[三][宮]639 佛國，[三][宮]1435 比丘尼，[三][宮]1482，[三][宮]2121，[三][宮]2122，[三][甲]1253 佛所頭，[三]99 里巷頭，[三]125 比丘，[三]202 門勅勿，

[三]212 天闕見，[三]2145 塔作願，[聖]279 世界，[聖]1437 佛一心，[聖]1452 聖者常，[聖]1723 反甞至，[宋][宮]565 家所到，[宋][元][宮]1443 苾芻尼，[宋]231 菩薩聰，[乙]2390 羅仙異，[乙]2391，[元][宮]721 天中有，[元][明]26 長者家，[元][明]378 力士所，[原]、[甲]1744 佛所頂，[原]1760 佛佛爲。

意：[聖]1539。

億：[三]375 魔不能。

議：[宮][聖]294 菩薩行，[聖]278 智業得，[聖]421 義名法。

因：[三][宮]657 緣無一，[宋][宮]、衆[明]657 緣離非。

蠅：[三][宮]1425 蚊虻覆。

有：[宮]272 怨，[宮]1421 比丘尼，[宮]1428 居士婦，[明]311 無漏法，[三][宮]、者[聖]627，[三][宮]1546 漏，[三][宮]662 缺減二，[三][甲]1080 有情修，[三][聖]157 結縛及。

於：[宮]1525 凡夫，[宮]761 佛於一，[甲][乙][丙]1866 衆生，[甲]893 當部所，[久]1488 財物是，[明][宮]397 魔業到，[明][和]293 法樂隨，[明][乙]1260 恐怖若，[明]278 法界說，[明]278 衆生身，[三]310 貪欲此，[三][宮][知]598 十力用，[三][宮]263 世尊，[三][宮]278 惡道除，[三][宮]376 我所世，[三][宮]414 群生種，[三][宮]414 如來，[三][宮]588 癡冥三，[三][宮]589 禁戒有，[三][宮]1521 大衆集，[三][宮]1562 增上義，[三][宮]

1604 境界，[三][聖]26 天樂百，[三][聖]157 苦惱如，[三]99 菩薩，[三]100 愛然後，[石]1509 林野告，[宋][元]、于[明]682 火風如，[宋][元]、于[明]682 相分別，[宋][元]、于[明]682 異論外，[元][明]157 佛土或，[元][明]310 智慧增，[原]2299 佛永離。

餘：[宮][知]、－[聖]1581 衆生壽，[明]220 如來應，[明]156 天皆墮，[三]99 外道，[三][宮][甲]2053 經論自，[三][宮][聖]586，[三][宮]1425，[三][宮]1435 人但比，[三][宮]1559，[三][宮]1631 法皆不，[三]202 所須當，[三]375 經所有，[三]982 厄難隨，[聖]99 貪嗜心，[聖]383 比丘言，[石]1509 佛所多，[甲]2263 行也若。

與：[三][宮]1530 有情利。

語：[宮]587，[宮]647 比丘說，[宮]1425 比丘當，[宮]1425 比丘復，[宮]1530 所應作，[宮]2122，[和]293 法自性，[甲]1782 贊曰讚，[甲]1782 讚嘆詞，[甲]1828 麀，[明]293 言音海，[明]361 深奉行，[明]1428 比丘諸，[三]、－[聖]1427 比丘尼，[三]198 賢者正，[三][宮]310 言於十，[三][宮]339 蓋不障，[三][宮]1442 女曰汝，[三][宮]1507 釋曰若，[三][宮][甲][乙][丙][丁]866 天等，[三][宮][聖][石]1509 辭，[三][宮][聖][石]1509 言隨生，[三][宮][聖]397 方便常，[三][宮][聖]566 妄語以，[三][宮][聖]1549 使憶乃，[三][宮]340 業淳淨，[三][宮]377 四天王，[三][宮]606 曚曚，[三]

[宮]730 弟子調，[三][宮]1425 比丘，[三][宮]1425 檀越施，[三][宮]1428 村，[三][宮]1435 比丘比，[三][宮]1435 比丘去，[三][宮]1436 比丘言，[三][宮]1462 比丘亦，[三][宮]1536 所有，[三][宮]1545 惡行，[三][宮]1546 餘助道，[三][宮]1595 法隨類，[三][宮]1646 經者何，[三][宮]2042 人民使，[三][宮]2123 法七念，[三][聖]99 王舍城，[三][聖]125 法者便，[三][聖]1425 優婆夷，[三][另]1435 比丘云，[三][乙]950 意所求，[三]23 巢，[三]26 閻浮洲，[三]125 弟子汝，[三]203 臣，[三]212 村落師，[三]361 音聲者，[三]397 言音隨，[三]885 心業三，[三]1394，[三]1546 煩惱或，[三]1549 藏依法，[聖][另]310 經本生，[聖][另]765 苾芻，[聖][另]1543 餘口惡，[聖]125 法之，[聖]225 行者中，[聖]234 飢渴永，[聖]292 法悉無，[聖]1421 天魔梵，[聖]1425 長老當，[聖]1425 長老僧，[聖]1435 比丘應，[聖]1441 比丘下，[聖]1451 苾芻彼，[聖]1460 比丘言，[聖]1488 衆生受，[聖]1509 法邊，[聖]1509 佛道何，[聖]1670 弟，[聖]2042 賢聖弟，[石]1509，[石]1509 法常住，[石]1509 五，[宋]1566 有爲，[宋][宮]222 法盡，[宋][宮]397 法深妙，[宋][宮]477 佛法饒，[乙]2391 言印說，[元][明]202 衆人諸，[元][明]624 所，[原]1856 者諸佛，[知]、護[聖]1581 外道經，[知]1579 取已。

欲：[三]100 結吾當。

願：[三][聖]178 佛說。

讚：[另]1442 寶類王，[宋]414 沙門，[元][明]1053 所施，[元]1161 佛菩薩。

則：[聖]278 深妙道。

繒：[乙]2207 蓋廣韻。

障：[東][元]721 河水急。

者：[宮]221，[宮]481，[甲]1736 法性本，[甲][乙]1250 徒侶，[甲]1227 無比力，[甲]2266 對治門，[明]1594 災橫故，[明]1636 龕窟寂，[明]2076 辭句與，[三][宮]327 朋友不，[三][宮]1545 不放逸，[三]190 苦，[聖]222 法，[聖]1509 佛一切，[聖]1509 聖人，[宋][元][宮]1549 園果或，[宋][元]1582 謬根本，[宋]186 光明令，[宋]440 佛母同，[乙]2261 相所壞，[乙]2878 佛語大，[元][明]1579 法，[元]1579 有情憍，[元]1579 餘，[甲]2323 大乘宗。

淨：[宮]1435 比丘不，[宋]、淨[元][宮]1484 菩薩友，[元][明]1340 事破戒，[元][明]1435 道勸令。

證：[甲]899 者乃知，[甲]1709 法現，[甲]2262 文耶，[甲]2299 無三界，[三]220 佛無上，[三][宮]1546 結苦智，[三][宮]1562，[三][宮]1646 禪定則，[三][聖]26，[聖]341 法漏盡，[乙]1816 佛同證，[元]228 阿羅漢。

之：[宮][聖]606 空計體，[宮]461 義向者，[宮]1521 天宮，[甲]1727 法不出，[甲]1881 法更不，[甲]1929 迷闇故，[明]682 所取，[三][宮][博][敦]262 人等於，[三][宮]397 所須故，[三]

[宮]2104 苦遠曰，[三]375 人咸謂，[三]682 冷水棄，[聖]475 所有十。

支：[明]1016 佛，[三]2122。

枝：[三]220 葉花果。

知：[明]1453 苾芻自，[三][宮][聖]416 如來時，[三]642 見亦復，[三]2040 佛。

指：[聖]643 光滿足。

至：[明]1217 軍馬吹。

治：[甲]1929 經論者。

智：[宮][聖]278 境界，[明]624 慧二於，[聖]606 慧義心。

誌：[甲]2281 體，[明]154 比丘汝。

中：[三]192 群馬。

種：[宮]374 種成就，[宮]664 功德聞。

眾：[宮][聖]268 天華積，[宮]397 根法故，[甲]1736 緣互望，[甲][乙]2263 事令喻，[甲]1750 戒者道，[明]187 魔怨，[明]816 天眾中，[明]1450 人聞已，[三]125 善功德，[三]375 流如，[三]1096 花樹枝，[三][宮]、－[聖][石]1509 善根久，[三][宮]、集[聖]1537 法蘊普，[三][宮]285 苦惱則，[三][宮]1430 惡，[三][宮][聖]425 魔，[三][宮]263 黎庶，[三][宮]263 蓮華億，[三][宮]397 苦以不，[三][宮]397 魔利眾，[三][宮]403 功德而，[三][宮]425 伴黨是，[三][宮]425 惡尋，[三][宮]456 名香其，[三][宮]581 惡王，[三][宮]585 會中諸，[三][宮]627 群黎想，[三][宮]656 德本權，[三][宮]657 怖畏佛，[三][宮]657 苦我於，[三][宮]657 欲無厭，[三][宮]1464 比丘觀，[三][宮]1646 法和合，[三][宮]2122 善奉行，[三][聖]1426 惡，[三]100 塵勞，[三]186 聲聞，[三]264 德本三，[三]291 國土宮，[三]374 流，[三]375 苦當除，[三]375 善奉行，[三]1331 痛哀哉，[三]2149 經，[聖]397 生云何，[聖]664 罪，[石]1509 賈客我，[宋][明]1081 相具足，[元][明][聖]223 冥佛告，[原]920 佛剎，[知]741 毒亦能。

珠：[甲]2879 寶爾時，[明]1288 寶華及，[三][宮][石]1509，[三][宮]657 瓔珞何。

猪：[甲]2410 口，[三][宮]2122 狗尋更。

瀦：[三][宮]2053 之吞雲。

豬：[明]1257 血和合。

藷：[三][宮][聖][另]1459 藕藷根。

註：[甲]2270 師更立。

諸：[三]2063 學者眾。

總：[甲]2261 無爲法，[知]1579 大種總。

足：[別]397 禪，[三][宮]278 善，[聖]663 威德是。

罪：[元][明]1549 犯罪業。

作：[宮]1425 比丘以，[甲]893 事業不，[三][宮]2122 天梵王，[甲]2297 佛三乘。

漢：[乙]2385 經及疏。

竹

何：[明]383 利反。

什：[甲]2207 凌反説。

時：[甲]2036 爲之一。

所：[甲]893 持部主。

行：[三]191 樹蓊欝。

杖：[三][宮]2041 林中普。

竺：[甲]1802 多有珍，[甲]2128
法。

作：[甲]2128 皆反，[甲]2130 亦
云姓，[甲]2250 圍盛穀。

竺

策：[乙]2174 書。

地：[聖]1721 之中央。

豐：[宋][元]185 語釋迦。

宮：[聖]1522。

漢：[三]2149 佛朔。

笠：[聖]1859 道生也。

哩：[三]201 叉尸羅，[宋][明]、
哩[元]201 叉尸羅。

生：[宮]1428 佛念，[宮]2112 乾
有，[甲]1828 諸見五。

釋：[三][宮]2122 僧朗者。

五：[三]2154 卷未詳。

笑：[宋]2149 道祖魏。

竹：[三]2145 法汰難，[三][宮]
2034 出者文，[三][宮]2122 難提譯，
[三][宮]2122 王水及，[聖]347 國沙
門，[聖]2157 園寺出。

逐

逼：[三][宮]2122。

遲：[元][明][聖]189 速還於。

逮：[三]20 生死亦，[三]201 彼
人譬。

患：[三][聖]190 人。

建：[三][宮]1548 利。

豕：[宮]1509 提舍星。

述：[知]741 邪學者。

隨：[明]100，[三][宮]2060 豐四
出，[三]171 去婆羅，[聖][另]1458 伴
遠行，[原]、隨[甲]2006 處。

遂：[內]2396 供養次，[宮]618 常
欲加，[宮]1425 比丘應，[宮]2060 至
已被，[宮]2123，[甲]1721 近前釋，
[甲]1770 意，[甲]2184 義述文，[甲]
[乙]1816 難解中，[甲][乙]1816 難釋
爲，[甲][乙]1816 依行相，[甲][乙]
1821 故者答，[甲][乙]2254 友故名，
[甲][乙]2261，[甲][乙]2261 第四句，
[甲][乙]2397 召請，[甲]970，[甲]1007
法四法，[甲]1080 擁，[甲]1239，[甲]
1280 任其所，[甲]1721，[甲]1728 緣
豈局，[甲]1763，[甲]1763 法爲別，
[甲]1771 語則，[甲]1786 之名處，[甲]
1805，[甲]1816，[甲]1816 難，[甲]
1816 難解世，[甲]1816 難釋此，[甲]
1816 難釋云，[甲]1816 義具而，[甲]
1816 應起現，[甲]1821 王重如，[甲]
1823 大種如，[甲]1830，[甲]1830 令
離實，[甲]1830 難説者，[甲]1830 隨
所有，[甲]1841 水處異，[甲]1851 以
何義，[甲]1861 故成其，[甲]1918 物
情有，[甲]1924 及是故，[甲]1924 及
云，[甲]1960 得見佛，[甲]2087 斥世

親，[甲]2087 出邑外，[甲]2087 利遠
近，[甲]2087 勢邑居，[甲]2087 外道
而，[甲]2087 物清濁，[甲]2131 分別
所，[甲]2217 去地底，[甲]2266 風來，
[甲]2266 求施八，[甲]2266 有答所，
[甲]2274 有問生，[甲]2299 得緣，[甲]
2339 泥污菩，[明][宮]749 可意處，
[明][甲][乙]1225 成頂契，[明]220 而
守衞，[明]1451 省者任，[明]1596 故
即此，[明]2060 而去至，[明]2060 聽
法建，[明]2122 緣感會，[三][宮]749
隨意選，[三][宮]1421 到僧，[三][宮]
1649 依説人，[三][宮]2122 後捉腰，
[三][宮]2122 生龍駒，[三][宮]2123 捶
折其，[三][明]1648 父語，[三]202 乃
能得，[三]209 食，[三]1690 疲，[三]
2122 師語不，[三]2122 音颺而，[聖]
[石]1509 人不置，[聖]231，[另]1509，
[石]1509，[石]1509 非造者，[石]1509
菩薩譬，[石]1509 去山石，[宋][明]
[宮]2103 密讖於，[宋][明][宮]2122
問之乳，[宋][明]2122 意趣漸，[宋]
[元]209 奔馳絶，[宋]125 馬生駒，
[乙]1816 難，[乙]1816 難釋此，[乙]
1816 生喜動，[乙]2261 有答所，[乙]
2394 便安之，[元][明]2122 及知禮，
[元][明][宮][甲]2053 誤生疑，[元]
[明]190 後行自，[元][明]1421 及問
之，[元][明]1435 去是道，[元][明]
1563 身中腐，[元][明]2122，[元]1476
是居，[元]1545 浪高，[原]2369 以諸
方，[知]1785。

尋：[三][宮]1476 是賊若。

遜：[明]212 路前進。

用：[明]2122 或借貸。

遠：[甲]1821 怨等，[甲]2792 取
向白。

追：[三]212 汝，[乙][丁]2092。

逐：[宋][元]2110 鹿之意。

舳

軸：[乙][丙]2089 邊衆人。

燭

觸：[甲]1000 一。

燈：[三][宮]649 明佛乘，[宋]
[元]、鐙[明][乙]1092 油燭。

獨：[三][宮]2040 熾炎。

二：[甲]2128 反尚書。

放：[明]2087，[明]2087 光明，
[明]2087 光明從，[明]2087 光明聞，
[明]2087 光明昔。

炬：[三][宮]377 大如車。

屬：[宮]2078 者表其，[三][宮]
[甲]2053 天凡預，[三][宮]2122 天漢
下，[聖]2157 帝城禁。

應：[三][宮]603 爲斷習，[宋]
1694 爲斷習。

矚：[明]293 開物成，[元][明]152
道士仁。

瀆

師：[原]2271 作此判。

爥

屬：[三][宮]2060 院宇舍。

厰

斸：[甲]1007 斤形次。

斱：[三][宮]1655 象頭。

斴：[三][宮]、[聖]1451 象頂不，[三][宮][另]1458 掘生地，[三][宮]下同 1443 而昇其。

蠋

蚸：[三]152 蟲殘身。

主

安：[明]1421 人言餘。

寶：[宮]625。

差：[甲][乙]1822 別論。

出：[三]171 行採。

方：[宮]1509 名。

貴：[甲][乙]1909 墜。

懷：[甲][乙]1775 而用之。

苦：[三][宮]1588 爲彼所。

匡：[三][宮]2122 以興運，[三][聖]190 領大衆，[聖]225 作，[宋][元]、住[明]682 乾闥婆。

禮：[三][丙]1076 字當心。

立：[宮]2121 遠人當，[甲]1736 以迴向，[甲]1842 己義但，[甲]2266 此，[甲]2274 所，[甲]2274 之因本，[三]1043 西方有，[宋][元]1594 圓滿。

領：[明][宮]632 人民。

呂：[甲]2039 劉漢興。

妙：[明]279 光天之。

末：[甲]2266 歸本不。

人：[明]200 各共諍，[三]1 吾於中，[三][宮]2112 可，[三][宮][聖]1442

請佛及，[三][宮]2122 受割截，[三]125 報曰此。

三：[宮]1452 以所施，[甲]2266 種者謂，[乙]1866 異謂此，[原]1774 劫中既。

色：[甲][乙]2396 羅聲多。

上：[宮][甲]1804 座白言，[聖]2157 施行佛。

神：[三]982。

生：[宮]1598 應無我，[宮]1911 之恩當，[宮][甲]1804 人信，[宮][甲]1805 從作起，[宮]374 受者及，[宮]397 作賊致，[宮]610 者不得，[宮]1509 故發大，[宮]1552 或，[宮]1558 語必俱，[宮]1656 感民愛，[宮]2122 五不狂，[宮]2123 凡聖，[甲]、至[乙]2249 無間地，[甲]899 爲苦所，[甲][乙]1822 之聲有，[甲][乙]1876 名曰寂，[甲][乙]2194 是名，[甲][乙]2194 逃亡他，[甲][乙]2261 等於計，[甲][乙]2263 貪嗔等，[甲]867 身如佛，[甲]1706 謂之神，[甲]1724 釋，[甲]1735 解因果，[甲]1736 等意云，[甲]1782 彼要，[甲]1805 法即非，[甲]1806 想自斷，[甲]1828 差別七，[甲]1846 自是不，[甲]1925 無定物，[甲]2006 一切染，[甲]2207 字亦，[甲]2239 義耶答，[甲]2250 故取者，[甲]2261 之勝流，[甲]2266 會經唯，[甲]2266 名之，[甲]2266 者多迷，[甲]2428 住等諸，[明]847 世尊現，[明]2154 天子所，[明][甲]1177 者造作，[明]152 知菩薩，[明]220 於一切，[明]658 而生歡，

[明]710 無我授，[明]1301，[明]1509 遠處，[明]1552 天主問，[明]1552 心故令，[明]2102，[明]2131 病亦名，[三]、至[宮]1558 所居非，[三]、住[宮]556 噉死人，[三]1552 義是根，[三][宮]278 生無，[三][宮]278 屬衆因，[三][宮]341 一切法，[三][宮]397，[三][宮]460 故諸法，[三][宮]606 所觀是，[三][宮]636 十方尊，[三][宮]637 是，[三][宮]673，[三][宮]731 蔽風名，[三][宮]764 無憎愛，[三][宮]1451 二人悉，[三][宮]1484 者結縛，[三][宮]1509 等四種，[三][宮]1521 所種福，[三][宮]2060 受菩薩，[三][甲]951 三世一，[三]86 啄人頭，[三]154 九物與，[三]159 故亦如，[三]436 彼土有，[三]710 無我法，[三]721 時實，[三]1440 惱，[三]1559 能壞德，[三]1644 故，[聖]347 資産豐，[聖]397 無音無，[聖]1462 者非他，[聖]1509 亦無知，[聖]1552 第，[另]310，[宋]、王[宮]2103 至誠歷，[宋]、子[元][明]738 散用父，[宋][宮][石]1509 三千世，[宋][宮]397，[宋][宮]639，[宋][宮]721 死王皆，[宋][宮]2034 平王宜，[宋][元]882 宰自智，[宋][元][別]397 無作無，[宋][元]125 其事不，[宋]310 名爲吉，[宋]374 相無煩，[宋]625，[乙]869 藏天等，[乙]1796 如天降，[乙]2309 是界趣，[元][明]1562 因滅故，[元][明]401 救濟一，[元][明]656 因緣生，[元][明]1563 識隨界，[元]419 便度量，[元]455，[元]1451 喬答彌，[元]1463，[原]1159 重見如，[知]1785 未亡未。

師：[乙]2263 立比量。

時：[明]312。

士：[甲][乙]2263 釋或此，[甲]2263，[甲]2263 釋，[甲]2266 釋也論，[三][宮]1598 釋。

收：[原]2001 上堂泥。

手：[甲]1077 菩薩。

疏：[乙]2263 實義歟。

數：[甲]1736 多少如。

土：[宮]272 是法王，[三]212 生亂念。

王：[丙]1141 等，[丙]2087 智足，[丙]2092 改號曰，[敦]1957 主慶所，[宮]279 伏諸怨，[宮]433 其色紫，[宮]468 住家者，[宮]882，[宮]1451 是佛所，[宮]1462 物，[宮]1545 處，[宮]1912 凡有釋，[宮]1998 化者，[宮][甲]1804 比丘未，[宮]228 大梵天，[宮]278 盡禮不，[宮]309 菩薩言，[宮]310 能得自，[宮]374 人民皆，[宮]414 威儀恒，[宮]531 不能制，[宮]532 破，[宮]598 猶得自，[宮]721，[宮]721 飢渴常，[宮]721 山，[宮]848 周匝放，[宮]866，[宮]882 等尊皆，[宮]1462 人不得，[宮]1509 久故謂，[宮]1630 菩薩造，[宮]2060 當先行，[宮]2060 者以負，[宮]2121，[宮]2122，[和]293 威勢能，[甲]1735 言下正，[甲]1735 者佛爲，[甲]1771 身，[甲]1804 爲僧立，[甲]1852 破迷申，[甲]1973 之眞子，[甲]2035 秋旱詔，[甲][丙]2087

建，[甲][丁]1222 及依最，[甲][乙][宮]1799 臣請齋，[甲][乙]867 自身悉，[甲][乙]2207 無統御，[甲][乙]2228 自身悉，[甲][乙]2390 羅剎斯，[甲]912 明王或，[甲]952，[甲]975 金剛手，[甲]1705 但人非，[甲]1709 如佛無，[甲]1717，[甲]1728 也淨名，[甲]1735 德固已，[甲]1735 又一切，[甲]1782 逼迫生，[甲]1830 但言心，[甲]1863 聖主住，[甲]1969 得生極，[甲]1973 西竺也，[甲]2037，[甲]2039 與莊穆，[甲]2039 之廟則，[甲]2073 何風流，[甲]2087 乃臨海，[甲]2087 易位，[甲]2087 猶曰不，[甲]2129 反玉篇，[甲]2129 也輩也，[甲]2183 記室，[甲]2207 也論，[甲]2217 自在文，[甲]2218 義，[甲]2239 即無量，[甲]2261 也，[甲]2263 簡臣不，[甲]2266 所敬梵，[甲]2270 未閑此，[甲]2271 滿胄王，[甲]2396 領義二，[甲]2434 之法身，[甲]2434 自，[明]310 世尊具，[明]1421，[明]1558 世尊愍，[明]1636 昇法界，[明][宮]279 以無盡，[明][宮]1425，[明][宮]1545 勝，[明][甲]1177 并諸梵，[明][元]154 八萬烏，[明]2 四天下，[明]99 阿闍世，[明]125 時釋提，[明]154，[明]163，[明]189 藏臣寶，[明]190 既作王，[明]196 波斯匿，[明]211 及民皆，[明]229 即無河，[明]279 身雲護，[明]280 十方，[明]293 富貴尊，[明]293 四天，[明]310 大聖尊，[明]312 此金剛，[明]414 者是名，[明]443 髻摩尼，[明]649 勤來給，[明]665，

[明]866，[明]893 等於其，[明]1024 菩薩觀，[明]1053，[明]1421，[明]1450 名曰修，[明]1450 與我食，[明]1451 勅二夫，[明]1462 若，[明]1463 針箭中，[明]1545 故若心，[明]1563 異由信，[明]2034 四百八，[明]2041 等是也，[明]2045，[明]2060 救世，[明]2103 主害彭，[明]2110 星三公，[明]2122 令鞭，[明]2131 既不知，[明]2145 于時有，[三]125 人民悉，[三]159 若不，[三]1459 應隨彼，[三][宮]278 光明妙，[三][宮]721 牟修樓，[三][宮]1425 或捉或，[三][宮][甲][乙]、生[內][丁]848，[三][宮][甲]895 次復供，[三][宮][甲]895 名曰何，[三][宮][甲]2053 及安城，[三][宮][聖]278 智慧莊，[三][宮]244，[三][宮]286，[三][宮]294，[三][宮]303 雷音菩，[三][宮]376 領此，[三][宮]376 制謂之，[三][宮]383 波斯匿，[三][宮]387 如海眾，[三][宮]397，[三][宮]401 無有志，[三][宮]415，[三][宮]433 轉輪聖，[三][宮]443 如來南，[三][宮]544 一切敬，[三][宮]566 菩薩摩，[三][宮]598 十六四，[三][宮]665 及以人，[三][宮]665 我等四，[三][宮]666，[三][宮]721 共諸天，[三][宮]721 牟，[三][宮]721 牟修樓，[三][宮]721 四天下，[三][宮]721 同業向，[三][宮]721 又復告，[三][宮]724 大臣四，[三][宮]742 將復何，[三][宮]744 四天，[三][宮]810 德過須，[三][宮]816，[三][宮]1421 以自號，[三][宮]1435 共語何，[三][宮]1442 欲取

笈，[三][宮]1451 與我通，[三][宮]1462 如，[三][宮]1491，[三][宮]1509 臣下請，[三][宮]1644 波利夜，[三][宮]1810 說言學，[三][宮]2034 所行檀，[三][宮]2042 所願群，[三][宮]2043 當聽我，[三][宮]2043 更無，[三][宮]2058 發生大，[三][宮]2058 斯事可，[三][宮]2059 虛己相，[三][宮]2060 秉爲荆，[三][宮]2060 崇爲國，[三][宮]2060 爲神寶，[三][宮]2103 領四，[三][宮]2121 所行六，[三][宮]2122 不，[三][宮]2122 所行檀，[三][宮]2122 之明年，[三][甲][乙]950 心生大，[三][甲][乙]1092，[三][聖]99 勿，[三][聖]211 更爲父，[三][乙]953 內或流，[三][乙]953 速疾皆，[三][乙]2087 訛也，[三]1 四天下，[三]6 四，[三]24 說如是，[三]26 法由世，[三]26 今，[三]125 四天下，[三]153 若不能，[三]200 心懷喜，[三]220 常隨左，[三]246 即依過，[三]278 摧諸魔，[三]279，[三]279 入，[三]310，[三]397 以我因，[三]425 子曰聞，[三]664 摩羅子，[三]682 威神不，[三]721 牟修樓，[三]895 耶爲，[三]1335 利益安，[三]1335 能，[三]1335 使得善，[三]1339 佛告雷，[三]1442 合改常，[三]2103 安拘越，[三]2103 劉義隆，[三]2103 以降，[三]2108 幽顯之，[三]2108 之道使，[三]2122 既作王，[三]2122 名優，[三]2122 平王之，[三]2122 作何方，[三]2154，[聖]278，[聖]1723 四天下，[聖][甲]1733，[聖][另]1451 大

王而，[聖]125 沙門已，[聖]157 四天下，[聖]1509 利根，[聖]1549 或作是，[聖]2157，[聖]2157 賜紫沙，[聖]2157 矜其遠，[聖]2157 菩薩造，[另]1459 學人如，[石]1668 如意二，[宋]、生[元]125 不寧各，[宋]190 言，[宋]231，[宋][宮]1488 邊得罪，[宋][元]2123 不必能，[宋][元][宮][另]1442 即往就，[宋][元][宮]341，[宋][元][宮]1521 是善來，[宋][元][宮]2053 莫不以，[宋][元]447 佛南無，[宋][元]1003 成就故，[宋][元]1435 言此有，[宋][元]1442 或兄弟，[宋][元]1451 兵臣寶，[宋][元]1563 於此作，[宋][元]1679 南，[宋][元]2061 持付屬，[宋][元]2061 蘇湖戒，[宋][元]2122 大梵天，[宋][元]2149 行檀波，[宋]125 第一夫，[宋]402 梵主摩，[宋]1559 於應憶，[宋]1562 釋故契，[宋]2085，[西]665 即便爲，[乙]、曼荼羅主[原]2408 菩薩，[乙]1736，[乙]1796 令餘幻，[乙]895 來見，[乙]950，[乙]1201 能作如，[乙]1822 也正法，[乙]1909 佛南無，[乙]2087 役屬突，[乙]2194 甚極近，[乙]2227 名，[乙]2228 十二臂，[乙]2254 不爲損，[乙]2254 能造萬，[乙]2261 破輪要，[乙]2391 藏神新，[乙]2394，[乙]2396 何應受，[乙]2396 見悅愛，[元]、明註曰主南藏作王665，[元]15，[元]99 如是一，[元]187 北方天，[元]228 白佛言，[元]1185 人非人，[元][宮]415 帝釋須，[元][明]、主眞言[甲]893 用護自，[元][明]843 如來，[元]

[明]887 與金剛，[元][明]1679 南無，[元][明]2122 不必能，[元][明][宮]1579 教，[元][明][另]310 一切皆，[元][明][乙]950 西北方，[元][明]100，[元][明]125 本以法，[元][明]185 四天下，[元][明]201 語彼夫，[元][明]271 雷音，[元][明]308 猶轉輪，[元][明]310 人王阿，[元][明]402 地天水，[元][明]403 四天下，[元][明]443，[元][明]649 此經希，[元][明]665 必當聽，[元][明]693 名拘翼，[元][明]721 牟修樓，[元][明]721 與阿修，[元][明]882，[元][明]1104，[元][明]1341 及四大，[元][明]1341 諸夜叉，[元][明]1451 瞋難知，[元][明]1451 但唯內，[元][明]1509 品第二，[元][明]1509 尚，[元][明]1531 世尊親，[元][明]2016 兵寶取，[元][明]2016 心爲萬，[元][明]2053 子育蒼，[元][明]2102 稟以玄，[元][明]2108 之大，[元][明]2122 不，[元][明]2122 不必能，[元][明]2149 建康錄，[元]10 復見於，[元]24 大城，[元]25 前是時，[元]100 弟子衆，[元]125 牛已，[元]125 七日之，[元]159 以天善，[元]163 以充其，[元]170 閻浮利，[元]191 星賀賀，[元]200 瓶沙及，[元]228，[元]228 大梵天，[元]400，[元]414 難陀天，[元]847 而堪受，[元]1154 形所將，[元]1331 相護念，[元]1336 梵天王，[元]1425 言我來，[元]1452 供其飲，[元]1521 帝王地，[元]2122 深怪異，[元]2122 我等無，[元]2122 曰母人，[元]2122 昭王瑕，[元]2145 唯

斷爲，[原]1721 以孝慈，[原]1796 故曰祕，[原]904 名號密，[原]1251 中央吉，[原]1851 齊得爲，[原]2190，[原]2196 三求所。

唯：[原]2319。

未：[甲][乙]1775 得已有。

文：[乙]2263 意者立

心：[甲]1225 契請降。

性：[原]1744 是常是。

言：[宮]1421 跋耆比，[甲]1512 將，[甲]2792 檀主知，[三][宮]2121 見汝正，[三]171 行，[聖]1562 同今詳。

眼：[三]187 歸命牟。

以：[三]201 施設飮。

亦：[明]1191 諸佛。

意：[甲]1825 不欲直。

於：[甲]952 三世一。

云：[甲]2266 然此論，[甲][乙]1821 爲俱舍，[甲]1828 有色性，[甲]2270 不許二，[甲]2395 三周也。

正：[三]、王[宮]2060 題已告，[元]1579 或作，[元]2122 典又以。

之：[原]、[甲][乙]1744 身文殊。

至：[甲][乙]2194 發，[甲]1512 設此，[甲]1736 次第釋，[甲]1736 客之言，[甲]1782，[甲]1813 異色，[甲]1816 入證道，[甲]2135 娑縛引，[甲]2207 朝市朝，[甲]2207 於情也，[甲]2239 天王宮，[甲]2250 釋也非，[甲]2255，[甲]2298 道耶答，[甲]2299 假立種，[甲]2313 誰言無，[三]2060 清虛滿，[三][宮]403 其無僕，[三][宮]1425 多聞精，[三][宮]2121 我法住，

[三][宮]2122 既還至，[三]214 受，[三]682 妙允恭，[三]984 反多多，[三]1104 宰母示，[聖][另]1442 世尊今，[聖]224 行誹謗，[聖]425 除四大，[聖]2157 二十四，[宋][元][宮]328 我曹當，[乙]2194，[乙]2296 決斷故，[元][明]、立[丙][丁]869 形像瑜，[元][明]2103 人法體，[原]、主得至得果[聖]1818 得佛性，[原]2409 於精室。

中：[明]887 本尊常，[宋]2122，[乙]2263 對經部。

衆：[乙]2381 悔滅菩。

煮：[宋][元]1644。

住：[丙]10982，[和]293 夜神爲，[甲]2035，[甲]1003 藏等四，[明]、生[聖]1509 是，[明]2122 彼雨斷，[明]1443 伏藏勿，[三][宮]279，[三][宮]708 亦不專，[三]212 人其駒，[三]310 無護應，[聖]272，[聖]1462 共長老，[宋][元][宮]1425 人言我，[元]1428。

注：[三][乙]、祖[甲]1075 隷六。

宗：[甲]2299 爲自宗。

祖：[甲][丙]1075 隷准，[三][乙][丙]1076 字者一。

作：[甲]1839 無常法，[三][宮]837 導師須。

座：[甲]1781 則應言。

拄

持：[三][宮]537 杖取食。

付：[原]1238 二食指。

掛：[三]2125 在壁牙。

桂：[甲]2250 地表菩。

委：[宋][宮]582 杖吐舌。

相：[甲][乙]2390 合又云，[三][甲][乙][丙]1056 背禪智。

於：[甲]1238 中指背，[乙]1250 地翼兩。

住：[明]、跡[甲]1199 如環，[三][宮]1425 前三，[宋][元][宮][聖]1421 何物用。

注：[聖][另]1435 爾，[聖]223 不令，[聖]1421 頰或。

柱：[甲]、跓[乙]1069，[甲][乙]1239 之右手，[甲]1030 偃其指，[甲]1225 眞言如，[甲]2035 杖荷布，[甲]2400 誦眞言，[三][宮]1425 梁不尊，[三][宮]876 上齵止，[三][宮]2123 獄鬼然，[三][乙]1092 知古，[聖]、[另]613 亦相連，[聖]1421 杖人説，[聖]1421 杖人，[聖]26 杖而行，[聖]172 頰涕淚，[聖]189 杖羸步，[聖]1421 杖人説，[聖]1421 杖使人，[宋][宮]1425 他鼻言，[宋][宮]2123 其齒困，[宋][明][宮]1548 杖羸，[宋][元]、任[宮]2123 杖行此，[宋][元][宮][聖]1425 胃而飲，[宋][元][宮][聖]1443 著膝佛，[宋][元][宮]770 杖短氣，[宋][元]43 杖，[宋][元]46 杖病者，[宋][元]190 地，[宋][元]1033 如環是，[宋]185 杖羸步，[乙]1032，[乙]1171 成覺悟，[乙]1239 頭二中，[元]1092 知古反。

跓：[丙]1056 即誦眞，[丙]1076 以二大，[甲][乙][丙]1184，[甲][乙]1056 禪智背，[甲][乙]1069 安右掌，[甲][乙]1069 大指各，[甲][乙]1132 欲

結此，[甲][乙]1211 禪智並，[甲]1031 置於頂，[甲]1072 水下節，[甲]1112 進力少，[甲]1122，[宋]1057 先以左，[宋]1058 開，[宋]1103 無名指。

駐：[聖]、跓[甲][乙][丙]1199，[聖]99 地聖王，[宋][甲][乙]866 即説密。

渚

儲：[三]2060。

上：[三][宮]2122 買材路。

緒：[三][宮]2103 降祥協，[原]1819 者陼丘。

諸：[甲]2068 次，[甲]2266 脈中攝，[甲]2362 皆依閣，[三][宮]1507 國興，[三][宮]1507 國興隆。

煮：[三][宮]1464 人不得。

煮

煎：[三][宮]1435 取脂是。

看：[三][宮]721 之則。

熟：[三][宮]1425 隨病食。

暑：[三][宮]585 等諸音，[石]1509 如釜熟。

性：[三][宮]1646 彼人。

者：[宮]731 之人居，[宮]1435 我等乞，[甲]2396 爲，[三][宮]274 當，[三][宮]637 故知生，[三][宮]1428 吐下，[聖]190 豆或或，[聖]1421 餘報受，[聖]1509 菩薩知，[宋][元][宮]721 彼地獄，[宋]1509，[乙]913 洗蜜和。

炙：[甲]1828 故呼佛。

蝫：[宮]1466。

諸：[三][宮]724 衆生身。

作：[三][宮]1435 何等答。

囑

付：[原]1744 汝亦應。

教：[三]1644 因是度。

屬：[宋][元]2061 累一夜。

麈

麈：[三]2103 而高談，[宋][明]2122，[元]2059 尾行每。

囑

喉：[原]2199。

噚：[甲]1973 家人及。

蜀：[甲]1811 之門宣。

屬：[宮][另]1442 授去世，[宮]379 時衆中，[宮]1808 至白衣，[宮]1810 客比丘，[宮]1912 意在於，[宮]2122 毘，[宮]2122 友人慧，[宮]下同 1810 授法若，[甲]1778 流通，[甲]2348 法進彼，[甲][乙]2186 因也從，[甲][乙]1866 差，[甲][乙]2186 化主且，[甲]1065 於多聞，[甲]1080 於汝，[甲]1089 等法，[甲]1700，[甲]1709 累即重，[甲]1715，[甲]1733 阿難如，[甲]1780 竟今何，[甲]1805 小淨人，[甲]1816 者由以，[甲]1918 令於，[久]397 法眼饒，[三][宮]1442 不可隨，[三][宮]1459 授捨去，[三][宮][聖]397，[三][宮][聖]1458 我某舍，[三][宮]434 汝等諸，[三][宮]479 授，[三][宮]1435 人取者，[三][宮]1442 苾芻施，[三][宮]1442 我今不，[三][宮]1442 曰此

之，[三][宮]1451，[三][宮]1454 授除餘，[三][宮]1458 授十得，[三][宮]1459 授，[三][宮]1459 信并求，[三][宮]1507 優多羅，[三][宮]1549 授及訓，[三][宮]1809 授法諸，[三][宮]1809 授在現，[三][宮]1810 比丘尼，[三][宮]1810 授在現，[三][宮]2060 慧端具，[三][宮]2060 於群，[三][宮]2122 扶疾筆，[三]152 隣獨母，[三]2063 法育尼，[三]2122，[三]2122 之瓃，[三]2145 授清淨，[聖]190 摩訶波，[聖][另]342 累懃懃，[聖][另]1431 餘比丘，[聖]125 累，[聖]190 王位灌，[聖]224 累汝阿，[聖]225，[聖]375 是故我，[聖]1425 長老優，[聖]1425 尚欲經，[聖]1429 授餘比，[聖]1458 授而去，[聖]1462 此二子，[聖]1462 餘比丘，[聖]下同 1441 臥具出，[另]1442 授應，[宋][宮]402 汝等手，[宋][宮][聖]324 累汝心，[宋][宮]402 誰，[宋][宮]402 一切天，[宋][宮]425 累音而，[宋][宮]1442 當須憶，[宋][宮]2122 何人安，[宋][元]、囑累累教[宮]227 累品第，[宋][元]2122 而埋至，[宋][元][宮]1434 比丘說，[宋][元][宮]1442，[宋][元][宮]1442 已鳴鼓，[宋][元][宮]1458 授此物，[宋][元][宮]1810 授法使，[宋][元][宮]1810 授告尼，[宋][元]1425 彼人無，[宋]380 於汝乃，[宋]381 累汝於，[宋]1341 汝病者，[元]2106 已結集。

喻：[甲]1831 猶豪氂。

囑：[甲]1734，[甲]2837 豈或，

[三][宮]2103 於章華，[三][宮]2121 向無勝，[三][聖]190，[三][聖]190 少時即，[宋][元]2122 授進。

矚

觸：[三][宮]721。

屬：[甲][乙][丙]922 殄災除，[明]2016 於境，[三][宮]2059 建安王，[三][宮]2060 不敢通，[宋][宮]2059 靈異乃，[宋][元]2103 其雲少，[乙][丙]2092 此芳景。

想：[三][宮]2060 顏色及。

曜：[聖]1721 故名天。

瞻：[明]293 一切是，[三][宮]2053 三藏之。

燭：[甲]1733 廣大復，[三][宮]2060 如火行。

茅

茅：[甲]2128 茨上夘。

助

財：[三][宮]1562。

持：[明][甲]1177 衆。

此：[甲]1733 道。

切：[甲]1782 利三月。

動：[宮]1598 心受用。

而：[乙]1723 爲一乘。

功：[別]397 智不從。

化：[聖]425 佛道亦。

歡：[三]125 令歡喜。

即：[宮]397，[宋]425 於道欲。

加：[甲][乙]2404 顯云如，[乙]

2404 顯云依。

敬：[甲][乙]1822 自在。

救：[三][宮]2104 姚即發。

勒：[聖]375 出如朽。

勵：[宋]、沮[元][明]2154 不亦大。

令：[明][聖]221 衆生行。

律：[三]1426 破僧事。

眄：[甲]1920。

明：[甲][乙]1709 已修習，[甲]1717 一家用，[明]192 鮮，[三][宮]1595 道，[三][宮]2122，[聖]1509 佛說法，[宋][宮]222 布施，[宋]152。

念：[三][乙]1075 亦能成。

趣：[元][明]1509 不可得。

勸：[甲]1921 不，[三][宮]425 化衆生，[三][宮]1442 伴。

善：[聖]1427 道。

時：[明]950 伴或取。

物：[甲]2266 以贈行。

邪：[甲]1782 命善法，[原]、耶[乙]1724 解。

延：[三][宮]1579 利供養。

眼：[甲]2068 畢一部，[三]1563 識，[宋][宮]657 卿作眼。

樂：[聖]481 衆生行。

則：[宮]278 我修習，[三][宮]225 一切人，[宋][元][宮]1443 定慧莊。

照：[甲]1786 發之緣。

者：[三][宮]263。

總：[甲]2277 所依因。

坐：[明]1554。

住

阿：[宮]310 奢摩他。

礙：[甲]1733 四知眞。

安：[甲]、住安[甲]1851 唯善解。

胞：[宋][元]1544。

彼：[三][宮]1592 爲不分。

病：[明]1545 無常。

不：[元][明]225 當。

布：[甲]1742 無中無。

曾：[聖]375 於波羅。

長：[三][宮]618 念頃不。

車：[聖]125 吾體疲。

成：[明]25。

持：[甲][乙]2263 麁細懸，[明]212 正法，[乙]2391 蓮華，[元][明]586 此經者。

出：[聖]613。

除：[明]721 無垢。

處：[宮][聖]397 夫無住，[甲][乙]1822 現在修，[明]220 清，[明]1428 欲說戒，[明]1463 比，[三][宮][聖]397 於涅槃，[聖]278，[元][明][宮]374 王位我。

從：[甲][乙]1822 金，[原]920 此而出。

促：[甲]1863 無餘依。

存：[甲]1851 爲住持，[三][宮]374 法是故。

答：[三][宮][聖]383 我已許。

大：[三][宮]2121 沙門世。

但：[宮]223 般若波，[三][宮]607 當一切，[知]1785 境自樂。

得：[甲]1733 菩提名，[明]220 菩

薩摩，[三][宮]657 聖道，[聖]223 斯陀含，[宋][元]305 口業不。

地：[宮]309 復從初，[甲]1816 十行十，[甲]2367 退墮，[甲]2396 也其十，[三][宮]656 中便當，[三][宮]2121 二恒河，[三][聖]375 菩薩，[三]2153 斷結經，[聖][甲]1717 中說壽，[聖][石]1509 所聞何，[聖]663 逮十力，[乙]2263 菩薩〇，[乙]2408 菩薩，[元][明]157 我於爾，[元][明]656 菩薩摩，[元][明]656 三禪所。

等：[明]1597 業住甚。

堆：[三][宮]、埠[聖]1464 阜邊宿。

惡：[石]1509 世間是。

而：[甲]1828 念世。

法：[宮]263，[宮]656 無所住，[甲]1782 無實生，[三][宮]309 云何爲，[三][宮]1546 中，[三][聖]210 臥安世，[三][聖]278 不違世，[三]99 乃至得，[原]1863 能生一。

非：[宮]310 法界故，[元]220 捨性無。

佛：[甲]1816，[宮]1595，[甲]1736 性二是，[甲]1828 已下明，[甲]2219 住也十，[三]212 隻居亦，[原]1744 聖。

告：[宋]1809 諸比丘。

各：[明]305 諸佛如。

供：[宮]1509 處不垢，[明]228 當互觀，[明]1425 比丘尼，[三][宮]2122 三寶然，[宋][元]1340 是威儀。

共：[甲]1705 生死有。

固：[甲][乙]2394。

絯：[甲][乙]2394。

國：[三]982。

果：[三][宮]313 佛言舍。

還：[元][明]476 彼國。

何：[元][明]1341 處有事。

恒：[甲][乙]2434 從本已。

會：[宮]1435 處般涅。

即：[三]1435 至。

集：[三]187，[原]、雜[原]904。

佳：[宮]461 想於諸，[甲]2299，[甲]2195 矣云，[甲]2266 反謂本，[明]1336 流手，[三][宮][聖]1428 不梵志，[三][宮]2122，[宋][元]2061 句也素，[宋]721 不動不。

堅：[甲]2290 故不能。

間：[甲]2337 修串習。

結：[三]1125 金剛薩。

戒：[三]1584。

近：[三][宮]327 於此證。

進：[三][宮]2060。

盡：[甲]1782 無爲後。

經：[甲][乙][丙]2397 中以青，[甲][乙]1822 百年捨，[甲]895 止倚，[甲]1111 師子面，[甲]1731 十地等，[甲]1816 名壽者，[甲]2250 戒非指，[甲]2266 之地故，[甲]2299 一切大，[甲]2299 中卷文，[甲]2313 時節亦，[聖]2157 之與地，[乙]1816 劫中，[乙]2263 久，[原]、說[原]1818，[原]1749 宣說般，[原]1696 強南北，[原]1776 中說是。

俓：[甲]1816 中。

徑：[宮]225 無邊極，[宮]2121 樹上偈，[三][宮]401 者修無，[三][宮]2122 即謂曰，[三][聖]170 隨亂行。

居：[宮]656 有猗無，[甲]1969 三果報。

俱：[乙]2263 我此所，[原]2249 時之時。

捐：[宋][元][宮]2122 在。

空：[甲]1195 空性空，[甲]1778 修恒沙。

尪：[明]310 天宮心，[宋][元][宮]、尪[明]、桂[知]598 聖時已。

狂：[原]2221 亂心無。

類：[甲]2339 側住。

理：[甲]2313 今就順。

立：[甲]1733 法界下，[明]982，[三][宮]222 是定意，[三][宮]263 二十中，[三][宮]1431 令彼憶，[三][宮]1442 鋪主問，[三][宮]1442 時王告，[三]1463 極久比，[聖]1428 得衣者，[宋][宮]342，[乙][丁]865 諸門一，[元][明]161。

留：[聖][另]1435 佛自思。

陸：[三]672 一切衆。

滅：[三][宮]379 一劫未。

命：[甲]1092 智得。

念：[甲]1717 處乃至，[三][聖]210 住六更，[聖]221 般若波。

平：[三][宮]1565 等。

佉：[甲][乙]2390 依。

去：[三][宮]1443，[三]99。

然：[甲]1789 又言法。

人：[元][明]2106。

任：[宮]263 斯德報，[宮]721 他人隨，[宮]1562 起應，[宮]1648 爲觀初，[甲]1828 持所有，[甲]1833 持者謂，[甲]2339 此菩薩，[甲]2339 心已，[甲][乙]2254 情無法，[甲][乙]1822 持身可，[甲][乙]2397 持力云，[甲]1227 畫諸大，[甲]1709 持一切，[甲]1727 此法門，[甲]1733，[甲]1733 持萬德，[甲]1782 機成，[甲]1796 師位也，[甲]1799 心，[甲]1805 持實通，[甲]1828 持，[甲]1828 持最後，[甲]1828 趣入究，[甲]1828 自在是，[甲]1851 分三勝，[甲]1911 緣普現，[甲]2191 持所餘，[甲]2219 持義依，[甲]2263，[甲]2266，[甲]2266 持若助，[甲]2266 持增上，[甲]2266 放不覊，[甲]2266 靜慮二，[甲]2266 無相觀，[甲]2317 持故者，[甲]2337 持一切，[甲]2339 出初地，[甲]2376，[甲]2401 瑜伽師，[明][甲]997 法器皆，[明][甲]1988 無生即，[明]220 持諸妙，[明]585 説斯法，[明]1579 持未壞，[明]1598 即四無，[明]2034 持法藏，[三]、在[宮]263，[三][宮]402 猶如山，[三][宮]1545 持諸有，[三][宮]1562 持身故，[三][宮]1585 善惡業，[三][宮][甲]2087 持正法，[三][宮][聖]1579 持最後，[三][宮][聖][另]1459 彼須應，[三][宮][聖]410 大乘久，[三][宮][聖]566 應供大，[三][宮][聖]823 住受用，[三][宮][聖]1579 持，[三][宮]309 故菩薩，[三][宮]310，[三][宮]425 所觀普，[三][宮]618 生滅所，[三][宮]1451 情而

爲，[三][宮]1509 成佛何，[三][宮]1549 求，[三][宮]1562 持身可，[三][宮]1562 持所依，[三][宮]1563 持乃成，[三][宮]1579 持時，[三][宮]1594 持故謂，[三][宮]1594 持圓滿，[三][宮]1602 持讀，[三][宮]1674 持身，[三][宮]1692 是富豪，[三][宮]2043，[三][宮]2059，[三][宮]2059 持至掘，[三][宮]2060，[三][宮]2060 北臺昭，[三][宮]2122 持説法，[三][宮]2122 用久近，[三][宮]2123 杖不能，[三][聖]1579 持法，[三]55 彼不不，[三]100 魔所，[三]137 及，[三]154 法，[三]220 持一切，[三]220 持諸定，[三]220 性皆名，[三]397，[三]618 彼去留，[三]682 者皆諸，[三]885 大印相，[三]1007 婆樹木，[三]1229 種種大，[三]1340 持水界，[三]2034 持法藏，[三]2060 齊鄴盛，[三]2087 持正法，[三]2110 持，[三]2110 所以者，[三]2145 胸懷之，[聖]222，[聖]953 禁，[聖]953 三千大，[聖]1546 談論靜，[聖]1579 者，[聖]2157，[聖]2157 西太原，[另]1435 已持衣，[宋][宮][聖]476 持身諸，[宋][宮]1579 持故於，[宋][明][宮]411 持菩提，[宋][明][宮]1579 受用是，[宋][明][宮]1666 持過去，[宋][元]220 持一切，[宋][元]1545 持所作，[宋][元]1579 如來所，[宋][元]2149 持無絶，[宋]489，[宋]1605 持，[乙]2218 入大道，[乙]1821 持自在，[乙]1821 因性即，[乙]2396 是十地，[元]12，[元]190 持此身，[元][明]1579 持

其心，[元][明][宮]445 世界建，[元][明][宮]1545 持觸所，[元][明][宮]1571 持有爲，[元][明][宮]2123 之故智，[元][明]279 持諸菩，[元][明]310 持其，[元][明]675 持讀，[元][明]1071 婆，[元][明]2060 化，[元][明]2060 之爲寺，[元]1435 非受事，[元]1435 人若作，[元]1579 阿練若，[元]2060 寶明寺，[原]、[乙]1744 性無知，[原]2220 疏文以，[原]2339 少，[原]1797 持是身，[原]2196 放之功，[原]2220 運，[原]2303 言方之，[原]2339 持即是。

入：[明]、住[宮]285，[三][宮]657 云何，[三][宮]839，[乙]2228 悉地。

僧：[三]1441 諸佛祕。

刹：[甲]1742 佛。

甚：[石]1509 快樂似。

生：[宮]756 有暇者，[甲]1735 推後則，[甲][乙]1821 上界，[甲]1735 善友國，[甲]1735 中滿，[甲]1736 正法名，[甲]1805 善故非，[甲]1926 此無名，[甲]2035 處梵，[甲]2269 決擇爲，[甲]2339 者汝等，[明]1509 諸善根，[明]2131 故此譬，[明]294 境界，[明]1550 從共因，[明]1550 是故説，[明]1563 故契經，[明]1658 不二，[明]2149 荆楚少，[三][宮]351，[三][宮]1545 俱滅於，[三][宮]2122 如人無，[三]24 光音諸，[三]1562，[聖]190 是寂定，[聖]272，[宋][宮]1581 處一切，[乙]2396 解已了，[元]220，[元][明]1575 正心雖，[元][明][宮]614 離欲

處，[元][明]288 清淨謂，[元][明]658 處體性，[元]1340 處亦，[元]1546 眾生必。

食：[三][宮]1428 聽與房。

識：[元][明]1545 住非識。

世：[聖]157，[原]1829 者四無。

事：[聖]1427。

授：[甲]1733 與第六。

澍：[元][明]1332。

說：[甲]1723 法此初，[明]1546 慈故令。

所：[元]、在[明]2016 觀無生。

他：[明]2076 處事涉。

嘆：[聖]663 一面。

聽：[宮]1435 者應禮。

停：[三][宮]383，[三][宮]801 不久咸。

退：[宋][宮]223 處如是。

王：[元]186 眾德淨，[元]443 如來南。

徃：[甲]895 著以正，[甲]1782 劫亦有，[元][明]397 之處先。

往：[丙]、在[丙]973 菩提樹，[宮]374 於波羅，[宮][甲]1804 比丘僧，[宮][甲]1805 乃至百，[宮][聖]310 名，[宮]263 教，[宮]270 故爾時，[宮]279 諸白淨，[宮]309 受，[宮]310 空靜處，[宮]310 至佛所，[宮]322 在正次，[宮]374 爾時佛，[宮]425 月號梵，[宮]585 哉爲自，[宮]823 其，[宮]839 念皆當，[宮]1425 王舍城，[宮]1435 邊若有，[宮]1464 續種繼，[宮]1548 禪時定，[宮]1549 入要如，[宮]1566 於，[宮]

2025 兩序前，[甲]1736 於無礙，[甲]1804 佛所佛，[甲][乙]2250 至中自，[甲]1718 嫌住，[甲]1724 在第八，[甲]1736，[甲]1736 自分但，[甲]1742 爾所世，[甲]1780 智二泥，[甲]1781 彼燈，[甲]1805 其家其，[甲]1826 生安樂，[甲]1828 百界六，[甲]1922 無所知，[甲]2036 見中觀，[甲]2261 復以神，[甲]2266 大自在，[甲]2266 梵世復，[甲]2339 之者，[甲]2395 初地等，[甲]2901 於是普，[明]159 阿蘭若，[明]671 諸國土，[明]1128 三界是，[明]1336 夜於佛，[明]2016 耳又劉，[明]2131 遠離處，[明][乙]1092 坐臥喫，[明]158 彼見我，[明]190，[明]220 不還果，[明]293 皆悉不，[明]293 天宮盡，[明]293 一切劫，[明]293 諸菩薩，[明]309 將護，[明]352 林野於，[明]384 亦無教，[明]549 長者舍，[明]681 彼諸佛，[明]720 彼愚癡，[明]810 天王如，[明]1216 彼悖王，[明]1421 來出見，[明]1435 處死佛，[明]1435 待，[明]1458 房內應，[明]1459 若無依，[明]1522，[明]1545 上界亦，[明]1549 求欲壞，[明]1644 不，[明]1647 事因力，[明]1660 詣覺場，[明]1667 內心後，[明]1809 而相親，[明]2060 無再宿，[明]2076 隨州，[明]2121 侍如來，[明]2145 子十卷，[三]、位[宮]749 寺比丘，[三]210 者異近，[三]1340 處四大，[三]1421 聞米臭，[三][宮]397 彼寺中，[三][宮]1648 餘處則，[三][宮]2060 雍州創，[三][宮][聖]222

古三耶，[三][宮][聖][知]1579 六處修，[三][宮][聖]1470 有五事，[三][宮][聖]1523 不來復，[三][宮]225 乘發何，[三][宮]229 觀大海，[三][宮]263 造其所，[三][宮]263 至十方，[三][宮]266，[三][宮]310 須彌山，[三][宮]322 意爲不，[三][宮]342 所化無，[三][宮]381 亦無所，[三][宮]397 彼諸宮，[三][宮]403 見佛形，[三][宮]403 去者亦，[三][宮]425，[三][宮]425 和有聖，[三][宮]425 現安護，[三][宮]433 無數劫，[三][宮]461 世有兩，[三][宮]588 雖示現，[三][宮]603，[三][宮]606 世犯罪，[三][宮]606 在比國，[三][宮]632，[三][宮]656 形不滯，[三][宮]721 何處鬪，[三][宮]721 於廣大，[三][宮]810 度無能，[三][宮]1421，[三][宮]1421 塚間乞，[三][宮]1425 若有比，[三][宮]1425 虛空，[三][宮]1428，[三][宮]1428 彼汝等，[三][宮]1451 報諸釋，[三][宮]1462，[三][宮]1462 難陀園，[三][宮]1464，[三][宮]1464 耆闍崛，[三][宮]1470 行應請，[三][宮]1543 後心，[三][宮]1545 如是牆，[三][宮]1546 後心言，[三][宮]1546 之處，[三][宮]1547 問是法，[三][宮]1548 至如實，[三][宮]1549，[三][宮]1549 或作是，[三][宮]1549 乃，[三][宮]1549 義也設，[三][宮]1549 障者是，[三][宮]1549 之，[三][宮]1562 上又於，[三][宮]1583 菩薩所，[三][宮]1604 善供養，[三][宮]1648 空閑無，[三][宮]1648 親近禪，[三][宮]1648 婬處及，

[三][宮]2043 汝處而，[三][宮]2058 大慈，[三][宮]2060 楚國，[三][宮]2060 恒，[三][宮]2060 隨身未，[三][宮]2060 修理先，[三][宮]2060 鄴都大，[三][宮]2121 爲說法，[三][聖]125 村中，[三][聖]1441 偷盜犯，[三]1 語意，[三]5 止之曰，[三]23 還我欲，[三]99 沙門瞿，[三]99 之善趣，[三]99 至樂所，[三]100 處彎弓，[三]194 名曰樹，[三]199 而奉事，[三]202 處偏僻，[三]203 還食菓，[三]203 鬱禪延，[三]221 處以虛，[三]291 遊隨衆，[三]374 堂上復，[三]1340 事如是，[三]1435 已持衣，[三]1440 者墮作，[三]1441 北鬱單，[三]1441 居士出，[三]1546 處雌魚，[三]1644 彼還此，[三]1644 鳥王所，[三]2060 禪定斯，[三]2122 壞空未，[三]2150 性欲而，[聖]、往[甲]1721 彼處一，[聖]172 山頭寂，[聖]1435，[聖]1442 時師子，[聖]1464 白衣家，[聖][另]342 世尊，[聖]26 安隱甘，[聖]26 遠離處，[聖]285 本心性，[聖]381 不可盡，[聖]425 設正法，[聖]481 如法教，[聖]481 宿世行，[聖]639 雖不說，[聖]1421，[聖]1425 欲令父，[聖]1458 處詣，[聖]1549 不過七，[聖]2157 詣諸稟，[宋]1562 即此作，[宋][宮]414 長者見，[宋][宮]425 長樹捨，[宋][宮]2060 翻譯而，[宋][明][宮]329 須賴前，[宋][元][宮]272 之處自，[宋][元][宮]1421，[宋][元][宮]1425 一自往，[宋][元][宮]1549 若無增，[宋][元][宮]1549 者亦

不，[宋][元][宮]1608 相住物，[宋][元]1549 劫此至，[宋]21，[宋]186 安，[宋]1694 受，[乙]1075 汝去某，[乙]1736 兜率，[乙]2782 涅槃是，[元][明][宮]310 其，[元][明][宮]322 處其人，[元][明][宮]614 後世非，[元][明]99，[元][明]152 消彼惡，[元][明]186 菩薩手，[元][明]224 壞復次，[元][明]1425 此耶不，[元][明]2121 生四天，[元]1 須我往，[元]99 緣眼色，[元]378，[元]397 教化衆，[元]2122 西市南，[原]1774 欲害佛，[原]1205 即其諸，[原]2196 如來所，[原]2199 三業畢。

唯：[甲]2801 有相二。

位：[甲]1816 在第八，[丙]1832 名字菩，[宮]1571 體能住，[宮][聖][石]1509，[宮]848，[宮]2102，[宮]2122，[宮]2122 娑竭龍，[甲]1733 方便二，[甲]1828 第三明，[甲]2266 文演，[甲]2290 生若爾，[甲]2290 文，[甲]2339 散心外，[甲][乙]1751 在三禪，[甲][乙][丙]2397 住行向，[甲][乙]1724 五，[甲][乙]1821 與所依，[甲][乙]1832 亦是利，[甲]1120，[甲]1201 四密門，[甲]1717 果報者，[甲]1717 見理故，[甲]1719 者且名，[甲]1731 十行十，[甲]1732 勝進德，[甲]1733 故十不，[甲]1733 則爲不，[甲]1736 亦障菩，[甲]1782 功德轉，[甲]1782 今獲此，[甲]1782 有尋思，[甲]1783 惑業，[甲]1816 不，[甲]1816 處是十，[甲]1816 第六，[甲]1816 法外令，[甲]

1816 前可退，[甲]1816 應説釋，[甲]1828 差別應，[甲]1828 所受境，[甲]1828 已得無，[甲]1848 壽不斷，[甲]1965 歡喜地，[甲]2176 樣一卷，[甲]2196 地唯佛，[甲]2207 次居之，[甲]2212 諸菩薩，[甲]2217 豈，[甲]2250 思護住，[甲]2261 地之所，[甲]2262 不退不，[甲]2263 也定能，[甲]2266 求戒，[甲]2266 勝解行，[甲]2266 心住地，[甲]2266 以來，[甲]2266 異滅三，[甲]2266 中於無，[甲]2270 謂證現，[甲]2284 地生滅，[甲]2290 地釋彼，[甲]2328 然今章，[甲]2335 正宗第，[甲]2339 但有三，[甲]2339 無常相，[甲]2396，[甲]2402 稱名號，[甲]2434 世間相，[甲]2434 心示天，[甲]2434 心中，[甲]2434 心中圓，[明][聖]475 正道者，[明]1595 解脱，[三]382 解脱一，[三]1545 應成無，[三][宮]1595 正意是，[三][宮][聖][石]1509 實際若，[三][宮][聖]1562 前言自，[三][宮]276 法雲地，[三][宮]279 不出平，[三][宮]665 處如蓮，[三][宮]1461 邊七斷，[三][宮]1559 先舊師，[三][宮]1559 修復與，[三][宮]1562 唯有尊，[三][宮]1562 在苦類，[三][宮]1579 能安住，[三][宮]1595 具，[三][宮]1626 故無染，[三][宮]1629 堅牢性，[三][甲]1007 能滿一，[三]159 三萬八，[三]1003 般，[三]1562 等或復，[三]1586 見道在，[三]2103 騰心淨，[聖]、住[聖]1733 等二即，[聖]1451 處王曰，[聖]1539 離色，[聖]1562 名即以，[聖]

1562 勝果道，[宋][宮]1545 現在一，[宋][宮]1562 欲界有，[宋][元][宮][聖][石]1509 實際是，[宋][元][宮]1545 有四念，[宋][元][宮]1545 增，[宋][元][宮]1558 有漏四，[宋][元][宮]1594，[宋][元]1563 法，[宋][元]1579 一緣，[乙]2393 座者皆，[乙]872 焉亦，[乙]1816 不退不，[乙]1816 前有十，[乙]1816 攝從初，[乙]1821，[乙]2391 處，[乙]2394 謂本尊，[乙]2397 信謂隨，[乙]2397 與此中，[乙]2408 即，[元][明]1123，[元]1563 無別有，[原]、[甲]1744 一出闡，[原]1695 三於一，[原]1744 舊説皆，[原]1851 分如是，[原]2248 持己陵，[原]2211，[原]2339 是習種，[知][甲]1734 各令善。

問：[宮]268 者。

息：[原]973 或觀己。

相：[宮][知]1579，[三][宮]273 不可思。

慚：[別]397 何以故。

信：[宮][聖]278 著心故，[宮]397 空三昧，[宮]741 在佛教，[宮]837 亦不爲，[宮]895 著以正，[宮]1509 定善知，[宮]1548 是名禪，[甲]952 汝若同，[甲]952 塔淨堂，[甲]1733 七斷疑，[甲]1816 處次爲，[甲]1816 前，[甲]1816 施設已，[甲]1828 五已信，[甲]1960 末心上，[甲]2299 種子即，[甲]2397 以上四，[甲]2434 根力及，[明][和]293 諸善法，[明]672，[明]1421 阿練若，[明]下同 1656，[三][宮][聖]383 是生滅，[三][宮]305 般若根，

[三][宮]415 一世，[三][宮]657 佛法何，[三]489 菩提道，[聖][另]1451 戒故，[聖]626 即歎其，[聖]1509 無生法，[聖]1563 若寐若，[聖]1579 相續皆，[宋][元][宮]1521 空諸，[乙]1796 眞諦然，[元][明][宮]410 皆悉無，[元][明]210 安，[原]1776 清淨一，[原]2216 地者，[原]2339 不退清。

行：[丙]1075 爲無起，[宮]1662 殺，[宮][聖][石]1509 尸羅波，[宮]278 此堂諸，[甲]1816 施設已，[明]190 宮內心，[明]1581，[明]1581 決定，[三]847，[三][宮]273 不可思，[三][宮]743 亦極，[三][宮]1425 弟子汝，[三][宮]1435 法無有，[三][聖]、仁[宮]292 若象王，[三]144 已住便，[三]425 度無極，[宋][宮][聖]1509 供養恭，[宋][元]1581 禪樂饒，[元]175 王行，[元][明][石]1509 六波羅，[元]639 謂大慈。

性：[宮]309 何謂爲，[宮]1571 無有何，[宮]1808 世令正，[宮]2123 靜處燒，[甲]1735 中捨離，[甲][乙]2396 受用土，[甲]1735 無二性，[甲]1736 實際虛，[甲]1782 戒威德，[甲]1799 一切妄，[甲]1922 空當知，[甲]2297 二乘既，[甲]2299，[甲]2371 不下行，[明]220 捨性，[明]220 實，[明]397，[三]、往[宮]1521 三解脱，[三][宮]1558 若謂即，[三][宮]1563 世第一，[三][宮]1629 故以於，[三][宮]2121 深潛陸，[三]220 功德令，[宋][元]220 及作意，[宋]223 處不須，[宋]1599 處涅槃，[乙]2190，[元][明][宮]374 猶

如須，[元][明]357 一切有，[元][明]1566 無間而，[元][明]1579 此中最，[元][明]1579 法界如，[元]220 實際虛，[原]1840 故述曰。

休：[甲]1921 息。

修：[甲]1918 觀如密，[三][宮]272 方便波，[三]220 不得所。

依：[宮]1594 貪中由，[甲][乙]2223 於月輪，[甲]866 復請教，[甲]1733 依果此，[甲]2284 思應觀，[明]99 微細住，[明]261 句對治，[明]272 一切佛，[明]1545 謂前四，[三][宮][久]761 菩薩威，[三][宮]410 於十善，[三][宮]1595 欲中應，[三][宮]1646 善處二，[三]100 止者盡，[三]1522 此地中，[聖]99 彼林中，[另]1458 作如是，[宋]26 一面又，[宋]190 某處我，[乙]2223 月輪以，[元][明]1579 名善，[元][明]26 遠，[元][明]1547 名是謂，[元][明]1579 眼依彼，[元]1425 舍衛城，[原]2186 以下。

億：[甲]952 劫廣演。

媱：[三][宮]1505。

用：[三][宮]2122 國王水。

有：[甲]2434 云云又。

於：[甲]1728 空理理，[甲]1929 三昧中，[甲]2204 流轉生，[明]220 一切，[三][宮]223，[三][宮]1425 拘薩羅，[三]99 佛法僧，[三]125 如來前，[元][明]、作[宮]378 虛空雨，[元][明][石]1509 一切法。

語：[聖]1427。

曰：[明]293。

云：[甲]1705 無所住，[聖]1733 雖淨。

在：[宮]355 處出往，[宮]379 法忍我，[宮]616 是爲不，[宮]885，[甲]1805 上並古，[甲][乙]1822 彼而破，[甲]1736 巖穴振，[甲]1736 中流廣，[甲]1816 意其何，[甲]1912 王舍城，[甲]1969 聲聞之，[明]415，[明]1593 及安立，[明][甲][乙]1260 支那國，[明][甲]989 難陀，[明]99 舍衛國，[明]220 不動佛，[明]310 王舍城，[明]327 空，[明]566 王舍城，[明]587 定平等，[明]688 王舍城，[明]887 阿吠舍，[明]1050 耆，[明]1435 問世尊，[明]1519 王舍城，[明]1681 寂靜諸，[三][宮]1546 彼會中，[三][宮][聖]385 一面爾，[三][宮][聖]2042 和上臥，[三][宮]223 空閑山，[三][宮]309 是謂菩，[三][宮]382 施戒忍，[三][宮]397 世，[三][宮]397 中宣説，[三][宮]586 王舍城，[三][宮]630 慧處不，[三][宮]848 佛世尊，[三][宮]1425 俱薩羅，[三][宮]1425 舍衛城，[三][宮]1435 王舍城，[三][宮]1443 一房者，[三][宮]1451 可有，[三][宮]1496 舍衛國，[三][宮]1507，[三][宮]1543 心不入，[三][宮]1545 欲界欲，[三][宮]1550 於意，[三][宮]1808 十七日，[三][聖]125 一面坐，[三]99 東園鹿，[三]99 舍衛國，[三]100 王舍城，[三]190，[三]220 大眾前，[三]220 之處兵，[三]263 何三昧，[三]375 一面默，[三]1005 王舍大，[三]1340 此眾會，[三]1425

毘舍離，[三]2088 世五十，[聖]99 舍衞國，[聖]99 王舍城，[聖]663 王舍大，[宋][宮]1425 王舍城，[宋][宮]1509 阿鞞跋，[宋][宮]2121 以此木，[宋][元]220 菩薩位，[宋][元]1421 共，[宋][元][宮]1425 舍衞城，[宋][元]99 舍衞國，[宋][元]2061 於義不，[乙]1736 海水劫，[元][明]228 說法者，[元][明]99 舍衞國，[元][明]286 無上大，[元][明]397 蘭若三，[元][明]1451 園中每，[元][明]1525 五取陰，[元][明]1546 如是覺，[元]1462 三者出，[元]2122 坐臥四。

者：[元]1522 滅。

佺：[甲]2130 住處百。

值：[三][宮]414 彼諸世。

止：[甲][乙]1736 故於如，[三][宮][聖]1421 階道下，[三][宮][聖]1428 時六群，[三][宮]1463，[三][宮]1509 常坐不，[三][聖]157 無量無，[三][聖]157 於不盜，[元][明]658 處離於。

至：[甲]1828 二者或，[三]1 無動地，[三]100 此林，[宋]374 此，[元][明]、王[宮]816 波羅柰。

治：[明]1453 世若不，[明]2088 世還，[三][聖]125 處往觀。

智：[三][宮]399 慧所度，[乙]2408 佉住。

置：[宮]286 正見道。

中：[甲]1851 知無爲，[三][聖]125 爲阿闍。

種：[甲]2299 性成恒，[三][宮]

[聖][另]285，[原]1849 相初地。

諸：[三]1545 無諍行，[原]2396 佛世尊。

逐：[宮]278。

主：[宮]401 有所造，[甲]1786 可以保，[甲]1921 在我心，[甲]2036 倉惶未，[甲]1709 樂甚深，[明]2145 之實，[三][宮]1442 自稱苾，[三][宮][聖]1421 僧今與，[三][宮]323 行法施，[三][宮]1435 彼，[三][宮]1459 諸苾芻，[三]382 無盡何，[聖]1617 天住梵。

拄：[丁]1199 水下，[明][乙]1086 於禪智，[明]152 尾舉，[三]、柱[甲]1069，[三][宮]1425 地禮佛，[乙]1086 誦此祕。

助：[明]1463 道法所。

住：[甲]2266 無漏。

注：[宮]1549 或作是，[宮]2060 想豈非，[甲][乙]1821 當義若，[甲][乙]2263 與彼性，[甲][乙]2391 云外縛，[甲]955 意從明，[甲]1512 道解自，[甲]1512 涅槃不，[甲]1733 一境令，[甲]1736 下上約，[甲]1795 薩名義，[甲]1805 中顯示，[甲]1828 又若汝，[甲]2219 本謂尋，[甲]2305 不斷者，[甲]2837，[三][宮]398 解經十，[三][宮]613 空中復，[三][宮]1552 義是漏，[三][甲]1335 盧注路，[三]184 澄清十，[三]193 目於佛，[三]202 意觀見，[三]2122 心在婬，[三]2145 其心然，[聖][甲]1733 一心也，[聖]26 彼如是，[聖]223 二諦中，[聖]291 聖巍

巍，[聖]1733 一境故，[聖]2157 子之類，[宋][宮]、馲[元][明]2121 流分身，[宋]302 清淨莊，[乙]2370 流注下，[乙]2390 一緣如，[元][明][甲]951 反馱，[原]1248。

柱：[宮]895 念誦眞，[三][宮]1546 時糺索，[三][聖]99 集衆供，[三]436 吉祥如，[聖]421 戒修行，[宋][元]、拄[明][甲]1102 禪智故。

著：[明]2122 六魔王。

註：[甲]2129 國語云。

駐：[宮]322 廟門外，[三][宮]606 立或，[三][宮]743，[三][宮]2121 流迴轉，[元][明]624 怛薩阿。

自：[明]2076 招慶初，[三][聖]189 隨意佛。

佐：[宋][元][宮]1521 故名阿。

作：[宮]1548 心貪著，[宮]223 是神通，[宮]223 是心，[宮]224 無所住，[宮]636 字非求，[宮]866 禪定波，[宮]1457 非處，[宮]1548 處亦如，[宮]1808 一人死，[宮]2042 處長者，[甲][己]1958 受施第，[甲][乙][丙]908 成就持，[甲]908 面向西，[甲]1227 若登此，[甲]1828 內壞，[甲]1922 無行而，[甲]2196 諸，[甲]2255 家意，[甲]2311 本願功，[甲]2792 處五，[明][甲][乙]1174 忿怒三，[明]154 侍衞時，[明]288 無所煩，[明]1441 不白入，[明]1563 清淨尸，[三][宮]、聖本有傍註作或本三字 1509 相云何，[三][宮]1537 循身觀，[三][宮][聖]1442 者若放，[三][宮][石]1509 菩薩，[三][宮]

222 者住無，[三][宮]272 心捨心，[三][宮]278 是念時，[三][宮]310 已辦究，[三][宮]397 處復有，[三][宮]397 二者護，[三][宮]397 六入六，[三][宮]397 善惡復，[三][宮]397 之若有，[三][宮]626 法當所，[三][宮]649 大智具，[三][宮]657 丹作作，[三][宮]813 此經典，[三][宮]813 想皆如，[三][宮]816 阿惟越，[三][宮]890，[三][宮]1425 息向外，[三][宮]1428 一草屋，[三][宮]1442 淨人聞，[三][宮]1462 故或，[三][宮]1521 大，[三][宮]1537 苦邊際，[三][宮]1537 由隨順，[三][宮]1546 親族想，[三][宮]1584 因別相，[三][宮]2122 如是説，[三][甲]1039 説，[三][聖]125 阿練若，[三][聖]225，[三][聖]1579 毘鉢舍，[三]22 沙門道，[三]75 此婆羅，[三]99 如是思，[三]157，[三]842 無止，[三]1331 正臣，[三]1341 相有何，[三]1568 故能作，[三]1610 則無數，[聖]1435 處應一，[聖][另]1509，[聖]157 一心無，[聖]278 持智慧，[聖]397 故名阿，[聖]1437 此如是，[聖]1441 即作此，[聖]1462 中及上，[聖]1509 畢竟空，[聖]1509 佛能知，[聖]1733 持者常，[另]1428 處鬪亂，[另]1435 處僧未，[宋]310，[宋][宮][聖]1509 何等善，[宋][明][宮]1428，[宋][元]1603 乘空，[宋]212 止，[宋]221 是處不，[乙]1723 四觀，[乙]2232 清淨信，[乙]2425 此忍門，[元][明][宮]313，[元][明]26 而我此，[元][明]310 是願是，[元][明]397 三，[原]

860 摧伏諸，[知]1581 本親想。

坐：[宮]1425 一面時，[甲]1717 思惟作，[明]、住以作降伏事[甲][乙]908，[明]26 一面尊，[明][宮]279 其一切，[明]99 一，[明]99 一面時，[明]1509，[三][宮]357，[三][宮]463 一面，[三][宮]1428 一面佛，[三][宮]1428 一面世，[三][宮]1428 一面以，[三][宮]2121 若婦被，[三][聖]26 一面白，[三][另]1467 一面，[三]7 一面而，[三]26 一面世，[三]99 一面時，[三]99 一面以，[三]156 一，[三]1014 一面，[聖]200 一面佛，[聖]200 一，[聖]613 者中有，[聖]663 一面合，[元][明]1425 一面即。

座：[甲]2274 不臥十。

佇

宁：[元]2122。

侍：[甲]2053 立處次，[甲]2087。

停：[甲]2087 望來儀，[宋][元]2123 熏風。

行：[宋][乙]2087。

仰：[三][宮]2103 望來儀。

倚：[聖]1451 立門首。

俟：[宋]、守[元][明]1442 立而待。

竚：[明]1988 思問千，[三][宮]2060 願德音。

紵：[宋]1374 聽微言。

杼

柳：[甲]2274 道非無。

抒：[甲]1911 海乃，[元][明][宮]354 氣亦不。

朽：[甲][乙][丙][丁][戊]2187 故以下。

紵：[宋]205 著頭上。

佟

佟：[丙]2120 聞痊復。

迋

匡：[甲]2289 遠法師，[乙]2174 胤三藏。

注

出：[三][宮][甲]895 恒無休。

法：[甲]2128 句經已，[甲]2128 周易云，[甲]1821 中言和，[甲]1828 迹相者，[甲]2181 一卷，[明]2154 爲疑今，[宋]2122 曰雷之。

改：[甲]2400 兩相如。

害：[元][明]152 三思父。

疾：[宋]、霆[元][明]375 法雨彌。

經：[甲][乙]1822 別有，[甲][乙]2778 云心者，[甲]2167 未有祈，[甲]2231 云曼荼，[甲]2244 云所謂，[甲]2299 論，[甲]2299 論者安，[甲]2400 云謂寶，[乙]2231 云刀喻，[乙]2396 心上菩，[原]2196 文開之，[原]2231 云諸佛。

逕：[三][宮]2122 入遠。

具：[甲]2231 如。

渴：[元][明]2121 仰。

流：[三][宮]2060 疏解依，[三]

682 日夜歸。

內：[甲]1775 大海於。

澎：[三][宮]1442 此是第。

泣：[宋]2122 疏云胡。

入：[三][宮]1462 己田若。

生：[宮]310 不思議，[甲]2128 尚書坋，[原][甲]2039 炎皇娥。

釋：[甲]2183 清範律。

數：[聖]1721 經云。

澍：[三][宮]1442 彼，[三][宮]1442 流，[三][宮]1442 雨此即，[三][宮]397 惡雨惡，[三][宮]397 無上法，[三][宮]721 雨黑雲，[三][宮]1442 洪雨從，[三][宮]1442 瓶更相，[三][宮]1442 水，[三][宮]1442 水持以，[三][宮]1442 之物悉，[三][宮]2122 牧牛小，[三]375 大，[元][明]658 雲雨普。

水：[宮]1425 懸。

雖：[乙]2397 入論中。

汪：[甲]2296 功土塊，[三]1331 池魅鬼。

王：[三][宮]377 寫香瓶，[三][宮]2122 水。

往：[甲][乙]2296 收唯是，[甲]2792 大僧中，[甲]2837 隨其來，[三][宮]2041 法鏡云，[三][宮]2060 有若不，[原]1780。

位：[甲]2299 非名爲。

弦：[甲]1958 遠。

於：[三][宮]746 洋銅苦。

在：[乙]2408 之又。

中：[甲]2036 中國。

主：[甲]2748 一行，[三]2110 疏姓字。

拄：[明]228 隨意。

住：[丙]1076 觀行一，[宮]310 樂聽聞，[宮]616 念在緣，[宮]660 相續故，[宮]848 極清淨，[和]293 身心清，[己]1958 云由持，[甲]、注[甲]1781 心有在，[甲]2270 故但如，[甲]2299 三論家，[甲][乙][丙]938 念誦讚，[甲][乙]1816 以心住，[甲][乙]1822 想觀息，[甲][乙]1909，[甲]857 於等引，[甲]877，[甲]908 於爐，[甲]923 注二合，[甲]949 想於本，[甲]1211 一緣即，[甲]1709 觀察修，[甲]1736 一，[甲]1782 等，[甲]1805 本犯戒，[甲]1805 文雖不，[甲]1828 不死二，[甲]1828 滅無有，[甲]2035 家未，[甲]2128 國語云，[甲]2837 心心心，[明]628 離諸散，[三][宮]443 如來南，[三][宮]883，[三][宮][聖][另]1552 謂受生，[三][宮][乙][丙][丁]869 心於一，[三][宮]398 此有爲，[三][宮]672 不斷本，[三][宮]1549 者展轉，[三][宮]1563 想觀息，[三][宮]1605 一趣平，[三][宮]2060 想觀西，[三][宮]2122 咽喉中，[三]171 延壽命，[三]1545 生死不，[聖]99 於離，[聖]380 何以故，[聖]1421 仰佛爲，[宋]、註[元][明]186 箭即時，[宋]1545，[宋][明][宮]456 佛是時，[宋][元][宮]1544 胎不孕，[宋][元]1579 無，[乙]2263 之位惠，[乙]2362 任運從，[乙]2408 金，[元]1092 拏摩。

疰：[三]1336 鬼。

趹：[三]1347 准上切。

註：[宮]262 記券疏，[宮]1998 破了，[甲]1805 云等者，[甲]1805 云共盜，[甲]2128 云幅行，[甲]1724 故，[甲]1804 戒本，[甲]1804 云佛久，[甲]1805 示前後，[甲]1805 云，[甲]1805 云智用，[甲]1805 撰注，[甲]1884，[甲]2129 云今青，[甲]下同 1805 引，[甲]下同 2128 周禮云，[甲]下同 1804 撰非少，[甲]下同 1805，[甲]下同 1805 示之四，[甲]下同 1805 所顯四，[甲]下同 1805 中四句，[甲]下同 1820 翻梵從，[甲]下同 2128 論語扣，[甲]下同 2128 周禮云，[甲]下同 2128 左傳云，[明]2122 易七卷，[三][宮]1442 言知聖，[三]1331 錄精神，[三]1397 上去，[三]2110 淨名支，[原]1744 云蓋法。

霆：[甲][乙]1211 甘露八，[三]1440 大雨觀。

潰：[三][宮]2066 情俱舍。

坥：[明]1336 路摩嬭。

柷

呪：[宋][元][宮]、祜[明]2121 所厭阿。

祝：[三][宮]2122 之祖也。

柱

岸：[三]212 崩。

桹：[乙]2092 高三尺。

幢：[三][宮]2104 忽崩仁，[三][乙]1008 從地。

抵：[乙]2309 受。

根：[三][宮]、住[聖]625 器正。

鈎：[乙]2390 舒二風。

挂：[明]2111 光明莫，[三]468 杖贏步。

桂：[宮]756 鐵山衆，[甲]1731 只於一，[明]2122 驚視乃，[元][明]2103 浮明月。

鏡：[明]293 中一一。

橛：[三][宮]1521 地獄刺。

抂：[甲][乙]2390 心放空，[明]26 杖而行，[三][宮]2121 地王念，[原]1065 如環此。

奎：[甲]、桂[甲]1782 輪盤傍。

姥：[甲]2006 上齶。

猛：[甲]1112 龍反字。

任：[三][宮]1545，[三]99 杖而行。

樹：[三][宮][丙][丁]848 皆行列。

枉：[甲]2012 受辛勤，[三]156 人民其，[原]1776 罰須教。

梧：[甲]893 及軍。

戍：[元][明]2034 元佛入。

性：[乙]1796 則不復。

照：[三][宮]2109 金樓百。

捼：[甲]2128 一夫之。

桎：[三]1336 多夜那，[乙]1816 處處皆。

拄：[明][乙]1225 地一掣，[明]1424 杖人扶，[三]、趹[甲]1033 如環是，[三][宮]221 不得令，[三][宮]721 杖而行，[三][宮]721 杖行此，[三][宮]1442，[三][宮]1548 杖贏步，[三][甲]

[乙]1200 二頭指，[三][聖]99 杖，[三][聖]190 頤頷而，[三][聖]190 杖人邊，[三]1 杖呻吟，[三]75，[三]99 杖持鉢，[三]100 杖戰慄，[三]152，[三]190 舌築上，[三]191 杖革履，[三]1096 豎二頭，[三]1096 著地上，[三]1428 地持鉢，[宋][明]26 杖而行，[元][明]190 著於地，[原]、杖[原]1249 行一切，[原]1212 二頭指。

住：[博]262，[宮]2060 雙建育，[甲]974 迷婆囀，[甲]2837 不令箭，[明]278 莊嚴殊，[明]354 相應福，[三][宮]1644，[三][宮][聖]625 行於生，[三][甲][乙][丙]1211 忍願，[聖]26 屋造立，[聖]480 縱廣正，[元][明]26 無所依。

柱：[三][宮]2066 林。

炷：[三][宮]2060 妹頂請，[三][宮][聖]223 比閻浮，[三][宮]1428 若故不。

跓：[甲][乙]1211 結成，[甲]1112 如蓮禪。

駐：[三][宮]1650 僧尸沙。

炷

任：[三][宮]2103 丹得邪。

性：[三]159 燒然力。

祝

謹：[甲]1249 像前數。

抗：[三][宮]2122 詔官軍。

禮：[三][宮]2060 曰若必。

祕：[甲]2035 藏經詔。

祀：[三][宮]2122 不信眞，[三]805 天地山。

呪：[三][宮]1521 願故施，[三][宮]2122 所迷惑，[三][宮]2122 願無敢，[三][宮][聖]224 行藥身，[三][宮]403 願諸佛，[三][宮]2104 諸沙門，[三][宮]2122，[三][宮]2122 得除慳，[三][宮]2122 令不雨，[三][宮]2122 術卜算，[三][宮]2122 文諸鬼，[三][宮]2122 一百八，[三][宮]2122 願，[三][宮]2122 願復留，[三][宮]2122 願竟，[三][宮]2122 願求，[三][宮]2122 願言使，[三][宮]2122 願已然，[三][宮]2122 曰，[三][宮]2122 曰但得，[三][宮]2122 曰君荼，[三][宮]2122 曰若欲，[三][宮]2122 曰云云，[三][宮]2122 之曰汝，[三][宮]2122 詛靈帝，[三][聖]224 願是時，[三]206 願外持，[三]2122 遂感而，[三]2123 邪遂使，[聖][石]1509 術合藥，[聖]224 有聚會，[宋][宮]2103 史受懶，[元]2122 術祭祀。

咒：[三][宮][聖]225 入於宿，[聖]224 般若。

莇

鋤：[三][宮]234 衆穢盪。

筋：[三][宮]1549 力亦用。

竮

跰：[三][宮]285 立衆蓋，[宋]、峈[元][明]、[宮][聖]425 立而安，[宋][明]、佇[元]156 立良久。

著

礙：[聖]440。

背：[丙]2392 但一麥，[宋][宮]2122 床。

并：[宮]1472 師鉢中。

差：[宮]263 則便講，[宮]901 於孔中，[甲]2290 有由止，[甲][乙]894 其右手，[甲]974 如心有，[甲]1709，[甲]1782 別贊曰，[甲]2299 爲五也，[甲]2400 別光明，[三][宮]329 異之，[三][宮]451 楊羯囉，[三][宮]630 別無厭，[聖]291 心是爲，[聖]1523 諸見及，[聖]1851 有之患，[宋][宮]403 是名曰，[宋][明][甲]、瘥[宮]901 者即，[乙]2385 戾，[乙]2391，[原][甲][乙]1796 也經云。

瞋：[聖]223 處復次。

籌：[甲]1828 慮義明。

畜：[宮]1435，[三][宮]1421 拘修羅，[三][宮]1648 爲味不。

打：[乙]2408 地。

等：[甲]2266 者法思，[三][宮]1525 境界以。

篤：[三]202 佛授其。

惡：[甲]2313 之念已。

放：[聖]1425 地嫌言。

復：[乙]2391 以右拳。

縛：[明]359 無稱量，[聖]278 無。

蓋：[三][宮]1546 智三無。

貫：[三][乙]1092 淨衣服。

貴：[聖][石]1509 是般若。

筋：[三][宮]1470 設橫當。

勁：[乙]1736 忽感髭。

眷：[三][宮]1650 此事故。

看：[甲]2036 箭咄寶，[甲][乙]2350 衣師堂，[甲]1805 我床座，[甲]1828，[三][宮]1428，[三][宮]1455 捨不捨，[三][宮]2121 夫人見，[三][宮]2122 列仙傳，[三][宮]2122 授，[三]25 心意惱，[聖]639 我宮人。

苦：[三][宮]228 無礙一。

流：[聖]200。

名：[聖]481 想二不。

內：[聖]1421 房中諸。

平：[三][宮]1435 板上手。

菩：[聖]1733 已去皆。

普：[宮]310 其一掌，[三]311 潤祇闍。

耆：[宋]1336 心福報。

取：[三]1532 不觸不。

卻：[明]2076 七間僧。

染：[甲]2300 世間如。

入：[甲]2187 諸耶見。

若：[宮]1425 著時方，[宮]1509 不離自，[甲][乙]2194 名之爲，[甲]1512，[甲]1731 前被，[甲]1731 前種種，[甲]1782，[甲]2266 矣，[甲]2300 十八空，[甲]2313 不爾者，[三][宮]1425，[三][宮]1428 鉢床鉢，[三][宮]1509 起業業，[三]310 憂多羅，[三]1506 是一義，[三]1509 心顛，[聖]425，[另]1435 諸比丘，[宋][宮]1509 聽著價，[宋][元][宮]1470，[原]、苦[甲]1851。

唛：[三][宮]721 爪甲。

善：[宮]309 受五陰，[宮]588 而不爲，[甲][乙]2219 處者即，[甲]1007 瓶者亦，[甲]1733 於己何，[甲]1781 若能蕭，[甲]1873 心爲，[三][宮]1428 人不故，[聖]1509 可取無，[聖]1509 善，[知]414 於我，[知]1522 行以慚。

上：[聖]425 度無極。

奢：[甲]1783 是增上。

舍：[三]125 摩聞。

生：[聖]421 已心則。

識：[三][宮]、者[聖]1552。

是：[三][宮][石]1509 有不知。

嗜：[甲]1828 即是第，[甲]1828 外境感，[三]2103 臭穢無。

首：[甲][乙]2385 俱相。

署：[甲]2120 名爲記，[宋][元]2061 額號寶。

脫：[明]278 法門入。

爲：[聖]663。

希：[原]1744 世諦所。

昔：[三][宮]2121 汙染情。

習：[三][宮]1521 身見是。

喜：[明]310 不，[三][宮]411 陀羅尼。

相：[宋]1505 也。

羞：[甲]2196，[甲]2249 愧得離，[三][宮]329，[三][宮]703 之甚若，[三][宮]1550 此二上，[三]198 不受言，[三]1440 取非法，[聖]292 如來不，[原]2196。

亞：[三][宮]、俹[聖]2042 地頭未。

養：[宋][元][宮]743。

葉：[宋]2103 公子惡。

衣：[甲]2053 白，[甲]2089。

依：[乙]2249 義可有。

詠：[明]2060 集八卷。

有：[高]1668 門其相，[宮]282 七寶時，[三][宮]278 乃見眞，[三][宮]285 修無所，[三]479，[三]2059 工恒日，[宋][宮]585。

於：[三][宮][聖][石]1509 甘露性，[三][宮]741 中其縱，[聖]125 地種人。

欲：[三]310 諸凡夫，[三][宮]2122 樂住情。

元：[宮][聖]425。

樂：[三][宮]383 色聲香，[三][宮]1509 是爲味。

在：[三][宮]、普[宮]292 無，[三]196 此坐爲。

造：[明]2154 菩薩造。

者：[宮]221 不著事，[宮]279，[宮]309 天樂四，[宮]310 法衣二，[宮]310 善住意，[宮]345，[宮]598，[宮]607 意憂便，[宮]616 樂心多，[宮]628 異生及，[宮]635 衆生類，[宮]657 當求佛，[宮]676 應捨發，[宮]901 火鑪胡，[宮]1421 木屐木，[宮]1425 他衣不，[宮]1509 畢竟空，[宮]1509 心分別，[宮]1509 願樂不，[宮]2060，[宮]2111 仲尼既，[宮]2122 其印綬，[宮]2123 墮不淨，[甲]、有[甲]1782 衣寶冠，[甲]2266 故言必，[甲]1289 云是，[甲]1733 此文七，[甲]1735 皆有二，[甲]1736，[甲]1780

初地以，[甲]1784 若墮二，[甲]1816
我等取，[甲]1830 綵色時，[甲]1830
即觸處，[甲]2036 猶不招，[甲]2217
破云神，[甲]2255 上半明，[甲]2339
飾宗亦，[明]310 智上白，[明]158 我
頂上，[明]278 生死虛，[明]339 不發
動，[明]1457 蘭若法，[明]1459，[明]
2123，[明]2149 淨衣受，[三][宮]398
而依，[三][宮]671 可取無，[三][宮]
1505 有九如，[三][宮][聖][石]1509 法
無故，[三][宮][聖]1421 波逸提，[三]
[宮]285 巍巍無，[三][宮]309，[三][宮]
341 此貪欲，[三][宮]403 是謂爲，[三]
[宮]415 如天妙，[三][宮]607 穿弊履，
[三][宮]607 身從如，[三][宮]637 欲
非法，[三][宮]672 以能所，[三][宮]
839 乃所應，[三][宮]901，[三][宮]
1425 入聚落，[三][宮]1428 或，[三]
[宮]1549 有二他，[三][宮]1604 故惡
友，[三][宮]1650 妻子眷，[三][宮]
2040 福度天，[三][宮]2122 爲樂，[三]
[宮]2123 起瞋癡，[三][乙]1075，[三]
16 日中能，[三]23 月行十，[三]100，
[三]154，[三]156 無人爲，[三]205 從
是沒，[三]672 放逸，[三]1549，[聖]
1509 是涅槃，[聖]223 涅槃，[聖]1421
僧，[聖]1421 水從下，[聖]1425，[聖]
1425 行婬者，[聖]1460 尼，[聖]1463
爾時諸，[聖]1509 以，[聖]1549 塚間
五，[聖]1595 無明二，[聖]2157 成，
[聖]2157 茲辯，[宋][宮][聖][石]1509
何若諸，[宋][宮]403 二不説，[宋][元]
[宮]315 名諸名，[宋][元][宮]1428 革

屣持，[宋][元][宮]1810 用犯捨，[宋]
[元]896，[宋][元]1476 餘處復，[宋]
1，[宋]21 佛善解，[宋]192，[宋]616
分別好，[宋]1076 淨衣嚴，[宋]1161
行此，[宋]1520，[宋]2087 大唐西，
[宋]2122 須彌山，[乙]2218 等文此，
[乙]1816 故下屬，[乙]2394 各隨本，
[元]、在[明]1442 手即，[元]220 故念
色，[元]1667 妄境不，[元][宮]810 於
此，[元][明]357，[元][明]190 欲爲後，
[元][明]384，[元][明]489 十者顯，[元]
[明]630 意感，[元][明]1339 淨潔衣，
[元][明]1341 我如，[元][明]1443 何
用淨，[元][明]1549，[元][明]1579 常
論一，[元]202 佛跡處，[元]397，[元]
589 一切所，[元]1442 白米及，[元]
1451，[元]1521 名利養，[元]1545，
[元]1547 及不染，[元]1579 過失二，
[元]1810 倚杖下，[元]2103 矣所謂，
[原]、看者[原]2431 具注言，[原]、者
[甲]1782 執著能，[原]1289 我，[知]
266 斯諸菩，[知]1581。

制：[三][宮]2122 述。

置：[三]2145 殿上香，[三][宮]
1431 肩上而，[三][宮]1464 道頭，[三]
[宮]2121 水中女，[宋][元]1057 火中
燒。

緻：[元][明]443 他一達。

擲：[三][宮]2042 籌窟中。

諸：[宮]1808 用犯捨，[宋]、著
諸[元]223 不動故。

拄：[甲]1238。

助：[三][宮]464 道。

住：[三][宮]627 若如來。

注：[宋]、註[明][宮]2034 述漸暢。

箸：[甲]2006 月，[甲]2129 白色衣，[明]1517 是故於，[明]2087 德行高，[明]2122 火中㮇，[明]2122 頭上曰，[乙]2408 投之，[元][明]2125 日中餘。

撰：[三]2059 此高僧，[三]2154 其錄後。

捉：[宮]1435 角鵄翅。

足：[三][宮]278 欲度眾。

作：[明]1421 三。

紵

苧：[三]、茅[宮]1482 作經麻。

杼：[元][明]205。

紵：[另]1428 欲自。

貯：[三][宮]1435 㞻㲨。

貯

財：[聖]291 集雲遍，[聖]790 愚，[宋]1442 畜何謂。

褚：[宮]1442 床學處。

眠：[三][宮]1644 赤鐵岸。

受：[三]196 佛。

絮：[三][宮]1459 雜綿。

褚：[宋][元][宮]、楮[明]1442 褥二者。

佇：[甲]2130 龍反中，[三][宮]2122 立待席，[聖][另]1451 果不。

紵：[聖]1421。

跓

並：[乙]2385 於眉間。

距：[甲]2386 當於臍，[乙]2385 之是無。

拄：[甲]2230 無名指，[甲][乙]2390 私云儀，[甲][乙]2393 誦大眞，[甲]1151 禪，[明]1058 先以左，[三]1031 以，[三]1033 如環是，[乙]2390 令圓是，[乙]2390 令中窪，[乙]2390 三誦，[元][明]1058 合腕，[原]1212 以頭指。

柱：[甲]1298 二風竪，[宋][元]、拄[明]1033 是心發，[乙]2390 也二火。

筑

筛：[宋][元]、築[聖]1464 笛不鼓。

註

法：[甲]2266 律。

許：[甲][乙]2194 今。

進：[原]1757 文之初。

經：[甲]2266 云蘊積，[甲]2426 釋尊弟，[原][甲]2408 稱云。

禮：[聖]1859 云。

詮：[甲]2339 第九有。

謂：[乙]2394 想樹遍。

語：[甲]2207 曰同門。

住：[甲]2404 云再灑。

注：[甲]1781 此維，[甲]1998 破不，[甲]1786 云云，[甲]1828，[甲]1884 亦得，[甲]2168 大佛頂，[甲]2266

緣境亦，[三]、法[宮]671 復重作。

筯

筋：[甲]2039。

著：[宮]1458 喫食著，[石]2125 合不。

箸：[明]2076 敲銅鑪，[明]2060 曰弟子。

箸

筋：[宮]670 不能算，[三][宮]1453 今時用，[三][宮]2123 貫穿其，[乙]1069 爲兩條。

看：[三]2125 隨句法。

著：[明]316 色等諸，[明]316 無心分，[三]2145 陀隣尼，[三]1440，[宋]2125 許可長。

筯：[三][宮]2122 貫穿其。

駐

拜：[元][明]2103 輦。

留：[甲]1961。

拄：[明][丁]1199 住空頭。

霔

澍：[宋][元][宮][聖]、樹[元]639 勝妙法。

注：[三][丙]、浴[甲][乙]1211 本尊，[三][宮]660 周遍彌，[三][宮]2060，[三][宮]2060 自斯厥。

築

集：[宮]2034 城北面。

竺：[甲]2089。

鑄

擣：[甲]1733 治心地。

鎔：[三]2110 金而模。

鑄：[甲]2128 也音義。

驗：[宮]2048 黃金像。

著：[乙]2092 新瓶建。

抓

把：[三][宮]1462 之精出。

舥：[宋]、觚[元][明][東]643 分明一。

掐：[元][明]156 足趺上。

爪：[甲]1813 等，[三]、狐[宮]1421 共作親，[三][宮][聖]586 指間放，[三][宮]397 膿血筋，[三][宮]619，[三][宮]1549 梵志説，[三][宮]1690 共鬪諍，[三][宮]2121 迭相瞋，[三][宮]2121 搊舉聲，[三][宮]2121 甌其脇，[三][宮]2121 相攫，[三][宮]2123 搊舉聲，[三]1440 塔髮塔，[三]1534 挑自身，[宋][元]374 鏡芝，[元][明]721 鬪或以。

樋

撾：[甲]2035 陟瓜反。

拽

曳：[三][宮]2122 至石上，[三][宮]1459 去但麁，[三][宮]2121 置寒林，[三][宮]2122 打棒驅，[三][聖]211 出縛著。

曵：[明]1056 磋九薩。

専

惠：[聖]2157 知撿挍。

遵：[三][宮]、道[知]266 修于道。

專

禪：[三][宮]598 度無極。

等：[明]1459 希解脱，[三][宮]288。

奪：[三]152 之不亦。

惠：[三]152 婬心懷。

慧：[三][宮]397 無盡。

進：[甲]1911 求名進。

屢：[甲]2217 成四種。

某：[明]2076 甲與老。

妻：[知][甲]2082 及家人。

事：[三][宮]630 能備，[聖][甲]1763 在照。

守：[甲][乙]2263 顯文立。

壽：[甲]、旁[乙]2249 修現在，[聖]125 心一意。

思：[三][宮]433 惟是奉，[三][宮]810 惟受諸，[聖]292 惟有講。

寺：[宮]2060 自。

爲：[宋]2122 居禪思。

修：[三][宮]2122 精上士。

尋：[宮]1507 以略説，[明]220 於中，[三][宮]2103 信道士。

一：[三][宮][聖]823 心正念。

意：[三]143 一無有。

愚：[聖][另]790 愚小人。

㝵：[三]1336 知哂摩。

重：[甲]1763。

顓：[元][明]152 愚。

轉：[明]399 精之行，[三][宮][聖][另]285 精，[聖]1425 修涅槃。

遵：[明]222 崇發起。

塼

博：[三][宮]1459 等。

博：[宮]2122 所。

軌：[甲]2087 石飾以。

摶：[明]374 所坐之，[三][宮]1466 泥未。

團：[聖]1440 飯。

塚：[三][宮]2121 臥形具。

甎：[宮]1435 作爾時，[宮]1435 作諸比，[明]190 重覆其，[三][宮]376 石如。

磚：[明]261 猶堪世，[明]2076 又問如，[三]、甎[宮]1442 石所及。

甎

塼：[宮]2060 累灰泥。

敷：[甲]2135 臺頻吒，[三][宮]1443 地或脚。

執：[三][宮]、軌[聖][另]1451 人即。

塼：[三][宮][聖]下同 1425。

塼：[三][宮][聖]1425 者舍衞，[宋][元]2110。

膞

膊：[宋][宮]、[元][明]1579 間。

腨：[三][宮]1421，[三][宮]1548 骨因，[三][宮]1548 脾，[三][宮]1656 及聰明，[三]125 骨或腰。

塼

塼：[乙]1723 瓦埏土。

甎：[丙]2092 口如初，[甲]2006 打著連，[乙][丙]2092 還爲三。

顓

專：[三][宮]497 愚人俗，[三][宮]736 愚之人。

撰

集：[明]2103，[宋][元][宮]2103。

記：[甲]2219。

錄：[三]2149，[宋]2154 出內典。

拼：[乙][丁]2244 二反下。

誓：[甲]2299 疏。

述：[甲]1822，[甲]1841，[甲]2183。

梭：[三]14 往來。

選：[三]1 擇如火，[三][宮]657 擇菩薩，[三]1 擇，[三]1 擇深妙，[三]6 躬遠來，[三]99 擇者不，[三]201 擇賢王，[三]657 擇從坐，[宋]、提[元][明]187 履或有，[元][明]657 擇，[元][明]657 擇居士。

異：[三][宮]2034 出經。

譯：[明]2145 出，[明]2154，[元][明]2146 北涼世。

音：[甲]下同 2128。

造：[明]210，[三]210。

擇：[甲]859 地法竟。

製：[明]220，[三]220。

注：[三]2122。

僎：[明]2087，[明]2087 斯方志。

譔：[明]2040。

篆

炬：[三][宮][甲]901 其草。

象：[三]、氣[乙]950。

襈

纂：[宋][明][宮]、繡[元]2122 衣衣色。

縛

縛：[甲]1804 一見，[宋][明]264 不解不。

轉

薄：[三]2088 於其腰。

倍：[三][宮]1581 復輕微。

便：[宮]657 身生諸。

辨：[甲]2323。

變：[原]、識[甲]2290 文。

博：[甲]1709 折明空，[甲]2084 十方佛，[甲]1512 地前有，[甲]2290 施思，[甲]2298 明六十，[三][宮]1471 貿鉢時。

慱：[甲]1512 釋法佛。

熄：[三][宮]2123。

暢：[三]398 造所行。

持：[三][宮]656 清淨法，[三]23，[乙]2263 心有四。

觸：[三]99。

傳：[丙]2163 歎生民，[宮]1562 生因轉，[宮][聖]231 爲他說，[甲][丙]2397 牟利，[甲]2289 還滅法，[明]2131 依名法，[三]190 相授記，

[三]2063 始欲徙，[三]2145 集諸律，[三][宮]1545 相生故，[三][宮]1598 然，[三][宮]2122，[三][宮]2122 從他借，[三][宮]2122 義名之，[三][聖]190 爲彼，[三]2145 此經一，[三]2145 之盛日，[聖]1733 喻壁上，[宋]1582 苦十五，[乙]2263 救依勝，[原]1818 更爲他，[原]2410 相叶在。

擔：[明]2076 泥。

得：[宮]310 而説偈，[三]1563 是一福，[原]1818 不退。

等：[宮]411 爲欲，[三][宮]1547 生起等。

顛：[原]、[甲]1744 倒謂苦。

顛：[甲]2263 倒生。

點：[甲]2214 也是則，[元][明]2016 凡成聖。

迭：[宮]2008 相教授。

動：[宮]279，[明]626 搖阿闍，[三][聖]125 蠕虫死，[宋]374 常有憂，[元][明]2122，[知]598 還所處。

而：[三][宮]1425。

反：[甲][乙]1822 至非異。

伏：[甲]2263 道故。

輔：[甲]1729 同聲聞，[原]、輔[甲]、轉[甲]1782 眞理今。

傅：[石][高]1668，[石][高]1668 言遣執。

縛：[宮]657 者，[宮]671 生，[宮]1558 法要處，[甲]1828 者於彼，[甲][乙]1822 故知惑，[甲][乙]1822 信隨解，[甲]1863 作於，[甲]2196 行謂取，[甲]2250 恐應是，[甲]2412，[明]1453

臂，[三][宮][久]485，[三][宮][聖]318 以無復，[三][宮][聖]1579 不可建，[三][宮]227 無著得，[三][宮]481 故曰，[三][宮]671 所轉，[三][宮]671 心能生，[三][宮]1549 諸根四，[三][宮]1551 爲當不，[三]99 諸，[聖]99 是故想，[聖]1462 戶扇者，[乙]1723 衆惡故，[乙]1822 增，[元][明]99 結縛，[元][明]423 衆生，[元][明]2145 形解，[原]2266 勝等文。

故：[三][宮]1579 是故説。

軌：[甲]1828 順都人。

訶：[三]193 所生化。

恒：[原]2339 隨轉法。

迴：[三]722 酸楚疼，[乙]1909 生死不。

漸：[三][宮]263 漸調柔，[三][宮]2042 少乃至，[三]26 凝厚重，[三]99 增長出，[聖]100 小漸得。

將：[甲][乙]2261 此九品。

精：[明][宮]425 進弘護。

就：[三][宮]2040 毀壞但。

浪：[原]2897 諸趣墮。

辨：[三]2121。

練：[甲][乙]1821 根捨果，[甲][乙]1822，[明]1563 根時必。

鍊：[甲]1821 根位必。

輪：[宮]411 不復隨，[宮][聖]278，[宮]848 而遍一，[宮]882 作妙旋，[和]293 法輪門，[甲]1918 無我只，[甲][乙]1822 變相生，[甲][乙]2259 迴因於，[甲][乙]2390 布次以，[甲][乙]2390 外，[甲][乙]2391 相三度，[甲]

859 加持白，[甲]1077 叉手捧，[甲]1969 迴是誰，[甲]2266 迴，[甲]2270 第二月，[甲]2296 答日本，[甲]2390 吽藍，[甲]2390 也，[甲]2777 此輪諸，[明]220 三摩地，[明]293 藏唱，[三][宮][聖]278，[三][宮]440 法王佛，[三][宮]440 勝佛南，[三][宮]635 意識離，[三][宮]636 無常處，[三][宮]901 摩之日，[三][宮]1521 說法十，[三][宮]1545 名爲梵，[三][宮]2058 見斯，[三][宮]2060 發信然，[三][宮]2102 之抱規，[三][聖]99 九門充，[三]1 能飛遍，[三]125 乘，[三]491，[聖]1509 者須菩，[聖]1721 迴，[聖]1733 四深法，[宋]194 法輪處，[乙]1032 更分明，[乙]2228 字以爲，[乙]2390 散立定，[乙]2390 之第三，[乙]2391 兩遍每，[乙]2391 向左右，[乙]2394 種子字，[元][明]220 虛空是，[原]、識轉[原]905 鼻喉鼻，[原][甲]2412 菩薩故，[原]1159 名，[原]1818 不絕故，[原]1818 者攝上，[知]598 者大迦。

論：[甲]2362 時離生，[明][宮]1579 如前邊，[三][宮]1520 大法，[聖]268 者說名。

能：[三]2137 通。

輧：[宋][元][宮]2040 大動魔。

輕：[宮]397 諸煩惱，[宮]544 相謗毀，[甲]1912 重王肉，[甲]2036，[三][宮]1545 舉有餘，[三][宮]2059 諸煩惱，[元][明]376 重是諸。

情：[甲]2266 易文義。

軟：[元]1545 得明盛，[知]1581

邪業。

身：[宮]1544。

時：[丁]2244，[甲]2263 貪顯，[乙]2261 既云必。

殊：[甲][乙]2263 勝不可。

輪：[宮]1559 三陰物，[甲]2053 潔美志。

隨：[甲]2339 勝次第。

體：[甲]2269 二明後，[元][明]2137 變我慢。

鐵：[三]2122。

退：[三][宮][聖]1509 不還故。

我：[宮]1596 無厭足。

繫：[三]721。

相：[宋][宮]224 自相度。

銷：[甲]2003 歸自己。

行：[甲][乙]1822 隨轉隨，[三][宮]657 退轉品。

旋：[乙]912 灑爐中。

異：[宮]1545。

憂：[明]376 無上輪。

有：[聖]1458。

於：[甲]2814。

緣：[乙]1822 不。

展：[甲]1795 轉覺於，[明]190 轉無恐，[三]158 轉乃至，[元][明]125 轉減少。

輾：[明]227 轉不便。

障：[三][宮]1598 有情所。

輒：[明][宮]318，[三][流]360 以奉散，[三][宮][聖]285 便曉了，[三][宮][聖]1549 見形言，[三][宮]292 成其行，[三][宮]318 得成所，[三][宮]

1421 反成，[三][宮]2121 當奉命，[三]211 復事天，[三]212 能行惡，[三]2034 有損傷，[三]2063 如前咸，[三]2110 讀道經，[聖]1522 勝。

輟：[明]2121 滿如故，[三]199 度於彼，[聖]225 却一劫。

之：[三][宮]397 心能施。

種：[甲]1736 之音疏，[三][宮]721 行，[元][明]2016 一轉爲。

諸：[明]278 大法輪，[原]2266 識。

專：[三]、輟[宮]225 説本。

塼：[甲]2068 悶絶躄。

囀：[甲]1831 轉聲其，[甲]1816 約教菩，[甲]1821 謂世中，[甲]1833 聲者問，[甲]1833 者名爲，[甲]2196 聲一體，[甲]2266 言故如，[三][宮]2053 然非彼，[三][宮]2060 鋪詞返，[三][宮]2103，[三]1 直如，[三]2103，[宋][元]2152 陀羅尼，[宋][元]991 舌讀之。

最：[三]1596 勝者謂。

譔

撰：[宋][元]、録[宮]2040，[宋][元][宮]、撰號次行宋元明宮四本俱有釋迦子羅云出家縁記第十三乃至釋迦種滅宿業縁記第十八目録今略之 2040，[宋][元][宮]2040。

饌

飯：[甲]1775 至白無。

膳：[三]1 供佛及，[宋][元][宮]、饍[明]414 極世之。

饍：[宮][久]397 衆美味，[明]157 亦滿三，[三]201 不應生，[三][宮][聖]639 飲食不，[三]26 種種豐，[三]157 食已行，[三]1331 蘇油，[聖]、[另]310 不乏也，[宋][明]157。

撰：[甲][乙][丙]1098 食等處。

囀

縛：[甲]2081 曰羅，[甲]2244 聲及餘，[乙]2397 羅他悉。

轉：[甲]、[乙]2261 聲釋世，[甲]1830 激河辨，[甲]2266 言故如，[甲]2270 聲釋世，[明]2154 觀世音，[聖]2157 等經三，[宋][宮]2103 音雖廣，[宋]2154 陀羅尼。

籑

饌：[三][宮][聖]278 上味甘。

庄

莊：[甲]2181。

荘

華：[甲][丙]2397 嚴經釋。

裝：[三][宮]721 校隨其。

莊

比：[三]202 嚴辦具。

藏：[三][宮]828。

傳：[三]154 飾臂釧。

端：[明][聖]663 嚴相好，[三]2121 嚴大德，[三][宮][聖]278 嚴，[三]190 嚴殊特。

廣：[甲][乙]1822 嚴具。

華：[甲]2195 嚴攝論，[甲]1728 嚴城，[甲]2035 爲遠法，[明]165 嚴樹圓。

疾：[宮]2122，[三][宮]2102 不行坐，[三]1227，[宋][宮]2043 嚴爲佛。

菩：[明]486 嚴王菩。

茬：[甲]2130 子。

所：[宋]1024 嚴而莊。

相：[甲]923 嚴身。

校：[甲][乙]2087 飾有殊。

嚴：[甲]1733 土後攝，[三]187 之殿皆，[三][宮][石]1509 飾乳牛。

應：[聖]310 嚴是五。

在：[久]1452 證義，[三][宮]288 而尊大，[三]64 人詐言。

正：[甲]2270 至似立。

柱：[三]2154 金鋪，[乙]2391 嚴。

疒：[宋][宮]238 嚴成就。

裝：[明]1644 嚴，[三][宮]1644 飾腳踐，[三]2145 莊強伴。

粧：[明]、疒[聖]26 染於意，[明]1450，[明]1656 飾浣歛，[三][宮]1451 彩而爲，[三][宮]2060 都了道，[三][宮]2122 器忽見，[三][宮]2122 飾如經，[三][宮]2122 飾在於，[三][宮]2123 采女色，[宋][元][宮]1507 嚴，[元][明]310，[元][明]1579 眉。

裝：[明]、糚[宮]2103，[明]1428 飾具，[明]1459 束船車，[三][宮][聖]1428 嚴船已，[三][宮]300 身或純，[三][宮]378 挍爲樹，[三][宮]1428，

[三][宮]1435，[三][宮]1442 拂爲去，[三][宮]1443 飾八，[三][宮]1451 校阿難，[三][宮]1462 束此婬，[三][宮]2060，[三][宮]2122，[三][宮]2122 各八萬，[三][宮]2122 畫像在，[三][甲][乙]1069 嚴像成，[三][聖]190 束四種，[三]24 飾周遍，[三]154 物積載，[三]212 飾唯存，[三]264 校嚴飾，[三]1007 於其花，[三]1157 束像前，[聖]1421 嚴女人，[宋][元]2040 飾，[元][明]821 飾風吹，[元][明]1429 飾具指。

壯：[宮]1509 有言大，[宮]1545 年位無，[甲][乙][丙][丁][戊]2187 領上第，[甲][乙][丙][丁][戊]2187 以下六，[甲][乙]2219 羝羊觸，[甲]2128 狀反去，[明]316 士力乃，[明]1656 嚴，[乙][丁]2244。

裝

奘：[宮]2108 家寔資。

莊：[三][宮]2042 校一。

粧

粆：[甲]2035 飾佛像。

莊：[三][宮]310 藻飾於，[三]203 香塗眉。

裝：[元][明]2016 飾瑩治。

糚

莊：[宋][元][宮]2040 香塗眉。

裝

裴：[甲]2089 寫進奉。

裟：[甲][乙][丙][丁]2092。

速：[三]171 被白象。

奘：[宋][元][宮]、從[明]、莊[甲]2053 法師所，[宋][元]2061 三藏弟。

莊：[甲]2053 像二百，[明]1217 嚴如是，[明]165 嚴若金，[明]173 飾各求，[明]194 飾極，[明]310 校嚴，[明]891 嚴如是，[明]1217 裝嚴諸，[明]2063，[三]、[宮]606 即尋還，[三]、拂[宮]539 飾處處，[三]191 嚴用心，[三]1169 嚴又想，[三]1341 嚴年，[三][宮]、壯[聖]、莊[另]1442 挍悉皆，[三][宮][甲]2053 嚴遍，[三][宮][聖][中]223 治便持，[三][宮]231 飾或不，[三][宮]539 校，[三][宮]896 嚴騎乘，[三][宮]1421 嚴時四，[三][宮]1425 船，[三][宮]1442 軍見先，[三][宮]1442 軍耶答，[三][宮]1458 挍得惡，[三][宮]1459 兵力謂，[三][宮]1462 嚴亦名，[三][宮]2040 嚴時四，[三][宮]2053 辨幢幡，[三][宮]2053 兩船多，[三][宮]2053 嚴微妙，[三][宮]2121 嚴母及，[三]191，[三]191 鉸復令，[三]191 嚴其門，[三]1288 嚴復排，[三]2122 束同歸，[宋][元]896 裏如是，[元][明][宮]下同 890 嚴金剛。

粧：[三][宮]1451 飾喪輿。

樁

春：[宋]、舂[元][明][宮]1462 杵句者。

樁：[宮]244 誐，[宮]1998 直饒緇，[明][宮]244 誐播。

状

拔：[宮]662 華輪十，[宮]1592 勢量施，[聖]200 白王王，[聖]2157 非常情，[聖]2157 努證梵，[石]1509 捨直十。

跋：[乙]2157 羅一十。

床：[宋][宮]1509 如臥人。

牀：[甲]1723 如臭屍，[三]186 侍者送。

法：[甲]2837 應當觀。

伏：[甲]2261 天力稍，[甲]2339 斷二障，[明]2122 如噉，[三][宮]2034，[三]1301，[三]2154 云抄略，[聖]613 如羅剎，[聖]2157 一日氣，[石]1509 愚不信，[宋][元]2108 一途永。

故：[宋][宮]730 是爲意。

將：[聖]200 似惡鬼。

林：[三][宮]720 觸於四。

然：[甲]、伏[乙]1246，[甲]2068 遙擲于，[聖]1509 十方諸。

識：[三]205 願恕重。

事：[宮]895 云何所。

收：[三][宮]458 念是便。

體：[三][宮]544。

象：[三]2112 可見於。

像：[甲]2410 種種事，[明]1199 以眞言。

形：[甲]966，[乙]2385 又開二。

姓：[元][明]20 本末各。

厭：[甲][乙]1833 唯有心。

異：[三][宮]817 如。

愲：[乙]2263 其意見。

扠：[甲]850 龍光龜。

杖：[宮]2121 天人。

枝：[三]292。

壯：[甲]1723 眾多見，[甲]2266。

壯

拔：[三][宮]2060 之姿聽。

敝：[三][宮]2060 寶塔七。

杜：[聖]231 老三種，[宋][元][宮]2053。

肚：[宮]720 以血塗。

牡：[甲][乙]2194 無能過，[甲]2128 曰說文，[明]1428，[三][宮]2103 柿奈爭，[三]682 獸名能，[宋][元]2110 其用武，[宋][元]2110 熱不可，[宋]415 言尊者。

牝：[元][明]2122 至。

起：[三][宮]2122 色力。

在：[宮]2045，[三][聖]125 盛，[三]125 盛時必，[三]186 盛時天。

庄：[石]1509 夫勁勇。

莊：[宮]1549 所纒者，[三][宮]2122 麗備盡，[三][宮]2122 麗臺榭。

狀：[甲]1239 如前，[甲]2036 道流不，[甲]2207 如，[明]2131 曰出大，[三][宮]310 年二十。

狀

形：[甲][乙]2263。

撞

舂：[三][宮]2121，[三]鐘[聖]190 擣戰。

捶：[宋]194 鐘鳴鼓。

摸：[甲]2006 著。

橦：[甲]2128 擊之聲，[甲]2128 角反廣。

戇

贅：[宮]1598 頑嚚如。

戀

慤：[三]2122 者是眾。

惷：[三][宮]2122 頑執罕。

顚：[宮]817 所迷惑，[聖]285 之所。

隹

佳：[甲]2128 從火作。

錐：[甲]2128 刀曰劃。

追

呼：[宮]263 而止之。

進：[甲]1816 戀，[甲]2266 等如，[聖]790 雖久不，[聖]1788 求怖畏，[宋][元]1579 求種種，[乙]1822 成行三。

逈：[乙]2254。

迫：[宮]1579 損害他，[明]2153 計弘覺。

遣：[甲]1268 喚人一，[甲]2068 化悟大，[三]193 侍世尊，[三]493 人不置。

師：[甲]2035 慈室誚。

隨：[三][宮]1478 佛佛轉。

退：[宮]324 逐風住，[宮]738 世禮，[宮]1452 悔我爲，[宮]1460 訪獲斯，[甲]2814 著妄境，[明]261 悔若生，[三][宮]606 悔棄法，[三][宮]1458 悔不能，[三][宮]2103 悔慚，[三]198 念行致，[三]418 念，[宋]361 命所生，[乙]2250 等當知，[乙]2263 可。

違：[明]310 方便説。

尋：[宮]310 覓謝師。

遺：[三][宮]2103 短章無。

造：[宮]1548 車轢。

召：[甲]1718 憍梵憍。

逐：[三][宮]2104 末求教。

自：[三]100 到其城。

椎

杵：[三]55。

搥：[明]、推[聖]125 胸喚叫，[三][宮]278 壞散一，[三][宮]665 胸，[三][宮]721 打頭乃，[三][宮]2045 胸歎息，[三][宮]2058 濟昔日，[三][宮]下同 2121 胸自撲，[三]192 胸而呼，[三]643 鍾鳴鼓，[聖]643 胸，[石]2125 頭使碎，[宋][元]、槌[明]、推[聖]125 碎其，[宋][元]、槌[明]99 打聚落，[宋][元][宮]、槌[明]2123 集食食，[元][明]212 胸自搥。

槌：[宮]745 鐘鳴鼓，[甲]904 及跋，[甲]1912 三爲攝，[明]125 胸喚呼，[三]、推[聖]26 胸而發，[三]、推[聖]190 胸大哭，[三][宮]、推[聖]380 胸號叫，[三][宮]1443 胸報言，[三]53 自打而，[三]55 自打增，[三]2146 法一卷，[聖][另]1435 集比丘，[另]1428 打若食，[宋]、拊[元][明]1 胸，[宋]

155，[宋][元]125 至世尊。

錘：[三][宮]721 打之如。

鎚：[宮][聖]397 鳴乃當，[三][宮]2122 打破中，[三][聖]1579 鍛星流，[三]311 以鍛於，[元][明]26 打之迸，[元][明]153 打令如。

摧：[三]26 打，[聖]26 身懊惱，[聖]1428 打或以，[宋]23 擊。

堆：[三]、推[甲]2087 髻裳衣，[三][宮]2121 四曰叫，[宋]、推[甲]2087 髻露形，[宋][宮]2123 撲當墮。

飢：[宋][元]、搥[明]、推[聖]26 鐘皆能。

鑘：[甲]1924 朴器成。

遂：[三]、推[聖]125 諸有。

推：[宮]720 何所破，[宮]2122 打不碎，[甲]1804 打刀刺，[甲]1804 胸啼哭，[甲]2130 譯曰那，[甲]2035 於車上，[甲]2129 胸也，[三][宮]618 固知形，[三][宮]2123 之吐血，[三]152 之吐血，[三]192 長老阿，[三]193 胸向天，[三]945 前境可，[三]2122 注僧物，[聖]125，[聖]125 胸，[聖]125 鐘鳴鼓，[聖]514 鐘鳴鼓，[聖]1459 噎或時，[聖]1723 或，[另]1428 打肩臂，[宋]1341 胸叫喚，[宋][宮]、摧[元][明]2121 心哀，[宋][元][宮]1442 胸告曰，[宋][元]153 胸拔髮，[宋]152 胸吐血，[原]1026 打塔印。

唯：[宋]、稚[元]、推[聖]125 諸有比。

植：[三][宮][甲]2053 法鼓旗，[聖]下同 1440 二吹貝。

稚：[甲]1804 尼僧集，[甲]1805 時即誦，[甲][乙][丁]2092 將羽林，[甲]1806 打乃至，[三][宮]384 集衆卿，[三][宮]2122 今七月，[聖]125 於露地，[宋][宮]2122 大集衆，[宋][宮]2122 集僧起，[宋][宮]2122 音作大，[宋][元][宮][聖][另]1458 嚴香火，[宋][元][宮][聖]1451 言白告，[宋][元][宮][聖]1452 時禮制，[宋][元][宮][另]1442 俱至難，[宋][元][宮][另]1458 乃至今，[宋][元][宮]1442 授事問，[宋][元][宮]1458 誦三啓，[宋][元][宮]1810 集比丘，[宋][元][宮]1810 盡共集，[宋][元][宮]2122 集，[宋][元][宮]2122 説，[宋][元]2061 集僧稱，[宋][元]2122 適鳴已。

柱：[宋][明][宮]、推[聖]1452 髮及門。

錐

鑊：[元][明]721 身餓。

針：[三][宮]2122 上今錐。

硾

縋：[宮]2122 其足。

腏

啜：[元][明]2122 麻隣。

墜

隊：[宮]2122 侯之，[甲]1782 級者西，[三][聖]190 數數鑽，[原]、隧[甲]923 迦去南，[知]384 墮三塗。

堕：[宮]722 飛禽類，[明]1672 落，[三][宮]741 落堆廬，[三][宮]2060 此于時，[三][宮]2060 柯摧。

墮：[甲][乙]2426 三途三，[甲]952 惡，[明]1450 落，[明]1482 失則斷，[三][宮]345，[三][宮]639 於大惡，[三][宮]2122 三塗不，[三][宮][另]410 樹木及，[三][宮]286 於，[三][宮]385 三惡趣，[三][宮]616 落而不，[三][宮]657 於大坑，[三][宮]657 諸惡趣，[三][宮]721 坑陷，[三][宮]1425 地夫人，[三][宮]2121 三途是，[三][宮]2122 地，[三][宮]2122 地化成，[三][宮]2122 臥糞坑，[三][宮]2122 墜，[三][宮]2123 太山蠅，[三]212 落復使，[三]374 善男子，[三]2088 如故後，[聖]1421 取死。

嗣：[三][宮]2060。

隨：[三][宮]2123 流無人。

遂：[元][明]1 墮惡。

隧：[宮]2122 省己用，[宮]2122 一言有。

物：[三][宮]2103 嗚呼哀。

逐：[三]158 邪見林。

著：[甲]994 地者。

綴

補：[聖]1435 鉢若。

愬：[聖]125 男子或。

輟：[宮]310 以瓊籤，[宮]下同 1425 更乞新，[宋]375 衆生無。

掇：[三][宮]729 經妙旨，[宋][元][宮]1425 擲棄者。

縛：[三][聖]125 男子是。

結：[三][宮]2122 其骨柔。

經：[宮]2034 文曾無。

聯：[原]、聯[甲]2006 聯不已。

維：[三][宮]2122。

躓：[三][宮]630 礙憂惱。

餕

餚：[三]204 上。

肫

豚：[明]2103 犬豙。

准

辨：[原]2337 其果德。

純：[明]2088 陀故宅。

次：[甲]1227。

法：[甲]2281 准知有。

非：[原]1829 此亦唯。

復：[另]1459 問以酬。

瓜：[三][宮]2103 儒墨分。

喉：[乙]2391。

淮：[甲]1730 釋如前，[甲]2128 反鄭注，[三][宮]2060 南學士。

佳：[明]1562 知有非。

難：[甲][乙]1822 此釋違，[甲]2266 者謂煩，[甲]2301 破相傳，[明]1451 陀今。

泥：[三][丙]1076 字安臍。

如：[甲]、－[乙]2261 前應。

誰：[甲]2281 言彼二。

順：[甲][乙]2254 境名樂，[甲][乙]2263 成此義，[乙]1822 此一生，[乙]2263 例可，[原]2410。

思：[甲]1733 之第六。

雖：[聖]1723 下經文。

同：[明]、－[丙]1056 上曩跰，[明][甲]989 上娜野，[明][乙]1100 上薩嚩，[明]1056，[明]1164 上日囉，[明]1243 吒音半。

推：[甲]2195，[明]2103 此而論，[原]1960 可知如。

望：[甲]1821 此相攝，[乙]1822 界應思。

唯：[丙]2231 化身菩，[宮]1452 此應作，[宮]1558 此又立，[宮]1585，[宮][甲][乙]1799 伺定力，[宮]1451 此應知，[宮]1451 法刑戮，[宮]1459 苬剟應，[宮]1558 義知，[宮]1558 應知通，[宮]1558 餘八非，[宮]1562 說心定，[宮]1808 義，[宮]2034 諸雜論，[宮]2103 古禮巡，[甲]1821 婆沙前，[甲]1830 他受用，[甲]1830 五，[甲]2249 顯，[甲]2259 還緣前，[甲]2270 此相違，[甲]2289 取不二，[甲]2370 聲，[甲]2391 理，[甲][乙]1822 經說欲，[甲][乙][丙]2396 佛界音，[甲][乙]1709 四根本，[甲][乙]1709 在人中，[甲][乙]1821 知五通，[甲][乙]1822 此，[甲][乙]1822 此諸地，[甲][乙]1822 二論釋，[甲][乙]1822 論有言，[甲][乙]1822 前所說，[甲][乙]1822 是擇滅，[甲][乙]1822 因中增，[甲][乙]1822 有婆沙，[甲][乙]1822 正，[甲][乙]2250 釋初，[甲][乙]2259 受小輕，[甲][乙]2309 色爲別，[甲][乙]2317 有依主，[甲][乙]2390 二風端，

[甲][乙]2391，[甲][乙]2391 有布八，[甲]893 護摩法，[甲]954 前蓮華，[甲]1512 上經文，[甲]1708 下結文，[甲]1709 分段無，[甲]1709 下經中，[甲]1709 於後得，[甲]1709 知，[甲]1709 知從此，[甲]1717，[甲]1723 論解經，[甲]1813 有無怨，[甲]1816 前十八，[甲]1816 十地論，[甲]1816 所知障，[甲]1816 天親論，[甲]1816 下解五，[甲]1816 知論文，[甲]1830 觸處亦，[甲]1830 此知，[甲]1830 就初二，[甲]1830 前應，[甲]1830 下第十，[甲]1832 既引經，[甲]1846 此也四，[甲]1863 妄可悉，[甲]1887 同，[甲]2128 車，[甲]2128 經義是，[甲]2249 望上地，[甲]2250 指前有，[甲]2266 可知，[甲]2266 婆沙，[甲]2266 爲趣大，[甲]2274，[甲]2288 思，[甲]2339 同，[甲]2366 聖歡釋，[甲]2391 此文且，[甲]2394 染作之，[甲]2399，[甲]2401 種子字，[甲]1733 有五，[明]1452 計今時，[明]1563 近分有，[明]1243 上夔瑟，[明]1453 義可知，[明]1482 主樹雜，[明]1562，[明]1562 前門此，[明]1562 前釋，[明]1562 知有順，[明]1563，[明]1585 苦應知，[明]2122 可知也，[明]2149 此而談，[明]2149 起重解，[明]2154 別録中，[明]2154 長房等，[三][丙]982 可依字，[三][宮]1453 五更當，[三][宮]1459 佛一張，[三][宮]1563 已成謂，[三][宮]1629 一能顯，[三][宮]2102 習世情，[三][宮]2122 用行，[三][宮]2123 佛可知，

[三]445 王如來，[三]1424 彼即亡，[三]1424 用無失，[三]1451 此即是，[三]2122 此無蟲，[三]2125 義除煩，[聖]1562 前菩提，[聖]1788 攝，[聖]2157 中有差，[另]1442 陀復白，[另]1451 憑遂使，[宋]1452 上應知，[宋][明][宮]2060 爲標擬，[宋][元]、惟[明]1559 此釋曰，[宋][元][宮]1559 得此心，[宋]1458 此應説，[乙]2249 此一坐，[乙]1723 此可知，[乙]1724 此即有，[乙]1821 此熾盛，[乙]1821 前第一，[乙]1822，[乙]1822 正理論，[乙]2228 可用四，[乙]2261 法於五，[乙]2261 同者向，[乙]2263 下論文，[乙]2394 俗，[乙]2394 有三問，[乙]2408 胡乃至，[元]、量準[甲]893 然念誦，[元]、惟[明]、準[甲]893 然於此，[元]1545 前門問，[元]2016 此可見，[元][明]2016 知色等，[元][明][宮]1562 知故令，[元][明][聖]1562 餘知此，[元][明]1458 前應作，[元][明]1558 成故如，[元][明]1602 義應知，[元][明]1808 准三人，[元][明]2060 至年四，[元]901 前唯，[元]1458 事當思，[元]1629，[元]2122，[原]1829 解兩施，[原]2319 執一等，[原]872 此而，[原]1863 取不定，[原]1863 天愛知，[原]2196，[原]2271 言陳外，[原]2431 湌受諸。

惟：[甲]1863，[甲]2266 此釋有，[甲]2348，[明]1558 此，[三][宮]1545 説謂若，[三][宮]1563 無漏但，[三]361 法大，[三]362 法大。

文：[甲]2195 疏。

行：[原]2126 在尚書。

依：[甲]、難[乙]2263 今此二，[甲]2263 此。

亦：[甲]、亦准[乙]2390 忍願相。

準：[明]606 閉目破。

稕

撑：[聖][另]1451 支頭若。

準

不：[甲]1828。

堆：[宋]、准[元][明]642 射大。

可：[甲][乙]1866 知又此。

路：[原]、路[甲]2006 擬向則。

若：[甲]1735 梵本。

雙：[甲]1805 結兩犯。

順：[甲]2068。

唯：[丙]1866 之遍計，[甲]2401 置地印，[甲]1273 前印改，[甲]1717 下感應，[甲]1828 此發三，[甲]1828 言前三，[聖]1451 擬既過，[聖]1733 前可知，[聖]1788 知，[乙]1866 之若依，[元]995 前誦三，[知]1785 須釋出。

惟：[甲]1828 有漏者。

錐：[宮][聖]1435。

准：[丙]862 此，[宮]1456 價，[甲]850 自在，[甲]2291 上三，[宋][元][宮]1670 如是曹。

仛

仙：[甲]2130 也賢愚。

拙

出：[甲][乙]2219 二醫譬。

杜：[甲]1178 憂拙。

柮：[甲]1728 無子既。

掘：[三]2122 取水，[乙]2296 經大集，[原]1059 具羅香。

握：[乙]2296。

捉

拔：[元][明]309 而。

把：[三]212，[三]1440 食九不。

持：[宮]1425 比丘尼，[三][宮]1425 弓箭爲，[三][宮]1428 杖，[三][宮]1435 餘食，[三][宮]2121 如是，[三]198 象有捉，[聖]1425 蓋。

從：[宮]1428 摩者摩，[聖]1427 戶鉤開，[聖]1435 上座手，[另]1428 頭語，[元][明]1442 苾。

促：[三][宮][聖]1464 起調達，[三][宮]2121 取殺之，[乙]1796。

撮：[三][聖]125 母頭右。

堤：[三]425 在手中。

短：[乙]2296 有何奇。

攓：[三][宮]606 持兵。

化：[聖]1547 持金銀。

齎：[聖]200 此花爲。

接：[元][明]1509 足而禮。

舉：[三][宮]1435 如是。

排：[三][宮]606 罪。

漆：[三][宮]1435 杖所。

取：[三][宮]1425 飲器佛。

搤：[宮]1425 其頭強。

拭：[宮]1428 革屣著。

拓：[明]1450 往詣衆。

提：[宮]1425，[宮]1425 生色似，[甲]2255 繩一頭，[甲]1728 赤旛韋，[甲]2223 具持輪，[甲]2255 赤幡騎，[明]99 不傷手，[明]100 母乳意，[明]1458，[明]2121 師鉢盂，[三][宮]1425 鉤牽挽，[三][宮]1810 乃至第，[三][宮]2122 僧繩床，[三]202 金澡罐，[三]2110 七寶瓶，[三]2122 書一卷，[聖]1723 狗足執，[聖]1723 蚖蛇含，[另]1428 衣，[另]1435 舉他，[宋][宮]2122 人頭捉，[宋]1462 得語相，[元][甲]901 石榴杖，[元][明]309 衣一角，[元][明]1463 食，[元][明]1476 刀若心，[元][明]2122 脚擲元，[原]1763 勝之劣。

投：[宮]2122 收縛將，[甲]2266，[甲][乙]2070 有路聊，[甲][乙]2194 錢生像，[甲][乙]2296 犀象之，[甲]1333 向於，[甲]1723，[甲]1785 火，[甲]1813，[甲]1813 壺者謂，[甲]2044 船顧言，[甲]2350 香爐，[甲]2879 此法我，[三][宮]310 火不燒，[三][宮][石]1509 引挽，[三][宮]1443 寶洗傍，[三][宮]2122 喚令人，[三][宮]2122 母乳身，[三][宮]2123 鍑中隨，[三]203 翅到水，[聖]272 此說不，[宋][宮]2123 即便割，[宋][明]1170 器仗謂，[乙]1796 縛無力，[乙]1821，[元]2016 月龐居。

校：[三]、挍[聖][知]1441 經不得。

旋：[聖]176 三鈴作，[元][明]155

隨佛行。

用：[三][宮]1425 拂復次。

責：[原][甲]1825 變在因。

執：[三][宮]1425。

著：[明]2076 物入迷。

追：[三][宮]2048 汝或當。

搣：[宋][宮]摵[元][明]2042 頭復噉。

足：[元][明]2103 號馬屎。

作：[明]1463 扇扇比。

掇

掇：[甲]2191 土故能。

徇

徇：[甲]2128 同似遵。

豿

豹：[三]311 象馬。

怵

怵：[三][宮][甲]2053，[三][宮]2121 懼見屠，[宋][宮]541 歌答之。

灼

焯：[宋][元]1092 香王畫。

的：[宮]288 以琉璃。

火：[三]152 之明疑。

炯：[三][宮]2102 電之末。

欻：[甲][乙][丙]2163 然此像。

怵：[明]193 逃突奔，[三][宮]2121 歌答之。

酌：[明]2076 然言不。

卓

皂：[乙]2157。

車：[甲]2128 女革二，[元]2104。

牟：[宮]2122 然神正。

乾：[三]987。

榮：[元][明]、布[宮]309 見莫不。

早：[明]2149 興可不。

彰：[明]1526 離於惡。

貞：[宮]2060 不。

斫

彼：[宮]2123 舌也。

斷：[甲]2249 四處所，[三][宮]1428 教人。

漸：[宮]606。

截：[三][宮]1611 癡鎧山。

斤：[聖]26 治其身。

砍：[明]1648 離散相。

破：[宮]397 迦羅婆，[宮]721 身體碎，[宮]1425 樹採華，[宮]1435 我樹，[宮]2122 之因斷，[甲][乙]2223 是也揮，[甲]1065 乞羅金，[久]397 迦羅，[明]1450 樹頂禮，[三][宮]1432 教人，[三][宮][聖]222 害寧有，[三][宮][聖]754 水隨破，[三][宮]374 處可見，[三][宮]720 汝根本，[三][宮]721 吹一切，[三][宮]1425 種異語，[三][宮]2122 然之未，[三][宮]2122 一菩提，[三][聖]125，[三]375 其身不，[三]1440 大卑跋，[聖]272 伐何以，[聖]1509 可斷是，[聖]1509 殺害是，[聖]2157 壽樹復，[石]1509 截如是，[石]1509 故用，[宋][宮]1509 空，[宋]

[明]25 板小地，[宋][元][宮]720 尊者摩，[宋]125 殺取其，[宋]1341 初阿室。

娑：[甲][丙]、破[乙]2397 乞羅。

所：[明]1644 木，[三]1644 成板柱，[聖]823 伐分析，[宋][元]1442 得波逸，[宋][元]2122，[元][明]1058 努伽羅，[元][明]1579，[元]1488 分離不。

研：[三]379 彼不堅，[聖]371 迦羅山。

欲：[三][宮]2042 伐法。

斬：[三][宮]1808 壞入庫，[三][宮]2104 之體無。

折：[三][宮]397 啾樹提，[原]1205 一切。

灼：[甲]2207 反說文。

作：[明]1466 突吉羅，[明]1566 是故非。

酌

的：[元][明]2149 歷代參。

無：[乙]2391 前後師。

灼：[明]1988 然不知，[明]1988 然代前，[明]1988 然有什，[三]2103 然。

浞

促：[明]2109 篡十二。

澆：[宮]2103 未肯若。

椓

橡：[甲][乙]1796 泥草人，[三][宮]1488 木地石，[三]212 難十四，

[三]2154 瓦正，[元]2122 樹葉惡。

斳：[三]64。

梲

椓：[宋][宮]480 諸雕飾。

啄

初：[宋][聖]、沮[元][明]375 壞是故。

喙：[明]1442 淨是，[明]2131，[三][宮]2122 睛噉，[三]86 如鐵頭，[宋][元]53 若鶖啄，[宋]26 豺狼所。

破：[宮]374 壞是故。

食：[甲]2882 魅人心。

啅

踔：[元][明]374。

啄：[三][宮]1674 心肝。

硺

琢：[三]2103 刻削頗。

斲

別：[三]2125 爲一孔。

濁

礙：[宋][宮]272 名不共。

觸：[明][乙]994，[三][宮]1472 中，[乙]973 及爲障，[元][明]397 惡第十。

得：[甲]952 惡世得。

獨：[宮]1548 行不，[甲]1805 差五推，[甲]2787 重偸蘭，[三][宮][聖][知]1579 行，[另]1458。

分：[宮]310 平等文。

穢：[三][宮]1563 者謂貪。

偈：[宮]2121 經，[聖]1818 之前經。

懼：[元][明]322 其。

渴：[宮]681，[甲]2266 不死以，[甲]2313，[聖]1562 作意此。

渴：[甲][乙]2309 得名地。

漏：[明]1 想八者，[三][宮]415 不雜成，[三][宮]606 在內是，[三][宮]1562 意定能。

冥：[宮][聖]1509 二事相。

櫂：[甲]2128 睆目內。

蜀：[明]1341 者復言。

湯：[甲]2207 和氣不。

謂：[甲][乙]1822 作意引。

展：[三][宮]349 轉相食。

濯：[宋]、190 無。

擢

掉：[宮]1428 臂畫水。

懼：[聖]225 志大不。

躍：[三][宮]2122 入于深。

櫂：[甲]2395 樹下爲，[元][明]623 六度不。

擢：[乙]2207。

斵

擉：[聖]375 其頂即。

斷：[明]2145。

斫：[三][宮]2122 已舌是，[三][宮]2122 舌水中。

澀

澀：[甲]2128 也浣洗，[三][宮]2066 八解而。

瀄：[乙]2391 一切黑。

曬：[三][宮]1462 人白諸。

洗：[三]2125 隨宜不。

擢：[三]212 一日爲。

讘

護：[三]2060。

庶：[三]2145 望賢哲。

蘸

樵：[明]1462 鑽火。

籫

薔：[甲]2128 也郭注。

孜

敬：[三]2063。

兹

並：[宮]2060 異叙隨。

竝：[聖]1763 決難也。

慈：[宮]263 法眼諸，[宮]383 滅度國，[宮]459 當說此，[宮]2122 敬報恩，[甲]895 溉灌，[甲]2128 國至今，[甲][乙]859 召一切，[甲]1512 即生疑，[甲]1736 獨善思，[甲]2130 國譯曰，[明]2087 四姓清，[明]2103 園，[三][宮]2103 內外雖，[三]149 意於佛，[三]196，[三]202 善心即，[聖][另]342 設有念，[聖]2157 並訛謬，[聖]2157 日也至，[聖]2157 往澤重，[宋]2102 殆盡，[元][明]152 母終神，[元][明]2103 良然三，[知]598 開化衆。

此：[甲]1734 殿第五，[三][宮]2109 起然呉，[乙]2192。

是：[三][宮]638 寶珠當，[三][宮]810 汝等精。

斯：[宮]278 種種樂，[聖]627 等倫處。

羨：[三]1082 道法發。

之：[甲]2291 言之。

終：[三][宮]2060。

滋：[宮]2122 五，[三][宮]263 殖青蒼，[三][宮]1562 甚故諸，[三][宮]2122 彰故佛，[聖][甲]1763 漫者深，[聖]1428 戒。

尊：[知]598 乎。

咨

啓：[宮]460 嗟慧而。

語：[宮]460 講經法。

姿：[宋][元][宮]2123 嗟吟。

資：[甲]2053 謀於傅，[三][宮]2102 於聖子，[三]2103 聖王之。

諮：[三][宮][聖]222 啓諸佛，[三]186 受八日，[三]212 受恒以。

恣：[三][宮]460 汝心便，[原]2409 矣。

姿

盗：[久]1486。

盜：[甲]2087 多智欲。

婆：[宮]541，[乙]2192 形者以。

娑：[甲]901 次。

資：[三][宮]2122 莫不即。

恣：[明]1644 態諸天，[明]2045 態，[三][宮][聖]1475 則憙好，[三][宮]1425 作，[三][宮]2122 態恈色，[三]76 則拂衣，[三]1478 育養媚，[聖]2157 高朗風，[宋][元]201 態状若。

兹

緣：[宮]1912 而放諸。

之：[甲]2293 聊傾愚。

滋：[元][明]152 甚王不。

淄

溜：[元][明][甲]901。

渭：[宮]2059 人少出，[甲]2068 人少出。

婬：[三][宮]2102 爲大罰。

菑：[三][宮]2102 城中有。

緇：[三][宮]2060 不涅寒，[三]2063 遇磨不。

孳

滋：[三][宮]2122 息日日，[三][宮]2060 多可。

滋

慈：[三][宮][知]384 潤悉周，[三][宮]2102 誘藻悦，[三]1003 生施者，[知]598 茂。

繁：[三]156 息其利。

絶：[三]2063 味清虚。

流：[乙]1723 所應化。

濕：[甲]1069 潤煥爛，[三][宮]1559 長故輕。

葉：[三][宮]606 茂。

諸：[三][宮]671。

兹：[明]2122 而滿必，[三][宮]、慈[聖]271，[三][宮]656 不離大，[三][宮]2108 多曾莫，[三]118 甚也，[三]186 茂覩母，[聖]291 茂稍漸，[另]1721 繁故云，[宋][宮]398 味，[宋][宮]2102 甚士女，[宋][元][宮]2102 深必福。

兹：[三][宮]1425 諸比丘，[宋]、次[宮]656 甚。

資：[甲]1723 潤體用，[三]202 後報如，[三][宮]397 潤彼人，[三][宮]2122 益因緣，[三]1982 益法界，[元][明]1003 生施故。

諮：[聖]1435 味四者。

恣：[三]186 其味。

貲

貨：[三]1340 財安隱。

屢：[三][宮]1458 雜物直。

資：[明][聖][另]1458 財或出，[明]1458 財令無，[明]1644 生貿易，[三][宮]1442 財損失，[三][宮]1442 總，[三][宮]1443 財淨心，[三][宮][聖][另]1442 財隨有，[三][宮][聖][另]1458 財不，[三][宮][聖]231 財爲一，[三][宮]231 財而爲，[三][宮]1442 財並皆，[三][宮]1442 財豐足，[三][宮]1442 財珍寶，[三][宮]1442 奉施乃，[三][宮]1442 貨如毘，[三][宮]1443，[三][宮]1443 財，[三][宮]1451 財受用，[三][宮]1451 財無不，[三][宮]1453 財常樂，[三][宮]1453 雜物今，

[三][宮]2045 財設有，[三][宮]2060 財百萬，[三][宮]下同 1442 財既被，[三]2060 財皆此。

譬：[三][宮]263 計乃能，[三][宮]345 量空汝，[三][宮]1547 輸可得，[三][宮]2121 富。

資

寶：[宮][聖]416 不得貪。

寶：[甲]850 財，[甲]1735 者以菩。

表：[三][宮]1579 一貫於。

濱：[三]192。

次：[甲]2087，[知]1579 養故問。

盜：[甲]1733 約外財。

貨：[三][宮]2122 財巨萬。

齎：[元][明]152 財來買。

皆：[宋]2145 亡頃。

路：[三][宮][聖]1442 糧時彼。

貿：[甲]2394 無上法。

任：[乙]1092 運成。

生：[三][聖]190 生之業。

師：[甲]2089 相傳遍。

實：[甲]1864 糧加行，[聖]1851 助行人。

賢：[甲]2167 聖寺，[原]1782 咸。

項：[甲]2068 之隨母。

業：[三]190 既至彼。

移：[原]、得[甲]、資得[乙]2263 大師解。

贊：[甲]1805 剋猶究。

珍：[三][宮]1545 財以法。

質：[宮]532 諒神聞，[甲]1831 隨

機，[三][宮]2102 昧耶爲，[三][宮]2103 體瘠力，[三]682 與身，[元]2016 生。

茲：[三][宮]730 來得福。

姿：[明]2103 天凝圓，[三][宮]2122 質金曜，[三]76 相好神，[三]2145。

貲：[宮]1545 身具，[甲]2036，[明]379 生所，[明]1545，[明]1545 具故得，[明]2102 仰追所，[明]下同 2102，[明]下同 2102 必資乎，[明]下同 2102 乎正解，[明]下同 2102 生通運，[明]下同 2102 實張空，[明]下同 2102 始於黔，[明]下同 2102 言，[三][宮][聖]1443 婢曰我，[三][宮][聖]1452 時諸居，[三][宮]1452 財非常，[三][宮]2122 財手索，[三][聖]211 財不可，[三]152 財億載。

資：[甲]2748 資遠。

諮：[三]2145 受四輩，[聖]1428 相傳遂，[宋][宮]2034 傳五卷，[宋][宮]2034 相傳云。

恣：[三][聖]125 令施人。

緇

紬：[宮]2060 衣上下。

溜：[宮]2103 墜在。

絳：[三][宮]2059 鉢之王。

條：[三]2087 福則諸。

油：[三][宮]2059 素。

淄：[明]2105 服戒行。

錙：[丙]2092 流，[三][宮]2060 銖。

輶

　　韇：[三][宮]556 第五女。

　　輶：[宋][元][宮]2122 從八婢。

髱

　　鬟：[甲]2087 有城郭。

　　髦：[甲]2128 牛，[三][宮]、髮[知]598 也藏匿。

　　鬏：[三]397。

　　髱：[三][宮]2121 無敢。

趚

　　趙：[宋][元][宮]2103 趄。

諮

　　次：[三][宮]399 問眞諦，[三]196 受五戒，[宋]810 受不及。

　　害：[宮]434。

　　啓：[宮]398 受。

　　請：[三]220 問義。

　　師：[三]2063 受於是。

　　說：[三]1428 問迦。

　　問：[聖]1579 詢云何。

　　懿：[明]2053 稟曉夜。

　　語：[甲]1929 曰不眞，[三]1340 即以神，[三]190 父母捨，[聖]190 父母共，[另]1459 啓時一。

　　證：[另]1509 此人或。

　　質：[三]190 王言大。

　　諸：[元][明]292 問百千。

　　咨：[宮]2102 申王珍，[明]211 受無階，[明]2040 明者貢，[三][宮]403 講擁護，[三][宮]403 受奉敬，[三][宮]

411 法主重，[三][宮]1421 問國事，[三][宮]2121 明者貢，[三]6 賢，[三]125 承必當，[三]152 衆疑靡，[另]1463 問應合。

　　資：[明]2122 說處爲，[明]2145 受，[三]2122 可久即，[聖]1509 受者菩，[宋][宮]656 受，[宋][宮]827 受法，[元][明]2122 義著在。

　　恣：[明]310 問佛，[三]、次[宮]810 受經典，[三][宮]285 入無量，[三][宮]337，[三]190 問悉爲。

鎡

　　瓷：[三][宮]1421 銅多羅，[三][宮]1435 小。

　　鎡：[三]1424 銅。

子

　　別：[甲][乙]1822 心身。

　　不：[宮]2123 實若唯，[甲]2036 落丹霞。

　　常：[宋]723 愛視衆。

　　成：[元]1605 成就得。

　　大：[三]228 衆爲敬，[宋][宮]816 衆說法。

　　當：[宮]496 如掃箒。

　　等：[三][宮][聖]397 寶國諸，[乙]912，[乙]2227 於諸根，[乙]2261 初通諸，[原]2264 亦據。

　　弟：[三][宮]2122 母子俱。

　　兒：[宮]263，[甲]1763 衣即出，[甲]2895 亦爲，[明]1450 爲立何，[三][宮]1425 當益，[三][宮]1435 言汝須，

[三]152 者乎路，[三]171。

二：[宮]279，[宮]1558 言，[甲]1795 菩薩唯，[明]489 而一一，[明]2123 親族朋，[明]2154 月婆首，[三][宮]2060 誠孝居。

方：[三]161 便今日。

分：[宮][甲]1804 齊之。

夫：[三][宮]2060。

弗：[甲][乙]1929 調達造，[甲]2300 弟子可，[三][宮]1451 來見相，[乙]2249 所作如，[元]310 此是不。

干：[宋]2121 來不唯，[元]2108 陵等尋。

根：[元][明][宮]374 既。

故：[宋][元]375 欲令得。

果：[甲][乙]2263 同時應，[甲]2262 隨，[三][宮][聖]649 右手取。

好：[甲]2778 詞。

號：[甲]1963 曰衆，[三][宮]2121 大名稱。

后：[甲][乙][丙][丁]2092 還總萬。

乎：[甲]1709 圓滿依，[甲]2261 撿，[三][宮]2060 不，[三]186 時識乾，[宋]2121。

花：[乙]2393 草蜀葵。

回：[甲]2261 老子。

及：[三][宮]721 諸天子，[三][宮]1425 女人越。

即：[三][宮]2104 余亡分。

子：[宮]2078 然故來，[明]2122 至，[三]418 身避。

可：[明]2066 高二尺。

了：[宮][甲]1912 今從勝，[甲]1782 知至大，[甲]1789 二我本，[甲]2266 導等異，[明]310 本牟尼，[明]660 是名菩，[明]2149 眞無恨，[三][宮]671 四大外，[三][宮]1545 見起敬，[三]291 斯達法，[三]1566 以熏習，[三]2122 不見穀，[聖]292 勇住此，[聖]310 等於彼，[聖]1595 久滅此，[另]1451 我今渴，[宋][宮]292 欲知，[乙]2408 後珠，[元][明]199 於比丘。

力：[三][宮]278 一切諸。

利：[三]220 子。

兩：[乙]1816 段第二。

羅：[甲]2128 字轉舌。

矛：[甲]2039 嘗寓包。

名：[甲][乙]2263 果俱。

母：[明]1509 或爲師，[三]2121 婿伯即，[聖]397 爾時以，[宋]143 是爲母。

木：[原]1248 一百，[原]1249 一百八。

乃：[明]312 問其故。

男：[原]1248 童女問。

女：[甲]893 合線金，[甲]997 隨其城，[甲]2401 菩薩□，[甲]2401 菩薩△，[三]1，[三][宮]2059 爲尼字，[三][宮][聖]1443 有欲心，[三][宮]263 所願衆，[三][宮]349 垢，[三][宮]407 等像而，[三][宮]721 相近欲，[三][宮]1545 俱能留，[三][宮]2121 携手逍，[三][宮]2122，[三][宮]2123 貪毒至，[三]125 大小皆，[三]125 五事功，[三]

125 之類，[三]158 時虛空，[三]159 爲説一，[三]1441 像施伎，[三]2122 五六千，[乙][丙]2812 爲男女，[元][明]212 殊，[原]1248 合。

千：[甲]2266 所舉有，[明][甲]1177。

前：[甲]2035 便下一，[明]2076 時前言。

丘：[三][宮]2103 乎聖人。

人：[甲]1775 於諸法，[三]1644 以不淨，[三][宮][聖]1421 其子背，[三][宮]635 神龍得，[三][宮]744 汝骨朽，[三][宮]1428 或鬭童，[三][宮]1464 來下教，[三][宮]2121 名阿凡，[三][宮]2123 背母而，[三][宮]2123 小人心，[三]202 年盛力，[宋][明]945 好學出，[元][明][宮]374 有子復。

汝：[甲]2006 此土之，[三]202 相見一。

蚋：[三][宮]、[聖]2042 欲移須。

若：[甲]1969 守一而。

薩：[元][明]2154 經一卷。

申：[明]2122 之歲始。

生：[三]1336 聰明甚，[聖]26 斷種汝。

師：[乙]2263 義三者。

十：[宮]2121 六師若，[甲]1731 見木既，[元]1488 四天下。

士：[甲]2270 各動智，[甲][乙]2227 者未。

氏：[甲]1929 明不可。

手：[宋]1442 掩，[宋]1485 成就第。

守：[甲]2068 沈文龍。

司：[甲]2244 嗣位是。

孫：[宮]2121 耆婆學，[甲]2266 微果依，[明]2076 僧問。

天：[明]489 衆大梵。

童：[三][宮]2121 來尋。

陀：[三][宮]2042 弟子畫。

王：[宮]321 聞是事，[明]2 捧童子，[明]156，[三]25 之邊到，[三][宮]1509 寶幢恐，[三][宮]2121 各相違，[三]125，[三]1331，[乙]1736 給侍亦。

爲：[三]2154 畜生王。

文：[宋][元][宮]、文子[明]1432 注次第。

我：[明]2016 子汝何。

兮：[三]1015 大光明，[三]1331，[元][明]397 梨，[元][明]397 梨泥安，[元][明]1331 字結明，[元][明]下同1331 鳩羅羅。

息：[知]598 恐怖海。

下：[明]588，[明]2059 事具在。

孝：[宮]2103 儀。

心：[宮]263，[三]2103 云楚人。

行：[三]201。

性：[乙]1723 體類各。

學：[甲][乙][丁]2244，[原]2264 槃。

言：[三]156 今衰禍，[三]1485 地名持。

一：[宮]2049 即刻石，[明]189 好大王，[元]99 説隨喜。

義：[甲]2262 亦違聖。

又：[三]2149 立稱元，[元][明]

2122 受。

于：[甲]2128 所封從，[甲]2428 衆生是，[明]316 若有親，[明][乙]1092 白珠鬚，[明]203 羅睺羅，[明]261 之地云，[明]310 高位慧，[明]657 上方去，[明]2103 人人養，[明]2122 岸上游，[三][宮][聖][另]1451 時王子，[三][宮]263 一處安，[三][宮]309 善心是，[三][宮]2103 惟友脱，[三]189 兜婆而，[三]203 宮中擧，[三]2145 法龍，[三]2154 註不合，[聖]285，[宋][宮]2060 晃者閑，[宋][元]1451 過去，[宋]2122，[元][明]534 心伏，[元]2034 興立，[原]1849 根本智，[原]1898 岸上遊。

於：[明]456 外常於。

予：[甲]1778，[甲]2039 恐，[甲][乙]2194 計衆生，[甲]1913 實不裁，[甲]2128 見反通，[甲]2128 曰虫有，[甲]2128 則孥戮，[三][宮]2102 今據夢，[三][宮]2103 者豈不。

與：[甲]2339 果等謂，[甲]2339 有漏本。

豫：[三]1 彌都盧，[三]6 何心哉。

仔：[甲]1799 細度，[甲]1973 細眞實，[甲]2017 細，[明]2154 細尋。

者：[三][宮]2122 處在凡，[三]201，[三]413 有之而。

眞：[甲]2230 隨調伏。

之：[宮]553 曹皆，[宮]2108 範，[聖]566 所持故，[元][明]2016 功。

支：[明][甲]901 等諸天。

枝：[丙]1246 一呪火。

中：[三][甲]1227 麼沙。

種：[甲]2217 因縁。

主：[三][宮]384 修天眼。

吁：[甲]2128 虛賦云。

梓：[元][明]2060 材。

字：[宮]2123 慨正，[甲][乙]2391 等常持，[甲]850 印明如，[甲]1289 想是時，[甲]1512 句明法，[甲]1717 書云濁，[甲]2128 聲也，[甲]2244 大仙，[甲]2400 此字左，[明]1086，[三][宮]225 若在，[三]1096 應急呼，[三]2149，[三]2154 育恒品，[宋][元][宮]1432 注，[乙][丁]2244 非也此，[乙]912，[元]380 者喻。

姉

彼：[三]375 主人還。

弟：[宋][元]68 去也諸。

婦：[宮]1459 妹者姉，[三][宮]224 字，[三][宮]2121 俱爲變，[乙]2397。

嫁：[三][宮]2122 與縣北。

妹：[宮]2121 亦説無，[明]374 妹如諸，[三]125 名難陀，[乙]2092 壽陽，[元]2122 採華造。

姊

婦：[另]1431 莫作是。

妹：[三][宮][聖][另]1428 莫趣以。

胏

肺：[明]2016 樂根對，[明][聖]663 病及以。

批

批：[明]1674 或粉如，[元]221 答言度。

呰

此：[明][宋]311 苦諸謗，[宋]26 德各各。

甘：[宮]310 由自業。

皆：[甲]1736 不雜。

罵：[三]1。

貲：[三][宮]627 限百千，[三][宮]2121 吾違王，[三]193 今乃獲。

紫：[元]1500 退沒若。

訾：[宮][聖]下同 1442 語即便，[甲]1786 亦訶也，[明]99 而不，[明]220 誹謗爾，[明]1604，[明][甲]1094 而復擣，[明]80 輕賤十，[明]99 不恭敬，[明]99 放逸者，[明]125 諸比，[明]186 魔眾何，[明]1425 波夜提，[明]1425 外道，[明]1425 言何等，[明]1429 語者波，[三]187 十方三，[三][敦]262 起隨喜，[三][宮]2122，[三][宮][聖]1442 語意往，[三][宮][聖][另]310 事，[三][宮][聖][另]675 諸法輕，[三][宮][聖]660 深信大，[三][宮][聖]1509 毀魔以，[三][宮][另]下同 1442 語學處，[三][宮]292 至未曾，[三][宮]318 佛説，[三][宮]606 終始苦，[三][宮]630 呰貪名，[三][宮]657 毀壞亂，[三][宮]660 父母親，[三][宮]1421 本所事，[三][宮]1421 不與取，[三][宮]1421 妄語之，[三][宮]1425 殺生，[三][宮]1435 白衣家，[三][宮]1455 食不填，[三][宮]1458 於他無，[三][宮]1462 是名端，[三][宮]1466 律犯二，[三][宮]1558 於他名，[三][宮]1597 如於布，[三][宮]2121 轉恐難，[三][明]193 計，[三]187 魔王淨，[三]187 輕弄誹，[三]220 誹謗，[三]375 當知是，[三]375 女身，[三]375 輕賤言，[三]375 諸有，[三]721 放逸誡，[聖][甲]1733 尸羅及，[聖]125 他人是，[聖]223 毀深般，[聖]223 行深般，[聖]278 有爲讚，[聖]310 惡人好，[聖]397 以，[聖]1509 般若，[聖]1509 老病等，[聖]1509 者受大，[聖]下同 1441 語波夜，[宋][元][宮]1425 者佛住，[元][明]328 計須賴，[元][明]658 一切惡。

梓

粹：[三][宮]2102 神風清。

紫

柴：[丙]2120 莊將倍，[甲]2006 庭黃閣，[三][宮]2122 陌即虎，[元]901 蓋。

出：[三][宮]456。

此：[和]293 金山光，[聖]613 金光共。

累：[元]2109 極情契。

青：[明]2103 雲奪鴻。

聖：[三][宮]1548。

絮：[甲]1805 蒲臺即。

訾

此：[乙]2261 名者毀。

皆：[三][宮]2103 若夫蠶。

訿：[宮]2103 謗天地。

貲：[宮]513 生縛貴，[三][宮]393 名香好，[三][宮]744 計四部，[宋][宮]638，[元][明]2106 衆人許。

觜：[三]2034 至今開。

呰：[宮]263 計衆寶，[宮]616 五欲見，[宮]1509 不善所，[明][和]293 怖惡名，[明]220 輕蔑餘，[明]658 過患譬，[三]220 誹，[三][宮]1545 外道令，[三][宮][聖]1436 語波夜，[三][宮][聖]1454 食不填，[三][宮]459 大乘遏，[三][宮]653 食，[三][宮]1421 佛言汝，[三][宮]1425 多欲稱，[三][宮]1428 佛法僧，[三][宮]1431 語波逸，[三][宮]1509 毀如狂，[三][宮]1509 毀喜根，[三][宮]1521 他，[三][宮]1562 於他名，[三][宮]1581 訶責有，[三][宮]2123，[三][宮]下同 1421 比丘尼，[三][宮]下同 1421 與男子，[三][宮]下同 1428 得，[三][聖]1 他人是，[三][聖]125 餘人是，[三][聖]1441 云何沙，[三]1 以利求，[三]99 諸比丘，[三]186 波旬，[三]220 誹謗是，[三]220 餘菩薩，[三]410 不信，[三]410 而誹謗，[三]410 賢聖遠，[三]1441 檀越使，[聖][宮]1421 親近男，[石]1509 有答曰，[宋][宮]639 若有能，[宋][元][宮]1442 食不填，[宋][元]220 誹謗，[宋][元]220 諸餘菩，[元][明]658 菩薩忍。

滓

澤：[宮]397 無思惟，[宮]397 智三聚，[三]101 赤絮紺，[聖][另]1431 塗摩身，[原]1819 沫驚人。

濁：[三][宮]1488 故是故。

自

愛：[元][明]374 念子欲。

白：[宮][聖]834 諸弟子，[宮]397 洗浴，[宮]673 地從何，[宮]674 地從何，[宮]1809 言清淨，[宮]2102，[宮]2122，[宮]2122 勉可有，[和]293 見其身，[甲]、自[甲]1782 識異識，[甲]2083 塔寺道，[甲][丙]2397 言從是，[甲][乙]1821 及自性，[甲][乙]1822 面故，[甲][乙]1929 尋訪略，[甲][乙]2228 在文唯，[甲]1268 又一本，[甲]1512 下，[甲]1731 爲本迹，[甲]1782，[甲]1805 足勸有，[甲]1820 而，[甲]2128 爲黒污，[甲]2128 縱恣也，[甲]2191 蓮華是，[甲]2214 灰中出，[甲]2219 淨月圓，[甲]2261 在，[甲]2298 首之齡，[甲]2299 骨觀，[甲]2339 唯是一，[甲]2362 分性也，[甲]2401 眞言爲，[別]397 言我何，[明]293 業果心，[明]384 度，[明]1454 壞種子，[三][宮]1523 法對治，[三][宮][甲]2044 鐵輪鋒，[三][宮][久]761 淨行法，[三][宮]374 身者不，[三][宮]382 淨志欲，[三][宮]496 問大聖，[三][宮]721 業能滅，[三][宮]1424 結大界，[三][宮]1425 污灑治，[三][宮]1432 乞作小，[三][宮]1443 知，[三][宮]1464

世尊世，[三][宮]1545 骨已復，[三]
[宮]1604 分信謂，[三][宮]2122 相分
狀，[三][甲]1080 生石蜜，[三]62 令
竟所，[三]193 麁丁，[三]375 身其有，
[三]394，[三]848 種子爲，[三]1132 莊
嚴，[三]2103 一悟理，[聖]395 讀文
字，[聖]1421 持取草，[聖]1562 說若
於，[聖]1788 法自在，[另]1509 說諸
法，[石][高]1668 佛經四，[宋]、目[元]
[明][聖]157 淨無有，[宋][宮]1522 身
中，[宋][元]1462 供養作，[宋]99 然
而，[宋]200，[宋]1428 稱所，[宋]
2058，[乙]897 爲上若，[乙]1263 食
當於，[乙]1796 淨種子，[乙]2192 淨
月，[乙]2192 淨月輪，[乙]2309 露池
側，[乙]2408 處尊是，[元]1522 在勝
上，[元][明]669 法令人，[元]1435 手
受，[元]2121 懇責解，[原]、[甲]1744
下是第，[原]、白[乙]1796 住處也，
[原]1112 聖者發，[原]2230 淨信心，
[原]2248 阿難言，[知]741 大種姓。

百：[宮]638 誤墮墜，[三][聖]643
寶，[三]607 剛鐵中，[聖]1488 不惡
口，[宋][元][宮]、五百[明]329 如來
見。

背：[明]2123 高如象。

本：[甲][乙]1822 性念生，[三]
[宮][聖]1544 性念生，[三][宮]397 方，
[三]190 宮今爲。

必：[甲][乙]2232 四諦答。

便：[聖]223 還去何。

不：[三][宮]2103 然之理。

持：[甲][乙]2219 戒故即，[甲]

1816 說。

臭：[三]682 泥此中。

此：[甲]2266 性，[甲]2305 性淨
德，[明]1507 覺悟故，[三][宮]1597 既
成，[三][宮]654 爲行色，[三][宮]1552
身界方，[三]885 所說貪，[原]1248 想
時行。

伺：[甲][乙]1822 度即堅。

從：[甲]2837 散適徐。

大：[三][宮]1545 乘功。

當：[甲][乙]1909 作我想，[三]
1331 一心念。

倒：[甲]2250 人情演。

得：[宮]895，[甲]1736 心清淨，
[三]202，[聖][另]790 解，[乙]1736 見
釋曰。

地：[甲]2290 成就非。

多：[甲]、自在攝持[乙]1796 在。

恩：[三]2122 網已故。

而：[三][宮]664 言是實，[三]76
度尊身，[乙]2795 得若施，[元][明]
624。

二：[甲]2274 悟。

法：[宮]1596 想者謂，[甲]2035
然得初。

反：[宋][元]1484 恣心快。

復：[宋][元][宮]2040 取鉢勅。

改：[甲]2036 年保。

感：[三]1549 意所生。

隔：[三][聖]211 不聞即。

共：[聖]、－[另]1428 相謂言。

故：[宋][元][宮]1484 作況教。

國：[甲]1733 土安立，[三]193 及

妻息。

　　合：[三]2122 死故受。

　　恒：[甲]2196 竝又十。

　　互：[三][宮]2122 相避，[乙]2215。

　　及：[三][宮]398 以其心。

　　即：[甲]1731 性異自。

　　疾：[宮]1646 壞身故，[三][宮]1425 成衆魔，[三]482 增長亦，[三]2145 進之路。

　　己：[宮]374 身有佛，[甲][乙]1929 修行力，[三][宮]1458 迴入己，[聖][甲]1733 身他身，[乙]2263 行，[原]2395 心中所。

　　泊：[三][宮]2122 夫六爻，[三]2103 夫六爻。

　　寂：[三][宮]425 然休息。

　　家：[三]1547 問内人。

　　甲：[甲][乙]930 相背。

　　見：[甲]923 他皆得，[甲]2269 性，[三][宮]1562 在等相，[石]1509 無有力，[元][明]202 利忘義。

　　近：[明]2087 數百年。

　　問：[三]360 然不得。

　　句：[甲]1709 利中二，[甲]1715 有兩段，[乙]2186 有四第，[原]、[乙]1744 結也是。

　　具：[聖]211 陳曰昔。

　　可：[元][明]2060 裏。

　　來：[甲]1705 空非。

　　貌：[原]1780 名一切。

　　目：[宮]321 在，[宮]901 多去音，[宮]1545，[宮]1552 界四欲，[宮]1552 性也彼，[宮]1558 名説謂，[宮]2122，

[宮]338 所覩敢，[宮]386 活，[宮]403 通過如，[宮]461 念言我，[宮]476 少福慧，[宮]598 屈，[宮]633 生下心，[宮]811 見之剋，[宮]1435 接取與，[宮]1506 想作，[宮]1509 現前知，[宮]1548 見臺邊，[宮]1558 上苦集，[宮]1559 下地依，[宮]1562 所知增，[宮]1610 壞若汝，[宮]1911 行爲得，[宮]2058 覩世尊，[宮]2103 斯，[宮]2122 不湌采，[宮]2122 非功勤，[宮]2122 割脚肉，[宮]2122 誡國人，[宮]2122 歎，[宮]2123，[宮]2123 舉手眼，[甲]、因[甲]1913 起教化，[甲]1848 等覺爲，[甲]1963 如蓮華，[甲]2128 等也三，[甲]2299 前小苦，[甲][乙]1796 開敷得，[甲]970 見罪報，[甲]1306 專視其，[甲]1717 爲七門，[甲]1722 爲方便，[甲]1723 別名餘，[甲]1733 視明意，[甲]1733 驗見爲，[甲]1735 利次五，[甲]1782 能破四，[甲]1789 者言如，[甲]1816 明他故，[甲]1828，[甲]1828 法界，[甲]1828 貫在首，[甲]2035 云無救，[甲]2128 刑死也，[甲]2192 有五類，[甲]2204 作是念，[甲]2214 也故疏，[甲]2219 本有佛，[甲]2230 此山有，[甲]2250 性我，[甲]2266 他身種，[甲]2266 有二種，[甲]2897 兜菩薩，[明]1421 不，[明]1545 性見集，[明]2122 觀察太，[明][宮][聖]310 見諸佛，[明][宮]2103 應心以，[明][乙]1092 見一切，[明]64 言是，[明]193 軍，[明]203，[明]211 惟曰甘，[明]643 見身内，[明]721 身大勢，[明]1562 防

起惑，[明]1585 性爲所，[明]1596 正思惟，[明]1603 業等四，[明]1641 爲必是，[明]2034 卑絕妻，[明]2034 見自知，[明]2121 舉身投，[明]2123 外云云，[三][宮]656 見一一，[三][宮]1562 戲樂作，[三][宮]1587 三無性，[三][宮][聖][另]342，[三][宮][聖][另]1442，[三][宮][聖]481 以見緣，[三][宮][知]266 不可議，[三][宮]278 見曾於，[三][宮]340 多伊婆，[三][宮]425 離所瞻，[三][宮]461 所覩，[三][宮]646 未開已，[三][宮]656 無極，[三][宮]721 盲不爲，[三][宮]1470 用，[三][宮]2048 多動頗，[三][宮]2060 陳道合，[三][宮]2060 屬朗曰，[三][宮]2103 興仁非，[三][宮]2121 投身，[三][宮]2122 覩交臂，[三][宮]2122 對，[三][宮]2122 食背脇，[三][明]656 所見，[三][聖]291 觀諸十，[三]152 冥言是，[三]173 身血肉，[三]185 所見恩，[三]186 覩如幻，[三]186 所見意，[三]186 悦心不，[三]192 隨矚，[三]196 愛色爲，[三]198 見無綺，[三]212 不離前，[三]212 所經歷，[三]212 下私，[三]263 啓受，[三]671 識如是，[三]2034 不覩，[三]2060 兩明殿，[三]2088 云始皇，[三]2110 稱道家，[三]2154 云十卷，[聖]125 稱，[聖]225 擇取也，[聖]606 惑乎遂，[聖]1562 作意故，[聖]1595 義，[聖]2157 關中盧，[聖]2157 爲矛，[聖]2157 運，[石]1509 高知，[石]1668 極疑於，[東]721 心行是，[宋]、日[宮]624 歸於三，[宋]、

因[宮]2121 飛來行，[宋]628 性本眞，[宋]1428 稱言我，[宋]1430 奪若使，[宋][宮][聖]481 見色已，[宋][宮]1558 釋通如，[宋][宮]2060 見寺舍，[宋][元]1598 想，[宋][元][宮]285 無所亂，[宋][元][宮]1443 指難爲，[宋][元][宮]1515 下一切，[宋][元][宮]1552 事故問，[宋][元]185 覺悟願，[宋][元]1459 防於戒，[宋][元]1509 無定色，[宋][元]1546 在故名，[宋][元]1579 性若分，[宋][元]2059 像成之，[宋][元]2122 舉手眼，[宋]62 覺最賢，[宋]125 錄之，[宋]205 感傷前，[宋]285 在明最，[宋]382 稱譽不，[宋]440 在天菩，[宋]672 心分別，[宋]721 妨礙墮，[宋]1421 言人不，[宋]1428 以線貫，[宋]1509 説因緣，[宋]1545 性，[宋]1545 性問若，[宋]1546 害而死，[宋]1546 釋迦遷，[宋]1558 滅後不，[宋]1562 相惑故，[宋]1581 攝取其，[宋]1648 安八無，[宋]2040 專心勿，[宋]2060 案行可，[宋]2060 是來學，[宋]2122，[宋]2122 稱沙，[宋]2122 隨意反，[宋]2145 僥倖經，[乙]2408 二度拭，[乙]1709 能照心，[乙]1822 餘，[乙]2194 優婆塞，[乙]2397 今斯隣，[元]1525 活以諸，[元][宮]1458 餘輕重，[元][明]21 醫作女，[元][明]1358 澡浴著，[元][明]1509 見炷，[元][明]2060 送之曰，[元][明]2088 不定或，[元][明]2103 申勿廣，[元][明]2125 乞，[元]55 在不七，[元]263 憶念往，[元]440 在王佛，[元]896 入會中，[元]1102 被

堅固，[元]1435 忩當到，[元]1459 餘諸長，[元]1566 體見，[元]1579 心隨，[元]2122 號彌天，[元]2122 連繼用，[原]1818 爲彼此，[原]1818 之爲報，[原]2339 城大小。

内：[甲][乙]2186 結從摧，[甲]2362 外所立，[明][宮]、明註曰自南藏作白 1543 造在後，[三][宮]2122 開彼。

能：[三][宮]606 覺知有，[乙]2263 持自性。

破：[乙]1816 在行住。

僕：[三]2108 雖庸暗。

其：[明]1571 宗亦爾，[三][宮]402 境界奪，[元][明]210 然是身，[原]、[甲]1744 所誓則。

且：[丙]2286 所，[甲]2219 如行者，[三][宮]2102 強理有，[三][聖]1 不聞豈，[三]20 歸家善。

清：[聖]210。

日：[宮][甲]1805 故列爲，[宮]761 力功德，[宮]2112 久非唯，[甲]2044 代沙彌，[甲]2120 佛事時，[甲]2120 滅，[明]24，[明]75，[明]202 出聲而，[明]533 用無，[明]1425，[三][宮]2040 出火驚，[三][宮]2060，[三][宮]2122 南諸國，[三]152，[三]583 相歸一，[三]2063 遠道俗，[三]2103 爲悟，[三]2123 空談靡，[聖]200 過度，[另]1435 洗浴莊，[宋][元]、山[明]2058 處斯卑，[宋][元]1810 言清淨，[乙]2261 他俱不，[元][明]2060 夢上天，[元][明]2106 發誠悟，[元]271 言不作。

肉：[明]2034 説人骨。

如：[明]414 然如虛，[三][宮][聖]1552 色色不，[三][宮]1505 覺初也。

若：[三][宮]1552 性不自，[乙]1909 非立弘，[乙]1909 非勤行。

善：[宋][元]2061 利利人。

申：[原]1853 諦故發。

身：[宮]1513 性故若，[宮][甲][乙]1799 心風力，[宮]1509 於五陰，[甲]1828 識持自，[甲]2196 解縛不，[甲]2266 者皆思，[甲]2290 性無生，[甲][乙]1833 業故成，[甲][乙]2259 在下地，[甲][乙]1250 額所向，[甲][乙]1821 無故不，[甲]1782 下第三，[甲]1792 既不仁，[甲]1816 體我是，[甲]2261 居闇處，[甲]2261 相同相，[甲]2266 語業答，[甲]2434 義也又，[明]887 影像光，[明]1562，[明]1336，[三][宮]1558 根若，[三][宮]1648 體羸劣，[三][宮]1810 於善法，[三]6 歸道法，[三]201 既誑惑，[三]211 投，[三]2146 爲無有，[聖]、－[石]1509 失，[聖]26 歸乃至，[聖]210 解度覺，[乙]1796 然智，[乙]1821，[元][明]202 足能消。

生：[三][宮]1521 體。

時：[乙]1821，[原]、自性[甲]1828 而隨決。

實：[甲][乙]2259 體故不。

似：[甲]2270 比違自。

是：[宮][聖][另]1435 念何時，[宮][聖]1443 念已倍，[宮]263 思惟其，[甲][乙][丙]1866 有，[甲]1736 心

來者，[甲]1913 他四教，[明]651 性印，[明]1463，[明]359 性空受，[明]407 莊嚴，[明]660 心有無，[明]1463 持之以，[明]1463 消息是，[明]1553 相六種，[明]1571 地業所，[明]1571 我雖他，[明]2122 厭患身，[明]2123 解言非，[三][宮]2102 以過際，[聖]1549 識三惡，[宋][聖]375 不了何。

首：[甲]850 相竝而，[元][明]2122 執刀者。

思：[三][宮]569 省己身，[三][宮]2121 惟曰釋，[三]161 念我父，[三]809 惟。

巳：[高]1668 下皆是。

四：[甲]2397 會爲智，[三]、白[宮]2085 月一日，[三][宮]618 體。

寺：[三][宮]721 舍破壞。

俗：[甲]2018 本空或。

遂：[宮]2078 禮足尊。

所：[三][宮]263 歸又告，[聖]790。

他：[甲]1736 泯，[甲]2274 而不破。

台：[甲]1973 德韶禪。

天：[宋][宮]、我[元][明]2122 宮當其。

同：[甲][乙]1822 諦下不，[甲][乙]1822 類果者，[甲][乙]1822 異他無，[甲]2249 地云，[甲]2266 別六非，[甲]2367 他近代，[乙]2249。

亡：[宋]6。

爲：[甲]2263，[明]1450 愚癡故。

臥：[宮]895 在。

烏：[宮]2059 西平。

無：[三][宮]1459 餘諸雜。

勿：[甲]1782 恃此初。

息：[宮]618 相無堅，[宮]619 觀身若，[宮]2103，[甲]1782 心，[甲]2266 心或言，[甲]2837 亂智度，[明]151 思惟形，[明]2076 息抱暗，[三]26，[三][宮]1604 忍豈忍，[三][宮]730，[三][宮]760 意生三，[三][宮]1521 心善故，[三][宮]1646 惡厭身，[三][宮]2122 妄休，[三]26 心爲浴，[三]198 耗身無，[三]602 知意以，[三]611 意便守，[三]953 隱，[三]1340 止彼盲，[三]1604 心淨亦，[三]2110 堪任夜，[聖]125，[聖]125 慮此理，[聖]639 心行類，[聖]2157 西京至，[另]1428 念言譬，[宋][元]694，[宋]212 思惟行，[乙]2397 心故即，[元][明]345 煩惱者，[原]2248 不，[原]2196 惡救除。

悉：[三][宮]512 慶幸未，[三][宮]1462 當知佛。

下：[甲]1200 下語若，[甲]2219 身爲説。

相：[宮]1509 無方便，[宮]1808 悉如是，[甲][乙]1822 出家故，[甲]2250 計，[聖]626。

向：[甲]1811 父母師，[原]1776 者聞死。

心：[和]293 輕賤無，[甲]1924 身居在，[三][宮]、止[聖]1595 出三界。

尋：[三][宮]2122 開當於。

一：[三][宮]1509 身尚不，[三]

[宮]1470 飽飯來。

已：[甲]1863 無，[明]624 歸已得，[三][宮]1425 有座時。

以：[甲]1828 欲及勝，[明]997 安住正。

亦：[宮]1509 恣亦如，[甲]1846 有衆生，[明]670 爾，[三]220 能修得，[三][宮]1666 有衆生，[三]192 應然。

意：[宮]2121 當起或，[甲][乙]2263 思惟。

因：[丁]1831 中是，[丁]2244 已化，[宮]1659 利，[宮]1552 地一切，[宮]2104 柱下尊，[宮]2112 誠傳諸，[甲]1828 初修，[甲]2299 業見穢，[甲]1709 了矣從，[甲]1709 知已而，[甲]1721 歎二種，[甲]1813 致死便，[甲]1816 下當解，[甲]1851 不解，[甲]2195 乘行不，[甲]2195 行是以，[甲]2217，[甲]2254 與後念，[甲]2255 等者如，[甲]2261 受衆苦，[甲]2270 偏違所，[甲]2270 茲厥後，[甲]2271 喻於他，[甲]2296 性種子，[甲]2396，[甲]2396 此法說，[三][宮]1523 力及以，[三][宮]317 空，[三][宮]721 緣，[三][宮]1428 行教化，[三][宮]1546 種不與，[三][宮]1549 富者彼，[三][宮]1646 緣成故，[三][宮]2053 是子然，[三][宮]2121 問消息，[三][宮]2121 相謂言，[三]468 果除，[聖]190 知作何，[聖]1595 果，[宋]1568 無，[萬][聖]26 無賴所，[乙]2249 性故，[乙]1822 果名爲，[乙]2261 苦其身，[乙]2263 相果，[乙]2263 相等義，[乙]2396 願智力，

[元][明][宮]614 得又，[元][明]100 在，[原]2262 緣及等，[原]1851，[原]2262 性善根。

音：[宋]、息[宮]2103 然窮理。

英：[三]2060 言。

用：[甲]2223 此法説。

由：[甲]2274 口出，[三][宮]1459 斬愚癡，[元][明]1595 事得成。

有：[甲]1816 上心二，[宮]332 誠信敬，[甲][乙]1816 疑佛無，[甲][乙]1816 以彼法，[甲][乙]2393 心之，[甲]1736 爲者淨，[甲]1763 可救，[甲]1799 開自，[甲]1828 衆苦生，[甲]2281 法者共，[明]2123 剋責我，[明]606 覺言朦，[明]2016 開自，[三][宮]1606 威德我，[三]945 開自，[聖]1564 性故空，[聖]1723 在他所，[元][明][宮]670 性有一，[元][明]16 覺命過，[元][明]1096 形狀持，[原]1774 其五意。

右：[宋][元]2153 百喻等。

於：[甲]、于[乙]1736 京師，[乙]2092 他鄉皆。

圓：[甲]1863 宗但隨。

曰：[甲]872 佛已，[甲]1717 炳然所，[甲]2261 無故言，[明]210 損至終，[三][宮]607 身不，[三][宮]1421 殺彼欲，[三]425 覺意辯，[聖]1441 説犯云，[宋][宮]2121 歡，[元][明]26 歸尊者，[元][明]164 料一人，[元][明]201 打揵椎，[元]696 共分以，[元]1096 稱名五，[知]、白[甲]2082 官放汝，[知]1579 相差別。

月：[甲]1708 滿足生，[甲]2396 應是，[三][宮]2122 六齋奉，[原]2196 有三義。

在：[明]2102 中又匠，[三][宮]2104 在諸趣。

則：[甲]1795 歸寂。

者：[甲]1925 當，[甲]2274 宗有乖。

貞：[宮]687 歸朝奉。

眞：[聖]1595 內。

正：[三][宮]1618 思惟爲。

之：[明]2122。

旨：[甲][乙]2232 在斯而。

至：[甲][乙]917 諸佛下。

中：[元][明]1646 調伏心。

衆：[明]1344 見。

諸：[三][宮][聖]1579 體智境。

住：[甲]1512。

專：[知]741 用意著。

字：[甲][乙]850 體，[甲]867 發光，[甲]2214 體一字，[三]5 名屯屈。

坐：[三]125 禪。

字

安：[明]2110 民之術。

寶：[乙]2192 乘各各。

孛：[甲]2128 音同上。

本：[甲]2174 二行策，[三]2034。

宸：[三][宮]2060 威加南。

慈：[甲]951 神次佛。

此：[丙]1199 祕密法。

道：[甲]2266 又云。

地：[甲][乙]2250 界義光。

定：[甲][乙]2228 言螺羯，[甲]1030 起身相，[三]2110 民出金，[三][宮]2122 世間，[聖][三][宮][石]1509 無語是，[宋][宮]385 聲響亦。

方：[甲]2412 羯磨印。

光：[甲][乙]2219 圍繞百。

號：[甲]2284，[三][宮]461 及佛神，[三][宮]629 釋迦文，[三][宮]2121 佛身能，[三][聖][宮]528 須彌加。

呼：[三][宮][聖]1435 名是中。

華：[三][宮]721。

家：[宮]223 亦如是，[宋][元][宮]、－[明]1428 珠髻語，[宋]1 不答曰，[原]2409 既不。

句：[甲]2261 不，[明][和]261 巧妙慈，[原]2396 文是屬。

開：[宋]682 分別入。

空：[甲][乙]2390 竝竪亦，[明]224 終不復。

牢：[甲]、罕[乙][丁]2244 跢喃或。

了：[三]1039 別誦十。

利：[三]423 不知於。

六：[三]2103 合之外。

名：[甲][乙]2250 乎又頌，[明]1669 法轉大，[三][宮]425 莫勝母，[三][宮]425 法意，[三]202 迦良那，[三]202 修越，[三]2153，[聖]200，[乙]2261 一句及。

摩：[三]、摩字[甲][乙]950 能禁口。

目：[三][宮]1435 名，[聖]1475 某言某。

平：[乙]2396。

切：[聖]953 奇特佛。

人：[甲]2323 修善之。

色：[甲]2402 次。

聲：[丙]2396 若離阿。

時：[甲][乙]2261 爲依名，[甲]2339 異唐經。

實：[原]1851 故地持。

事：[甲][乙]2397 字爲五，[甲]1719 者十界，[明]2153，[三]1459。

是：[三][宮]1425 名字，[聖][甲]1733 等亦應。

手：[甲]2128 旱聲正。

守：[宮]458 其如是，[甲]2128 或從人，[甲]2128 也謂，[三]1646 恒憶不，[聖]225 寧有盡，[聖]225 中學，[聖]1509 不爲稱，[宋]397 犁蛇囉，[宋]1694 爲甲玉，[西]1496 等劫若，[原]1887。

宛：[乙]2391 記者私。

爲：[聖]1428 比丘相。

位：[乙]2391 大略同。

味：[三][宮]1435 不足。

文：[甲]2129 從匕從，[甲]2339 後後慧，[三][宮][聖]1602 身如其。

小：[宋]2110 養無寄。

心：[甲][乙][丙]2394 以爲頂。

姓：[三][宮][聖]223 須菩提。

學：[甲]1782 者，[甲]1828，[甲]2250 上聲對，[甲]2266 明，[甲]2266 自性即，[三][宮][甲]895 勿令脱。

言：[甲][乙]1821 第二，[甲][乙]1822，[甲][乙]1822 顯，[甲]2270 以

簡除，[三][宮]1579 凡有五，[宋][宮]671 亦不已，[乙]2263 今此等，[乙]2263 爰知假。

也：[甲]2128，[甲]2129，[甲]2214 出過語，[三][宮]1545 爲。

一：[丁]2190 名句含，[甲]2261 字不成。

移：[甲][乙]、字移[丙]1211 珠齊畢。

義：[原]1818。

音：[甲]2207，[原]2271。

印：[乙]2408 之中隨。

又：[宋]、子[宮]866 放光焰。

于：[明]202 天竺作。

宇：[宮][甲]1804，[宮][甲]1804 敷床教，[宮][甲]1804 衣服，[宮]1428 象力善，[宮]1804 等，[宮]1805 況於逆，[甲]1983 宿睦，[甲]2067 文化及，[甲]2128 居也説，[甲]2128 俱反考，[甲]2193 長也肘，[明]2110 驗帝錄，[聖]375 彫文刻，[宋][元]1031 流，[宋][元]1227 觀，[宋][元]2110。

曰：[三][宮]425 施善志，[三][宮]425 以時侍，[元][明]224 爲佛諸。

月：[甲][乙]2192 輪能駕。

雲：[宋][明][宮]278 如因陀。

孕：[乙]2157 經同本。

章：[乙]2261。

者：[甲][乙][丙]973 阿字，[三][宮]2060 言信。

正：[原]2412 明瑜祇。

志：[甲]1771 梵。

中：[宮][甲]1805 但，[甲]1735
有此則。

種：[原]2393 念誦之。

住：[明]848 菩提心。

子：[宮]278 曰善財，[甲]1876
輪王之，[甲]2128 作此顧，[甲]2217
故子，[甲]2261 云名，[明][乙]1092，
[三][宮]2053 香，[三]908 於中三，
[三]2149，[聖]1763 形也佛，[宋][元]
2153，[乙]2394 也瑜，[知][乙]1785
者持水。

自：[宮]309，[宮]626 聲而不，
[和]293 輪際無，[甲]1736 別釋因，
[甲]1736 後後慧，[甲]1795 有三一，
[三]2145 子年隴，[宋][元]1075 安兩
目，[乙]954 句分明，[乙]1211 輪。

宗：[宮]2060 三枚云，[甲][乙]
2263 以鏡像，[甲]2261 支於所，[甲]
2281 第三，[甲]2296 理目無，[乙]
2192 即名所，[乙]2263 因既有。

最：[乙]2393 勝百明。

剕

串：[宮]、韓[甲]、事[乙][丙]2087
刃於腹。

事：[宮][聖][另]1442 刃非遠，
[宮]2122 刃於腹。

傳：[明]945 爲射歷。

牸

將：[聖][另]1451 牛百頭。

牝：[元][明]190。

特：[宮]1451 牛復得，[三][宮]

1425 牛邊當。

恣

暴：[宋]202 自。

彼：[聖]199 意所布。

瓷：[三][宮]、望[聖]1421 佛言
聽。

次：[聖]376 心極，[聖]1509 樂
說諸，[聖]1670 敢有違，[元][明]1579
衣服飲。

盜：[宮]376，[三]17 習酒舍。

盜：[三][宮]1435 心取如，[三]
[聖]1441 心取隨。

恐：[宮]263 佛，[甲]1781 奪國
位，[宋][聖]291 興造天，[原]1890 不
順文，[原]2196 繁故唯。

婆：[明]1341 馱瞿，[三]1341 十
阿奴。

奢：[三][宮][另]、放[聖]1428。

歲：[聖]、受歲[另]1435 佛知故。

委：[聖]291 於斯所。

悉：[宮]342 意在聲，[三]1340 意
問我。

益：[三][宮]2053 相酬勸。

逸：[三]186 不，[三]196 善惡隨，
[三]210 從是多，[聖]211。

慾：[宋][宮]2123 故惡道。

茲：[三][宮]653 口。

咨：[宮]598 聽一切，[宮]687 其
口天，[明]99 於五欲，[明]415 口長
歌。

姿：[博]262 於某年，[明]1478 態，
[三][宮]630 態六者，[三][宮]1478 態

惡有，[三][宮]1478 態媄娛，[三][宮]2123 態恃色，[三]418 態甚迷，[聖][另]790 喜鬭，[宋][元]2061 制若老，[宋][元][宮]、盜[明]1557 態七爲，[宋][元][宮]443 態，[宋][元][宮]1478 態，[宋]2059。

資：[宮]579 汝所問，[三]2103 其愛智。

奏：[明]310 汝所問。

坐：[宮]2060 便訖覺。

眥

目：[甲]850 塢烏爲。

漬

洺：[聖][另]790 處故屋，[宋]、讀[宮]2103 風。

積：[三][宮]263 皆成佛。

浸：[三][宮]1435。

淨：[石]1509 火能。

漬：[元]2087 以塗額。

流：[三][宮]1462。

釀：[三][宮]1458 之成醋。

清：[三]1644 處與寶，[聖]1421 或爲虫，[聖]1421 諸比丘，[聖]1458，[另]1451 長者後，[另]1458，[宋][宮]2102 風流則，[宋]26，[知]1441 酢已清。

灑：[三]515 霜封支。

線：[甲]1000。

循：[甲]2261 也。

汙：[三]26 賢者迦。

瀆：[三][宮]721 其池名。

粢：[三][宮][聖]1462 袈裟若。

宗

安：[甲]2037 秀二師。

寶：[甲][乙]2328 師代法。

本：[甲][乙]2263 計。

部：[甲][乙]2263 意可許。

常：[甲]1839 以電瓶。

承：[甲]1717 答本承。

乘：[甲]2214 竟等，[甲]2246 無相惠，[甲]2263 義，[甲]2300 宜前破，[甲]2313 實有生，[甲]2339 一教也，[原]1721 中道無，[原]2261 彼此相。

崇：[丙]2231 奉供養，[宮]279 重言必，[宮]1808 但依，[宮]2059 敬先是，[甲]1709，[甲]1775 故先命，[甲]2053 猶，[甲]2087，[甲]2087 重爲建，[甲]2270 重門人，[三][宮]1509 伏復次，[三][宮][乙]2087 信外道，[三][宮]1509 事若在，[三][宮]2104 尚義，[三]156 敬至心，[三]184 梵志相，[三]192 敬，[聖]1 奉禮敬，[聖]125 所謂月，[聖]1428 之法何，[原]2199。

處：[甲]2371 名爲畢。

當：[三]2103 同諸法。

等：[三][宮]1571 何不，[元][明]1562 若謂定。

定：[甲]2271 始成違，[甲]1973 則曰正，[甲]2217 相故名，[甲]2273 無之相，[甲]2274 有性此，[原]2208 還欲糾，[原]2208 論意與，[原]2270 今瓶上。

非：[乙]2250 謂經。

奉：[三][宮]2060 之。

宮：[明]2104 乃尹喜。

果：[明]1562 都無違，[原]1840 相違智。

寂：[甲]1781 具如正，[宋]657 敬。

家：[甲]1735 須知二，[甲]1828 因緣故，[甲][乙]1822 共，[甲][知]1785 體等故，[甲]2195 意得旨，[甲]2217 第八識，[甲]2289 舉旗所，[甲]2299 許都滅，[甲]2323 有二説，[三][宮]1442，[三][宮]1442 惡聲彰，[乙][丁]2190。

教：[甲][乙]2263 俱付攝。

京：[甲]、是[甲]1839 以似宗，[甲]2183 師判因，[甲]2261 師觀。

舉：[甲]1821 論曰。

客：[明]2110 侶一時。

空：[甲]1983 我淨，[甲][乙]1866 理等第，[甲]1709 非，[甲]1775 故現空，[甲]2270 兩宗共，[甲]2273 唯，[宋]1522 爰製，[元][明][宮]222 見。

禮：[明]2087 敬每至。

立：[宮]2060 控。

亮：[甲]1763 曰釋橫，[聖][甲]1763 曰譬破，[聖]1763 曰十地。

龍：[甲]2130 也第四。

末：[三][宮]2060 嗣將虧。

前：[原]2271 之宗故。

肉：[三]120。

僧：[知]384 五千人。

師：[甲]1795 既，[甲]2271 即文軌。

實：[甲]2262 云意成，[甲]2263

義依第，[甲]2266 等不言，[甲]2266 依大乘，[甲]2274 義相關。

示：[宮]2053 喻體喻，[甲]1735 涅槃而，[甲][乙][丙]1833 法作不，[甲]1912 無生第，[明]2060 四分聞，[乙]1736 耶即由。

室：[元][明]186。

守：[甲]2039 禮祀磨，[甲]2217 通要旨，[甲]2266 故須通，[聖]1509 親知識。

宋：[宮]2041 主十輪，[宮]2059，[宮]2060 可錄施，[宮]2080 贊寧，[甲]1709 有法定，[甲]2052 公，[三][宮]2034 諱闕殆，[三][宮]2060 氏南郡，[三]2149 諱闕殆，[宋]2060 舊館，[宋]2110 案道教，[乙]2296 道場寺，[知]2082 公瑀及。

崇：[原]2196 仰當知。

所：[乙]1736。

網：[原]1849 要。

相：[甲]1829。

秀：[甲]1763 曰先説。

序：[甲]1758 不乖俗。

宣：[元][明]2110 伸尼之。

玄：[三][宮]2122 度弱喪。

言：[甲]2274 也云云。

意：[甲]2217，[乙]2263 不許別，[乙]2263 以即識。

因：[甲]2273，[甲]2274，[甲]2274 也所聞，[原]2271 後宗前。

應：[三][宮]2122 施戒忍。

餘：[甲]2274 六皆疎。

語：[原]2208 相違自。

增：[宋][明]374 敬各發。

寨：[宮]2034 之常以。

章：[甲]1736 中文文。

執：[甲]2274 故隨其。

旨：[丙]2396 又求賢。

中：[甲]2036 代宗三。

種：[原]2339 性決。

衆：[甲]1771 橫論之，[明]2104 曰上天。

主：[甲]2323 故云天。

住：[原]1840 故聲無。

字：[宮]2060 本習，[宮]2060 重行，[甲]2300 謂一說，[甲]2339 義唯是，[甲]2211 多義佛，[甲]2261 或分爲，[甲]2266 形誤，[甲]2275 乖反，[乙]2192 賀字是。

搜

總：[三][聖]100，[三]100，[元][明][聖]100 摵無。

縱：[聖]512 拔其髮。

棕

悖：[原]1205 牛。

椶：[原]、椶[甲]2006 櫚葉。

椶

菱：[宮]2122 櫚寺。

梭：[聖]1453 其果多。

嵸

使：[三][宮][甲]901 竪各以。

綜

琮：[三]2149 屬詞八。

綷：[三][宮]2060 特蒙收。

紘：[三]2145 群問明。

統：[甲]2214 五部三。

習：[三][宮]1646 外典多。

佇：[三][宮]2103 玄範。

踪

蹤：[明]2076 迹聲色。

鍐

鍐：[明]249，[明]249 二合引。

蹤

跡：[三][宮]2121 而前億，[三]2145 罕得而。

徵：[三][宮]2122。

踪：[甲]2008 跡當別，[甲]2036 跡尚書，[甲]2036 跡一僧，[明]156 跡行伍，[明]2076 如何進。

縱：[宮]223 廣等如，[宮]1451，[明]2122 暴士女，[三]2154 橫因避，[聖]1522 馬鳴繼，[宋][元]309 迹，[元][明]2016 橫絶，[元][明]2122 互騁憍。

足：[三][宮]383 跡難尋。

騣

髮：[聖]1442 尾及以。

駿：[三][宮]2122 尾皆有。

鬉：[三][宮]1435 毛處。

鍐：[甲][乙]1796 四字皆。

鑁

叺：[三][宮]2122 夜輸盧。

梵：[三][甲][乙]1125 三合。

吽：[乙]2391 字言説。

鑊：[宋]882 一。

輅：[乙]1171。

挽：[乙]867。

網：[三][甲]1125。

鑁：[三]244 悉三。

摠

互：[三][宮]425 曜照執。

總

標：[甲]2801 二別分。

別：[甲][乙]2192 明如來。

並：[原]、並[聖]1818 尊此七。

初：[甲]1816 中羅，[甲]2195 指四行。

純：[宋][宮]1664 一暗冥。

聰：[甲][乙][丙]2394 明善綴，[甲]1736 名，[甲]1781 明博達，[甲]2339 律師初。

答：[宋]1545 依覺所。

大：[甲]2434。

德：[甲]1782 相兼説，[甲]2266 之宗等，[甲]2266 指不局。

定：[三]2145 持經一。

都：[甲]2274，[宋][元]2155 計合大。

惡：[乙]2263 報業耶。

凡：[明]2151 二十三，[明]2151 三部合，[明]2151 五，[明]2151 五部合。

故：[甲]2428 成三十。

合：[明]2151 三百九。

忽：[甲]2281 返給候，[三]2060 見梵僧。

揔：[明]2145 衆經以，[宋][元]398 持品二，[宋][元]398 持為何。

或：[三][宮]1425 頭如麥。

機：[乙]2218 人。

即：[甲]1736 出。

極：[甲][乙]1822 陷，[甲]1851 令純熟，[甲]2274 一，[聖]1442 沒其物。

髻：[宮]2053 施無復。

兼：[甲]1736 顯修。

撿：[甲]2261 合字及。

皆：[三]2154 誤也今。

結：[甲]1830 立，[甲]1736 明後修，[乙]1736 非也疏。

盡：[三][宮]1459 集從初。

俱：[甲]2339 為三乘。

苦：[原]1776 從彼苦，[原]1776 今。

歷：[甲]1799 值諸佛。

聊：[三][宮][聖]703 無一人。

略：[甲][乙]2309 顯善惡。

滿：[甲]1736。

祕：[宮]2034 攝，[甲]2400 法先以。

目：[三]2146 錄卷第。

惱：[甲]1781 四大合，[三][宮][聖]1458 不，[聖]1509 相，[原]1776 稱損眞。

懃：[甲]2255 苦住立，[甲]2266 不。

全：[甲]2249。

然：[甲]2270 顯意者。

任：[甲]1733 持諸法。

摠：[聖]1421 淨於一。

攝：[甲][乙]2309，[三][宮][聖] 1579 若別所。

施：[甲]1851。

疏：[甲]1736 釋論然。

雙：[甲]1736 結上六。

説：[甲][乙]2261 名了境，[甲] 2250 説有體。

總：[宋][宮]、細[元][明]2102 委 重軒。

聽：[明][甲]1988。

統：[三][宮]2121 御大國。

謂：[甲]2266 處轉故。

穩：[宮]1442 爲一色。

物：[丙]2777 舉喻也，[宮]848 如 意，[甲]2299 無能壞，[甲]2323 類善 男，[甲]1709，[甲]1719 束四明，[甲] 1792 信受經，[甲]1839 有總類，[明] 293，[三][宮][另]1463 有二種，[三] [宮]2122 奉，[聖]1443 爲一色，[原] 2271 依因生。

細：[甲]1816 結是故。

相：[甲]2339 合緣故，[甲][乙] 1821 遣故知，[甲]2305 別依總，[甲] 2339 合即有。

想：[丙]2218 身證十，[宮]309 持 強記，[甲][乙]1822 舉八種，[甲][乙] 1822 恐有所，[甲]1512 持，[甲]1828

二由六，[甲]1841 貫諸法，[甲]2217 是衆緣，[甲]2218 如野馬，[甲]2266 有四種，[甲]2271 無此過，[甲]2287 相義邊，[甲]2339 有二種，[甲]2397 御衆德，[三][宮]847 無所益，[三][宮] 1548 持持界，[乙]2263 執，[乙]2391， [乙]2261 名爲生，[乙]2263 釋義，[乙] 2392 攝四眞。

性：[甲]2255 亦爾今。

於：[甲][乙]2288 前門有。

喻：[原]1744 結也就。

緣：[甲]2266 以無體。

樂：[甲]1724 不定亦。

增：[聖]1851 相緣觀。

招：[乙]2296 三。

恣：[明]2123 觀五欲。

搜：[三][宮]512 拔其髮，[元] [明]、摠[宮]1425 其頭強。

縱：[甲]1795 有發意。

糉

糧：[宋][宮]、糅[元][明]2121 內 佛鉢。

瘲

癥：[甲]2244 皮上微。

縱

從：[明]2145 橫聚則，[三][宮] 724 意故，[原]1829。

從：[宮]721，[宮]1650 欲事時， [明]377 廣四十，[聖]371 廣十二，[元] [明]2145 其姦慝。

緞：[甲][乙]1821 於彼勝。

恣：[聖]1723 勝處可。

蹤：[三]、衆[明]2102 網天姿。

縱

彼：[聖]190 情受樂。

繧：[甲][乙]1822 破正量。

搃：[三][宮]2103 金飛𣓌，[元][明]2016 然無念。

從：[甲][乙]1822，[甲][乙]1822 汝觸起，[甲]1925 無明謬，[甲]2035 經飲酒，[甲]2266，[甲]2290 破初中，[甲]2300 而不同，[甲]2378 有聽聞，[三][宮]2060 橫，[三][宮]2060 或攬折，[三][宮]2060 容順俗，[三][宮]2060 容曰自，[三][宮]2103，[三][宮]2103 橫於言，[三][宮]2103 斜常不，[三][宮]2122 瞋恚怨，[三][聖]170 其心自，[三]1 容威光，[三]152 得，[三]152 惡心還，[聖]190 情無預，[聖]613 情狂惑，[聖]1463 逸無善，[聖]1536 心於入，[聖]下同 480 廣亦如，[另]613 骨亦滿，[宋][宮]2060 千餘里，[宋][明]213 容得脫，[宋][元][宮][聖][另]1463 廣皆自，[宋][元][宮][乙]866 橫下八，[宋][元]2103 意白雲，[宋]213 容暫覩，[元][明]212 容婇女。

殿：[宮]2121 廣。

假：[甲][乙]1822 計爲生，[甲]2299 說爲，[甲]2337 說爲斷，[甲]2337 雖教，[三][甲]1181 令遇之，[乙]1822 令界，[原]1851 於無量，[原]2339 名故。

絕：[三][宮]2060 來怨是。

雖：[甲]2266 許等無。

隨：[甲][乙]1822 說也或。

徒：[三][宮]425 使，[三]2104 有朱楹。

修：[原]2339 者此二。

縱：[甲]2128 冠上覆。

猶：[甲][乙]2397 如大唐。

緣：[另]1442 身而坐。

終：[宋]1657 爾何失。

蹤：[甲]1717 復歸相，[甲]2006 橫照用，[三][宮]1462 覆若一，[三][宮]1545 從西侵，[三]2105 曉示法，[宋][宮]1421 橫於時，[宋]152 橫踐殺，[宋]152 橫于地，[元]2122 橫相接。

陝

販：[甲]2128 俗字。

㭔

搰：[三]、持[宮]1546 杖執蓋。

鄹

郷：[甲]2129 反考聲。

諏

敢：[甲]2128 音赫監。

趣：[三]118 群儒宗。

鄍

郭：[三][宮]322 邑郡縣。

陝：[宋][元][宮]2123 魯尚。

走

大：[三]193 哀。

赴：[甲]2035 長者歡，[三][宮]2122 彌，[三]2060 捷也餘，[三]2122 兒，[宋][宮][石]1509 行。

見：[甲]2006 盤良天。

來：[宋][宮]、求[元][明]2043 初無安，[原]904。

立：[甲]2339 是故不。

僕：[三][宮][聖]292 使悉能。

起：[甲]2266 准疏答，[三][宮]2122 不定當，[元][明]1425 詣祇洹。

去：[甲]1813 皆不犯，[三][宮]2121 之耳其，[三][聖]190 遠離於。

趣：[甲]2120 節度使，[宋]374 修八聖，[元][明]375 修八聖，[元][明]2145 五陰六。

犬：[三]1300 獸和合。

入：[另]1428 無犯無。

是：[宮]2122，[明]288 菩，[乙]2795 得脫逐。

踏：[甲]2879 蓮華背。

徒：[三][宮][聖][另]285 使。

堯：[原]2262 毫一筆。

辵：[甲]2128 召聲也。

踰：[甲]2879 地挽弩。

遠：[聖]210 五道無。

岳：[甲]1969 不敏探。

之：[甲]973 去行，[聖]99 逐觸人。

縱：[三]193 諸欲。

走：[三]1 持華鬼。

奏

表：[甲][丙]2120 明徵不，[三][宮]2053 曰沙門，[乙]1736 聞都維。

春：[三]2060 四方多。

湊：[宮]225 三界聖，[宮]639 擊相和，[三][宮]2060 業盡於，[三][宮]381 一切無，[三][宮]435，[三][宮]461 乎文殊，[三][聖]481 從行，[三]180 心自計，[元][明]285 知如審，[元][明]2103 秦女而。

奉：[甲]2036，[甲]2035 遂改元，[明]2102 以，[三][宮]2122 文帝，[聖]2157 微僧特，[宋][宮]、湊[元][明]461 七寶四，[宋][元]2149，[乙]2376 勅準，[元]2061 帝歎嗟。

令：[甲]2053 令。

末：[宮]2060 又造塔。

秦：[元]2104 言。

泰：[宋][元]2061 而。

謝：[聖]2157 以聞臣。

租

粗：[三][宮]2102 願混士，[宋]2121 稅穀帛。

祖：[宮][甲]1805 意若可，[甲]2035 曰反漢，[甲]2125 地與，[聖]26 阿難法，[元][明]2122 澤燕之。

葅

俎：[三][宮]2123 在山禽。

足

拜：[甲]2229 降。

變：[三][宮]1464 賓頭盧。

不：[甲]2323 若説理。

步：[明]1450 登彼門。

長：[宮]2111 即勑左。

成：[三]125 爲善逝。

蛋：[宮]729。

從：[三][宮]1425 令。

大：[三]982 神通能。

道：[三][宮]2123 不違聖。

得：[宮]222，[三][宮]1509 佛。

定：[宮]397 不安隱，[甲][乙]2207 四佛多，[甲]1721 八願登，[甲]1736，[甲]1828 又釋前，[甲]2250 戒如是，[甲]2266 故此中，[甲]2266 一頌讚，[甲]2339 功德等，[甲]2339 今，[甲]2397 應滿，[三][宮]1509 今何以，[三][宮]1537 至頂離，[三][宮]1548 不勤進，[三][宮]2104 相奪可，[聖]210，[宋]190 勝彼，[乙]1821 知故不，[元][明]1562 爲至教，[元][明]1579 矯誑等，[元][明]2137 爲，[元]1536，[原]1895 在輕，[原]2270 得決定，[原]2339 界内界。

段：[乙]2408 曜宿段。

而：[另][倉]、－[石]1509 不蹈地。

乏：[明]2121，[三][宮][聖]425 其彼法。

法：[宋][元][宮]1521 亦以三。

工：[三]171 太子承。

股：[甲][乙]2390 上千手。

合：[原]1818 釋一句。

化：[三]196 五人身。

患：[三][宮][聖]1462。

及：[宋]1443。

己：[宋][元]、已[明]98 名爲最。

迹：[元][明]1552 一切有。

脚：[三][宮][石]1509 何以故，[三][宮]1425 乃至三，[三][宮]1435 與油塗，[三][宮]2122 挈車而，[三][宮]2122 蹈道人，[三][聖]643 戾。

接：[聖]172 太子還。

戒：[明]1421 人經竝，[三]1441 人殺人，[三]2063 禁行清，[三]2063 以後，[三]2063 之。

靜：[三][宮]2122。

具：[甲]1911 四假一，[明][和]293 十法證，[石]1509 故稱爲，[宋][元]360 誓不成。

詎：[三][宮]2122 可依委。

可：[三]203 縱。

力：[甲][乙]1822 又佛行。

六：[三][宮]397 波羅蜜，[三]1485 神通。

滿：[聖]200 時到將。

美：[三][宮]2028 或。

妙：[三][宮]1611 色聲等。

尼：[宮]374 等，[甲]1805 是佛，[甲]1921 能，[甲]2128 戔聶皆，[三][宮]1521 是故我。

泥：[明]2123 優婆塞。

其：[宮]657 法勤。

且：[甲]1816 乃至念。

取：[三][宮]2040 滿之。

趣：[明]220 地獄火。

惓：[宋][宮]、倦[元][明]657。

人：[宮]2058 入，[甲]1512 也聞

聲，[乙]2092 跡所履。

忍：[三][宮]1437 能得無。

申：[甲]2036 雍容。

是：[丙]2286 疑謗奇，[宮]659 十法善，[宮]659 十法以，[宮]659 十法喻，[宮]659 十法多，[宮]659 十法攝，[宮]659 十法受，[宮]659 十法行，[宮]659 十法與，[宮]895 鬚，[宮]1545 善住相，[宮]1808 求，[宮]2123 行，[甲]、足[甲]1876，[甲]1804，[甲]2196 名中道，[甲][乙]1822 能任持，[甲][乙]1822 心字所，[甲][乙]2261 樞要十，[甲][乙]2392 入堂也，[甲]1361 也若無，[甲]1512 信人故，[甲]1724 放眉間，[甲]1729 風爲八，[甲]1775 以始于，[甲]1816 何，[甲]1816 於中若，[甲]1821，[甲]1830 自，[甲]1834 東西方，[甲]1921 除疑，[甲]1921 即是形，[甲]1921 頭陀乞，[甲]2120 以暉，[甲]2129 聲也案，[甲]2195，[甲]2196 依，[甲]2250 論文品，[甲]2255 是緣覺，[甲]2259 是故爲，[甲]2271 爲理極，[甲]2271 知其隱，[甲]2299 言輕受，[甲]2301 第五義，[甲]2339 得常涅，[甲]2434 上所明，[明][丁]1199 印眞言，[明]313 故舍利，[明]721 故則得，[明]1435 數擯比，[明]1450 樹神聞，[明]1547 晝林有，[三]374 七想是，[三][宮]381 影所翳，[三][宮]606 隨，[三][宮]1488 二，[三][宮]1546 名煩惱，[三][宮]1552 爲奇淨，[三][宮]1579 勇猛，[三][宮]2040 何故異，[三]158 決定三，[三]374 二斷是，[三]375，

[三]1341 沙門之，[三]1582 五事則，[聖]1429 受，[聖]1522 菩薩十，[聖]1708 斑，[聖]1788 即歸誠，[乙]2249 一解文，[乙]2296 通破周，[乙]2393 臍，[乙]2408 生師，[元][明]76 丈夫尊，[元][明]2060 代簫管，[元][明]2108 爲希有，[元]675 故修行，[原]1776 其畢竟，[原]1780，[原]1841，[原]1936 假此之。

受：[三][宮]354，[聖]1425。

疋：[甲]2129 書寫人。

四：[三]397 如意無，[元][明][宮]310 無量得。

通：[明]157 變化放。

頭：[宮]2041 南首。

團：[三]212 樹中之。

退：[三][宮]1548 重悕望。

爲：[甲]2035 知性原。

尾：[明]2076 好與二。

位：[甲]1816 已前。

文：[乙]2296 殊不及。

無：[甲]1839，[乙]2309 邊菩。

五：[聖]2157 成六十。

須：[三][宮]534 更設貪。

雅：[三][宮]2060 爲稱首。

已：[三][宮]1439 右繞歡，[三][宮]1428 却，[三][宮]1428 却住一，[三][宮]1428 在一面，[三][宮]1547 顏貌端，[三]190 然後次，[三]202 自，[元]1809 食比丘。

矣：[三][宮]263 文殊師。

易：[甲]2006 觀一把。

異：[原]2248 也若依。

有：[甲]1709 生，[聖]1721 十二。

云：[甲]2128 蹀陽阿。

則：[宮]2112 明佛道，[原]2395 義操。

掌：[甲]1782。

正：[甲]2266 經也。

之：[丙]2286 存一百，[宮]310，[宮]322，[宮]374 覆身進，[宮]397 是菩薩，[宮]410 之法增，[宮]1602，[宮]2058 外來入，[宮]2121 若後得，[甲]1736 今當略，[甲][乙]1822 上而起，[甲][乙]1822 說彼說，[甲]893 下安置，[甲]1145 已置在，[甲]1238 不痛亦，[甲]1302 中尋時，[甲]1709 下放光，[甲]1723 糞，[甲]1733 五，[甲]1924 清涼是，[甲]2826 在家者，[三]153 譬如，[三][宮][聖]285 業七住，[三][宮][聖]639 及大勝，[三][宮]271 前諸天，[三][宮]403 故見人，[三][宮]798，[三][宮]1470 二者，[三][宮]1546，[三][宮]2102 以光揚，[三][宮]2102 因此而，[三]158 時於十，[三]189 跡故來，[三]643 無聲疾，[三]1562 中說，[聖]1442 下親承，[聖]158 下則下，[聖]200，[聖]481 白世尊，[聖]1442 作如是，[聖]1733 等第三，[另]310 法求滅，[宋][宮]310 跡在虛，[宋][宮]2060 遇見古，[宋][元]、乏[明]193 衣食疾，[宋]5 安何用，[宋]21 以頭面，[宋]125 教阿闍，[乙]1171 或以百，[元][明][宮]2102 天，[原]1819 異而智，[原]1821 用在，[原]2196 此即沼。

知：[三][宮]2123，[乙]2296 月俊英。

止：[三]212 也念修。

中：[甲]1782 意亦含。

捉：[甲]1763 頭譬之，[三][宮]420 刀，[三][宮]1501 塊石刀。

卒

奔：[宮]2058 起一旦，[聖]1425 下者當。

本：[宮]1549 亂彼一，[宮]1552 令富，[宮]2121 暴亂錯，[宮]2121 散亂執，[三]、平[宮]790 慈念垂，[三]57 五陰爲，[三]2110 所以集，[三][宮]397 暴，[三][宮]1547 不能離，[三][宮]1548，[三][宮]2103 無年世，[三]152 弘誓慎，[聖][另]342 不肯捨，[聖]1462 有水火，[聖]1547 如，[石]1509 皆，[宋][元]322 師之敬，[宋]322 法之。

曾：[三][宮]638。

仇：[元][明]、迅[聖]211 無赦生。

酬：[三]361 報父母。

萃：[三][宮]620 身內有。

悴：[三]16 乏令治。

撮：[三][宮][久]1486 起鐵嘴。

乖：[甲]2068 敵也又，[甲]2207 也罪，[甲]2266 故前釋，[原]2208 越諸教。

鬼：[三]1。

或：[三][宮]1425 止卒聲。

即：[另][石]1509。

寄：[甲][乙]1822 難論。

來：[甲]2207，[明]2145 於山中。

吏：[知]2082 失其姓。

率：[甲]1723 以黑繩，[甲]1796 心專檀，[甲]1828 如卒爾，[三][宮]、攣[聖][另]1458 爾生疲，[三][宮]2123，[元][明]411 呵擧能，[原]1776 官屬十。

年：[甲]2044 行怒今。

平：[宮]901 誦療病，[宮]1425 得中有，[宮]2122 不成經，[三][宮][聖]1421 之即持，[三][宮]309 賤自然，[三][宮]345 賤快樂，[聖][另]790，[聖]211 其業來，[聖]425，[聖]425 暴不相，[元][明][宮][聖]221 知善於，[原]1819 去楚越。

青：[三][宮]2060 煙涌出。

生：[元][明]2103 餘習上。

帥：[原]1239 無邊神。

窣：[丁]2244 堵波焉。

亡：[聖]1859 今作答。

辛：[甲]1735 互相怖，[元]2154 始經。

乍：[甲]1781 來死。

終：[甲]1717。

祖：[明]1169 字安兩。

呪

尼：[乙]2408 菩地。

崒

嵓：[宋][元]、嵬[明]2122 高峻城。

族

挨：[乙]2194 故言龜。

放：[甲]952 光明而，[宋][元]1092 祕密曼。

駭：[甲]1813 如是等，[元][明]2102 良由辭。

技：[元][明]1505 術爲首。

旌：[丁]2092 之長所。

隸：[三][宮]2102 隸乎金。

陸：[乙]2396 飛走冥。

祿：[三][宮]271。

俟：[宋]2122 姓。

強：[乙]897 姓家生。

親：[三]735。

施：[宮]2121，[聖]953 中堅。

授：[三]291 譬喻而。

竢：[原]2339 祖師而。

俗：[明]2123，[三]1435 中表內。

姓：[三][宮]1521，[三]187。

旋：[宮]896 說八洛。

遊：[宋][元][宮]2109 厭榮華。

右：[甲][乙]2087 咸皆集。

於：[宮]1443 多者於。

帙：[三][宮]2103 題篇披。

誅：[宋]、族誅[元][明]2103 崔浩何。

祚：[聖]1723 胤。

稡

稡：[甲]1969 樂邦文。

鏃

箭：[元][明][宮]374 我爲大。

莖：[宋][宮]2040 下向變。

鐵：[聖]643 奮身射。

鏇：[三][宮][聖]1458 成揩以。

阻

殂：[三]2121 遂之林。

斷：[甲]2195 壞四了。

惡：[三][宮]2122 凶毒流。

沮：[宮]2078 其心會，[甲]1816 壞終不，[明]1299 壞，[三][宮]2123，[三]187 善友四，[元][明][宮]614 易悅不。

俱：[三]196 棄我令。

陋：[明]220 穢惡。

岨：[宮]2102 而玄對，[元][明]152 君臣相。

殂：[甲][乙]、沮[丙]1211 礙，[甲][乙]1796 壞之者，[甲][乙]1796 壞也爾，[聖]殂[原][甲]1851 壞四最。

詛：[明]739 口初不。

殂

徂：[三]2145 謝而道。

殂：[三][宮]2102。

怚：[甲]1304 寧吉反。

沮：[明][宮]1463 壞得離，[宋][宮]、[明]2122 醢致使。

咀：[甲]2223 壞亦能。

菹：[三]152 骨脯肉。

阻：[甲]、廻[甲]1851 三昧如，[乙]1796 敗之第，[乙]1796 壞若不。

祖

禪：[宮]402 堵母豀。

臣：[聖]2157 等筆受。

初：[甲]2266 未至定，[三]2154 皇帝襲。

粗：[三][宮]2102 稟二儀。

怚：[甲]1736 王驚歎，[乙]1022 犁薩麼。

但：[甲]1805 依自然。

祖：[三]950 嘌挐二。

禮：[宋][元]1 右臂右。

母：[甲]1792 已上爲。

且：[甲]1912 是故但。

師：[宮]2008 一日喚。

世：[宮]2078 常又問，[三][宮]1425 財寶恣。

視：[三]2145 聽曁今。

祀：[甲]2036 祭申如。

祖：[宮][甲]1805 侍向佛，[甲]2128 臥反説，[明][宮]2059 行沙門，[明]1401 羅迦，[明]2131 拜繞禪，[三][宮]2104 形，[宋][明]374 者不知，[元][明]1169 攞木。

相：[乙]2092 瑩員外，[元][明]1507 父梵天，[知]384 信奉如。

祐：[聖]2157 録。

祇：[宮]2034 宇文。

租：[甲]2039，[甲]2039 議曰師，[明]1234 嚕娑囀，[三]2106 調拜爲，[三]下同 989 去曼挐。

祖：[宋][元]、但[明]1336 彌阿。

左：[三]1186 切野。

組

經：[甲]2036 白。

且：[甲]2128 魯反顧。

訊

裯：[三][乙]1022 不能得。

咄：[三]153 言遠去。

咀：[宮]492，[明][甲][乙][丙] 1214，[三][宮]2103 寧忌湯，[三]2103 不可謂，[宋][元][宮]790 兩舌面，[宋] [元][宮]1428 殺若自，[宋][元][宮] 1428 言，[宋][元][宮]2122 部誹謗，[宋][元]1005 著身臥，[宋][元]1045 若作已，[宋][元]1333 惡口赤，[宋]1045 及與毒，[宋]1093 一切蠱，[宋]1096 悉能銷，[宋]1103 等事不，[乙]1821 必動身。

請：[三][宮]2103 之何益。

鉏

撻：[明]1488 枷。

纂

纂：[明]1604 焉菩薩，[原]2425 紹王位。

等：[甲]2266 應非聖。

邁：[宋][元][宮]2053 承丕業。

撰：[三][宮]2122 集大法，[三][宮]2122 集好辭。

箸：[元][明]2059 如故無。

鐏：[元][明]1503 不得近。

續

續：[宮]2060 異宗成。

續：[甲]2120 承皇運，[三][宮] 2060 前驅昌，[三][宮]2122 其燈照，

[三]2110 良弓之。

讚：[三]2110 述龍樹。

鑽

攢：[宮]620 兩脚下，[宮]721 燧，[甲]1765 搖漿猶，[甲][乙]2250 擲等業，[甲]1921 火求，[三]1522 穿七貫，[聖]1549，[聖]下同 1462 器覓鑽，[石][高]1668 轉木三，[宋][元]1101 淨火。

欑：[甲]1717 搖。

錯：[聖]、攢[另]1509 有母二。

鑽：[甲][乙]1822 器能辨。

毛：[三]192。

鎖：[明]616。

有：[元][明]1344 草人手。

讚：[明]2102 仰反復，[三]113 可得，[三][宮]2108 其要旨，[三]2145 訪才雖，[乙]2174 一卷不。

續：[明]2060，[明]2060 注齊破。

鑽

於：[宋][元][宮]、千[明]721 須彌。

讚：[宮]721 頌過故。

嚁

嚼：[三]86 何等焉。

柴

柴：[三]2125 焉佳如。

嘴

策：[元]721 鐵鷲破。

最

寶：[三]193 器以精，[宋][宮]386 妙七庵，[乙]2385 救世諸。

本：[元][明]194 初受胎。

超：[甲][乙]2391 勝無比。

晨：[甲][乙]1796 勝至此。

澄：[甲]2176。

撮：[三]2149 都訖應。

定：[三]1547 後發聲。

而：[甲][乙]1822。

耳：[宮][聖]425 上，[三][宮]721 樂。

反：[元][明][宮]1509。

敢：[明]1657 初起心。

更：[甲][乙]2003 好分明。

果：[三]201 上功德。

過：[三][宮]1559 遠。

極：[原]1782 尊勝故。

寂：[甲]1512 勝若然，[甲]1828，[甲]2223 勝主謂，[甲]2266 上殊勝，[甲]2362，[明][甲]997 靜大菩，[三][宮]479 定心其，[三][宮]414 靜心三，[三][宮]1579 靜故不，[乙]2263 勝謗道。

家：[聖]2157 今屬閏。

劫：[乙]2207 初也若。

精：[三]26 妙也。

究：[甲]1828 竟，[甲]2434。

聚：[宮]1530 爲殊勝，[三]25 勝彼七。

量：[宮]263 頌尋應，[三][宮]1507，[聖]1509 可信者。

羅：[聖]1595 難可得。

曼：[宮]649 是菩薩。

窮：[甲]2044 後見一，[原]、窮[甲]2006 的要今。

取：[宮][聖]310，[宮]288 名聞菩，[宮]1585 勝眞如，[甲]2053 以，[甲]2270 是寬故，[甲]1816 要故如，[甲]1839 無，[甲]2837 正覺悉，[明]220 後作苦，[明]2043 勝大勇，[三][宮][聖]425 雜寶，[三][宮]1425 下鉢應，[三][宮]1549，[三][宮]2102 廓然唯，[三][宮]2122 爲清淨，[三]157 大世，[三]2108 也但既，[聖]225 正覺當，[乙]1821 後所捨，[元][明][聖]211 善象，[元][明]288 願，[元]2108 尊稽首。

三：[宮]721 大常住。

散：[元]222 尊有所。

身：[知]353 後身菩。

勝：[三][宮]479。

嚏：[三]、嚏[宮]1464 羅天子。

是：[宮]1530 勝善根，[甲]1771 上地各，[明]1428 初未制，[明]1538，[元][明]673 爲第一，[元][明]1530 勝光曜，[元][明]1552，[原]1780 有所無。

疏：[甲][乙]2219 初種子，[甲][乙]2219 上最勝。

術：[三]2110 第。

頭：[甲]1173 相合想。

微：[甲]2204 妙。

爲：[甲]1822 善論主。

聞：[乙][丙]2777 勝發心。

虛：[甲][乙]2309 妄由此。

薫：[明]1464 若以死。

言：[甲]2300 第一若，[甲]1821 疎遠故。

嚴：[宮]2123 極惡何。

厭：[聖]1509 近三里。

養：[三][宮][聖][另]285。

意：[元]197 重口行。

義：[明]221 空有爲。

尤：[甲]2217 可，[甲]1805 甚學者，[甲]2217 是密嚴，[甲]2263 不審皆。

則：[三]211 爲樂普。

輙：[三][宮]1425 初入者。

置：[宮]1604 勝彼無，[宮]268 勝法云，[宮]449 妙色香，[三][宮]1462 精妙者，[宋][宮]848 勝無能。

衆：[甲]1705 上故第，[甲]2231 善深忍，[明]1083 生降伏，[聖]285 勝演是。

宗：[甲]2274 初明。

罪：[另]765 爲下色。

尊：[甲]1007 一切信，[三][宮]1430，[三]192。

罪

礙：[三][宮]676 廣大智，[聖][甲]1733 廣大智。

報：[三][宮]2123 數見俗。

悲：[宮]2042 不信後。

病：[三][甲]1332 塵勞垢。

不：[聖][另]1442 同前此。

除：[聖]643 前五種。

地：[三][宮]741 獄者王。

等：[甲]2068 報。

底：[明]1442 是謂苾。

對：[三]1 所牽不。

惡：[明]2122 報難可，[三][宮]544 行誦習，[三][宮]1421，[三][宮]1435 故即便，[三][宮]1442 業殺，[三][宮]1459 謂波羅，[三][宮]1521 或以惡，[三][宮]1549 於此間，[三][宮]2123 盡乃得，[聖][另]1435 不捨惡，[宋]374 以爲無，[原]1819 人依止。

罰：[三]212 加者時。

犯：[三][宮]1459。

非：[宮]1428 無惡見，[宮]1435 教令如，[宮]1442 差限若，[甲]、罪即非非後是[乙]、非復是[原]2194 即，[甲]2299 唯緣有，[明]1459，[明]2122 不得，[明]156 人，[明]1116 悉皆除，[三][宮]330 或墮三，[三][宮]2122 祥不聽，[三]352 友於此，[聖]1435 如法懺，[宋]1331，[宋][元]1425 若比丘，[宋][元]1521 難除應，[乙]2263 不，[元][明]411 彼若聽，[元][明]614 福報故，[元][明]1454 若少一，[元][明]1509 之根若，[元]397 法汝可，[元]1458 其分齊，[元]1582 見，[元]2122 又四分，[原]2248。

福：[三]2122 所作，[宋][明][宮]765 不悔惱。

綱：[三]2059 目不無。

皐：[明]2102 亦爲惡。

果：[三][宮]268 報生處。

還：[三][宮]1458 苾芻應。

禍：[宮]2112 福報應，[三][宮]534

即，[三][宮]2111 源同影。

家：[三]20 佛説經。

禁：[三]375 謗方等。

苦：[宮][另]1428 是爲，[甲][乙]2070，[三][宮]267 不受如，[三][宮]2123 已出斤。

累：[三][宮]2103 是故慈。

罷：[三][宮]2034 重。

離：[三][宮]278 垢。

理：[三][宮][聖]310 作意相。

罥：[另]310 隨學忍。

羅：[丙]2381，[宮]221 處，[甲]1112 耶，[甲]1158 草護摩，[甲]1709 福處有，[甲]1781 緣爲外，[甲]1805 分齊中，[甲]1965 漢果等，[甲]2261 母他交，[甲]2261 業多故，[甲]2266 不現行，[甲]2299 聞此法，[三][宮]391 三惡一，[三][宮]443 魔王如，[三][宮]443 如來南，[三][宮]1455 百八十，[三][宮]1545 毘奈耶，[三]1 否符野，[聖][另]1442 若在界，[聖][另]1509 人鈍根，[聖]425，[聖]1425，[聖]1428，[聖]1428 不懺，[聖]1435 若，[聖]1458 作傍生，[聖]1462 中此罪，[聖]1509 故有三，[聖]2060 貧弱欲，[另]1442 而作妄，[乙]2263 聚中，[元]125 行非父，[元]653 深坑塹，[元]742 一也。

買：[三][宮]1458 俱有利，[聖]1425。

辟：[三][宮]、僻[石]1509 其父慈。

情：[三][宮][聖]1579 利益事。

取：[三][宮][另]790 誰。

生：[宮]664，[三][宮]1494 之本自。

失：[甲]2230 名不淨。

事：[宮]1425 僧中發，[明]1440，[三]153，[三][宮]657 已便自，[宋][宮]657。

説：[聖]1441。

死：[三][宮]1478 根堅當。

四：[甲]2792 與突。

畏：[乙]2309 事中應。

無：[知]567 亦無福。

相：[甲]2400 變成降。

行：[元][明]1012 又得親。

業：[明]638 難計量，[明]1442 若苾芻，[三][宮]310 舉身皆，[三][甲]1085。

疑：[聖]1440。

亦：[甲]2261 重如仙。

語：[三][聖]1441 波夜提。

怨：[乙]1909 一切捨。

造：[甲]1736 消滅王。

遮：[三][宮]1425，[三][宮]1425，[三][宮]1425 骨。

者：[甲]1912 亦須合，[三][宮]2122 可。

諍：[三][宮]1428。

重：[三][宮]2122 故人見。

衆：[原]2215 生之助。

辠：[明]235 業應墮，[明]2102 佛法通，[明]2102 思臣所。

醉

解：[三]、懈[宮]741 三。

酒：[聖]99 放逸心。

明：[元][明]327 無正意。

洒：[聖][另]790 謂醉不。

獅：[明]293 象惡獸。

碎：[明]1428 時與夫。

醯：[宋]2121 然後脫。

懈：[宮]2123 歡。

醒：[元][明]2121 問汝可。

尊

寶：[甲]1816，[三][宮]1509 者少何，[三][宮]2121 父命子，[三][宮]2123 修身學，[三][聖]125 無所短，[三]2110 後於望。

悲：[甲][乙][丙]2381 哀愍護。

稟：[甲]2339 一乘不。

長：[甲]950。

處：[聖]1579 依於諸。

垂：[甲]2068 慈蔭。

存：[三]、遵[宮]2066 五峯秀。

導：[宮]885，[甲]2219 師即普，[甲]2907 師願我，[三][宮]263 師，[三][宮]263 師之所，[三][宮]520 衆生宗，[三][宮]2060 啟行庶，[三][宮]2060 以德義，[三]192 師是則，[三]282 師於諸，[聖]125 爲人作，[宋][宮]415，[乙][丙]2777 然後爲，[乙]2261 轉法輪，[原]2339 三乘故。

道：[甲]、導[乙]1978，[三][宮]285 慧不貪，[元][明]221 意亦復。

德：[乙]2192 遍虛空。

等：[宮]848 以如來，[甲]、等尊[丙]2397 竝坐象，[甲][乙]2404 此中不，[甲]952 修羅宮，[甲]2214 者即字，[甲]2402 今只隨，[甲]2409 七正遍，[明]1187，[明]100，[三][宮][知]414，[三][宮]1579 教誨終，[三]199，[聖]1，[聖][另]1442 故，[乙]2254 問佛佛，[乙]2393 與，[乙]2397 是大日，[原]2196 還顯性，[原]1851 事以求，[原]罵[原]2362 辱不忍。

法：[乙]2391 通行法，[原]2411 也以彼。

佛：[甲][乙]981，[甲]1722 共呈嘉，[甲]2400 想於無，[明]420 願，[三]1982 故我頂，[聖]383 能令皆。

恭：[三][宮]657 敬，[三][宮]657 敬供，[三][宮]657 敬心供，[聖]223 敬若諸。

貴：[甲]1700 重義具，[三][宮]493 惡此實，[三][宮]657。

厚：[宮]323 令一切。

怙：[三][宮]414 奉持人。

會：[原]2396 則有胎。

雞：[明]2088 足也。

迦：[甲]2410 事，[甲]2410 也顯密。

間：[明]721 普示諸，[三][宮]292 極豪無，[三][宮]398 我堪任，[三]3 甚希有，[三]187 演說如，[三]193 冥所覆。

教：[原]913 自有次。

界：[甲]1267 俱發聲，[明]309 即得聞，[三][宮]268 亦守護，[三][宮]

414，[三][宮]1549 變易時，[三]865 毘盧遮。

淨：[甲]2035 行正用。

敬：[三]1532 重故以。

覺：[甲]952。

妙：[元][明]2122 法輪其。

普：[三][宮][知]266 興佛道，[聖]1733 法輪塵，[元]448 法雄佛，[原]、問[甲]2227。

起：[三][宮]627 若。

親：[宮][聖][另]310 除其疑，[三][宮][聖][另]303。

僧：[宮]1425 乞求。

上：[明]291 乘爲。

身：[甲]1175 眞言曰，[甲]1209 攝受，[甲]2391 自餘觀，[乙]2393 而上下，[原]904。

神：[三][宮]638。

勝：[乙]1772 故諸。

聖：[甲]2394 歡喜所。

師：[宋][元][宮]2104 居大羅。

世：[聖]663 師。

事：[明]416 彼輩如，[三][宮]385。

首：[明]627，[聖]1428 應在前。

俗：[宮]1549 諍。

所：[三][宮]397。

爲：[甲]2196 淨興云，[甲]2434。

我：[元][明]329 尚不發。

賢：[三]118 弟子亦。

相：[三]、相天人師調御[宮]671。

雄：[三][宮]534 天。

學：[三][宮][聖]285 元首顯，[三]

186 未有得。

尋：[三][宮]397 其事與。

養：[宮]2058，[甲][乙]2391 二十一。

藥：[明]1647 曰宿藥。

葉：[甲]1724 何故但。

願：[元][明]125 時定覺。

增：[明]99 當起。

眞：[甲]1110 翳迦惹。

鄭：[甲]2128 又云冕。

智：[甲]2006 者一心。

衆：[乙]2394。

諸：[宮]2058 所説皆。

專：[乙]2408 觀法，[元][明]310 欲調伏。

最：[甲]2174 勝佛頂，[明]293 勝如來。

遵：[宮]2103 師則弗，[甲][乙]1225 奉，[甲][乙]2227 反比也，[甲]1973 一代彌，[甲]2075 百王不，[甲]2120 遺，[甲]2261 者，[明]310 精進學，[三][宮]557 行菩薩，[三][宮]2103 百，[三][宮][甲][乙][丙]2087 印度，[三][宮][甲]2053 愛有德，[三][宮][甲]2053 之朕今，[三][宮][聖]425 承重教，[三][宮][聖]425 戒法行，[三][宮][另]285 最上殊，[三][宮]222 於無想，[三][宮]263 戴諸所，[三][宮]263 奉億劫，[三][宮]263 修受，[三][宮]263 者爲受，[三][宮]285 此法住，[三][宮]285 習開化，[三][宮]309 法教終，[三][宮]338 習是法，[三][宮]345 所行無，[三][宮]398 道者不，[三]

[宮]398 其行，[三][宮]398 修五神，[三][宮]414 承法王，[三][宮]414 敬受持，[三][宮]415 奉，[三][宮]425 正見超，[三][宮]434 聚勶意，[三][宮]461 崇，[三][宮]477 行善思，[三][宮]585 修志慕，[三][宮]2045 此位，[三][宮]2102 於佛迹，[三][宮]2103 崇前帝，[三][宮]2103 法以興，[三][宮]2103 事帝不，[三][宮]2103 孝彼則，[三][宮]2108 崇是務，[三][宮]2108 故，[三][宮]2109 敬者凡，[三][宮]2122 大迦，[三][宮]2122 其法隋，[三][宮]2122 受五，[三][聖]100 崇三寶，[三][聖]190 彼國師，[三][另]310 道為正，[三]99 仰成得，[三]193 奉孝養，[三]310 覺道成，[三]2105 百王不，[三]2145 行之不，[三]2149 崇至於，[聖]285 自嚴容，[聖]381 特貴聲，[聖]953 教令，[聖]1763 少欲則，[聖]2157 崇法音，[聖]下同 1451 者名稱，[宋][宮]、導[元][明]266 亦如是，[宋][宮]2059 崇正道，[元][明]152 奉相率，[元][明]158 遊三昧，[元][明]309 如來所，[元][明]2060 上業唐，[原]2369 法師疏，[知]418 佛道獲。

遵

達：[三]285 空脫門。

導：[宮]330，[宮]811 速疾取，[甲][丁]1830 亦無章，[甲]1963 一切諸，[甲]2087 習小乘，[甲]2087 印度諸，[甲]2128 反廣雅，[三][宮]2059 學有士，[三]360 普賢大，[宋][宮]285 行菩薩，[宋][宮]292 大哀力，[乙]2087 德，[乙]2227 一切智，[元][明]285 御若干。

道：[宮]263，[甲]1782 文而，[三][宮]263，[三][宮]817 行，[三][宮]2104 鍾會顧，[宋][元][宮]、尊[聖][另]285 習奉事。

過：[三][宮]2103 道業或。

勤：[三]200 修道業。

酉：[宋][元]2061 麗號富。

預：[三][宮]2102 奉天則。

增：[明]1012 修於佛。

助：[三][宮]425。

尊：[宮]309 其行生，[宮]425 無想行，[宮]2087 敬特深，[宮]2112 誰之教，[甲]1080 崇教命，[甲]2036 薄制刑，[甲]2125 敬何憂，[明]2103 風化為，[三]、導[甲]2087 敬佛法，[三][宮][甲][丙]、導[乙]2087 道重學，[三][宮]263 崇修佛，[三][宮]345 耳目鼻，[三][宮]598 道心力，[三][宮]1464 焉諷之，[三][宮]1562 崇不能，[三][宮]2060 厚味道，[三][宮]2066 修上儀，[三][宮]2102 之當其，[三][宮]2108 承佛教，[三][宮]2123 典刀山，[三][聖]291 修於善，[三]99 崇佛法，[三]192 崇王速，[三]193 善調良，[三]2110 於解脫，[聖]26 奉持者，[聖][另]285 行悅豫，[聖]222 正見緣，[聖]291 修一切，[聖]425 慈心，[聖]425 修諸力，[聖]425 正真是，[聖]627 於時化，[聖]953 奉其，[聖]1451 奉我由，[宋][宮]292 法位，[宋][宮]425 四等心，[宋][宮]425 一切法，[乙]895 崇大金，[乙]1796 教命如，[乙]2087 崇建靈，[乙]2087 奉時諸，[乙]2087 事，[元][明]6 天致神，[元][明]187 婆羅門，[元][明]425 無著，[元][明]2103 及乎晦，[知]266 行如是。

樽

層：[三][宮]2103 巢之居。

攝：[甲]2299 有利益。

罇：[三]2111 奏鈞。

僔：[三][宮]2102 和南，[宋][元][宮]2102 答。

罇

罐：[三][宮][甲]901 受四五。

樽：[明]2060 而不。

鐏：[宮]1998 前唱鷓。

捘

逡：[三][宮]2043 底。

嘬

嘬：[甲]2128 羅天子。

最：[聖]1464 羅阿男。

昨

伺：[宮]2122 見。

即：[三]1435 日受時。

皆：[乙]1736 因敷演。

今：[聖]663 夜何緣，[聖]1425 日。

近：[三]1 梵天王。

日：[明]1116 夜甚患。

時：[三][宮]2121，[宋][宮]534。

唯：[甲]2068 朗任犬。

作：[三]、五百祭具所以然者佛母十一字[三]2040 五百除，[聖]1421 問，[宋][宮]383 日，[宋][元][宮]1421 須水水。

捽

猝：[甲][乙]2207 也薄報。

撮：[三]212 吾髻以。

埵：[甲]、捶[乙]1796 以寶。

碎：[三]118 委頓是。

琢

瑳：[甲]1912 玉謂之。

拯：[元][明]202 千釘剜，[元][明]2121 首荀辱。

斲：[元][明][宮]、[聖]272 斫菩薩。

斵：[三]212 石見火。

左

差：[乙]2393 宜審問。

大：[宋][元]198 右。

丁：[甲]2266，[甲]2266 云，[甲]2266 云一。

定：[乙]973 手執索。

東：[乙][丙]2003 邊是觀。

方：[宋][元]1138 道蠱，[元]1435 手作羊。

風：[原]851 差彼眞。

府：[甲][乙]2296 遇一梵。

怪：[三][宮]2104。

互：[三][宮]2060 近諸僧。

尼：[三]1236 致祖引，[原]1223 娑𡂝二。

七：[甲][乙]2391 勝安弓。

圣：[甲]2128。

手：[丙][丁]1141 執如。

太：[甲]2397 此云灌。

文：[三][宮]2104 僕射齊。

尤：[宮]405 反底，[明]1170 一百六，[三][甲]1335，[聖]1539 品彼於，[宋][元]1191 羅睺羅，[元]1191 互相憎。

右：[丙]1246 大指上，[丙]1246 手豎頭，[丙]2392 手作三，[丙]2396 觀，[丁]1146 旋一匝，[丁]2244 手爲西，[宮]459 路著，[宮]901 手執香，[宮]1435，[宮]1435 脇臥鼾，[宮]2053 諸水亦，[宮]2059 人少出，[宮]2108 典戎衞，[宮]2122，[甲]、以左[丙]1246 手，[甲]、[乙]1204 手作拳，[甲]、左[甲]1796 手持，[甲]、左[甲]1796 置寶印，[甲]901 頭指側，[甲]2266 攝大乘，[甲]2266 爲如發，[甲]2387 手中把，[甲][乙]2250 文云二，[甲][乙]894 脚膝，[甲][乙]894 手中指，[甲][乙]901 邊安梵，[甲][乙]914，[甲][乙]973 手搨掌，[甲][乙]981 肩次印，[甲][乙]1239 腕以右，[甲][乙]2250，[甲][乙]2390 肩上索，[甲][乙]2391 蓋，[甲][乙]2391 股上，[甲][乙]2391 手仰置，[甲]850 無熱五，[甲]871 邊，[甲]893 邊置棓，[甲]893 脇而臥，[甲]893 置金剛，[甲]901，[甲]901 手，[甲]901 手大指，[甲]901 膝曲在，[甲]901 一如執，[甲]908 手仙杖，[甲]923 手執金，[甲]951，[甲]952 邊畫，[甲]952 手掌胸，[甲]952 相叉入，[甲]1031 手大拇，[甲]1039 畫跋難，[甲]1056 手，[甲]1065 肩如打，[甲]1101 絡白神，[甲]1102 足訶，[甲]1103 大指從，[甲]1103 手頭，[甲]1112 脇復當，[甲]1119 拳上，[甲]1232 執劍向，[甲]1238 手大指，[甲]1238 手三指，[甲]1238 手上右，[甲]1246 脚踏地，[甲]1287 手令持，[甲]1298 二手一，[甲]1728 手亦如，[甲]1846 解緩衣，[甲]2087 肩，[甲]2214 肩布，[甲]2214 作與願，[甲]2250 文彼云，[甲]2250 引此，[甲]2250 云非練，[甲]2250 云睒，[甲]2250 云問何，[甲]2250 云諸在，[甲]2266 此天人，[甲]2266 此約除，[甲]2266 對法十，[甲]2266 非等至，[甲]2266 非如修，[甲]2266 論皆似，[甲]2266 論所相，[甲]2266 問識問，[甲]2266 五衰名，[甲]2266 義顯所，[甲]2266 云此中，[甲]2266 云答此，[甲]2266 云何縁，[甲]2266 云論若，[甲]2266 云問俱，[甲]2266 云諸有，[甲]2387 二指捻，[甲]2390 手二指，[甲]2391 膝右，[甲]2392 邊次當，[甲]2392 大指入，[甲]2392 風，[甲]2392 手作忿，[甲]2392 轉，[甲]2399 旋作輪，[甲]2400，[甲]2400 膝角，[甲]2401 手執眞，[甲]2412 手刀，[久]1452 領軍衞，[明]1097 邊二手，[明]1254 手作歡，[明][甲]1119 大指頭，[明][乙]1174 手持金，[明]870 邊月輪，[明]873 直，

[明]893 邊近門，[明]994 轉即成，[明]1007 手把蓮，[明]1056，[明]1086 吒，[明]1191 邊次第，[明]1199 眼半義，[明]1225 足指押，[明]1435 肩上，[明]1450 足生端，[明]2122 繞，[三][宮]2103 之標絕，[三][宮][甲][丙][丁]866 邊，[三][宮][甲]901，[三][宮][甲]901 頭指頭，[三][宮][甲]901 轉高舉，[三][宮]459 道其在，[三][宮]607 脇，[三][宮]821 手，[三][宮]882 手大指，[三][宮]901 手，[三][宮]901 手屈臂，[三][宮]901 手亦，[三][宮]1435 手取水，[三][宮]1462 肩上，[三][宮]1464 肘攞羅，[三][宮]1546 手轉之，[三][宮]2042 邊化作，[三][宮]2042 腳後放，[三][宮]2059 稱最州，[三][宮]2059 王，[三][宮]2103，[三][宮]2108 威儀議，[三][宮]2121 一人名，[三][宮]2122 脇倚腹，[三][甲][丙]1075 頭指屈，[三][甲][乙][丙]954 中指下，[三][甲][乙]901 手中指，[三][甲][乙]950 手持白，[三][甲][乙]1202 邊畫，[三][甲]951 畫佛眼，[三][甲]951 手背，[三][甲]951 手頭指，[三][甲]951 頭指頭，[三][甲]1003 踏烏摩，[三][甲]1101 手持金，[三][乙][丙]873 羽金剛，[三][乙]953 手，[三][乙]1008 邊，[三]125 手中，[三]159 拳拇指，[三]203 足邊立，[三]865 蓮右開，[三]873 脇密語，[三]901 轉轉至，[三]956 手執刀，[三]972 旋轉辟，[三]1005，[三]1132 與，[三]1191 邊，[三]1227 手仰掌，[三]1331，[三]1341 手抱持，[三]2041 繞飛空，[三]2125 繞耶曾，[三]2149，[三]2154 沿路傳，[聖]397 肩上跋，[聖][乙][丁]1199 眼布怛，[聖]26 手攝衣，[聖]341 肩右膝，[聖]1199 手執羂，[聖]1421 手掩令，[另]613 腳大指，[宋][元][宮]2108 金吾衞，[宋][元]882 手如執，[宋][元]1092 焰摩天，[宋][元]2108 戎衞大，[宋]901 頭指屈，[宋]1096 赤眼，[乙][丙]873 耳真言，[乙][丙]1201 轉三遍，[乙][丙]2397 手執金，[乙]850 方閻摩，[乙]912 方三角，[乙]1179 邊應畫，[乙]1239 手中指，[乙]1821 眼爲同，[乙]2223 邊月輪，[乙]2385 手風指，[乙]2390 方，[乙]2390 肩均等，[乙]2390 手仰，[乙]2390 轉爲小，[乙]2391 食指名，[乙]2391 肩右胯，[乙]2391 內，[乙]2391 手以空，[乙]2391 膝右拳，[乙]2391 想自身，[乙]2391 脇，[乙]2392 手食指，[乙]2392 轉，[乙]2392 轉三遍，[乙]2394 邊畫黑，[乙]2394 手相擬，[元][明][甲]901 臂之上，[元][明]901 臂腋下，[元]951 手當胸，[元]2125 繞理可，[原]、左手左右[乙]2408 手中，[原]2216 手執人，[原]2241 手持金，[原]2409 惠，[原]853 押右直，[原]923 手背，[原]1111 押，[原]1238 面白色，[原]1239 手四指，[原]1239 手執劍，[原]2408 方也，[原]2409 手又，[知]384 脇患風，[知]2082。

捴：[甲]1000 哩耶二。

在：[丙]2392 金拳按，[甲]2266 傳，[甲]2391 三誦想，[明]882 金剛

頭，[明]2060，[明]2122 脇下有，[三]
[宮]613，[三][宮]1458 手中右，[三]
[宮]2034 大沮渠，[三]1132 腰側持，
[聖]639 帝釋亦，[聖]1464 足墮，[聖]
1509 右，[乙]1239 中指下，[乙]2394
列，[元][明]2034 天街東。

者：[丙][丁]865，[明][甲]1175
銘，[乙]867 左，[乙]972 囊。

紙：[甲]2266，[甲]2266 云同慢，
[甲]2266 云謂禽。

佐：[甲][乙]1214 鉢左，[甲]1983
助，[明]1199，[三]939 鉢左，[聖]125
側極。

作：[三]1092 半拏羅，[三]2110
禮上白。

佐

德：[甲]1839 句義。

桃：[三]282 如船中。

估：[甲]2775 遊之東。

怪：[宮]2060 曰。

人：[元][明]26 助爾。

任：[聖]953 皆敬愛。

是：[三]1331 人四面。

位：[甲]2035 環遶其。

依：[甲]、佐[甲]1851 助方成。

佑：[甲]2036 武。

住：[三]1521 助定品。

左：[甲]868 字色及，[甲]2035
傳，[明][宮]405 反阿奢，[宋][元][宮]
2122 十八人。

作

把：[甲]、指把[乙]2385 拳又屈。

白：[三][宮]1453，[聖]1428 已然
後。

伴：[宋][元]1428 如是教。

辦：[三]223 地摩訶。

報：[乙]1816 他怨亦。

本：[甲]、－[乙]2227 此處作，
[明][甲]1177 成眞如。

彼：[明]1129 歡，[三]100 救拔
義。

辦：[三]99 離諸重。

並：[三]1096 捲以。

不：[甲]1816 別釋何，[三][宮]
[聖]425 復還墮，[三][宮]732 愧在生，
[宋][明]1170 輟其大，[宋]1546 大。

怖：[宋]1635。

側：[三][宮]2122 有槐樹。

成：[甲]2195 佛遠領，[甲][乙]
2228 悉地自，[甲]2400 智即是，[三]
125 袈，[三][宮]1425 敷具者，[三][聖]
200 佛，[三][聖]157 佛号快，[三]186
如來斷，[三]190 成亦知，[三]2063 像
燒香，[宋][宮]223 檀那波，[乙]2228
染欲諸，[乙]2228 五佛身，[乙]2263
也問付。

持：[甲]893 護身云，[乙]2394 謂
應如。

出：[宮]673 此念已，[甲][乙]
1822 違經難，[三][宮]1425 聲若大。

初：[三][宮]2104 謂。

畜：[三][宮]1452 當擇死。

處：[三][宮]2121 止宿糞。

此：[明][甲]1216 威怒，[三]1340
種種不。

次：[三][宮]1549。

從：[甲]1863 相，[甲]2128 足波
寒，[三][宮]1522 是念發。

代：[另]1428 如是言。

但：[三][宮][知]741。

當：[三][宮]1425 等分彼。

得：[明]223 辟支佛，[明]1810 非
法羯，[三][宮][聖]1425 不覆藏，[三]
[宮]587，[森]286 天人師，[聖]200 眼
目無，[石]1509 諸佛自，[宋][元][宮]
1428 句亦如，[宋]223 無得法，[原]
923 安樂利。

德：[原]1816 地第二。

等：[明]896 鬼國之。

帝：[明]221 釋之殿。

斷：[三][宮]498 染耶。

鈍：[甲][乙]2390 凡夫雖。

而：[三][宮]650 分別。

爾：[宮]671，[三][宮]1435 世尊
佛，[三][宮]1810 大姊所。

發：[甲][乙]1822 殺等亦，[乙]
1909 是念唯。

法：[甲]2250 既久宗，[三]1532。

犯：[明]1808 能持不，[三][宮]
1808 能持不，[三][聖]375 非法事。

方：[甲]1202 坑深一。

非：[宮]2060 絕，[甲]1841 必然
之，[甲][乙]1821 後兩解，[甲]1806
法，[甲]1828 第六意，[甲]2035 初表
受，[甲]2266 是言文，[甲]2274 青解
心，[甲]2299 神通之，[明]220 是念

我，[明]458 可以廣，[明]721 集業道，
[明]893 從黑月，[明]1216 是思惟，
[明]1579 功用力，[三][宮]1509 正非，
[三][宮]1646 鈴聲又，[三]20 賢不當，
[三]682 能作，[三]1441 迦絺那，[聖]
649 無量無，[聖]26 齋行施，[聖]210
當作令，[聖]231 是思惟，[宋][元]
1579 業故，[宋]26 已辦，[宋]1523 無
我觀，[元][明]1547 行受。

佛：[宮]2122 經像得，[甲]2195
滅理無，[甲]2397 故云無，[宋]、秉
[元][明]1453 白四羯，[乙]2157 本行
經，[乙]2393 然此五。

付：[甲]1816 此解十。

復：[三][宮][聖]1549 壞不以。

更：[聖]125 憶念汝。

供：[聖]1425 如是事。

故：[三][宮]1566 者爲當，[元]
[明]1545 是說得。

觀：[甲]1828 阿賴耶。

合：[宮]1998 無生會。

何：[宮]1577 福有嘗，[甲]899 留
難，[三][宮]1558 用謂作，[聖]1421 呵
責羯。

護：[元][明]1428 是念我。

化：[宮][聖]310 業復道，[宮]278
十方無，[宮]2122 轉輪王，[甲][乙]
[丙]2778 魔王掌，[甲][乙]1822 梵行，
[甲][乙]1822 生想此，[甲][乙]2261 此
次第，[甲]1287 勇猛鬪，[甲]1710 用
因緣，[甲]1710 者常住，[甲]1733 十，
[甲]1735 成滿十，[甲]1816 妙光明，
[甲]1816 主寶，[甲]1851 外聲中，[甲]

1863 應化羅，[甲]2035 主久遠，[甲]2195 二乘智，[甲]2255 爲人却，[甲]2262 無色界，[甲]2362 神通駁，[甲]2401 大虛空，[甲]2814 比量意，[甲]2814 眞如大，[三][宮]384 佛形像，[三][宮]1646 欲界變，[三][宮]2053 鎮於彼，[三][宮]2121 當令田，[三]152 毒霧猴，[三]212 數重不，[三]279 身蹈金，[三]2151 願念，[聖][甲]1733 用是神，[聖]1582 應生，[聖]1733 正是微，[宋]199 善甚少，[宋][宮]398，[乙]2215 諸法時，[元][明]1509 變化業，[原][乙]2263 香味，[原]1818 如此多，[原]1851 涅槃以。

即：[明]1809 淨即日，[三][宮]269 男佛即，[三][聖]1440 屠兒即。

集：[乙]1092 恭敬供。

記：[甲]2195〇云云。

加：[甲]1031 此句。

佳：[甲]1830 不還已，[三]152 刹時有。

將：[明]2104 來今遂。

結：[乙]1909 之。

解：[原]2339 各。

戒：[三]2149 法。

經：[乙]2394 戒羯羅。

九：[三][宮]1462 初罪二。

空：[聖]1509。

苦：[三][宮]2085 行不惜。

括：[原]2339 始終故。

立：[宮]810，[明]1545，[三][宮]1428 字名耆。

利：[三][宮]651 曼殊尸。

例：[甲]1778 易。

六：[三][宮]2109 樂。

輅：[乙]2392 法。

論：[原]1744 之六道。

滅：[宮]223 則遠離。

名：[甲]1912 匃瓦器，[宋][明]1170 護摩至。

明：[甲]1751 自身往，[三]539 書疏時。

恁：[明]2076 麼心。

能：[宮]1544 證時幾，[明]316 盡諸苦，[三][宮][聖][石]1509 布施爲，[三][宮]411 各持種，[三]26 起教起，[三]1545 加行能，[聖]1425 明日孔。

你：[甲]2135 那。

儞：[甲]1238 呪，[原]1310 囉嚢乞，[原]1311 二合羅。

念：[甲]904 觀自在，[元][明]742 惡。

女：[乙][戊][己]2092 婿。

匹：[宋][明]、四[元]2122 偶彼獸。

其：[三][宮]626 罪故乃，[三][宮]1435 比坐以，[三][甲]1181 所怖者。

起：[甲]1863。

泣：[宮]2060 心。

遣：[三][宮]1425 書印若。

然：[三]154 擾動因，[三]1341 燈如來。

人：[宮]2122 成就殺。

仁：[聖]1452 者。

任：[宮]1571 用此我，[宮]1530 一切有，[宮]2122 轉輪聖，[明][宮]

2034 俗官冊，[三][乙]866 四方正，[三]842 無滅於。

如：[甲]1736 蓮華從，[三]、作如[宮]479 是言復，[三]26 是觀已，[三][宮]397 是呵責，[三][宮]1451 隨意事，[三][宮]225 美飯雜，[三][宮]1425 是想方，[三][宮]1486，[宋]220 是説行，[原]973。

入：[三][宮]1810 道不汝。

若：[甲][乙]2392，[明]887 成就是，[明]1440 次第與，[明]1458 無男想，[三][宮]1546 阿羅漢。

薩：[三][宮]1435 陀説。

善：[三][宮]2122 本如何。

捨：[甲][乙]2394 斯位至，[三][宮]639。

設：[乙]2263 五難六。

生：[宮]415 饒益，[甲]1863 菩，[明]559，[三][宮]476 男女從，[三][宮]2043 王當知，[三]26 是念博，[三]375 色相是，[聖]1 是念。

施：[三]125 斯念一。

師：[甲]2183。

使：[明]2076，[另]1543 證九結。

似：[甲]2068 血色行。

是：[宮]1425 不淨語，[甲]1973 魔民致，[甲]2223 即具用，[明]1209 解脱法，[三]201 逼惱事，[聖]1509 實際是。

試：[三][聖]1441 呪術佛。

受：[宮]1435 殘食法，[三]1332 鬼王身。

輸：[甲]2195 耶作卽。

述：[乙]2263 二釋一。

説：[三][宮]、－[聖]613 是語已。

四：[甲]1786 作。

雖：[乙]2393 知心性。

所：[宮]401 不作是，[宮]420，[甲]、等[甲]2195 遍一切，[甲]2266 六失念，[三][宮]1505 世間吉，[三][宮]1546 解脱道，[三][宮]1581 依，[三]99 方便問，[宋][宮]397 護。

他：[甲][乙]1822 遍行，[甲]2266 心總貫，[三][宮]1522 利益故，[知]26 復作。

土：[三][宮]2102 拭目神。

脱：[三]99 苦復有。

往：[甲]1076 阿蘇羅，[三]99，[元][明][聖]224 問訊言。

惟：[三][宮]397 何法離。

爲：[和]293，[甲]2018 眞修或，[甲]1913 漸圓五，[甲]2230 丸丸如，[明]2123 偷賊汝，[明]1440 女夫共，[三][宮][聖]1471 禮十，[三][宮]263 佛，[三][宮]461 沙門求，[三][宮]635 佛號阿，[三][宮]695 飛行皇，[三][宮]700 大長者，[三][宮]1421 迦絺那，[三][宮]1451 掌器物，[三][宮]1458 私記爲，[三][宮]1458 隨意我，[三][宮]1458 委寄者，[三][宮]1464 一衣持，[三][宮]1521 佛事與，[三][宮]1646 又此離，[三][乙]1028 七分，[三]100 摩納欲，[三]125，[三]125 道受具，[三]185 儒林之，[三]186 禮，[三]202 要令成，[三]375，[三]1440 七日藥，[三]1564 天後作，[聖][另]1428，[聖]224

忍辱當，[聖]586 佛號普。

位：[甲]973 三昧耶，[甲]2087 七佛世，[甲]2391 亦皆承，[三][宮]1566 不失，[聖]1763 意作，[乙]1796 忿怒形，[原]1861 證通名。

聞：[甲]2274。

我：[聖]1428 如，[元]21 是。

臥：[甲]2396 水作火。

無：[宮]1451 時有衆。

物：[原]1141 如是悉。

現：[三][宮]402 樓觀。

詳：[三][宮]314 菩薩亦。

邪：[聖]1441 先已淨。

心：[宮]848，[三][宮]397 樂於寂，[聖]375 故。

信：[宮]397 罪，[甲]1736 栴檀香，[甲]2195 佛道，[三][宮]1487 功德悉，[聖]1421 又問以，[聖]1509 佛必不，[另]1435 欲飯佛。

行：[宮]1566 絹等亦，[宮]1593 他事無，[宮]221 是說者，[宮]223 如是行，[宮]223 者無受，[宮]225 是念如，[宮]624 是行爲，[宮]837 擁護，[宮]848 火生漫，[宮]1428 穢汙行，[宮]1656，[宮]2123，[宮]2123 非時漿，[甲]2219 大直道，[甲]1733 諂詐，[甲]1816 中知其，[甲]1925 之事是，[甲]2196 殺等不，[甲]2269，[明][宮]397 菩薩白，[明]1604 長時隨，[三]、一[宮]2103 化於三，[三]264 漸具大，[三][宮]1537 證行於，[三][宮][聖]272 布施集，[三][宮][聖]1421 惡行有，[三][宮]221 作行不，[三][宮]263 悉自然，[三][宮]288 是行者，[三][宮]397 施非我，[三][宮]606 不倩不，[三][宮]1425 是語應，[三][宮]1428 不隨順，[三][宮]1428 惡行惡，[三][宮]1435 婬法是，[三][宮]1459 恣，[三][宮]1488 不求恩，[三][宮]1525，[三][宮]1547 不善根，[三][宮]1562 功用引，[三][宮]1563 三變化，[三][宮]1641 惡別有，[三][宮]2045 卒暴樂，[三]171 檀波羅，[三]223 二如，[三]386 六匹已，[三]1519 故，[三]2122 毀缺行，[聖]221 四禪行，[聖]1509 因緣至，[石]1509 皆是邪，[乙]1239 以成未，[乙]2394 佛事普，[元][明]201，[元][明]624 明慧不，[原]1782 名。

形：[知]741 者。

性：[三][聖]1582 力修。

修：[甲]2266 非，[甲]2266 異受斯，[甲]2266 者何者，[甲]2409 之亦無，[甲]2870 福如此，[三][宮]1545 所作事，[三][宮]1549 是觀空，[三][宮]1656 夜摩天，[三][宮]2053 不知稱，[三]397 諸善根，[原]1851 名眞熏。

須：[甲]1103，[甲]1103 燒種種。

學：[三]202 道還歸。

押：[甲]2275 能違時。

言：[三][宮]1809 大德僧。

仰：[甲][乙][丙]1833 也仆猶，[甲]1512 下偈明，[甲]1851 已辦欲，[甲]2135 上，[三]2122 如是白，[聖][明]26 沙門梵，[聖]1788 器善，[乙]2408 遍視諸，[原]2292 女伏其，[原]

2409 二掌十。

養：[三][宮]1484 者犯輕。

業：[甲]2801 用三結。

衣：[三][宮]1617，[聖]1458 衣學處。

依：[丙]2392 別印，[宮]761 是思惟，[宮]1545 所縁此，[甲]、位[甲]2183 師云云，[甲]2290 之義也，[甲][乙]1822 自身唯，[甲][乙]2317 諸戒開，[甲][乙]894 本部，[甲][乙]1822，[甲][乙]1822 差別説，[甲][乙]1822 同類因，[甲]950 制底正，[甲]1008 威怒形，[甲]1828 動轉差，[甲]1833 即有法，[甲]1839 性故因，[甲]1842 見彼無，[甲]2227，[甲]2266 如是説，[甲]2270 因亦，[甲]2273 四句故，[甲]2274 者一能，[甲]2290 現識等，[甲]2296 無常二，[甲]2299 俱，[甲]2299 業，[甲]2312 業追悔，[甲]2317 善惡多，[甲]2339 多人語，[甲]2396，[甲]2401 次也周，[明]1566 此，[三][宮][久]761 是思惟，[三][宮][聖]1549 黃色非，[三][宮]1443 三種染，[三][宮]1579 不應道，[三][宮]1648 東西壁，[三][宮]2122 聖教若，[三]159 涅，[三]1629 性故又，[聖][另]1442 衣但，[聖]190 衣，[宋][元][宮]1443 衣如是，[乙]2249，[乙]2249 此解各，[乙]2261 是救，[乙]2296，[乙]2394 天女形，[原][甲]1851 無礙，[原]1840 之法有，[原]1960，[原]2196 之入二，[原]2339 常爲一，[原]2339 用是變，[知]1579 故二大。

以：[宮]1435 方，[三]125 此方便，[三]397 諸妙喻，[三]2122 七寶珠，[聖]223 比丘形。

亦：[宮]1545，[明]1604 種種變，[三][宮]1509 如是取。

因：[三]203 何縁得。

音：[宮]2034 胡音。

應：[甲]2195 小乘因。

用：[明]1254 末利支。

友：[三][宮][聖]1579 依第五。

有：[宮]1566，[三][宮]1509 過罪亦，[乙]2263 三釋一，[元][明]1521 十或有。

於：[宮]626 故名曰，[甲]、所[原]2270 依猶豫，[甲][乙]1822 想詮法，[三][宮]1558 意行善，[三][宮]381 諸德，[三][宮]512 師子座，[三][宮]814 善於法，[三][宮]1521 便，[三][宮]1545 是希求，[三][宮]1546 受，[三]162 種種雜，[聖]1509 佛我供，[聖]1509 是思惟，[聖]1579 業禁戒，[另]1428 如是言，[宋][宮]1425 者基作，[宋][元][宮]、于[明]721 業我爲，[乙]973 壇中心。

與：[三][宮]1435。

語：[聖]190 是言若。

欲：[聖]1435 自，[聖]1440 惡法根。

喻：[三]1426。

御：[知]1785 見思則。

縁：[甲][乙]2397 境名自。

怨：[三]164 父母親。

願：[甲]2218 是名，[三][宮]657

八背，[三][宮]657 之聲諸，[三][宮]
1581 滅盡正。

曰：[甲]1736 象身用。

樂：[明]1650 劬勞業，[三][宮]
[聖]397 惡不住。

云：[三]2145 優填王，[三]2154
十二，[宋]2034 胡。

咋：[乙]2207 則反孔。

在：[宮]278 善業布，[宮]2060，
[宮]2085 小兒時，[甲]1123 加持竟，
[甲]2128 草中今，[甲]2837 禪定，
[明]1，[明]221 是事當，[三][宮]1599
正勤得，[三]199 微妙祠，[三]403 德
不以，[聖][甲]1733 現受名，[聖]26 魔
不墮，[宋][元][宮]2122 非法耶，[乙]
2394 灌頂等，[知]418 沙門。

造：[宮]397 業非愚，[甲][乙]
2070 五逆若，[甲]2289，[三][宮]1435
僧坊齊，[三][宮]2042 佛，[元][明][宮]
2121 惡今當。

則：[明]1549 淨相則，[三][宮]
1646 業不成。

乍：[甲]2274 二無，[三][宮]2122
同沃焦，[原]2299。

詐：[甲]1813 爲師範，[原]920 僞。

障：[三][宮]657 礙壞，[三][宮]
1632 諦如斯。

者：[甲][乙]1866 攝論等，[三]
[宮]1425 布薩者，[三][宮]1435 尼薩
耆。

之：[三][宮]1435 已持詣，[三]
824 恩爾時。

知：[明]220，[聖][知]1581 是知

是。

執：[甲]、作[甲]1782 用勝。

指：[甲]2263 論義也。

至：[甲]1806 全成瓦，[三][宮]
1421 如是苦。

治：[甲]1700 如經成，[三][宮]
1425 者當加。

中：[明]1551 受二三。

竹：[宮]1435 便燒手，[宮]1648
務與天。

住：[丙]2777 擧足下，[宮]223 難
行爲，[宮]309 是亦不，[宮]425 功德，
[宮]468 住家者，[宮]657 堪受法，
[宮]660 空解，[宮]848 一切火，[宮]
1435 第四人，[宮]1453，[宮]1549 是
說今，[甲][乙][丙]、在[原]1098 方處
當，[甲]866 一切如，[甲]1512，[甲]
1512 一爲條，[甲]1709 所，[甲]1733
阿練，[甲]1830 法此偏，[甲]1830 如
是執，[甲]1830 是念過，[甲]2362 意
內，[甲]2391 皆安穩，[明][宮]325，
[明]278 當來不，[明]1450 即以，[三]
1579 證道理，[三][宮]270 如是眾，
[三][宮]397 是，[三][宮]631 小福如，
[三][宮]1545 如斯善，[三][宮]1578 是
名靜，[三][宮][聖]397 誠實語，[三]
[宮][聖]816 復次天，[三][宮][石]1509
福德果，[三][宮]263，[三][宮]263 無
合無，[三][宮]300 現佛，[三][宮]397
外者，[三][宮]397 無處若，[三][宮]
397 無一無，[三][宮]397 知魔境，[三]
[宮]618 所縛，[三][宮]813 與不，[三]
[宮]1425 便指示，[三][宮]1435 羯磨

若，[三][宮]1487，[三][宮]1546 以同意，[三][宮]1548，[三][宮]1549 眾，[三][宮]1559 力強故，[三][宮]1566 者等譬，[三][宮]1584 心故以，[三][宮]1592 事成略，[三][宮]1611 心捨心，[三][宮]2040，[三][宮]2060 片無增，[三][宮]2122 利益正，[三][宮]2122 是名菩，[三][宮]2122 思十，[三]158 説未滿，[三]397 離受者，[三]398 無殃釁，[三]642 佛如是，[三]1015 者不可，[三]1335 呪，[三]1545，[三]1548 色爲境，[三]1569 處是虛，[三]1610 闡提時，[聖][另]1453 白言具，[聖][另]1442 何事，[聖]99 如是知，[聖]210 田溝近，[聖]223 天花散，[聖]953 供養誦，[聖]1421 房舍六，[聖]1425 十夜別，[聖]1427 是語世，[聖]1428 屋不犯，[聖]1435，[聖]1509 幻事遍，[聖]1509 三昧，[聖]1509 性無，[聖]1552 無作戒，[另]1428 惡行惡，[另]1435 衣是比，[另]1453，[石]1509 故名無，[石]1509 實際不，[宋][宮]222 亦，[宋][宮]397 者及以，[宋][元][宮]、生[明]374 尼拘陀，[宋][元][聖]1425 禮抄女，[宋][元]2103 深青色，[乙]912 者恐招，[乙]1141 處乃至，[乙]2390 此印誦，[乙]2391 左拳上，[乙]2396 八，[乙]2396 導言之，[乙]2397 是思惟，[元][明][宮]614 利智懃，[元][明][聖]397 菩薩若，[元][明][聖]1509 阿耨，[元][明]225，[元][明]278 法際住，[元][明]816 是見如，[元][明]1579 業相表，[原]973 三昧耶，[原]2196 生

死得。

注：[三][宮]2034 經。

著：[明]658 者無知，[明]1421 糞掃衣，[三][宮]1436 新衣波。

足：[明]1458 餘食法，[明]1692 於難學。

祖：[三]2146。

昨：[甲]1891 夜松床，[三][宮]2121 命當出。

佐：[三][聖]157 眾事若，[原]1744 今且。

坐：[明]1435 禪帶佛。

怍：[三][宮]2060 咫尺宮。

成：[乙]2393。

坐

常：[聖]1471。

嗔：[甲][乙][丙]1210 想我身。

出：[甲]877 廓周法，[三][宮]282 時心念，[三][聖]224 三，[三]553 口道。

處：[三][宮]1421 經行軱。

挫：[宋]1013 宗室起。

到：[三]205 佛邊目。

道：[三]291 場入如。

咄：[三][聖]26 此沙門。

而：[甲]2082。

法：[三][宮]1648 復更令，[三]1012 爲眞法。

犯：[甲]1811 重以。

共：[三][宮]1451 臥共作。

寒：[三][宮]743 亦極。

會：[三][宮]534 已定申。

急：[原]1238 以瞋怒。

將：[聖]26 於是其。

就：[宋]1421 上漏盡。

空：[明]359 非不，[元][明]626 作垢如。

立：[宮]1470 三者不，[明]100 白佛言，[三][宮]1421 一面問，[三][宮]1443 不得爲，[三][宮]2103，[三]186 能及天，[另]1428。

留：[三][宮]2040 於，[三][宮]2042 此空處。

滅：[甲]2255 時云。

末：[元][明][宮][甲][乙][丙][丁]848 互相加。

起：[三][宮]814 頃爾時，[三]125，[三]125 更取。

器：[三][宮]1428 洗足。

丘：[明]1421 説若口，[三][宮]1428 應借鉢，[三][宮]1808 有來不。

若：[三][宮]1435 食餘五。

身：[明][甲]1174 合口齒。

生：[宮]278 菩提樹，[宮]619 定意不，[宮][聖]292 何謂臥，[宮]278，[宮]397 諸花臺，[宮]398 佛樹下，[宮]1509 七，[宮]2121 前世，[宮]2121 趣三處，[甲]1512 能信爲，[甲]1736 妙菩提，[甲]2128 聲，[甲]2299 佛座，[甲]2792 觀尸不，[久]1452 安居親，[明][宮]374 處，[明][宮]2123 貪愛殘，[明][乙]1092 俱虛空，[明]184 汝令吾，[明]310 定得盡，[明]1435 問訊世，[明]1549 復次當，[三]190，[三][宮]402 微妙，[三][宮]674，[三][宮]2122 也行雖，[三][宮]2123 於勝天，[三][宮][聖]421 退出，[三][宮]481 色故曰，[三][宮]1425 蹲踞相，[三][宮]1546 二禪三，[三]26 臥地以，[三]151 心，[三]159 處是名，[三]204 愕然此，[三]721 若餘劣，[三]953，[三]984 非餘可，[三]1011 上道，[聖]1421 小息應，[聖][另]790 王，[聖]99 若起若，[聖]1440 清淨持，[聖]2042 禪之處，[另]1442 定即以，[宋][宮]2122 驚駭，[宋][明]2122 犯殺罪，[宋][元][宮]640 佛樹下，[宋]197 奢彌跋，[宋]220 妙菩提，[宋]292 樹下何，[乙]2795，[元]809 隨惡友，[元][明][乙]953 菩提，[元][明]1547 禪因宿，[元]721 已歡喜，[原]2126，[原]1724 之中，[知]598 趣三。

陞：[聖]2157 而説法。

笙：[三][宮]2122 席一領。

聖：[甲]2084 西明兩，[三]99 比丘於。

事：[甲]2068 與。

受：[三][宮]、－[聖]1425 先。

宿：[三][宮]1455 者波。

雖：[聖]1433 上覆蓋。

堂：[明]2076 主事徒。

田：[知]2082。

土：[明]1191。

吐：[内]1246，[三]988 非法。

王：[三]2123 起惡意。

爲：[三][宮]768 分散而。

唯：[甲]2067 一人問。

問：[三][宮]2122 汝罪厨。

臥：[甲]1960 不定如，[三][宮]1424 起須人，[三][宮]1435 處敷尼，[三][宮]1435 具敷臥，[三]220 於石或，[三]2103 以女。

昔：[三]2122 生不善。

行：[三]125 若我臥，[元][明]310 若臥止。

修：[甲]1736 禪。

虛：[宮]309。

也：[三][宮]1458 此中犯。

衣：[三][宮]1470。

因：[三][宮][聖]292 金剛座。

于：[聖]221 道場一。

與：[宮]1428 者方。

欲：[三][宮]345 敷説諦。

在：[明]816 其中，[三][宮]1425 一處，[三]26，[三]212 樹王下，[乙]2394。

正：[宮]538 定意便。

幨：[三]2122 儼然如。

至：[宮]2060 以鎮之，[明]1463 問內人，[明]1547 一面彼，[三][宮]1421 羯磨師，[三][宮]606，[三][宮]1425，[三][宮]2059 塔下便。

中：[三][宮]1547 於是尊。

重：[宮]1435 處。

眾：[三][宮]425 會亦復。

住：[宮]386 一面爾，[甲]1110 一面對，[甲]2075 山中更，[甲]2230，[明]26 一面尊，[明]156 一面，[明]278 之處悉，[明]310 一面爾，[三][宮]374 一面，[三][宮]402 一面，[三][宮]1425 一面白，[三][聖]125 爾時釋，[三]99 一面白，[三]125 爾時阿，[三]200 一面佛，[三]375 一面，[三]865，[另]1428 一面白，[另]1428 一面佛，[宋][元]26，[元][明]190 一面白，[原]973 手持澡。

作：[宮]659 一處爾，[明]1435 是處應，[明]1464 小木鉢，[明]2043 禪不久，[聖][另]1435 種種。

唑：[甲]1717。

座：[丙][丁]866 起持誦，[丙][丁]866 位君，[甲]、本尊座也坐[乙]894，[甲]1721 云何問，[甲][乙][丙]862 嚼面東，[甲][乙][宮]901 胡跪恭，[甲][乙]912 持本眞，[甲][乙]下同 901 主蓮華，[甲]861，[甲]901 輪二十，[甲]901 正面向，[甲]1705 前下二，[甲]1705 之處若，[甲]1733 及經行，[甲]1828 此論梵，[甲]1828 隨何等，[甲]2186，[甲]2186 就中自，[甲]2266 終不放，[甲]2792 具足誦，[甲]下同 1821 非理作，[明]26 起繞三，[明]26 起偏袒，[明]32 起入，[明]99 起去，[明]118，[明]125 是時迦，[明]186 即皆就，[明]190 已輪頭，[明]196，[三]1 起不覺，[三]26 而起叉，[三]26 起稽首，[三]26 起去，[三]26 起捨之，[三]26 起爲佛，[三]99 起，[三]122，[三]125 起禮世，[三]135 起稽首，[三]144 中沒身，[三]183 起偏袒，[三]196 無有覺，[三]212 起禮足，[三][宮]657 佛移身，[三][聖]26 處耶婆，[三][聖]125，[三][聖]125 上六十，[三]1 佛於眾，[三]1 起長跪，[三]1 起頭面，[三]

1 時彼梵，[三]5 帝側帝，[三]5 知子，[三]20 設父母，[三]23 廣長，[三]26，[三]26 而起偏，[三]26 具汲水，[三]26 起，[三]26 起不辭，[三]26 起而説，[三]26 起奮頭，[三]26 起各還，[三]26 起稽首，[三]26 起偏，[三]26 起偏袒，[三]26 起去，[三]26 起去是，[三]26 起去往，[三]26 起去於，[三]26 起繞三，[三]26 起入室，[三]26 起頭面，[三]26 起往詣，[三]26 起有，[三]26 起欲，[三]33 起，[三]39 起往至，[三]44 起偏袒，[三]53 起便即，[三]62 起在世，[三]64 起一，[三]75 起而不，[三]76 梵志自，[三]76 吾今自，[三]90 起頭面，[三]99，[三]99 起呵罵，[三]99 起禮足，[三]99 起偏袒，[三]99 起去，[三]99 起去向，[三]99 起整衣，[三]101 起持頭，[三]108 起稽首，[三]113 持頭面，[三]119 起若鶩，[三]123 輕慢調，[三]125，[三]125 爾時世，[三]125 舉手翹，[三]125 具足得，[三]125 起東向，[三]125 起而去，[三]125 起復歎，[三]125 起各退，[三]125 起禮，[三]125 起遶，[三]125 起收攝，[三]125 起頭面，[三]125 起詣世，[三]125 起著衣，[三]125 上得阿，[三]125 上以，[三]125 上諸塵，[三]125 所餘梵，[三]125 云何爲，[三]125 者當，[三]133 起，[三]137 起往，[三]140 上諸塵，[三]145 大愛道，[三]149 上無有，[三]152 尋求二，[三]154 時梵志，[三]154 坐起往，[三]156 起整，[三]157 起將是，[三]186，[三]186 不移轉，[三]186 起無有，[三]186 起與媒，[三]187，[三]187 起禮佛，[三]189 起，[三]189 起遍觀，[三]190 起頂禮，[三]190 起其耶，[三]192 究竟其，[三]192 力不能，[三]192 起稽首，[三]193 有德名，[三]196 而告之，[三]196 各，[三]198 得，[三]198 聽佛説，[三]198 中有梵，[三]200 前禮佛，[三]203 等深生，[三]203 熖敷具，[三]206 並遙達，[三]220 而起偏，[三]222 起更，[三]222 上得阿，[三]382 而起，[三]382 而起整，[三]398 而，[三]398 起偏出，[三]398 亦不起，[三]414 起更，[三]414 起更整，[三]414 起恭敬，[三]414 起齊整，[三]414 往，[聖]125 而坐爾，[聖]190 中頻頭，[宋]81 栴檀之，[宋][元]190 即於，[宋][元]26 起偏袒，[乙]1821 語尊者，[乙]1822 色，[乙]1822 言但有，[元][明]26，[元][明]26 起偏袒，[元][明]26 起自，[元][明]26，[元][明]26 起不請，[元][明]26 起稽，[元][明]26 起稽首，[元][明]26 起禮迦，[元][明]26 起立説，[元][明]26 起偏袒，[元][明]26 起繞佛，[元][明]26 起繞尊，[元][明]26 起自行，[元][明]26 上去雄，[元][明]26 時隨其，[元][明]26 中見四，[元][明]99 住彼池，[元][明]125，[元][明]125 起，[元][明]125 起長，[元][明]171 起整衣，[元][明]186，[元]26 者優，[元]41 一面諸，[原]1212 小床子，[原]1212 身作金，[原]1212 呪。

阼

作：[宋][宮]2108。

怍

作：[甲]2128 曖誤也。

侳

矬：[三]1336 鬼名。

胙

鑿：[三]2110 土開家。

祚

德：[三][宮]683 壽盡。

祈：[三][宮]2103 斯俟定。

社：[甲]2087 亡滅雖。

位：[三]2060 後每顧。

祥：[三][宮]2122。

於：[元][明]656 十住行。

柞：[明]2110 短，[三]2112 宮。

祝：[三][宮]2122 天期水。

祖：[明]2110 令令便。

作：[元]531 集我之。

座

半：[甲][乙]1822 釋論。

塵：[甲]1700 起者爲，[甲]2266 論玄奘，[三][宮]2060 向經十，[原]、供[原]2406。

乘：[甲]2266 就余之。

處：[原]、處[甲][乙]1822。

床：[宮][久]1486 上，[三][宮]1443 時應高，[三][宮]2041 六反震，[三]55 上臥在，[聖]99 欲起尊。

矬：[三][宮]317 短吹其。

痤：[元][明]1336 利目句。

燈：[乙]901。

定：[甲]1705 起説。

度：[甲]2195 准凝小，[聖]1723 比丘謂，[原]2248 説法八。

敷：[三][宮]2123 臥具病。

復：[甲]1912 敬心不。

官：[原]2369 即俗五。

華：[三][乙]1092 左觀執，[元][明]2149。

頸：[甲]2036。

空：[三][宮]619 中自然。

立：[甲]2349 堂前敷。

靈：[三][宮]2122。

臍：[宮]2040 餘方悉。

上：[三]197 向佛叉。

生：[甲[乙]2261 處，[三]1562 色界立，[三][宮]1507 歡喜斂，[聖]125 五者天，[另]1451 可，[元][明]1011 但當正。

樹：[三]277 及與寶。

臺：[甲][乙]2263 云國土，[宋]365 想名第。

聽：[乙]1736 英每異。

土：[元][明]309 招引衆。

屋：[宋][元]11 起前向。

席：[三][甲][乙]2087 外道乃，[聖]1443 於世尊。

行：[宋][宮]656 演説。

虛：[甲][乙]2194 主答曰。

以：[聖]1421 六，[元][明]329 是善本。

應：[明]1435 答言。

至：[宮]1452 答言若，[三][甲]901 次外院。

中：[聖]227 説般。

字：[甲]914 納受護。

坐：[丙][丁]866 先畫執，[德][聖]26 起入室，[德]26 已敷君，[德]26 衆多比，[甲]2792 懺向下，[甲][乙]901 金剛藏，[甲]874 臥常潔，[甲]1705 前下四，[甲]1733 廣，[甲]2084 花臺光，[甲]2195 如諸菩，[甲]2266，[甲]2266 部中以，[明]69 欲食時，[明]2122 而起飛，[三][宮]2122 得須陀，[三][宮]2122 世，[三][聖]26 第一，[三][聖]26 第一澡，[三][聖]125 具隨身，[三][聖]158 亦復不，[三][聖]190，[三][聖]190 次第差，[三][聖]190 而，[三][聖]190 而起還，[三][聖]190 而起捨，[三][聖]190 而起於，[三][聖]190 而起至，[三][聖]190 起，[三][聖]190 依法而，[三]26，[三]26 令坐彼，[三]26 起偏袒，[三]26 一面白，[三]62 度脱危，[三]68 中，[三]79 而不施，[三]99 斷除諸，[三]99 共相，[三]125，[三]125 具快樂，[三]125 是座下，[三]125 諸比丘，[三]129 諸菩薩，[三]144 佛爲摩，[三]154 起，[三]154 起出解，[三]156 處，[三]186，[三]186 各從座，[三]186 意定無，[三]189 爾時世，[三]190 而起欲，[三]190 而起整，[三]190 而起自，[三]190 恭敬起，[三]190 起語彼，[三]190 起整理，[三]190 以此因，[三]192 説法安，[三]197 比丘圍，[三]197 王問佛，[三]198 叉，[三]198 共白目，[三]382 時之力，[三]397 而起偏，[聖]26，[聖]26 起奮頭，[聖]26 上見四，[聖]125 敷以好，[聖]125 具又白，[聖]125 起而不，[聖]125 起還詣，[聖]125 起繞佛，[聖]125 起頭面，[聖]125 起往至，[聖]125 起與王，[聖]125 上得三，[聖]125 時諸釋，[聖]125 四尺入，[聖]125 在如來，[聖]158 重敷茵，[宋]6 其殿四，[宋][德][聖]26 起繞尊，[宋][聖]26 起稽首，[宋][聖]26 起繞世，[宋][聖]99 住須，[宋][聖]125 起而，[宋][聖]125 上得辟，[宋][聖]125 者，[宋][元][聖]190 而起抱，[宋][元]1 縱廣半，[宋][元]6 机筵，[宋][元]128 起還詣，[宋]26 起偏袒，[宋]26 起欲稽，[宋]158 動其諸，[宋]186 上即時，[宋]186 現感應，[宋]189 或有，[乙][丙][戊]1958 下聞經，[乙]897 若畫像，[原]2199 蓮宮四，[知]414 前作衆。

酢

醋：[宮]1562 淡等味，[甲][乙]1822 芽，[三]、一[宮]1549 穢如是，[三][宮]、酪[聖]1428 中水，[三][宮]1548 苦辛鹹，[三][宮][聖]1428 若漬麥，[三][宮]397 漿中從，[三][宮]1545 等物至，[三][宮]1545 鹹辛苦，[三][宮]1546 鹹辛苦，[三][宮]1549 味，[三][宮]1558 日，[三][宮]1558 爲甘王，[三]187，[三]1548 苦，[三]1548 苦辛鹹，[聖]375 能酢，[元][明]1563。

減：[三][宮]609 惡法增。

　　酵：[三]374 若。

　　酷：[宮]539 漿空水。

　　酥：[宮][甲]1805，[宮]2122 蟲
此諸。

　　蘇：[聖]375，[元][明]1 油摩身。

　　酸：[三][宮]749 果澀菜，[三][宮]
1559 是，[聖]663。